AF878428

¿Y a ti qué te pica?

Biblioteca Megan Maxwell

Megan Maxwell

¿Y a ti qué te pica?

Esencia/Planeta

PEFC Certificado

Este libro procede de bosques gestionados de forma sostenible

PEFC

PEFC/14-38-00305 www.pefc.es

La lectura abre horizontes, iguala oportunidades y construye una sociedad mejor.
La propiedad intelectual es clave en la creación de contenidos culturales porque sostiene el ecosistema de quienes escriben y de nuestras librerías.
Al comprar este libro estarás contribuyendo a mantener dicho ecosistema vivo y en crecimiento.
En **Grupo Planeta** agradecemos que nos ayudes a apoyar así la autonomía creativa de autoras y autores para que puedan seguir desempeñando su labor.
Dirígete a CEDRO (Centro Español de Derechos Reprográficos) si necesitas fotocopiar o escanear algún fragmento de esta obra. Puedes contactar con CEDRO a través de la web www.conlicencia.com o por teléfono en el 91 702 19 70 / 93 272 04 47

© Megan Maxwell, 2023
© Editorial Planeta, S. A., 2023
Avda. Diagonal, 662-664, 08034 Barcelona (España)
www.esenciaeditorial.com
www.planetadelibros.com

Adaptación de la cubierta: Booket / Área Editorial Grupo Planeta
Ilustración de la cubierta: © Sito Recuero
Primera edición en Colección Booket: noviembre de 2024

Depósito legal: B. 17.866-2024
ISBN: 978-84-08-29457-3
Impresión y encuadernación: Liberdúplex, S. L.
Printed in Spain - Impreso en España

Biografía

Megan Maxwell es una reconocida y prolífica escritora del género romántico que vive en un precioso pueblecito de Madrid. De madre española y padre americano, ha publicado más de cincuenta novelas, además de cuentos y relatos en antologías colectivas. En 2010 fue ganadora del Premio Internacional de Novela Romántica Villa de Seseña, en 2010, 2011, 2012 y 2013 recibió el Premio Dama de Clubromantica.com. En 2013 recibió también el AURA, galardón que otorga el Encuentro Yo Leo RA (Romántica Adulta), y en 2017 resultó ganadora del Premio Letras del Mediterráneo en el apartado de novela romántica. *Pídeme lo que quieras*, su debut en el género erótico, fue premiada con las Tres Plumas a la mejor novela erótica que otorga el Premio Pasión por la Novela Romántica.

Encontrarás más información sobre la autora y su obra en:

https://megan-maxwell.com

@Megan Maxwell

@megan__maxwell

@MeganMaxwell

Para mis Guerreras y Guerreros.
Recordad que la vida no nos pide ser perfectos,
sino que aprendamos a ser la mejor versión
de nosotros mismos; que soñar es el único derecho
que nadie nos puede quitar, y que si hay que perderle
el miedo a algo, que sea al miedo.
Con cariño,

MEGAN

Capítulo 1

Andy
Los Ángeles, California

Salto de la cama y me tiro al suelo mientras me cubro la cabeza con las dos manos. Instantes después me despierto sobresaltada, acelerada y sudando. ¡Joderrrrrr, otra vez!

Estoy temblando, como siempre que me pasa esto, no puedo parar de hacerlo durante un rato a causa de lo que acabo de soñar. Miro mis manos y observo su tembleque sin poder evitarlo. Pasados unos minutos en los que respiro e inspiro como me indicó el médico, miro a mi alrededor y soy consciente de dónde estoy. Es el apartamento que mis padres tienen en Los Ángeles, no el mercado de Wahailat de Sadr City, en Bagdad.

¿Se cerrará algún día esa herida?

Me levanto del suelo y, consciente de que el temblor ha cesado, voy directa a beber agua. Me muero de sed.

Mientras lo hago miro mi teléfono móvil. Tengo un mensaje de Carla, la mujer de mi compañero Ramírez. Me da las gracias una vez más y me repite que está ahí para lo que necesite.

Sonrío. Sé que lo dice de corazón. Ramírez, su marido, le contó lo sucedido en el océano Índico, cuando fuimos con nuestro escuadrón a apoyar un rescate para recuperar uno de nuestros barcos.

Aquel día hice mi trabajo, como lo hizo Ramírez. Pero al ver que la vida de mi amigo y compañero estaba en peligro, y que o hacía algo rápido o aquello terminaría en tragedia, no lo pensé dos veces. Y, tras ordenar a mi escuadrón que regresara al portaaviones, desobedeciendo las órdenes recibidas por radio, me acerqué más de lo que debía al caza ruso y eso provocó que los chorros de propulsión se cruzaran.

Mi acción hizo que los dos aviones, el ruso y el mío, entraran en barrena y perdieran la trayectoria y el control. Como pude, vi que Ramírez estaba bien. Le había quitado al ruso de encima. Pero por radio lo oía gritarme que saliera del caza «¡ya!, ¡ya!, ¡ya! ¡Eyección!».

En todo momento supe que debía hacerlo. Era lo que tocaba. Después vendrían las explicaciones, las broncas, las investigaciones y las amonestaciones. Y, sin dar mi brazo a torcer, intenté hacerme con el control de mi caza; de mi *Lobo*, pues así era como lo llamaba, ya que llevábamos juntos diez años. Él era mi amor, mi F-35. Sin embargo, al ver que me resultaba imposible hacerme con él, con todo el dolor de mi corazón pulsé el botón de eyectar y salí disparada antes de que mi *Lobo* se estrellara.

Por suerte no me hice nada grave, a excepción de algunas contusiones por el golpe que recibí al caer en el océano. Poco después fui localizada por un helicóptero de rescate que me llevó al portaaviones, donde me esperaba una buena.

Cuando bajé del helicóptero mi escuadrón vino a abrazarme. Todos estaban felices de que estuviera viva; el que más, Ramírez, que rompió a llorar mientras me abrazaba. Yo también lloré. Solo nosotros entendemos ese abrazo, ese sentimiento, y por qué hice lo que hice. Es más, sin necesidad de hablarlo sé que él habría hecho lo mismo por mí.

No obstante, y a pesar de que me escucharon, mis superiores no aceptaron mi decisión. Había desobedecido órdenes y eso había conllevado perder un caza de incalculable valor económico, por lo que me suspendieron durante dos meses y estuve pendiente de investigación y valoración. Lo que había hecho era una locura. Una osadía. Un error. Aun así, yo volvería a hacerlo. Era eso o que Ramírez muriera, y esto último nunca lo habría permitido.

Después de esos dos meses, tras la investigación pertinente, un consejo militar valoró mis actos y se pudo comprobar que fue el caza ruso quien la cagó al armar inicialmente sus misiles contra el avión de Ramírez. Mi hoja de servicio era buena, a excepción de alguna que otra amonestación. Se reunieron conmigo infinidad de mandos. Algunos me alababan por mi empuje y valor; otros no. En esas reuniones me informaron de que, tras diez años pilotando un caza de guerra y habiendo recibido varias condecoraciones al valor, podía seguir en mi cargo u optar a un puesto de instructor en la base aérea de Los Ángeles. La noticia me desconcertó. Ser instructora era algo que me atraía, pero siempre había estado metida en misiones. ¿Podría vivir sin la adrenalina a la que estaba acostumbrada?

Decidí pedirme otros dos meses por asuntos propios para pensarlo, y el ejército me los concedió. Nunca antes había pedido permisos. Nunca había querido tomarme vacaciones porque no las había necesitado.

Y aquí estoy ahora, intentando aclararme las ideas y decidir mi futuro.

Una vez que regreso a la habitación y enciendo la luz de la mesilla, me retiro el sudor de la frente con la mano y, sin poder remediarlo, resoplo y, tocando las chapas identificativas que cuelgan de mi cuello, murmuro:

—Todo está bien… ¡Joder! Todo está bien.

Me siento en la cama y busco unas imágenes en mi teléfono móvil.

Mirar fotos me relaja. Me encanta ver a mi madre, Rosario, una española maravillosa que lo dejó todo por amor; a mi padre, el almirante norteamericano James Madoc, y a mis tres hermanos: Leo, Daniel y Max.

Mis padres se conocieron una vez que a él lo destinaron a la base naval de Rota, en Cádiz, donde ambos se vieron implicados en un tonto accidente de tráfico —en circunstancias propiciadas por mi padre, todo hay que decirlo—, cuando ella, madrileña de nacimiento, estaba con unas amigas pasando el fin de semana allí.

Según mi padre, ese día el destino la había puesto frente a él tres veces. Y si el destino había hecho eso ¡era porque tenían que encontrarse sí o sí! Por ello quitó a propósito el freno de mano de su vehículo, que estaba aparcado, para darle un toquecito por detrás al coche que conducía mi madre. ¡Menudo es mi padre cuando quiere algo!

En definitiva, que se conocieron, hubo flechazo, y cuando mi padre tuvo que regresar a Estados Unidos, tras cinco meses de viajes entre Madrid y Rota para verse, se casaron y se trasladaron a la base naval de San Diego, en California. Según ellos, los flechazos existen. Pero yo pienso: «¿Qué es un flechazo?».

En la imagen que estoy mirando, en la que salimos la familia al completo, papá y yo llevamos nuestros uniformes militares, puesto que la foto fue tomada el día que me dieron mis alas de oro y ya pude comandar yo sola mi ansiado F-35. ¡Mi *Lobo*!

Ni que decir tiene que mi familia no cabía en sí de orgullo, pues sabían de primera mano lo que me había tenido que esforzar, que sacrificar, y lo mucho que había aguantado por el hecho de ser mujer, tener tetas y querer ser aviadora naval.

Pero si había alguien que estaba orgullosa ese día, sin duda era mi madre, a pesar de todos los impedimentos que en un principio me había puesto. Que su única hija, una mujer, hubiera superado pruebas y estudios complicados compitiendo con hombres, a cuál más machirulo, y hubiera salido victoriosa era muy especial para ella. Mucho.

La familia española de mi madre no tiene relación alguna con el ejército. Mis abuelos estuvieron siempre a cargo de la pastelería La Golosa, un establecimiento de renombre en la calle Serrano de Madrid. La pastelería hizo que mis abuelos pudieran criar a sus dos hijas enseñándoles un oficio, y, tras fallecer ellos, en la actualidad es mi tía Elena quien la regenta, junto con mis primos Rosa y Jaime.

A pesar de que yo me crie en la base militar de San Diego, desde niña, gracias a mis padres, que compraron una enorme casa a las afueras de Madrid, concretamente en un precioso pueblecito llamado Boadilla del Monte, todos los años de mi vida hemos viajado a España para pasar las vacaciones de verano junto a nuestra familia española. ¡Qué bonitos veranos recuerdo en Madrid a pesar del tremendo calor que hace allí!

Motos. Amigos. Piscina. Días calurosos. Fiestas nocturnas. Rollitos de verano. Sangría. Mosquitos. Música. El canto de los grillos. Campo. Todo, absolutamente todo hacía de los veranos en España algo único y muy especial.

En cuanto a la familia de mi padre, oriunda de Oregón, se puede decir que tiene un fuerte arraigo castrense. Mi bisabuelo, Leroy Madoc, fue militar. A él lo siguieron mi abuelo, Tom Madoc, general de división del ejército norteamericano, y su hermano Elvis, comandante. La diferencia entre mi abuelo y su hermano Elvis fue que este último tuvo un lío con una actriz de la época que resultó ser una espía rusa que lo utilizó para sacarle información naval. Por consiguiente, Elvis fue expulsado del ejército y, desesperado, el hombre se suicidó. Aun así mi padre siguió con la tradición y se convirtió en almirante, y mi tío Cristian, en coronel.

Los Madoc llevamos defendiendo nuestro apellido desde la muerte de Elvis. El ejército parece no olvidar el daño que supuestamente causó en la familia, y la tirria que mi padre le tiene a la industria del cine es colosal. Le tiene tanta manía que ni películas ve. ¡Odia el cine!

Cuando mis hermanos crecieron, para horror de mi padre y felicidad de mi madre, no sintieron la llamada del ejército. ¡Qué disgusto para papá! Aunque, bueno, en compensación, mis primos Oliver y John ingresaron en los SEAL.

Daniel se decidió por ser abogado, Leo quiso ser mecánico de coches y Max, especialista de cine y doble de riesgo, cosa que a mi padre le escandalizó.

¿Cómo su hijo, con la tirria que él le tenía al cine, podía elegir pertenecer a ese mundillo en vez de ser militar?

En definitiva, solo quedaba yo. Y aunque mamá hizo todo lo posible para que no sintiera la llamada del ejército, sus esfuerzos fueron en vano. Yo lo tenía muy claro: quería ser militar como mi padre.

Rodeada de chicos desde pequeña, y, como decía mi primo Oliver, si había que perderle el miedo a algo, que fuera al miedo, aprendí a defenderme no solo a puñetazos, sino también con palabras. ¡Qué malhablada soy cuando me pongo en plan chicazo! La de veces que mi madre me ha castigado por llamar «capullos» a mis hermanos. Y cosas peores... Sin embargo, hoy por hoy hasta ella misma se mete con ellos, aunque con mi padre es un corderito manso.

Criarme entre tanto chico me hizo ser competitiva y que mi lado femenino quedara adormecido. «Tú no puedes», «Las chicas tienen miedo», «Las chicas no son capaces» y otras cosas parecidas provocaron que mi parte masculina saliera a flote y, perdiéndole el miedo a todo, aprendí a practicar cosas como el *motocross* y el *full contact*, por ejemplo. Todo lo que hicieran mis hermanos ¡me propuse mejorarlo yo! Incluso, para horror de mi padre, asistí a clases de doble de riesgo como Max, aunque mi vocación la tenía clara: yo quería ser militar.

Pasé de ser Andrea, la niña de la casa, a convertirme en Andy, el terremoto de la familia. Donde estuviera montar en moto, saltar una valla o practicar *full contact*, que se quitara jugar con muñequitas o mirarme al espejo como le encantaba hacer a mi amiga Hattie.

Yo era un fiel reflejo de mis hermanos y mis primos. Nunca me dejé pisotear. Y cuando jugaba con ellos aprendí que o era igual de osada, tosca y bruta, o siempre perdería, por lo que simplemente me convertí en un chico más, y los vestiditos y los lazos nunca fueron lo mío.

A diferencia de otras niñas, que adoraban a sus muñecas, soñaban con ser princesas y ser rescatadas por su príncipe azul, yo anhelaba ser quien rescatara al príncipe en cuestión.

Cambié un poco cuando entré en el instituto y Tom Mendes, el *quarterback* más increíble de mi escuela, se fijó en mí. A diferencia de lo que había ocurrido en otros cursos, el chico guapo por el que todas suspiraban no se había fijado en la muchacha más popular del momento, sino que reparó en la chica de la moto, en la chica diferente que practicaba *full contact*.

De pronto, y como un volcán en erupción, mi sexualidad despertó, igual que todos mis instintos de mujer, y por un tiempo, y siempre junto a mi amiga Hattie, solo pensé en ese chico de bonita sonrisa que me volvía loca y que era pura adrenalina para mí. ¿Por qué no disfrutarlo?

Tom me hizo conocer el romanticismo y, oye, ¡me gustó! ¡Qué enamoradita me tenía!

Sin embargo, a mis hermanos y mis primos nunca les cayó bien. Decían que estar con él me volvía blanda. ¿Qué hacía peinándome y mirándome al espejo sin parar? A Hattie, en cambio, le encantaba Tom.

Un día, como las peores porteras, los capullos de mis hermanos se lo contaron a mi padre. Al enterarse, papá me hizo un tercer grado, y la primera vez que Tom pasó por casa a recogerme solo le faltó ponerse el uniforme con todos sus galones y salir con la escopeta en la mano. Pobre Tom…, qué susto se llevó al verse rodeado por papá y mis intimidantes hermanos.

Menos mal que ese día mamá me ayudó y Tom salió ileso. Mamá, que es la gran romántica de la familia, al ver que su hija por fin se miraba al espejo y se había fijado en un chico, simplemente disfrutó de ello. Y, bueno, sé, porque me lo contó Hattie, que incluso fantaseó con organizarme una preciosa boda con azahar y violines.

Durante años, nuestra relación continuó con altibajos y derrapes emocionales. Tom, a su modo, intentaba cambiarme. Odiaba la rudeza con que nos tratábamos mis hermanos y yo. Según él, era indecoroso que una mujer hablara y se comportara de esa forma; según yo, aquello entre nosotros era lo normal, porque se trataba de la ley de la supervivencia.

Pero, claro, su padre era vendedor de coches y su madre un ama de casa de esas que hacen croquetas y pasteles los fines de semana, y la mujercita que él deseaba en su vida no tenía nada que ver conmigo. ¿Por qué no podía ser yo como mi amiga Hattie, que salía con Alfred y cuyo objetivo era casarse y tener hijos?

¿Por qué tenía que gustarme el *motocross*, el rugby o el fútbol?

Cuando me saqué el curso de doble de riesgo para el cine con mi hermano Max, Tom se burló de mí. ¿Cómo podía ser tan poco femenina? Reconozco que oírlo decir eso me dio mucha rabia, e incluso Hattie me sugirió que le pateara el culo. ¿Por qué mi novio se reía de mí? ¿Acaso no veía que yo estaba feliz por haber obtenido el título?

Fueron muchas las veces que soporté sus mofas y, en cierto modo, sus descalificaciones ante los amigos que teníamos en común. Lo soporté porque lo quería. Porque era mi novio y yo la tonta corderita romántica que seguía enamorada de él. Y, bueno, todo empeoró cuando se enteró de que me iba con mi primo Oliver a hacer puénting y caída libre la madrugada de los domingos y posteriormente decidí ingresar en la academia militar. Mi querido

Tom no lo aceptó. Él deseaba ser el macho alfa, y conmigo le era imposible.

Mi ingreso en la academia dinamitó nuestra relación. Según Tom, que una mujer sirviera en el ejército era antinatural. Según yo, que una mujer sirviera en el ejército era algo de lo más natural. ¿Acaso somos menos que los hombres?

Al final, después de que él me hiciera decidir entre él o el ejército, me desenamoré, volví a tomar las riendas de mi vida y elegí el ejército. Sin excesivos dramas, cada uno siguió su camino y, oye, ¡tan felices!

Pero ¿quién se creía que era para decidir mi futuro?

¡A la mierda el romanticismo!

¿Quién era él para cortarme las alas simplemente por ser mujer?

Miro ahora una foto en la que estoy con mi amiga Hattie, no tenemos más de cinco añitos. ¡Qué monas!

Por suerte, mi gran amiga siempre ha estado conmigo. Hattie es afroamericana. Ella y yo tenemos personalidades diferentes, a pesar de habernos criado en la base militar, y nos adoramos, porque con solo mirarnos nos entendemos. Ella es la hermana que nunca tuve, y sé que yo para ella también lo soy, aunque su color preferido sea el rosa y el mío el negro. Una tarde ideal para Hattie es estar en un salón de belleza haciéndose las uñas; la mía es haciendo puénting. Sin duda ser tan diferentes en todos los aspectos nos ha unido y, la verdad, nos complementamos muy bien.

En cuanto retomé las riendas de mi vida y, para disgusto de mamá, Tom pasó a formar parte del pasado, cada vez que hablaba de pilotar un caza de guerra mis hermanos y mis primos se reían de mí sin darse cuenta de que, al haberme criado con ellos, me habían hecho dura, competitiva e implacable. Crecer rodeada de cinco chicos había sido una buena escuela para mí, y con ellos a mi lado me había graduado *cum laude* en perseverancia, cabezonería y testarudez.

Quise demostrarles a todos que tenía un par de ovarios bien grandes, que meaba más lejos que ellos, y a mi padre en concreto que yo, siendo la niña entre tanto chico, era tan buena desde un punto de vista militar como él; así pues, a la edad de veintisiete años me convertí en la teniente Andrea Madoc, piloto de aviones de guerra y primera mujer de mi familia en pertenecer al ejército.

¡Qué orgulloso se sintió mi padre! ¡Y, joder, lo bien que me sentí yo!

Pasó el tiempo y mis hermanos se casaron con Desirée y Bianca respectivamente. Daniel se marchó a vivir a Nueva York y Leo a Memphis, y con el tiempo, para alegría de todos, llegaron a la familia mis sobrinos: Olivia y Kenneth por parte de Leo y Desirée, y Seth y Aiden por parte de Daniel y Bianca, aunque estos se divorciaron a los dos años del nacimiento de los mellizos.

El disgusto que el divorcio de Daniel les causó a mis padres fue tremendo. Sobre todo a mi padre, al que el divorcio le parece un horror, y es que es un poco antigüito el hombre. Mi hermano, en cambio, es otro cantar. Con reparar coches y saber que sus niños están bien tiene más que suficiente, algo que mis padres siempre le reprochan. ¿Por qué no se preocupa más de sus hijos?

A raíz del divorcio de Daniel, Leo y Desirée pasaron a ser la pareja perfecta. Se llevan bien. Viven genial. Los niños son estudiosos. Ella es una buena esposa y una madre estupenda... En fin, que a veces tanta perfección da hasta asquito.

Y, bueno, mi madre no para de lanzarnos pullitas a Max y a mí porque ambos estamos solteros. Mi padre, en cambio, no dice nada. A Max, por sus problemas, lo deja como un caso perdido, y a mí, que soy la única hija que pertenece al ejército, como él, solo me dice que me centre en ascender y me olvide de amoríos.

Luego está el *Coronel Truman*, un gato que mi madre se encontró una noche que helaba al salir a tirar la basura. Lo metió en casa y ya no salió de ella. Ni que decir tiene que se cree el dueño de la casa y casi tenemos que rendirle pleitesía por vivir en ella. Todo es de él. Todo. Principalmente el sofá.

Con el paso de los años Hattie se casó con Alfred, su novio desde el instituto, en una preciosa ceremonia donde la *jodía* me vistió de rosa para que fuera su dama de honor principal. ¡Casi la mato! Pero era su boda, ¡¿cómo iba a decirle que no?!

En cuanto a mi hermano Max, este lo pasó fatal tras un desengaño amoroso por culpa de una maldita actriz. Y lo peor de todo fue que la prensa del corazón ridiculizó a toda la familia al hacer público el pasado de nuestro antecesor, Elvis Madoc. A causa del disgusto Max se enganchó peligrosamente a la cocaína, algo de lo que entra y sale, aunque hace un tiempo que lo veo muy bien. Eso sí, pobrecita mi madre. ¡Cuánto sufre por ese capullo!

Ni que decir tiene que mi padre, tras ese nuevo encontronazo con la meca del cine, redobló su odio por ese mundo. Y si antes no soportaba el cine, ahora ¡lo requeteodia!

A mi hermano Max le encanta el riesgo, y en alguna ocasión el peligro que entraña su trabajo como especialista ha estado a punto de costarle la vida.

¡Joder! Pero si el muy capullo se arriesga más que yo, que piloto un caza de guerra.

Todos sabemos que lleva una vida algo caótica. ¡El tío vive en una caravana aun teniendo dinero para un apartamento! Por eso y mil cosas más, papá y él chocan. Cuando eso ocurre todos intentamos mediar entre ellos, pero es difícil. Y es que mi padre, *el Almirante*, es complicadito…

Con el tiempo Max se empeñó en abrir su propia empresa de especialistas de cine —¡vivimos en Los Ángeles!—, algo que por supuesto horrorizó a mi padre. La empresa, aunque chiquitita, marcha bien a pesar de los malos tiempos que corren para la industria, y los trabajos que Max hace como especialista lo llenan mucho.

Recuerdo que para la película *Maverick*, la del sexy y estupendo Tom Cruise, mi hermano puso al director en contacto conmigo. Querían grabarme para algunas escenas del filme. Deseaban realidad trepidante y llena de adrenalina, y me encantó participar pilotando mi caza, previo consentimiento del ejército, por supuesto. Por cierto, Tom Cruise me pareció encantador. Siempre lo había supuesto, pero, tras trabajar con él, lo considero un diez.

Por mi parte, proseguí con mi vida como teniente de escuadrón, solterita, vacilona y sin compromiso, para regocijo de mi padre y penita de mi madre, que vivió el nacimiento de los hijos de Hattie como si fueran sus propios nietos.

Sé que es un orgullo para mi padre que yo sea la única de sus hijos que siga su estela militar, pero a veces supone un agobio para mí, pues siento que ante cualquier error puedo decepcionarlo. Me gusta mi oficio, lo adoro, pero en ocasiones, cuando él se pone en plan almirante conmigo y olvida que soy su hija, me incomoda. A veces me exige tanto que me resulta agobiante, algo que intuyo que sabe pero no puede remediar. La pasión por el ejército corre por sus venas y desea que eso también me ocurra a mí. Y, vale, soy hija de mi padre, pero no siento que el ejército sea mi vida, aunque sí volar. Eso sí.

Al ser de Los Ángeles, lugar que es considerado la meca del cine, mis compañeros de escuadrón empezaron a apodarme *Hollywood*. El día que mi padre se enteró, literalmente vi que le salía humo de las orejas, pero sabía que su opinión no iba a cambiar nada, por lo que guardó silencio y por una vez no se metió en algo relacionado conmigo y mis compañeros.

Mi trabajo me tiene tan abstraída que, por no tener, no tengo ni casa, ni perro, ni plantas, ni nada que me pueda atar. Bueno, sí, mi moto: el *Bicho*, que me compré hace años haciendo un gran esfuerzo. La guardan mis padres en su casa mientras yo estoy fuera de misión, y viajo con ella siempre que puedo.

Como mujer, crecí conociendo mis defectos y virtudes, y en el tema hombres nunca me he vuelto a enamorar. El flechazo es una mentira, por mucho que se empeñen en recordármelo en las películas.

En cuanto un civil se entera de que soy militar, sus ganas de conocerme se esfuman, y he acabado por asimilar que tengo que disfrutar del sexo sin más; ¿para qué ilusionarme con algo que nunca sería posible?

Mis ojos pasan por varias fotos hasta que llego a una muy especial en la que estoy en la base aérea de Al-Asad, en Anbar, Irak. En esa imagen de hace algunos años, un grupo de militares estamos disfrutando de la fiesta del Cuatro de Julio. ¡Qué jóvenes éramos! Junto a mí están Ramírez, Steven, Mery, Isabel y Ross: mi equipo. Mi escuadrón. Hombres y mujeres que, como yo, comandaban cazas y disfrutaban de sus trabajos.

Isabel y Ross, sin que nadie lo supiera excepto yo, eran pareja. Se habían enamorado una noche en el campamento mientras veíamos la película *Cartas a Julieta*. Viví el comienzo de su historia de amor y fue muy bonito y divertido, pero lo llevaban en secreto para evitarse problemas con los mandos. Frente a los compañeros, cuando hablábamos de amor, Ross siempre decía en clave que tenía una Julieta e Isabel, un Romeo. Sorprendentemente nunca nadie imaginó que uno hablaba del otro. Incluso planeaban casarse en secreto en Verona y que yo fuera la madrina. Por ello escribieron una carta de amor que aún conservo sin abrir. En ella le agradecían a Julieta su propia historia de amor , y a mí me pidieron que si les ocurría algo, colgara esa carta en la casa de Julieta, en Verona, acompañada por mi enamorado, algo que les prometí entre risas y que nunca pensé que tendría que cumplir.

Por desgracia esa fue nuestra última foto juntos. Algunos días después, antes de regresar a casa tras pasar cuatro meses en Bagdad, mi escuadrón decidió ir al mercado de Wahailat de Sadr City a hacer unas compras y ese día hubo un atentado suicida con bomba.

¡Ese horrible momento que aún sigue despertándome algunas noches!

En la explosión murieron decenas de personas, entre ellas todos mis compañeros y amigos de escuadrón, a excepción de Ramírez y yo. Los demás estaban esperando a que nosotros regresáramos de comprar unas especias en un puesto callejero. Yo resulté herida. Ramírez también. Solo recuerdo abrir los ojos un momento en un helicóptero mientras era evacuada de Bagdad. El olor, el miedo…, el dolor y el sabor metálico de la sangre hicieron que posteriormente me desmayara, y lo siguiente que recuerdo fue despertarme en un hospital junto a mis padres, mis hermanos y Hattie, rodeada de goteros y tubos por todas partes.

No sabía qué había pasado, por qué estaba allí.

Enterarme de la muerte de mis amigos, de mi escuadrón, de mis hermanos de vida me rompió el corazón. Mi mundo se detuvo. Durante días lloré y lloré. Repasaba una y otra vez en bucle los últimos instantes que había vivido. La calle. El mercado. Las personas que pasaban por nuestro lado… ¿Cómo no nos dimos cuenta de lo que iba a suceder? ¿Por qué había tenido que ocurrirles eso a mis amigos?

Tanto Ramírez como yo necesitamos varias intervenciones para corregir las fracturas que habíamos sufrido en las piernas. En su caso, en ambas. En el mío, en la derecha, además de varios puntos en la cabeza, la barbilla, los hombros, la espalda y el cuello.

Ramírez y yo, que estábamos ingresados en distintos hospitales, tras muchas horas llorando en silencio al teléfono decidimos ser positivos, por nosotros, por nuestras familias, y sobre todo por los amigos que habían perdido la vida en el atentado. Ramírez me prometió incluso que volveríamos a bailar salsa, y eso nos hizo sonreír a ambos por primera vez.

¡Estábamos para bailar salsa...!

Entre mis efectos personales quedó la carta de amor de Ross e Isabel. Un amor secreto como el de Romeo y Julieta que acabó trágicamente. Me dolía la promesa que les había hecho de llevarla a Verona cuando guardé su carta. ¿Cómo podía afrontar aquello? Y entonces decidí guardarla hasta que me encontrara fuerte para cumplirla.

Mi madre y mi tía Karen lo pasaron fatal. Siempre habían temido que algo así nos ocurriera a alguno de la familia y, mira por dónde, a la primera a la que le ocurrió fue a mí. ¡A la niña! ¡Al terremoto!

Mis primos Oliver y John, los SEAL de la familia, se preocuparon mucho por mí. No pudieron venir a verme, pero siempre que podían ambos me llamaban. Al ser militares como yo me entendían mejor que mis hermanos, e, imagino que al notarme tan perdida por lo ocurrido, Oliver me recordó eso que siempre me decía cuando nos íbamos a hacer puénting: que si había que perderle el miedo a algo, que fuera al miedo.

A Ramírez lo cuidaron su familia mexicana y su mujer, Carla. Pobrecita, qué mal lo pasó... Apenas llevaban casados un año cuando ocurrió el accidente, y sin duda le vino grande, aunque demostró tener mucho coraje.

Con el paso de los días Leo y Daniel regresaron a Nueva York y a Memphis. La vida continuaba. Y Max, al vivir en Los Ángeles, fue uno de mis grandes apoyos. Mi hermano no se separó de mí ni un segundo durante mi rehabilitación. No dejó de animarme, de decirme que yo podía con ello, que era la más fuerte de la familia..., y sin duda su presencia y su amor fueron primordiales para mí, aunque a veces me enfadara con él al mirarlo a los ojos y saber que había consumido lo que no debía.

Mi madre me llenó de amor y cuidados en el hospital. Realmente a mamá la palabra *madre* se le queda pequeña. Siempre había sabido que nos quería a mis hermanos y a mí, pero cuando sentí su completa dedicación hacia mi persona, entendí como nunca que yo era un pedacito grande de su vida y de su corazón. Mi padre también me cuidó; se desvivió por mí. Pero al verme perdida tras lo ocurrido se puso en plan almirante y me animó a volver al escuadrón… ¡Ya! ¡Ya! ¡Ya!

Eso generó discusiones entre papá y mamá, que pensaban de diferente manera. Sin embargo, mi padre no dejó de insistir. Me decía que yo había luchado mucho para conseguir ser quien era, y, sí, reconozco que su empeño me fortaleció y me ayudó a recuperarme.

Otra que estuvo siempre ahí fue Hattie. Ella era madre y esposa. Su tiempo era limitado, pero siempre encontró un rato para estar conmigo, para decirme que eso lo iba a superar y que pronto volvería a volar en mi avión.

Cuando me dieron de alta en el hospital, como era de esperar, me trasladé con mis padres a su casa, pues no permitieron que me fuera con Max a su caravana. Al no tener casa propia, ¿adónde iba a ir? Entre todos me cuidaron con cariño y amor. Incluso el *Coronel Truman*, el gato, compartió el sofá conmigo. Todo un detalle.

Una tarde mamá y tía Karen se empeñaron en llevarme a un centro comercial a tomar algo para que dejara de leer y ver rugby o boxeo en la televisión. La verdad, a mí no me apetecía mucho. Iba en silla de ruedas, tenía la pierna enyesada y la cara llena de heridas. Sin embargo, por no llevarles la contraria dije que sí y, ¡tachááán!, casualidades de la vida, nos encontramos con Tom, el único novio que yo había tenido, acompañado por su perfecta mujer y sus dos preciosos hijos.

Él al verme se acercó a saludarme sin dudarlo. Mi aspecto era pésimo, desastroso, mientras que él y su mujer estaban espectaculares.

En sus ojos leí lo que pensaba mientras me miraba. Yo me había convertido en la clase de mujer que él rechazaba. Pero bueno, guardó silencio al respecto y al final se marchó.

Con el tiempo sané de una manera increíble, a pesar de las feas cicatrices que me han quedado en la pierna y en la barbilla, algo que a mí, sinceramente, no me incomoda. Hasta los propios médicos se sorprendieron de mi fuerza de voluntad y mi evolución. Yo quería regresar a mi trabajo cuanto antes, volver a comandar un escuadrón como mi padre me había exigido, y para ello me esforcé al mil por mil.

Para honrar a los fallecidos, tras hablarlo con Ramírez, ambos nos tatuamos seis cazas en formación en el hombro derecho. Siempre que voláramos nuestros hermanos de vida volarían con nosotros.

Tras un periodo de convalecencia de seis meses y veintiséis días en el que hice todo lo imprescindible para curarme y, gracias a Hattie, conseguí no matar a la pesada de mi madre, una semana antes de reincorporarme recibimos la noticia de que mi primo Oliver, sargento mayor de los SEAL, había muerto en Somalia en un fuego cruzado.

Joder…, joder…, joder…, ¡lo que fue aquello!

Saber eso hizo que mi mundo se paralizara de nuevo.

No…, no…, no… Mi primo, mi maravilloso primo Oliver, el mismo con el que me encantaba hacer puénting y caídas libres en barrancos, había muerto en acto de servicio, y asistir a su funeral fue terrible.

Pasar por lo mismo que había vivido meses antes con mis compañeros me destrozó de nuevo el corazón. Ver a mis tíos, a la mujer de Oliver y a mis padres devastados me hizo volver a sentir que vivía sobre una nube que se movía bajo mis pies y que podía desvanecerse en cualquier momento.

Al presenciar el sufrimiento de la joven viuda de Oliver llegué a la conclusión de que estar sola era lo mejor. Mi trabajo, como lo había sido el de él, es jugarse la vida, y la opción más acertada era la soledad. ¿Cómo iba a permitir que un hombre sufriera por mi pérdida y, menos aún, unos hijos?

Ni hablar. Los hijos quedaban descartados de mi vida, y una relación seria y formal, también.

Antes de incorporarme a mi escuadrón pasé nuevamente por el tatuador. Volví a tener la necesidad de dibujarme algo especial para Oliver y para mí, por lo que, bajo los aviones de caza en formación, me tatué la frase que él tanto repetía: «Si hay que perderle el miedo a algo, que sea al miedo».

Finalmente, cuando me reincorporé a mi nuevo escuadrón con Ramírez, prometí a mi familia que sería juiciosa y cautelosa en mis misiones. Aunque lo cierto es que mentí como una bellaca... La desazón por lo vivido me hizo ser más osada que nunca. El miedo no iba a dominar mi vida. Y, para horror de mi padre, en mi hoja de servicio comenzaron a constar partes por desobediencia y por hacer pasaditas frente a las torres de control al volver de una misión.

En los últimos tiempos no he parado de llevar a cabo misiones con mi escuadrón y mi *Lobo* en Irak, Yemen, Siria, Rusia, Kosovo, Bosnia, Somalia, Libia, Ucrania..., lugares donde literalmente nos hemos jugado la vida en muchas ocasiones.

Pero aquí estoy ahora, en el apartamento de mis padres, con la única posesión de una moto, mientras soporto las broncas de mi padre cada vez que lo visito o se pone al teléfono por el incidente con el caza ruso, y sigo afirmando que lo volvería a hacer por Ramírez y por mi escuadrón.

Para matar el tiempo hago todo lo que se me ocurre: he visitado a Daniel en Nueva York y a Leo en Memphis; voy al circuito a hacer *motocross* y me tiro en paracaídas; disfruto con Hattie y los niños; me voy con Max a su pequeña empresa a practicar con sus empleados escenas de riesgo o a tirarnos por barrancos en caída libre; salgo con los amigos de copas. Se puede decir que estoy aprovechando mi tiempo libre al cien por cien.

Todo eso me encanta. Lo disfruto mucho porque nunca tengo tiempo para hacerlo. Pero de lo que más estoy disfrutando es de planear mi viaje a Europa. Volaré hasta España y, desde Madrid, con mi moto haré una ruta hasta Venecia y Verona, y, por supuesto, como Ramírez me dijo que mi escuadrón estará dos días en la base aérea de la OTAN en Aviano, iré a visitarlos. Quiero verlos. Necesito verlos. Sé que estar con ellos responderá a mi pregunta de si voy a regresar con mi escuadrón o, por el contrario, haré de instructora en la base de Los Ángeles y cambiaré de vida.

Oigo sonar el teléfono móvil. Es una videollamada de Hattie.

—Buenos días —saludo.

Veo que Hattie Whitaker, hija del coronel Brayton Whitaker y mi mejor amiga, por no decir hermana, sonríe. Después de su bonita boda y de tener a sus dos hijos, Lionel y Fabiola, hace tres años que se divorció. Su matrimonio no iba bien y, tras hablarlo con Alfred, se divorciaron de mutuo acuerdo. Ahora se llevan genial, algo que me encanta, pues los adoro a los dos, y a los niños ¡ni te cuento!

Hattie, que siempre fue una loca de la moda, en la actualidad regenta una tienda de ropa en Manhattan Beach. Ella es una morenaza que físicamente se parece muchísimo a la actriz Halle Berry, y la tía es como la cerveza aquella, que triunfa allá a donde va. Me estoy riendo por ello cuando oigo que Hattie dice mirándome a través de la pantalla:

—¿Cómo ha dormido mi teniente hoy?

Sin querer entrar en dramas, respondo con desgana:

—¡Genial…!

Según digo eso, veo que mi amiga sonríe.

—Tienes mala cara, Andy —dice—. Has vuelto a tener la pesadilla, ¿no?

Me río. Es increíble cómo me conoce.

—Te recuerdo que cuando dices «¡genial!» en ese tono es porque no quieres hablar —suelta a continuación.

Asiento sin decir nada.

—Por cierto, ¡prepárate! —añade—. Esta noche vamos a hacer una locura.

—¡Me apunto!

Hattie se ríe y yo también.

—Iremos a unas citas a ciegas —termina.

Al oír eso dejo escapar una carcajada y suelto:

—Me desapunto.

Pero ella niega con la cabeza con gesto serio.

—No…, no…, no… Guapa, ¡tú te vienes conmigo sí o sí!

—Joder, Hattie —protesto—. Sabes que no me van esos rollos.

Como era de esperar, ella da sus explicaciones. Yo le doy las mías, y al final, divertida por el énfasis que le pone al tema, y sobre todo porque a ella no puedo decirle que no, cedo.

—Vale…, vale… ¡Iré!

Hattie, que está en su tienda, aplaude feliz.

—Según me han contado —cuchichea a continuación—, son

citas de media hora en las que no puedes ver a la persona que hay al otro lado ni dar información de ti ni de cómo eres, pero sí hablar.

—Hattieeeeee...

—¡Cállate! —me regaña, y prosigue—: Después de esa media hora pasas a la siguiente, y así hasta completar cuatro citas. Y si a final del juego quieres conocer a alguno o alguno quiere conocerte a ti, solo hay que apuntarlo en un papel ¡y la magia se hace realidad!

Suspiro. No creo en la magia, y menos en la magia de ese tipo, pero como no tengo otra cosa mejor que hacer, respondo:

—Está bien, pesada.

Hattie da saltitos de felicidad y yo la observo con una sonrisa.

—Para mañana, viernes, también tenemos planes —dice luego.

—¿Ah, sí? —me mofo.

Hattie asiente.

—Andy, quiero aprovechar a tope el tiempo que estés en California. Por tanto, no hay más que hablar. Hoy iremos a las citas a ciegas y mañana a una fiesta. Una de mis mejores clientas, la actriz Rina Capriacelo, me ha regalado dos invitaciones para un fiestorro increíble donde habrá mucha gente guapa e interesante.

—Woooo... —me burlo—, cuando dices eso es porque será gente tonta y superficial.

—¡Andyyyyy!

Me río. No lo puedo remediar. Las personas con las que Hattie se codea a raíz de su trabajo no tienen nada que ver con las del ejército.

—Hora y punto de encuentro para hoy —pido divertida.

Oigo la risa de Hattie. Mi lado militar siempre sale por algún sitio.

—Hoy, a las siete en Rampox —dice.

—¡Vale!

—Y mañana a las nueve en Boardner's.

—¡Oído!

—La fiesta de mañana se llama «A la playa y de blanco», por lo que hay que ir de ese color. ¿Tienes algo blanco?

Pienso a toda prisa. Mi armario no es el mejor, pues me he pasado media vida vestida de caqui.

—Si no tienes nada, pásate por la tienda —oigo que dice entonces—. Hay unos vestidos que…

—Tranqui, que algo tengo.

Hattie asiente y luego pregunta:

—¿Sabes dónde está Boardner's? Allí es la fiesta de mañana.

—¡Ni idea!

Ella se ríe y me explica cómo llegar.

—OK —afirmo—. Está en la avenida Cherokee.

—¡Será genial! —señala Hattie.

Asiento y, levantándome de la cama para dirigirme al baño, indico:

—¡Nos vemos esta tarde a las siete en la puerta de Rampox!

Una vez que la comunicación se corta me dispongo a darme una ducha, pero recibo un mensaje de mi madre y rápidamente le contesto. La mujer me escribe todos los días y me llama por teléfono un par de veces por semana para saber de mí. No quiere agobiarme. Con mi padre ya tengo bastante.

Lo cierto es que creo que ella todavía fantasea con que encuentre el amor. Según mi madre, soy preciosa, algo ruda, pero un buen partido. Según yo, soy muy bruta, y para nada un buen partido. Según ella, el que sea militar no es un obstáculo para el amor, puesto que mi padre lo encontró. Según yo, ¡paso de pensarlo!

En fin…, si es feliz imaginando que voy a encontrar el amor, ¿quién soy yo para acabar con su felicidad?

En cuanto le escribo a mi madre y le hablo de mis planes con Hattie para que se alegre, voy hacia la minicocina —porque en el apartamento todo es mini— para tomarme un café. Necesito un café.

Mientras lo preparo pongo la radio para oír música, algo que me encanta. Empieza a sonar una canción que el locutor dice que se titula *Por el resto de tu vida* y que cantan Tini y Christian Nodal. Anda, mira, ¡esta no la conocía! Y es que yo soy más de Miley Cyrus, mi cantante preferida.

Escucho la canción sentada en una silla y sonrío al oír eso de que el amor solo pasa una vez en la vida. Sinceramente, creo que debe de ser así, pues desde que me enamoré de Tom, siendo una cría, nunca nadie ha hecho que volviera a sentir dentro de mi estómago los misiles Tomahawk. Eso que la gente llama finolismente «mariposítas».

Encantada, escucho la canción, que es dulce y romántica, y sonrío cuando mencionan mi película preferida, *Coco*. ¡Me gustó muchísimo esa peli porque me llegó al corazón!

Cuando me acabo el café y termina la canción, apago la radio y me dirijo al minúsculo baño. Voy a ducharme. Allí busco en mi teléfono móvil mis listas de Spotify y, tras mirar la que tengo de mi maravillosa Miley Cyrus, decido poner primero la canción *Hopelessly Devoted to You*, de Olivia Newton-John.

Aiss…, qué penita el día que me enteré de su muerte. Olivia era un icono para muchos de nosotros. ¿Quién no se ha enamorado de Sandy en la película *Grease*?

Suenan los primeros acordes y no puedo evitar sonreír. Esta canción tan increíblemente romántica es muy especial para mí. No porque crea en el amor, ni porque me recuerde a nadie. Esta canción es especial porque, junto a mis hermanos de vida, la hemos cantado a voz en grito muchas muchas muchas noches en las cantinas militares en las que nos ha pillado. Cantarla es como un himno, es como acercarnos a casa y a nuestras familias. Y eso siempre es importante para todos nosotros.

Capítulo 2

Nacho

La reunión desde mi casa vía Skype con Jack Parson, representante del actor Michael Anthony McDowell, ha acabado. Para mi siguiente película quiero contar con Michael en un papel principal. Su trabajo me gusta y él como actor es increíble, pero, claro, primero he de hablar con Jack y llegar a un acuerdo.

Estoy pensando en ello cuando suena mi teléfono. Al ver el número en la pantalla lo cojo y saludo:

—Hola, papá.

—Ignacio, buenos días.

Sonrío. Mi padre es una persona muy correcta, pero algo complicada de llevar. Es de los que creen que siempre tienen la razón y, bueno, eso ha hecho que muchas veces él y yo hayamos estado distanciados. Es filósofo, pacifista y lingüista, y para él y el entorno en el que se mueve el lenguaje y las formas son algo primordial. Mi padre y mi madre se han casado tres veces y se han divorciado dos. ¿Que por qué? Porque son las personas más distintas que hay en el mundo, pero sorprendentemente no pueden vivir el uno sin el otro.

—¿Qué tal tu cita con Olimpia Bermer? Sé que está en Los Ángeles por trabajo.

Suspiro. En su afán de que vuelva a enamorarme, me case y le dé nietos, mi padre se pone muy pesado. La última vez que fui a Nueva York a visitarlos me presentó a Olimpia, la hija de un buen amigo suyo que es galerista de arte.

Olimpia y yo salimos a cenar varias veces y en algunas ocasiones la cita terminó en un hotel. Somos adultos y sabemos lo que queremos. Olimpia es una mujer encantadora que se siente presionada por su familia para que encuentre un marido, e ignoran que ella, como yo, vivimos felizmente solteros y sin compromiso.

Por ello, y para no matar la ilusión de mi padre, respondo:

—Sí, papá. Anoche cené con ella.

Oigo que sonríe.

—Es una buena mujer, Nacho —dice—. Es lista, educada, elegante y muy guapa.

Asiento. Lo es.

—Me dijo su padre que le gustan mucho los niños —añade entonces.

—Papá…

—¿Volverás a quedar con ella? —me corta para no oírme.

Resoplo. Menuda paciencia debo tener con él. Y, tomando aire, miento:

—Sí, papá. Hemos quedado en vernos posiblemente esta noche, puesto que mañana regresa a Nueva York, o la próxima vez que yo vaya a visitaros.

Durante varios minutos mi padre sigue hablando de Olimpia. Repite y repite sus virtudes y yo me limito a escucharlo. He aprendido a dejarlo hablar. Si cree que, por mucho que me hable de ella, me va a convencer de que es la mujer que quiero en mi vida, lo lleva claro.

—Por cierto, hijo, ¿cuándo piensas llamar a tu madre?

Según oigo eso, suspiro. Tiene razón. Quedé en llamarla, pero al final, por unas cosas u otras, se me ha olvidado.

—Vale, papá. Capto tu mensaje.

—A ver, hijo…, o lo haces ¡o le pido el divorcio!

Me río al oírlo.

—¡No jorobes, papá! No digas gilipolleces —cuchicheo.

—Ignacio Rodrigo Mel Duarte McDough —me regaña—. Ese lenguaje, por favor. Habla con propiedad.

Asiento. Suspiro. Cuando mis padres me regañan, aun siendo un hombre de casi cuarenta años, me llaman por todos mis nombres. Y, bueno, el don Correcto que hay en mi padre ya ha salido a flote. Desde que yo era niño se ha esforzado en que no utilice palabras malsonantes ni ordinarias, cosa que reconozco que ha conseguido.

—Pero ¿qué he dicho? —pregunto divertido.

Él protesta. Me hace saber que decir «gilipolleces» es una vulgaridad, algo horroroso de oír de mi boca. Y, tras reírme un rato con él y de sus cosas, me despido y quedo en llamar a mi madre. Lo apunto en la agenda para que no se me olvide.

Vuelvo al trabajo. De nuevo me concentro en mis asuntos y, mientras miro una carpeta que me ha pasado mi secretaria, vuelve a sonar el teléfono. Es Roy, un amigo.

—Hola —saludo.

—¿Qué haces esta tarde?

Al oírlo me río y respondo olvidándome de Olimpia:

—Quedarme en casa tranquilamente trabajando. ¿Por?

Roy se ríe a su vez.

—Necesito que vengas conmigo. Me han invitado a unas citas a ciegas y…

—¡Ni hablar! —replico de inmediato.

La risa de mi amigo se acrecienta.

—Venga, tío. No quiero ir solo. Puede ser divertido.

Me horrorizo: ¿divertido?

—¿Citas a ciegas? —inquiero.

De nuevo oigo la risa de Roy, que añade:

—Vamos, tío. Nunca hemos ido a ninguna, y me han dicho que las de Rampox suelen ser entretenidas.

Suspiro en silencio.

—Venga, hombre —insiste él—, asistir no implica nada. Ni siquiera tienes que dar tus datos. Es todo muy informal.

Resoplo mientras Roy continúa:

—No creo que haya prensa y…

—La prensa es lo último que me preocupa.

Imagino que asiente. Sabe que digo la verdad. Desde hace mucho tiempo lo que diga la prensa me da igual.

—Vale —digo finalmente—. Te acompañaré. Pero cuando acabe lo de las citas regresaré a mi casa… ¡solo!

—Eso ya es cosa tuya, tío. —Vuelve a reír.

Una vez que quedo con él en el local y estoy poniendo una alarma en mi móvil para que no se me olvide, se abre la puerta de mi despacho y Cecilia se asoma.

—Nacho —dice—, ¿llamo hoy al veterinario o no?

De inmediato pienso en mis perros, *Cooper* y *Audrey*, que van a ser padres por primera vez.

—¿Cómo ves a *Audrey*? —pregunto.

La mujer se encoge de hombros.

—Tan feliz como siempre —contesta sonriendo—. Hace un segundo la he visto corriendo por el jardín trasero de la casa detrás de *Cooper* y la he regañado; pero ¿es que esa perra está loca?

Oír eso me hace reír. *Audrey*, mi preciosa y enorme terranova negra, es una loca. Ni embarazada baja el ritmo.

—El veterinario dijo que lo llamáramos si la veíamos apagada —digo—, pero si está correteando creo que debemos esperar.

Cecilia asiente. Se acerca a la desordenada mesa a la que estoy sentado y pregunta:

—¿Cómo puedes aclararte con la mesa así?

Divertido, sonrío y respondo:

—Porque está perfecta.

La mujer vuelve a asentir. Sabe muy bien cómo soy.

—Anselmo y yo iremos ahora a la compra —agrega—. ¿Quieres que te traiga algo especial?

Niego con la cabeza. Anselmo y Cecilia son un matrimonio español que mi mujer y yo conocimos cuando buscábamos guardeses para la casa. Llevan más de quince años trabajando conmigo. Son las personas que se encargan de que en mi hogar todo funcione como es debido.

—Lo que tú traigas siempre está bien.

Cecilia sonríe. Sabe que soy facilón. Juntos hemos pasado por muchas cosas tristes y alegres y cuando ocurrió lo de Odalys, les prohibí que me volvieran a llamar «señor». Su manera de cuidarme, de quererme y apoyarme me demostró que eran una prolongación de mi familia.

—Ya tienes planchada la ropa blanca que me dijiste que necesitabas para la fiesta de mañana.

—Gracias, Cecilia.

La mujer sonríe y se encamina hacia la puerta cuando pregunto:

—¿Sobre qué hora regresaréis?

—A las cinco como muy tarde estaremos aquí.

Afirmo con la cabeza.

—He de salir hacia las seis y cuarto y no quiero dejar solos a *Cooper* y *Audrey* —aclaro.

—Tranquilo, Nacho —dice ella—. Nosotros ya estaremos aquí. Pero, vamos, ya ves que la perra está tan fresca como una rosa.

Ambos reímos y luego, mirándola, comento:

—Roy quiere que lo acompañe a unas citas a ciegas.

Según digo eso Cecilia frunce el ceño.

—¿A ciegas? —Asiento, y ella exclama—: ¡Pero ¿qué locura es esa?!

—Cosas de Roy. —Me río.

Cecilia niega con la cabeza. En su mirada leo lo que piensa.

—Así nunca encontrarás el amor —suelta—. Y mira lo que te digo, Nacho: no solo eres un hombre guapo y de éxito, sino también muy interesante y cariñoso, alguien que se merece una buena mujer a su lado.

Me vuelvo a reír. No lo puedo remediar. Desde que enviudé todo el mundo que me conoce siempre está con lo mismo. Según ellos he de encontrar de nuevo el amor. He de conocer a alguien especial. Pero la verdad es que yo no me preocupo por ello. Solo y haciendo lo que deseo en todo momento estoy muy bien. No necesito a nadie a mi lado para ser feliz.

Por suerte, en ese instante Anselmo entra en el despacho y, al oírla, la coge de la mano y dice:

—Cecilia, nos tenemos que ir.

Con la mirada le agradezco el detalle al hombre y este me guiña un ojo. La complicidad que tengo con el matrimonio es maravillosa.

Cuando se marchan me levanto, paso por al lado de una mesita y con cariño toco una figurita en forma de gato. Es mi figurita preferida, la que salvaría de un incendio, aunque no la más bonita. Fue el primer regalo que Odalys me hizo y, por tanto, es muy importante para mí.

Una vez que salgo de mi despacho busco a Jackson y a Paul. Ambos ejercen de guardaespaldas cuando los necesito. Por desgracia hay mucho loco suelto y, tras verme varias veces en situaciones complicadas, los contraté a ambos. Los localizo en la cocina tomándose un café y les indico que voy a salir y que estén preparados.

Tan pronto como regreso a mi despacho mis ojos vuelan a la fotografía que tengo sobre mi mesa. Odalys, la que fue mi mujer, sonríe. ¡Qué bonita era! Durante unos segundos la miro. Con ella encontré el amor. Con ella encontré la «magia», como ella decía.

Odalys era única. Irrepetible. ¿Cómo voy a volver a encontrar a alguien así?

En cuanto dejo de mirar la foto, pues los recuerdos me consumen, me pongo de nuevo con los papeles que hay sobre mi mesa. Es lo mejor.

Capítulo 3

Andy

Cuando me reúno con Hattie en el local de las citas, me río al ver que tenemos que entrar por la puerta de la derecha. Al parecer los hombres entran por la de la izquierda.

¡Vaya tela!

Cuando les cuente esto a los de mi escuadrón, se descojonarán de la risa.

Un hombre comienza a explicarnos las normas de las citas. No vernos, no describirnos, no dar información personal, no decir número de teléfono ni redes sociales, no repetir cita. Uf…, demasiados noes. Al acabar las cuatro citas, de media hora cada una, si alguna nos ha llamado la atención debemos escribir el nombre de la persona en cuestión en un papel y dárselo al moderador. En el caso de que ambos deseemos conocernos el moderador nos presentará, y partir de ahí será cosa nuestra.

¡Para flipar!

Según oigo eso, pienso qué hago yo aquí… ¿Desde cuándo hago esta clase de tonterías? Pero bueno, ya que he venido, intentaré pasarlo bien por Hattie.

A mi amiga y a mí nos meten en el mismo grupo, que lleva por nombre «Venecia». ¡Mira qué bien, con las ganas que tengo de ir a esa mágica ciudad! Tenemos cuatro citas de media hora cada una, con cuatro hombres solteros, en unas cabinas separadas por un cristal negro, y nosotras, no ellos, seremos quienes cambiemos de cabina para mantener las citas.

Hattie está emocionada. ¡Le encantan todas esas cosas!

Tras despedirme de ella, entro en la primera cabina, me siento en la cómoda butaca y oigo a un hombre que me saluda tras el cristal negro. Sin dudarlo le respondo. Se llama Jeffrey, es de Chicago, y todo empieza a ir mal nada más comenzar a hablar. Es racista, homófobo, imbécil profundo y odia el ejército. Pero ¿en qué mundo vive este idiota? Como era de esperar, le vacilo y discutimos. Yo no me callo ni debajo del agua.

Suena un timbre y por fin acaba la cita. ¡Menos mal, porque mi siguiente paso era entrar en su cabina y arrancarle la cabeza!

Me cruzo con Hattie, veo que por suerte no le toca con Jeffrey y, tras reírnos, nos metemos cada una en otra cabina. Cuando me dispongo a cerrar la puerta me pillo el dedo sin querer y suelto:

—¡Joderrrrr!

Y de inmediato oigo:

—Excelente manera de saludar.

Oír eso me hace reír, aunque me chupo el dedo y mientras tomo asiento digo:

—Me he pillado el dedo al cerrar.

—Hay que cuidar el lenguaje..., señorita.

—¡¿Señorita?! —me mofo—. Por favor..., ¡qué correcto!

¡En la vida me han llamado de ese modo! Suelen llamarme «Andy», «teniente», «capulla», «Hollywood»...

Lo de «señorita» me parece una cursilada tremenda.

—¿Acaso eres una mujer casada? —dice él a continuación.

Sonrío e indico con rapidez:

—Por suerte, ¡no!

La risa al otro lado del cristal oscuro me hace gracia.

—¿Estás bien de tu dedo? —pregunta entonces.

Asiento, pero él lógicamente no me ve, y respondo:

—Tranqui. De esta no la palmo.

—Entonces ¿no llamo a una ambulancia?

Divertida, me río.

—Soy Nacho —dice él—. ¿Con quién tengo el gusto de hablar?

—Andrea. Aunque todos me llaman Andy.

—Encantado, señorita Andy. ¿En serio estás bien?

—En serio, y con Andy es suficiente —replico.

Luego guardo silencio y él también, hasta que digo:

—Si te soy sincera, no sé qué hago aquí. Es la primera vez que tengo citas a ciegas de este tipo y me parece de lo más ridículo.

—¡Pues ya somos dos! —exclama.

Ambos reímos. Me gusta su risa.

—He venido acompañando a un amigo.

—Y yo a una amiga.

—Eso significa que ambos somos unos buenos amigos.

—O unos capullos —contesto sonriendo.

—¡Señoritaaaaaa, esa boca! —se mofa.

De nuevo me río y entonces oigo que pregunta:

—¿Y qué tal tu cita anterior?

Niego con la cabeza.

—Mejor no quieras saberlo.

—¿Tan mal ha ido?

—Peor...

—¿Y eso?

Sin pelos en la lengua, pero omitiendo información sobre mí, le explico por qué.

—Por suerte —termino—, el timbre ha sonado y no le he arrancado la cabeza.

—¡Qué delicada...!

El tipo, Nacho, se ríe. Su risa es contagiosa y me hace reír, y a partir de ese instante la conversación entre los dos fluye de tal manera que, sin poder evitarlo, suelto:

—Perdona, ¿tienes el wifi activado?

Según digo eso se hace un silencio. Me encantaría ver su cara en este momento, y suelto:

—Lo digo porque siento mucha conexión contigo.

La carcajada que oigo al otro lado hace que yo suelte otra. Me gusta bromear. Me gusta divertirme.

—Veo que la señorita es vacilona —dice él.

Asiento. Si este supiera...

—Digamos que un poquito.

Seguimos hablando, riendo y bromeando hasta que suena el timbre para avisarnos de que ya ha pasado la media hora. ¡¿Ya?!

—Bueno, Andy..., ha sido un placer hablar contigo.

—Lo mismo digo, Nacho.

Una vez que salgo de la cabina y veo a Hattie, ella me mira.

—Interesante este tío —digo.

Mi amiga sonríe y, cuando veo a qué cabina se dirige, murmuro:

—Uisss, Jeffrey... ¡Procura no matarlo!

Ella ríe, yo también, y entro en la siguiente cabina. Se llama Yahir. Es agradable, pero nada que ver con Nacho. Mientras hablo con Yahir solo puedo pensar en el tipo anterior, y cuando el timbre suena y la cita acaba, al salir de la cabina veo de nuevo a Hattie y de inmediato exclama:

—¡¿Se puede ser más tonto?!

Sé que habla de Jeffrey y le doy la razón; entonces, viendo que ahora va a entrar en la cabina de Nacho, la miro con ojitos y susurro:

—¿Te importa si repito?

Según digo eso Hattie parpadea. Hace ese gesto con el cuello que tanta gracia me ha hecho siempre y suelta:

—No me digas que te ha gustado...

—Reconozco que, sin haberlo visto, siento que tiene su puntito, a pesar de que es un finolis hablando.

Mi amiga se ríe.

—Pero ¿no decías tú que conocerse así era una tontería?

Sin dudarlo asiento. Es una de las mayores tonterías que hecho en mi vida. Pero, cuando voy a responder, Hattie dice cambiándome el turno:

—Chica, ¡a por él!

Gustosa, sonrío y enseguida vuelvo a abrir la cabina. En cuanto cierro la puerta y me siento, digo:

—Hola..., hola... Soy Andy otra vez.

Rápidamente la risa de Nacho llega hasta mí. Tiene una risa muy particular.

—Señorita Andy —dice—. ¿Te puedes creer que lo que deseaba era volver a oírte?

A partir de ese instante todo vuelve a ir rodado. Sin ver a Nacho, hablo con él y él habla conmigo como si nos conociéramos desde hace tiempo. Su voz tranquila, educada y segura me encanta.

—¿Cuál es tu película preferida? —me pregunta.

—*Coco* —respondo.

Oigo que ríe de nuevo y luego añade:

—¿De todas las películas que existen en el mundo esa es tu preferida?

Asiento convencida.

—Pues sí. Me pareció una película preciosa llena de luz, música y color y…, bueno, también me removió el corazón y los sentimientos de lo lindo.

—En eso no te quito la razón —oigo que dice.

Acto seguido se hace un silencio extraño entre ambos.

—Y que sepas que hoy he escuchado una canción la mar de romántica cuya letra menciona la película… —me apresuro a continuar.

Nacho sonríe y finalmente indica:

—No conozco esa canción.

Noto un atisbo de tristeza en su voz. No sé qué he dicho para que su tono haya cambiado…, y entonces pregunta:

—¿Te gusta viajar?

Sonrío. Mi vida en el ejército es un continuo viaje, pero, sin hablar de ello, respondo:

—Sí. La verdad es que sí. ¿Y a ti?

—Me encanta —afirma.

—Mi próximo viaje es a Europa.

—¡No me digas! ¡El mío también! ¿Vamos juntos?

Divertida, asiento. Sé que está de coña.

—Siempre he querido conocer Venecia y Verona, y tengo planeado ir allí unos días —aclaro.

—¿Puedo ir contigo?

Sonrío.

—Siempre que te pagues el viaje y no me des la turra, sí —replico.

—¡¿Que no te dé la turra?! —se mofa él riendo a carcajadas.

Contagiada por su risa, también me río. La verdad es que la conversación entre nosotros es amena.

—Espero que pongas mi nombre en el papel al acabar esto —oigo que dice entonces.

—¿Pondrás tú el mío?

—¡La duda ofende! —Ríe—. Me muero de curiosidad por conocer a la mujer vacilona que se ha saltado las normas para volver a hablar conmigo y no desea que le dé ¡la turra!

Ambos nos carcajeamos. Madre mía, ¡si hasta estoy nerviosa!

—Eres muy atrevida, ¿verdad? —me pregunta a continuación.

Según dice eso, asiento. Si me conociera y supiera a lo que me dedico, fliparía.

—Se puede decir que sí —declaro.

De nuevo ambos reímos y luego, omitiendo mi última osadía con el caza ruso, indico:

—Ya sé que no se puede dar información personal, pero tengo tres hermanos varones mayores que yo que son muy competitivos... ¿Cómo te crees que he sobrevivido?

La risa de Nacho de nuevo me hace reír a mí. Me cuenta que él es hijo único, que no tuvo hermanos, y se interesa por mi niñez. Yo le hablo de mi vida siendo la pequeña de tres hermanos varones y dos primos brutos y osados.

—¿Y la tuya cómo fue? —pregunto a mi vez.

Espero su contestación, pero Nacho no responde. Inquieta, no sé qué hacer. Aguardo un buen rato, hasta que de pronto la puerta por la que he entrado se abre y el moderador me dice:

—Lo siento, pero tu cita ha tenido que irse.

Parpadeo boquiabierta.

Joderrrrrr... ¿En serio se ha pirado sin despedirse?

No sé qué decir. No sé qué pensar. Y, mirando al hombre, pregunto:

—¿Ha dejado su número de teléfono?

Él niega con la cabeza.

—No. Pero ha dicho que si tú querías dejaras el tuyo.

¡Y una leche! ¿Acaso ese tipo cree que voy a hacer yo lo que él no ha hecho?

¡Ni hablar!

Estoy pensando en ello cuando oigo el timbrazo que indica que las otras citas han acabado. Hattie sale de su cabina y viene hacia mí.

—¿Qué tal con Nacho?

Todavía en shock, la miro y respondo encogiéndome de hombros:

—Me ha plantado.

—¡¿Cómo?! —exclama Hattie.

Ver su gesto desconcertado me hace reír y, tomando aire, cojo el brazo de mi amiga e indico:

—Tranqui. Puedo vivir sin él.

Hattie, que se ha quedado boquiabierta, va a hablar, cuando pregunto:

—¿Quieres conocer a alguna de tus citas?

Ella niega con la cabeza. Ambas reímos y, al unísono, cuchicheamos:

—Jeffrey…

Pero no. No vamos a perder ni un segundo de nuestra vida con un imbécil como él. Así pues, tras despedirnos de los moderadores, salimos del local y nos vamos a cenar por ahí. Nos merecemos una buena cena.

Capítulo 4

Nacho

Conduzco tratando de respetar las señales de velocidad y los semáforos, mientras soy consciente de que en el coche que me sigue van Jackson y Paul, mis guardaespaldas. Cecilia me ha llamado para decirme que *Audrey* se ha puesto de parto y necesito llegar cuanto antes a casa.

Por los altavoces del equipo de música del coche comienza a sonar la preciosa canción *Nos quisimos* de Carlos Macías. ¡Me encanta! Carlos es un tipo fantástico al que tuve el placer de conocer tras asistir a uno de sus conciertos una vez que me pilló de rodaje en Colombia, y desde entonces se convirtió en uno de mis cantantes preferidos.

Escuchar boleros siempre me ha gustado. En eso no soy un hombre actual. Donde esté un precioso bolero que se quiten otros tipos de música. Son canciones que me relajan. Siempre que estoy nervioso los escucho. Su música me serena. Sus letras, aunque a veces duelen, me tranquilizan, y ahora que conduzco y estoy nervioso, me viene bien.

Cuando paro en un semáforo recibo una nueva llamada de Cecilia, que me dice que el veterinario ya está en casa. Eso me tranquiliza. *Audrey* está con un profesional. Mientras espero que el semáforo se ponga en verde, de pronto viene a mi mente la chica que estaba conociendo en las cabinas. De ella solo sé que se llama Andy, es osada, algo ruda al hablar, es la cuarta hermana de cuatro, quiere ir a Venecia, su película preferida es *Coco* y no desea que «le den la turra».

Turra..., curiosa palabra, y qué graciosa era esa muchacha.

Sonrío. Las mujeres con las que me relaciono nunca dirían nada parecido. Y, divertido, pienso en ella y en cuando ha dicho aquello del wifi. Estoy seguro de que dejará su teléfono, puesto que la he notado receptiva.

Veinte minutos después, tras abrirse la verja de mi parcela y meter el coche, una vez que me apeo y observo que Jackson y Paul entran también, Anselmo se dirige a mi encuentro.

—Todo va bien. ¡Ya ha tenido el primer cachorro!

El corazón se me acelera. Me indica dónde están y, cuando entro, Cecilia me ve y se me acerca.

—Tranquilo, Nacho —dice—. Todo va bien.

Asiento, no lo pongo en duda. De todos es sabido el miedo que les tengo a los hospitales, y especialmente a los partos. Odalys y mi bebé murieron cuando ella dio a luz.

Me agacho. Miro el cachorrillo que se mueve y me emociono. Mi perra *Audrey* me mira y, tras tocarle con cariño su enorme cabezota negra y darle un beso en ella, Jim, el veterinario, me aclara:

—El segundo llegará en breve.

Minutos después, boquiabierto, soy testigo de cómo viene al mundo un nuevo cachorro.

¡Qué bonito momento!

Uno tras otro van naciendo. Al final son cinco y *Audrey* está perfectamente. Ante mí tengo a cinco preciosos cachorros de terranova negros, tres machos y dos hembras, que me hacen sonreír como un tonto.

De pronto Andy, la señorita con la que he hablado en la cabina pero no he conocido en persona, viene a mi mente. Estoy convencido de que disfrutaría este momento tanto como yo.

A las dos de la madrugada, cuando se va el veterinario y me quedo a solas con mis perros y los cachorros, me siento con ellos. *Cooper* no se mueve del lado de *Audrey*. Eso me hace gracia. Su manera de estar junto a ella y los pequeños me hace saber que los está protegiendo.

Y me emociono.

Capítulo 5

Nacho

Tras un día lleno de reuniones, pues he de viajar en breve a España para grabar las últimas escenas de un rodaje, llega la noche y sé que tengo que salir. He quedado con mis amigos para asistir a una fiesta y me están esperando.

Olimpia Bermer me llama y me dice que regresa a Nueva York. La verdad es que, de las mujeres que he conocido últimamente, se puede decir que esta me parece de lo más encantadora. Durante varios minutos hablamos. Ambos sabemos que lo nuestro es solo sexo, pero no podemos contárselo a nuestras familias, y quedamos en volver a vernos más adelante. Mientras sepan que cenamos juntos de vez en cuando, tanto mis padres como los suyos nos dejarán en paz.

Una vez que salgo de mi casa seguido por el coche de mis guardaespaldas y Cecilia se queda pendiente de *Audrey* y de los cachorros, sin dudarlo me paso por Rampox antes de asistir a la fiesta a la que iré. Seguro que Andy me dejó su teléfono. Sin embargo, me sorprendo al saber que no fue así. ¿En serio? Pero si la noté receptiva...

Eso me molesta. Todas me dejan notas. Todas me dan sus teléfonos. ¿Por qué ella no?

Finalmente vuelvo al coche y prosigo mi camino. No le voy a dar más vueltas.

Hace una noche excelente mientras conduzco por las calles de Los Ángeles mi Chevrolet Corvette biplaza blanco. Me encantan los coches. Por suerte, tengo una magnífica colección, y este es uno de mis preferidos.

Cuando paro en un semáforo que se ha puesto en rojo tarareo la canción *Liz*, de Remi Wolf, que me da buen rollo.

Un coche se detiene a mi lado. Me vuelvo y observo que son dos mujeres que enseguida me reconocen y sonríen. Les devuelvo la sonrisa mostrándome amigable, y ellas comienzan a tocarse el pelo y a coquetear conmigo.

¡Qué mona es la conductora!

Cuando el semáforo cambia, tras una última mirada a las mujeres, que comentan y ríen nerviosas, acelero mi Chevrolet y sigo disfrutando de la conducción, la música y la noche hasta que llego a Boardner's, en la avenida Cherokee.

Son las nueve menos diez y llego un poco tarde, puesto que había quedado a las ocho. Pero me ha costado separarme de *Cooper*, *Audrey* y los cachorros, y además me he pasado por el local de las citas.

Voy a una fiesta que ha organizado mi buena amiga la directora de cine Lea Chen por el estreno de su última película, y allí he quedado con mis amigos Dawson y Louis.

En cuanto paro el vehículo en la puerta veo que está a rebosar de gente. Curiosos. Prensa. Invitados. Boardner's es el local de moda esta temporada y tiene una terraza al aire libre que es espectacular. En esta ocasión la fiesta temática se llama como la película de Lea: «A la playa y de blanco», por lo que aquí estoy, vestido de ese color, tal como se indica en la invitación.

Me aliso la camisa, bajo de mi vehículo y me dirijo en español al aparcacoches, al que conozco desde hace años.

—Hola, Antonio, ¿cómo va la noche?

Él sonríe.

—Hoy, con mucho trabajo.

Con la mirada nos entendemos. La entrada está a rebosar de gente sin invitación. Personas de a pie deseosas de codearse con gente de mi gremio. Y, tras darle las llaves de mi vehículo a Antonio, me dispongo a marcharme cuando oigo que dice:

—Por cierto, muchísimas gracias por el detalle que tuviste el otro día.

Sonrío. Antonio es una excelente persona. Me enteré de que él y su mujer, Gloria, abrían un pequeño restaurante español llamado

El Guiso y, sin dudarlo, al acabar mi último rodaje, una amiga actriz y yo nos acercamos a cenar.

Antonio y Gloria no lo esperaban. Sus gestos al verme aparecer por allí con la conocida actriz Estela Noelia Rice Ponce fue de sorpresa total. Y, como la prensa nos siguió hasta el restaurante, sin dudarlo Noelia y yo aprovechamos y comentamos que era un buen sitio para comer. Si nuestras declaraciones podían ayudar a mis amigos, ¿por qué no?

Sonriendo, miro a Antonio.

—Dile a Gloria que volveré —indico—. Su tortilla española y sus empanadillas de atún con tomate son de lo mejor que he comido. Y me consta que a Noelia también le gustaron mucho.

Él me responde con una sonrisa y, tras subirse al coche, se va a aparcarlo mientras yo me dirijo al *photocall* para posar. La publicidad manda. Esta fiesta es para eso.

Tras colocarme y sonreír los fotógrafos comienzan a disparar sus flashes, mientras los periodistas lanzan las mismas preguntas de siempre: «¿Es cierto tu romance con Loreen Black?», «Se te ha visto cenando con Estela Noelia Rice Ponce..., ¿algo que contar?», «¿Olimpia Bermer es tu nuevo amor?»...

No contesto, ¿para qué? Diga lo que diga, lo tergiversarán. Ya estoy curtido en estos temas de la prensa del corazón. Cada vez que me ven hablando con una mujer creen que tengo un nuevo romance. El año pasado incluso salieron unas fotos con mi prima Mikaela. Ella había tenido un bebé, yo fui a buscarla al hospital en Nueva York con mi madre y el titular fue: «Nacho Duarte ha sido padre». En esa ocasión me reí. Ver la guasa entre mi prima y mi madre por el titular era para troncharse.

Cuando finalmente doy por concluidas las fotos y veo a mis guardaespaldas cerca, saludo a algunos colegas de profesión y entro en el local. De inmediato Dina Jackson y Samara Keeps, las relaciones públicas, vienen raudas hacia mí. Para ellas soy un invitado supervip. Primero, por ser el exitoso Nacho Duarte, productor, guionista y director de cine, amigo de Lea Chen, y segundo, porque la prensa me catalogó hace años como uno de los solteros más deseados de Los Ángeles.

—¡Hola, Nacho! —oigo que me saluda rápidamente Dina.

—Dina —murmuro besándola en la mejilla.

—¡Qué alegría verte de nuevo por aquí! —dice ahora Samara.

Una vez que las he besado a las dos comento:

—¡Bonita fiesta!

Como siempre, ambas me miran con ojitos. Vale…, en el pasado tuve algo con ellas por separado. Un par de noches locas y divertidas, pero todo quedó ahí.

Entonces Lea Chen, la artífice de la fiesta, se acerca a nosotros y, tras sonreírles a las chicas con cariño, me abraza.

—¡Qué bien que hayas venido!

Gustoso, la abrazo a mi vez. Es una mujer fantástica, además de una gran directora de cine. Cuando nos separamos saludo a Gustavo, su marido. Tras cruzar unas palabras con ellos y quedar en vernos en su casa otro día con tranquilidad, en cuanto la pareja se va miro a Dina y a Samara y pregunto:

—¿Dónde están Roy Nolan y Dawson Pert con su mujer?

Como de costumbre ellas se tocan el pelo mientras se muerden el labio. ¿Por qué todas las mujeres hacen eso cuando coquetean? ¿Estaría haciéndolo Andy en la cabina? ¿Y ahora por qué pienso en Andy?

—Te esperan en el reservado seis —dice Dina con voz insinuante.

Asiento. Y entonces pregunto sin pensar:

—Vosotras no conoceréis a una chica llamada Andy que es la pequeña de cuatro hermanos, ¿verdad? —Me ha salido del alma.

Según digo eso ellas me miran boquiabiertas. Vale, lo que pregunto es absurdo. Pero ¿y si la hubieran conocido? Ambas niegan con la cabeza en silencio y en ese momento veo acercarse a Blanche Thomson. No… No… No…

Se trata de una preciosa modelo y actriz con la que también tuve un rollo en el pasado. Vale…, en esta fiesta estoy viendo a varias con las que he tenido sexo, pero si en su momento ambos lo deseamos, ¿por qué no podíamos disfrutarlo? Sin embargo, Blanche es de las pesaditas. Como diría Andy, de las que dan «la turra»… A diferencia de Lea Chen, ella pasa junto a Samara y Dina, no las mira siquiera y hasta las empuja. Para ella son gente de clase inferior.

—Vaya…, vaya…, vaya…, pero si está aquí el hombre más sexy del planeta —comenta clavando la mirada en mí.

Los gestos de Samara y de Dina cambian. Lo que acaba de hacer Blanche las ha molestado, pero saben que han de callar, por lo que dan media vuelta y se alejan.

—Estás muy guapa —digo dirigiéndome a Blanche.

Ella sonríe. Los halagos le encantan. Mira a mi lado y pregunta tocándose el cabello con glamour:

—Amor, ¿has venido solito?

No. He ido con Jackson y Paul, mis guardaespaldas, que se camuflan entre los invitados y no se dejan ver. La discreción es importante para mí. Aun así no necesito compañía para ir a los sitios.

—Cuando quieras nos vamos juntos… —añade entonces ella acercándose a mí.

Ahora el que sonríe soy yo. ¡Ya estamos!

A excepción de la noche que pasamos juntos, con Blanche no he vuelto a tener nada. No lo quiero. Avisó a la prensa para que la pillaran saliendo de mi casa y, aunque me juró y me perjuró que no fue así, poseo la prueba que lo confirma. Por suerte, tengo buenos amigos periodistas y me enseñaron su mensaje.

—¿Sabes, Nacho? —prosigue—. Armani ha contactado conmigo para que protagonice su siguiente campaña, y el director canadiense Adam Dickinson quiere hacerme una prueba para su próxima película. ¿A que es maravilloso?

—¡Genial!

Como era de esperar, Blanche habla y habla de lo solicitada que está por todo el mundo —excepto por mí—, mientras yo miro hacia el fondo en busca de mis amigos.

—Amor…, tu camisa de Loewe y tus zapatos Lottusse me parecen espectaculares.

—Gracias, Blanche… Ahora debo dejarte. Mis amigos me esperan.

Y, cuando creo que voy a escapar, ella se agarra de mi brazo.

—Te acompañaré junto a ellos —dice.

Intento ser cordial, intento no ser el ogro que a veces dicen que soy cuando me cabreo, y comienzo a andar hacia el reservado seis mientras Blanche mira a todo el mundo con ese gesto de superioridad que tanto odio.

Sé que a nuestro paso la gente cuchichea. Algunos de los que están aquí y no pertenecen al mundo del cine solo ven en mí a Nacho Duarte, el director, guionista y productor viudo de casi cuarenta años, sin hijos y, como dice la prensa, «solterito de oro»... ¡Vaya tela!

Por el camino algunas actrices y modelos nos saludan. Se tocan el cabello, se muerden los labios. Pestañean. Sé que me desean en su cama y, aunque eso en cierto modo es halagador, también en ocasiones resulta abrumador. Solo me desean para tener sexo y fama. Por desgracia, el mundo en el que me muevo es algo frío. Un mundo donde muchos y muchas, por conseguir un papel en una película, son capaces de lo que sea y, la verdad, a mí nunca me ha ido eso.

Mi madre, Susan, una legendaria actriz a la que todo el mundo quiere, me ha enseñado a separar el trabajo del sexo. Y, aunque sí que es cierto que me he acostado y me acuesto con actrices y modelos, nunca nunca lo hago cuando trabajan conmigo, y mucho menos para que consigan un papel. No soy de esa clase de persona sin escrúpulos. Quien trabaja conmigo es por su valía profesional, y huyo de actores y actrices endiosados, superficiales, vanidosos y egocéntricos. Me es complicado trabajar con ellos y, de momento, así me va genial.

En cuanto a las mujeres, si algo aprecio en ellas es la naturalidad. Que sean frescas y humanas me encanta. Y, mira, Andy, la desconocida que no me dejó su teléfono, lo parecía.

—Por el amor de Diorrrr...

Según oigo eso sonrío, pues sé quién es aun sin haberlo visto. Cuando me doy la vuelta me encuentro a Tomi, el primo de mi amiga Estela Noelia Rice Ponce, que está con Peter, su marido.

—¡*Darling*, ha sido verte y cortárseme hasta el dry martini!

Complacido con el encuentro hago que Blanche me suelte, y, abrazándolo, musito en su oído:

—Tomi, si me quieres, quítamela de encima.

Él asiente, pone esa sonrisita de diva que me indica que lo va a hacer en dos segundos y, dirigiéndose a Blanche, exclama con gesto de espanto:

—*Oh, my God!* ¡Nena, qué horror..., se te está corriendo el rímel!

Oír eso hace que la actriz se acelere. No…, eso no le puede pasar a ella, que es perfecta, y rápidamente dice mientras comienza a alejarse:

—¡He de ir al baño!

Tan pronto como se va, Tomi y yo juntamos los puños.

—Tu marido es un crack —le comento a Peter.

Peter asiente y, tras darle un cariñoso beso en la boca a Tomi, repone:

—¿Por qué crees que me casé con él?

Los tres soltamos una carcajada mientras unas preciosas modelos de lo más peripuestas pasan por nuestro lado y me sonríen.

—*Wooooo, my love…* —cuchichea Tomi al verlo—. Cuánta lagarta suelta hay por aquí…

Sonrío. Me encanta la sinceridad de Tomi.

Entonces me echo un poco hacia atrás y choco con alguien, pero al volverme para pedir disculpas solo veo a una chica que se aleja y que, a diferencia del resto de las mujeres de la fiesta, que llevan insinuantes vestidos y altísimos taconazos, esta simplemente va de blanco con un pantalón pirata, una camiseta, unas botas deportivas y un pañuelo anudado en la cabeza.

—Que sepas, rey, que estamos esperando a Noelia —explica Tomi.

Al oírlo lo miro olvidándome de la mujer.

—Sin duda la fiesta mejorará con ella.

Ambos reímos.

—Dime que vendrás al rodaje en España —añado luego.

Tomi asiente, no se pierde un rodaje de su prima.

—¡*Of course* que iré! —asegura.

—¡Bien! —digo.

—Peter se queda con las niñas y yo me iré unos días a *Spain* para comer chorizo y jamón junto al abuelo Goyo y ver a mis heteropetardas.

Divertido, sonrío. Las «niñas» son las perritas del matrimonio, y las «heteropetardas», los geos españoles que nos asesorarán durante el rodaje de las escenas de acción. Noelia está casada con uno, Juan, y también conozco a Menchu, cuyo marido es Lucas.

Entonces, recordando algo, saco mi móvil y digo enseñándoles unas fotos:

—Mirad, nacieron anoche.

El gesto de Tomi se contrae. Los ojos se le llenan de lágrimas. Esperaban el nacimiento de los cachorros para quedarse con uno.

—Creo que me acabo de mear toda entera —susurra mirando a Peter.

Sonrío. Peter también.

—Tres machos y dos hembras —indico—. Una es para vosotros si queréis.

Tomi me quita el teléfono. Los ojos se le van a salir de las órbitas. Sé que los cachorros de mis terranovas son una preciosidad. Y entonces, señalando uno que tiene un lazo rosa de rayas, dice:

—Peterman, *my love*, ahí está nuestra *Judy*.

El aludido sonríe y, tras agarrar a su marido por la cintura, afirma:

—Sí, mi vida, ahí está nuestra pequeña.

Rápidamente envío varias fotos al móvil de Tomi, pues sé que querrán mirarlas mil veces más. Les prometí un cachorro, pero los míos no tienen nada que ver con los pequeños perritos que ellos tienen, por lo que indico:

—Cuando crezca pesará unos cincuenta kilos. ¿Estáis seguros de que la queréis?

Tomi asiente sin dudarlo.

—La queremos. Y si voy a *Spain* es porque ahora ella tiene que crecer en compañía de su madre, porque, si ya tuviera dos meses, ¡ni loco me marchaba! —y con su habitual alegría añade—: ¡*Tomorrow*, sí o sí, vamos a visitarla! ¡Ay, mi *Judy*, qué bonita es!

Durante un rato reímos mirando las fotos. La verdad es que los cachorros de mis perros son una preciosidad, aunque, bueno, ¿qué cachorrito no lo es?

En ese instante oigo que me llaman. Veo a mis amigos haciéndome señas con las manos y, guardándome el móvil, indico:

—Estaré en el reservado seis, por si os apetece pasaros.

Tomi y Peter asienten, no pueden dejar de mirar las fotos de la cachorra, y yo me marcho. Me apetece una copa.

Capítulo 6

Andy

—Madre mía, cuánta gente guapa hay en esta fiesta y qué vestidos me llevan algunas —comenta Hattie.

Asiento. Verme rodeada de guapos y guapas impresionantes, a cuál más llamativo y despampanante, es increíble. Y, parándome ante un adonis rubio, alto, cachitas y guapo, guapo, lo miro y pregunto con descaro:

—¿Estudias Derecho?

El guaperas me mira. ¡Flipa!

Hattie también.

Ambos esperan que diga algo más y yo murmuro mirando al guapo:

—Era para llevarte derechito a mi cama…

Él levanta las cejas y Hattie gruñe tirando de mí entre risas:

—Andyyyyy…

Me río, no lo puedo remediar. Me encanta vacilarles a los hombres.

—Ese vestidaco te queda genial —afirmo dirigiéndome a mi amiga.

Hattie asiente. Sabe que tiene cuerpazo y precisamente fea no es. Se ha puesto un vestido blanco de escote palabra de honor y minifaldero, como diría mi madre. Hattie puede permitirse eso y lo que quiera. Y, divertida, me mira y cuchichea

—Si me llegas a decir que ibas a venir vestida así, te…

—Hattie Whitaker, no me des la turra —la corto—. Cada uno viste como quiere, puede o le da la gana. Había que venir de blanco, ¿verdad? —Ella vuelve a asentir y yo prosigo—: ¡Pues de blanco vengo! Además, he venido en mi *Bicho* desde casa y la fiesta, si mal no recuerdo, se llama «A la playa y de blanco»... Y, oye, cuando voy a la playa voy de sport, no con taconazos, vestidos de plumas ni collares de diamantes. Por tanto, los que vais algo excesivos sois vosotros, no yo.

Mi amiga sonríe. Sé que le gusta cómo soy.

—¿Ya lo tienes todo para tu viaje a Italia? —me pregunta a continuación.

Sin dudarlo, afirmo con la cabeza.

—Absolutamente todo.

—¡Qué envidia!

—Vente conmigo —la animo.

Hattie me mira.

—¿En moto tú y yo solas por Europa? ¡Ni loca!

Eso me hace sonreír. Yo estoy acostumbrada a ir sola a todos lados desde hace años, pero Hattie no.

Entonces, al ver a un tipo alto, guapo, rubio y pibón, pibón, pero vamos, de esos que te dejan boquiabierta, susurro:

—Joder..., ¡qué bomboncito!

Hattie lo mira y asiente con la cabeza dándome su aprobación.

—Yo no me muero sin decirle algo —murmuro.

—Andyyyyy..., noooooooo.

Pero sí, sí, sí. ¡Andy, sí!

Y, ni corta ni perezosa, agarro a mi amiga de la mano, tiro de ella y, una vez que estoy al lado del bomboncito, le doy un toque en el hombro para llamar su atención.

—Perdona...

El tipo me mira.

«Uf, ¡bendito óvulo el de tu madre! Eres aún más guapo de cerca...»

—¿Vives cerca de un museo? —le pregunto a continuación.

El bomboncito me observa desconcertado. No entiende mi pregunta.

—No —dice—. ¿Por qué?

Hattie, que se está partiendo de risa, se tapa la boca con la mano, y yo, aprovechando que aquel me lo ha puesto a huevo, respondo:

—Porque menuda obra de arte estás hecho.

Cuando procesa lo que he dicho, el tipo se ríe. Es lentito. Uf…, no me van los lentitos. Le doy la mano a mi amiga, que está muerta de risa, y digo mirando al guaperas:

—Adióssss, bombón.

En cuanto nos alejamos lo suficiente, Hattie y yo nos miramos y estallamos en carcajadas.

—Andy —comenta ella cuando nos calmamos—, ¿cómo se te ocurren esas cosas?

Me encojo de hombros. Rodeada de hombres como suelo estar en el trabajo, estoy acostumbrada a oír de todo.

—Ni te imaginas la de cosas que se me pueden ocurrir —respondo.

—Es que no puedo contigo, ¡eres tremenda!

Asiento, sé que lo soy. Paso demasiadas horas con mis compis como para no aprender a vacilar.

Seguimos nuestro camino y Hattie saluda a varios famositos que han venido a la fiesta. Su boutique en Manhattan Beach es muy conocida por el famoseo que hay allí. Yo, por mi parte, solo escucho y sonrío. ¡Qué superficiales son algunos!

Nos quedamos solas de nuevo; desde donde estamos vemos a varios actores de la serie de películas *Fast & Furious* y yo me emociono. ¡Me encantan las pelis de acción! Además, mi hermano Max suele ser uno de los especialistas que participan en ellas.

Sonrío al ver a Vin Diesel, a mi Dominic Toretto… ¡Madre mía, qué pedazo de tío, y cómo me pone su personaje!

Me gusta tanto que a mi vibrador personal lo bauticé como *Toretto*. ¡Uf…, el gustito que me da!

Sin apartar la vista del Toretto de carne y hueso, que habla con sus amigos, al sentir que mi amiga me mira aseguro:

—Soy la mujer de su vida, pero él no lo sabe.

Hattie sonríe divertida y yo añado:

—Cuando lo vi en la escena en la que la actriz Gal Gadot le pregunta cómo le gustan las mujeres y él, mirándola, le dice eso de que todo comienza por los ojos, que esa mujer debe pasar de las mamonadas y mirar el interior… ¡Ufff…, me encantaaaaaa! Y bueno, bueno, ya cuando añade que esa mujer debe tener un veinte por ciento de ángel y un ochenta de diablo, los pies en el suelo y sobre todo que no le importe llevar grasa de motor en las uñas... ¡sentí que me describía a mí!

Hattie me mira, sabe que soy una friki de esas películas.

—Si te oye tu padre, ¡te deshereda! —susurra.

Me río. Se ríe. Si mi padre viera quiénes son las personas que están en esta fiesta se echaría las manos a la cabeza.

—Ay, Dios mío —exclama de pronto mi amiga—, ¿ese no es Pedro Pascal?

Sigo la dirección de su mirada y veo que ¡sí, lo es! Ese hombre me parece increíblemente sexy. Y, ¡uf, por Dios, qué sonrisa tiene!

—Joder, Pedrito, lo que yo te haría en un momentito... —murmuro.

Ambas reímos y proseguimos nuestro camino.

Durante un buen rato Hattie y yo disfrutamos reconociendo a actores y actrices de moda. Algunos superan nuestras expectativas; otros, en cambio, se quedan por debajo. Desde luego, lo que está claro es que, cuando pasamos por chapa y pintura, qué monos quedamos todos. Y, oye, creo que si yo hubiera pasado por chapa y pintura como todas esas no tendría nada que envidiarles. Lo que pasa es que el maquillaje y yo nunca hemos sido buenos amigos. Eso de tener la cara pringada con un producto para cubrir imperfecciones jamás ha sido lo mío, y menos trabajando en el ejército.

La gente se hace fotos, se divierte, y yo me percato de que algunos llevan un pinganillo en la oreja. Imagino que son guardaespaldas de muchos de los asistentes.

Hattie y yo nos acercamos a una de las barras.

—Voy a pedir un dry martini, ¿quieres otro? —me pregunta.

Estoy a punto de decir que no. Ella sabe que lo mío es la birrita, la cerveza, pero por hacerla feliz respondo:

—¡Vale!

Hattie asiente y, tras pedir nuestras bebidas al camarero, brindamos divertidas por aquel; en ese momento dos tipos se nos acercan. Se presentan como Aike y Frank, y los cuatro comenzamos a charlar.

Sin embargo, después de media hora tengo cuatro cosas claras. La primera, que me muero por una cerveza. La segunda, que mi mente piensa en el tipo que me plantó en las cabinas. La tercera, que a Hattie le pone mucho el tipo que se llama Aike. Y la cuarta, que Frank y yo no nos ponemos nada.

Durante un buen rato los cuatro reímos y bromeamos, mientras soy consciente de que mi amiga tontea con Aike. La conozco y, cuando sonríe así y se toca el pelo, ¡se delata!

En un momento dado ellos se dirigen a la barra a por más bebida.

—¿Qué piensas? —me pregunta Hattie en un susurro.

—En cómo debía de ser el tipo que ayer me plantó. Parecía tan educado cuando me decía eso de «señorita»…

Según oye eso, Hattie cuchichea:

—Olvídalo. Si te plantó, muy caballero no es.

Asiento, sé que tiene razón.

—¿Has visto los ojos que tiene Aike? —añade ella.

Cabeceo, ¡como para no verlos!, y replico:

—Lo que veo es que te lo vas a tirar esta noche.

—¡Andy, no seas bruta!

Me río. Lo soy. Estoy tan acostumbrada a hablar entre hombres chulescos…

—Vale. Perdón. Perdón —digo.

Hattie sonríe, yo también, y afirma:

—Sin duda, esta noche ¡me lo tiro!

—¡Hattieeee Whitakerrrrrrr! —me mofo divertida al oírla.

Aike y Frank regresan con dos nuevos dry martini para nosotras y terminamos nuestra conversación para seguir bromeando con ellos, hasta que sobre las doce de la noche, tras ser testigos de varios besos entre Hattie y Aike, Frank y yo intercambiamos una mirada cómplice, pues ambos entendemos que sobramos. Por ello nos despedimos, nos deseamos suerte y yo, tras hacerle una seña a mi amiga, le indico que me esfumo. Ella asiente y yo, encantada, desaparezco. Sobran las palabras.

Dentro del local hace un calor abrasador. La gente habla, baila y confraterniza, y, una vez que me pillo una cerveza y veo la salida a la terraza, me dirijo hacia allí sin dudarlo. Al pasar veo de nuevo a mi Toretto. Desde luego está para hacerle un favor, pero prosigo mi camino.

Me apetece fumarme un cigarro, y sé que eso puedo hacerlo en la terraza. Pero cuando salgo veo que nadie fuma. Desde luego, cómo se cuida toda esta gente...

Busco un sitio algo apartado de ellos para no incomodarlos, y, sacando de mi bolso tabaco y un mechero, me enciendo un cigarrillo y murmuro después de dar la primera calada:

—Uf, sí...

Apoyada en un macetero grande, disfruto de mi cerveza y mi cigarro mientras pienso en lo curiosa que es la vida. Aquí estoy, rodeada de gente guapa y glamurosa, gente que se lo está pasando en grande, mientras que a cientos de kilómetros, en Irak, Ucrania o donde estén mis compañeros de escuadrón, ellos se estarán jugando la vida.

¡Es muy fuerte lo que pienso!

Estoy reflexionando sobre ello cuando veo salir a un grupo de hombres y mujeres a la terraza. Sus risas llaman mi atención, y eso hace que me fije en que en ese grupo está Pedro Pascal, el actorazo que a Hattie y a mí nos encanta.

¡Madre mía, Pedrito, cada vez que te veo estás mejor!

Tras mirar a Pedro me fijo en el morenazo que está hablando con él. Joder..., pero bueno..., ¿de dónde ha salido semejante bombonazo!

Comienza a sonar *La bachata,* de Manuel Turizo, y sonrío. A mi compañero Ramírez, que es un bailón, le gusta mucho esa canción y, bueno, reconozco que ya hasta me gusta a mí.

Miro al bombonazo... ¿Y si lo invito a bailar?

Estoy valorándolo cuando veo que... ¡Ostras, pero si es Estela Noelia Rice Ponce! Esa actriz me encanta, y a mi hermano Max, ni te cuento, pues dice que es muy simpática. Va vestida con un impresionante vestidaco blanco y unos taconazos que si yo me los pongo me mato. Observo que se acerca con seguridad al morenazo que estoy mirando y él sonríe nada más verla. Luego se dan la mano, se abrazan y se lanzan a bailar *La bachata.*

Oye, ¡qué bien lo hacen!

Y, uff..., menos mal que no lo he invitado a bailar. Yo no lo hago como ellos.

Tanto Estela Noelia como el morenazo tienen el ritmo de la bachata en las venas, y durante varios minutos los observo y disfruto de lo que hacen. El baile en sí, aunque me defiendo, no es lo mío. Se podría decir que soy algo arrítmica, pero bueno, cuando uno baila es para divertirse, y eso es lo que hago.

No puedo apartar la mirada de ellos. Verlos bailar es un lujazo. Nunca imaginé que Estela Noelia Rice Ponce bailara así..., pero, oye, lo del morenazo es de escándalo, ¡hay que ver cómo se mueve!

Lo miro. Lo observo mientras fumo y veo que las demás mujeres que están en la terraza lo miran también. Normal. El tío está buenísimo y desprende una sensualidad al bailar que, ¡madre mía!

Me acaloro. Wooooo, ¡cómo mueve la cadera!

Ese hombre me enciende. Es más, si a mí me baila con ese movimiento insinuante de cadera y me mira con esa sonrisa, de aquí me lo llevo directo a la cama. ¡Ya te digo yo que sí!

Me río de mis pensamientos. Qué bruta y directa soy, no puedo remediarlo. Le hago un chequeo general al guaperas con la mirada. Alto, moreno, espalda ancha, ojos oscuros, preciosa sonrisa y un movimiento de caderas de lo más sensual.

Recorro su cuerpo con los ojos. Tiene un cuerpo tentador, y cuando me paro en su culito doy un trago a mi botella de cerveza y musito:

—Sí, bombón. En su sitio lo tienes...

Lo sé, pienso como un tío, pero me he criado entre hombres y trabajo mayoritariamente entre ellos. ¿Qué puedo esperar si soy la loba?

Divertida conmigo misma y mis pensamientos, de pronto lo oigo reír. Joder..., ¿y esa risa?

De inmediato sus carcajadas me recuerdan a la risa del tipo de la cabina. Niego con la cabeza. No..., no puede ser. Pero cuando vuelve a reír y oigo que Pedro Pascal lo llama «Nacho» con familiaridad, me quedo sin aliento. ¿En serio este bombón es el tipo que me plantó?

Una vez que él y Estela Noelia dejan de bailar y se unen al grupo para seguir bebiendo y charlando, decido acercarme con disimulo para oír su voz.

Y madre mía, madre míaaaaa... ¡No me jorobes! ¡Es él!

Reconocería esa voz tranquila, educada y segura en cualquier lugar del mundo, por lo que, igual que me acerco, me alejo a todo gas.

¡Qué fuerteee!

¡Qué fuerteeeee!

¡Qué fuerteeeeeee!

Desde donde estoy vuelvo a observarlo, ahora con más intensidad. Nunca imaginé que mi cita a ciegas fuera un tipo tan rematadamente atractivo. Tras encenderme un nuevo cigarrillo veo cómo se le marcan unas tentadoras arruguitas en la comisura de los labios al sonreír.

—Bomboncito, estás para comerte —murmuro.

Mientras lo observo y estudio el terreno, algo en mi estómago me hace saber que estoy nerviosa, y más cuando veo como las mujeres se acercan a él.

Rubias, morenas, pelirrojas, altas, bajas... ¡Vaya! ¡Qué solicitado está!

Veo que él las saluda con una sonrisa y las escucha sin mucho interés, mientras ellas se tocan el pelo, pestañean, se mordisquean el labio inferior y sonríen. Claramente intentan seducirlo.

Me acerco a la barra que está cerca de él. Quiero saber de lo que hablan para que el bombonazo tenga esa cara de aburrimiento. Dándoles la espalda sonrío al oír que las distintas mujeres le cuentan que son actrices, cantantes o modelos y buscan su oportunidad en el cine. La verdad, no me suena el careto de ninguna y no entiendo por qué le cuentan eso. Normal que tenga esa cara de aburrido.

Pasados unos minutos vuelvo a alejarme. Regreso al macetero de la terraza y recibo en mi teléfono móvil un mensaje de Hattie, que me informa de que se marcha de la fiesta con Aike.

Asiento. Sabía que eso iba a pasar. Estoy a punto de contarle que he encontrado al tipo que me plantó, pero al final me reprimo. En cuanto se entere vendrá corriendo para verlo y, no, no me apetece, por lo que escribo:

¡Disfrútalo y mañana hablamos!

Y luego le doy a «Enviar».

Una vez que guardo de nuevo el móvil en el bolsillo trasero de mi pantalón, vuelvo a fijarme en el bombón y veo que, una tras otra, las *mocatrices* —que es lo mismo que «modelos, cantantes y actrices»— desisten y se van. Nacho vuelve a hablar con interés con Pedro Pascal y Estela Noelia Rice Ponce. Ostras, ¿de qué los conocerá, con lo superfamosos que son los dos?

Durante un rato siguen conversando. El gesto de Nacho es de total atención, hasta que a ella le suena el teléfono y, cuando lo atiende, Nacho le hace una seña a Pedro con la mano y se aleja. Se dirige hacia la barra del fondo solo, y en ese momento yo decido entrar en acción.

Sin embargo, no me voy a acercar a él en ningún momento. Tampoco le voy a pestañear, ni a tocarme el pelo ni nada por el estilo. Yo no soy así. Mi misión es simplemente entrar en su campo visual, reconocer el terreno y ver si se fija o no en mí.

Cuando veo dónde se coloca decido situarme justo enfrente de él en la barra. Voy a ponérselo fácil. Al hacerlo comienza a sonar la canción de los Jonas Brothers, *Wings*, y como quiero que oiga mi voz para ver si la reconoce, la canturreo mientras muevo los hombros al compás de la música. ¡Qué buen rollo me da esta canción!

El tipo que está a mi lado me sonríe al oírme. Debe de pensar que estoy como una auténtica cabra por lo alto que canto. Yo le devuelvo la sonrisa y pido una cerveza al camarero. Desde donde estoy veo que Nacho mira su teléfono. Debe de estar revisando algo porque frunce el entrecejo.

Y entonces el tipo que está a mi lado empieza a hablarme.

¡Por Dios, ahora no, que estoy de misión!

Pero, por cortesía, le sonrío para no hacerlo sentir mal, mientras veo con el rabillo del ojo que el bombón levanta la vista y me mira.

¡Joderrrrr!

Durante unos segundos soy consciente de cómo me escanea. ¿Habrá reconocido mi voz? Y decido dar el siguiente paso y lo miro. ¡Woooo, qué impacto! ¡Lo que me hace el cuerpo cuando nuestras miradas chocan!

Pero él no hace nada. No sonríe, no gesticula… ¡Será soso, con lo divertido que parecía en la cabina! Y…, bueno, yo actúo como su espejo. Ni me toco el pelo, ni me muerdo el labio ni sonrío. No hago nada… ¡Soy tan sosa como él!

A los pocos segundos una de las mujeres que lo rondan se le acerca y, ¡joder!, deja de mirarme y se centra en ella. Le sonríe e incluso creo que tontean. Normal, es guapa, guapa, guapa, y lleva un vestidaco que, ¡joder!, qué bien le queda.

En fin... Cuando el camarero le entrega dos cócteles de color azul, él le tiende uno a la preciosa chica, dan media vuelta y se van.

¡Wo..., wo..., woooooo!

Mierda..., mierda..., mierda... Misión fallida.

¡Es la segunda vez que me planta! Aunque esta sin saberlo.

Me llevo una terrible decepción. Estratégicamente es un objetivo difícil y tácticamente, una maniobra complicada. Por un instante he pensado que había logrado que me reconociera por la voz, pero no, no ha sido así. Ha aparecido esa rubia despampanante y se ha olvidado de mí. Está visto que le gustan las mujeres glamurosas y yo, en cuanto a glamour se refiere, ¡lo justito!

Si algo sé es cómo ligan los tíos. Llevo toda la vida viéndolo. Si le hubiese atraído a Nacho, habría seguido mirándome y me habría sonreído. Las miraditas es algo que en los tíos no falla. Si te miran y sonríen, ¡ya son tuyos! Pero está visto que ese y yo nada tenemos que ver, a pesar de la conexión que yo sentí con él en la cabina. ¡Fue tan auténtico!

Por ello, y como soy una tía que, aunque se pasa la vida volando, tiene los pies en la tierra y sabe que una retirada a tiempo evita dolores de cabeza, decido que una vez que me acabe la birrita recogeré mi moto del parking y me iré a casita, pues en la mesilla me espera mi *Toretto* particular y lo pasaré bien con él.

Pasados unos segundos me quito de encima al tipo que me habla. Es majo, pero no estoy por la labor de ser simpática con él, así que regreso al macetero del otro lado de la terraza, que creo que ya nos hemos hecho íntimos.

De nuevo me enciendo un cigarro y, algo molesta, vuelvo a mirar a Nacho; este prosigue hablando con la rubia guapa. Me doy la vuelta y decido no volver a mirarlo ni pensar en él. Y, oye, lo consigo, al menos durante siete segundos.

Termino mi cigarro y mi cerveza, y cuando me dispongo a marcharme mi yo masoquista vuelve a mirarlo. Joder..., ¡seré idiota! Y al verlo bailar salsa con la chica doy media vuelta y me piro. ¡Se acabó la fantasía del bombón!

Comienzo por caminar hacia el interior del local. Para salir a la calle he de atravesarlo. Dentro la gente baila y se divierte al compás de la canción *Never Gonna Not Dance Again*, de mi maravillosa Pink. Lo que me gusta escuchar a Pink cuando vuelo.

Al salir echo a andar por la calle. La música comienza a difuminarse según me alejo y solo oigo el leve sonido de mis zapatillas al caminar. Miro mi reloj, que marca las 00.45. ¿Y si me acerco a la caravana para ver si está Max?

Como es normal, no hay mucha gente por la calle, por lo que sé que tengo que estar alerta.

Soy mujer, y sé de los peligros que la noche entraña a causa de los gilipollas que se creen que ser mujer e ir por la calle sola de madrugada es sinónimo de querer algo. En fin..., ¡imbéciles!

Llego hasta el aparcamiento y, tras pagar al señor encantador que lo regenta, voy hasta mi preciosa Suzuki GSX-R100 roja y negra y sonrío. Mi *Bicho* siempre me hace sonreír. Es lo único material que poseo en este mundo y, la verdad, cuido a mi *Bicho* como si fuera mi bebé. Segundos después, en cuanto me monto, me quito el pañuelo blanco de la cabeza y me pongo el casco, arranco y, metiendo primera, salgo del aparcamiento con celeridad.

Tras conducir aprisa por Los Ángeles, pues no hay tráfico, llego hasta donde vive mi hermano Max. Allí hay varias caravanas como la suya, y sonrío al ver que hay luz en el interior. Una vez que detengo mi moto me bajo, me quito el casco y camino hacia ella, pero me paro en seco. De la caravana salen unos gemidos de mujer que me hacen saber que mi hermano está acompañado y ocupado, por lo que doy media vuelta sonriendo y me piro.

¡No quiero cortarle el rollo!

Vuelvo a conducir por la ciudad mientras disfruto de la sensación de libertad que me da mi moto, y de pronto pienso en Nacho, en ese hombre tan atractivo que me ha impresionado tanto; bromeando conmigo misma me prometo que si lo vuelvo a ver lo besaré. Pensar en mi osadía me da hambre. A falta de un buen Nacho, ¿y si me como una hamburguesa?

En el siguiente desvío que veo giro a la izquierda y pongo dirección a Santa Mónica. Iré a un local de toda la vida llamado Flanders que conozco y está muy bien.

Capítulo 7

Nacho

La fiesta es una más para mí. Vista una, vistas todas.

En cuanto me despido de Noelia, Peter y Tomi y consigo quitarme de encima a alguna que otra mujer deseosa de meterse en mi cama, antes de salir veo de nuevo a Blanche Thomson al fondo. Acelero el paso. No quiero tener que decirle una vez más que no.

Jackson y Paul se acercan con disimulo. Me miran. Y yo, sacando mi teléfono móvil, les escribo indicándoles que se vayan a descansar. Me apetece algo de intimidad.

Después de ver que se van, y cuando el aparcacoches trae mi vehículo y me subo a él, antes de arrancar, y bajo la mirada de quienes hacen fotos en la puerta del local, pongo música. En este caso suena *Feel the Same*, del grupo The Millennial Club. Me gusta la música tranquilita.

Según conduzco de vuelta a mi casa, que está en Bel-Air, no sé por qué me acuerdo de Andy, la muchacha de las cabinas. ¡Qué agradable era! ¿Cómo sonreiría?

El semáforo que tengo al fondo de la calle se pone en rojo y aminoro la marcha hasta detenerme frente a él. Instantes después un coche azul para a mi derecha. Al mirar veo que lo conduce una mujer rubia. Por el modo en que va vestida intuyo que viene de la misma fiesta que yo, así que nos miramos y sonreímos. Ante todo educación y caballerosidad, como siempre dice mi madre.

Un par de minutos después el semáforo cambia a verde y, acelerando, vuelvo a arrancar y prosigo mi camino con tranquilidad.

Cuando salgo a la autopista 405 puedo disfrutar de la conducción. Vivo en el exclusivo barrio de Bel-Air, cerca de muchos amigos de la industria del cine. De pronto me fijo en uno de los carteles de la carretera: SANTA MÓNICA, y, en un impulso, tomo el desvío.

Al entrar en la ciudad siento unas increíbles ganas de comer. Allí hay un establecimiento que lleva siglos, llamado Flanders, donde hacen unos tacos y unas hamburguesas increíbles. Mis padres me llevaban cuando era pequeño. La dueña, Guadalupe, es muy amiga de mi madre, y de adulto continúo pasándome por allí siempre que puedo.

Conduciendo por Santa Mónica llego hasta el local. Como de costumbre, está de gente a reventar, pero yo hago lo de siempre. Para poder comer tranquilo, lejos de las fotos de quienes me reconocen, aparco en la parte trasera y entro por la cocina.

Cuando entro, José, que me ve rápidamente, me saluda y dice:

—Guadalupe, una hamburguesa doble sin pepinillo y con mucho kétchup para tu rey.

Divertido, me acerco a él y nos damos un abrazo. José es el marido de Guadalupe.

—¿Cómo va todo? —le pregunto.

José sonríe y, cuando va a contestar, es Guadalupe la que me abraza.

—Mi rey, ¡qué guapo estás! —dice.

Sonrío. Abrazo a aquella encantadora mujer que tanto cariño me ha dado siempre, y cuando voy a hablar ella me da un azote en el trasero y suelta frunciendo el entrecejo:

—¿Se puede saber por qué has tardado tanto en regresar? Llevo sin verte más de tres semanas y eso, mi rey, ¡no puede volver a ocurrir! Mira lo que te digo: me da igual si te llaman «don Duarte» y comes langosta, porque nadie como yo te preparará las hamburguesas como a ti te gustan.

José me mira, se encoge de hombros y yo, riendo, respondo:

—Guadalupe, tengo mucho trabajo… No me regañes.

La mujer asiente. Sabe que tengo razón.

—Y llama a tu madre, ¡que siempre es ella la que te llama a ti! —añade—. Ándale y ve a sentarte. Ahorita te llevo la hamburguesa.

Sonriendo, me dirijo hasta la mesa que está en un lateral de la cocina, un sitio apartado del público en general y que siempre me da privacidad cuando voy allí y no quiero ser fotografiado por la prensa.

Capítulo 8

Andy

Cuando llego a Flanders, como siempre, veo que el aparcamiento está a rebosar, no importa la hora que sea. Aparco mi moto y aseguro mi casco a ella. Me encamino hacia la puerta y reparo en un precioso biplaza blanco que hay aparcado allí. ¡Menudo pepinorro!

Una vez que entro en el local, el olor a hamburguesa y a tacos me retuerce el estómago.

¡Ufff..., qué ricoooooo!

Miro a mi alrededor. Este legendario local, lleno de luz y vida, me hace sonreír, y acercándome a la barra espero mi turno. Luego pido una hamburguesa doble con queso y kétchup, aros de cebolla y patatas. Tengo un hambre voraz. El empleado me toma el pedido, me cobra y me indica que me siente, que ellos me lo llevarán a la mesa.

Por los altavoces del local suena la canción *Higher,* de Michael Bublé, y la tarareo mientras me encamino hacia una mesa. En cuanto me siento miro de nuevo a mi alrededor.

A diferencia de la fiesta de la que vengo, aquí la gente es como yo. Gente de a pie que se come una hamburguesa sin pensar en las calorías que se van a meter en el cuerpo. Aquí no hay estrellitas ni *mocatrices* deseosas de llamar la atención.

De pronto oigo un estruendo y, al volverme, veo a una chica en el suelo. «¡Ay, pobre!» Rápidamente, otro chico y yo corremos a ayudarla. Es una de las camareras, que parece ser que ha pisado algo, ha resbalado y se ha caído. Pobrecita, qué leñazo se ha dado.

El chico y yo la acompañamos a la cocina, donde, de inmediato, unos señores, que sé que son los dueños, van a atenderla. Cuando me dispongo a salir de nuevo, al darme la vuelta mis ojos reparan en un tipo que, sentado a una mesita junto a la pared, mira su teléfono móvil mientras se come una hamburguesa.

Joder... No..., ¡no puede ser!

Pero..., pero... ¿qué hace aquí el bomboncito? Y ¿por qué está metido en la cocina comiendo?

Lo observo boquiabierta durante unos instantes hasta que la dueña nos agradece la ayuda y nos indica que, por favor, salgamos de la cocina. Obedientemente, el otro chico y yo lo hacemos.

De vuelta en el salón del restaurante mi estómago se retuerce de nuevo. Pero esta vez no de hambre, sino de nervios.

¿Por qué tengo que volver a encontrarme con ese tipo?

Pero ¿qué narices me pasa? ¿Desde cuándo ver a un tío me pone tan nerviosa?

Sin saber qué hacer, me siento a la primera mesa para observar. Desde ella, cada vez que abren la puerta los camareros para llevar un pedido, veo a Nacho, y luego observo que los dueños del local se sientan con él y los tres charlan divertidos.

Vale, serán amigos. Ahora entiendo por qué está ahí.

Uno de los camareros me trae mi pedido. Con una sonrisa se lo agradezco y comienzo a devorarlo mientras mi lado observador está pendiente de ver si una guapa mujer se sienta con Nacho y los dueños. Pero no, el tiempo pasa y siguen solo los tres.

¿En serio ha venido solo?

Mientras me como mi hamburguesa pienso en que es la tercera vez que el destino lo pone frente a mí. Eso me hace recordar la historia de mis padres. Me río. Y como soy igual que mi padre, en este instante tomo la decisión de conocerlo sí o sí. Es más, recuerdo que me he prometido a mí misma que si lo volvía a ver lo besaría y, oye, yo cumplo mis promesas. ¡Decidido!

Me acabo la hamburguesa y sigo pendiente de mi objetivo. Nacho vuelve a mirar su teléfono móvil tranquilamente y, pasado un rato, se levanta. Pero la puerta se cierra. ¡Mierda!

Por ello, y sin dudarlo, me acerco a la puerta de la cocina y la entreabro. Veo que aquel se despide de los dueños y estos caminan con él hacia la entrada trasera. A toda prisa salgo del local y busco esa puerta. Sin mucho problema la localizo y entonces veo que Nacho sale por ella.

¡Madre mía, es un espectáculo de hombre!

Con las manos metidas en los bolsillos y con una elegancia que no me sorprende en él, va caminando por el aparcamiento. Estudio la situación rápidamente, puesto que apenas tengo tiempo de reacción. Si quiero conocerlo he de ser yo quien se acerque a él, y, dispuesta a conseguir mi objetivo, sin pensarlo digo levantando la voz:

—Perdona…

Nacho se para. Se vuelve y me mira. En sus ojos veo desconfianza. Recelo. ¿Qué le ocurre?

Me mira con gesto serio. Woooo, no sé yo…, no sé yo… si he hecho lo correcto. Pero, mira, como diría mi padre, en peores plazas he toreado; quiero salir airosa de mi misión, así que suelto:

—¿Por casualidad no tendremos un amigo común que nos pueda presentar?

Bueno…, bueno…, bueno…, ¡esto nunca falla! Seguro que sonríe.

Sin embargo, su cara al oírme es todo un poema. No sonríe en absoluto…, sino que mira a los lados con gesto incómodo y responde marcando las distancias:

—Perdone, ¿de qué va esto?

Ahora la desconcertada soy yo. ¿Por qué me mira así? ¿Tan difícil es el objetivo?

Vamos a ver…, ¡que esa frase siempre funciona!

Nacho no me quita ojo. Su gesto es serio. Distante.

—Mire, señorita, no sé qué quiere, pero olvídelo —suelta.

Se vuelve, pasa de mí y sigue caminando.

—Oye… —insisto.

—Olvídelo —replica él sin mirarme.

¡Joder! Noooooo…

¡No puede irse así! Necesito decirle quién soy para saber si me recuerda, por lo que comento levantando de nuevo la voz:

—Sin duda tienes el wifi desconectado y pensarás que te estoy dando la turra…

Según digo eso veo que se para de golpe.

¡Bien!

Se da la vuelta.

¡Joder, qué bien!

Me mira. Me mira de arriba abajo y luego pregunta:

—¡¿Andy?!

Ay, joder, sí…, sí…, sí…, ¡se acuerda de mí!

—Sí, señorito —afirmo—. Esa soy yo.

Sonríe. Yo también. Vale, sin duda acabamos de conectar el wifi.

—Oye… —dice entonces sin moverse—, siento lo que ocurrió el otro día. Pero me enviaron un mensaje y tuve que marcharme con urgencia.

—Tranqui —lo corto levantando una mano—. No hacen falta explicaciones.

Nacho se acerca entonces a mí.

—Sí, sí hacen falta explicaciones —dice—. No acostumbro a marcharme como lo hice y, cuando fui consciente de ello, me sentí muy mal, y más cuando después no supe cómo localizarte.

Ohhhh, ¡qué monoooooo y educado!

Sonrío otra vez. Él también, luego se saca el móvil del bolsillo del pantalón blanco, veo que busca algo y, enseñándomelo, indica:

—El motivo de mi marcha fue este.

Al mirar veo unos perros y unos cachorritos.

—Mi perra *Audrey* se puso de parto y debía regresar a casa —explica.

Asiento.

—Hiciste lo que debías hacer —digo con una sonrisa.

Él no contesta, solo me mira.

—Tienes unos perros preciosos —añado.

Nacho mira la foto y cabecea. Veo en sus ojos el cariño que les tiene a aquellos animalitos.

—Son mi familia —dice.

Ohhhhh, ¡qué remonoooooooo!

La sensibilidad que demuestra me parece encantadora. Adoro a los animales, aunque yo personalmente no tenga uno propio. Y, pensando en *Truman*, el gato de mis padres, afirmo:

—Sin duda, son familia.

Ambos sonreímos de nuevo. Luego se guarda el móvil y, mirándome curioso, pregunta:

—¿Cómo sabías que era yo?

Excelente pregunta la suya. Yo la habría hecho también. Dando algún rodeo antes de explicarle, indico:

—Venimos de la misma fiesta...

Nacho me recorre entonces de arriba abajo con la mirada y, cuando llega a mis pies, musita:

—Santo cielo, ¡tienes razón! Es más, te he visto, pero no sabía que eras tú...

—¿Me has visto? ¿Dónde? —pregunto sorprendida.

Veo que está reordenando sus ideas y luego señala:

—Estaba con Tomi y su marido en el interior del local y te he dado un golpe sin querer. Al volverme para pedir disculpas te he visto por detrás y tus deportivas blancas han llamado mi atención.

—¿Mis deportivas blancas?

Él asiente y, con esa suavidad en su tono que me eriza la piel, aclara:

—El resto de las mujeres llevaban zapatos de tacón.

Vale, tiene toda la razón del mundo.

—Joder... Odio los tacones —cuchicheo.

Nacho se ríe. Me gusta su sonrisa.

—Me he fijado en ti en la terraza —añado—, mientras bailabas con la actriz Estela Noelia Rice Ponce, y ha sido entonces cuando he reconocido tu voz, tu risa...

—¡¿Qué?! —murmura boquiabierto.

—Joder, ¡he flipado al saber que eras tú! —Gesticulo haciéndolo reír—. Y luego, más tarde, en la barra, me he acercado a ti, pero...

—¿Por qué no me has dicho nada?

Me río y, con sinceridad, afirmo:

—Porque no soy de dar la turra si veo que no llamo la atención, y tu wifi estaba conectado con otro..., señorito.

Nacho vuelve a sonreír y yo, curiosa, pregunto:

—Por cierto, ¿de qué conoces a la actriz Estela Noelia Rice Ponce?

—Es una buena amiga.

—¿Y Pedro Pascal?

—Otro buen amigo.

Asombrada porque aquellos dos actorazos sean sus amigos insisto:

—¿Me lo dices en serio?

—Totalmente —afirma él.

Vaya... ¡Qué fuerte! Pero bueno, vivimos en Los Ángeles, la meca del cine, ¡y todo puede ser!

Nacho y yo nos miramos entonces en silencio. Su rostro ha cambiado. Ya no me observa con desconfianza. Ahora lo hace con una bonita sonrisa.

—¿Usas mucho la frase esa del amigo para ligar? —dice luego.

Con guasa, me encojo de hombros.

—Si te soy sincera, siempre funciona. ¡Te la recomiendo!

Él suelta una carcajada.

—¡Tomo nota! —dice, y tendiendo la mano hacia mí agrega—: No sé si tendremos algún amigo en común que pueda presentarnos, pero, por si acaso, soy Ignacio Duarte, aunque puedes llamarme Nacho. Encantado de conocerte.

Sonriendo, le cojo la mano. Uf..., ¡la leche!, qué chispazo morboso me acaba de recorrer todo el cuerpo. El hombre que conocí al otro lado de la cabina está frente a mí porque yo así lo he decidido, y ¡me encanta! Se la estrecho con decisión e indico:

—Te... Andy Madoc. Un placer conocerte.

Sé que mi movimiento ha sido frío y mecánico. Incluso he estado a punto de decir «teniente Andy Madoc», pero lo he omitido. ¿Por qué?... ¡No lo sé!

Durante unos segundos me mira como si esperara algo. ¿Qué quiere? ¿Qué espera?

Uf... Uf... Uf... Creo que voy a besarlo. No sé qué pensará él, quizá piense que soy una loca; entonces, calibrando mi siguiente paso digo:

—Era la tercera vez que coincidía contigo, y esta vez ya no podía dejarlo pasar.

—Has hecho lo correcto.

Uf..., cómo nos miramos.

Uf..., que me estoy poniendo nerviosa.

Atraída hacia él como un imán, y consciente de que siento la misma excitación en este instante que cuando voy en mi caza a tres mil quinientos kilómetros por hora, musito:

—Pensaba saludarte en la fiesta, pero no he querido cortarte el rollo. Sin embargo, al encontrarte aquí y verte solo, he sabido que tenía que acercarme a ti y darte… la turra.

Nacho sonríe. Yo también. Este tiene tantas horas de vuelo como yo en esto del ligoteo. Y entonces, en un tono de voz que se me antoja sexy e íntimo, musita dando un paso hacia mí:

—Me encanta que me des la turra.

Bueno…, bueno…, buenooooo. Nuestro wifi se ha conectado. ¡Se viene beso!

Dando un paso hacia él, me acerco con las mismas intenciones que sé que él tiene y, mirándolo a los ojos, digo sin miedo:

—Cuando he salido de esa fiesta me he prometido que, si volvía a verte, te besaría.

Nacho asiente. Sé que lo que oye le gusta.

—¿Ah, sí?… —susurra.

Y, sin esperar un segundo más, me acerco a su cuerpo, subo la mano a su cuello y, con todo el descaro y la seguridad del mundo, lo beso. Mi boca y su boca se encuentran y, joderrr…, lo que siente mi cuerpo.

No soy de las que esperan a ser besadas. Si deseo un beso y es factible, voy a por él. ¿Por qué esperar algo que ya te están ofreciendo? Y, sí, Nacho me lo está ofreciendo, por tanto, ¡a disfrutarlo!

Cuando, pasados unos segundos, el beso acaba, siento mi corazón desbocado. Madre mía, cómo me ha puesto de cardíaca el colega, y más aún cuando oigo que musita:

—Besas muy bien.

—Tú tampoco lo haces mal.

Lo miro. Me mira.

Está claro que ambos deseamos lo mismo: ¡sexo!

—¿Tu casa o la mía? —me suelta entonces.

Uis…, este es de los míos. No se anda con tonterías y, la verdad, viendo cómo me mira, sé que tácticamente esta maniobra no es nada complicada.

—Mi casa —digo buscando mi comodidad—. Pero cuando acabemos te piras.

Nacho levanta las cejas. ¿Acaso he dicho algo raro?

—No hemos llegado y ya me estás echando…

Sonrío. A buen entendedor, pocas palabras bastan.

—Seamos sinceros, joder —añado—. Me pones. Te pongo. Disfrutemos del sexo y luego no nos demos la turra, ¿te parece bien?

Su cara es un poema. ¡¿Qué estará pensando?!

—Señorita… —murmura entonces—, curiosa manera la tuya de hablar.

Me río. Se ríe. No lo conozco, pero lo poco que sé de él es que es un hombre tranquilo, claro, culto y responsable. Si este me viera hablar con mis hermanos o mis compañeros, fliparía. Y no porque yo no sea educada ni culta, sino porque con ellos he de ser así.

—Clara y directa —replico—. Somos adultos, así que tonterías, las justas.

Nacho asiente. Sin decir nada se separa de mí y, cuando veo que acciona el mando que tiene en la mano y las luces del cochazo que antes ha llamado mi atención parpadean, inquiero:

—¿Es tuyo?

—Sí.

Acercándome al vehículo, lo miro. Lo toco. Si mi hermano Daniel lo viera se moriría por meterle mano.

—Woooo, amigo —cuchicheo—, ¡qué pepinorro de coche!

—¡¿«Pepinorro»?! —oigo que pregunta, pero no le contesto.

Durante un rato me dedico a observar el biplaza, al que no le falta de nada, hasta que soy consciente de cómo Nacho me mira y le digo:

—Sube y sígueme.

Cuando voy a moverme siento que él me sujeta la mano.

—¿No vienes tú conmigo? —pregunta.

Niego con la cabeza.

—Iré en mi moto.

—¡¿Qué?!

Asiento y, con sinceridad, añado:

—La última vez que dejé a mi *Bicho* donde no debía, me costó un pastizal arreglarlo porque unos indeseables decidieron robarme ciertos accesorios. Y, ¿sabes?, eso no volverá a ocurrir porque si salgo con mi *Bicho*, regreso con mi *Bicho*. Somos un pack indivisible.

Él parpadea y asiente; en su rostro veo sorpresa.

—¡No me pierdas! —digo cuando me suelta la mano.

Finalmente Nacho sonríe. Me encamino hacia mi moto y, sin necesidad de volverme, sé que me está mirando el culo. ¿Qué tío no lo hace?

—¡Deja de mirarme el trasero! —le suelto.

Lo oigo reír. Su risa es inconfundible.

Divertida, llego a mi moto, me pongo el casco y me monto mientras él arranca su coche.

Uf, cómo me pone ese tío. Y al ver que se acerca lentamente con el precioso biplaza, meto primera, suelto embrague y acelero. ¡Me gusta que venga detrás de mí!

Capítulo 9

Nacho

Conduzco atento a la mujer que delante de mí sortea el tráfico mientras soy consciente de lo hábil que es manejando esa moto que debe de pesar tres o cuatro veces más que ella.

Sigo sorprendido por dos cosas. La primera, haberme encontrado con ella. Y la segunda, que al decirle mi nombre completo no me haya reconocido. Si lo ha hecho lo está disimulando muy bien.

Un semáforo se pone en rojo, veo que para y yo paro a su lado. Ella me mira, levanta la visera de su casco. Para mi gusto tiene un rostro precioso, con esa cicatriz en la barbilla. Y, tras mirarme de una manera que reconozco que me pone nervioso, dice:

—¿Sabes que el límite en esta calle es de cincuenta?

Asiento, lo sé. No me gusta rebasar los límites de velocidad. Y luego ella añade:

—Pues que sepas que tú me estás poniendo a cien.

Parpadeo. ¡¿He oído bien?! ¿Me está vacilando?

Ambos sonreímos. Me gusta su sonrisa.

—¿Te han dicho alguna vez que eres muy mono? —pregunta a continuación.

Sin poder evitarlo, y como un auténtico idiota, afirmo con la cabeza, y ella suelta:

—Señorito…, eres muy creído.

Me río. No lo puedo remediar. Pero ¿de dónde ha salido esta mujer?

Mientras la observo sentada en su moto de una manera que me parece tremendamente sexy, segura y provocadora, replico:

—No soy creído. Solo que me has preguntado y yo he respondido con educación.

Asiente. Me encantaría saber qué pasa por esa cabecita.

—Seguro que quieres ser actor, ¿verdad? —agrega ella.

Niego con la cabeza. Mi madre es una reconocida actriz. A ella siempre le ha apasionado interpretar delante de la cámara, mientras a mí siempre me ha gustado dirigir y estar en la sombra.

—¿Crees que tendría futuro como actor? —pregunto divertido.

Andy vuelve a asentir sin apartar los ojos de mí.

—Sin duda, y teniendo amigos como Pedro y Noelia, ¡más aún! —asegura.

Suelto una carcajada. ¿Sabrá quién soy y por eso lo dice?

Nos miramos unos segundos en silencio mientras el semáforo sigue rojo. Está claro lo que ambos deseamos. Está claro que ambos sabemos por qué nos miramos así.

—Vivo en Ingraham Street —dice entonces—. ¿Conoces la calle?

Respondo que sí y ella añade:

—Cuando lleguemos te indicaré dónde aparcar el coche. Una vez que bajes, dirígete al número 76. Yo iré a mi garaje a dejar la moto, pero no tardaré.

Vuelvo a asentir. Esta mujer me tiene hipnotizado.

El semáforo cambia a verde, ella se baja la visera del casco y acelera. Sorprendido por lo rápida que es, yo intento seguirla.

¡No pienso perderla!

Tan pronto como llegamos a su calle veo que frena; con la mano derecha me indica un aparcamiento y yo estaciono el coche mientras ella desaparece al fondo de la calle e imagino que va al garaje.

Pocos minutos después, cuando estoy esperando en su portal, ella llega y, en cuanto voy a hablar de pronto me besa.

—Joder... —murmura cuando acaba—. Me pones mucho.

Asiento. ¿Por qué repite tanto la palabra *joder*? Cada vez que lo dice me acuerdo de mi padre y sonrío.

Aunque, bueno, me gusta saber ¡que «le pongo mucho»! Eso me hace gracia. Nadie me ha dicho algo con tanto descaro.

Volvemos a besarnos.

Entre beso y beso y cierta desesperación por tener intimidad, llegamos a su apartamento y entramos. Sin que me lo enseñe, imagino lo pequeño que es. La cocina es un armario que se abre al salón. El lugar, algo impersonal y bastante vacío de detalles, no debe de tener más de treinta metros, no como mi casa, que tiene seiscientos.

El minúsculo piso me recuerda a uno en el que viví con mi amigo Tony Ferrasa cuando nos independizamos por primera vez. Qué listos nos creíamos, cuando en realidad éramos unos críos inexpertos de la vida. Por suerte crecimos, maduramos y, a pesar de los palos que en ocasiones nos ha dado la vida, se puede decir que nos va muy bien.

Me sorprende que el salón sea tan frío siendo el de una mujer. No hay plantas. No hay cojines de colores. No hay fotos. No hay recuerdos. Y, cuando veo que ella deja el casco de moto sobre la mesa de madera, pregunto:

—¿Qué tal vives aquí?

Andy me mira, se encoge de hombros y responde:

—Bien.

Asiento. Yo me volvería loco en un sitio tan pequeño y frío.

Ella abre entonces un armario tras el que hay un minúsculo frigorífico y pregunta:

—¿Te apetece una birrita?

¡¿«Birrita»?! ¿Cuánto hacía que no oía llamar así a la cerveza?

—Sí —contesto divertido.

Veo que Andy las coge despreocupadamente del frigorífico y, antes de lo que espero, con la ayuda de su mechero las abre con una maestría que me deja boquiabierto. ¿En serio acaba de hacer eso?

Sin poder evitar sonreír frente a ese acto tan masculino y que a mi padre lo horrorizaría, cojo la cerveza que me ofrece. A ninguna de las mujeres con las que suelo salir se le ocurriría jamás abrir una cerveza de ese modo.

—¿Qué pasa? —quiere saber ella.

Pienso qué contestar; no quiero incomodarla con mis cosas. Al ver un libro sobre la vacía estantería, me acerco y pregunto cogiéndolo:

—¿Le gusta leer a la señorita?

Andy sonríe, intuyo que le hace gracia que la llame así, y responde sonriendo:

—Leo bastante. Potencia la imaginación.

Estoy de acuerdo. Me parece una respuesta muy acertada. Un buen libro puede transportarte a otros mundos.

Entonces, para comprobar si sabe o no quién soy, continúo:

—Ya sé que tu película preferida es *Coco*, pero ¿el cine en general te gusta?

Andy vuelve a asentir y, con total naturalidad, dice:

—Sí. En especial las películas de acción. La saga *Fast & Furious* me apasiona, ¡son la leche! Y Dominic Toretto es sin duda el hombre de mi vida.

Asiento divertido. Ella me mira. Espero que diga algo más en lo referente al cine, pero solo comenta:

—Por cierto, el libro que tienes en las manos es muy bueno. Te lo recomiendo.

Afirmo con la cabeza y tomo nota. Y tras un agradable silencio, en el que dejo el libro en su sitio y me siento en el inmaculado sofá, pregunto:

—¿Llevas mucho viviendo en este apartamento?

Con despreocupación ella se acomoda a mi lado y, tras quitarse las botas deportivas, sube los pies al sofá y responde:

—Poco.

Ahora entiendo que el lugar tenga este aspecto tan desangelado. No es normal que una mujer viva en un lugar así. Andy da entonces un trago a su cerveza y añade:

—El apartamento es de mis padres.

Ah, vale. Entiendo que entonces este piso lo utiliza para tener sexo.

—Por mi trabajo suelo viajar mucho —aclara—, y no tengo casa propia. Mis padres, que son unos benditos, me lo prestan encantados siempre que regreso.

Vuelvo a afirmar con la cabeza. No concibo que con su edad no tenga un apartamento en propiedad, pero bueno..., cada uno gestiona su vida como quiere. Por ello, y obviando el tema, vuelvo a preguntar antes de dar un trago a mi cerveza:

—¿En qué trabajas, que viajas tanto?

Andy me mira. Veo que piensa antes de darme una respuesta, y de pronto suelta:

—Soy militar.

—¡¿Militar?!

—Sí.

—¿Militar del ejército americano?

Sonríe. Hace una mueca con la boca que no sé descifrar y agrega:

—Teniente Andy Madoc.

—¡¿Teniente?!

—Sí. Teniente.

La miro. Me mira. Sonríe y da un trago a su cerveza. Por la curvatura de la comisura de sus labios sé que sigue sonriendo. Debe de pensar que soy un idiota preguntón y está claro que disfruta desconcertándome, porque cuando traga explica:

—Soy piloto de combate táctico de la marina de Estados Unidos. Y sí, señorito —declara con retintín—, algunas mujeres ya somos pilotos de combate, aunque joda a ciertos machitos.

¡¿Cómo?! ¡¿Qué?! ¡¿Piloto de combate?! ¿«Aunque joda»?

Asiento lentamente y parpadeo. No voy a entrar en lo que ha dicho. Creo en la igualdad, pero esta mujer no para de sorprenderme.

—Por eso viajo tanto —apostilla.

Boquiabierto, vuelvo a asentir. ¡Saber eso me asombra una barbaridad!

Mira que he conocido a mujeres en mi vida, pero es la primera vez que me encuentro con una que es piloto de cazas de guerra...

Al ver cómo me mira ella, intuyo que lo siguiente será preguntarme por mi trabajo, pero entonces acerca su boca a la mía y musita:

—¿Qué tal, señorito, si nos dejamos de tantas preguntas y pasamos a la acción?

No puedo decir que no. No puedo rechazar su boca. Así pues, sonrío y simplemente aseguro olvidándome de todo:

—Me parece una excelente idea..., señorita.

Dejándome guiar por ella, me levanto, pasamos a su habitación y, sin encender la luz, nos desnudamos el uno al otro con prisa.

Cuando caemos sobre la cama, con maestría, ella enrosca las piernas en mi cuerpo y, dándome la vuelta, se coloca sobre mí. Vaya, tiene más fuerza de la que creía.

—Que sepas que hago el amor con garantía —susurra entonces con chulería—: polvo que no te guste te lo repito.

¿Qué acaba de decir? La miro boquiabierto. Pero ¿qué forma de hablar es esa?

—La señorita, como tú la llamas, además de ser teniente y pilotar cazas de guerra, es cinturón negro tercer grado de *full contact* —añade luego.

Asiento, esta mujer es una caja de sorpresas.

—Seguro que en eso último algo tuvieron que ver tus hermanos —comento.

Andy asiente a su vez y, con sensualidad, señala paseando su boca por la mía:

—O aprendía o esos capullos me machacaban.

Sonrío, qué tentadora es esta mujer. Me mira con un deseo, con una seguridad, con un ímpetu que siento que entro en combustión. Y cuando su mano se enreda en mi pelo y me besa, la aprieto contra mí enloquecido y disfruto. Solo disfruto.

Entre beso y beso nuestros ojos se acostumbran a la oscuridad de la habitación, hasta que de pronto la oigo murmurar:

—¿Tienes claro que esto es solo sexo?

Afirmo con la cabeza, lo tengo clarísimo. Lo último que quiero es tener nada serio con nadie. Y aseguro viendo las chapas del ejército que cuelgan de una cadena que lleva al cuello:

—Muy claro.

Nos tentamos con la mirada.

—Eres muy sexy... —susurra ella.

—Tú también..., teniente —digo.

Sonreímos. En nuestra expresión se distingue el deseo que sentimos el uno por el otro y, gustoso, la cojo yo ahora por la nuca y, atrayéndola hacia mí, la beso. No veo el momento de entrar en ella para poseerla, pero entonces la oigo decir:

—Joder... ¡Démosle caña a esto!

¡¿Otra vez?! ¡¿«Démosle caña»?! ¿En serio ha dicho eso?

Pero sí..., le damos caña.

¡Qué mujer y cómo me pone!

Noto que ella dirige la situación y yo solo puedo seguirla. Por cómo actúa, me deja claro que le gusta llevar la iniciativa. Así pues, permito que lo haga la primera y la segunda vez, pero al llegar a la tercera decido volver las tornas. Quiero ser yo el que lleve la voz cantante. Y aunque al principio la percibo tensa e insegura por ser yo quien lleva las riendas, poco a poco su tensión cede y finalmente se entrega a mí para disfrutar de un loco y morboso juego que a ambos nos pone a mil.

Capítulo 10

Andy

Joder..., joder..., joder..., cómo me pone este hombre.

Un gemido sale de mi boca al sentir la suya sobre mi sexo. Oh, Dios, qué placerrrr.

«Sí..., sí..., sí... ¡Bomboncito, no pares!»

Durante minutos disfruto de cómo él me come, me saborea, hasta que para y, reptando hacia arriba por mi cuerpo, se coloca sobre mí y, sin decir nada, me besa de una manera que hace que todo el vello de mi cuerpo se erice, mientras soy consciente de que se está poniendo un preservativo.

¡Me gusta que sea cauteloso! Y, sobre todo, ¡que no se lo tenga que pedir yo!

El sabor del sexo en nuestras bocas es delirante, afrodisíaco. Siento que a los dos nos vuelve locos. Y, cuando acaba el beso, con una de sus manos coge las mías, las coloca sobre mi cabeza y, mirándome a los ojos, susurra:

—Eres deliciosa...

Uf..., deliciosa dice que soy... ¡Qué fino y caballeroso!

Estoy a punto de decirle que él es todo un semental, pero no, mejor me callo, no vaya a pensar que soy una irrespetuosa. Y entonces lo oigo pedir:

—Abre un poco más las piernas.

Uf..., uf..., ¡qué morbo me da oír eso!

Sus ojos negros me miran. Están clavados en mí, pero yo soy consciente de que él quiere clavarme otra cosa. Uf..., ¡qué ordinariez acabo de pensar! «¡Joder, Andy, céntrate, que este no es como los otros!»

Hago lo que me pide. Este hombre me tiene a mil.

—Sé que me deseas tanto como yo te deseo a ti. Lo sé… —oigo que dice entonces.

Asiento. Tiene más razón que un santo. Lo deseo con locura. Lo miro en silencio y grito con la mirada: «Sí… Sí… Sí… ¡Pedazo de semental!».

La posesión que le estoy concediendo que ejerza sobre mí en este momento no es algo que yo suela permitir. Me gusta llevar la iniciativa. Siempre he mandado y liderado, dispuesta a tomar lo que deseo. El romanticismo y yo pasamos el uno del otro, porque en mi vida solo entra el sexo ocasional. Pero, uf, este tipo, con su caballerosidad, su saber estar, su manera de mirarme, de tenerme, de tocarme…, me pone a mil.

A este ni le discuto ni le cuestiono, y menos cuando siento como coloca la punta de su duro pene sobre mi húmeda vagina y comienza a hundirse en mí de una manera tan posesiva que de mi boca sale un gemido.

—Dame tu boca —lo oigo decir.

Uffffff, ¡madre mía!

Sí… Sí… Sí. Le doy mi boca e incluso estoy por decirle eso de… «Pídeme lo que quieras».

Me besa. Lo beso. Nos estremecemos, jadeamos, mientras nuestros cuerpos se encuentran una y otra y otra vez en un morboso y caliente baile de posesión que a ambos nos está llevando a un intenso placer.

—Mírame… —susurra.

Y, sí, lo miro, ¡claro que lo miro! Lo miro como la loba que siento que soy.

Sin dejar de mirarnos, noto que me posee con un ímpetu arrebatador que hace que toda yo me estremezca bajo su cuerpo y quiera más y más. Nacho no solo es caballeroso y un bomboncito muy atractivo, sino que también es un excelente amante nada egoísta en la cama.

Cuando comencé a experimentar el sexo me encontré con hombres muy egoístas, tipos que buscaban únicamente su propio placer a través de mi cuerpo, y aprendí a darle la vuelta a la tortilla. La experiencia me hizo ser yo la egoísta; la que buscara mi propio placer a través de ellos, y de ahí que siempre tome la iniciativa. No quiero amor. No quiero romanticismo. Solo deseo sexo.

Pero con Nacho no está siendo así. Ha sido así en los dos primeros asaltos, pero en este tercero no sé qué ha pasado que todo ha cambiado. Y ha cambiado para bien. Él no es egoísta, sigue buscando mi placer mientras inexplicablemente yo busco el suyo y, la verdad, estoy que no me lo creo.

Nuestras embestidas se aceleran. Nuestros jadeos aumentan, se avivan junto con nuestras lenguas mientras nos besamos hasta que, ¡oh, Diosssss!, llegamos a un increíble orgasmo que siento que me deja vacía y sin fuerzas.

¿Qué ha ocurrido?

Segundos después, cuando él se deja caer sobre mí, noto que me gusta esa sensación. Huele bien, y le doy un mordisquito en el precioso tatuaje maorí que lleva en el hombro derecho. ¡Me flipa!

Cierro las piernas alrededor de su cintura y noto que sonríe mientras lo beso con deseo. Vuelve a provocarme. Yo también lo provoco a él, y cuando separa sus labios de los mío musita mirándome a los ojos:

—Ha sido un placer poseerte…

Asiento con una sonrisa. A otro lo habría mandado a freír espárragos por decir semejante cursilería, pero con él no puedo. No me sale. ¡Es tan caballeroso!

—¿Y esos tatuajes?

Al saber que se refiere a los que llevo en el brazo, respondo de manera vaga:

—Cosas mías… —Él afirma con la cabeza no muy convencido y yo pregunto a mi vez—: ¿Y el tuyo?

Nacho se mira el hombro.

—Lo llevo yo y también mis dos mejores amigos, Tony y Eric. Hace muchos años, fue nuestra manera de decirnos que siempre estaríamos ahí.

Asiento, entiendo perfectamente a qué se refiere.

—¿Qué significado tienen para ti tus tatuajes? —inquiere a continuación.

Joder..., joder..., no quiero hablar de ello, pero, viendo que no va a parar de preguntar, me limito a decir:

—Recuerdos.

Lo empujo para que deje de aplastarme y no me pregunte más, pues soy consciente de cómo me mira la fea cicatriz que tengo en la pierna, y cojo mi teléfono para desviar la conversación. Busco música en mi lista de Spotify y, cuando comienza a sonar *Party in the U.S.A.*, de mi amada Miley Cyrus, comento:

—Ha estado bien el ratito de sexo, ¿verdad?

—¿Solo bien? —se mofa tocando mis placas identificativas.

Divertida, me río. De pronto, y sin esperarlo, Nacho me hace cosquillas. ¿En seriooooooo? Y durante varios minutos jugamos como dos niños sobre la cama entre carcajadas. Esta clase de intimidad con un hombre es algo de lo que suelo huir. Yo soy más de follar, hablando mal y pronto, y adiós.

Vale, sé que es frío lo que digo, pero es así. Cuando veo que los dos miramos el techo entre risas por lo ocurrido, decido cortar el momento íntimo y, sentándome en la cama, exclamo encendiéndome un cigarrillo:

—Joder, ¡qué calor!

Nacho se incorpora y me mira. No sé qué piensa, pero entonces suelta:

—¿Tú no sabes que fumar no es bueno?

Buenoooooo..., ¡otro como mi madreeeeee!

Doy otra calada, lo disfruto, y sin mirarlo sale de mi boca sin que yo me lo proponga:

—Oye..., no me des la turra.

Según lo digo, con el rabillo del ojo veo que él levanta las cejas y, cuando va a decir algo, rápidamente añado:

—Sé que fumar no es bueno, pero es mi decisión.

—Desde luego —afirma él sin tocarme.

Luego nos quedamos en silencio. De pronto la calidez que había entre nosotros ha desaparecido. Veo entonces que él coge su teléfono y desbloquea la pantalla. Vale, sin querer me he quedado con la secuencia de desbloqueo de su móvil, que, joder, ¡es la misma que la de mi madre! Tras consultar algo dice mirándome:

—¿Me das tu teléfono?

—¿Para qué?

Nacho sonríe y me da un cariñoso beso en el cuello.

—Para llamarte y vernos otro día —dice.

Uissss… Uisss… Lo pienso…

Vale. ¡Valoro la situación!

Sí… El tío me mola.

No… Demasiado finolis para mí.

Sí… Es un semental en la cama.

No… Joder, ¡no, no, no!

Sí… ¡Está muyyyyyy bueno!

No… ¡Paso…, paso…, paso!

Me mira esperando contestación y al final opto por decir:

—Solo ha sido sexo… Quedémonos con que lo hemos pasado bien y ya está.

Ver su gesto me hace gracia. Y, riendo, suelto:

—Joder, ¿acaso he de pedirte matrimonio después de esta noche?

Nacho me observa. Por el modo en que lo hace intuyo que lo que he dicho no le ha hecho mucha gracia.

—Si te soy sincero, sería lo último que haría contigo —replica.

—Ni que fueras un partidazo…, bomboncito —me mofo.

Él me escruta con la mirada y acto seguido suelta:

—Quizá te sorprendería.

Oír eso me hace sonreír, pero también me molesta. Yo tampoco me casaría ni con él ni con nadie, pero por su manera de mirarme de pronto me siento menospreciada.

—Creo que deberías irte —digo.

—¿Me estás echando?

Uf…, cada vez que abro la boca suena peor lo que digo. Cuando voy a responder accede levantándose.

—Vale. Dejo de darte… la turra —suelta.

Se pone la ropa en silencio. Sé que está molesto, enfadado. Seguro que se está cagando en mi padre, pero por educación no dice nada.

Me siento mal. No debería haberle hablado así. ¿Cómo lo arreglo?

Me levanto, voy hacia él y, cuando se está abrochando los botones de la camisa blanca pongo mis manos sobre las suyas y digo:

—Joder, no te lo tomes así…

Nacho me mira. Uissss…, ¡qué seriooooo!

En sus ojos veo una mirada que no logro entender, y tras apartar mis manos simplemente responde en tono cortante:

—Es tarde. Me voy.

Sin un beso, sin una despedida, sin más, me rodea, sale de la habitación y, segundos después, oigo que la puerta de entrada se abre y se cierra. Se ha marchado.

Una vez a solas me regaño a mí misma. ¿Por qué soy tan borde? ¿Por qué no le he dado mi jodido número de teléfono?

Con rapidez me dirijo a la ventana y, tras el visillo que mi madre tiene puesto, que, todo sea dicho, es una terrible horterada, cotilleo. Veo que Nacho se encamina hacia su coche, pero de pronto se detiene. ¿Qué le ocurre? ¿Seguirá cagándose en mi padre?

Sin embargo, instantes después acciona el mando que lleva en la mano, la capota del vehículo baja y, en cuanto sube, arranca y se va.

Cuando se marcha camino hacia el baño. Allí enciendo la luz y, al verme los pelos de loca en el espejo, digo en voz alta:

—Ha estado genial, ¡quédate con eso!

Y, sí, eso hago. Me quedo con el bonito momento y regreso a la cama.

Las sábanas huelen a él, a su aroma personal; gustosa, cierro los ojos y me quedo dormida.

Capítulo 11

Nacho

Han pasado tres días desde que estuve con Andy y, no sé por qué, no me la quito de la cabeza. No puedo dejar de pensar en la mujer que me echó sin miramientos de su casa y en la chica descarada y de espantoso lenguaje malsonante.

Pero si incluso llamó «pepinorro» a mi precioso coche...

Miro la foto de Odalys que tengo sobre la mesa. Sé que comparar a cualquier otra con la que fue mi mujer es un error, pero no puedo evitarlo. Odalys era tan perfecta para mí que dudo que vuelva a encontrar jamás con otra mujer la magia que tuve con ella. Era femenina, divertida, prudente, y nunca empleó el horrible lenguaje que usa Andy.

¿Otra vez Andy en mi mente?

Como mujer se la ve segura y competente, a pesar de que no para de decir «¡joder!». Pero físicamente no se parece en nada a las mujeres tan femeninas con las que yo salgo. Se puede decir que Andy es justo lo contrario.

Curioso por saber de ella, la he buscado en redes sociales con el nombre de Andy Madoc, pero no he encontrado nada. ¿Será que no utiliza las redes?

Durante dos días he estado rodando incansablemente junto a Estela Noelia Rice Ponce y Tom Blake la película que me traigo entre manos, que se titula *Siempre nos quedará la lluvia*. Llevamos bien el trabajo. Todo va como queríamos. Nos quedan varias escenas más en Los Ángeles y algunas otras en España. Después de eso terminará el rodaje.

Hoy, tras una mañana repleta de reuniones en el despacho, donde he conseguido varias de las cosas que me había propuesto para mi siguiente proyecto, estoy revisando mi agenda cuando la puerta se abre y aparece Dawson.

—Tenemos cita para comer en el club Kaminos con Ronna y Joel Merlin, y se nos ha unido su hija Samantha.

Al oírlo lo miro y suplico:

—Por favor, dime que no es actriz...

Dawson se ríe. A él, como a mí, nos asaltan infinidad de actores y actrices deseosos de una oportunidad.

—Trabaja con sus padres —responde.

Asiento. Eso me da cierta tranquilidad. Dentro de unos meses comenzaré a rodar *La última mirada*, mi siguiente película, y me agrada el proyecto que los Merlin me han presentado.

—No te pregunté por Olimpia Bermer y vuestra cenita... —suelta Dawson de pronto.

Según lo oigo, lo miro y pregunto:

—¿Acaso eres un secuaz de mi padre?

Mi amigo se ríe, sabe lo pesado que es mi padre.

—Solo quería saber qué tal con ella —replica—. Vi por una foto que publicó la prensa que es un bombón.

Afirmo con la cabeza, Olimpia es preciosa.

—Lo pasamos bien —contesto con discreción.

—¿Bien para repetir? —insiste él.

Lo miro levantando las cejas.

—Ella sufre el mismo acoso con sus padres que yo con los míos —digo—. Por tanto, si durante un tiempo les hacemos creer que estamos interesados el uno en el otro nos dejarán en paz.

Él asiente.

—Entonces ¿no estás interesado en conocer de...?

—No, Dawson —lo corto—. No estoy interesado.

Miro mi mesa. Como siempre, está llena de papeles; cojo uno de ellos y pregunto para cambiar de tema:

—¿Qué ha pasado con People Film?

Dawson resopla.

—Rescindí el contrato —anuncia.

Eso me incomoda, pues estamos rodando la película con especialistas de People Film.

—Son unos informales, y no merece la pena seguir dándole vueltas —añade—. Lo que tenemos hasta el momento rodado con ellos vale, pero a partir de ahora se ocupará otra empresa de las escenas de acción.

—¿Quién?

—Maxdoc Productions.

Me sorprendo, pues esa empresa nunca ha querido trabajar con nosotros.

—¿Cómo lo has conseguido? —murmuro.

Dawson sonríe y se encoge de hombros.

—Esta mañana me he presentado en sus oficinas. He hablado con el jefe, le he puesto una buena oferta sobre la mesa, por encima de la media, con viaje y dietas para cuatro especialistas, tres hombres y una mujer, ¡y lo he conseguido! ¡Ha aceptado! Eso sí, he metido una cláusula de informalidad que, si la incumplen, les saldrá muy caro.

—Perfecto —afirmo encantado.

Dawson asiente y, tras tomar aire, añade:

—Después de la comida hemos quedado con los chicos en la playa de Manhattan Beach.

Sonrío, lo tengo todo apuntado en mi agenda. Me levanto, cojo la bolsa de deporte, para luego poder cambiarme de ropa, que tengo en uno de los armarios de mi despacho, y al ver entrar a Greta, mi secretaria, indico:

—Me voy. El móvil, como siempre, está activo.

Ella asiente, y cuando Dawson y yo salimos de mis oficinas subimos a su coche familiar y vamos al club Kaminos. Jackson y Paul, que esperan en la calle, nos siguen con su vehículo.

Durante el trayecto hablamos de trabajo. Dawson es un excelente productor. Llevamos muchos años trabajando juntos.

Una vez que llegamos al restaurante, al ver a los Merlin nos dirigimos hacia ellos.

Tres horas después, al acabar la comida, sé que esta ha sido productiva. Me interesa que aquellos se vayan a encargar del vestuario de mi siguiente película, y, tras emplazarlos a vernos otro día en mi despacho, nos despedimos. Cuando entramos en los vestuarios del club para cambiarnos de ropa, Dawson dice:

—El proyecto de los Merlin es estupendo.

—Lo es —aseguro convencido.

Después de cambiarme el traje por ropa de sport, oigo que mi amigo añade:

—Es agradable la hija de los Merlin.

—Lo es —convengo.

Dawson sonríe y, mientras guardo mi camisa en la bolsa de deporte, cuchichea:

—Y no es actriz.

Ahora soy yo quien sonríe, pues sé por dónde va, y en cuanto cierro la bolsa de deporte replico:

—¡Ni lo sueñes!

—Te comía con la mirada —insiste—. Y si no quieres nada con la tal Olimpia, quizá puedas intentarlo con esta.

Lo sé, no soy tonto, me he dado cuenta de ello.

—No es mi tipo —digo.

—Tú el de ella parece ser que sí.

—¡Olvídalo! —Sonrío divertido.

—Nacho…

—Dawson, ¡no empecemos!

Mi amigo me mira y reitera:

—Nacho…, han pasado más de doce años. Creo que…

—Tu opinión al respecto no me interesa —lo corto.

—Pero…

—No hay peros.

—¿Nunca vas a dejar que las mariposītas de tu estómago vuelvan a volar?

Me río. Ya tuve un flechazo en mi vida. Dudo que tenga dos.

—Estoy muy bien como estoy, y ¡no creo en los flechazos! —replico.

—¡Cabezón!

Ambos reímos. Todos se empeñan en emparejarme. Pero no…, no estoy abierto al amor. Nadie ocupará nunca el lugar de Odalys y no hay más que hablar.

Cuando salimos del club para dirigirnos a su vehículo, él bosteza y pregunto mientras veo a Jackson y a Paul:

—¿Una mala noche?

Dawson asiente. Él y Vanessa han sido padres de trillizos hace tres meses.

—Quiero a mis hijos con todo mi ser —asegura—, pero lo que daría por poder dormir una sola noche junto a Vanessa a pierna suelta...

De nuevo ambos reímos. Tener trillizos no ha de ser fácil.

Acto seguido me muestra su móvil.

—¡Mira qué preciosos están! —dice.

Y, sí, miro las fotos que me enseña, en las que veo a Jake, Leif y Hannah junto a Vanessa. Mientras Dawson habla de sus bebés yo lo escucho gustoso. Siempre quise tener hijos, pero ahora ya no. Deseaba formar una familia, y durante un tiempo la tuve con Odalys. Ella fue mi magia, y mejorar eso es imposible. Odalys era insuperable.

Media hora después, cuando hemos llegado al lugar donde hemos quedado con nuestros amigos, mientras aparcamos el vehículo veo a lo lejos, en la playa, a Roy, James y Christian, acompañados por varias mujeres. Me dispongo a comentar algo cuando Dawson se mofa mirándolos:

—No me lo esperaba..., ¡rodeados de mujeres! Anda, mira, si también está Francesca...

Sonrío. Mis amigos solteros son unos ligones. Es rara la vez que aparecen solos, sin compañía.

Me bajo del coche, saco mi bolsa de deporte del interior y replico:

—Vale, Dawson. Es Francesca, no empieces.

—Wooooo, ¿repetimos cita?

Me río. No reírme con Dawson es imposible.

—Francesca y yo somos amigos —digo—. Y si repetimos cita es porque ambos lo tenemos claro, lo sabes muy bien.

Dawson sonríe. Yo también. Sabe que con las mujeres soy claro. No doy esperanzas a ninguna, pues no quiero nada con ninguna.

—Esa tía es impresionante —afirma mirando a aquel monumento de mujer.

—Lo es —convengo enviándoles un mensaje a Jackson y a Paul para que se marchen a casa.

—Lo que no entiendo es cómo, estando siempre rodeado de mujeres tan extraordinariamente guapas y perfectas como Francesca, Olimpia, Coral o Viviana, ninguna te vuelva loco.

—Quizá la perfección y la belleza no sean lo que a mí me vuelve loco.

Me río. Se ríe. Todas las mujeres que ha mencionado son preciosas de verdad. En el caso de Francesca es una modelo internacional con la que tengo sexo siempre que a ambos nos apetece. Nos divertimos, lo pasamos bien. Ambos sabemos lo que queremos y, sobre todo, lo que no queremos, y eso hace que nuestra relación siempre sea buena.

—Ay, ¡Diosito!, acabo ver a los tíos Dawson y Nachito.

Según oigo eso me vuelvo. Veo que, dos coches más a la derecha, ha aparcado mi buen amigo Tony Ferrasa. Va acompañado por Jenny, su hija mayor, la niña más increíble que he conocido en mi vida, por su fortaleza y su valentía.

Sonriendo, abro los brazos y exclamo:

—Mi reina de los culebrones... ¡Ven a darle un beso a tu tío preferido!

Como esperaba, Jenny sonríe. ¡Es una preciosidad! Desde el instante en que la conocí entre nosotros surgió un cariño sincero y verdadero, y más cuando se enteró de que mi nombre verdadero era Ignacio Rodrigo Mel Duarte McDough. ¡Eso le encantó!

Mi reina de los culebrones corre hacia mí y, cuando me abraza, Dawson dice divertido:

—Ehhh, que tu tío preferido soy yo.

Tras un cariñoso beso que me llena el alma, Jenny se suelta de mis brazos y dice mientras abraza a Dawson:

—No seas celosón...

Tony se me acerca sonriendo. El orgullo que siente por ser el padre de la niña es increíble.

La vida de Tony cambió cuando Ruth, una encantadora pelirroja, llegó a su vida acompañada de un perro llamado *Luis Alfonso* y tres preciosos niños: Jenny, Brian y Adán. Y lo que comenzó siendo una locura, ahora, junto con la pequeña Zaida, que llegó después, para Tony es su vida.

Encantados, él y yo chocamos la mano como llevamos haciendo desde que nos conocemos. Es nuestro particular saludo, y nos reímos. Acto seguido Tony mira hacia el grupo de amigos y pregunta:

—¿La rubia no es Francesca?

Eso me hace reír. No decimos más. A buen entendedor, pocas palabras bastan.

Segundos después, cuando Tony saluda a Dawson, Jenny se tira a mis brazos de nuevo y me susurra al oído:

—Mi prefe eres tú, pero no se lo digas a tío Dawson.

Me río, ambos lo hacemos, y luego pregunto:

—¿Sabes algo de lo de Maléfica?

Jenny suspira, pues se muere por interpretar ese papel en la obra de teatro de su colegio.

—Aún no —cuchichea—. Pero, créeme, tío Nachito, que al día siguiente de que fueras con papi a recogerme a la clase de teatro, la seño Rachel me sonrió de tal manera que algo me dice que me va a dar el papel.

—A tu madre, ¡ni mu! O nos mata.

—Ay, Diosito, ¡ni se me ocurriría!

Me río, no lo puedo remediar. Es tan graciosa…

—¿Qué le dijiste a la seño? —pregunta a continuación.

Divertido por el comadreo que me traigo con Jenny, murmuro:

—Solo le dije que eras una gran actriz y que no te quitara ojo porque algún día trabajarías conmigo en alguna película. Y ella podría ser la primera persona que te dio una oportunidad. Además, incluí que iré a ver la obra.

—¿Irás?

—Por nada del mundo me la perdería.

Jenny sonríe. Su cara de picaruela me encanta. Y, chocando la mano con la mía, afirma:

—Entonces, Ignacio Rodrigo Mel Duarte McDough, el papel es mío.

Con complicidad le guiño un ojo a la pequeña; esta niña me tiene enamorado. En cuanto se separa de mí mira a su padre y dice con voz melosona:

—Papito lindo, ¿puedo ir a comprarme la camiseta que te dije al puesto de Claudia?

Tony sonríe, mira el puesto playero que la niña le indica y luego señala:

—Ve. Pero de inmediato vuelves a donde estamos todos, ¿entendido?

Encantada, la pequeña, que más graciosa no puede ser, sale corriendo, mientras Dawson la mira y susurra:

—Estoy deseando que mis hijos tengan su edad.

Tony suelta una carcajada y le da un golpe en la espalda.

—Créeme cuando te digo que, cuando tengan la edad de la reina de los culebrones, desearás que vuelvan a tener tres meses.

—Lo dudo.

—Todo llegará, amigo —afirma Tony, y, mirándome, dice—: Como Ruth se entere de que el otro día viniste conmigo para engatusar con tu sonrisita a la seño de teatro, ¡nos mata!

Los tres reímos.

—Venga, vamos. Nos esperan —los apremio.

—Sí, sobre todo a ti, Francesca —se mofa Dawson.

Veinte minutos después, junto a mis amigos y Francesca, que bromea conmigo en busca de nuestra particular conexión, disfruto del vóleibol.

Capítulo 12

Andy

Estoy con Hattie en su tienda de Manhattan Beach esperando que venga Loren, su dependienta, que siempre llega tarde.

Hablamos. Me cuenta que Aike, el tipo que conoció en la fiesta, resultó ser lo que ella esperaba en la cama, y yo, que no me puedo callar cuando algo me quema en la punta de la lengua, le cuento lo que me sucedió a mí.

Mi amiga me escucha boquiabierta. Saber que me he encontrado con el tipo de las cabinas, que le entré y acabó en mi cama le hace mucha gracia.

—¡Joder! —exclamo—. Tiene la fuerza de un salvaje semental y el dulzor de un bomboncito fino y delicado…

Hattie se ríe.

—¡Qué bruta eres!

—Lo sé —asiento.

—Si te oye tu madre, te cruza la cara por decir esas cosas.

Ambas reímos. Mamá lleva toda la vida luchando para que sea más fina, menos ruda.

—Y eso fue todo lo que ocurrió —termino.

—¿Y por qué no le diste tu teléfono si lo pasaste bien con él?

Al oírla me encojo de hombros y, con sinceridad, respondo:

—No lo sé.

—Andyyyyyyy…

Vuelvo a asentir, sé lo que está pensando.

—Vamos a ver, Hattie… Simplemente nos encontramos y pasó

—insisto—. ¿Que él en la cama es bueno?, ¡sí! ¿Que quiero algo con él?, ¡joder, no!

Ella cabecea, pero añade:

—Pero vamos a ver…, ¿no dices que el bomboncito lo tenía tan claro como tú?

—Sí.

—¡¿Entonces?! —No contesto. No sé qué decir, y mi amiga continúa—: Vamos a ver…, yo no quiero nada serio con Aike, pero sí quiero volver a tener sexo con él. ¿Acaso es malo tener sexo ocasional con alguien con quien te diviertes?

Oírle decir eso a Hattie me hace gracia. ¡Hay que ver lo que ha cambiado tras divorciarse, con lo puritana que era! Y cuando voy a responder, agrega:

—Te conozco, Andy, y ese salvaje semental te ha gustado mucho… mucho.

Asiento. A ella no le voy a mentir, y divertida cuchicheo:

—Valeeeee, te prometo que, si lo vuelvo a ver, ese no se va sin mi número de teléfono.

Hattie sonríe y dice:

—Woooo, lo bueno que tiene que ser el semental en la cama para que tú digas eso…

En ese instante la puerta de la calle se abre. Entra una clienta y, mientras mi amiga la atiende, yo cotilleo el género que tiene en la tienda y procuro quitarme de la cabeza al bomboncito. ¿Por qué no logro olvidarme de él? Las cosas que mi amiga vende son verdaderas maravillas, aunque no sean las que yo suelo utilizar.

Suena mi teléfono. Es mi hermano Max.

—Hola, capullito —lo saludo.

Él se ríe, le hace gracia que lo llame así.

—Andy, tengo buenas noticias —susurra contento.

—¡Cuéntame!

Rápidamente mi hermano me cuenta que ha firmado un contrato para rodar escenas en Los Ángeles y en España como especialista de cine para la película *Siempre nos quedará la lluvia*. ¡Me alegro muchísimo por él!

Sigue contándome que viajarán a España él y sus tres compañeros y, encantada, sonrío feliz. Y, bueno, nos revolucionamos cuando somos conscientes de que los dos estaremos allí en las mismas fechas. Son buenas noticias para él y para mí, y eso nos llena de positividad.

Tras terminar la conversación con Max, que más feliz no puede estar, me guardo el teléfono en el bolsillo del pantalón. Llaman mi atención unos zapatos. En la tienda Hattie tiene unos zapatos preciosos, pero de tacón insufrible.

Cuando, minutos después, la clienta que ha entrado antes se marcha tras comprar un bolso de fiesta, mi amiga se me acerca y musita:

—Estoy pensando en depilarme… eso…

Según la oigo, la miro, levanto las cejas e inquiero:

—¡¿«Eso»?!

Hattie, que es muy cómica, se señala con las manos.

—¿El potorro? —pregunto divertida.

—Andrea Madoc, ¡por favor!

Me río, ella también.

—Ya sabes que yo lo llevo totalmente depilado desde hace años —añado.

Hattie asiente.

—Para mí es cómodo y me gusta —digo—, perooooo… ¡para gustos, los colores!

Ambas reímos de nuevo, y luego, mostrándole unas preciosas sandalias de taconazo, señalo:

—Si yo me pongo esto, me mato.

Hattie cabecea divertida. Sabe que soy algo pato para los tacones.

—No lo dudo ni un segundo —contesta.

Luego miro unas increíbles botas altas de tacón que brillan una barbaridad.

—Joder… —murmuro—. ¡Son la leche!

Hattie sonríe, se acerca a mí e indica:

—Las botas *glitter*, o botas joya, como las llaman algunos, son tendencia. Mis clientas las llevan con vestidos o vaqueros y, la verdad, son muy versátiles y quedan muy bien con todo. Esas son de Paris Texas, una firma que me apasiona. Pruébatelas.

—Demasiado tacón para mí…, ¡me mato!

Hattie coge entonces las botas y dice entregándomelas:

—No es lo mismo llevar esa sandalia abierta de tacón que esto. La bota te recoge el tobillo y te da sensación de seguridad. Pruébatelas y lo verás.

Las miro gustosa.

—¡Son precisamente de tu número! —insiste ella.

Me río. Por mi carrera y mi estilo desenfadado al vestir, siempre suelo ir de sport. No soy de brilli-brilli, pero reconozco que esas botas han llamado mi atención y, bajo la atenta mirada de Hattie, me las pruebo al tiempo que ella gruñe:

—Lo de Loren ya comienza a ser abusivo. Parece que ella sea la dueña y yo la dependienta. Ya llega cuarenta minutos tarde. Y así todos los días.

Asiento. Creo que mi amiga está siendo demasiado permisiva con esa chica.

—Desde luego, la puntualidad no es lo suyo —comento.

—No, no lo es —resopla ella.

Sorprendida, veo que las botas me quedan de escándalo, y tras caminar un poco por la tienda señalo:

—Tienes razón. Puedo andar con ellas.

—Ya te lo he dicho.

Sigo caminando. Con esos tacones me siento muy femenina, y me río.

—¡Son la caña!

—Son divinas —afirma ella.

Divertida, hago el tonto por la tienda. Estamos solas y puedo permitirme hacerlo. Entonces me paro frente a un espejo y cuchicheo:

—Me siento muy Pretty Woman con ellas puestas.

Ambas soltamos una carcajada.

—Esas botas, por sí solas, llaman la atención —comenta Hattie.

Asiento con una sonrisa. En la vida he tenido nada parecido. Y de pronto oigo que dice:

—¡Te las regalo!

—¡¿Qué?!

—Te gustan. Te quedan bien. ¿Por qué no? —replica.

Quitándome las gafas de aviador, que llevo a modo de diadema para sujetarme el pelo, me rasco la cabeza. Hattie es siempre muy espléndida conmigo. Y luego, señalándome, digo:

—Vamos a ver…, ¿tú ves cómo visto yo?

Mi amiga me mira y asiente.

—Vas vestida de Andy —dice encogiéndose de hombros.

Eso me hace gracia. Mi atuendo de hoy son unos pantalones de camuflaje, una camiseta verde y mis botas militares. Lo sé. Hace calor. Estoy junto a la playa, donde la gente lleva otra cosa, pero estoy tan acostumbrada a llevar mis botas que me resulta raro caminar sin ellas.

—Por eso te vendrán bien estas glamurosas botas —añade ella—. Son algo diferente de lo que tienes.

—Pero ¿cuándo me las voy a poner?

—Esta noche, con unos vaqueros y una blusa. Irás monísima.

La miro boquiabierta y luego Hattie dice:

—Hoy los niños duermen con Alfred, es su cumpleaños. Tú estás aquí y yo no tengo planes. ¿Qué te parece si vamos a cenar a Bipper y luego tomamos una copa en Studio 26?

Me río, Hattie es la bomba.

—Di que sí… Di que sí… —cuchichea acercándose a mí.

Vale, no tengo planes, por lo que finalmente accedo. Hattie me da un abrazo y acto seguido dice:

—Me acabo de acordar de que te debía el regalo de tu cumpleaños, que te pilló en Ucrania, así que ¡las botas son tuyas!

Niego con la cabeza, pues el precio es excesivo, pero cuando voy a protestar mi amiga murmura:

—Andrea Madoc, si se te ocurre decir lo que piensas, cuando llevas toda la vida gastándote un pastizal en regalos para mis hijos, como la PlayStation 5, por ejemplo, juro que no sales viva de esta tienda.

Eso me hace reír a carcajadas, y Hattie añade:

—Tuyas son y no hay más que hablar. Bueno, sí, ¡que esta noche te las pones!

Sin poder remediarlo me río.

—Joder, Hattie, ¡eres la leche! —exclamo.

—¡Lo sé, joderrr! —dice ella riendo.

Me quito las brillantes botas y las guardo en la caja para llevármelas a casa. Mi amiga me enseña entonces un vestido negro la mar de llamativo.

—¿Qué te parece esta preciosidad? —pregunta.

Lo miro. Como ella dice, es una preciosidad.

—Sexy —afirmo, pero al ver el precio me apresuro a añadir—: ¡No me jorobes! Si vale lo que gano yo en tres meses...

Hattie se ríe. La clientela de su tienda suele ser gente adinerada.

—Es una maravilla de vestido —señala—. Digno de ser lucido en una gala de entrega de premios.

Tiene razón. Es un vestido magnífico.

—Es tu talla —agrega—. Pruébatelo.

Niego con la cabeza, pero ella insiste:

—Venga, Andy, ¡pruébatelo! Nunca te he visto con un vestido así.

Asiento. Yo tampoco me he visto con un vestido así. Los vestidos precisamente no son lo mío..., y, si no, ¡que se lo digan a mi madre!

—Paso... —respondo—. No voy a desnudarme para ponerme ese vestido.

—Andyyyyyy...

—Que noooo...

—Andyyy...

Me río. Se ríe, y, dándose por vencida, cuchichea:

—Y lo glamurosa que irías con este vestido en tu caza de guerra...

Suelto una carcajada por su comentario.

—Oye... ¿Has vuelto a pensar en lo de ser instructora? —añade Hattie a continuación.

La miro. Todo el mundo está como loco porque acepte ser instructora, pero yo aún no lo tengo claro, y respondo para evitar hablar del tema:

—Creo que ese vestido quedaría genial en mi nuevo caza.

Entre risas dejamos el bonito vestido en su sitio y entonces entra en la tienda Loren, la dependienta. Hattie se aleja justo en ese momento de mí para ir a hablar con ella. Le pide explicaciones por el retraso y, cuando terminan, regresa a mi lado.

—¿Te apetece un frapuchino en el local de cristal? —me pregunta.

Sin dudarlo, asiento. Me encanta ese sitio frente a la playa. Hattie se dirige de nuevo a Loren y, tras indicarle dónde estaremos, las dos salimos de la boutique.

Caminamos por la calle hasta llegar al paseo marítimo. Hace un día excelente. Tras ponerme mis gafas de sol oscuras estilo aviador paseamos junto a la playa. Me fijo en varios grupos que juegan al vóleibol. Grupos de hombres. Grupos de mujeres. Grupos mixtos. Siempre me ha gustado ese deporte. A menudo jugamos en las bases para matar el tiempo… Pero…, pero…, ¡espera!

Me paro en seco. Bajo la cabeza y miro por encima de las gafas.

«Joder… Joder… Joder… No…, no puede ser.»

El cuerpo me tiembla. Siento que el corazón se me acelera y, quitándome las gafas para ver mejor, ¡flipo!

¿En serio que ese guaperas de torso moreno es el bomboncito?

Lo miro bien. Mejor. Y me reafirmo al ver el tatuaje maorí que lleva en el hombro.

Por favorrrr, ¡qué buenísimo está, con esas bermudas negras y la gorra!

—¿Qué pasa? —pregunta Hattie.

Sorprendida porque una vez más el destino me lo vuelva a poner delante, miro a mi amiga e indico:

—¿Te he dicho alguna vez que el destino es un cabroncete?

Hattie asiente, se lo he dicho muchas veces.

—No te lo vas a creer… —cuchicheo.

—¿El qué no me voy a creer?

Vuelvo a mirar a Nacho, que salta para golpear la pelota y ríe con sus amigos mientras juega.

—El bomboncito está aquí —señalo.

El gesto de Hattie cambia. Mira a ambos lados y exige:

—¿Quién es? ¿Dime dónde está?

Dejo de mirar en su dirección. Me doy la vuelta. Me pongo las gafas. No quiero que me vea. Cojo a mi amiga del brazo y apremio:

—¡Vámonos!

Pero ella se resiste. Quiere saber quién es el bomboncito. Y yo, al ver que él tontea con una rubia de escultural cuerpo que está a su lado, insisto mirándola:

—Joder… ¡Me muero de sed!

—Andy, por Dios…, ¿quién es el Semental?

Lo vuelvo a mirar. Veo que le dice algo al oído a la rubia y ambos sonríen. De pronto eso me molesta.

—¡Falsa alarma! No es él —gruño.

Hattie parpadea, me mira y gruñe a su vez:

—Andy Madoc, ¡estás mintiendo!

Vale, tiene razón. He mentido como una bellaca. Pero, sin querer señalar al que tontea con la rubia, repito:

—¡Vá-mo-nos!

Mi amiga resopla. Sabe que cuando hablo así, nada bueno puede pasar, y a regañadientes seguimos caminando hacia el local de cristal.

Una vez allí me siento tensa. Mucho. Me niego a mirar hacia el lugar donde están aquellos, y Hattie insiste:

—Por favor, pero dime quién es.

Para que se calle, y ahora que estamos a una distancia prudencial, miro hacia atrás y, mientras veo que Nacho se pone unas gafas de sol, digo:

—A las cuatro en punto. Bermuda negra. Cuerpazo. Tatuaje maorí hombro derecho y rubia de bikini blanco pegada a su culo.

Según digo eso Hattie escanea el perímetro con ojo avizor y, cuando da con él, que está jugando de nuevo, murmura:

—Oh, sí, nena…, ¡es para ponerse nerviosa!

Me río. Ella también, y añade:

—Si aceptaras ese trabajo de instructora, ¡podrías tener algo con él!

Al oírla suelto una carcajada.

—Joder, Hattie, qué cosas dices.

Decidida a que cambie de tema y a olvidarme de él, nos pedimos unos frapuchinos y tengo que empujar a Hattie para no sentarnos donde ella quiere. ¡Ni de coña me pongo junto a la cristalera para cotillear!

Una vez que tomamos asiento y consigo que deje de hablar de aquel, comenzamos a charlar de nuestras cosas. Como siempre, no nos faltan temas de conversación.

De pronto, veo pasar a la rubia que estaba con Nacho por mi lado en dirección al aseo. Sin poder evitarlo, la escaneo de arriba abajo y en cuanto termino miro a Hattie, que ha hecho lo mismo que yo.

—Es Francesca Patterson, una modelo internacional. ¡Qué monaaaaa! —cuchichea.

Asiento resignada. Competir con una modelo es algo que ni se me ocurriría. Entonces veo que un grupo de gente entra en el local y siento que todo el vello de mi cuerpo se eriza.

No... No... No... ¿Por qué tiene que pasarme esto a mí?

Disimulo. No quiero que Hattie se vuelva. Por suerte, Nacho se ha sentado de espaldas a mí. No me ve, pero yo a él sí. ¡Mierda!

Desde mi sitio lo veo despedirse de una niña morenita de gafas rosas. Oír su risa me hace recordar cómo reía conmigo en la cama y me acaloro... ¿Seré idiota?

Segundos después la modelo internacional vuelve a pasar por nuestro lado. Esta vez Hattie sí que mira y, al ver al grupo allí sentado, abre los ojos y, cuando va a decirme algo, musito:

—¡Ni media palabra!

—Solo iba a decir «¡qué espalda, la del Semental!».

—¡Hattie Whitaker! —gruño.

Ella se ríe. Yo también. Pero la risa se me esfuma cuando veo que la modelo internacional, tras decirles adiós a la niña y al que imagino que es su padre, se sienta al lado de Nacho y le pasa una mano por la nuca.

Joder..., joder..., joder..., pero ¿qué narices me pasa?

Desde mi posición lo veo perfectamente. Soy testigo de cómo él y la modelo cuchichean con intimidad y, sin darme cuenta, susurro:

—¡Me cago en su padre...!

Hattie rápidamente se vuelve. Solo los ve muy juntos, y cuando me mira en busca de una explicación, suelto:

—Joder... Están tonteando.

—Normal.

—¡¿Normal?! —pregunto acelerada.

—Yo también tontearía con él. Idiota sería si no lo hiciera —afirma mi amiga.

—¡¿Hattie...?!

Ella se ríe.

—No le he visto la cara —repone—, pero, chica, como la tenga tan sexy como la espalda, los brazos o el trasero…, la que va a tontear con él voy a ser yo. Total, si vas a volver a un caza…, estarás muchos meses fuera de Los Ángeles. ¡Me lo pido!

Me río. No se lo puedo tomar a mal. Y entonces, al ver algo, gruño:

—¿Por qué tiene que tocarle la oreja?

Hattie parpadea, me mira de una manera que no entiendo y cuchichea:

—Andy, ¿qué te pasa?

Cuando oigo eso no sé qué responder. A mí no me pasa nada…, ¿o sí? En la vida me he visto en una situación tan absurda, y menos con la edad que tengo.

—No me jorobes que te pone alguien a quien has dado calabazas… —murmura entonces Hattie.

Rápidamente niego con la cabeza. Pero ¿qué tontería es esa?

Sin embargo, no sé qué me pasa. De pronto verlo sonreírle a aquella me está descomponiendo.

—Vámonos de aquí —digo con un hilo de voz.

Hago ademán de levantarme, pero mi amiga me agarra del brazo.

—Siéntate.

—No.

—Sién-ta-te.

Obedezco a regañadientes, pero luego ella suelta:

—¿Desde cuándo te vas tú de un sitio por un tipo?

Joder…, tiene razón. Tiene más razón que un santo. Aun así, al ver de nuevo cómo tontean aquellos, susurro:

—Hattie, no sé qué me pasa, pero si no salgo de aquí voy a explotar.

Mi amiga se ríe. ¿De qué coño se ríe? La miro y voy a preguntar cuando dice:

—¿Y por qué, en vez de explotar, no te levantas y le das tu número de teléfono?

Según dice eso suelto una carcajada. Yo no haría algo así en la vida.

—¡¿Qué te han echado en el frapuchino?! —exclamo.

Hattie se ríe, yo también.

—¿No me has dicho antes que me prometías que, si lo volvías a ver, este no se iba sin tu número de teléfono? —señala ella.

—Pero…

—No…, no…, no…, ¡pero, no! ¡Lo has dicho!

Miro boquiabierta a mi amiga. ¿Acaso se ha vuelto loca?

—¡¿Qué dices?! —protesto—. Está rodeado de… ¡Joder! ¿A que le hace un chupetón?

Hattie los mira, asiente e insiste:

—No es por jorobarte, pero la teniente Andy Madoc que yo conozco le daría su teléfono entre risas y vacilando con educación.

Mi amiga me pica, me reta… ¡Qué perraca es! Me conoce, la muy *jodía* me conoce, y sabe que cuando alguien me pica, ¡reacciono!

Cuando ya no puedo más, me levanto y suelto poniéndome con chulería mis gafas de aviador:

—De acuerdo, allá voy.

Mi amiga sonríe. ¡La madre que la parió!

En ese momento Nacho se levanta, mira hacia donde estamos nosotras, pero no repara en mí, y cuando voy a echar a andar Hattie me agarra de la mano.

—¡Aborta misión! —pide.

¡¿Que aborte misión, ahora que me he decidido?!

¡Ni hablar!

Niego con la cabeza. No pienso dar un paso atrás, pero ella insiste:

—¡Andy, ven aquí!

No. Para atrás, ni para coger impulso. Y cuando llego hasta Nacho, me paro a su lado, saco a la Hollywood vacilona y saludo sin miedo ni cautela:

—¡Holaaa!

Él me mira. Su gesto es de absoluta sorpresa, y yo, al ver que todos sus amigos me observan con curiosidad, los saludo levantando la mano:

—¡Hola, gente!

Ellos asienten con gesto divertido.

—No te había visto —dice Nacho—, ¿de dónde sales?

Con mi maravillosa sonrisa lo miro, me quito las gafas de sol con chulería, y poniéndomelas a modo de diadema contesto:

—Estoy tomando algo con una amiga. Te he visto y, ¡joder!, he decidido saludarte.

Rápidamente Nacho asiente y me da dos besos con educación. Su gesto me indica que le gusta haberse encontrado conmigo.

Tras mirar a la rubia, que, como todos, me observa con curiosidad, me acerco a su oído y susurro:

—La modelo, muy mona… ¿Con esta te casarías?

Él parpadea. ¡Por Dios, ¿qué he dicho?!

Y, necesitando desaparecer antes de cagarla más, veo el móvil de aquel en el bolsillo de su camisa y pregunto señalándolo:

—¡¿Puedo?!

Nacho afirma con la cabeza. Cojo su teléfono y, ante la atenta mirada de él y de todos sus amigos, lo desbloqueo, pues me acuerdo de que tiene la secuencia de mi madre, y añado mirándolo:

—¿Sabes por qué no funciona mi móvil?

Él niega con la cabeza sin decir nada. En cuanto grabo mi nombre y mi teléfono en el suyo, hago una llamada perdida a mi móvil, se lo tiendo y añado:

—Porque me faltaba tu número.

Nacho me mira boquiabierto mientras sus amigos se ríen divertidos por lo que he dicho. Pienso en marcharme, pero, consciente de que ante situaciones así me vengo arriba, y de que quiero quedar por encima de todos esos musculitos que sonríen, con toda la chulería del mundo al verlo a él tan descolocado, digo:

—Tienes algo pegado en el culo.

Rápidamente Nacho se mira. Veo que todos le miran el trasero sin entender, y entonces, mientras empiezo a andar hacia atrás, suelto:

—Por cierto…, es mi mirada.

La carcajada de sus amigos al oír eso hace que toda la gente del local se vuelva para mirarnos. Nacho sonríe; en sus ojos veo que le ha hecho gracia lo que he dicho. Cuando voy a darme la vuelta para marcharme, siento que su mano agarra la mía y me detiene. Miro a Hattie, pero veo que tiene una expresión de desconcierto que no entiendo… ¿Qué le pasa?

Y, al mirar de nuevo a Nacho, este me acerca a él y me da tal beso que me quedo sin respiración mientras sus amigos aplauden.

Volver a sentir su boca sobre la mía... Su textura, su olor, su sabor... De pronto todo eso me teletransporta a un bonito y placentero momento y, olvidándome del resto, incluida la modelo internacional, subo las manos hasta su nuca y ahora soy yo quien lo besa a él.

¡Oh, sííííí!

El beso dura y dura y dura. Cuando voy a acabar él prosigue, y cuando va a acabar él prosigo yo. Joder..., ¿qué estamos haciendo?

Por fin nos damos por vencidos y, conscientes del numerito que estamos montando en el local, nos separamos y nos miramos. En ese instante siento que solo existimos él y yo, y nos sonreímos. Lo que acabamos de hacer es una auténtica locura. Dando un paso atrás, miro a su grupo de amigos, que están boquiabiertos, y suelto:

—Adiós, gente. Ha sido un placer.

Acto seguido vuelvo a mirar a Nacho, que no se ha movido, pero continúa sonriendo.

—¡Hasta otro rato, bomboncito...! Y ya sabes: ¡no me mires el culo! —digo con expresión cómica.

Sin más, y notando que las piernas me tiemblan y que probablemente me esté mirando el culo mientras me alejo, paso junto a Hattie, esta se levanta y, sin pararnos, salimos del local.

Una vez en la calle, cuando nos alejamos del lugar Hattie me mira y yo murmuro:

—¡La madre que me trajo...!

Mi amiga no contesta, siento que toma aire, y yo sigo con lo mío.

—Hattie Whitaker..., ¡cómo besa ese hombre!

Ella asiente sin decir nada y, al verla tan callada, pregunto:

—¿Qué te pasa?

Mi amiga parpadea turbada y al cabo suelta:

—¿Cómo no me habías dicho que el Semental era él?

—¡¿«Él»?!

Hattie se lleva las manos a la boca y rompe a reír.

—Pero ¿de qué te ríes ahora? —insisto.

—Pero ¿tú sabes con quién acabas de besarte? —inquiere ella retirándose el pelo de la cara.

Su pregunta me sorprende, y a continuación oigo que suelta:

—Cariño, acabas de besarte con Nacho Duarte…

«Vale, eso lo sé…», me digo.

—… uno de los directores, productores y guionistas de cine más aclamados de este país —termina Hattie.

—¡¿Qué?! —exclamo sin dar crédito.

—Ese tío ha ganado nueve Oscar —añade totalmente emocionada—. Es hijo de la archirreconocidísima actriz Susan McDough y el filósofo y lingüista mexicano Alberto Duarte, y, para más gracia…, ¡uno de los solteritos más cotizados de Hollywood! ¡Un partidazo!

Joder…, ¡pero ¿qué está diciendo mi amiga?!

Pestañeo acalorada mientras ella habla y habla de aquel. Hattie es una ferviente consumidora de la prensa del corazón, y, ¡joder!, cuando dice que está rodando la película *Siempre nos quedará la lluvia*, me acuerdo de Max y ¡flipo! ¿En serio va a trabajar con él?

¡Qué fuerte!

Mientras caminamos de regreso a la boutique, me cuenta cientos de cosas sobre Nacho mientras yo siento que ando sobre una nubecita. ¿Nacho Duarte? ¿Director, guionista y productor de cine? ¿Viudo? ¿Soltero cotizado de Hollywood? ¡Hijo de la actriz Susan McDough, que a mi madre le encanta?

¡Ostras! Ahora entiendo por qué me dijo que quizá me sorprendería cuando le solté aquello del partidazo.

Intento procesar toda la información. Es mucha toda de golpe…

Al entrar en la boutique me suena el móvil y, al mirar, leo en la pantalla:

A las ocho te recojo en tu portal.

Releo el mensaje boquiabierta.

¿Cómo que a las ocho me recoge?

Miro a Hattie. Se lo enseño. Mi amiga se vuelve loca y da saltos como si le hubiera tocado la lotería mientras exclama:

—Ay, Dios, ¡que vas a cenar con Nacho Duarte!

Al oír eso niego con la cabeza. No. No. No. ¿Cómo voy a cenar con él ahora que sé quién es? ¡Ni hablar! Joder… Tengo planes con Hattie. Pero, tras soltar por la boca lo primero que puedo articular, mi buena amiga me arranca el móvil de las manos, responde escribiendo un simple «OK», guarda el número de Nacho en mi agenda y replica:

—Olvídate de nuestros planes.

—Pero…

—¡No hay peros, Andy! Vete a casa. Dúchate. Ponte las puñeteras botas que te he regalado y pásatelo bien con el Semental. Mañana hablamos.

Y eso hago. Sin más, salgo de la boutique, me monto en mi moto y me voy a casa.

Joder… ¡Tengo una cita con uno de los solteritos de oro de Hollywood, y como se entere mi padre me mata!

Capítulo 13

Nacho

Una vez que le mando el mensaje a Andy, no puedo parar de sonreír.

¿Por qué? ¿Qué me ocurre?

Andy... Cada vez que veo a esa mujer me sorprende con sus actos, con sus reacciones, con su espontaneidad. Y reconozco que me gusta mucho.

—¿Y esa sonrisita? —pregunta Dawson.

Lo miro, ambos sonreímos, y mientras caminamos hacia su coche cuchichea:

—Es la primera vez en mucho tiempo que te veo besar a una mujer. ¿Quién es ella para que hayas hecho semejante proeza?

Según lo dice, asiento. Ha sido una imprudencia. No sé por qué lo he hecho. Solo sé que me ha salido así.

—Olvídalo —digo—. No es nadie importante.

—¡Pero si la has besado!

—Olvídalo —repito.

Pero Dawson sonríe y añade:

—¡¿«Bomboncito»?!

Niego con la cabeza divertido.

Cuéntame —insiste mi amigo—. ¿Quién es esa chica?

—Se llama Andy.

—¿Y quién es Andy? —porfía Dawson.

La cabeza me va a mil. Encontrarme con ella y que pasara lo que ha pasado me ha descuadrado por completo. ¿Por qué la he besado?

—Una chica que conocí el día que salí con Roy y fuimos a eso de las citas a ciegas —respondo mirando a mi amigo.

Dawson también me mira y pregunta:

—Pero ¿no me dijiste que te fuiste de allí porque *Audrey* se había puesto de parto y que no conociste a nadie?

Afirmo con la cabeza mientras llegamos a su coche y metemos las bolsas en él.

—Así fue —contesto.

—¿Entonces...?

Ver la cara de mi amigo me hace gracia.

—¿Por qué me miras así? —pregunto curioso.

Nos metemos en su vehículo y, cuando nos sentamos, insiste:

—A ver, a ver..., que yo me entere...

—Dawson...

—Si dices que tuviste que irte de la cita a ciegas con urgencia y no conociste a nadie, ¿cómo es que conoces a Andy?

Oír eso me hace sonreír. Dicho así sé que cuesta de entender, y para satisfacer su curiosidad o no me dejará en paz, le cuento cómo volvimos a encontrarnos, omitiendo cierta parte que solo nos interesa a Andy y a mí.

En cuanto termino mi relato pregunta:

—¿Piloto de combate táctico de la marina de Estados Unidos? —Al ver su gesto asiento. Sé que está tan asombrado como yo—. ¿Me estás diciendo que esa chica...?

—Eso dijo —lo corto—. ¿Por qué no voy a creerla?

Él asiente. Sin duda saber a qué se dedica Andy nos ha sorprendido a los dos.

—Militar..., ¡vaya! —murmura él entonces mientras arranca el vehículo.

—¿Qué?

—Si se entera tu padre, te deshereda —se mofa.

Al oírlo, sonrío. Si algo odia mi padre en esta vida es a los militares. Siempre ha sido muy pacifista y rechaza todo lo que tenga que ver con el ejército.

—Tener una relación con un militar no es fácil. Lo sé porque mi primo Henry lo es y se pasa media vida desplegado en...

—Eh, amigo —lo interrumpo—. Que sea militar me da igual.

—Nacho…

—Dawson, simplemente es un rollo más. No le des más vueltas.

—Desde luego, no tiene nada que ver con Francesca u Olimpia.

Asiento. En eso tiene razón.

—Lo que te ha dicho de su mirada y tu trasero ha sido muy bueno… —añade mi amigo mientras recoloca el espejo retrovisor.

—Sí —admito divertido, consciente de que me ha vacilado delante de mis amigos.

Ambos sonreímos. La naturalidad es algo que tanto él como yo siempre hemos valorado mucho.

—¿La vas a llamar? —insiste.

Vuelvo a asentir y, mientras me pongo el cinturón, digo:

—Sí.

—¿Cuándo?

—Hoy cenaré con ella.

—¡¿Hoy?!

—Sí, pesado…

Dawson sonríe y niega con la cabeza.

—Bomboncito… —dice entonces con retintín—, para ser un simple rollo hay que ver qué rapidito has contactado con ella…

—¡Dawson!

Los dos nos carcajeamos y luego él cuchichea:

—Verás cuando se lo cuente a Vanessa, ¡no se lo va a creer!

Según lo oigo, sonrío y pienso en Andy. ¿Con qué me sorprenderá esta noche?

Capítulo 14

Andy

Me miro en el espejo.

Joder, está mal que yo lo diga, ¡pero estoy hecha un pibón!

Suena la canción *Jaded* de Miley Cyrus y la tarareo. ¡Me encanta! La música de Miley lleva acompañándome años y, la verdad, lo agradezco, pues me ha sacado de muchos momentos malos.

La mujer que veo reflejada en el espejo es la de todos los días, pero hoy estoy en plan mona y glamurosa dentro de mi estilo informal.

Como me ha aconsejado Hattie, me he puesto unos vaqueros, una blusa negra sujeta con un cinturón bajo de lo más elegante y mis botas brilli-brilli, que son la leche.

Me doy la vuelta. Me miro por detrás y, oye, ¡no estoy nada mal!

Pero, según me miro, también pienso: ¿qué hago yendo a cenar con él?

¿Es que no aprendí nada de lo que le pasó a mi hermano Max al salir con alguien vinculado con el cine?

¿Acaso quiero matar a mi padre de un disgusto?

No…, no…, no…

Ay, Dios, como el Almirante se entere de que he quedado con alguien que tiene que ver con el cine y que es hijo de una actriz, ¡le da algo!

Pero, joder, no. ¡Esto no es lo mismo!

Mi hermano y el hermano de mi abuelo se enamoraron de

aquellas actrices que se la jugaron, y esto, en cambio, solo es sexo para mí.

Me recojo el pelo. ¿Suelto? ¿Recogido? Joder… ¿Qué hago con él? Finalmente opto por hacerme una coleta alta. Y, sí, ¡queda muy acertada!

Suena mi móvil y, al mirar, sonrío. Hattie ha guardado en mi agenda el número de teléfono de Nacho con el nombre de «Semental». ¡La madre que la parió! Abro el mensaje y leo:

Cuando quieras. Ya estoy en tu portal.

Vaya…, ¡qué caballeroso, que me avisa y todo!

Tomo aire. Citas como esta la verdad es que no suelo tener muchas. Lo mío es más de aquí te pillo, aquí te mato, por lo que estoy desentrenada. ¿Desde cuándo no he tenido una cita así?

Una vez que meto en mi bolso el móvil, la documentación necesaria, el tabaco y el mechero, cojo las llaves de la casa y salgo al descansillo. Estoy nerviosa. ¿Por qué? ¿Acaso Nacho no es un tío más?

Cuando llego al portal y me encamino hacia la puerta, lo veo esperándome apoyado en un coche rojo. Joder… ¿Qué pepinorro es ese? ¿Otro descapotable diferente?

Pero, pasando del coche, me fijo en él. Está muy guapo con ese pantalón gris y esa camisa blanca.

Uf… ¿A que cenamos un trozo de pizza en mi casa desnudos sobre la cama?

Abro el portal. Al verme él sonríe y, paseando sus oscuros ojos por mi cuerpo, murmura:

—Señorita…, está usted muy guapa.

¡Ohhhh, qué monoooo…!

Me acerco a él y respondo:

—Tú estás cañón.

Nacho levanta las cejas y sonríe.

—¡¿«Cañón»?!

Vale. No he sido tan delicada como él.

Acto seguido me da un beso en los labios con naturalidad.

—Tú sí que estás cañón —musita.

Me río, se ríe, y cuando va a abrirme la puerta de su coche cuchicheo:

—Joder… Un BMW Z4 biplaza, ¡menudo pepinorro!

Con el rabillo de ojo veo que Nacho levanta una ceja.

—Mi padre y mis hermanos son unos locos de los coches —aclaro mirándolo.

Asiente y me sujeta la puerta abierta para que suba. Aiss, qué monoooooooo, ¡lo que está haciendo! Sin abrir la boca me siento en el precioso biplaza descapotable y, cuando él se acomoda a mi lado tras el volante, comenta:

—Tengo una reserva en Pikers's. ¿Te parece bien?

No tengo ni idea de qué es Pikers's y él debe de leérmelo en la cara, porque añade:

—Sirven un marisco estupendo. Las ostras son exquisitas.

Según oigo eso, parpadeo. No soy una apasionada del marisco y mucho menos de las ostras. Si veo a alguien chupando una cabeza de gamba, ¡me muero del purito asco!

—Siento decirte que no me va nada el marisco —respondo mirándolo.

—¿Nada de nada?

—Nada de nada —repito.

Nacho parpadea. Lo acabo de descuadrar. Pero entonces dice:

—No hay problema. ¿Qué te gusta?

Bueno…, bueno…, bueno… ¡Que me pregunte eso es todo un detallazo!

—Me encanta la comida española y también la italiana —contesto.

Nacho afirma con la cabeza y sonríe.

—A mí también —asegura.

Nos miramos divertidos y luego veo que coge su teléfono y, tras desbloquearlo, hace dos llamadas. Una para anular su reserva en Pikers's y otra para reservar en otro lugar. Una vez que cuelga, vuelve a mirarme y dice:

—Solucionado.

Asiento gustosa. ¡Qué hombre tan resolutivo!

Arranca el coche. Wooooo, cómo ruge el motor.

Los primeros metros los recorremos en silencio, mientras por los altavoces del vehículo suena una suave música, hasta que pregunta:

—¿Cómo es que sabías la secuencia de desbloqueo de mi teléfono móvil?

Me entra la risa y, mirándolo, respondo:

—Sin querer lo vi cuando lo desbloqueaste en mi casa, y me di cuenta de que tienes la misma que mi madre.

Nacho se ríe. Sin duda le hace gracia lo que oye.

—Hoy me has vacilado delante de mis amigos —comenta a continuación.

Joder..., joder..., tiene toda la razón del mundo. ¿Por qué he hecho eso? ¿Por qué no he medido mis palabras? Me dispongo a darle una explicación, pero llegamos frente a un semáforo en rojo ante el cual paramos y, antes de que pueda decir algo se acerca a mí, me besa de nuevo en los labios y murmura:

—Ha sido divertido.

Sonrío al oírlo. El semáforo cambia a verde y Nacho acelera.

Mientras conduce recibe una llamada de un tal Roy. Oigo que hablan. Roy le dice que estará en Chopins tomando algo con los amigos y, tras guiñarme el ojo, Nacho le responde que si puede irá.

Veinte minutos después, cuando estaciona y bajamos del vehículo, con galantería me señala un local y dice:

—El Guiso es el restaurante español de unos amigos. Creo que te gustará.

Asiento encantada.

En ese momento veo que un coche con tres chicas jóvenes aparca tras el de Nacho y ellas comienzan a gesticular. Está claro que lo han reconocido. Las miro, Nacho no, y proseguimos nuestro camino, pero veo que las chicas corren hacia nosotros y dos tipos altos las detienen.

Sorprendida, voy a hablar cuando Nacho aclara:

—Tranquila, son Jackson y Paul, mis guardaespaldas.

Parpadeo boquiabierta y él añade:

—Por desgracia, por ser quien soy no tengo mucha libertad de movimiento y en ocasiones necesito cierta ayuda.

Afirmo con la cabeza, creo que lo entiendo.

Acto seguido me coge de la mano. No estoy acostumbrada a

esto. No es habitual que por la calle nadie me agarre así, pero me gusta. Me agrada su tacto, la presión que ejerce, y no me retiro, sino que camino junto a él.

Tras entrar en el restaurante saludamos al matrimonio que lo regenta, Antonio y Gloria. Veo que hablan perfectamente en español con Nacho, lo que me sorprende.

La pareja es cariñosa y encantadora y se los ve felices por la presencia de Nacho allí. Nos acomodan en una mesa algo retirada del resto, ponen un biombo y nos traen una botellita de vino, y cuando se van Nacho pregunta:

—¿Te gusta este vino?

Lo miro. No entiendo absolutamente nada de vinos, pero por quedar bien afirmo con la cabeza y digo a mi vez:

—¿Y lo del biombo?

Nacho sonríe.

—Me gusta la intimidad —señala.

Acto seguido sirve vino en nuestras copas. Permanecemos callados unos segundos hasta que veo por una rendijita del biombo que las chicas del coche entran en el local para cenar y, tras deducir que nos buscan con la mirada, pregunto:

—¿Cómo no me dijiste quién eras?

Él me mira y deja la botella de vino sobre la mesa.

—Te dije que era Nacho Duarte —indica.

Asiento, tiene razón, pero insisto:

—Sí..., sí..., eso sí. Pero no me dijiste que eras Nacho Duarte, famoso director de cine, entre otras cosas.

Me mira. Noto que valora su respuesta y luego dice:

—No suelo presentarme con esa coletilla. Simplemente, cuando nos conocimos te dije que era Nacho Duarte, como tú me dijiste que eras Andy Madoc.

Vale. Tiene razón.

—¿Cuando conoces a alguien te presentas como teniente Andy Madoc, piloto de cazas de combate del ejército americano? —inquiere a continuación.

Oír eso me hace sonreír y, negando con la cabeza, respondo:

—No.

Él sonríe también.

Con descaro, una de las chicas asoma entonces la cabeza por detrás del biombo. La miro con gesto serio, pero Nacho, pasando por completo de ella, continúa:

—Pues, señorita, yo tampoco me presento diciendo que soy director de cine —y creo que, al ver mi gesto desconcertado por lo que ha hecho aquella chica, añade—: Ignórala.

Vale. Lo hago. Pero, vamos, que estoy por apartar el biombo y llamarla de todo. Sin embargo, viendo el gesto sonriente de Nacho suelto:

—Según la prensa, eres un partidazo y lo sabes. ¿Por eso me dijiste que me sorprendería cuando te dije que no lo eras?

Nacho resopla y me mira.

—No soy lo que dice la prensa —especifica—, sino que simplemente soy quien soy. Y en cuanto a partidazo o no, eso me da igual. No busco el amor. No busco una pareja. Solo busco pasarlo bien.

Asiento. Me acaba de decir claramente lo que busca, cosa que me parece muy bien.

Acto seguido coge su copa de vino, la levanta y dice con un bonito gesto:

—Ahora, en este instante, tú y yo solo somos Andy y Nacho, y creo que eso se merece un brindis, ¿no?

Vuelvo a asentir. Así es. Aunque mi padre me va a matar como se entere...

Joderrr, madre míaaa... ¡Cómo me pone este tío cuando me mira de ese modo!

Tras coger mi copa y brindar con él mirándonos a los ojos, doy un trago al vino y afirmo:

—Muy bueno.

Nacho me mira. Uf..., cómo me mira. Lo hace de una manera que la sangre se me acelera. Su mirada provoca en mí algo que ninguna mirada ha provocado nunca, y eso me inquieta. Y de pronto siento miedo.

¿Por qué? ¿Por qué tengo esa sensación?

Estoy pensando en ello aturdida cuando empieza a sonar la canción que llamó mi atención aquella mañana en la radio, la que mencionaba la película *Coco*. ¿Cómo se llamaba? ¡Ah, sí, *Por el resto de tu vida*! Y viendo que Nacho no me quita ojo y que o hago algo o creo que voy a explotar, suelto de pronto:

—Me gusta mucho esta canción.

Él asiente, la escucha unos instantes e indica:

—Desde luego que el amor solo pasa una vez en la vida.

Ver que se ha fijado en la misma estrofa que yo me hace gracia y, cuando voy a preguntar, él se levanta de pronto de la mesa, me tiende la mano y sugiere con caballerosidad:

—¿Baila la señorita?

Joder…, joder…, joderrr… ¿En serio?

¡Me entra la risa!

No estoy acostumbrada a tanta galantería. No estoy acostumbrada a tipos como él. Si he dicho que me gustaba la canción era para desviar el tema, pero ahí está él, frente a mí, ¡invitándome a bailar!

Joder…, qué calor.

Joder…, qué apuro.

Joder…, ¡¿qué hago?!

Su gesto es como los que suelo ver en las comedias románticas que tanto les gustan a Hattie y a Ramírez, y, divertida, me mofo:

—Está claro que te dedicas al cine…, ¡eres un peliculero!

Nacho asiente, ríe, y sin apartar la mano insiste guiñándome un ojo:

—Vamos…, ven aquí.

Por favorrrrrrr…

Ese «Vamos…, ven aquí» tal como él lo ha dicho es lo más sexy que he oído en la vida. Me levanto como una autómata, le cojo la mano y cuchicheo acercándome a él mientras siento como si un misil Tomahawk estallara en mi estómago:

—Soy algo patosa bailando…

—Yo te llevaré. Tranquila.

¿«Tranquila», dice?

Pero, vamos a ver, ¿cómo voy a estar tranquila cuando semejante bomboncito me tiene agarrada entre sus brazos y pegada a su cuerpo? ¿Y cómo voy a estar tranquila si inexplicablemente un Tomahawk ha explotado en mi estómago?

Madre mía…, madre mía… ¡Pero si siento la misma adrenalina que cuando piloto mi caza!

Sin decir nada, me dejo llevar. Nacho se mueve bien, muy muy bien, y yo lo sigo. ¿Por qué no?

Bailamos en silencio y dice en mi oído:

—Preciosa letra la del bolero.

Asiento, lo sé, es una canción tremendamente romántica. Y de repente oigo que suelta:

—¿Por qué eres tan bonita?

Uf... ¡Joder! ¡Que me daaaa...!

El romanticismo y ese tipo de halagos tan íntimos son algo que está fuera de mi vida desde hace mucho tiempo. No sé qué responder. Me está dejando sin palabras mientras los Tomahawk explotan a diestro y siniestro dentro de mi estómago.

Pero, joder, ¿qué me pasa?

Escuchando la letra, sin saber por qué digo con un hilo de voz:

—Esta es la canción que te dije que mencionaba la película *Coco*.

Nacho asiente y suelta una carcajada. Creo que ha visto que me ha dejado sin saber qué decir.

—Eres deliciosa, Andy Madoc —murmura.

Acto seguido acerca su boca a la mía, me besa y..., buffffffff, ¡los Tomahawk entran en erupción!

Disfruto el beso. Disfruto la posesión. Disfruto el momento. Y cuando, segundos después, el beso y la canción acaban, me da una cómica vueltecita que nos hace reír a los dos y tomamos asiento de nuevo a la mesa.

—Bodegas Verode —comenta a continuación mirando la botella—. Es un vino español muy bueno. Tom Blake conoce a uno de los dueños de la bodega.

Afirmo con la cabeza. Estoy como flotando tras lo ocurrido y mi estómago es un campo de batalla.

¿Qué ha pasado? ¿Por qué estoy tan tonta? ¿Por qué siento esos misiles?

Intentando no parecer más tonta de lo que me siento, pregunto:

—¿Tom Blake, el actor guaperas? —Nacho asiente y, sonriendo, añado—: Me lo tienes que presentar.

—¡Cuando quieras!

Ambos reímos y acto seguido continúo:

—Ahora entiendo que conocieras a Estela Noelia Rice Ponce y Pedro Pascal.

Entonces cambio de inglés a español y pregunto:

—¿Cómo es que hablas español tan bien?

Oírme hablar a mí en ese idioma veo que lo sorprende.

—Porque mi padre es mexicano y me crie rodeado de españoles y mexicanos —dice—. ¿Y tú?

Me río divertida e indico:

—Porque mi madre es española.

Complacidos, seguimos charlando mientras Antonio y Gloria nos sirven comida típicamente española y nosotros la degustamos. Evito hablar en todo momento de mi trabajo cuando me pregunta. No me apetece. Tampoco menciono a las chicas que seguro que esperan tras el biombo para verlo ni digo que sé que es viudo y..., bueno, solo disfruto el momento.

Capítulo 15

Nacho

Andy es natural. Diferente. Directa. Y eso me atrae de ella, aunque cada vez que dice la palabra *joder* o alguna otra cosa malsonante, siento que me sangran los oídos. Nunca he conocido a una mujer en mi círculo de amigos que diga tantos improperios.

Durante la cena, como adultos que somos, nos tentamos. Está claro que entre nosotros hay una tensión sexual muy evidente que esta noche resolveremos en su casa o en la mía, pero me hace gracia ver que ella ni se muerde el labio ni se toca el pelo para atraer mi atención.

Sus gestos, sus movimientos, su manera de reír o de contarme las cosas hace que me tenga totalmente centrado en ella, y eso, todo ese conjunto, consigue que me resulte más atractiva e interesante.

El tiempo pasa. El restaurante se vacía de gente. Solo quedamos tres mesas. La de las chicas que al verme han corrido hacia nosotros, la de Jackson y Paul y la nuestra. Gloria se acerca entonces a nosotros y, mirándome, susurra:

—Nacho...

Por su gesto ya imagino qué va a decirme, y en ese momento Antonio se aproxima a nosotros y musita:

—Hay un fotógrafo en la puerta.

Suspiro. Resoplo. ¿Cómo es que siempre me encuentran? Sin embargo, estoy acostumbrado a ello.

—Avisadlos, por favor —indico.

Los pobres se alejan con gesto apurado y avisan a Jackson y a

Paul. De inmediato uno de mis guardaespaldas sale del local y entonces miro a Andy, que no me quita ojo.

—Tenemos que irnos antes de que vengan más —explico.

Ella parpadea, no entiende bien mis palabras, y le aclaro:

—La prensa del corazón suele perseguirme. Si ahora hay un fotógrafo, dentro de un rato habrá muchos más.

Ella abre los ojos. No sé qué estará pensando, pero de pronto suelta:

—¡Yo paso!

¿Pasa? ¿De qué?

Y cuando voy a preguntar dice:

—No quiero salir en la prensa del corazón. Joder, ¡no va conmigo!

Asiento. La entiendo perfectamente.

—¿Cómo no has pensado que esto podía ocurrir? —gruñe a continuación.

La miro sin decir nada. No viviría si estuviera pensando siempre en esa posibilidad.

—Joder..., joder... —refunfuña ella irritada—. ¡Vaya mierda!

Suspiro. Puedo entender que esté molesta.

—A ver, Andy, he tenido a la prensa pegada a mi culo desde el día en que nací —digo—. Ser hijo de quien soy conlleva su parte buena y su parte mala. Y ahora que soy adulto y me dedico a la industria del cine, he de saber lidiar con la prensa, pues parte de mi trabajo es...

—Tú lo has dicho, tu trabajo, no el mío —replica ella—. Mi careto no tiene por qué aparecer en las revistas del corazón por el simple hecho de haber salido a cenar contigo. Si me lo hubieras dicho, habríamos cenado en mi casa y nos habríamos evitado fotitos, titulares y chorraditas.

—Señorita, no se ponga usted así —intento bromear mientras veo que Paul habla con las chicas.

—Oye, mira, me pongo como me da la gana.

Ver lo rápidamente que Andy se ha puesto a la defensiva me desconcierta. ¿Qué le ocurre? ¿Por qué se enfada tanto?

—Salir a comer o a cenar conmigo implica este tipo de cosas —digo—, y aunque intento evitarlas es complicado. Siempre hay alguien que avisa a la prensa.

Andy está incómoda. Lo noto en su expresión, en el modo en que me mira, en cómo respira.

—Joder..., ¡otra vez no! —oigo que exclama entonces.

¿Cómo que «otra vez no»? ¿A qué se refiere?

Antes de que pueda hacer nada, retira el biombo un poco, mira a las chicas, que sabemos que han estado pendientes de nuestros movimientos, y pregunta:

—¿Crees que han sido ellas? Porque te juro que, si es así, me levanto y...

—No lo sé, Andy —la corto—, y como no lo sabemos, no podemos acusarlas de nada.

Su gesto serio no me gusta. Ya no sonríe, ya no bromea, sino que suelta:

—Creo que deberías salir con ellas del restaurante.

—¡¿Qué?!

Andy insiste:

—Joder, invítalas a tomar algo en otro lugar. Están como locas por acercarse a ti. Si te marchas con ellas el fotógrafo os seguirá y no reparará en mí.

La miro boquiabierto. ¿En serio quiere eso?

¿De verdad quiere que me vaya con ellas y la deje aquí sola?

Me sorprende. Todas las mujeres que conozco se mueren por salir conmigo en la prensa del corazón, pero está visto que esta no, e incluso ha pensado en un plan B.

—Oye, Andy... —empiezo a decir.

Pero ella ya se ha levantado, mira con disimulo por una ventana y, acercándose a mí, dice en un tono de voz seco:

—Lo siento, pero no. No quiero formar parte ni de tu circo, ni del circo del corazón porque sé lo que conlleva. Y, si soy sincera, no sé qué hago cenando contigo... ¡Joder!, si es que estaba claro que no era una buena idea.

Oír eso de mi circo y del circo del corazón me molesta. Y, tras levantarme, me acerco a Gloria y a Antonio. Pago la cena. Hablo con ellos. Me tranquilizo para no ponerme tan desagradable como se ha puesto Andy y, tras aproximarme de nuevo a la mesa, le pregunto:

—¿En serio quieres que esto termine así?

—¿Acaso quieres que acabe peor?

Ver su gesto y esa chulería de pronto me enferma. Pero ¿qué le pasa? Y cuando estoy a punto de decirle cuatro cosas, va y me suelta:

—Mira, estás muy…, bueno, me has caído muy bien, blablablá…, blablablá…, pero paso de seguir con esto. No merece la pena.

Ese «blablablá…, blablablá…» y ese «no merece la pena», dicho como lo dice, me molestan aún más. Nunca nadie me ha hablado así antes.

Respiro. Respiro hondo o voy a soltar un bufido por el modo en que me está tratando a causa de algo de lo que yo no tengo la culpa; intentando que mi tono no sea tan desagradable como el suyo, pregunto:

—¿Cómo regresarás a tu casa?

Andy saca entonces su teléfono móvil, me lo enseña y dice:

—Tranqui, llamo un taxi.

Su frialdad conmigo me deja sin palabras. ¿Qué he hecho yo para que se esté comportando así? Sin ganas de seguir hablando con ella simplemente digo:

—Adiós…

—Chao… —responde.

Según salgo de detrás del biombo, las tres chicas se levantan. Le hago una seña a Paul indicándole que las deje y rápidamente vienen hacia mí. Quieren unas fotos. Nos las hacemos. Están receptivas a lo que yo proponga y, sonriéndoles, las invito a tomar algo en Chopins. Sé que allí están mis amigos. Por supuesto, ellas aceptan sin dudarlo.

Dos minutos después salimos del restaurante. El fotógrafo, al vernos, comienza a lanzar sus flashes contra nosotros y las chicas sonríen encantadas mientras mis guardaespaldas intentan que yo pueda caminar con rapidez. Una vez que llegamos a los coches, que están aparcados en línea, una de ellas se sube conmigo y las otras dos, en el otro vehículo. Molesto por la forma en que ha acabado mi cita, pero intentando disimular el malestar que siento por dejar a Andy allí, arranco el motor y acelero sin mirar atrás.

Capítulo 16

Andy

Desde la ventana veo que aquellos se van y, tal como había supuesto, tras montar en una moto azul el fotógrafo los persigue.

Estoy rabiosa, furiosa. Si salgo en la prensa del corazón mi padre nunca me lo va a perdonar, aunque jamás habría imaginado que la bonita noche que estaba teniendo con Nacho podría terminar así. Cierro los ojos. Inspiro. Respiro. Inspiro. Respiro.

«Joder…, joder…», me digo, y cuando me lo voy a repetir por tercera vez, sonrío. Me he dado cuenta de que a Nacho lo incomoda esta manera de hablar mía. Solo hay que ver cómo parpadea cada vez que digo esa palabra o le contesto de forma chulesca para saber que le duelen los oídos. Y, obviando la educación que mis padres me han dado, pues sé hablar sin soltar tantos exabruptos, me he pasado tres pueblos con él.

¿Por qué? Pues porque cuando me pongo nerviosa me descontrolo.

¡Mierda!

Sin poder remediarlo me acuerdo de mi padre. De lo que él opina de la prensa del corazón, del faranduleo, y de lo mucho que siempre nos pide que nos alejemos de ese mundillo.

No obstante, miro mi teléfono pesarosa y pienso en Nacho. ¿Y si lo llamo? ¿Y si le pido disculpas por mi comportamiento?

Lo hago. He de hacerlo… Creo que se merece una explicación.

Un timbrazo. Dos. Tres. Cuatro. Cinco. Seis. Siete, y se corta.

Lo vuelvo a intentar. Un timbrazo…, siete, y se corta. Está claro que no me lo quiere coger. Normal. ¡He sido una borde!

—¿Estás bien? —me pregunta entonces Gloria acercándose a mí.

—Sí —digo mientras cojo mi bolso de la silla y, tras enseñarle mi móvil, indico—: Llamaré un taxi.

—No hay prisa, cielo —contesta ella—. Estaremos aquí al menos una hora más mientras recogemos.

Asiento desconcertada por lo ocurrido. Sé lo mucho que he metido la pata con Nacho. Y entonces oigo que Gloria pregunta:

—¿Te apetece un chupito?

Lo pienso. ¿Por qué no? Consciente de que no tengo nada mejor que hacer, e imaginando que Nacho no me va a llamar porque pasa de mí, respondo en español:

—Pues sí. La verdad es que sí.

—¿Qué te apetece tomar?

Miro las botellas que hay tras la barra.

—Crema de orujo —indico.

Gloria sonríe.

—Antonio, cariño —dice a continuación—, pon un chupito de crema de orujo para Andy.

Él asiente y yo, tras sentarme en un taburete, dejo mi bolso sobre la barra.

—La prensa es un incordio para la gente como Nacho —comenta Gloria tomando asiento a mi lado—. Ese hombre es una excelente persona.

Me encojo de hombros. Algo me dice que la mujer tiene razón.

—Mi marido, Antonio, lo conoce más que yo y siempre habla maravillas de él —añade.

De nuevo vuelvo a asentir. Oír todo eso me hace sentir peor aún e, intentando desviar el tema, pregunto:

—¿De qué parte de España sois?

—De Salamanca, ¿lo conoces?

Afirmo gustosa con la cabeza y ella continúa:

—Teníamos un restaurante, pero con la crisis se fue al garete.

—Vaya…, lo siento.

La mujer cabecea. Intuyo que ella lo siente más que yo.

—Tuvimos un año complicado —me cuenta—. Las deudas nos

comían. Vendimos la casa, el coche, nos fuimos a vivir con mis padres y, cuando nos salió trabajo de hostelería aquí, en Los Ángeles, no lo pensamos. —Sonrío y ella prosigue—: ¿Sabes? Venirnos aquí ha sido la mejor decisión que hemos tomado. Volvimos a empezar. Ahorramos un poquito y abrimos de nuevo nuestro restaurante. Y, oye, de momento nos va muy bien.

Sonrío, me alegra oír eso, cuando oigo a Antonio gritar:

—¡Mierdaaaaa!

Gloria y yo nos levantamos con rapidez y él exclama tocándose un tobillo:

—He dado un mal paso cambiando el barril de cerveza y me lo he torcido.

De inmediato la mujer y yo acudimos a auxiliarlo. Lo sentamos en una silla y oigo que Gloria dice:

—Traeré hielo.

Acto seguido se va. Yo me apresuro a acercar otra silla y le pongo el pie sobre ella.

—¿Mejor así? —pregunto.

Antonio asiente con gesto incómodo y, después de que Gloria le ponga un paño con hielo en el tobillo, la mujer indica:

—Quédate aquí sentado, cariño. Yo terminaré.

—Es una simple torcedura, cielo —gruñe él.

—Pues si es una simple torcedura, quédate quieto con el hielo. Mañana te necesito al cien por cien —replica ella.

El hombre cabecea, pero insiste:

—¿Cómo vas a mover tú sola los barriles de cerveza y las cajas?

Gloria lo mira y, cuando veo que él va a levantarse, intervengo:

—Yo la ayudaré, Antonio —digo.

—Pero…

—Tranquilo —pido—. Tú quédate sentado.

El hombre finalmente asiente con resignación. Tras acercarme a Gloria, me pongo a ayudarla.

Por Dios, parezco un pato mareado con las botas brilli-brilli. Los tacones me están matando, y termino por quitármelas. Si continúo cargando cajas de bebida con las botas, la siguiente en estar lesionada seré yo.

Una hora después, cuando terminamos la faena y me calzo de nuevo, digo agarrando mi móvil:

—Llamaré un taxi.

Antonio y Gloria se miran y ella rápidamente dice:

—¡Ni hablar! Te llevamos nosotros.

—Nooooo.

—Sí, mujer, sí, ¡faltaría más! —insiste Antonio, que, tras señalarme una caja, indica—: Dejaremos ese encargo de camino y después te llevamos. ¡No se hable más! Es lo mínimo que podemos hacer por habernos ayudado.

Intento negarme, pero resulta imposible. Al final doy mi brazo a torcer para no quedar como una borde y, cuando salimos del restaurante, nos subimos a su coche, que conduce Gloria. Su marido no puede con el tobillo así.

Durante el trayecto los tres charlamos. Antonio y Gloria son encantadores. De pronto paramos en una lujosa calle. Gloria me pide que coja la caja que antes ha puesto a mi lado en el asiento trasero. Yo lo hago y entonces veo que alguien abre la puerta de mi derecha desde fuera y me quedo a cuadros cuando descubro que se trata de… ¡¿Nacho?!

Capítulo 17

Nacho

Al ver la expresión de Andy, no sé qué pensar.

¡Esta mujer me desconcierta!

Pero si me ha llamado, aunque no he podido cogérselo...

Sin que ella lo supiera, he quedado con Antonio y Gloria en que la entretuvieran y posteriormente la acercaran a mi casa. Yo dejaría a aquellas tres chicas en Chopins tomando algo con mis amigos, cosa que, por cierto, las ha entusiasmado, saldría por la puerta trasera y, una vez que estuviera en mi casa, los avisaría y ellos traerían aquí a Andy.

Ella baja del coche con la caja en la mano, me apresuro a cogérsela y, sacando la botella de vino que contiene, exclamo:

—¡Qué detalle, gracias!

Me mira boquiabierta. Luego mira a Gloria y a Antonio. Y cuando esta, con gracia, le lanza las llaves del coche a su marido y este da un saltito, Andy musita:

—Joder..., ¡seréis liantes!

Mis amigos se ríen. Yo también. Ella no.

Instantes después el matrimonio se marcha en su coche y yo invito a Andy a entrar en mi parcela. Cierro la puerta de hierro que nos aporta intimidad, la miro y pregunto:

—¿Sigues enfadada?

Ella me mira y, todavía sorprendida, contesta:

—Menudos actorazos están hechos Antonio y Gloria.

Eso me hace sonreír y, notando que en su mirada ya no está la rabia que había hace un rato, aclaro:

—No podía permitir que la noche acabara de esa forma.

Andy suspira. No sé qué debe de estar pensando.

—La verdad —dice—, creo que no podría haber acabado peor.

Ambos asentimos. Al parecer, estamos de acuerdo.

—¡Soy una imbécil! —suelta ella de pronto.

¡Vaya!, empieza fuerte. Y prosigue:

—Joder… Te he llamado dos veces para pedirte disculpas cuando te has ido, pero no me lo has cogido.

Lo sé. He visto que me llamaba, pero iba con una de las chicas en el coche y, por si acaso eran ellas quienes habían llamado a la prensa, no he querido cogerlo.

—Me he comportado como una idiota en el restaurante —prosigue Andy—. Y quiero pedirte perdón. ¿Qué culpa tienes tú de que la prensa te persiga?

Irremediablemente la acerco a mí y la beso. No necesito que diga nada más. No necesito que siga disculpándose. Me ha llamado, ahora está aquí, y con eso me vale. De inmediato ella reacciona y me besa. ¡Vaya si me besa!

El deseo que percibo que Andy siente por mí es comparable al que yo siento por ella, y cuando nuestro beso acaba noto unos golpes en las piernas y, al mirar hacia abajo, veo a mis perros *Audrey* y *Cooper*. Están a nuestro lado. Dar cabezazos es su manera de saludar.

Cuando Andy los ve, tan enormes, se lleva la mano a la boca y murmura:

—¡Joderrrrr, qué pasada!

Acto seguido, y sin importarle que puedan dejarle pelos, manchas o babas en la ropa, los abraza y los besuquea, y *Cooper* y *Audrey* se dejan mimar.

Los observo divertido. Las mujeres suelen espantarse con mis perros. Ver a dos bichos negros de más de sesenta kilos cada uno suele asustar, pero compruebo que no es el caso de Andy. Y eso me gusta.

Tras un rato en el que les presta más atención a ellos que a mí, cuando finalmente se incorpora con gesto divertido, pregunta al ver a Jackson más allá:

—¿Tus guardaespaldas están aquí?

—Sí —digo.

Andy asiente, no añade nada más al respecto, y mirando a los perros pregunta:

—¿Cómo se llaman?

—*Cooper* —indico tocándolo—. Y esta es *Audrey* —y, al verla tan contenta, sugiero—: ¿Quieres conocer a los cachorros?

Sin dudarlo ella dice que sí, y, cogidos de la mano, cruzamos el jardín y entramos en una caseta de madera. Es la casa de mis perros, donde están los cachorros.

—Ay, Dios mío —dice al verlos—, ¡que me quiero morirrrrr!

Según dice eso suelto una carcajada. Ella y su particular manera de expresarse.

Como imaginaba, se lanza a cogerlos. Los cachorros siempre atraen a las personas. Mientras los besuquea pregunta:

—¿Por qué esta no tiene un cordón en el cuello como el resto?

—Porque es la única que aún no tiene dueño.

En cuanto lo digo veo que Andy sonríe. Su gesto se dulcifica, parece un ángel. Mira a la pequeña a los ojos y musita con voz cariñosa:

—Hola, preciosa. Eres una pasada de bonita.

Asiento y, en un impulso, pregunto:

—¿Quieres quedártela tú? ¿Te la regalo?

Al oírlo Andy me mira. En sus ojos veo algo que hasta el momento no había visto y, tras mirar de nuevo a la cachorra, susurra con cariño:

—Me encantaría, pero no puedo.

—A ver —insisto—, no tendrías que llevártela hasta dentro de dos meses y medio o tres. Es bueno que en un principio estén con la madre y…

—No puedo ocuparme de ella.

—¿Por qué?

—Mi trabajo me lo impide —y, encogiéndose de hombros, añade—: Sé cuáles son mis limitaciones a causa de mi profesión: nada de mascotas, nada de relaciones serias y nada de bebés. Tú tienes relaciones y mascotas…, ¿quieres bebés?

Su pregunta me sorprende. Pero ¿qué no me sorprende de Andy?

—No —contesto finalmente—. No quiero.

Con normalidad ella asiente y luego cuchichea:

—Pues tú podrías tener un regimiento. Tienes tiempo y dinero y...

—Pero no ganas —la corto.

Esta cabecea y me mira.

—Tus razones tendrás. La mía es el trabajo —dice.

—No todo en la vida es trabajar, ¿no crees?

Ella clava la mirada en mí de una manera que me indica que lo que viene no es nada bueno, y, tras soltar a la cachorrita, pregunta:

—Joder... ¿Y me lo dices tú, que estás podrido de dinero?

¡Lo sabía! Sabía que lo que venía no era nada bueno.

Su respuesta me incomoda y se lo hago saber con una mirada. Andy ha cambiado su dulce gesto de ángel por otro del que es mejor que no opine, pero antes de que yo conteste suelta:

—Vale. Lo siento... Lo siento... Lo siento. Lo que he dicho ha estado muy feo.

—Feo no, ¡feísimo! —matizo con seriedad, y añado—: Y ya no digamos esa manera ruda que tienes de hablar con tanto improperio. Si mi padre te oyera se horrorizaría.

—Pues, por suerte, no me va a oír...

—También tienes razón —digo.

Nos miramos; siento que nos estudiamos con la mirada.

—A ver, Nacho —indica—, en cuanto al modo en que me expreso, es mi forma de hablar y, si te gusta, bien, y si no te gusta, ¡es tu problema! Tú me pareces un finolis edulcorado que mantiene las formas para no salirse de su papel y yo simplemente te respeto.

¿Acaba de decir que soy un finolis edulcorado y que mantengo las formas para no salirme de mi papel? Pero ¿esta mujer de qué va?

—Y en cuanto a la perrita —prosigue—, si me la llevara, quienes la criarían serían mis padres, no yo, puesto que a veces estoy desplegada cuatro o incluso seis meses fuera del país. Pero, joder, tú tienes un enorme casoplón con un increíble jardín; ¡quédatela!

Según dice eso asiento. ¡Qué barbaridad!

Nunca había pensado en la clase de vida que ha de llevar un

militar, en los destinos, en las ausencias… Y cuando voy a hablar musita:

—Y ahora, échame de tu casa si quieres por decir lo que pienso. Pero, ¡joder!, no soy de callarme las cosas que tengo que decir.

Oír eso me hace sonreír. ¿Por qué sonrío como un idiota?

Esta mujer me dice cosas absurdas, ¿y yo sonrío?

Sin hablar, cojo de nuevo su mano y, tras dejar a *Cooper* y a *Audrey* con sus cachorros, la invito a entrar en mi casa. Veamos qué pasa.

Nada más cerrar la puerta Andy da un silbido en el recibidor. ¡Lo esperaba! Después se queda mirando las preciosas escaleras de subida a la planta superior y murmura:

—¡Menudo casoploncio!

—¿Eso es bueno o malo?

—Es la hostia de bueno —afirma con seguridad.

Vuelvo a asentir. ¡Qué horror, cómo se expresa!

—¿Cuántas personas vivís aquí? —pregunta a continuación.

—Solo yo —respondo.

Veo el gesto de Andy, que mira a su alrededor, y advierto:

—Cuidado con lo que vas a decir, que nos vamos conociendo.

Mi comentario la hace sonreír. De pronto la tensión que había entre nosotros se desvanece.

—Solo el recibidor es más grande que todo el apartamento de mis padres —suelta.

Sonrío. Eso mismo pensé yo cuando fui a ese apartamento.

—¿Adónde vas sin casa para ti solo? —añade riendo.

Divertido, la hago pasar al salón. Está claro que le está impresionando lo que ve. Al entrar veo que sus ojos van directos a las estatuillas que tengo en la librería. Rápidamente se suelta de mi mano, se acerca a ellas y cuchichea:

—No me jodasss…

Suspiro al oírla. ¡Qué horror!

—¿Son los de verdad? —pregunta a continuación.

Afirmo con la cabeza. Son los nueve Oscar que he ganado en la industria del cine.

—Sí —afirmo.

Andy parpadea.

—¿Puedo coger uno?

Le contesto que sí y, cuando coge una de las estatuillas y lee la inscripción, me mira y dice de manera teatral:

—*And the winner is…* ¡Nacho Duarte por *El silencio de la mirada*!

Me río. Se ríe.

—¡Qué pasadaaaaaaa! —exclama.

Sonrío como un bobo, Andy me hace sonreír.

—¿Puedo hacerte una pregunta? —dice a continuación.

—Claro.

—¿Por qué no hay Oscar para los especialistas de cine?

Su pregunta me pilla por sorpresa. Es algo que en algún momento yo me he cuestionado también.

—Porque, si te soy sincera —señala—, los especialistas son parte de la magia del cine. Sin ellos las películas de acción no serían lo que son.

Asiento divertido mientras ella devuelve el Oscar a su sitio y comenta:

—Uno de mis hermanos es especialista de cine.

Eso me sorprende, pero más aún cuando suelta:

—Yo también lo soy, incluso he hecho mis pinitos.

—¡¿Qué?!

Ella asiente.

—Me saqué el curso hace años con mi hermano y en algún permiso lo he refrescado para que mis conocimientos no quedaran obsoletos. De hecho, hace no mucho participé en una película. —Parpadeo sorprendido—. El director de *Maverick* se puso en contacto conmigo a través de mi hermano Max, y yo piloto alguno de los cazas que aparecen haciendo piruetas en la película.

¡¿Qué?! ¡¿Cómo?!

Eso sí que no me lo esperaba. Sin duda Andy es una continua caja de sorpresas.

—¿Es eso cierto? —pregunto.

Ella se sienta entonces en el sofá de cuero oscuro.

—No tengo por qué mentir. Puedes comprobarlo.

Cabeceo. Sé que la curiosidad podrá conmigo y así lo haré.

—¿Te importa si me quito las jodidas botas? —suelta a continuación—. Ya sé que son purito glamour, ¡pero me están matando!

Divertido, le digo que por supuesto y luego pregunto:

—¿Cómo se llama tu hermano, el que trabaja como especialista?

—Max Madoc, aunque en el mundillo se lo conoce como Maxdoc.

—¿Maxdoc es tu hermano?

—Sí. Ese capullito es mi hermano.

«¿En serio que para hablar de su hermano tiene que decir eso de "capullito"?», me digo. Pero, omitiendo lo que pienso, indico:

—Lo acabamos de contratar para nuestra última película.

—Lo sé —responde con convicción.

—¿Y por qué no me habías dicho nada?

—Porque el trabajo es una cosa, y esto es otra. Intento no mezclarlo, y menos cuando el trabajo es el de mi hermano.

Confuso y asombrado, me dirijo hacia la vitrina y saco un par de finas copas de vino. Luego camino hacia ella, me siento a su lado y, mientras abro la botella que ha traído, pregunto:

—¿Cuándo dejarás de sorprenderme?

Andy me mira y sonríe con picardía. Cuando me mira así reconozco que me eriza el vello de todo el cuerpo. Pero, sin darle más importancia, indico mientras sirvo el vino en las copas:

—¿Por qué te has enfadado tanto al saber que ese fotógrafo estaba en la puerta del restaurante?

Ella toma aire, acepta la copa de vino que le tiendo y responde:

—Porque la experiencia que mi familia y yo tenemos con la prensa y el mundo del cine no ha sido buena. Y, la verdad, mi padre siempre nos ha pedido que nos alejemos de todo ello.

—¿A qué te refieres? —quiero saber.

Andy cabecea, lo piensa y finalmente suelta:

—Provengo de una familia militar. El hermano de mi abuelo, militar también, se enamoró de una actriz que resultó ser una espía que lo utilizó para sacarle información. Fue un escándalo. A él lo expulsaron del ejército y se suicidó. Desde entonces los Madoc llevamos esa estupenda medallita negra gracias al tío Elvis.

Asiento intentando procesar la información.

—¿Sabes quién es la actriz Miranda Veracruz? —pregunta ella.

—Sí.

—¡Menuda pájara!

—Bueno…

—¡Es una zorra con todas las letras!

Según dice eso parpadeo. ¿En serio he oído bien? Algo molesto, musito:

—Disculpa, pero…

—Vale…, vale…, vale… —me corta—. Seguramente me vas a decir que esa jodida zorra es una excelente actriz, que trabaja muy bien, que es un bellezón, pero…

—Estás hablando de mi prima.

El gesto de Andy cambia. Está claro que no sabía que Miranda es la sobrina de mi padre.

—¡No jodasssss…! —murmura.

Sin palabras, me está dejado sin palabras, y a continuación pregunta:

—¿Mi hermano Max sabe eso?

No respondo; la verdad es que no tengo ni idea. Y, tras dar un trago al vino, suelta:

—Como se entere, ¡estás jodido!

Tomo aire. Resoplo. De cada tres palabas que dice, dos son tacos.

—Siento mucho que tengas una prima tan vulgarmente zorra —añade.

Vale. Mi prima es particular. Aun siendo la sobrina preferida de mi padre, es complicadita, pero esto ya comienza a no gustarme.

—Oye…, te estás pasando —musito molesto.

—Negativo, ¡no me estoy pasando!

—Creo que sí, Andy.

—Y yo creo que no, Nacho.

—Estás hablando de una persona de mi familia —insisto.

Según digo eso Andy asiente y dice:

—Respeto a tu familia, pero a tu prima no, al igual que esa perra no respetó ni a mi hermano ni a mi familia y ¡nos jodió pero bien!

No entiendo nada. Cada vez entiendo menos…

—Mi hermano y la perra de tu prima se conocieron en un rodaje hace años —prosigue.

—Lo de «perra» ahórratelo —matizo.

Ella da un nuevo trago a su copa.

—Su historia de amor fue portada de todas las revistas del corazón

—añade—: «Estrellita mexicana y especialista de cine, enamorados». Todo parecía un precioso cuento de hadas hasta que la muy perr... se la jugó y, no contenta con ello, para quedar ella en un segundo plano, le contó a la prensa el pasado del tío Elvis con aquella actriz.

Asiento. Agradezco que me haya ahorrado la palabra malsonante que iba a decir contra mi prima. Sé perfectamente cómo es Miranda. Sé cómo es con los hombres y cómo han terminado otros que han estado con ella.

—Mi hermano Max estaba muy enamorado de ella y eso lo destrozó —continúa—. Pero lo destrozó más todavía ver que la prensa indagaba en las carreras militares de mi abuelo, de mi padre, de mi tío, incluso en la mía, a raíz del escándalo que te he comentado. La puñetera prensa del corazón se cebó en nosotros. Nos acosaron, nos vilipendiaron. Buscaban un titular donde no lo había y eso llevó a mi hermano Max a tal punto que se refugió en lo que no debía: la cocaína.

Pobre, lo entiendo a la perfección. Sé cómo puede llegar a ser la prensa cuando quiere carnaza.

—Lamento lo que me cuentas —murmuro.

—Créeme que más lo lamento yo. Por eso, cuando he sabido que había un fotógrafo en la puerta me he agobiado.

Acto seguido guardamos silencio mientras mi mente comienza a recordar eso de lo que Andy habla.

—Nunca perdonaré a la zorra que tienes por prima por lo que hizo —añade luego—. Nunca. Y te digo una cosa: más vale que no me la encuentre de frente o esa se va a enterar de quién es la hermana de Max Madoc.

Vaya tela... Sin duda esta mujer es de armas tomar. Pero, cuando voy a protestar, ella me quita la botella de vino de las manos, se sienta a horcajadas sobre mí y musita:

—Y ahora, bomboncito, basta de dramas. Dame tu boca ahora mismo.

¡¿Otra vez con lo del «bomboncito»?!

Sus cambios de humor me dejan sin palabras. Y sí..., le doy mi boca, y siento que ella me entrega la suya mientras nos fundimos en un apasionado beso que sé que nos va a llevar derechos a la cama.

Andy toma las riendas del momento, y cuando pasa la mano

por encima de mi entrepierna jadeo y ella, sonriendo, cuchichea sobre mis labios:

—Tus guardaespaldas no entrarán aquí, ¿verdad?

Niego con la cabeza y ella sonríe y susurra:

—¿Tengo permiso para desnudarte, entonces?

Asiento. No hace falta que me pida permiso.

Me quita la camisa, que cae al suelo mientras su boca se pasea por mi cuello lenta y pausadamente, y yo siento que me tiene dominado por completo.

Pero ¿qué me ocurre?

Moviendo sus caderas sobre mí, Andy me besa al tiempo que noto que sus manos van directas a la cremallera de mi pantalón, y murmuro divertido:

—¿Tengo yo permiso para desnudarte?

—Negativo.

«¡¿"Negativo"?! ¡¿Ha dicho "negativo"?!»

Nos miramos. Ella me sonríe, me tiene totalmente eclipsado. Y, cuando vamos a besarnos de nuevo, un ruido estridente nos interrumpe.

¿Qué narices es lo que se oye?

Pero si es de la banda sonora de *Psicosis*... ¿En serio la tiene como tono de llamada?

Sin retirarse de encima de mí Andy coge su bolso, lo abre, saca su móvil y luego la oigo decir:

—¿Qué pasa, capullito?

«¿"Capullito"? ¿Quién será ese?»

Durante unos segundos escucha. Maldice. Se enfada. Su rostro se descompone. Cuando cuelga la llamada anuncia al tiempo que se quita de encima de mí:

—He de marcharme.

Excitado y confundido a partes iguales, inquiero:

—¿Qué pasa?

—Nada que te importe.

Su contestación cortante me incomoda. Ya ha vuelto a salir la teniente impertinente. Eso me molesta.

—Cosas de familia. No te preocupes —agrega mientras se calza las botas.

Pero sí, me preocupo, y más si se trata de un asunto familiar.

—Andy, ¿qué pasa? —insisto.

Durante un rato que se me hace interminable ella permanece con gesto serio y no responde. Luego, una vez que termina de ponerse las botas, suelta con rabia:

—¡Joder! Dale las gracias a la zorra de tu prima de mi parte por habernos jodido la noche.

¿Mi prima otra vez? ¡Ya estamos! ¿Qué tendrá que ver mi prima con todo esto?

—Se trata de mi hermano Max —añade mirándome enfadada—. He de ir a recogerlo.

Según dice eso me levanto del sofá. ¿Qué le pasa a su hermano? Apresuradamente me abrocho el pantalón y, tras recoger la camisa del suelo, pregunto poniéndomela:

—¿Adónde hay que ir a recogerlo?

Andy me mira. Veo que niega con la cabeza.

—Olvídalo.

—¡¿Que lo olvide?!

—Sí, ¡joder!, olvídalo. No creo que a mi hermano le agrade verte, y menos ahora, sabiendo que esa zorra es tu prima. Y, para más inri, lo has contratado para tu película…

Boqueo. ¿Vuelve a insultar a Miranda?

La situación puede conmigo. Si insulta a mi prima una vez más, no sé si voy a poder callarme.

—He de pedirte un favor —agrega entonces mirándome.

Y, antes de que yo pueda hablar, pregunta:

—Tienes más de un vehículo, ¿verdad?

Asiento. La verdad es que tengo una buena colección.

—Necesito que me prestes un coche —continúa—. A estas horas dudo que ningún taxi quiera llevarme a donde tengo que ir a por Max.

¡¿Que le preste un coche? ¡Ni hablar!

Ella me mira. Espera contestación y finalmente, dándose la vuelta, sisea:

—Mira…, ¡que os den a ti y a tus jodidos coches! Me buscaré la vida…

Luego se dirige hacia la salida para marcharse. Caminando tras ella la agarro de la mano y digo:

—Andy, para.

Por suerte, obedece, y cuando me mira pregunto:

—¿Dónde está tu hermano para que los taxis no quieran ir allí a estas horas?

Resopla. Mira su teléfono. Son las 02.14 de la madrugada. Se lo quito de las manos y acto seguido murmura:

—En Skid Row.

Según dice eso tomo aire. Ese barrio de Los Ángeles, que está al este del Downtown, es uno de los sitios más peligrosos de la ciudad. Desde hace años allí se concentran vagabundos, criminales, expresidiarios, borrachos y drogadictos. Durante unos segundos me quedo parado y entonces ella añade:

—Lo sé. Tú no deberías ir por allí.

—Tú tampoco.

Asiente, sabe que llevo razón. Skid Row, y más a esas horas de la noche, es un sitio peligroso.

Entonces, arrebatándome su móvil de las manos, indica:

—Pero ¿sabes cuál es la diferencia que hay entre tú y yo? Que Max es mi hermano, y por él voy hasta el mismísimo infierno.

Andy da media vuelta para marcharse.

—Si quieres puedo enviar a Jackson y a Paul a por él —propongo.

Ella niega con la cabeza; está claro que lo que he dicho no le hace gracia.

—Pues no. Si alguien va a ir a por mi hermano, esa seré yo. ¿Está claro?

Asiento. Me queda claro. Y, sin pensarlo, acto seguido digo:

—De acuerdo. ¡Te llevaré!

Me mira. No me gusta el modo en que me observa.

—No quiero guardaespaldas detrás de nosotros —indica.

Suspiro. Resoplo. Vamos a un sitio muy peligroso.

—Ellos no vienen —insiste.

Al ver su gesto serio, y como necesito ayudarla, claudico.

—Tranquila, no vendrán. ¡Vamos!

Salimos al jardín. Mientras caminamos hacia el garaje les envío un mensaje a Jackson y a Paul. No les digo adónde voy. Solo que se queden en la casa.

Una vez en el garaje enciendo las luces y oigo un silbido.

—¡La hostiaaaaaa!

Su exabrupto me hace resoplar. Pero ¿es que esta mujer no puede hablar bien?

No digo nada. Entiendo que se impresione, puesto que poseo una magnífica colección de coches exclusivos. Me dirijo hacia el utilitario que siempre usan Cecilia y su marido, me calo una gorra para evitar ser reconocido y digo:

—Creo que es mejor que vayamos con este.

—Sin lugar a dudas —conviene ella.

Minutos después salimos de mi garaje y nos dirigimos a Skid Row. Como diría mi pequeña reina de los culebrones, ¡que Diosito nos pille confesados y la prensita no me encuentre!

Capítulo 18

Andy

Cierro los ojos y respiro hondo varias veces.

Joder, ¡qué tensa estoy!

Sé que la llamada de una tal Masako que he recibido desde el teléfono de mi hermano no depara nada bueno. Tengo claro que me voy a encontrar una vez más con lo que no deseo, pero soy consciente de que debo ir en su ayuda. No puedo abandonar a Max.

Cuando paramos en un semáforo Nacho me mira con seriedad y pide:

—Dame la dirección del sitio al que vamos.

Asiento. La tengo en la memoria.

—Gladys Park. Al parecer está en la Sexta con avenida Gladys.

Con agilidad Nacho introduce la dirección que le indico en el GPS y, una vez que este marca el lugar, murmura con gesto serio:

—¡Qué maravilla de sitio!

Suspiro. Sé que vamos a la zona cero de Los Ángeles, un sitio nada recomendable, y no digo más.

Minutos después, en cuanto entramos en Skid Row, me fijo en los camiones de limpieza que rocían agua a presión con desinfectante sobre el pavimento. Hace tiempo leí que hacían eso para evitar brotes de tuberculosis y hepatitis. Estoy mirando por la ventanilla cuando oigo que se activa el bloqueo de las puertas. Me vuelvo hacia Nacho.

—Aquí toda prudencia es poca —señala.

Afirmo con la cabeza. No puedo decir que no.

Vuelvo a mirar por la ventanilla y veo montones y montones de tiendas de campaña en las calles, donde vive la gente, hasta que de pronto exclamo:

—¡Ahí está! ¡Para! ¡Para! ¡Para! ¡Joder!

Nacho aminora la velocidad, pero yo, histérica, antes de que detenga el coche, me deshago del cinturón, quito el bloqueo de la puerta y me tiro.

—¡Andy! —oigo que grita él aterrado.

Ruedo por el suelo. Se cómo tirarme para no hacerme daño. Al levantarme corro hacia mi hermano sin que me importen todas las personas con mala pinta que hay a mi alrededor y que me observan. Mis botas brilli-brilli no me permiten pasar inadvertida, pero me da igual. Mi hermano está sentado en el bordillo de la acera junto a una chica.

—Max —digo al llegar junto a él.

Mi hermano levanta la cabeza y me mira.

¡Madre mía…, madre mía! Si mi madre lo ve se me muere del susto.

Tiene sangre en el rostro, en la camisa, en las manos…

—¡Joder, Max! —murmuro horrorizada.

Mi hermano asiente. Intuyo que sabe lo que pienso. Y oigo que dice:

—Estoy limpio.

—¡Max, no me jodas!

—Te lo juro —insiste.

No lo creo. No puedo creerlo. Tiene una pinta desastrosa.

¿En qué lío se habrá metido ahora?

Me fijo en cómo se sujeta el brazo y, cuando voy a hablar, dice con gesto asustado:

—Masako dice que no está roto.

«¿Quién narices será la tal Masako?»

Al entender que se refiere a la chica oriental que está a su lado, murmuro con desagrado fijándome en su rostro sucio:

—Tu amiguita tiene pinta de saber mucho de medicina…

—Pues mi amiguita, ella solita, ha conseguido espantar a los que me pegaban.

Miro a la chica sorprendida, pues es bastante menuda.

—No puede estar roto... No..., no. ¡Ahora no, joder! —exclama entonces mi hermano.

Veo su agobio; sé que piensa en el contrato que acaba de firmar como especialista.

—Joder, Max... —murmuro.

Con la colaboración de la tal Masako, que no ha abierto la boca, lo ayudo a levantarse. Al menos las piernas lo sostienen.

—¿Me puedes decir qué narices haces aquí? —pregunto.

—Luego, Andy. —Jadea dolorido—. Ahora llévame al hospital.

Max gime. El dolor que siente en el brazo debe de ser extremo.

De pronto Nacho, que ha dado media vuelta con el coche, frena bruscamente delante de nosotros. Baja raudo del vehículo con la gorra calada y, cogiéndome del brazo, gruñe:

—¿Se puede saber por qué te has tirado así del coche?

—Tranqui. Estoy bien.

—¡¿«Tranqui»?! —exclama levantando un poco la voz—. Pero ¿tú estás loca?

No le contesto. Paso. Y mi hermano, mirándolo, susurra:

—¡Eh, tú, gilipollas, no le hables así a mi hermana o te juro que...!

—Max —lo interrumpo—, deja de jurar y cierra el pico.

Max me mira. Yo lo miro. Con la gorra que Nacho lleva parece que no lo ha conocido, pero si supiera que acaba de llamar «gilipollas» a quien lo ha contratado se caería de culo.

Por suerte, sin necesidad de hablar, él y yo nos entendemos y me hace caso; entonces miro a Nacho, cuyo gesto de enfado, desconfianza e incomodidad me indica que se está arrepintiendo de haberme acompañado.

—Necesito que nos saques de aquí —digo—. Una vez fuera de este barrio, cogeré un taxi y llevaré a mi hermano al hospital.

Nacho me mira. No sé qué va a contestar, pero, tras echar un vistazo al grupo de hombres que nos observan más allá, señala:

—¡Vamos!

Miro a Max. Con la mirada le ordeno que monte atrás y se esté calladito.

—Oye...

Al oír esa voz me vuelvo hacia la joven que está a mi derecha. Anda, ¡pero si habla! Es menuda, delgada, de pelo corto, y se la ve bastante demacrada.

—¿Eres Masako? —le digo. Ella asiente, y yo, que estoy atacada, suelto—: Gracias por llamarme, pero no te voy a dar ni un centavo.

—No te estoy pidiendo nada.

—Por si acaso, ¡me adelanto! —replico enfadada.

Ella no se mueve, solo me mira, y entonces, tendiéndome algo, indica:

—Aquí tienes el teléfono de Max y la cadena de oro que no se han llevado los que lo han atracado. La cartera posiblemente aparecerá en cualquier papelera. Si aparece avisaré a Max, que me ha dado su número de teléfono.

Mis ojos se dirigen a los objetos que me entrega. Joder..., joder..., joder..., ¡qué bocazas soy! Horrorizada por haber sacado conclusiones tan equivocadas, murmuro:

—Gracias, Masako.

La chica cabecea. Por cómo me mira debe de pensar que soy una jodida imbécil, además de una clasista. Luego se acerca al coche y dice mirando por la ventanilla:

—Max, tío, espero que todo vaya bien.

Nacho, que está esperando junto a la puerta del conductor, me apremia cuando ve que lo miro:

—Métete en el coche ¡ya!

Su gesto autoritario hace que obedezca y, tras decirle adiós a Masako con la mano, los tres nos alejamos en silencio de ese lugar, donde nada bueno nos puede pasar.

Tan pronto como abandonamos las conflictivas calles de Skid Row, sentada delante junto a un más que serio Nacho, miro a mi hermano. Tiene los ojos cerrados, la cabeza apoyada en el respaldo del coche.

—¿Me puedes decir qué narices hacías ahí? —inquiero.

Él suspira.

—Andy, ahora no, por favor...

—¡Ni Andy ni mierdas, capullo! Joder... Dime qué hacías ahí.

Mi hermano me mira y suelta:

—Le he dicho a Masako que no te llamara... ¡Joder!, se lo he dicho...

Oír eso me molesta, y él va y añade:

—Eres peor que mamá.

Resoplo al oírlo. Como nuestra madre de buena, cariñosa y entregada, seguro que no hay tantas.

—¡¿Peor que mamá?! ¡Serás mierda! —exclamo.

—... dijo la capulla que la caga cada dos por tres con su avioncito... —replica.

Según dice eso me entran los siete males. Y, deseosa de matarlo, me quito el cinturón de seguridad. Nacho me mira alarmado. Sin pensarlo me paso al asiento trasero y, encarándome con mi hermano, siseo:

—Eres un puto desagradecido con mamá, con papá, conmigo y con todos. Pero ¿sabes con quién lo eres más? ¡Contigo mismo! Entras y sales de centros de desintoxicación como el que entra y sale del metro. Pero, vamos a ver, Max, ¿qué ha pasado ahora para que...?

—Te he dicho que estoy limpio.

—¡Y una mierda!

Él cierra los ojos, sé que le duele el brazo.

—¡Cállate, capulla! —suelta—. Estoy preocupado. Si tengo el brazo roto, ¿qué voy a hacer con el trabajo? Joder, Andy, he firmado una cláusula que...

—¿Qué cláusula has firmado? —pregunto mientras evito mirar a Nacho.

Mi hermano niega con la cabeza.

—Andy, participar en esa película es algo muy importante para mí y para mi empresa. Esta vez no puedo fallarle a mi equipo, ¡no puedo!, o lo perderé todo.

Suspiro. No miro a Nacho. ¡Menuda mierda, se está enterando de todo!

—Pues si el brazo está roto —empiezo a decir—, creo que...

—No puede estar roto.

—¡Max!

—Deja de rayarme, ¡joder!

—¡¿Que deje de rayarte?! ¡Tendrás poca vergüenza! Te juro que te daba tal somanta de palos ahora mismo que lo ibas a lamentar. Y que sepas que si no lo hago es porque sé que no es el momento. Pero te prometo que nada me gustaría más que partirte la cara, ¡capullo!

—Venga..., venga..., ¡cébate!

Furiosa por su tonito desafiante le doy un puñetazo en el hombro y Max suelta un chillido mientras Nacho interviene levantando la voz:

—¡Vale ya, ¿no?!

Según lo oigo, lo miro. Este, que no ha tenido hermanos, no puede entender lo que hay entre Max y yo.

—Tú cállate, joder, y conduce —siseo.

—No vuelvas a hablarme así —oigo que murmura Nacho.

—Pues no te metas donde no te llaman —replico.

Me mira a través del espejo retrovisor. Su gesto es muy serio.

—Te lo advierto —señala—. Te estás pasando y mucho.

Pero a mí lo que él me diga me importa tres pitos. El que me importa es el que está a mi lado, que gruñe:

—Joder, Andy, ¡qué bestia eres!

—¡Te jodes! ¡Por gilipollas! —exclamo.

A partir de ese instante mi hermano y yo entramos en nuestro particular bucle de discusión. Yo digo algo. Él replica. Yo levanto la voz. Él la levanta más. Yo insulto. Él insulta. Todo eso a grito pelado mientras Nacho conduce en silencio y nosotros nos decimos de todo.

Durante un buen rato el intercambio de gritos y reproches entre Max y yo continúa, pero de pronto el vehículo da un frenazo brusco y, al mirar a Nacho, oigo que dice:

—Bajaos del coche.

Parpadeo atónita sin moverme, y entonces oigo otra vez:

—Que os bajéis del coche ¡ya!

Su tono cortante me indica que nuestros gritos lo han hartado. Y, vale, lo entiendo. Mis hermanos y yo cuando discutimos somos brutos e intensos, por lo que, dirigiéndome a Max, indico:

—Abre la puerta y salgamos del coche.

Él me mira y luego suelta con mofa:

—Vaya novios de mierda te echas.

—¡Cállate, capullo! —protesto.

Joder. Si mi hermano supiera quién es ¡fliparía! De inmediato Nacho, sin volverse, porque intuyo que no quiere que lo reconozca, suelta:

—Lo último que desearía es ser su novio. Ahora los dos fuera de mi coche.

Max me mira. Espera que diga algo. Sabe que no soy de las que se callan ante un gesto tan feo como ese, e, incapaz de guardar silencio, aun consciente de que estoy metiendo la pata, suelto:

—¿He de pagarte algo por el trayecto?

Nacho me mira a través del espejo retrovisor.

Madre mía, cómo me miraaaaaaa. En sus ojos veo enfado, incomodidad y una mala leche increíble.

—Vamos, joder, ¡sal de una vez! —apremio y empujo a mi hermano, que no se ha movido.

Por suerte, esta vez se pone en marcha sin decir nada, y en cuanto salimos los dos del vehículo y cierro la puerta, Nacho acelera y se va sin darme opción a acercarme a la ventanilla del conductor.

—Capullo... —murmuro.

—Al menos el capullo nos ha dejado en un hospital —susurra Max a mi lado.

Según dice eso levanto la cabeza. Estamos frente al hospital PIH Health Good Samaritan. Nacho nos ha traído hasta la puerta. Miro a mi hermano y siseo dándole un toque en la espalda:

—Vamos. Entremos.

—¡No me empujes! —protesta.

Cojo aire y no respondo. Estoy enfadada. Mucho.

Estaba claro que el destino nos quería mostrar que sí, que se podía terminar la noche peor.

Capítulo 19

Nacho

—¡Corten!

Según digo eso todo el equipo detiene la grabación. Estamos rodando una escena de riesgo en la mítica colina con el letrero de Hollywood. El hermano de Andy está aquí. Se encuentra a escasos pasos de mí, apeándose de un deportivo que ha conducido a una velocidad vertiginosa.

Andy no debió de contarle que yo era el que la acompañaba aquella noche. Y, la verdad, se lo agradezco. Desde la distancia observo a Max y veo que está bien, aunque es imposible no reparar en los puntos que tiene en la ceja y en su brazo vendado. Por suerte intuyo que no lo tiene roto y ha podido hacer la escena de acción. Como él deseaba, no ha decepcionado a su equipo.

Tras revisar en los monitores la última escena grabada, me levanto, miro a Estela Noelia Rice Ponce y Tom Blake y digo:

—¡Esta es la buena!

Noelia y Tom sonríen. Todos hemos madrugado mucho hoy para el rodaje.

—¿Hemos terminado? —me pregunta Tom acercándose a mí.

Afirmo con la cabeza.

—Sí.

Él sonríe satisfecho; sé que está sumergido en un nuevo proyecto cinematográfico. Tras chocar la mano con complicidad, indico:

—Dentro de diez días te veo en España. ¿Lo tienes todo?

—Sí. Tu secretaria ya me lo mandó todo.

Asiento complacido con la eficiencia de Greta.

Una vez que nos despedimos y se va, me acerco a Noelia para decirle algo, pero veo que está hablando por teléfono. Con un gesto de la mano me pide un segundo, por lo que me alejo para darle intimidad.

Me aproximo al control del set de rodaje y cojo mi teléfono. Tengo dos llamadas perdidas de Andy..., esa desagradable mujer, y suspiro.

Hace tres noches que ocurrió lo de su hermano. Desde entonces he recibido varias llamadas suyas, pero no se las he cogido. No me apetece. También tengo un mensaje de mi reina de los culebrones y, tras abrirlo, leo:

> Objetivo cumplido, tío Nachito:
> soy Maléfica. Te quiero con locura.

Leer eso me hace sonreír como un tonto. Que Jenny haya conseguido su papel de Maléfica en el colegio me hace tan feliz como a ella.

—Recuerdos de Juan y los chicos —oigo entonces a mi espalda. Me vuelvo y Noelia añade—: Están emocionados con lo de participar en esa escena de la película. ¡Ya se ven recogiendo un Oscar!

Sonrío. Oír eso me hace gracia.

Juan, el marido de Noelia, es un geo español, un policía del Grupo de Operaciones Especiales. Tras hablar con él y sus superiores, tanto él como sus compañeros nos ayudarán en varias de las escenas de acción que voy a grabar en España.

Durante varios minutos charlo con Noelia de nuestro próximo viaje a la Península, donde tenemos que rodar varias escenas con Max y su equipo.

De pronto mi teléfono suena. Es Andy de nuevo. Sin dudarlo, corto la llamada y dejo el móvil sobre la mesa del control. Instantes después Noelia se despide de mí y se va, y en ese momento veo que Dawson se acerca con Max.

—Nacho, creo que no conoces a Max Madoc —indica mi amigo.

Sonrío. Si por cada sonrisa falsa que tengo que mostrar me dieran un Oscar, no habría sitio en mi casa para meterlos.

—Un placer trabajar contigo —digo estrechando la mano que aquel me tiende.

—Lo mismo digo, señor Duarte —afirma Max.

Durante unos segundos nos miramos a los ojos.

—Llámame Nacho, por favor —pido luego.

Veo que él asiente. No ha reconocido mi voz.

—¿Qué te ha ocurrido en el brazo y en la ceja? —le pregunto a continuación.

Max sonríe, tiene la misma sonrisa desconcertante que su hermana, y responde restándole importancia:

—Gajes del oficio. Pero, tranquilo, estoy bien.

Asiento. Si él supiera lo que yo sé, sin duda esa sonrisita se le borraría del rostro.

Ajeno a mis pensamientos, Dawson hace que los tres hablemos de las siguientes escenas, y yo me pongo en modo director. Hablo. Comento. Doy instrucciones de lo que deseo, y Max me escucha con atención hasta que le suena el teléfono y en la pantalla de su móvil leo: «Hollywood».

Max lo mira y yo indico:

—Cógelo. No hay problema.

Pero él, cortando la llamada, repone:

—Después.

Seguimos hablando, y luego el que suena es mi teléfono. Desde donde estoy, tanto Dawson como yo vemos lo que pone en la pantalla: «Andy». Y cuando mi amigo me mira, directamente cuelgo e indico dando la vuelta al teléfono:

—No es importante.

Tras hablar varios minutos más al final nos despedimos de Max y, una vez que este se va, Dawson dice:

—Me gusta ese tío. Es muy bueno en lo suyo.

Asiento. No lo voy a negar. Y él añade entonces mirando mi teléfono:

—¿Esa Andy que ha llamado es quien creo que es?

Sin dudarlo, vuelvo a asentir. Omito mencionar que es hermana de Max, y mi amigo cuchichea mofándose:

—¿Y no se lo coges?

—No.

—¿Por qué, si sentías curiosidad por ella?

Si le contara lo ocurrido le daría leña para que se riera de mí un rato y su opinión sobre Max cambiaría; pero estoy dispuesto a darle una oportunidad a este último, por lo que replico:

—Con la cena que tuve, ya sacié mi curiosidad.

Dawson afirma con la cabeza.

—¿Tan mal fue?

—Digamos que fue... diferente.

Mi amigo me mira.

—Vamos —añado—, tengo cosas que hacer.

Diez minutos después, en cuanto salimos del set de rodaje, subimos a mi coche para ir a mi oficina. Al arrancar el motor por los altavoces comienza a sonar una canción y, al ser consciente de que es el bolero que bailé con Andy la otra noche en el restaurante, apago la radio. No quiero escucharla.

Llegar a la oficina significa sumergirse en el trabajo y, tan pronto como Dawson se va a su despacho y quedamos en que me vendrá a buscar para ir a comer, yo me meto en el mío y comienzo a atender llamadas.

La primera, la de mi madre.

—Hola, mamá.

—*Baby*... Me tienes muy enfadada, ¡siempre tengo que llamarte yo!

Sonrío. Para ella siempre seré su «*baby*».

—Vale, mamá. Tienes razón —afirmo.

Hablamos durante unos minutos. Ella me cuenta que le han ofrecido un papel en una película mexicana y me pide mi opinión. Me gusta que mi madre haga eso, pues me indica que valora lo que yo pueda aportarle. Una vez que le digo lo que pienso, que es que me parece estupendo el papel, y más sabiendo quién es el director, dice:

—Aclarado este tema, vayamos al siguiente. ¿Qué tal con Olimpia?

«¡Uf..., ya estamos!», pienso, y respondo:

—Bien.

—Pero ¿bien de «me gusta» o bien para que me calle?

Sonrío. Ya sé por dónde va, y cuando voy a contestar, añade:

—¿De verdad me vas a privar de ser abuela?

Suspiro. La idea de volver a tener esta conversación con mi madre me resulta agotadora.

—Mamá…

—Tu padre y yo queremos ser abuelos —insiste.

Resoplo.

—Pues haber tenido más hijos —digo.

La oigo refunfuñar.

—Eres cruel, *baby*, ¿lo sabes?

—Mamá…

—Olimpia es la mujer perfecta para ti. Es fina, educada, proviene de una excelente familia y tendríais unos niños preciosos.

—Mamá…

—No lo entiendo, *baby*. No entiendo que sigas cerrándote en banda a conocer a alguien que ilumine tus días. ¿Por qué te niegas algo que te haría feliz?

Resoplo. No quiero pensar en lo que dice.

—Vamos a ver, mamá —respondo—, creo que esta convers…

—Nacho —me corta—. Te digo lo mismo que tu padre: deja de mirar la puerta que se cerró y mira las que se te abren. Pero, *baby*, ¿cuándo vas a pasar página para comenzar a leer un nuevo capítulo?

—Página ya pasé… —murmuro muy serio.

—No. No lo hiciste. Sigues varado en el pasado y has de pasar esa página para que una nueva, con su historia, ilumine tu futuro.

Resoplo. Aunque no me guste reconocerlo, sé que tiene razón. Yo mismo me cierro al amor. Pero, la verdad, Odalys era tan perfecta para mí que ¿cómo voy a encontrar algo mejor?

—De acuerdo, *baby* —musita a continuación—. Me callaré. Entiendo tus silencios. Pero no cesaré en mi empeño de que seas feliz y vuelvas a encontrar esa magia llamada «amor». Y creo que Olimpia es una buena candidata.

Sonrío. Mi madre es así.

—¿Cuándo vuelas a Madrid? —pregunta entonces.

Le hablo de mi viaje para terminar la película que tengo entre manos y, tras charlar varios minutos y saber que mi padre está bien, nos despedimos y quedo en llamarlos dentro de unos días. Aunque, sin duda, al final me llamará ella. Lo sé.

Un buen rato después estoy terminando de mirar unos papeles cuando la puerta de mi despacho se abre abruptamente y aparece Andy. Tras ella está Greta, mi secretaria, que murmura con gesto de enfado:

—Lo siento, Nacho, pero…

Jackson entra en la estancia enseguida, coge a Andy del brazo y luego oigo que esta dice en un tono de voz nada conciliador:

—¡O me sueltas o te tragas los dientes!

Mi guardaespaldas me mira. Le indico que la deje ir, y acto seguido Andy inquiere dirigiéndose a mí:

—Oye, capullo, ¿por qué no me coges el teléfono?

«¡¿"Capullo"?! ¡¿En serio?! ¿Esa descerebrada acaba de entrar en tromba en mi despacho y me acaba de llamar "capullo"? ¿A mí?»

Me levanto tenso y, mirando a mi secretaria y a mi guardaespaldas, indico:

—Tranquilos. Dejadme unos instantes a solas con la señorita Madoc.

Greta y Jackson asienten. Después miran a Andy con seriedad y, una vez que cierran la puerta, oigo que esta dice:

—¿Ahora soy la «señorita Madoc», capullo?

Rodeo la mesa de madera oscura de mi despacho y, con tranquilidad, me coloco frente a ella. Qué bonita está con esa camiseta de los Sex Pistols y el pantalón vaquero.

—Señorita Madoc, vuelva a llamarme «capullo» y mi equipo de seguridad la echará a la calle —replico sentándome en el borde de mi escritorio.

Andy da un paso hacia mí, acercándose, y susurra:

—Uis…, qué miedo.

Me reta. Me tienta. Odalys nunca habría hecho eso. Pero esta mujer me saca de mis casillas. Extiendo la mano e indico para alejarla de mí:

—Por favor, respete la distancia social.

Ella levanta las cejas. Intuyo que va a decir algo no muy apropiado y, antes de que lo haga, pregunto:

—¿Qué desea, señorita Madoc?

Andy parpadea y me mira. Como siempre, no sé lo que piensa, y entonces pregunta torciendo el gesto:

—¿En serio?

—¿En serio, qué?

Ella mueve la cabeza. Me mira de arriba abajo y responde:

—Nos hemos metido la lengua hasta la campanilla, hemos tenido sexo como putos descosidos en mi casa, ¿y ahora hemos de tratarnos de «usted»?

Sin saber por qué, asiento. Recordar lo que dice me inquieta, pero también me gusta.

—¡Perfecto, señor Duarte! —suelta de pronto. No me hace ninguna gracia oír eso de su boca, pero acto seguido añade—: ¿Por qué no me coge usted el teléfono?

Su gesto, su cara, su postura retadora provocan en mí algo que no sé explicar, y respondo:

—¿Por qué habría de cogérselo?

—Joder... —murmura ella con una expresión indescriptible. Eso, unido a que estoy bastante tenso, me saca de mis casillas. Odalys nunca habló así.

—¿Acaso ha venido para dirigirse a mí con su incómoda manera de hablar? —pregunto molesto.

Andy me mira. En sus ojos no veo nada bueno.

—¿Tan mal me expreso? —inquiere.

—Se expresa usted de una forma pésima. Si la oyera mi padre se horrorizaría. ¿Acaso sus padres no le han dado una educación?

Andy me mira en silencio con un gesto que, sinceramente, me temo lo peor. Pero se calla, no dice nada. Me encantaría saber lo que piensa, lo que pasa por su cabeza. De pronto veo que su cuerpo se envara. Se coloca en una posición de lo más militar e indica:

—Muy bien, señor Duarte. Intentaré ser todo lo correcta que pueda. Si estoy aquí, y si lo he llamado insistentemente por teléfono, no es para que tenga que oír usted mi pésimo lenguaje, sino para darle las gracias por lo que hizo la otra noche por mi hermano y por mí. Y, por supuesto, para pedirle disculpas si en algún momento se sintió violentado.

Sorprendido por no oír lo que imaginaba, la estoy mirando cuando añade:

—Si algo soy en esta vida es clara, y si me he preocupado en comunicarme con usted es porque me pareció una persona responsable, buena y… Venga, ¡no voy a mentir!, me gusta. Apenas lo conozco, pero admito que sentí una conexión muy fuerte entre nosotros y me encantaría poder seguir conociéndolo.

Pero ¿de qué habla? ¿«Conexión entre nosotros»? ¿«Conocernos»?

No. Ni hablar.

—Disculpe, señorita Madoc —digo cortándola—. Pero que a usted yo le agrade no quiere decir que usted me agrade a mí.

—¿Ah, no?

—No —respondo con rotundidad.

Según digo eso sé que es una gran mentira. Ella me gusta tanto como ahora sé que le gusto yo a ella, pero no quiero aceptarlo, por eso lo he soltado.

—Por cómo me miraba y por las cosas que decía, pensé lo contario —añade ella tras coger aire.

—Pues pensó usted mal —miento de nuevo.

Andy asiente.

—Pues vaya cagada la mía —musita.

Nos miramos. En sus ojos veo enfado. Y luego suelta:

—Entendido, señor Duarte. Ese tema queda definitivamente cerrado. —Y, levantando el mentón, indica—: Mis padres, además de darme una excelente educación, que es algo que utilizo sobre todo cuando me viene en gana, también me enseñaron que es de bien nacido ser agradecido, y tan solo quería decirle gracias por lo que hizo por mi hermano y por mí. —Dando un paso hacia atrás de lo más protocolario, añade con las manos a la espalda—: ¿Algo que objetar, señor?

La miro. Esta mujer me fascina y me horripila a la vez.

—Absolutamente nada —respondo.

Con gesto serio, ella asiente y, tras unos segundos, dice:

—Que tenga un buen día, señor Duarte.

Y, tal como ha aparecido, desaparece y yo me quedo con cara de tonto mirando hacia la puerta, mientras un extraño sentimiento empieza a aflorar en mí.

—¿Esa no era…? —pregunta Dawson entrando en mi despacho. Lo miro enfadado y molesto, lo que hace que no acabe la frase, sino que en vez de ello indica—: Venía a buscarte para ir a comer, pero creo que es mejor que vengas a buscarme tú a mí. Estaré en mi despacho.

Como ha hecho antes Andy, Dawson desaparece. Luego entra Greta y, con gesto incómodo, se disculpa:

—Lo siento, Nacho. Se me ha colado, aunque le he dicho mil veces que no.

Asiento. Si algo conozco de Andy es su perseverancia.

—Tranquila, Greta. Todo está bien —digo recomponiéndome.

Cuando ella se va y cierra la puerta me dirijo hacia la ventana. Desde allí veo que Andy sale de mis oficinas, se pone sus gafas de sol, camina con paso seguro hacia su moto y, tras montar y arrancar, se va.

Capítulo 20

Andy

Paso…, paso…, paso…

¿Cómo he podido ser tan pringada? ¿Tan capulla? ¿Tan idiota?

¿Cómo le he podido decir que quería seguir conociéndolo?

¿Cómo he podido creer que un tipo como él se iba a interesar por una tía como yo?

¡Se acabó!

No voy a volver a pensar en Nacho Duarte. Lo voy a olvidar. En eso soy especialista.

Ya le he dado las gracias. Ya le he pedido disculpas por si lo molesté en algo y, por lo que a mí respecta, el tema está zanjado.

¿Será idiota diciéndome que no tengo educación?

Sé que tendría que haberle pedido una disculpa más. Debería haberme disculpado por haber dicho que mi hermano estaba en Skid Row a causa de su prima. Ahora que sé la verdad me siento mal, pero mira, ¡da igual! ¡Que les den a él y a su prima!

Con la tarde libre por delante hasta que llegue la noche, cuando he quedado con Hattie, decido parar en un supermercado para comprar algo de comida. Tengo la nevera totalmente vacía.

Allí recorro los pasillos con tranquilidad mientras miro los productos y pienso en el capullo de Nacho. ¿Cómo ha podido tratarme así? ¿Cómo he podido decirle que me gusta?

Estoy molesta por ello cuando oigo la canción que comienza a sonar por los altavoces del súper. Es la misma que bailé con Nacho en el restaurante y, al notar los misiles Tomahawk en mi estómago, musito:

—No me jodas…

Pero, inevitablemente, estos explotan y yo pienso en lo que ocurrió en aquel momento. En cómo bailamos. En cómo nos miramos. En cómo nos besamos. Y, uf…, lo que me vuelve a entrar por el cuerpo. Venga, vale. Reconozco que nunca había sentido algo así, y entonces me doy cuenta de cómo está de acelerado mi corazón.

¿Por qué? ¿Por qué me late de esta forma?

No. No puede ser. Yo no creo en los flechazos.

Pero, joder, ¿por qué me siento así?

Finalmente, e intentando dejar de pensar en aquel hombre, que no me conviene, compro cerveza, pollo, patatas congeladas, galletas, mantequilla y leche, y lo meto todo en mi mochila. Más no, que en la moto no puedo llevarlo todo.

Según salgo de comprar me suena el teléfono. Es mi hermano Max. Emocionado, me cuenta cómo ha ido su primer día de rodaje y yo lo escucho y me alegro por él. Sentir su emoción me hace preguntarme si sabrá que Nacho es el primo de la innombrable. Imagino que sí, puesto que en el mundo del cine se conocen todos, pero decido ser discreta; es lo más razonable. Cuanto menos se la mencione, mejor.

Max me dice que Masako lo ha llamado. Han encontrado su cartera con la documentación y ella se la guarda. Así pues, me ofrezco enseguida a ir a buscarla. Max se niega, no quiere que vaya de nuevo a Skid Row. Pero yo insisto. Insisto. Insisto. Son las tres de la tarde, estoy a escasas manzanas de la zona, y al final mi hermano cede. Recogeré la cartera y se la llevaré a su caravana.

Una vez que me encamino hacia Skid Row pienso en lo que sucedió allí. Como Max dijo, la noche del incidente estaba limpio. En el hospital le hicieron análisis y yo misma lo vi. No se había drogado. En la radiografía se pudo comprobar que el golpe recibido en la caída le había provocado una luxación en el codo. No estaba roto ni fracturado, y saberlo nos hizo llorar a ambos. Para Max era muy importante ese trabajo.

Esa madrugada, cuando regresamos a la caravana con su brazo vendado y puntos en su ceja, me contó por qué estaba en aquel lugar. Al parecer había recibido una llamada de Rick, un compañero de Alcohólicos Anónimos, pidiéndole ayuda: tenía que ir a Skid Row a buscarlo. En cambio, lo que en realidad se encontró allí fue que el tal Rick y otros lo esperaban para darle una paliza y robarle. ¡Genial!

También me contó que Masako apareció de la nada y, tras enfrentarse a ellos, ambos consiguieron salir corriendo. Ella lo ayudó. Lo escondió entre sus cartones y, tras atenderlo, lo convenció para que me llamara. Saber eso me rompe el corazón. Desconfié de Max, desconfié de Masako, y eso no me lo perdono.

Tan pronto como entro en Skid Row voy con cuidado, aunque todo se ve diferente con la luz del día. No es en absoluto una buena zona, eso lo sé, pero no me dejo amilanar por las miradas de quienes pasean por allí como zombis, y me encamino hacia donde me ha dicho Max que estaría Masako.

Por suerte, cuando llego veo a la muchacha hablando con una señora mayor que tira de un carro. Me aproximo a ellas con mi moto y, en cuanto paro y me quito el casco, saludo:

—Hola, Masako.

Ella me mira y veo por su expresión que me ha reconocido.

—¿Vienes a por la cartera de Max?

Sin dudarlo, asiento y ella dice entonces mirando a un grupo de chicos que nos observan con curiosidad al otro lado de la acera:

—Dame un segundo y quédate junto a tu moto. He de decirle algo a aquella mujer.

Vuelvo a asentir; de mi moto no me separo. Mientras veo a Masako alejarse con su mochila a cuestas, la señora que hablaba con ella me pregunta:

—¿Cómo te llamas, muchacha?

Miro a la mujer. A diferencia de la gente que pasea por esa calle, no tiene pinta de vivir allí.

—Andrea —respondo—, aunque todos me llaman Andy.

—Bonito nombre el tuyo. Yo soy Rose Marie, aunque me llaman Mamá Rose.

Ambas sonreímos y luego ella añade:

—Andy, no deberías venir aquí, y menos con esa moto.

Asiento. Lo sé. Me estoy dando cuenta de lo mucho que llama la atención mi moto. Mientras observo el carrito que ella lleva, y me dispongo a preguntar cuando una mujer con una niña en brazos se acerca y dice:

—Mamá Rose, ¿puede darme algo de leche?

La mujer asiente de inmediato. Coge dos cartones de leche y un paquete de galletas y, tras entregárselos, dice tendiéndole algo más a la niña:

—Y esta golosina es para mi pequeña Emma.

La chiquilla rápidamente coge lo que la mujer le ofrece y cuchichea:

—Gracias, Mamá Rose.

Segundos después, cuando la mujer y la niña se van, miro a esta última.

—Colaboro con una organización benéfica e intentamos ayudar a quienes nos necesitan —explica—. No toda la gente que ves aquí es drogadicta, alcohólica ni delincuente. Aquí hay buenas personas como Masako o esa mujer y su hija, a las que la vida las ha arrojado literalmente aquí.

Acto seguido se acercan a nosotras un chico y una chica que solo le piden unas pilas para una radio y algo de comer.

Mientras la mujer los atiende miro a mi alrededor controlando a quienes me observan. En menos de dos kilómetros vive infinidad de gente que apenas tiene nada. Eso me recuerda, en cierto modo, a los campos de refugiados que he conocido en mis distintos destinos. ¡Qué triste, por favor!

Sin moverme veo como dos chicos de unos veinte años, con muy malas pintas, se acercan por mi lado derecho y, cuando están muy próximos a mí, les advierto:

—Si me tocáis a mí o a mi moto, no solo os arrancaré la cabeza de cuajo, sino que además os partiré las piernas por tantos lugares y de tantas maneras que…

No me da tiempo a decir más. Tal como se han acercado, se alejan. Está visto que cuando me pongo en plan teniente Madoc sigo asustando.

—Wooo, muchacha —oigo que dice Mamá Rose riendo—. Cualquiera se mete contigo.

Ambas reímos por aquello, y entonces Masako se acerca a nosotras y, tras abrir su mochila, saca algo y señala:

—Aquí tienes la cartera de Max. La he revisado y está su documentación, pero no el dinero que dijo que llevaba.

Asiento. Cojo lo que me entrega y, sacando varios dólares de mi cartera, digo:

—Gracias, Masako. Esto es para ti.

La joven mira el dinero y contesta cerrando su mochila:

—No, gracias.

Eso me sorprende. Por sus pintas intuyo que no le vendrían mal ese dinero.

—Cógelos, por favor —insisto—. Max y yo agradecemos mucho tu ayuda.

Ella vuelve a negar con la cabeza y, consciente de que le debo algo, indico:

—Masako, la otra noche fui una gilipollas y no me comporté bien contigo. Te juzgué sin pensar, y mereces mis más sinceras disculpas.

Mamá Rose y ella se miran. En sus caras veo algo que no sé cómo explicar; entonces la joven dice dulcificando su rostro:

—Gracias. Tus palabras me valen más que el dinero.

Oír eso me conmueve.

Acto seguido un hombre se acerca a nosotras y pregunta:

—Mamá Rose, ¿tendrías algo para el dolor de cabeza?

La mujer niega e indica:

—Lo siento, Louis, hoy se me han acabado los analgésicos.

El hombre suspira, y yo, dispuesta a ayudarlo, propongo:

—Si vuelves dentro de diez minutos tendrás ese analgésico.

Mamá Rose me mira.

—Iré con mi moto a la farmacia más cercana a comprarlos —aclaro con ganas de ayudar.

Sin más, me monto, arranco y voy a la farmacia. Tras comprar diversas cajas de aspirinas y otros medicamentos sin receta, regreso para dárselas a Mamá Rose.

—Dime con qué organización benéfica colaboras —le digo—. Me gustaría echar una mano.

Oír eso hace que la mujer sonría y, tras pasarme un número de teléfono al que prometo llamar, mientras ella atiende a otros que se han acercado para requerir su ayuda, miro a Masako, que observa en silencio.

—¿Te apetece comer? —le pregunto.

La joven me mira sorprendida. Sin conocerla, solo por su gesto, sé lo que piensa.

—Conozco un sitio donde hacen unos sándwiches de pollo muy ricos y un café muy bueno no muy lejos de aquí —indico.

Masako sonríe, suspira y musita:

—Llevo más de un año sin tomar café del bueno.

—Joder. Pues ya toca, ¿no?

Ambas reímos y Mamá Rose, que siento que tiene oídos para todos, tercia:

—Vamos, Masako, ¡ve!

La joven finalmente asiente.

—Sube —señalo montándome en mi moto.

Una vez que lo hace y noto que se agarra a mi cintura algo nerviosa, arranco y me dirijo hacia la cafetería, que tiene una terraza con varias mesitas frente a la playa. Al llegar aparco en la puerta. Vamos a sentarnos y, tras pedirle al camarero dos sándwiches y dos cafés, cuando este se va oigo a la joven decir:

—Quizá no deberíamos haber venido aquí.

Según dice eso soy consciente de cómo las dos mujeres de nuestra derecha miran a Masako. En sus ojos veo lo mismo que ella debió de ver la otra noche en los míos, y me molesta.

—¿Qué narices miráis? —les espeto.

Las mujeres rápidamente dejan de mirarnos. Sin soltar su mochila, Masako suspira.

—Tranqui. Estoy acostumbrada a ser el bicho raro y amarillo del lugar.

Oír eso me incomoda y me apena. Pero en cierto modo la entiendo. En ocasiones, cuando he estado de misión en otros países, esas miradas prejuiciosas y de odio se han dirigido hacia mí.

—Aunque no me creas, antes era anestesista en Alabama —cuenta Masako—. Allí tenía una vida, creí que tenía una familia, y un novio, pero de la noche a la mañana me quedé sin las tres cosas.

Según oigo eso parpadeo. «¿Anestesista? ¿Alabama? Pero ¿no es oriental?» Y, curiosa, pregunto:

—¿Y qué pasó para que hayas acabado aquí?

El camarero nos sirve los sándwiches y los cafés, y la joven, tras dar un trago al suyo, cierra los ojos y afirma:

—Sí que es bueno.

—Lo es…

—Es la leche… —insiste.

Asiento. Max me dio a conocer esta cafetería.

—Mi familia adoraba al que era mi novio —sigue contándome—. Siempre lo quisieron más que a mí.

—Pero ¿qué dices? —murmuro sobrecogida.

No me cabe en la cabeza que mis padres quisieran más a un novio mío que a mí, que soy su hija.

—Unos sinvergüenzas me adoptaron cuando tenía siete meses, no porque quisieran ser padres, sino porque adoptar una niña japonesa era algo que estaba muy bien visto por su comunidad en ese momento —prosigue ella—. Dejé de llamarme Masako para pasar a ser Georgina, un nombre que, por cierto, no utilizo.

Oír eso me conmueve.

—Su trato conmigo siempre fue diferente dentro de casa que fuera —continúa—. Había que guardar las apariencias. Pero lo acepté porque eso me proporcionaba un hogar y un sitio donde vivir. Aunque, ¡joder!, me moría por tener unos padres que me quisieran.

Nos miramos, ambas sonreímos con pesar.

—Los años pasaron y, deseosa de agradarles, estudié para ser lo que ellos querían —indica luego—. Anestesista. Pensé que si me esforzaba terminarían queriéndome, pero me equivoqué. Y, cuando me gradué, comencé a trabajar en el hospital de nuestra localidad que ellos eligieron. Una vez allí se encargaron de presentarme al cirujano Warren Middleton, el que luego se convirtió en mi novio, que era hijo del director del hospital.

Masako se interrumpe. Coge el sándwich, le da un mordisco y, cerrando los ojos, murmura:

—Ufff…, qué ricooooo.

Oírla me hace sonreír.

—Tras dos años de relación con Warren —dice luego—, y cuando todo el mundo, incluida yo misma, nos consideraba la pareja ideal, una noche que me encontraba mal en el hospital y regresé a nuestra casa lo pillé en la cama con Thomas, nuestro mejor amigo.

—No jodas… —susurro.

Masako asiente y, encogiéndose de hombros, afirma:

—Al parecer llevaban juntos seis meses. Tuvimos una fuerte discusión. No porque Warren fuera gay, sino porque me hubiera ocultado algo tan importante para nosotros. Y, bueno, al final todo se lio de tal manera que el iluminado de Warren, por miedo a que yo contara lo que había descubierto, hizo que me despidieran del hospital inventándose cosas terribles sobre mí.

—¡Joder! Menudo capullo…

—Lo es. Es un maldito capullo, y más cuando yo, por respeto, nunca conté nada sobre su condición sexual —explica Masako.

—Pues a mí me hacen eso —indico con seguridad— y, por mucho respeto que tenga a la gente del colectivo, te digo yo que ese capullo no se queda sin recibir su merecido.

Nos quedamos en silencio hasta que la curiosidad me hace preguntar:

—¿Qué cosas se inventó ese capullo?

Masako suspira.

—Dijo que, además de ser una pésima anestesista, me había liado con una paciente, y esta, al ser requerida por la junta directiva del hospital, lo corroboró.

—¡¿Qué?!

Ella asiente, da un nuevo mordisco a su sándwich y con tranquilidad añade:

—Sin duda, el muy capullo le pagó bien para que lo afirmara. Y, bueno, eso provocó que ningún hospital quisiera contratarme, y que los sinvergüenzas por fin se quitaran de encima lo que nunca deberían haber adoptado.

—Pero son tus padres…

—No. No lo son. Y nunca lo han sido. Solo son unos canallas —afirma convencida—. Lo único que querían era quedar frente a su comunidad como personas caritativas y de buen corazón.

Uf…, menudos malnacidos.

—Y, bueno, intentando alejarme de ellos terminé en Los Ángeles. Pensé que aquí podría rehacer sola mi vida, pero, ¡joder!, me fue imposible. Todas las puertas de los hospitales se me cerraban cuando pedían referencias a Alabama. Tras un año en el que me resultó imposible encontrar trabajo de lo mío, gasté mis pocos ahorros, tuve que dejar el apartamento en el que vivía y terminé viviendo donde vivo porque, me guste o no, soy una persona sin hogar y sin familia.

La miro conmovida. Su historia es terriblemente triste.

—Al principio conseguía algún que otro trabajo de camarera por horas —añade—, pero tras un tiempo viviendo en la calle mi aspecto desmejoró mucho y ahora tampoco puedo acceder a esos trabajos. Intento asearme, cuidarme. Mamá Rose me ayuda en lo que puede, pero vivir en Skid Row pasa factura.

Lo que Masako me cuenta es terrible. Oír eso y pensar en mí hace que me dé cuenta de que, a pesar de las cosas que me han sucedido, mi vida es bonita. Siempre he tenido una familia que me quiere y me apoya, y un hogar al que regresar cuando lo necesite, algo que Masako nunca ha tenido.

Acto seguido guardamos silencio mientras el sol nos acaricia el rostro. Nos tomamos el café con tranquilidad y, al cabo, ella pregunta:

—¿Qué le ocurrió a tu hermano Max?

Al oír eso la miro.

—Te dijo que estaba limpio y tú no lo creíste —aclara—. ¿Por qué?

Suspiro. Me parece que no es buena idea hablar de eso con una desconocida, por lo que respondo:

—Max tuvo unos problemas en el pasado y..., bueno, en ocasiones vuelven a aparecer.

—Drogas, ¿verdad?

No sé qué contestar, la verdad, y entonces Masako agrega:

—Siento ser tan jodidamente cotilla. Disculpa. No quería ponerte en un aprieto. Pero he trabajado muchos años en un hospital y..., bueno...

Agradezco sus palabras. Hablar del problema de mi hermano y de su origen no creo que sea algo que deba hacer con ella, y, suspirando al recordar que se lo conté a Nacho, musito:

—No pasa nada. No te preocupes.

Guardamos de nuevo unos segundos de silencio, hasta que comento:

—Mi hermano me dijo que lo defendiste como una leona...

Masako sonríe y se encoge de hombros.

—Si algo tengo que agradecerles a los sinvergüenzas que me acogieron en su casa fue que desde niña me apuntaran a clases de japonés y aikido. Querían darme la oportunidad de que no olvidara mi país. Y, bueno, el japonés lo uso cuando quiero hacer creer que no entiendo nada...

—Serás malévola... —Río divertida.

—Y el aikido —prosigue riendo— siempre me ha servido básicamente para saber defenderme en la calle de maleantes, chorizos y gilipollas.

Asiento. Por ser una mujer asiática y por el lugar donde vive, tengo más que claro que las cosas le costarán veinte veces más que a cualquier otra persona. Por mis continuas vivencias en otros países a raíz de mis viajes he conocido todo tipo de gente y me gusta ayudar. E, igual que he ayudado a otras personas fuera de mi país, sé que ahora tengo que hacerlo dentro.

—Me gustaría ayudarte —digo mirándola.

Masako sonríe y, tomando aire, indica:

—Dándome dinero, aunque te lo agradezco, no me ayudas.

Vuelvo a asentir. Eso la honra.

—¿Y qué puedo hacer entonces? —insisto.

Masako me mira. Su mirada oscura me hace entender lo desesperada que está.

—Ayúdame a encontrar un trabajo —murmura.

Parpadeo. No conozco a nadie que trabaje en un hospital.

—No hace falta que sea de lo mío —explica—. Cualquier trabajo respetable me vale para intentar salir de esta situación —y, sonriendo, añade—: Como dijo Confucio, dale pescado a un hombre y comerá un día; enséñale a pescar y comerá el resto de su vida.

Me gusta oír eso, esa energía positiva que Masako desprende al hablar.

—Dicho esto —continúa—, entiendo que no me conoces. No sabes quién soy y...

—Te voy a ayudar —la corto.

Ella me mira y yo prosigo:

—Tu fuerza y tus ganas de seguir adelante me han llegado al corazón. Ojalá muchas personas en tu situación siguieran pensando como lo haces tú.

Veo que ella sonríe.

—Si tengo algo claro en la vida es que no es fácil —dice—. Pero, ¿sabes? Todavía tengo más claro que yo misma no pienso complicármela más. Y para ello he de estar llena de energía positiva y ganas de superación. Esto que me ha pasado es una putada, una gran putada, pero voy a salir. Y voy a salir porque no pienso parar de buscar formas, métodos y maneras, hasta que mi vida vuelva a ser normal. No busco riqueza, solo una vida normal en la que simplemente ser feliz.

Joder..., joder..., joder..., cuánta razón tiene...

—Por mi trabajo viajo mucho alrededor del mundo —digo—, y sé que...

—¿A qué te dedicas? —me corta.

—Soy militar. Piloto de caza.

Según digo eso veo que ella parpadea y, echándose hacia atrás, murmura:

—¡No me jodas!

La carcajada que suelto al oírla hace que todos los presentes en la terraza nos miren y, divertida, digo:

—¿Te han dicho alguna vez que ese lenguaje es pésimo?

Ella asiente y acto seguido dice:

—Vive al límite, peléate con todo bicho viviente para sobrevivir un día sí y otro también y, después, me lo cuentas.

Ambas reímos. Cada una vive esa realidad a su manera.

—Me has dejado muerta, ¡piloto de caza! —exclama—. ¡Qué fuerte!

Sé que el mío no es un trabajo normal. Y, consciente de que tengo la necesidad de echarle una mano, digo:

—Mi ayuda comienza en este instante. Y lo primero va a ser sacarte de esa calle. —Masako me mira y yo pregunto—: ¿Necesitas regresar a Skid Row a recoger tus cosas?

Sin dudarlo ella niega con la cabeza y, tocando su mochila, declara:

—Todo lo que poseo en el mundo está aquí.

Asiento, me emociona oír eso.

—Pues vamos, comencemos a ampliar tu mundo ahora mismo —digo levantándome.

Segundos después nos montamos en mi moto y me la llevo de compras. Masako merece seguir intentándolo en la vida.

Capítulo 21

Nacho

Almuerzo en el restaurante con Dawson mientras hablamos de trabajo, aunque no puedo dejar de pensar en Andy, en lo que he dicho, en el modo en que me ha mirado, y me siento mal.

¿Por qué? ¿Por qué demonios me siento así? ¿Cómo es que no puedo dejar de pensar en ella si apenas la conozco?

A ver…, a ver… No busco novia. No busco mujer. ¿Por qué pienso tanto en ella?

Estoy sumido en mis pensamientos cuando noto una patada por debajo de la mesa y, al mirar a mi amigo, oigo que dice:

—Acabo de soltarte que voy a dinamitar la empresa, que me voy a gastar todo el dinero en comprarle a mi mujer diamantes, que voy a venderte a un jeque árabe por diez camellos y, aun así, ¿no dices nada?

Parpadeo. Estoy tan ensimismado en mis pensamientos que no lo escucho.

—¿Me lo cuentas o seguimos haciendo el tonto? —añade mi amigo.

Eso me hace sonreír.

—¿Qué te ha pasado con esa mujer para que estés así? —insiste.

Me niego. No voy a contarle lo ocurrido más que nada por Max.

—Nada —indico—. Simplemente ella no era lo que yo creía.

—¿Y qué creías que era?

No sé qué responder, cuando Dawson dice:

—Desde ya te digo que ella no es Odalys.

En cierto modo oír eso me molesta. Me muerdo la lengua para no soltar un improperio porque ha mencionado a la que fue mi mujer, pero Dawson sigue con lo mismo.

—A ver, Nacho. Yo, sin conocerla, solo con verla cinco minutos en aquella cafetería, me di cuenta de que Andy no tenía nada que ver con O...

—No vuelvas a mencionarla —lo corto con rudeza.

Él asiente. Me conoce.

—Andy no tiene nada que ver con ninguna de las mujeres con las que sueles salir —prosigue—. Así que, amigo, ¿qué era eso que creías que era?

Según dice eso no sé qué responder.

Siempre he sabido que Andy era diferente de todas las mujeres con las que salgo. Que nada tenía que ver ni con Odalys ni con ninguna, y precisamente creo que eso fue lo que llamó mi atención. Pero cuando voy a responder de pronto oigo:

—Pero mira quién está aquí... El hombre más sexy del planeta.

Sin mirarla sé quién es.

—Hombre, Blanche —la saluda mi amigo—. ¿Qué tal?

—Bien, Dawson, bien...

Me vuelvo hacia ella y compruebo que, como siempre, va perfectamente vestida, peinada, arreglada.

—Hola, amor... —susurra mirándome con lujuria, como de costumbre.

—Blanche —saludo con cordialidad.

Ella, sin más, se sienta en una de las sillas libres que hay en nuestra mesa y, una vez que lo hace, pregunta:

—¿Os importa si me uno a vuestra comida?

Estoy por decirle que sí, que me importa, pero pensando que si ella se queda con nosotros Dawson dejará de preguntar sobre Andy, contesto:

—Por favor, Blanche, siéntate.

Dawson me mira, yo lo miro a él, y ella, levantando la mano, dice:

—Camarero... Camarero...

El hombre se acerca a la mesa.

—Tráigame una ensalada de rúcula con frutos rojos y gambas sin aliñar —pide Blanche—. Ah..., y de beber, agua sin gas.

En cuanto el camarero se va Blanche nos mira e indica señalando nuestros platos de carne roja con patatas:

—Eso no os beneficia en nada. Tenéis que cuidaros.

—Ya lo hacemos —afirma Dawson, que aguanta menos que yo a Blanche.

Durante una hora ella habla, habla y habla. No para de hablar de sus proyectos, de las excelentes críticas que está teniendo su trabajo, y yo simplemente desconecto. La miro, veo que mueve los labios, pero no la escucho, hasta que noto un golpe en el hombro y, al mirar a Dawson, este dice:

—Tenemos que irnos. Debemos asistir a una reunión, ¿lo has olvidado?

Asiento sin dudarlo mientras Blanche nos mira. Mi amigo pide la cuenta y me esfuerzo por no sonreír cuando le solicita al camarero una factura desglosada de nuestra comida sin incluir la de Blanche. Por suerte, paga él. Si lo hubiera hecho yo, por no hacer eso habría pagado también la comida de Blanche.

Nos despedimos de aquella y salimos del restaurante, y al llegar a la calle Dawson musita:

—Cinco minutos más con ella y juro que le habría clavado un tenedor.

Me río. Él también.

—Me voy —dice a continuación—. Tengo que acompañar a Vanessa al pediatra. Nos vemos esta noche en la fiesta de Marc.

Asiento.

—Nos vemos.

Me quedo solo y me encamino hacia el parking, consciente de que Jackson y Paul me siguen a distancia; entonces me suena el teléfono. Es Roy.

—¡¿Qué pasa, tío?! —saludo.

Oigo que Roy ríe al otro lado de la línea.

—Terminando ya mi turno —contesta—. A ver, macho, ¿paso a recogerte esta noche?

Lo pienso. Esta noche hemos quedado para ir a tomar unas copas al Match por el cumpleaños de Marc.

—No —digo—. Nos vemos allí a las nueve.

Tan pronto como me despido de él, estoy esperando en el paso de peatones a que el semáforo se ponga verde cuando veo que una moto se aproxima por la calle en mi dirección. ¡Pero si es Andy!

El cuerpo se me revoluciona al verla. El estómago se me descompone. Deseo llamarla, pero no lo hago. Simplemente veo que pasa por mi lado y luego se aleja en su moto con alguien montado tras ella.

Segundos después, cuando el semáforo se pone en verde para mí, cruzo.

La verdad, no entiendo qué me pasa… No quiero nada con esa mujer, pero no puedo parar de pensar en ella.

Capítulo 22

Andy

Son las siete y, tras pasar la tarde de compras con Masako y luego regresar a mi casa, cuando esta sale de la ducha me mira y murmura:

—Joder, tía…, ¡qué pasote ducharse!

Ambas reímos y yo, sorprendida por su cambio, omitiendo que parece otra chica, digo:

—Te quedan muy bien esos vaqueros y esa camisa azul.

La joven sonríe. Tiene una sonrisa preciosa. Y, echándose el pelo hacia atrás, se sienta en el sofá a mi lado y comenta:

—Me he guardado todos los tíquets de las compras. No sé cuándo ni cómo, pero te prometo que algún día te devolveré lo que hoy te has gastado en mí.

—No hace falta.

Masako asiente.

—Quizá a ti no te haga falta, pero a mí sí —dice—. Eres la primera persona, además de Mamá Rose, que me ayuda, y no sabes cuánto significa para mí.

Sonrío. La verdad es que lo que estoy haciendo es una locura. He metido en el apartamento de mis padres a una desconocida para que viva conmigo. Si se enteran me van a matar, pero no sé por qué algo me dice que puedo fiarme de ella.

—Como has visto, el apartamento es pequeño —digo mirándola—. Por tanto, procura que las cosas estén siempre recogidas, ¿de acuerdo?

—Así será —asegura, y, mirando el sofá donde está sentada, murmura—: Es bonito y comodísimo. Me encanta mi nueva cama.

Sonrío. El sofá no puede ser más incómodo y feo. Pero, claro, ella viene de dormir en el suelo, entre cartones, ¡normal que lo vea como algo precioso y comodísimo!

A través del Spotify de mi teléfono móvil suena la canción *Ride* de HYBS, y estoy siguiendo el ritmo con el pie cuando suena el portero automático. Voy a abrir y, dirigiéndome a Masako, indico:

—Es Max.

Instantes después abro la puerta del apartamento y sonrío al ver a mi hermano, que pregunta mirándome:

—¿No dijiste que me llevarías la cartera a casa?

Asiento. Le tengo preparada una sorpresa. Y, cuando entra, se queda parado mirando a Masako.

—¿Sabes quién es? —le pregunto.

Max la mira. Por su gesto intuyo que la reconoce.

—¿Masako? —susurra.

Ella se apresura a levantarse del sofá y mi hermano suelta:

—Madre mía, pero si no pareces tú, tan limpia y aseada.

Joderrrr, ¿se puede ser más indiscreto?

Lo miro horrorizada. Él me mira a su vez y pregunta:

—¡¿Qué pasa?!

Suspiro. La verdad es que mis hermanos nunca han sido muy delicados.

—Nada, hijo —digo—. Solo que podrías ser un poco más sutil y caballeroso.

Enseguida me entiende. Su gesto cambia y, al ver a Masako sonreír, indica:

—Oye…, yo…, disculpa…

—No pasa nada, Max. Te comprendo perfectamente. Quitarse la mugre beneficia a cualquiera.

Dicho eso veo que se dirige hacia mi hermano, que no se mueve. Se ha quedado parado como un espantapájaros. Masako le da un abrazo y luego, tendiéndole algo, dice:

—Como te prometí…, si encontraban tu cartera te la devolvería.

La sonrisa de Max se expande. Está contento de haber recuperado su cartera. Pero en sus ojos veo infinidad de preguntas y, tras cogerla y metérsela en el bolsillo de su pantalón vaquero, dice:

—Pero ¿qué haces tú aquí?

Sin tiempo que perder le explico cuáles son mis intenciones mientras él me escucha boquiabierto. Y en un momento dado en que Masako se va al servicio pregunta:

—Andy, ¿estás segura?

—Sí. Ya sabes que soy algo impulsiva.

—Pero ¿no te da miedo y...?

—Hay que perderle el miedo al miedo —recalco.

—No la conocemos de nada —insiste.

Entiendo sus reticencias. Yo también las tengo, pero, segura de lo que voy a decir, respondo:

—Ella tampoco te conocía a ti y te ayudó. Y no solo eso, sino que además te convenció para que llamaras a la plasta de tu hermana y posteriormente ha recuperado tu cartera con tu documentación.

—Ya, pero...

—Los «peros» suelen ser sinónimo de inseguridad.

Max resopla.

—Joder, Andy, te vas de viaje dentro de unos días y...

—Lo sé. Masako se quedará aquí. Ella cuidará la casa.

Mi hermano parpadea. Sé que me va a soltar que estoy como un cencerro, pero entonces Masako entra por la puerta y dice:

—Te entiendo, Max. Yo todavía me estoy preguntando qué he dicho o hecho para que tu hermana me quiera como compañera de piso y se fíe de marcharse a Europa dejándome sola en la casa.

Él asiente. Yo los miro a los dos.

—Lo que has hecho es demostrarme que eres una tía de fiar —indico.

Masako me mira. Max también. Y entonces suena mi teléfono. Es Hattie. Y, cogiendo mi bolso, digo:

—Voy a salir, volveré tarde —digo—. Masako, en la entrada tienes un juego de llaves del apartamento.

Max y ella se miran; los desconcierta lo que acabo de decir.

—No es por nada, capullo, pero lo mínimo que puedes hacer es invitarla a cenar por lo que ha hecho por ti, ¿no? —suelto entonces dirigiéndome a mi hermano.

Él me observa boquiabierto. Creo que me quiere matar. Sé de buena tinta que, desde que le pasó aquello con la zorra de la prima de Nacho, no ha vuelto a salir con ninguna mujer. Y Masako, viendo su apuro, señala:

—Oh, no…, no hace falta, de verdad.

Max parpadea, el desconcierto puede con él, pero de pronto pregunta:

—¿Te gusta el sushi?

—No.

—¿Y las hamburguesas?

Rápidamente ella asiente y yo, aferrando mi bolso, digo deseosa de que esa chica le dé un gran chute de positividad:

—¡Pasadlo biennnnn!

* * *

Media hora después, tras aparcar mi moto en la puerta de casa de Hattie, llamo al timbre y, cuando entro en la parcela, *Roscón*, el perro de mi amiga, es el primero en venir a saludarme.

Roscón es una mezcla de setter irlandés y collie, y la verdad es que es muy gracioso. A simpatía no lo gana nadie. Tras darle su ración de achuchones y besos, que, como siempre, me llenan de pelos y babas, cuando entro en casa de Hattie digo mientras me encamino hacia la cocina:

—¿Dónde están los amores de mi vida?

Rápidamente vienen hacia mí Lionel y Fabiola. ¡Mis niños!

Durante un rato me dedico a besarlos, a acariciarlos, a decirles que son los niños más preciosos que hay en el mundo mundial, hasta que aparece Hattie, les ordena que se sienten a la mesa para cenar y a mí que vaya al baño a lavarme las manos.

Una vez que regreso del baño y me siento con ella y los niños para cenar, miro a mi amiga y cuchicheo:

—Menudo coronel mandón se ha perdido el ejército contigo.

Ambas reímos y acto seguido Fabiola dice:

—Yo voy a ser coronel, como el abuelo.

Oír eso me gusta y, mirando a esa niña a la que tanto adoro, afirmo:

—Claro que sí, mi vida, tú vas a ser lo que quieras.

Todos reímos y, sin más dilación, comenzamos a cenar.

Durante un rato Hattie y yo prestamos toda nuestra atención a los niños. Hablamos de series de televisión, de videojuegos, evitamos hablar de estudios, pues Lionel no está en su mejor momento, y cuando llega la hora de dormir mi amiga los manda a la cama. Eso sí, antes volvemos a comernos a besos y les prometo que, en cuanto regrese de mi viaje por España, los recogeré y nos iremos los cuatro a pasar el día al parque de atracciones de Santa Mónica.

Una hora después, tras quedarse los niños con Winona, la interna que Hattie tiene en su casa, dejo mi moto en un parking cercano al bar de copas al que nos dirigimos y, mientras caminamos, Hattie comenta:

—Me alegro de que Max esté bien.

Asiento, y luego ella cuchichea:

—¿Crees que Max sabrá que la perra es prima del bomboncito?

Suspiro y me encojo de hombros.

—No tengo ni idea. Imagino que sí, pero no quiero preguntarlo. Es más, no quiero ni oír hablar de ese capullo.

Hattie me entiende. Ya le he contado lo que me ha sucedido esta tarde con Nacho.

—¿Tan mal has terminado con el Semental? —pregunta.

—Peor —resoplo—. Es más, me horrorizo del pésimo gusto que tengo.

Mi amiga me mira. Me conoce, y sabe que Nacho me gusta mucho.

—Pero, Andy —insiste—, ese tipo es…

—Ese tipo es un jodido capullo que va de sobrado, que me hace creer lo que no es con sus miraditas seductoras y me ha confundido y he quedado como una imbécil. Con eso me basta y me sobra.

—Pero te gusta.

Asiento de nuevo y maldigo. Soy una bocazas.

—Me gusta, ¡claro que me gusta! Pero, ¡joder!, también me gustan las hamburguesas y no las como todos los días, primero por salud, y segundo porque las aborrecería.

—Andy…

Enfadada conmigo misma, añado con un hilo de voz:

—No sé qué me pasa con él. Apenas lo conozco, pero es verlo y, ¡joder!, derriba todas mis defensas.

—¿Sientes mariposítas o misiles Tomahawk en el estómago?

Según oigo eso la miro y digo:

—Sí.

Mi amiga se ríe, pero yo no, y cuando va a hablar de nuevo, la corto:

—Hattie Whitaker, ni se te ocurra decir lo que estás pensando o la tendremos. Y no..., no quiero sentir misiles ni mariposones ni por él ni por nadie, porque durante años me he creado una coraza como para que ahora venga ese finolis edulcorado y me descoloque. ¡Que no! He dicho ¡que no!

—Respira, cielo, respira..., que te noto muy tensa.

Sí, tiene razón. Hablar de Nacho y reconocerme a mí misma que me gusta mucho me pone tensa. Y es que me da miedo.

—Joder, Hattie —agrego—, que fui a darle las gracias a su oficina, le dije que me gustaba, que me gustaría seguir conociéndolo, y no solo me humilló diciéndome que él no quería conocerme, sino que encima tuvo la poca decencia de meterse con mis formas.

Hattie suspira.

—Sinceramente, Andy, te conozco, y quizá en tus formas eres algo...

—Me importa una mierda si mi manera de hablar le parece terrible. Él no es perfecto. ¿Quién es ese maldito finolis para cuestionarme? ¡Joder, Hattie! Estoy tan enfadada con él que te juro que, si lo veo, difícilmente podré contener las ganas de romperle la nariz.

Hattie trata de calmarme.

—A ver, cielo, inspira y espira. Deshazte del mal rollo que has vivido con él y piensa que ya no tienes que volver a verlo, primero porque no quieres y, segundo, porque lo vas a olvidar.

—Lo sé..., lo sé —afirmo convencida.

Nos quedamos en silencio y luego ella, para cambiar de tema, pregunta:

—¿Está listo tu viaje?

—Sí.

—¿Al final irás a ver a tu escuadrón en Italia?

Oír eso me hace sonreír.

—Sin lugar a dudas —contesto.

Seguimos hablando, Hattie y yo tenemos cuerda para rato. Tras contarle lo de Masako pregunta:

—Pero ¿cómo se te ocurre meter a esa chica en tu casa?

Me encojo de hombros.

—Porque necesitaba ayuda.

—Pero, Andy…

—¡Joder! Quiero ayudarla.

Ella niega con la cabeza, sé lo que está pensando.

—¿Y ahora, cuando te vayas a España, qué harás? —pregunta.

Sonrío. Me encojo de hombros y respondo:

—Dejarla en el apartamento. ¿Qué voy a hacer?

Hattie suspira con resignación.

—Les diré a mis padres que es una amiga y no pondrán ninguna pega —aclaro.

—¿Y si te roba? ¿O cambia la cerradura y luego no puedes entrar?

Resoplo. Reconozco que no he pensado nada de eso.

—Si roba los muebles que mi madre tiene en el apartamento, creo que se lo agradeceré… —Las dos soltamos una carcajada—. Y en cuanto a si cambia la cerradura, tranquila, que como se le ocurra hacerlo te aseguro que lo lamentará.

Una vez que llegamos a la puerta del local nos encontramos con los amigos con los que habíamos quedado, y tras saludar a Rodrigo, Clara, Jack, Joseph y Whitney, los siete entramos en el local para divertirnos. Nos apetece mucho y, sin duda, ¡lo haremos!

Capítulo 23

Nacho

Por los altavoces del local suena *Heaven Must Be Missing an Angel*, de Tavares, y sonrío. A mi madre le encantaba ese mítico grupo y, la verdad, escuchar su música sigue gustando a la gente. Solo hay que ver cómo se divierten.

Pienso en Andy, en lo que me dijo y en lo que yo le respondí. Sé que es lo mejor, lo más acertado por mi parte. No busco amar ni busco que me amen, y menos a alguien como ella.

¿Acaso no estaría loco si no pensara así?

Estoy dándole vueltas al tema cuando la mujer de mi amigo Tony se me acerca.

—Me ha dicho Tony que no has traído seguridad.

—No.

—¿Por qué?

Me encojo de hombros y contesto con mofa:

—Porque, teniéndote a ti, ¿para qué la necesito?

Al oír eso Ruth suelta una carcajada.

—Serás idiota —murmura.

Ambos reímos y luego ella pregunta:

—¿Te diviertes?

—Sí.

Ruth se apoya en la barra.

—¿Y por qué no has sacado a ninguna mujer a bailar todavía?

Me río. Todos saben lo mucho que me gusta bailar salsa.

—¿Quieres bailar? —pregunto mirándola.

Divertida, ella suelta una carcajada y replica:

—A una soltera, ¡no a mí!

—De momento, mi querida pelirroja, no hay ninguna que llame mi atención —murmuro.

Ruth asiente y luego dice mirando hacia la puerta:

—Uis, ¡fíjate, si acaba de llegar Francesca!

Sigo la dirección de su mirada. Ahí está Francesca, tan guapa y escultural como siempre. Cuando me ve nos sonreímos, y Ruth pregunta:

—¿Te gusta Francesca?

—Es mona.

—¿Solo mona?

Sonrío con picardía, podría decir muchas cosas buenas de Francesca, y Ruth, al entender mi gesto, murmura:

—¡Serás capullo...!

Según la oigo la miro. ¿Me ha llamado «capullo»? ¿En serio? Pero, al ver su expresión de guasa, contesto:

—Francesca y yo simplemente somos «amigos» ocasionales. Ambos lo hemos decidido así.

Ella asiente de nuevo. Acto seguido da un trago a su bebida.

—¿Cuándo os vais a España? —quiere saber.

En ese instante Tony, mi amigo y su marido, se aproxima a nosotros y agarra a su mujer de la cintura al tiempo que pregunta:

—Pelirroja, ¿este pesado te está molestando?

Ruth sonríe y Tony la besa con cariño en los labios mientras yo los observo con cierta envidia. Lo que él tiene con Ruth lo tuve yo con Odalys en otro tiempo..., pero eso ya es pasado.

Adoro a Ruth, esa mujer encantadora que ha conseguido que la felicidad llegue plenamente a la vida de mi amigo.

—Tranquilo, Ferrasa... —tercio con mofa.

Los tres sonreímos divertidos.

—Viajo a España dentro de diez días —le digo a la pelirroja.

Ruth afirma con la cabeza, sonríe y, mirando a su marido, señala:

—¿Le has contado a Nacho que la reina de los culebrones al final ha conseguido el papel de Maléfica en la función del colegio?

Tony levanta las cejas, le da un beso en la mejilla a su mujer y dice cómicamente:

—Uiss…, Dawson me llama.

Ruth lo agarra de la mano para que no se mueva de donde está y, mirándome, pregunta mientras comienza a sonar *Until I Found You*, de Stephen Sanchez:

—¿Me puedes explicar cómo es que la señorita de teatro de Jenny me dijo el otro día que conocerte fue uno de los mayores placeres de su vida y que, cuando Jenny aparezca en una de tus películas, el orgullo por haber sido la primera en darle una oportunidad la colmará de felicidad?

Bueno…, bueno…, bueno…, sabía que podía pasar esto… Tras mirar a Tony, que sonríe, respondo:

—Vale. Lo confieso. La engatusé un poco para que mi niña consiguiera el papel.

—¡Nachoooooooo!

—Es un bonito acto de amor hacia mi pequeña.

—Precioso —afirma Tony.

Me río. Se ríen. Y, tras cruzar una mirada cómplice, digo:

—Soy su tío preferido, y todo lo que pueda hacer por ella siempre será poco.

—¡Ese es mi chico! —dice mi amigo sonriendo.

Ruth resopla. Me da un cariñoso puñetazo en el hombro que nos hace reír a los dos y luego suelta:

—Más te vale que vayas a verla el día del estreno o te juro que lo lamentarás.

—Allí estaré —afirmo convencido.

Chocamos nuestras copas en un brindis y damos un trago cuando pregunta:

—¿Qué te parece la melodía en la que mi chico está trabajando para tu película?

Sonrío. Tony me guiña un ojo en confianza. La banda sonora que está creando para mi nuevo proyecto es espectacular. Tony me conoce muy bien y sabe lo que quiero.

—Me parece cañera, impactante e irrepetible —declaro.

Instantes después Dawson se nos acerca y los cuatro hablamos durante un rato de la melodía compuesta por Tony y disfrutamos sacándole matices. El resto de los amigos se nos unen poco a poco; charlamos y reímos todos juntos, pero de pronto me fijo en unas botas de brillos y, al levantar la vista, veo a una chica que sale a la pista a bailar con un tipo y el gesto me cambia. ¿Esa no es Andy?

Suena la canción *River* de Miley Cyrus e intento seguir hablando con mis amigos, pero los ojos se me van a la pista cada dos por tres. A poco más de diez pasos de mí Andy baila y ríe con un tipo que no sé quién es, y eso me desconcentra y siento que el estómago se me descompone de nuevo.

Pero ¿qué me ocurre?

Cambio de sitio para evitar mirarla. Pero de inmediato me muevo otra vez para verla mientras bebo y asimilo que Andy está ahí y se divierte con otro que no soy yo.

¿Acaso no es lo que le he pedido?

Mis amigos siguen hablando, me incluyen en la conversación, pero yo estoy en otra parte. De pronto oigo la voz de Ruth, que dice discretamente a mi lado:

—¿Quién es la chica que te hace perder la concentración?

Al oírla la miro y ella cuchichea con una sonrisa:

—Soy mujer y me fijo en todo.

Niego molesto con la cabeza y, dejando de mirar en su dirección, respondo:

—No sé de qué me hablas.

Ruth sonríe y asiente.

—Morena de un metro setenta aproximadamente, bonita sonrisa —añade—. Pantalón negro, blusa negra, botas brilli-brilli. Por cierto, ¡preciosas!

No… No miro. Me niego a darle importancia.

—¡Woooo! Cómo la besa el tíoooo… —suelta.

Según dice eso, sin poder controlar mi instinto me vuelvo en el acto. ¿Cómo que la besa?

Veo que Andy sigue bailando y riendo con su acompañante, y entonces Ruth cuchichea mirándome:

—Te pillé, tío Nachito…, te pillé.

Me incomoda su expresión. No quiero que nadie hable de ese tema.

—Si se te ocurre decir una sola palabra más —le advierto—, te juro que…

—No seas capullo…, hombre.

¡¿Otra vez?! Y, molesto, suelto:

—¿Quieres dejar de llamarme «capullo»?

Ruth se ríe. Siento que no se toma en serio mis palabras, e insiste:

—¿Notas maripositas en el estómago?

—¡Basta! —replico.

—Solo dime cómo se llama —pide empecinada.

Resoplo. Miro a aquella, que sigue divirtiéndose en la pista, y entonces Dawson se acerca a nosotros.

—¿Esa no es Andy? —pregunta.

Ruth sonríe con disimulo y yo miro a Dawson.

—Paso —suelto—. ¿Me has oído? ¡Pa-so! No quiero oír ni una palabra más sobre ella. ¿Entendido?

Mi amigo asiente. Hace ademán de cerrar la boca y vuelve con su mujer, y justo después oigo a mi lado:

—Andy... Andy... Andy.

Maldigo. Ruth ya se ha enterado de su nombre. Y cuando voy a decir algo inquiere:

—¿Qué te pasa con Andy?

Resoplo. No quiero seguir hablando de eso.

—Vale —murmura al cabo de un rato—. Me callaré.

—Harás bien —señalo.

Mi amiga sonríe. Su picardía me recuerda a la de Andy, y cuando inevitablemente sonrío añade:

—Solo diré que ¡me encantan sus botas!

No respondo, solo asiento. Y, dándome la vuelta, me obligo de nuevo a dejar de mirar. No quiero seguir viendo que Andy lo pasa bien.

Capítulo 24

Andy

¡Qué calor!

Entre risas disfruto de la noche con mis amigos.

—Voy al baño —dice Hattie en un momento dado.

Sin dudarlo, me levanto.

—¡Te acompaño!

Del brazo, como dos abuelas, caminamos hacia el aseo mientras comentamos los pormenores de la noche. Se nos han unido Taylor y Greg, unos amigos de Clara, y, oye, la verdad es que Greg me hace gracia.

Una vez en el baño, mientras esperamos nuestro turno en la cola, suena *Yo me quedo contigo*, de Carlos Macías, y oigo que Hattie murmura:

—Por favorrrr, me enamoro hasta del aire con solo escuchar esta canción.

Me río. Mi amiga es una gran romántica, y yo, que estoy en un momento tonto de mi vida, gracias al finolis edulcorado, afirmo mientras escucho la canción:

—Sí. Es muy bonita.

Ambas escuchamos la romántica canción en silencio al tiempo que yo pienso en Nacho. No... No... No... ¡Me niego! ¿Qué hago pensando en él? ¡Seré idiota! Los misiles Tomahawk inundan mi estómago. No..., no..., no... ¡Joder! Para distraerme miro a mi amiga y pregunto:

—¿Has visto qué labios tan sensuales y morbosos tiene ese Greg?

Hattie se ríe. Si no viera los preciosos labios de aquel estaría ciega.

De pronto pasa por nuestro lado un tipo muy muy muy mono y, parándolo, le suelto:

—Perdona, ¿sabes dónde están los bombones?

Él me mira tratando de entender lo que pregunto y luego dice:

—Imagino que en la barra.

Oír eso me hace gracia y, tomando aire, cuchicheo:

—Entonces ¿qué haces tú aquí?

El tipo se ríe, Hattie se ríe, yo me río, y cuando él se va mi amiga susurra:

—La madre que te trajo. Menuda nochecita llevas.

Asiento. Tiene razón. Llevo una nochecita de vacilar a todo bicho viviente, y la verdad es que no lo entiendo ni yo. Creo que es porque me niego a pensar en quien no debo.

Entonces la puerta del baño se abre y Hattie me advierte:

—Haz el favor de comportarte hasta que yo vuelva, ¿entendido?

Asiento otra vez, me río, y cuando ella cierra la puerta oigo decir a mi lado:

—Esa ha estado muy bien. La cara del tío ha sido genial.

Al mirar me encuentro con una chica pelirroja. Es la siguiente a mí en la cola para entrar en el baño.

—Me encanta cuando los desconcierto —murmuro sonriendo.

La pelirroja afirma con la cabeza.

—Eso es lo mejor.

Ambas reímos y luego exclama:

—Por cierto, ¡me flipan tus botas!

Con gusto, miro mis pies. Las botas brilli-brilli son una pasada. Y afirmo mientras comienza a sonar *Heaven* de Niall Horan:

—A mí me flipan también, pero créeme que ya estoy deseando quitármelas.

—¿Tan incómodas son?

Suspiro. Suelo llevar botas militares.

—No estoy acostumbrada a llevar tacones. He ahí mi drama

Ambas reímos y luego añado:

—Las compré en la tienda de mi amiga Hattie, la que está dentro del baño.

Veo que ella asiente y, sin dejar de mirar mis botas, cuchichea:

—Pues me gustaría saber dónde tiene la tienda, porque ¡las quiero!

Cabeceo encantada y, una vez que Hattie sale del baño, le refiero lo que acabo de hablar con la chica pelirroja y, cuando yo entro, las dejo charlando fuera.

Cuando vuelvo a salir entra la pelirroja y Hattie señala mirándome:

—¿Sabes que Ruth es una de mis clientas?

—¿Quién es Ruth?

—La chica pelirroja. La que me has dicho que está interesada por las botas.

Saber eso me hace gracia.

—Al darle la dirección de la tienda, ¡resulta que la conocía! —indica Hattie.

—Joder, ¡qué fuerte!

Ambas sonreímos y regresamos junto a nuestros amigos.

* * *

Un rato después estoy pasándolo bien con Greg cuando veo que la chica pelirroja habla de nuevo con Hattie. Al verlas reír me acerco a ellas.

—¿Haciendo negocios?

Mi amiga me mira, no para de sonreír, y la pelirroja susurra:

—¡Joder, qué fuerte! ¡He estado en la tienda de Hattie muchas veces!

La tres reímos y luego esta, mirándome, se presenta:

—Por cierto, soy Ruth.

—Andy.

Gustosas, nos damos dos cariñosos besos en las mejillas y luego, fijándose en nuestros amigos, ella pregunta:

—¿Habéis venido con vuestras parejas?

Hattie y yo intercambiamos una mirada cómplice.

—Libres y solteras —respondo.

Ruth sonríe, parece gustarle lo que acaba de oír, y entonces dice señalando hacia la barra:

—Yo estoy allí con mi marido y unos amigos.

Hattie asiente, dirige la vista hacia donde ella señala y de pronto musita:

—Pero, bueno…

Pero, bueno, ¿qué?

Ruth me mira y yo la miro a ella. Y oigo que Hattie pregunta:

—¿Ese morenazo con la camisa celeste que está en la barra no es Tony Ferrasa, el famoso compositor?

Me apresuro a mirar. No sé quién es Tony Ferrasa. No tengo ni idea de temas de prensa del corazón, pero, al localizarlo por el color de la camisa, exclamo:

—¡Menudo bomboncito!

Ruth sonríe y suspira.

—Sí… —afirma a continuación—, es un jodido bomboncito.

Su comentario me hace gracia.

—A mí, si me presentas a ese bomboncito, me apunto a tu grupo —digo divertida.

Ruth suelta una carcajada y responde:

—Te lo puedo presentar…, pero ese bomboncito es mi marido.

—¿Tony Ferrasa es tu marido? —tercia Hattie.

Veo que Ruth asiente.

—Lo es. Y si a alguien se le ocurre meterse en mi relación con él, posiblemente le parta las piernas y luego también los brazos.

Según oigo eso parpadeo. ¿En serio? Suelto una carcajada que me sale del alma y musito:

—Joder, tía, ¡eres de las mías!

Ruth se ríe, Hattie también. Me gusta esa chica por su claridad.

—Que sepas que soy de las que piensan que, habiendo solteros, viudos o divorciados, ¿para qué fijarse en los casados? —indico con seguridad para tranquilizarla.

La pelirroja asiente. Sé que me ha entendido. Y, asiéndonos del brazo a mí y a Hattie, indica mientras comienza a sonar *Forget About You* de Devin Kennedy:

—Pues, chicas, no se hable más. En mi grupo hay solteros, viudos y divorciados.

Capítulo 25

Nacho

La voy a matar…, la voy a matar…

¿Qué hace Ruth hablando con Andy y su amiga?

Me muevo entre mis amigos incómodo. A diferencia de mí, ellos no se están percatando de lo que hace Ruth.

Entonces se me acerca Dawson.

—Solo te mueves así cuando estás nervioso —susurra.

Intercambiamos una mirada.

—¿Me puedes decir qué está haciendo Ruth con Andy? —inquiero.

Dawson mira al frente, las observa unos instantes y, tras encogerse de hombros, responde:

—Creo que hablar.

—¿Por qué?

—Y yo qué sé —dice.

Resoplo, suspiro, y cuando voy a protestar Tony se acerca a nosotros.

—¿Qué pasa por aquí?

Dawson me mira. No sabe qué responder, y yo indico:

—Que tu pelirroja es una entrometida.

Oír eso sorprende a Tony, que busca a su mujer con los ojos. Cuando la ve hablar con aquellas, mira a Dawson, después me mira a mí y pregunta con curiosidad:

—¿Las conocéis?

—Él —señala Dawson—. Yo no.

Tony asiente y clava la mirada en mí. De los que están aquí es uno de los que mejor me conocen.

—Bueno…, bueno…, bueno… —cuchichea—. ¿Quiénes son esas mujeres, tío Nachito?

No respondo. Me niego a entrar en su juego. Pero Dawson dice por mí:

—La morena de las botas brillantes me dijo que se llamaba Andy, la otra no sé.

Según lo oigo, lo miro y le ordeno callar con mi gesto. Y entonces Tony pregunta levantando las cejas:

—¿Qué me he perdido?

No respondo. Paso.

—¿Quién es Andy? —insiste él.

Sin importarle mi mirada, Dawson comienza a hablar de ella. Le cuenta lo poco que yo le conté a él y, cuando termina, Tony musita mirándome:

—Piloto de caza…, ¡woooo!

Resoplo, niego con la cabeza y, al ver que Ruth, junto a Andy y Hattie, se encamina hacia nosotros, siseo:

—Tony, tu mujer se está pasando…

Mi amigo me mira. Veo el apuro en su gesto y, dándome la vuelta, me alejo del grupo en dirección al baño para despejarme mientras suena *It's You*, de MAX & keshi.

Una vez allí me echo agua en la nuca. No sé qué me ocurre, pero estoy nervioso. ¿Desde cuándo la presencia de una mujer me trastoca de esa manera?

Me miro al espejo sin dar crédito. Soy un tío seguro. Tengo una fuerte personalidad. Sé lo que quiero y lo que no y, desde luego, ni Ruth ni Andy me van a amargar la noche. Así pues, tras secarme las manos con una toalla de papel, tomo aire y salgo del baño para regresar junto a los demás.

Según me acerco veo que Andy habla y le sonríe a Marc, mientras Ruth sigue presentándole al resto de nuestros amigos. Me acerco. Me quedo a un lado de la barra y entonces mis ojos y los de su amiga Hattie se encuentran. En su mirada veo la sorpresa, y en ese mismo instante Tony se acerca a mí y cuchichea:

—Interesante, la piloto…

—¡Cállate!

—No seas capullo —se mofa.

Al oír eso lo miro. ¿Otro con lo de «capullo»?

Pero ¿por qué últimamente todo el mundo que conozco me llamará así?

Voy a recriminarle lo que me ha dicho cuando veo que Ruth se nos aproxima.

—Andy Madoc, te presento a Nacho Duarte —dice.

Andy y yo nos miramos y siento que los dos nos quedamos sin aliento. Ella no esperaba verme, y yo no esperaba que ella se acercara.

—Es viudo y uno de los mejores amigos de mi marido —añade Ruth.

La miro sin dar crédito. ¿Acaba de decir que soy viudo? ¿Y eso a qué viene?

Frunzo el entrecejo molesto, y entonces oigo a Andy decir mientras me tiende la mano:

—Encantada de conocerte, Nacho.

La miro. ¿En serio vamos a jugar a que no nos conocemos?

Muy bien, ¡juguemos, pues!

Tras las presentaciones, cuando Andy es requerida por Marc, miro a Ruth, que está a mi lado junto a su marido, y siseo:

—¿Me puedes decir a qué viene esto?

Ruth sonríe y, tras darle un beso a su marido en los labios, susurra:

—Es un bonito acto de amor hacia ti de mi parte.

—Precioso —se mofa Tony.

Parpadeo, los miro a los dos, y luego ella añade:

—Todo lo que yo pueda hacer por el tío preferido de mi niña... es poco.

—¡Esta es mi chica! —murmura Tony divertido.

Según dice eso me río sin remedio. Me está devolviendo lo que antes he dicho yo. Ruth es Ruth, y reconozco que en cierto modo su proceder descarado y algo loco me está recordando a Andy.

—Pues gracias por tus buenos sentimientos... —replico divertido.

La siguiente media hora me la paso viendo que mis amigos

charlan encantados con Andy. Por suerte, Marc no la ha reconocido. Él estaba presente aquella tarde en el local de cristal de la playa, cuando ella me besó, pero está claro que no se fijó tanto como para reconocerla.

Esta noche, en cambio, sí que se está fijando en ella, y cada vez que veo que le pone la mano en la cintura para llamar su atención, algo se revoluciona dentro de mí.

Por Dios, ¿qué me pasa?

Por suerte, Francesca se acerca a mí. Estar con ella me hace evadirme un poco de la conversación que Andy mantiene con mis amigos, y, ya cansado de oírlos reír, saco a Francesca a bailar. Suena la canción *Last Dance* en versión salsa de Lucy Grau, que, por cierto, es muy amiga de mi madre, y decido divertirme.

Francesca baila muy bien. Ambos nos tenemos cogido el punto y lo disfrutamos. Mientras bailo miro con disimulo a Andy y veo que ella me observa. Me gusta que lo haga. Sé que se me da bien bailar salsa y, para ser sincero, quiero que lo vea.

Minutos después, tras disfrutar de una buena salsita con Francesca, le doy un beso en la mano y la dejo con sus amigos. Me dirijo hacia la barra para pedir algo de beber, tengo sed, y veo que Andy está también allí. Está sola, y decido alejarme lo máximo que pueda, por lo que me voy hacia el lado contrario de donde ella se encuentra.

Tras pedirle al camarero un cóctel Bacardí, la miro con disimulo y veo que, distraídamente, tararea la canción que suena. ¡Qué bonita está!

Me muero por acercarme a ella, pero no. No lo voy a hacer. No quiero que mis actos le generen falsas expectativas. Así pues, me quedaré quieto. Es lo mejor.

Al poco un camarero me sirve una cerveza. ¡Yo no he pedido eso! Cuando voy a decírselo veo que ponen delante de Andy en la barra el cóctel Bacardí.

¿En seriooooo?

No..., no..., no... ¿Por qué tiene que pasar esto?

Espero en silencio para decírselo al camarero, pero entonces veo que ella coge el cóctel, camina hacia mí con paso seguro y, una vez que llega, dice:

—Perdone, creo que me han puesto su bebida y a usted la mía.

No sé por qué oír que se dirige a mí de usted me incomoda, y cuando voy a hablar Andy deja el cóctel frente a mí y, sin más, coge su cerveza y se aleja de nuevo.

¿De verdad?

Desde luego, la chulería que tiene la trae de serie.

Sin poder evitarlo la sigo con la mirada. Mis ojos no pueden dejar de observarla y de pronto veo que un tipo se acerca a ella y le habla. Andy le responde. Ambos ríen y yo tengo que coger aire, porque de repente siento que me falta. Miro hacia otro lado. No deseo mirar, pero me desdigo de inmediato cuando mis ojos vuelven hacia ella.

Durante un buen rato, desde donde estoy, veo que habla con aquel, hasta que finalmente el tipo se aleja y yo, que no puedo más, me acerco a donde ella está apoyada; necesito una de sus sonrisas, así que le pregunto a una distancia prudencial:

—¿Sigues enfadada?

Andy no responde, ni siquiera me mira. Intuyo que no me ha oído por el volumen de la música, e insisto acercándome un poco más a ella:

—Te he preguntado que si sigues enfadada.

Esta vez me mira. En sus ojos veo esa chulería que tanto me molesta y, tras extender la mano, hace que dé un paso atrás mientras indica:

—Por favor, caballero, respete la distancia social.

Vale, está en plan teniente. Me está pagando con la misma moneda. Voy a contestar, pero vuelve a alejarse de mí. ¿En serio me está plantando?

Doy un trago al cóctel que tengo en la mano mientras soy consciente de que Tony, Dawson y Ruth me observan, y yo se lo reprocho con la mirada. Ni caso me hacen. Los muy cotillas siguen mirando.

Estoy nervioso y desconcertado. Nunca voy detrás de una mujer; las mujeres suelen venir detrás de mí. Pero cuando veo a Andy pararse a escasos metros y apoyarse otra vez en la barra, sin importarme quién mire, voy tras ella y pregunto:

—¿Acaso no has oído lo que te he dicho?

De inmediato ella me mira de arriba abajo con indiferencia y suelta:

—No es que no lo haya oído, es solo que tengo sordera selectiva.

Y, dicho eso, vuelve a marcharse.

¿Que tiene «sordera selectiva»?

¡Ya está vacilándome de nuevo!

Se aleja de mí una vez más y yo, caminando tras ella, la cojo del brazo, hago que se detenga y voy a hablar cuando esta sisea zafándose de mi mano:

—¿Tú no sabes que el respeto se gana y el «vete a la mierda» también? Pues te acabas de ganar un «vete a la mierda» muy grande. Así que olvídate de mí y déjame.

Bloqueado... Sus palabras me dejan bloqueado.

¿En serio me ha mandado a la mierda? ¿A mí? ¿A Nacho Duarte?

Segundos después, por suerte Francesca se me acerca y me invita a bailar. Acepto sin dudarlo. Necesito aclararme.

Capítulo 26

Andy

Joder… Joder… Joder…

Como el finolis edulcorado vuelva a acercarse a mí, la vamos a tener.

Ya bastante molesto es tener que encontrarnos en el mismo local como para, encima, tener que hablar y reír como si no hubiera pasado nada entre nosotros.

Lo observo con disimulo. Verlo bailando con aquella guapa modelo me jode, y bastante. En ese momento Hattie se me acerca y suelta:

—Madre mía…, madre mía… ¿Cómo estás?

—Jodida…

Me enferma responder eso, y cuando veo a Nacho reír ante un paso de baile que da con la modelo siseo:

—Capullo…

Mi amiga me mira y, al ver que me toco el estómago, pregunta:

—¿Tomahawk?

Resoplo.

—Tomahawk cabreados —digo.

Hattie asiente, yo también, e insiste:

—Desde luego, ¡el destino es la leche!

—Un cabroncete, ¡te lo digo yo! —afirmo alterada.

Mi amiga me entiende, suspira y, al verme resoplar, dice:

—Olvida lo de partirle la nariz al Semental.

Según la oigo, me río. En ningún momento he deseado hacerle eso. Pero casi mejor que no me dé ideas…

Pasa un rato en el que reconozco que me relajo. Nacho deja de bailar con la modelo, regresa con su grupo y, aunque no nos volvemos a acercar el uno al otro, consigo que mi estrés baje de revoluciones.

—¿Bailas?

Al mirar, veo que es Greg. Suena *Sabor a mí* de Luis Miguel, algo demasiado romántico, pero al ver que Nacho saca a una chica a bailar a la pista, le entrego mi birrita a Hattie y accedo.

—Claro que sí.

De su mano llego hasta la pista, donde hay varias parejas, entre ellas Nacho y la chica, y abrazándome a Greg comienzo a bailar aquella canción. Con delicadeza apoyo la cabeza en su hombro. No quiero mirar a Nacho, ¡me niego! Pero como nos movemos por la pista, cuando lo veo bailando con aquella chica a escasos tres metros de mí, siento que me descompongo.

Pero, vamos a ver…, ¿qué me ocurre? Ese tipo pasa de mí y yo ¡siento jodidas mariposítas en el estómago!

No…, no…, no… ¡Me niego! Yo nunca he sido una paviflor.

Como puedo, recoloco mis ideas; soy especialista en ello. Apenas conozco a ese hombre y, lo poco que nos hemos conocido, ha quedado claro que no nos soportamos. ¿Qué me importa que baile con otra?

Me regaño. Me regaño a mí misma. Soy tonta, boba, idiota… Y de pronto veo que Nacho me está mirando. Esta vez no retiro la mirada. Lo miro. Lo reto con el mismo desafío que veo en sus ojos y, ¡joderrrr!, ¡qué calor me entra por todo el cuerpo!

Tras esa canción comienza a sonar *Shouldn't Be*, de Luke Chiang, e intentando ser agradable con Greg hablo y río con él mientras bailamos abrazados. Con el rabillo del ojo compruebo que Nacho también sigue bailando con la otra chica. Joder…, joder…, ¿por qué tengo que mirar?

Por suerte varias parejas se interponen entonces entre nosotros y dejo de verlo. Es lo mejor que me puede pasar. Pero, aun así, siento que mi corazón está acelerado y los misiles Tomahawk de mi estómago no me dejan vivir.

¿Cómo me puede estar pasando esto a mí?

Nunca he creído en los flechazos. Mis padres lo experimentaron, pero yo nunca he creído en esa magia. ¿Por qué tiene que ocurrirme algo que no deseo? ¿Por qué mi corazón tiene que sentir por alguien que no siente por mí?

Estoy pensando en ello mientras Greg me habla cuando, de pronto, la canción acaba y comienza a sonar… ¡Joder! Nooooooooooooooo… ¿En serio?

Suena *Por el resto de tu vida*, la canción que bailamos Nacho y yo en el restaurante aquella noche, y me quiero morir. Me quiero desintegrar. Quiero que el suelo se abra y me trague…

—Disculpad.

Al oír la voz de Nacho levanto la cabeza y me quedo sin saber qué decir. Aun consciente de lo enfadada que estoy y la mala leche que me gasto, se ha aventurado a acercarse a Greg y a mí; me mira, tiende la mano y me pregunta:

—¿Bailas conmigo, por favor?

Greg lo mira molesto. Después se vuelve hacia mí, pero yo solo soy capaz de mirar a Nacho y fijarme en sus buenas formas. Luego, con una media sonrisa que me llega al corazón, susurra:

—Vamos…, ven aquí.

«No…, no…, no… ¡No me digas eso!»

¡Lo ha vuelto a hacer!

Ha vuelto a decirme eso de «vamos…, ven aquí» de esa forma que uf… ¡Joderrr! No puedo resistirme, no puedo. Seguramente dentro de diez minutos me estaré lamentando por mi decisión, pero miro a Greg, le pido disculpas con los ojos y, sin dudarlo, cojo la mano de Nacho mientras me insulto a mí misma.

¡Seré paviflor!

Él me agarra con fuerza y me acerca a su cuerpo. Siento su calor. Soy consciente de que nuestros cuerpos se amoldan el uno al otro, y entonces comenzamos a bailar aquella romántica canción mientras los misiles Tomahawk explotan de tal manera en mi estómago que creo que voy a explotar yo también.

¡La madre que me parió!

Bailamos en silencio sin mirarnos, mientras siento que tengo doce mil pulsaciones por minuto y veo que Hattie me mira con cara de alucine total.

Pero ¿qué estoy haciendo?

—Andy…

—¡No me hables!

—Andy —insiste él.

—¿Andy, qué? —protesto mirándolo.

Sus ojos y los míos conectan, lo hacen como lo han hecho desde el primer momento en que nos miramos, y luego Nacho suelta:

—Siento si has malinterpretado mis señales, pero la realidad es la que te dije. Entre tú y yo no puede haber nada.

Asiento. Lo escucho. Lo acepto. Y me cago en su padre, en su madre, en su prima.

Sin embargo, por su mirada noto que dice lo contrario de lo que siente. Lo sé. ¿Que cómo lo sé? Ni idea. El caso es que lo sé y, valorando si romperle o no la nariz, suelto:

—Eres un capullo.

Me mira, lo miro, y dice:

—Estás en plan teniente.

Sin dudarlo, asiento. Estoy tan enfadada con él que…

—Somos adultos, teniente. Comportémonos como tal —añade.

Cabeceo, educación tengo, y respondo:

—Tranquilo, señor Duarte, aun siendo una puñetera malhablada, sé comportarme con finolis edulcorados como usted.

Nacho resopla. Sé que lo estoy sacando de sus casillas por el modo en que me estoy dirigiendo a él.

—Para hablarme así —musita—, sería preferible que te callaras.

Sonrío. Sonrío de esa forma que sé que suele cabrear a todo el mundo e indico:

—Si le molesta lo que le digo, imagínese cuánto le molestaría lo que callo.

—Andy… —sisea entre dientes.

—Señorita Madoc para usted —replico con una sonrisa.

Continuamos bailando. No volvemos a cruzar una sola palabra, pero, eso sí, nos miramos. ¡Joder, cómo nos miramos! Sin hablar mantenemos una más que ardiente conversación de miradas donde yo le digo de todo y él no sé qué me dice, pues, sinceramente, ¡no lo entiendo!

De pronto la canción acaba. Nacho se separa de mí, me da un beso en la mano con galantería y dice:

—Espero que todo te vaya muy bien. Adiós.

Después, sin más, da media vuelta y se aleja.

Míralo, ¡tan caballeroso como siempre!

Tomo aire y me vuelvo. Como no lo haga al final le romperé la nariz.

Camino hacia el lado contrario y entonces veo que mi amiga Hattie se acerca a mí. Me entrega mi cervecita y, cuando va a preguntar, solo puedo decir:

—Busco un Cupido responsable, porque el mío se droga…

Mi amiga cabecea. Luego nos quedamos en silencio unos instantes, hasta que pregunta:

—¿Puedes explicarme qué ha ocurrido?

No lo sé. No sé qué ha podido pasar para que yo terminara bailando esa romántica canción con Nacho sin romperle la nariz.

—Olvídalo. No merece la pena hablar de ello —respondo mirándola.

Hattie asiente y, tras unos segundos en silencio, dice:

—¿Sabías que Ruth es la cuñada de Yanira, la cantante?

No. No lo sabía.

Pero ¡si en este instante no sé ni cómo me llamo yo!

Y, sin ganas de cotilleos de famosos, pues no tengo el cuerpo para ello, digo:

—Me tomo la birra y me piro para casa.

—Noooooo.

Pero lo tengo más que claro.

—Ya sé que ahora me dirás que la Andy que conoces no se iría de ningún lado por un tío, pero es que o me voy, o al final le partiré la nariz al finolis edulcorado.

Hattie asiente y, sin dudarlo, afirma:

—Mejor vete.

Luego regresamos junto a nuestros amigos. Desde donde estoy soy consciente de que Nacho me observa y de que yo también lo observo a él. Está más que claro que los dos nos sentimos atraídos como imanes, pero al mismo tiempo nos repelemos. Somos fuego y agua. Algo imposible de juntar. Por ello, cuando me acabo la cerveza, como le he dicho a Hattie, tras darle un beso y despedirme de mis amigos, salgo del local y camino hacia el parking donde está mi moto.

¡Tengo que desaparecer de aquí!

Una vez que me monto en mi *Bicho* y me pongo el casco, arranco y, tras meter primera, acelero. Me largo sin mirar atrás, hasta que al llegar al primer semáforo que está en rojo me paro, y al mirar a la derecha me quedo de piedra cuando veo que Nacho llega en otra moto.

¿En serio? Pero ¿es que este tío es tonto?

Miro su moto. Es una Honda NT1100 de color negro y acero, una preciosidad. Tiene buen gusto este tipo.

Durante unos segundos nos miramos. Nos retamos. Y cuando el semáforo se pone en verde los dos damos gas y, cogiendo la primera salida que está a nuestra derecha, salimos a la autopista. En la autopista corremos, aceleramos, nos dejamos llevar. A estas horas no hay casi nadie circulando.

Después de un rato aminoro la marcha y dejo que él vaya delante. Quiero ver cómo conduce. Y, sobre todo, no quiero que me pongan una multa. Que se la pongan a él, que está podrido de dinero.

Por último Nacho reduce también la velocidad. Intuyo que ha entrado en razón como yo, por lo que conducimos tranquilamente por la autopista y, tras varios kilómetros, llego a tres conclusiones: la primera, es un capullo; la segunda, tiene un trasero estupendo, y la tercera, conduce bien, pero yo lo hago mejor.

Nacho se sitúa a mi izquierda y me hace un gesto con la mano. Sé que me dice que lo siga, pero no…, no pienso hacerlo. Se acabó Nacho Duarte para mí. No deseo saber nada de él. Y cuando, varios metros más adelante, veo el cartel que indica mi salida, cambio de carril sin dudarlo.

Por el retrovisor veo que él sigue en el mismo en el que estaba. No se ha cambiado. Él no va a ir detrás de mí, y deduzco que aquí se acaba este inquietante y raro momento entre los dos.

Cuando finalmente tomo mi salida y él continúa en la autopista, un sentimiento confuso me embarga. Por un lado estoy feliz porque lo he perdido de vista, pero por otro decepcionada porque se ha ido.

Definitivamente, soy una paviflor.

¿Desde cuándo un tío me provoca esas desconcertantes sensaciones?

Una vez que llego a mi calle, me dirijo hacia el garaje donde guardo mi moto, y luego, en silencio, camino hacia mi portal. Estoy desconcertada. Encontrarme con Nacho siempre me causa ese efecto.

Minutos después, cuando entro en mi casa y enciendo la luz del comedor, me llevo un sobresalto al ver a Masako tumbada en el sofá. ¡No recordaba que estaba aquí! Me apresuro a apagar de nuevo la luz y me encamino sin hacer ruido hacia mi habitación, donde, tras cerrar la puerta, me desnudo y me tumbo en la cama. Necesito dormir y dejar de pensar en el jodido Nacho Duarte.

No veo el momento de marcharme a Europa y olvidarme de él.

Capítulo 27

Andy

Huele a café y a bizcocho, como en casa de mis padres.

Estoy haciendo la mochila. Mañana salgo de viaje a Europa y estoy nerviosa. No solo porque voy a cumplir un sueño y una promesa, sino también porque veré a mi escuadrón, y eso me hace mucha ilusión.

Miro el reloj. Dentro de pocas horas tengo que dejar mi moto en el aeropuerto. Han de embalarla y cargarla en el avión que tomaré. Mi *Bicho* y yo viajamos juntos y, sin duda, será un bonito viaje para nosotros.

Han pasado siete días desde que vi por última vez a Nacho y, la verdad, después de aquello me ha entrado la vena curiosa y solo busco noticias suyas por internet. ¿Acaso ahora soy Hattie?

Veo fotos y noticias suyas en galas benéficas, en conciertos, en estrenos de películas, con su padre, con su madre e incluso con la zorra de su prima. ¡Vaya tiparraca, Miranda! También leo noticias sobre la muerte de su mujer, Odalys. Saber que ella y el bebé murieron en el parto me encoge el corazón. Pobre Nacho, qué mal lo tuvo que pasar. Normal que no quiera tener hijos.

En internet hay infinidad de fotos suyas acompañado de mujeres. Modelos. Actrices. Presentadoras. Diseñadoras. Rubias. Morenas. Pelirrojas. Todas son mujeres glamurosas y tremendamente femeninas, que, la verdad, no tienen nada que ver conmigo.

Una vez que salgo de mi habitación el rico olor me inunda las fosas nasales.

—He preparado un bizcocho de yogur —me dice Masako—. ¿Te gusta?

Asiento. En los días que lleva conmigo en casa esta chica me ha sorprendido en infinidad de cosas.

—Me encanta —afirmo—. Ya sabes que soy de buen comer.

Masako sonríe. Yo también. Y, mano a mano, las dos desayunamos mientras charlamos. Me habla de sus entrevistas de trabajo. Solo lleva una semana en casa y la tía me está asombrando de lo bien que se mueve. Ahora que su apariencia vuelve a ser normal, su seguridad para presentarse a entrevistas ha vuelto a ella y, bueno, aunque de momento no le ha salido nada, no puedo decir que no lo intente.

En cuanto a la casa, todo está en perfecto orden y más limpio que nunca. Si mi madre lo viera, ¡qué orgullosa estaría!

Por mi trayectoria militar he aprendido a vivir con pocas cosas y siempre en un escrupuloso orden, pero Masako es todavía más ordenada que yo. ¡Increíble!

Suena mi teléfono. Es Max.

—Hola, capullín.

Mi hermano se ríe. Estos últimos días lo noto contento. Está mejor de su brazo y sé que lo que está rodando con Nacho va estupendamente.

—¿Todo bien? —me pregunta.

—Sí.

—¿Está Masako contigo?

Miro a la joven, que está frente a mí disfrutando del bizcocho; me levanto de la silla, entro en mi habitación y respondo:

—Sí, ¿por…?

Max titubea. Habla y habla sin decir nada, y yo, que soy su hermana y lo conozco, pregunto:

—A ver, hermanito, ¿acaso llamas para saber de Masako?

—Pues no, joder. Qué tontería dices.

Eso me hace gracia. Por primera vez intuyo que mi hermano está fijándose en una mujer.

—No me digas que te gusta Masako… —cuchicheo.

—No empecemos.

Me río, se ríe, y canturreo:

—Os saldrían unos niños preciososss.

—¡Serás capullita!

Divertida y sin dudarlo, salgo al comedor y anuncio:

—Masako, dice Max que si comes con él.

—¡Andy! —grita mi hermano al teléfono—. ¡Me cago en la leche! ¿Qué narices estás haciendo?

Ni caso. No le hago ni caso. Y Masako, ajena a lo que Max dice, asiente, pero rápidamente indica:

—Dile que vale, pero a las cinco tengo una entrevista de trabajo.

Entro de nuevo en la habitación y empiezo a decir:

—A ver…

—La madre que te parió, Andy… ¿Por qué has hecho eso?

Durante unos minutos Max y yo medio discutimos. Pero, vamos, nada grave entre nosotros. Y cuando por fin asume que va a comer con Masako pregunta:

—¿Cuándo coges el vuelo a España?

—Mañana por la noche.

—Mi gente y yo viajamos dentro de tres días con todo el equipo. Será una semana de rodaje y luego regresaremos —indica.

Lo sé. Se cuándo viajan él, Nacho y todo el equipo.

—¿Irá el primo a recogerte al aeropuerto? —me pregunta a continuación.

Sonrío. Mi tía y mis primos están como locos por verme.

—Negativo. Esperaré a que descarguen mi moto y luego iré a la casa de la tía.

Tengo la sensación de que Max sonríe, y luego cuchichea:

—Me hace ilusión que coincidamos en Madrid tú y yo con la familia. Hace mucho tiempo que no ocurría algo así.

Asiento, tiene razón. Por mis continuas misiones, y que nunca he cogido vacaciones, llevamos años sin coincidir los dos allí.

—Y recuerda —añade mi hermano—: Esperarás a verme en España antes de irte a Italia.

—¡Que sí, pesadoooooo! —me mofo.

Max se ríe. Me gusta oírlo reír.

—Capullitaaa… —continúa—, por fin conocerás Venecia e irás a Verona.

—Sí —afirmo encantada pensando en mi viaje y en que finalmente cumpliré la promesa que les hice a Ross e Isabel.

Durante unos minutos hablamos. Aún no le he preguntado si sabe quién es la prima de Nacho y tampoco le he dicho que él era el hombre que aquella noche nos llevó al hospital.

—Cuando nos veamos en España te presentaré a Nacho Duarte —suelta de pronto—. Es el director de la película, creo que te caerá muy bien.

Suspiro. No pienso acercarme por el rodaje.

—Uis, no hace falta —digo—. Estarás muy liado.

—Que sí, mujer, que es un tipo muy majo, ¡ya verás!

¡Si él supiera…!

Y para acabar con el tema, me despido y fin de la conversación.

Una vez que salgo al comedor, miro a Masako, que sigue desayunando, y pregunto:

—¿Qué entrevista de trabajo tienes?

—En un restaurante hindú para la hora de las comidas —dice.

Asiento y, cuando voy a hablar, mi teléfono suena otra vez. Es Hattie.

—Holaaaaaaa —saludo.

—Tengo un agobio horrible…

—¿Qué te pasa?

—Pues que Loren, mi dependienta, me ha llamado y me ha dicho que no viene a trabajar porque ha encontrado otro empleo… ¡Joder! ¡Me ha dejado colgada!

Woooo… Wooo… Wooo…

Para que Hattie diga «¡joder!», muy enfadada tiene que estar, por lo que la escucho mientras ella se desahoga. Sin hablar, dejo que suelte todo lo que lleva dentro y, cuando se calla, pregunto mientras me meto en el baño:

—¿Y si le pido a Masako que vaya a tu tienda a echarte una mano?

Hattie guarda silencio. Sigue algo reticente en lo referente a Masako.

—Es buena persona —insisto.

—Eso lo dices porque aún no te ha robado.

—¡Hattie Whitakerrrrr, ¿cómo puedes ser tan mala?!

La oigo reír, e indico:

—Hattie, ella busca trabajo y tú bus…

—Andy, ¿qué sabe ella de moda? ¿No era anestesista?

Me callo. Algo me dice que Masako de moda va justita como yo, pero añado:

—Pues mira, no lo sé. Pero ambas necesitáis ayuda y os la podéis proporcionar.

Hattie resopla. Por su silencio sé que lo piensa.

—Créeme cuando te digo que tiene un magnífico don de gentes y no te va a robar —musito—. La conozco poco, pero te aseguro que es correcta y educada y…

—No sé…

—Venga, Hattie. Dale una oportunidad. Algo me dice que no te arrepentirás.

Nos quedamos unos segundos en silencio hasta que finalmente dice:

—De acuerdo.

—Aisss, si es que te quiero…, te quiero…, te quiero…

Oír la risa de mi amiga me hace feliz.

—Tiene un periodo de prueba de quince días —añade ella—. Si después de ese tiempo no me convence, lo siento, Andy, pero aunque venga recomendada por ti tendrá que buscarse otra cosa.

—Me parece bien —contesto feliz.

Tras despedirme de mi amiga salgo de nuevo al salón, donde Masako está recogiendo las cosas del desayuno.

—Hay que llamar a Max y decirle que no puedes comer con él y luego llamar a la entrevista de trabajo del restaurante y decirles que no puedes ir.

—¿Y eso? —pregunta.

Con cariño, me acerco a ella y, poniendo las manos en sus hombros, digo:

—Porque ahora mismo te vas a poner muy guapa y te voy a llevar a la exclusiva tienda de moda de mi amiga Hattie. Necesita una dependienta, y te he conseguido un periodo de prueba de quince días. ¡Ya te lo puedes currar!

El rostro de Masako se descuadra. Sus afinados ojos oscuros se humedecen rápidamente y, cuando veo que se emociona, indico:

—No es momento de llorar, Masako. Ahora es momento de demostrarle a la vida que tus ovarios son mucho más grandes que los suyos.

Y así es. Veinte minutos después, tras prestarle algo de mi ropa, nos vamos hacia la tienda de Hattie, donde a Masako le darán por fin una oportunidad, y luego yo llevo a mi *Bicho* al aeropuerto, donde queda perfectamente custodiado.

¡Al día siguiente salgo para España!

Capítulo 28

Nacho

Me gusta viajar. Viajo a menudo a causa de mi trabajo, y la llegada a España en mi avión privado me colma de felicidad. Aun así no llego a entender por qué últimamente me siento más solo que nunca.

Pienso en Andy, en esa mujer que me desconcierta tanto, y me siento como un bobo. Por primera vez tras la muerte de Odalys una mujer me ha hecho sentir magia y yo directamente lo rechazo, pero sufro. No me entiendo ni yo.

En la aduana me encuentro con mi equipo, que ha viajado en un vuelo regular, y presentamos toda la documentación que nos piden. Venimos cargados de material de grabación desde Los Ángeles, y entiendo que la policía española quiera saber lo que traemos.

Por suerte, todo resulta mucho más fácil cuando llega Juan Morán, el marido de Estela Noelia Rice Ponce. Es policía, un geo español, y haciéndose cargo de la situación nos ayuda con el papeleo.

Una hora después, cuando todo está solucionado, Juan, Dawson y yo salimos por fin con Jackson y Paul de la zona de aduanas por una puerta diferente de la que usa todo el mundo y en la que no hay periodistas.

Sonrío al ver, junto a Noelia y Tomi, a Lucas y María. Recuerdo lo que vivimos juntos en Los Ángeles, hasta que Lucas y María por fin se dieron su oportunidad. Y, tras chocar la mano con Lucas, saludo:

—*Mariliendre*, qué gusto verte de nuevo.

Él sonríe, hay una gran complicidad entre nosotros.

—Nacho, ¡bienvenido de nuevo a España! —exclama.

Acto seguido miro a María, que está a su lado, y musito:

—Y tú, mi preciosa María de los ojos verdes, más linda no puedes estar. La maternidad te ha sentado de maravilla.

Como imaginaba, María para mí, Menchu para el resto, se lanza a mi cuello y, tras darnos un cálido abrazo, afirma:

—Ni te imaginas las ganas que tenía de verte.

—Y yo a ti —digo con afecto.

Divertidos, hablamos. Estar todos juntos es como estar en una fiesta, y Tomi, mirando a Lucas y Juan, exclama:

—¡*X-Men*, juradme que me habéis comprado chorizo del rico!

—Y jamoncito —asegura Lucas.

Tomi salta, da palmadas y grita.

—*Oh, my God!* ¡Vivan mis *heteropetardas*!

Todos soltamos una carcajada. Tomi y su particular manera de hablar siempre nos hace reír.

—¿Y Abril? —le pregunto entonces a Noelia al verla abrazada a su marido.

Juan sonríe al oírme. Abril es su preciosa hija.

—Nos espera en casa —dice él—. Tenía deberes que hacer.

—Entonces os vais directos para Sigüenza, ¿verdad? —pregunto.

Ellos asienten.

—No veo el momento de estar con mi niña —declara Noelia—. Llevo veinte días sin verla.

También asiento. La entiendo perfectamente, puesto que vive entre España y Los Ángeles.

—Yo sí que no veo el momento de llegar a nuestra casa..., Estrellita —murmura Juan.

—Woooo, ¡la que se nos vieneeeeee! —se mofa Tomi.

Eso nos hace reír a todos, y más cuando añade:

—*Oh, my God!* Esta noche Abril y yo tendremos que ponernos tapones en los oídos.

—¡Tomiiiiii! —Noelia ríe.

El aludido sonríe.

—O eso —cuchichea—, o me uno a la fiesta con ese adonis de cuerpo apolíneo… ¡Tú verás, *darling*!

De nuevo todos reímos, y luego Juan dice mirándome:

—Siento cortarte el rollo, pero justo esta mañana nos hemos enterado de que hay un problema.

Suspiro. Es raro el rodaje en el que no surjan problemas.

—Sé que tu idea era rodar lo que te queda en diez días —prosigue—, pero no va a poder ser así.

Según dice eso, tomo aire.

—Nos falta el permiso para la escena del puente que elegisteis —explica Lucas—. Al parecer, están arreglando algo y hasta que no acaben no darán la autorización.

—No jorobes —murmura Dawson.

Lucas y Juan asienten, y el primero añade:

—Se va a retrasar al menos siete o diez días.

—Madre mía —susurra Noelia.

Oír eso me hace resoplar. La intención era estar en España diez días, no tanto tiempo.

Y Dawson, que es quien lleva la parte logística del rodaje, protesta:

—¡Somos cuarenta y ocho personas! ¿Qué hacemos aquí casi tres semanas?

Lucas y Juan no dicen nada, solo se encogen de hombros, y yo, viendo el agobio de Dawson, indico:

—Tranquilo. Vayamos al hotel. Hablemos y valoremos la situación. Habrá que buscar la mejor solución.

—He hablado con el Parador de Sigüenza y están como locos por recibiros —comenta Juan—. No he reservado todavía hasta saber fechas concretas, pero, vamos, el director me ha dicho que no habrá problema para alojaros.

Dawson y yo nos miramos. Ahora hay que volver a cuadrar fechas, estancias, desplazamientos…, nada nuevo para nosotros, vamos.

—Como te dije, Nacho —dice Juan—, si queréis, en Sigüenza Dawson y tú podéis alojaros en nuestra casa.

—O en la nuestra —tercia Lucas.

Sonrío complacido. Sé que me ofrecen sus hogares desinteresadamente, con cariño. Sin embargo, me gusta preservar mi espacio, y más cuando trabajo, por lo que respondo mirando a Dawson:

—Os lo agradezco, ya lo sabéis, pero preferimos alojarnos en el Parador con el equipo para poder trabajar e intercambiar ideas siempre que podamos.

Asienten, lo entienden perfectamente. Tras despedirnos de ellos suben a un coche y se van. Hablaremos cuando tenga claro cómo vamos a rodar.

Una vez que Dawson y yo nos quedamos solos, seguidos de cerca por Jackson y Paul, continuamos caminando hasta encontrarnos con el resto del equipo. Somos cuarenta y ocho personas las que hemos viajado de Los Ángeles a España. Sin duda debemos tener una reunión en cuanto podamos para hablar.

Un autocar nos recoge en el aeropuerto Adolfo Suárez para trasladarnos a todos al Palace, un hotel que me gusta y donde me alojo siempre que vengo a Madrid. Pero, claro, cuarenta y ocho personas alojadas allí durante tres semanas es inviable.

Como de costumbre nos reciben con gran amabilidad, y en cuanto se distribuyen las habitaciones me fijo en la gente del equipo y compruebo que están felices. Para mí es importante que ellos se alojen en el mismo hotel que yo. Trabajan duro y somos un equipo.

Tras quedar al día siguiente a las ocho de la mañana en una de las salas del hotel con algunos de ellos para hablar sobre lo ocurrido, me fijo en el hermano de Andy y en las tres personas de su equipo que viajan con él. Son dos hombres y una mujer, y se los ve contentos y motivados.

—¿Ya os han dado las tarjetas de vuestras habitaciones? —pregunto acercándome a ellos.

Los cuatro dicen que sí, y luego Max comenta:

—¡Este hotel es increíble!

Asiento, lo es.

—Por cierto, Nacho —añade Max—, ellos son Jack Miller, y Roberta y Forrest López. Los mejores especialistas que existen en el mundo.

Nos saludamos. Es un placer conocer a los especialistas que trabajarán conmigo en la película, y durante unos minutos hablamos del rodaje.

—Venir a España para mí siempre es especial —declara Max en un momento dado—. Tengo familia aquí, en Madrid.

Eso atrae mi atención. Recuerdo que Andy me dijo que tenía familia en España.

—Y lo mejor —agrega— es que mi hermana, que llevaba planeando un viaje por Italia desde hace tiempo, también está aquí.

Según oigo eso noto que todo mi cuerpo empieza a temblar.

¿En serio Andy está en Madrid? ¿Dónde?

De pronto me siento muchísimo más vivo.

Quisiera preguntarle por ella, quisiera verla. No hemos vuelto a vernos ni a llamarnos desde el último día con las motos.

—Invita a tu hermana y a tu familia a venir algún día al rodaje. Seguro que les gusta —digo mirándolo y disimulando lo que siento.

Max asiente. En ese momento le suena el teléfono y, dando un paso atrás, pide:

—Disculpadme un segundo. Es mi hermana.

Sí... Sí... Sí. Lo disculpo mientras hablo con su equipo. Pero saber que Andy está al otro lado del teléfono me tiene muy nervioso, y más cuando veo a Max reír a carcajadas. Si él ríe imagino que ella también...

No me muevo. No voy a ningún sitio. Espero a que Max termine de hablar y, tan pronto como lo hace y se acerca a nosotros, pregunto:

—¿Todo bien?

Él dice que sí y, levantando la tarjeta de su habitación, afirma:

—Voy a ducharme, que he quedado con la familia para cenar.

Cuando él y su equipo se despiden de mí y se alejan, me siento como un tonto. Un verdadero tonto que desearía poder decirle que quiero ir con él..., no para ver a su familia, sino para ver a Andy.

Miro mi teléfono. ¿Y si la llamo?

Pero no. Si ella no llama es porque así lo desea. Le dejé claras las cosas y, viendo que ella lo respeta, yo he de respetarla a ella también.

Decido subir a mi habitación. Me ducharé y pediré que me suban algo de cena.

—Nachitoooo —oigo de pronto.

No. No puede ser. Solo hay una persona que sigue llamándome así. Al darme la vuelta me encuentro con… ¡¿mi prima Miranda?!

Sabía que estaba rodando una serie en España en colaboración con México que le está reportando mucho éxito.

—¡Miranda, qué bonita te ves! —exclamo abriendo los brazos.

Ella corre hacia mí. Siempre nos hemos llevado bien. Entre Miranda y yo siempre ha existido una excelente armonía, porque ni yo me meto en su vida ni ella en la mía.

—Sabía que estabas rodando en España, pero no sabía que fuera en Madrid —digo.

Mi prima, una morenaza mexicana que suele hipnotizar a los hombres con su belleza, responde:

—Estoy rodando en Málaga, pero tu padre me dijo que llegabas hoy a este hotel y decidí venir a verte.

Me gusta oír eso. De pronto ella mira a Jackson, mi guardaespaldas, que está algo más allá, y señala:

—Verlo siempre es un placer, aunque él nunca me mira…

Me vuelvo hacia Jackson. Él no nos mira. Por suerte sé que nunca ha sucumbido a los coletazos que le tira mi prima cada vez que lo ve.

—Es un profesional, Miranda —digo—. Dejémoslo estar.

Ella sonríe. Yo no.

Entonces veo que mira a un hombre trajeado que está a nuestra derecha y, señalándolo, musita:

—Emilio nos acompañará.

Miro al tal Emilio, que nos sonríe, y pregunto sorprendido:

—¿Y Emilio es…?

Miranda me guiña un ojo y dice:

—Mi novio.

Asiento, ella también lo hace. Nos entendemos.

—¿Y no crees que es algo mayor para ti? —murmuro incapaz de callarme.

Ella lo mira y sonríe. Aquel tipo debe de tener la edad de mi padre. Los setenta y cinco años ya no los cumplirá, mientras que Miranda solo tiene treinta y tres.

—Siempre me han gustado los *sugar daddies*, güey.

Cabeceo. Ahora le van maduritos, aunque hace tres meses, en la boda de mi prima Verónica en México, iba acompañada de un modelo que no tenía más de veinticinco años. En fin… No suelo cuestionar esa clase de cosas.

—¿Qué te parece si Emilio y tú me esperáis en el bar del hotel y luego cenamos juntos? —indico.

—¡Genial! —afirma Miranda.

Una vez que me despido de ella, entro en el ascensor y subo a mi habitación. Desde luego, pienso con una sonrisa, si mi tía viera al tal Emilio, con lo histriónica que es, la armaría gorda…

* * *

Una hora después, tras ducharme sin haber podido dejar de pensar en Andy, bajo al bar del hotel, donde me esperan mi prima y el tal Emilio. Jackson y Paul, con disimulo, se acomodan en una mesa.

Mi prima me presenta a Emilio. Es un empresario y joyero malagueño con tiendas en España, París, Irlanda y Dubái. Vale, no quiero ser malpensado, pero ahora entiendo qué hace mi prima con él. Si hay alguien superficial y materialista, esa es ella. Sé cómo es. Siempre ha sido así.

Durante la cena hablamos cada uno de nuestros proyectos y Miranda, feliz, me enseña una pulsera de diamantes que Emilio le ha regalado.

Pobre hombre… No digo más.

A las doce de la noche, cuando estamos en el vestíbulo del hotel y me estoy despidiendo de la parejita, de pronto me percato de que Max está parado en la puerta de entrada, mirándonos con un gesto de absoluto desconcierto.

¿Qué le ocurrirá?

—Vente a tomar una copa con nosotros, güey —insiste Miranda—. Nos han recomendado un lugar muy lindo. ¡Anda, vente, Nachito!

Niego con la cabeza, ni loco me voy con ellos. Mi prima insiste e insiste, mientras yo, con disimulo, miro a Max. Su gesto no tiene nada que ver con el de esta tarde, y de pronto recuerdo lo que Andy me contó que ocurrió entre él y mi prima. Por ello, cuando veo que él se da la vuelta y sale del hotel, me muevo con rapidez y digo a Miranda:

—Tengo que irme. Pasadlo bien. Mañana nos vemos.

Y, sin más, salgo del hotel a toda prisa sin mirar atrás, consciente de que Jackson y Paul me siguen.

Capítulo 29

Nacho

Cuando localizo a Max en la calle camino hacia él y pregunto haciéndome el encontradizo:

—¿Qué haces por aquí?

Él me mira desconcertado.

—Voy…, voy a dar un paseo —murmura.

Algo dentro de mí me dice que no puedo dejarlo solo y, sin dudarlo, indico:

—Estupendo. Te acompaño si no te importa. Hace una noche magnífica y me apetece estirar las piernas.

Max me mira, pues no debe de entender qué estoy haciendo.

—Ir contigo, que conoces Madrid —añado—, me ofrece la garantía de que no me perderé.

Él sonríe, eso me gusta, y comenzamos a caminar en silencio.

Durante un buen rato paseamos el uno al lado del otro, sorteando a la gente, mientras intento buscar temas de conversación. A diferencia de su hermana, Max es más callado, más introvertido, pero poco a poco voy haciendo que se abra; de pronto pasamos junto a un Starbucks y pregunto:

—¿Te apetece un café?

Max se para, mira donde señalo y tomando aire dice:

—La verdad es que sí.

Entramos en el local y, tras pedir un par de cafés de lo más elaborados, lo animo a sentarnos en uno de los sofás vacíos que hay al fondo.

—¿Qué tal la cena con tu familia? —le pregunto una vez allí.

Él sonríe.

—Bien. Como siempre, mi tía ha preparado comida para un regimiento, y mi hermana y yo nos hemos puesto las botas.

Sonrío; imagino a Andy en esa cena familiar, disfrutando del momento, y afirmo:

—Como tu tía sea como mi madre, habrá hecho comida para un mes.

—Lo es… Lo es… —Ríe él.

Acto seguido se hace un silencio entre ambos; Max y yo no nos conocemos lo suficiente como para intimar. De pronto, señala hacia la puerta y me pregunta:

—¿No te incomoda que te sigan siempre a todas partes?

Sigo la dirección de su mirada y veo que se refiere a mis guardaespaldas.

—Es cuestión de acostumbrarse —digo.

Él asiente.

—Ha surgido un problema en el rodaje —añado luego.

Acto seguido le cuento lo que Juan y Lucas me han dicho, y cuando termino me dice:

—Entiendo que para la productora no es viable ocuparse del alojamiento y la manutención de cuarenta y ocho personas durante tantos días. Sin embargo, mis padres tienen una casa bastante grande a las afueras de Madrid que utilizamos cuando venimos a España. En ella podríamos estar unas quince personas. Y…, bueno, puedo hablar con mi tía, seguro que conoce a alguien que nos pueda ofrecer su casa pagando un alquiler.

La verdad es que podría ser una buena solución, pero aun así digo:

—No creo que todos quieran quedarse en España tanto tiempo. Seguramente algunos preferirán regresar a Los Ángeles tras la primera grabación. He programado una reunión con el equipo mañana a primera hora. Tendremos que valorar y ver qué es lo mejor para todos.

Max entiende lo que digo, y tras dar un trago a su café murmura:

—¿Por qué a veces la vida no nos deja pasar página?

Oír eso me sorprende. Mi madre suele repetir esa frase a menudo, pero nunca imaginé que se la oiría decir a él.

—Quizá no sea la vida —respondo—, sino nosotros, quienes no la pasamos.

Nos miramos en silencio. Lo que he dicho tiene mucho sentido para mí. Omito lo que Andy me contó sobre él y añado:

—No sé por qué te preguntas eso, pero imagino que es por algo que no consigues olvidar… —Max afirma con la cabeza y se toca el pelo angustiado—. Todos tenemos momentos complicados en nuestras vidas. Yo mismo tengo varios que me han marcado. Pero especialmente tengo uno del que soy consciente que no es la vida la que no me deja pasar página, sino yo mismo.

Max me mira. Veo que tengo toda su atención, por lo que me envalentono y, sin entender por qué, digo:

—No sé si sabes que mi mujer murió. —Él asiente, y yo continúo tras coger aire—: Murió el día que supuestamente tenía que ser el más feliz de nuestras vidas. El día del nacimiento de nuestro hijo. Pero, por desgracia, ese día murieron los dos.

—Joder…, lo siento, Nacho —susurra.

Sé que es cierto, sé que lo siente.

—No suelo hablar de este tema con nadie —digo—. Hablarlo me provoca dolor, recuerdos, angustia. Perder a Odalys y a mi hijo ha sido lo más duro a lo que me he tenido que enfrentar y eso sin duda me marcó.

Cojo aire y bebo un trago de mi café. «¿Qué hago hablando de esto?», me digo. Pero al ver que me mira prosigo:

—Han pasado años y, aunque el tiempo ha suavizado el dolor, sigue doliendo. Y sé que dolerá el resto de mi vida. Y, pese a que he conseguido dar pasitos adelante para continuar viviendo, hay dos cosas en las que me he cerrado. La primera, no tendré hijos. La segunda, nada de amor. No he vuelto a tener pareja desde que Odalys murió. Salgo con mujeres, disfruto de su compañía, pero a ninguna le doy la más mínima oportunidad porque a todas las comparo con ella y, bueno…, reconozco que tengo miedo.

Según digo eso, Max, que me escucha atentamente, replica:

—Si mi hermana Andy te oyera decir que tienes miedo, ¿sabes qué te diría?

Oír hablar de Andy me gusta, y, deseoso de saber lo que tiene que decir, pregunto:

—¿Qué diría tu hermana?

Max medio sonríe y luego contesta:

—Te diría que en la vida, si hay que perderle el miedo a algo, que sea al miedo.

Ambos sonreímos. Sin duda sería algo que Andy diría. Y, tras un silencio entre los dos, murmuro:

—Odalys decía que el amor era magia, y esa magia se esfumó para mí.

Max cabecea.

—Lo siento, amigo —susurra.

—Lo sé… —musito.

Luego nos miramos en silencio unos instantes hasta que él comenta:

—Amar es una mierda.

Tomo aire. Puedo entender sus palabras. Voy a hablar intentando insuflarle positividad, pero dice:

—El amor me destruyó.

No me muevo, solo lo miro.

—¡Joder! Vaya mierda los recuerdos —dice con un hilo de voz.

Oír esa expresión tan propia de su hermana me hace sonreír.

—Tranquilo —respondo.

Max asiente y de nuevo da un trago a su café. Me mira. Noto que desea contarme algo y yo solo quiero que esté cómodo conmigo.

—Es posible que lo que estoy a punto de contarte eche piedras sobre mi propio tejado —dice entonces—, pero cuando he visto a tu prima Miranda, la persona que me jodió la vida…, yo…

La voz se le rompe, no continúa, y yo, poniendo una mano sobre su hombro, indico:

—Si crees que esas piedras te las pondré por algo que tenga que ver con mi prima Miranda, estás muy equivocado. Sé diferenciar lo personal de lo laboral. Y sobre todo sé cómo es Miranda. Eso que vaya por delante.

Max vuelve a asentir. Observo sus ojos cargados de rabia, de furia, de impotencia.

—¡Joder!… —suelta—. Cuando la he visto esta noche en el hotel, yo…

Se interrumpe. No puede hablar. Noto que intenta contener las emociones cuando dice:

—Ella me hizo sentir tan mal, tan poca cosa, tan… —Se calla, toma aire—. La conocí en el rodaje de la película *El puente de Amanda*. Cuando la vi por primera vez noté que el mundo temblaba bajo mis pies, y cuando ella me sonrió me sentí el tipo más afortunado del mundo. Comenzamos a vernos, a salir. La prensa nos seguía, pero a mí no me importaba. La estrella era ella, y que quisiera dejarse ver conmigo me hizo sentir especial. —Max continúa—: Pero con el paso de los meses yo llegué a ser poco para Miranda y ella empezó a salir con un actor muy de moda que la ayudó a ascender en su carrera. Pisoteó mis sentimientos y, no contenta con eso, para deshacerse de la prensa, me la echó a mí encima informándolos de algo que yo le había contado acerca de mi familia. Permitió que la prensa del corazón dijera verdaderas burradas, que nos machacaran a mi familia y a mí para que el foco no se centrara en ella y su nuevo novio. Y así fue como entendí que ella era intocable y yo un bufón.

Me duele oír eso tan descarnado pero al mismo tiempo tan real. Sé cómo es mi prima, y sé cómo puede llegar a ser la prensa si no les paras los pies.

—Lo siento mucho —murmuro.

Él toma aire.

—Mi familia lo pasó fatal. Mi padre, mi tío y mi hermana son militares y fueron cuestionados por lo que la prensa inventaba sobre ellos. Y yo…, yo me vine abajo. ¡No pude protegerlos! La ansiedad que me provocó todo aquello me llevó directamente a la cocaína. Entré en una espiral de autodestrucción que me habría matado si no hubiera sido por mis padres y mis hermanos. Desde entonces mi vida no ha vuelto a ser igual. Tengo momentos. Épocas en las que estoy bien y otras en las que estoy mal, aunque, bueno, llevo más de ocho meses limpio, y eso para mí es un gran triunfo.

—Lo es, ¡claro que lo es! —afirmo con positividad.

Max asiente y, tras resoplar, añade:

—Ha sido un error. No debería haber aceptado este trabajo.

—¿Por qué dices eso?

—Porque ella es tu prima —dice mirándome—. Es sobrina de tu padre, y llevo años evitando trabajar contigo por miedo, por eso de no encontrármela.

Vale, ahora entiendo por qué nunca conseguíamos contratos con su empresa. No sé qué responder.

—Pero, ¡joder, Nacho! —continúa después de tomar aire—. El trabajo en el cine está mal, bueno, eso ya lo sabes. En mi empresa éramos veinte y ahora solo somos cinco. Y mi gente, mi equipo, tiene que trabajar y comer. Y cuando Dawson apareció en mi oficina con vuestra propuesta y un excelente contrato laboral, supe que tenía que dar un paso adelante y aceptarlo. Si no por mí, por mi equipo.

—Hiciste lo que tenías que hacer —afirmo. Y, consciente de quién es mi prima, añado—: Max, no puedes permitir que Miranda y el pasado sigan acotando tu vida. Lo que pasó pasó. El pasado pasado está, y debes vivir el presente. El ahora, el hoy. Y sobre todo has de pensar en ti y en tu futuro. Como diría mi madre, permítete pasar página para comenzar una nueva lectura.

Max me mira y luego exclama:

—¡Pero ¿cómo lo hago si me la encuentro nada más aceptar un trabajo contigo?!

Tiene razón, ha sido mala pata.

—¿Aún sientes algo por Miranda? —pregunto.

El gesto de Max lo dice todo.

—¡Joder, nooooo! —exclama—. Ella sería la última mujer con la que tendría algo en este mundo.

Asiento.

—Quizá el miedo a encontrártela no te ha beneficiado —comento—. Quizá lo que necesitas es tener el problema delante para enfrentarte a él.

Nos miramos en silencio. No soy psicólogo, y no sé si me estoy equivocando en lo que digo, pero no puedo callar, por las cosas que sé de mi prima, así que añado:

—Sé cómo es Miranda, lo sé. Pero escucha, Max, ¿qué más da lo que ella haga? Tú tienes tu vida. Tú estás aquí para hacer un trabajo que te gusta, un trabajo en el que te dejas la piel… ¿Acaso vas a permitir que alguien que no te suma te fastidie este momento? ¿De verdad vas a permitir que el miedo paralice tu vida?

No contesta, solo me mira, y yo insisto:

—Tienes mi apoyo incondicional. Como te he dicho al principio de esta conversación, sé diferenciar lo personal de lo laboral. En este instante tú y yo estamos en España por trabajo, y si necesitas que Miranda desaparezca mañana de nuestro entorno lo solucionaré. Pero mi consejo es: enfréntate a ella y mira lo que más te conviene a ti, porque solo así pasarás página.

Max me mira. Espero no estar diciendo nada que le ocasione ningún mal.

—En todos estos años nunca había vuelto a coincidir con ella —explica—. Lo evitaba por pánico.

—Pues eso se acabó. El mundo es muy grande, Max, aquí cabemos todos, y la vida es para vivirla. Si ella la vive, la disfruta y la saborea, ¿por qué no vas a hacerlo tú?

Max sonríe y, de pronto, tendiendo la mano ante mí, susurra:

—Joder, tío, gracias. No sabes lo que significa haber tenido esta conversación contigo.

Sin dudarlo se la cojo y nos la estrechamos.

—Quizá haya llegado el momento de que ambos le perdamos el miedo al miedo, ¿no crees? —pregunta a continuación.

Lo dudo. Dudo mucho que mi miedo deje que la magia aparezca. Yo no quiero amar, no puedo. Pero sonrío, tomo aire y digo:

—¿Sabes lo que me dice mi padre siempre?

Max niega con la cabeza sonriendo a su vez.

—Él siempre me dice: «Ignacio, cuando una puerta se cierra, otra se abre, pero sigues mirando con tanto anhelo la puerta cerrada que nunca verás esa bonita puerta que se abre para ti» —continúo.

Él asiente sin dejar de sonreír y murmura:

—Muy comedidas las palabras de tu padre, el mío es de otro pelaje.

Afirmo con la cabeza. Andy ya me ha hablado de él.

—¿Sabes lo que me dice mi padre? —pregunta entonces.

Niego con la cabeza y Max agrega:

—Mi padre me dice: «Máximo, capullo, deja de joderte la vida y de jodérnosla a los demás y reacciona de una puta vez».

Oír eso hace que ambos soltemos una risotada. Con un padre así no me extraña que Andy tenga ese carácter.

—Contundente, tu padre —comento.

—Sí. Menudo es el Almirante —asegura sonriendo.

* * *

De madrugada, cuando regresamos al hotel, veo que Max tiene una mirada sosegada, tranquila. Solo espero que nuestra conversación le sirva para bien.

Nada más entrar en el vestíbulo de repente oigo:

—Eh, Nachitoooo...

Cierro los ojos. Esa voz es la de Miranda otra vez. Miro a Max y, cuando voy a hablar, él dice con la voz algo temblorosa:

—El pasado pasado está; hoy es hoy.

Me alarmo. Esta situación se nos puede ir de las manos.

Miranda, que se nos acerca, al ver quién me acompaña, exclama boquiabierta:

—¡¿Max?!

Sin moverme veo que él asiente, la mira y con gesto serio indica:

—Miranda..., cuánto tiempo.

Mi prima parpadea. Mira a Max de arriba abajo e, ignorando a Emilio, que está a su lado, murmura con descaro:

—Qué bien te vesssss...

Max no se mueve, solo la observa. Temo que haya dejado de respirar.

—Pero ¿qué estás haciendo aquí? —insiste ella.

Incapaz de quedarme callado, intervengo:

—Max trabaja conmigo en la película que estoy rodando.

Miranda asiente, y entonces veo que él finalmente reacciona, mira a Emilio y dice tendiéndole la mano:

—Max Madoc, encantado.

El hombre se la estrecha de inmediato, lo saluda con respeto, y acto seguido Max mira a mi prima y dice:

—¿Y tú qué haces por aquí?

Miranda sonríe. Se toca el pelo. Se muerde el labio. ¿En serio está haciendo lo que creo? Y al cabo responde:

—Vine a ver cómo estaba Nachitooo. Pero, sabiendo que estás tú aquí, cuando quieras podemos quedar para platicar y ponernos al día.

Max me mira y sonríe. Esa sonrisa me recuerda mucho a la de su hermana y me temo lo peor. Toma aire y acto seguido responde:

—Sinceramente, Miranda, no tengo nada que «platicar» contigo, ni hoy ni durante el resto de tu vida. Y lo sé porque eres mala, cruel, egoísta, dañina, y yo no quiero tener nada que ver con personas como tú. Así pues, aléjate de mí. —Y luego, mirándome, indica—: Nacho, me voy a dormir. Nos vemos mañana en la reunión, a las ocho en el salón siete. —Afirmo con la cabeza, y a continuación Max se dirige a aquellos dos—: Miranda, Emilio, buenas noches.

Y, sin más, me guiña el ojo, me sonríe y se va.

«Muy bien, Max, ¡así me gusta! ¡Adiós al miedo!»

Cinco minutos después, cuando consigo quitarme a mi prima de encima y me retiro a mi habitación, no puedo parar de sonreír por lo que Max ha hecho. Con un poco de suerte, lo que comenzó siendo un desastre le ha servido para pasar página en su vida.

Capítulo 30

Andy

¡Qué pereza! Mi hermano Max se ha empeñado en que vayamos a verlo al rodaje y no he podido decir que no. Y aquí estoy, con mi tía Elena y mis primos Rosa y Jaime, en la abarrotada plaza Mayor de Madrid, con unos pases especiales que Max nos ha enviado y dispuestos a ver la acción.

Como esperaba, el acceso a la plaza Mayor está cortado. La policía la rodea y cientos de curiosos se aglomeran para mirar. Una vez que enseño los pases, los cuatro entramos. Mi tía y mis primos están emocionados, mientras que yo tengo el estómago fatal con tanto misil… Además, pensar que puedo encontrarme con Nacho me da pánico, y no sé cómo encararlo.

Es la primera vez que mi tía y mis primos presencian un rodaje. Para mí no es la primera, pero, la verdad, lo parece de lo alterada que estoy. Ellos están nerviosos por lo que los rodea, y yo lo estoy porque no quiero ver a Nacho.

Caminamos entre la gente del equipo. El suelo de la plaza Mayor está lleno de raíles con cámaras y montones de cables por todos lados. De pronto reparo en unos coches deportivos que están aparcados en un lateral y, al ver a mi hermano, llamo:

—¡Max! ¡Max!

Él se vuelve y sonríe al vernos, parece contento. Desde que ha llegado a España, no sé, pero lo noto diferente, y eso me gusta. Otros guardias de seguridad nos piden los pases y, tras mostrarlos de nuevo, nos dejan pasar.

En cuanto entramos dentro del cordón de seguridad me pongo en alerta. Sé que Nacho tiene que estar por aquí y debo tratar de esquivarlo. Mejor que no nos veamos. No me apetece verlo, como imagino que a él no le apetecerá verme a mí.

Mientras mi tía abraza a mi hermano yo saludo a Jack, a Roberta y a Forrest, los tres especialistas que han viajado con él para intervenir en la película. Nos conocemos desde hace tiempo y son encantadores.

—Pero ¿tú qué haces para estar cada vez más guapa? —comenta Forrest mirándome.

Me río. Desde que conozco a Forrest siempre ha sido muy adulador conmigo.

—Tú sí que estás guapo —respondo con guasa.

Como siempre, una buena sintonía reina entre nosotros. Miro a Roberta, que es la hermana de Forrest, y declaro divertida:

—Vaya, sí que te queda bien el pelo rubio.

Ella se ríe. La actriz Estela Noelia Rice Ponce es rubia y Roberta es su doble en la película, por lo que lleva puesta una peluca de ese color con el mismo corte de pelo que ella.

—Mi hermana está guapa se ponga lo que se ponga —tercia Forrest.

Todos soltamos una carcajada y yo, viendo a Roberta algo distraída, pregunto:

—¿Estás bien?

Ella asiente.

—Solo es que tengo hambre —murmura.

Según dice eso mi tía abre su maxibolso y rebusca en el interior. Mientras tanto yo miro a mi alrededor y, entre toda la gente que nos rodea, reconozco a Jackson y a Paul. Eso me altera porque significa que anda cerca.

—¿Quieres una rosquilla? —ofrece entonces mi tía mientras saca un túper del maxibolso.

Roberta vuelve a asentir sin dudarlo.

—Las he hecho para ti, corazón —comenta a continuación mi tía Elena dirigiéndose a Max.

—Eso..., ¡y a los demás que nos den! —tercio con guasa.

Mi tía me mira y, riendo, cuchichea:

—Cariño, tú tienes un barreño entero en casa.

Es cierto. La tarde anterior hicimos un barreño entero de rosquillas.

—Nacho —oigo que dice de pronto Max—. Un segundo, que te presento a mi familia.

No... No... No...

Joder..., joder..., joder... ¿Por quééééééé?

No quiero mirar. Lo que deseaba evitar está a punto de pasar. Mientras mi hermano le presenta a mi tía y a mis primos, poco a poco me doy la vuelta con disimulo. A dos pasos de mí está él, el hombre al que no quiero ver pero que me muero por besar porque, inexplicablemente, no me lo puedo quitar de la cabeza.

—Y esta es mi hermana Andy —añade entonces Max.

Nacho y yo nos miramos. Uf..., cómo nos miramos. Los Tomahawk explotan dentro de mí. Y cuando veo que tiende la mano, se la estrecho sin dudarlo y murmuro intentando aparentar normalidad:

—Un placer, señor Duarte.

—Lo mismo digo —contesta él.

Una vez que nos soltamos la mano miro a mi prima Rosa, que está totalmente obnubilada por la presencia de Nacho. Mi tía le ofrece una rosquilla, él la coge y, sonriendo, se la come.

Normal, ¡están buenísimas!

Los oigo hablar de lo que Max le preguntó a mi tía en lo referente a alquilar una casa para el alojamiento del equipo. Mi tía Elena, que conoce a media humanidad, ya les ha solucionado el tema, encontrándoles un sitio, y Nacho se lo agradece encantado. Eso facilitará la estancia de gran parte del equipo, que ha decidido quedarse en España.

Así estamos durante un buen rato hasta que oigo que llaman a Nacho y este, tras disculparse con mi tía, da media vuelta y, después de mirarme fugazmente, se va. Ver que se marcha hace que yo vuelva a respirar con normalidad.

—Pero qué director tan sexyyyyy —comenta entonces mi prima.

Sonrío. Me hago la tonta. Para mí Nacho es algo más que un tipo sexy. Y mi tía Elena, que también ha caído bajo su influjo, asiente y cuchichea:

—Bendito sea Dios, hija mía…, ¡qué hombre!

Me hace gracia oír eso. La verdad es que Nacho está potente, potente, potente…

—Qué penita que me pille tan mayor —añade mi tía—. La de rosquillas que yo le haría.

—¡Mamáááááá! —exclama mi primo Jaime, y todos soltamos una carcajada.

—Ay, que me muero… ¡¿Ese no es Tom Blake?! —grita entonces mi prima Rosa.

Afirmo con la cabeza. Madre mía, Tom Blake en directo es todavía más impresionante que en la pantalla, y murmuro sin poder evitarlo:

—¡Vivan los bomboncitos!

Mi hermano Max nos escucha. Por suerte no se ha percatado de lo tonta que me pongo cuando aparece Nacho, y dice divertido mientras yo observo como Roberta habla con un tipo alto y con barba:

—¡Luego os lo presento!

—Síííííí —aplaude Rosa emocionada.

Feliz de tenernos cerca, mi hermano nos explica la acción. Cada miembro de su equipo debe conducir uno de los coches deportivos y realizar una carrera infernal, haciendo trompos por el centro de la plaza, hasta chocar con los otros.

—¿Esa es la actriz Estela Noelia Rice Ponce? —pregunta mi primo Jaime.

Miro y asiento. Es ella.

—¿Veis que ella y Roberta van vestidas iguales? —tercia Max—. Pues la historia es que ha de parecer que Noelia es la mujer que maneja el coche, mientras la que realmente conduce es Roberta —y al ver cómo mi tía lo mira, añade—: Los técnicos graban diferentes secuencias y planos, y luego, con los equipos y ordenadores, juegan hasta conseguir que creas que es Noelia la que conduce el vehículo a toda velocidad.

—Ay, hijo mío, ¡qué emocionante es todo esto!

«Emocionantísimo», estoy por decir, mientras con disimulo sigo todos los pasos que Nacho da.

Pasa media hora y Max y su equipo se alejan para hablar entre ellos. Han de coordinarse para que la secuencia salga bien. Al parecer ya han rodado otros planos por otras calles de Madrid conduciendo los coches a todo gas, y ahora queda la escena final, por lo que tiene que salir a la primera. Una vez que los coches choquen, ya no habrá más.

Desde donde me encuentro, rodeada de curiosos, observo a Nacho. Está con otras personas alrededor de una mesa con varios monitores, mirándolos y hablando. Imagino que están acordando lo que quieren grabar, y yo siento que mi corazón se acelera y se pone a mil.

¡Joder, cómo me gusta este hombre!

Cuanto más lo miro, más me gusta, más me atrae, más me… Mejor no lo pienso.

Al rato se acerca un chico y se dirige a mí:

—¿Eres Andy Madoc, la hermana de Max?

Sorprendida, asiento.

—Por favor, sígueme —indica—. El director, Nacho Duarte, os ha ubicado a ti y a tu familia delante. En esas sillas.

No… No… No…

¡Me quiero morir!

No quiero estar tan a la vista de él. Ni quiero un trato de favor. Pero mi tía exclama de inmediato al oírlo:

—¡Oh…, qué amable es el director!

Sin poder negarme sigo al chico que ha venido a buscarnos, el cual nos acompaña hasta unas sillas, y me quedo boquiabierta cuando soy consciente de que a pocos pasos de nosotros están Estela Noelia Rice Ponce y Tom Blake.

¡Qué fuerteeeee!

Mi familia y yo nos acomodamos donde nos indica el chico y, cuando este se va, por curiosidad miro hacia donde sé que está Nacho y, ¡joderrrr!, me está mirando.

Uf, qué calor me entra. De pronto regresan a mi mente nuestros bailes, nuestros besos, nuestros momentos, y me doy aire con la mano hasta que oigo que mi tía Elena pregunta:

—¿Estás sofocadita, cariño?

Asiento, no lo puedo negar. Tengo una guerra terrible en mi estómago.

—Tía..., pero ¿tú has visto cómo está Tom Blake? —indico para seguirle la broma.

Ella se muestra de acuerdo conmigo, y de pronto, al ver que lo miramos, el actor se acerca a nosotras con una preciosa sonrisa. Yo creo que me voy a morir. ¡Qué guapooooo es!

Capítulo 31

Nacho

Andy está a escasos pasos de mí, riendo con Tom Blake, y no logro concentrarme.

¿De qué estarán hablando? ¿De qué se reirán?

Los observo con disimulo hasta que uno de los operarios se me acerca y me dice que la cámara tres del coche dos nos está dando problemas. Justo es la cámara del coche que ha de llevar Noelia y luego la especialista, y de momento no podemos comenzar a rodar.

¡Vaya tela!

Dawson se me acerca, me tiende unos papeles y dice:

—Necesito que me firmes esto para enviarlo.

—¿Qué es? —pregunto interesado.

Dawson suspira.

—Las autorizaciones que esperábamos. Pero para diez días más tarde de lo que pedimos.

Resoplo. Qué fatalidad. Menudo parón hemos de hacer en la grabación. Dawson, que entiende mi silencio, indica mientras yo observo a Tom y a Andy bromear:

—Ya está todo solucionado. Dentro de unos días treinta personas regresaremos a Los Ángeles. El resto ha decidido quedarse en España, en las casas que Max nos ha encontrado. Después volveremos diecisiete personas. Es la mejor opción… ¿Qué miras? —me pregunta al verme distraído.

—Nada —me apresuro a contestar.

Cojo los papeles que me entrega y me inclino para firmarlos, aunque entonces lo oigo decir:

—Pero bueno…, ¿esa no es Andy?

Vale, tarde o temprano tenía que descubrirla… Y cuando lo miro Dawson pregunta boquiabierto:

—Pero ¿cuándo ha llegado?

—No lo sé.

—¡¿Cómo que no lo sabes?!

No contesto. No pienso hacerlo.

—¿Habéis hecho las paces? —insiste.

Resoplo y gruño.

—No. No hemos hecho las paces.

Dawson me mira desconcertado, y cuando mira de nuevo a Andy y la ve riendo con Tom Blake cuchichea:

—No me jorobes que ha venido con Tom.

Pensar en esa posibilidad no me hace ninguna gracia; mientras me dispongo a devolverle los papeles firmados replico:

—¡No, no ha venido con Tom! ¡Y no me calientes más!

Dawson los mira de nuevo. Tom y ella parecen divertidos y, antes de que vuelva a decir algo que me cabree aún más, aclaro:

—Andy es hermana de Max Madoc. Por eso está aquí.

—¡¿Que es hermana de Max Madoc?!

Ver su gesto de sorpresa me hace sonreír.

—Sí. Pero ni él ni nadie sabe que ella y yo nos conocemos —digo en voz baja.

Dawson parpadea; intuyo que en su cabeza reordena las ideas. Cuando va a preguntar respondo poniéndome las gafas de sol:

—No. No sabía que era la hermana de Max cuando la conocí. Y ahora, por favor, sé discreto, como lo estamos siendo ella y yo, ¿de acuerdo?

Mi amigo asiente. Luego me mira y, tras coger los papeles, dice:

—O eres rápido o Tom te la levantará.

Oír eso me incomoda. Acto seguido él se aleja riendo.

¿De qué se ríe?

Durante unos minutos no me muevo de la mesa de control, mientras observo a Andy y a Tom desde detrás de mis gafas de sol. No me gusta lo que veo, conozco al actor y es un ligón de primera categoría. Así pues, cojo aire y decido encaminarme hacia ellos.

—¿Están cómodos en sus sillas? —pregunto.

Andy no me mira, sigue hablando con Tom, que está sentado a su lado, pero la tía Elena responde con una candorosa sonrisa:

—Comodísimos, hijo, muchas gracias por el detalle.

Afirmo con la cabeza. Es lo mínimo que puedo hacer por lo mucho que nos ha ayudado a solventar los problemas del alojamiento del equipo.

En ese momento se nos acerca Estela Noelia Rice Ponce y exclama dirigiéndose a mí:

—Por Dios, Nacho, ¡qué calor! ¿Qué pasa, que no comenzamos?

Me apresuro a referirle el problema que estamos teniendo con la cámara del coche que ella y la especialista tienen que conducir, y al cabo veo que Tom se vuelve hacia nosotros.

—¿Vosotros sabíais que Andy es la hermana de Max Madoc y ellos son su tía y sus primos? —pregunta.

Noelia se sorprende, me mira, y yo afirmo:

—Sí, Max me los ha presentado hace un rato.

Andy sonríe; reconozco que su sonrisa me cautiva. Y como necesito apartar al guapo actor de su lado digo:

—Tom, ve a control. Al parecer tu micro hace ruido.

Él asiente y, volviéndose de nuevo hacia Andy, dice levantándose de la silla:

—Luego hablamos.

Se marcha y yo, tras coger a Noelia del brazo, la siento en la silla que Tom ha dejado libre.

—Os presento a Estela Noelia Rice Ponce —digo—. Ellos son la tía y los primos de Max, que viven en Madrid y nos han conseguido el alojamiento para el equipo, y ella es Andy, su hermana, que vive en Los Ángeles.

Los aludidos sonríen, aunque veo que Andy lo hace con cierta dificultad, y Noelia dice mirándolos:

—Un placer conocerlos.

De pronto se oye un extraño ruido.

—Son mis tripas… —murmura la actriz—. Tengo mucha hambre.

—Bendito sea Dios, hija mía, os tienen muertos de hambre. ¿Quieres una rosquilla? —le ofrece la tía de Andy.

Noelia dice que sí. Elena las saca del bolso, y cuando Noelia da el primer mordisco susurra:

—¡Por favorrrr, qué ricaaaaaa!

—Andy y yo las preparamos anoche —aclara la tía Elena—. Desde que era pequeñita y venía a España con sus padres le gusta ayudarme a hacerlas.

Veo que Andy le dirige una cariñosa sonrisa a la mujer.

—Pues quiero la receta —dice Noelia—. Estas rosquillas le encantarían a mi niña.

Divertido, veo que la tía Elena y Noelia hablan, mientras Andy, sentada entre las dos, mantiene el tipo. Está incomoda, lo sé. Algo ya la conozco.

Al rato se acerca a mí un operario y anuncia:

—Todo solucionado.

Asiento. Miro a Andy, que evita mirarme, y sin tiempo que perder digo dirigiéndome a las maquilladoras:

—Preparad a Noelia. Dentro de dos minutos comenzamos a rodar.

Acto seguido regreso hasta la mesa de control y, tras sentarme, empiezo a dar órdenes. Ahora tengo que concentrarme en lo que he de hacer, y poco a poco todo se va colocando en su lugar. Oigo que los coches arrancan y van a situarse en el lugar donde dará comienzo la escena. Y una vez que se abre y se cierra la claqueta exclamo: «¡Acción!».

Segundos después Noelia aparece conduciendo el coche rojo por uno de los arcos de acceso a la plaza Mayor. La cámara la graba. Da varios giros alrededor de la plaza. Rodamos varios planos con los mismos movimientos y, cuando creo que lo tengo listo, grito: «¡Corten!».

En cuanto compruebo con el equipo lo que hemos grabado, doy el visto bueno. Lo que tenemos de Noelia nos da para lo que queremos que se vea posteriormente. Entonces miro a Max y le hago una seña que él entiende.

Noelia se apea del coche rojo y sube a él la especialista, que va caracterizada como ella, mientras observo que Andy se recoloca en su silla. Sabe que lo que viene ahora es lo fuerte. Cuando me avisan de que los coches están preparados y yo mismo oigo los rugidos de los motores, se acciona la claqueta y grito: «¡Acción!».

Los cuatro coches entran a todo gas en la plaza Mayor. Las suspensiones de los mismos han sido retocadas para nuestros fines. Con gran habilidad Max y su equipo los conducen derrapando: unos hacen trompos con tracción trasera y otros con tracción delantera.

Desde donde estoy observo el baile que realizan los vehículos. Sin duda el equipo de Max es muy bueno.

Sin poder evitarlo, miro a Andy. Está pendiente de la escena, totalmente concentrada, mientras veo que su tía y sus primos se tapan la boca con las manos asustados. Continuamos grabando hasta que, tras una señal, tres de los coches chocan entre sí. El público que observa lo que grabamos chilla, y el coche rojo, el que conduce la especialista que hace de Noelia, con habilidad y gracias a una plataforma que mis operarios han colocado rápidamente, se lanza hacia ellos, los rebasa por encima y, cuando cae al suelo a todo gas, se marcha por uno de los arcos de acceso a la plaza. Como era de esperar, el público grita enloquecido, y yo exclamo: «¡Corten!».

Aplaudo. Lo que hemos grabado es bueno, muy bueno. Miro a Andy y veo que ella está aplaudiendo también. Me mira y nos sonreímos. Sonreímos los dos.

Capítulo 32

Andy

Pienso en escaparme tras la grabación de la escena de Max, pero me resulta imposible. Mi hermano se ha empeñado en que lo acompañemos al hotel, donde han organizado una cena informal, y por supuesto nosotros, su familia, estamos más que invitados.

Intento evitarlo. Lo intento de todas formas para alejarme de Nacho, pero mi tía y mis primos están tan emocionados que no hay manera de hacerlos cambiar de opinión. Al final o los mato o claudico. Así que mejor claudico.

Para ir al hotel vamos en uno de los autobuses que tienen contratados, y me sorprendo cuando Tom Blake, al verme, recuerda mi nombre y, sentándose a mi lado, sigue hablando conmigo.

¡Qué majo!

Una vez que llegamos al hotel los miembros del equipo suben a sus habitaciones. Todos quieren ducharse tras lo mucho que han sudado en la grabación, y nosotros, junto con otros invitados de la productora, pasamos a un salón donde nos sirven algo de beber mientras esperamos a los demás. Mi hermano sube nuestros bolsos y nuestras chaquetas a su habitación para que estemos más cómodos.

Mi tía Elena y mis primos todavía siguen flipando. Una cosa es ver las escenas de un especialista en la película y otra muy diferente presenciarlas en vivo y en directo. Pobrecita, mi tía, cuando ha visto que mi hermano chocaba con los otros dos vehículos. Estoy convencida de que el susto que se ha dado le va a durar mucho tiempo.

Poco a poco la gente que trabaja en la película va llegando. Todos bajan de sus habitaciones duchaditos, aseados, y desde donde estoy veo que, en vez de entrar en el salón, Roberta se marcha del hotel.

Instantes después diviso a Max y sonrío feliz.

—Eres el mejor…, capullín —digo abrazándolo.

Mi hermano asiente; sabe que hoy él y su equipo han hecho un buen trabajo. A continuación abraza a mi tía y le asegura:

—Estoy bien, te lo prometo.

La pobre mujer afirma con la cabeza. Dice que menuda cruz tiene mi madre con las profesiones de sus hijos, y repite que si mamá hubiera visto lo que ha hecho hoy Max lo habría matado. Nosotros nos reímos, no podemos hacer otra cosa.

Estoy divirtiéndome con ellos cuando veo aparecer a Nacho. Joder…, joder…, joder… ¡qué guapo está vestido de gris!

Me acaloro. Me revoluciono como el motor de mi caza cuando voy a despegar, e inspiro y espiro como suelo hacer en esos momentos. Juro que la adrenalina que noto al ver a Nacho es la misma que siento cuando voy a volar, y me acelero. Joder, cómo me acelero. Y ya no hablemos de los jodidos misiles de mi estómago…

Mientras lo observo soy consciente de que él mira alrededor de la sala, hasta que sus ojos reparan en mí. Algo me dice que me buscaba, y a mí eso me excita al tiempo que me entran los siete males.

Joder…, no quiero que jueguen conmigo. ¿Por qué tuve que decirle que me gustaba?

Estoy pensando en ello cuando Max, dándome un toque con el dedo en el hombro, pregunta:

—¿Y bien? ¿Tienes algo que contarme?

Según lo oigo me pongo en alerta. ¿A qué se referirá?

No quiero que él sepa que el bomboncito de su jefe y yo tuvimos un rollito.

—¿Y bien, qué? —pregunto.

Max sonríe y se acerca a mi oído.

—¿Has vuelto a pensar en lo de ser instructora?

Ah, vale, ¡era eso!

Suspiro. Todo el mundo me habla del tema, me están volviendo loca.

—Joder, Max —replico—, no me rayes con eso. Mamá ya les ha comido bastante la cabeza a la tía y a los primos con el asunto como para que ahora tú empieces con lo mismo.

Él resopla, aunque me entiende.

—No sé qué voy a hacer —añado—. Por un lado sé que me va a gustar ser instructora, pero por otro no sé si podría vivir sin la adrenalina que me proporcionan las misiones. —Max no dice nada—. Espero aclararme dentro de poco, cuando me vaya sola de viaje y vea a mi escuadrón —termino.

Max afirma con la cabeza y, agarrándome, me da un beso en la frente.

—Decidas lo que decidas, estará bien —dice—. Aunque..., si puedo votar, votaría porque fueras instructora, porque eso me aseguraría verte más a menudo, e incluso podrías formar parte de mi equipo de especialistas.

Sonrío, asiento y no digo más. He de pensarlo.

Pero ¿cómo pensar en ello si no puedo quitarme de la cabeza a Nacho Duarte?

Desde donde estoy veo que Nacho se va acercando lentamente a nosotros, y mientras una parte de mí grita «¡No..., no..., no...!», otra parte grita «¡Sí..., sí..., sí...!».

¡Cómo me gusta ese tío!

¡Joder, lo que me entra por el cuerpo!

Doy un trago a mi refresco; de pronto entra una mujer en el bonito salón y me quedo sin palabras al reconocerla.

¡¿Miranda?!

Joder... Joder... Joder... ¿Qué hace esa aquí?

Miro a Max, que no se ha dado cuenta de nada. No quiero que la vea o arruinará lo bien que está. Tengo ganas de gritar, de matar a Miranda. Y cuando voy a agarrar a mi hermano para llevármelo Nacho se acerca a nosotros y pregunta:

—¿Tenéis todo lo que deseáis por aquí?

Mi tía y mis primos asienten encantados, y Max afirma divertido:

—Tenemos mucho más.

Nacho sonríe, me mira, pero yo estoy nerviosa porque he visto a Miranda. Como puedo ideo uno y mil planes para sacar con urgencia a mi hermano de aquí.

Nacho y mi familia charlan de manera distendida hasta que de pronto mi tía me pregunta:

—Andy, cariño, ¿estás bien?

Todos se vuelven hacia mí esperando una respuesta; Nacho me coge de pronto del brazo e insiste con gesto preocupado:

—¿Te encuentras mal?

Joder..., joder..., joder... Lo que me encuentro es cabreada. Miranda está aquí, va a joder a mi hermano y...

—Aquí estáisssss platicandooooo.

No. No. Nooooooo...

Sin mirarla sé que se trata de ella. Reconozco su repugnante voz, y el gesto se me descompone.

Desde que ocurrió lo de Max, a pesar de las ganas que siempre tuve de partirle la cara por lo que le hizo a mi hermano y mi familia, nunca me he acercado a ella. Sabía que si lo hacía nada bueno podía pasar. Pero ahora está aquí. Al lado de mi hermano y de su primo y, la verdad, miedito comienzo a darme.

Rápidamente miro a Max. Él se vuelve hacia ella y un extraño silencio se instala entre nosotros.

Joder... Joder...

Mi tía y mis primos, al igual que yo, saben quién es esa perra. Creo que nadie de la familia ha podido olvidar lo que vivimos en su momento. Sin poder evitarlo miro a la recién llegada y, olvidándome de la educación que mis padres me dieron, siseo:

—Mira, pedazo de zorra..., ¿qué tal si das media vuelta y te alejas de nosotros? Porque, como continúes aquí un segundo más, juro que te arranco los ojos...

—¡Andy! —murmura Max.

—Bendito sea Dios, hija mía, ¡esa boca! —recrimina mi tía.

—¿Qué me has llamado? —inquiere aquella boquiabierta.

Nacho me mira y parpadea. Yo sonrío. Ya estoy en modo «Hollywood».

—Te he llamado «zorra» —aclaro—. Pero también puedo añadir «perra» y «desgraciada», porque te juro que lo que les hiciste a mi hermano y a mi familia no te lo voy a perdonar en tu puta vida.

—Muy bien dicho —susurra mi tía santiguándose.

El momento es terriblemente incómodo. Entonces Nacho, sin decir nada, pero con gesto serio, agarra a su prima del brazo.

—Mejor vayamos con Emilio —dice.

Miranda se vuelve hacia mí. Yo sigo insultándola con la mirada, y una vez que ellos se alejan, preocupada por Max, voy a hablar cuando este dice mirándome:

—Andy, ¿qué has hecho?

Lo miro alterada.

—Decirle lo que pienso de ella y alejarla de ti. Y que conste que me he contenido porque deseaba…, ¡joder, lo que deseaba! —exclamo tocándome los puños.

Mi hermano se ríe, pues conoce mis gestos. Incomprensiblemente mi tía y mis primos también comienzan a partirse, y yo pregunto sorprendida:

—¿De qué os reís?

Ellos siguen riendo, no pueden parar, y, vale, creo que son los nervios, porque yo también me arranco. Desde luego estamos como cabras.

—Hay que ver qué arte tienes insultando, mi vida —cuchichea mi tía.

Eso hace que nos riamos más aún, y a continuación Max afirma:

—Estoy bien. Tranquila, hermanita.

Pero no lo creo. Sé lo mucho que lo desestabiliza esa mujer.

—Ya la había visto por aquí, Andy —añade él.

—¿Ya la habías visto? —pregunto.

Max asiente.

—Se aloja en el hotel con su novio, Emilio. Ha venido a ver a su primo.

Vale. Parece ser que Max ya sabe que esa zorra es prima de Nacho.

—Me he encontrado con ella en varias ocasiones —agrega—, y ya le dije lo que le tenía que decir. Así que, tranquila, ¡estoy bien! Te lo prometo.

Parpadeo. Quiero creerlo. Necesito creerlo.

—¿Quién es su primo? —Interviene Roca entonces.

—Nacho Duarte. El director —aclara Max.

Mis primos y mi tía se quedan boquiabiertos. En ese momento Tom Blake se acerca y empieza a hablar con nosotros. Durante unos minutos disimulo charlando y sonriendo, pero lo cierto es que necesito hablar con mi hermano; lo cojo de la mano y me lo llevo aparte.

—¿Cómo no me habías dicho que esa mala pécora estaba por aquí? —le pregunto.

—Andy...

¡Ni Andy ni leches!

—¿Estás bien? —insisto.

Max afirma con la cabeza y me coge la mano.

—Durante años he huido de ella por miedo, angustia y resquemor —dice—. Llegué a pensar que nunca saldría del círculo vicioso en el que me había metido, pero estaba equivocado, Andy. Como me dijo Nacho, lo pasado pasado está y...

—¿Nacho? —pregunto curiosa.

Él asiente, y yo, viendo al aludido hablando más allá con su prima, voy a añadir algo cuando mi hermano dice:

—Cuando me encontré con Miranda aquí, en el hotel, mi gesto debió de ser tal que Nacho al verlo se preocupó por mí. Intuyó que me ocurría algo con ella... —Asiento, aunque evito decir que yo le conté lo que le ocurría con la zorra de su prima. Max prosigue—: Nacho y yo salimos del hotel para dar una vuelta, y finalmente hablamos mientras nos tomábamos un café. Nos contamos cosas y, ¡joder, Andy!, me sinceré como en la vida y me quité un peso de encima dialogando con la última persona en la que habría pensado jamás.

Sonrío aliviada. La tranquilidad de mi hermano es lo único que me importa.

—Nacho me dijo que huir y esconderme no era la mejor solución para mi problema —continúa—, sino que quizá lo más adecuado fuera enfrentarme a Miranda. Y..., bueno, así lo hice. Le perdí el miedo al miedo y... —ambos reímos—, en cuanto se me dio la opción no lo pensé y le hice caso, y te aseguro que ahora gracias a eso estoy tranquilo y feliz. Enfrentarme a ella cada vez que me la he encontrado por aquí por fin me ha hecho sentir que he pasado página, porque esa mujer ya no me provoca ni frío ni calor.

Oír eso hace que me emocione. Llevo muchos años deseando oírle decir eso a mi hermano. Han sido años de psicólogos, ingresos por consumo de cocaína, interminables charlas y, de pronto, resulta que la solución era enfrentarse a ella. Algo que yo misma le suplicaba que no hiciera.

Observo a Nacho, que está ensimismado hablando con su gente; de pronto me mira y, sin poder evitarlo, le sonrío. Él me sonríe a mí, y a partir de ese instante comenzamos un peligroso y discreto juego de miradas que…, joder…, joder…, ¡cómo me está poniendo!

Capítulo 33

Nacho

La noche se me está haciendo eterna, y por fin consigo que mi prima y su novio se vayan de la sala. Sé cuánto incomoda su presencia a la familia de Max, y ella no tiene por qué estar aquí.

Pero ver a Andy y no acercarme a ella de pronto se convierte en algo insoportable, que no tiene sentido. Y más desde que hemos comenzado a mirarnos y he visto en sus ojos lo mismo que siento yo por ella. Deseo.

Durante un rato largo la veo hablar con Tom Blake y con otros miembros del equipo, mientras yo me abraso por dentro. Pero ¿a qué estoy jugando? ¿Qué me está pasando?

Mi teléfono suena y, al ver que es mi padre, lo cojo sin dudarlo.

—Hola, papá —saludo echándome a un lado.

—Ignacio, ¿estás ya en Madrid?

Oír su voz siempre me hace sonreír.

—Sí, papá —respondo.

—Oh, Madrid..., ¡qué lugar tan maravilloso! Tienes que ir al museo del Prado, que es espectacular.

—Lo sé, papá. Lo sé. Pero no sé si podrá ser en esta ocasión...

Durante unos minutos mi padre y yo hablamos, nos interesamos el uno por el otro.

—¿Sabes que anoche cenamos con Olimpia y sus padres? —comenta él en un momento dado.

No..., no..., no..., ese tema no me interesa.

—Me dijo lo bien que lo pasasteis en Los Ángeles, y en sus ojitos vi esa picardía que tienen las mujeres cuando se deciden por alguien —añade.

Suspiro. Mi padre ve cosas donde no hay nada.

—Papá… —digo—, no empecemos.

—Hijo, no empiezo. Solo te digo que Olimpia está interesada por ti, y debes tenerlo en cuenta. Piensa en cómo es ella y en la bonita vida que tendríais juntos. Ambos estáis vinculados con el mundo del arte, aunque en diferentes facetas. ¡Es la mujer ideal para ti!

Suspiro. Le ha dado fuerte con Olimpia.

—Papá…

—Lo sé, Ignacio, lo sé. Tu madre y yo somos unos pesados, pero si lo somos es porque te queremos, nos preocupamos por ti, y solo deseamos verte feliz. Y Olimpia es un acierto total para tu vida.

No respondo y miro a Andy. Verla sonreír me cautiva.

—Hijo, recuerda eso que dijo Gabriel García Márquez —prosigue él—: «No llores porque ya se terminó, sonríe porque sucedió». ¿De acuerdo?

No puedo dejar de mirar a Andy.

—Entendido, papá —contesto.

Minutos después, tras despedirnos y quedar en que llamaré a mi madre, me guardo el teléfono en el bolsillo del pantalón mientras Dawson se acerca a mí.

—Acabo de hablar con mi preciosa mujer y me ha dicho que los peques y ella están bien —comenta.

Sonrío. Sé lo importante que su familia es para él.

—Ya están cerrados los siguientes rodajes —dice a continuación—. Mañana, en el teatro Real. Pasado mañana, en el paseo de la Castellana y, al siguiente, en el museo Thyssen-Bornemisza.

Asiento. Pero ver a Tom Blake hablando de nuevo con Andy me tiene nervioso.

—Luego saldremos para Los Ángeles —continúa Dawson—, y regresaremos a España al cabo de unos días. Ya está todo arreglado.

Vuelvo a asentir. Me gusta saber que todo está bajo control.

De pronto veo que Andy me está mirando de nuevo y, sorprendido, observo que con disimulo señala hacia la puerta y después se encamina hacia allí.

¿Acaba de hacerme una señal?

Durante unos segundos me quedo parado. No sé si lo he entendido bien. No sé si Andy, con su gesto, me está indicando que la siga, pero, mira, la voy a seguir y, como diría mi madre, que sea lo que Dios quiera. Así pues, digo mirando a Dawson:

—Luego hablamos.

Sin más, me alejo de él y me encamino hacia el lugar por donde he visto desaparecer a Andy. Al salir la veo frente al ascensor y, al observar que Jackson me sigue, le hago un gesto para que se detenga.

Camino hacia ella, que está junto al ascensor, y cuando voy a hablar, sin moverse, dice con su habitual chulería:

—Ni me hables.

Según oigo eso parpadeo. Pero ¿a qué está jugando? La verdad es que no sé qué pensar.

En ese momento la puerta del ascensor se abre y, sin dudarlo, Andy sube. Una vez dentro, me mira y pregunta con voz autoritaria:

—¿Sube, señor Duarte?

Vale. Está en modo teniente.

Dudo. No sé qué hacer, esa mujer me desconcierta. Pero finalmente, solo por estar unos instantes a solas con ella, asiento y me meto en el ascensor ante la discreta mirada de mis guardaespaldas. No entra nadie más. Me sitúo a su derecha y, cuando las puertas se cierran, Andy se coloca rápidamente frente a mí, me acorrala contra un rincón y, mirándome, musita:

—Si ser sexy fuera un delito, tú, bomboncito, te pasarías la vida en la cárcel.

¿Cómo? ¿Ya me está vacilando?

Pero, antes de que pueda preguntarle, su boca busca la mía y yo reacciono. Vaya si reacciono. Nos besamos. Nos besamos con auténtica locura, hasta que ella, con una frialdad que me desconcierta, deja de hacerlo, se mira el reloj digital, que veo que tiene en modo cuenta atrás, y anuncia:

—Tengo catorce minutos y tengo antojo de algo rico... como tú.

Parpadeo. ¿Qué ha dicho? ¿Yo soy algo rico?

—Por tanto —prosigue—, si me deseas igual que yo a ti, vayamos a tu habitación.

Sin dudarlo pulso el botón de la planta donde está mi habitación. ¿Cómo que si la deseo?

—Y, por favor, ni una mención a la zorra de tu prima o la vamos a tener.

La miro, me mira, y luego afirmo:

—Tranquila. Prefiero no hablar de ella.

Cuando las puertas se abren, Andy comprueba que no haya nadie en el pasillo, salimos del ascensor y, sin detenernos, llegamos a mi cuarto, donde, una vez que abro la puerta, entramos, cerramos y, sin encender las luces, nuestras ropas comienzan a volar por los aires.

Por favor, ¡qué prisas!

Besos, caricias, deseo... Todo eso unido al morbo de la situación convierte el momento en algo tremendamente excitante.

—Doce minutos, diecisiete segundos —dice ella entonces mirándose el reloj—. No hay tiempo para preliminares.

No entiendo, no sé a qué viene tanta prisa, la verdad. Tras un nuevo beso que me calienta hasta lo más profundo de mi ser, me empuja sobre la cama, me lanza un preservativo y exige:

—Póntelo.

—Oye, Andy...

—No hay tiempo, ¡póntelo! —insiste.

Me lo pongo. Vaya si me lo pongo. Me estoy comportando como un pelele en las manos de esa mujer que tan pronto me habla como no, pero no puedo resistirme. No quiero hacerlo.

En cuanto tengo el preservativo colocado, Andy, que me ha estado observando, se aproxima, se sienta a horcajadas sobre mis piernas y, mirándome a los ojos, dice mientras hunde mi dura erección en ella:

—Si no regreso dentro de diez minutos, mi hermano irá a buscarme.

Un jadeo sale de mi boca por el placer que eso me está ocasionando. Por Dios, esta mujer me está volviendo loco.

—¿Dónde te…, te buscará? —pregunto entre jadeos.

Andy gime a su vez. Los movimientos acompasados y sinuosos que realiza sobre mí nos están provocando un gran placer a ambos.

—Le he pedido la…, la llave de su habitación para subir al…, al baño —responde con un hilo de voz—. ¡Dios, sí!

Asiento. Oír eso me hace sonreír. La verdad es que parecemos críos.

Agarro a Andy de la cintura para tomar las riendas, la clavo en mí y, cuando veo su mirada velada por el placer, musito:

—No sabes cuánto te deseo. Ni te lo imaginas.

Veo que me mira, noto que mis palabras la sorprenden.

—Me lo imagino. Claro que me lo imagino —dice.

Yo estoy que no puedo más. Tomo su boca para que ni ella ni yo hablemos, y nos hacemos el amor tirando de la pasión y la dominación que a ambos nos gustan como si fuéramos dos animales salvajes sentados en la cama de mi habitación.

Me muevo sin apartarme de sus labios, y ella se mueve sin apartarse de los míos. Son movimientos profundos, repetidos, contundentes, hasta que la situación nos conduce al lugar que ambos deseamos y, dejándonos llevar, soltamos un sonoro gemido de placer que nos lleva directos al clímax.

Durante unos segundos permanecemos el uno abrazado al otro, sentados en el borde de la cama. Para mí eso solo ha sido un pequeño aperitivo. Quiero más, deseo mucho más. Le doy un beso en el cuello, y cuando voy a hablar Andy me mira y dice:

—Eres como una canción en francés: me gustas, pero no te entiendo.

¿Que soy como una canción en francés?

Sigue vacilándome. Sigue en modo teniente. Lo sé, lo veo en su mirada.

Y entonces me da un pico y cuchichea:

—Gracias por haber hablado con mi hermano y por haberlo cuidado en mi ausencia. ¡Eres un sol!

Sonrío y ella también. Cuando me sonríe así siento que todo mi mundo se paraliza. He de hablar seriamente con ella, pero de pronto se levanta y señala:

—Tengo cuatro minutos para regresar.

¡¿Qué?! ¡¿Cómo?!

¿Por qué no podemos quedarnos aquí? ¿A qué viene ahora tanta prisa?

Veo que Andy se dirige al baño. Yo me levanto, me quito el preservativo y, cuando voy hacia allí, ella sale poniéndose la camiseta y recoge las bragas del suelo.

—Tenemos que hablar —le pido cogiéndola del brazo.

Según digo eso su fría sonrisa me aturde. Imagino que es la sonrisa que emplea vestida con su uniforme de teniente.

—¿Te parece poco lo que hemos hablado? —dice soltándose.

Me desconcierta. Esta mujer me turba.

—Mira, finolis edulcorado —añade entonces—, tienes un no sé qué que me pone no sé cómo, pero que me gusta no sabes cuánto y me hace sentir como una paviflor.

Vale, veo que sigue vacilándome.

—Te diría que lo que ha ocurrido hoy ha sido una puñetera mierda —continúa mientras se pone el pantalón—, pero, ¡joder!, estaría mintiendo. Así que ¡espero que lo hayas disfrutado tanto como yo!

La veo muy acelerada, por lo que le pido:

—¿Puedes parar un momento?

—Negativo.

—No te vayas.

—¡Me piro!

—Tenemos que hablar.

—Negativo.

—Quédate —insisto mirándola.

Ella me mira. Por unos instantes veo desconcierto en sus ojos. La voy conociendo. Pero de inmediato, recomponiéndose, vuelve a su papel duro de teniente y niega con la cabeza.

—Esto ha sido lo que ha sido. ¡Un polvo! Tranquilo, no quiero más de ti.

Según oigo eso me descompongo. Lo que ha ocurrido entre nosotros no ha sido un simple polvo para mí.

Pero ella, tras calzarse los botines a la velocidad del rayo, camina hacia la puerta y, sin mirarme, dice:

—Bomboncito, como siempre, ha sido un placer. ¡Adióssss!

Y antes de que yo pueda moverme o detenerla, abre la puerta y se va, dejándome completamente alucinado.

¿En serio acabo de tener sexo con Andy de esa manera?

Capítulo 34

Andy

Acalorada y aterrada a partes iguales, bajo en el ascensor mientras soy consciente de lo que acabo de hacer.

Madre mía... Me he comportado con él como Hollywood..., de un modo frío e insensible.

Nerviosa, me peino con los dedos mientras me miro en los espejos del ascensor y me digo que ha sido solo sexo... Aunque, madre mía, ¡qué sexo!

Con tanta miradita va, miradita viene, deseaba a Nacho..., deseaba su cuerpo, y si él deseaba el mío, ¿por qué no?

Total..., las cosas ya están más que claras entre nosotros. Y aunque ese tipo me gusta y el bombardeo de mi estómago no cesa, me conozco y, en cuanto deje de verlo, dentro de dos días lo voy a olvidar.

Se abre la puerta del ascensor y, cuando me dispongo a salir, el jodido destino hace que la perra de Miranda entre. Nos miramos durante unos instantes. En sus ojos veo desafío, y quiero que vea cabreo en los míos. No digo nada, ella tampoco, y tan pronto como salgo del ascensor, sin mirar atrás, levanto la mano derecha y, provocándola claramente, le hago una peineta. ¡Que se joda!

Según hago eso me encuentro con Jackson y Paul. Ambos me miran y yo, bajando la mano, indico al pasar por su lado:

—Lo del dedo no era para vosotros, sino para la zorra de la prima de vuestro jefe.

Ellos se miran sin decir nada, y yo prosigo mi camino con una sonrisa.

Una vez que llego de nuevo a la sala, compruebo que me sobran treinta segundos. ¡Qué buena soy cronometrando el tiempo!

Antes me he inventado que, a causa de la impresión de haber visto a la innombrable, se me había descompuesto el cuerpo, y mi hermano me ha dado quince minutos para ir al baño de su cuarto. Si pasado ese tiempo no volvía, él subiría a buscarme. Y como sé que lo habría hecho, he preferido que me sobrase tiempo a que me faltase.

¡Menudo es Max! En eso es como mi padre.

Cuando entro en el salón, donde todos siguen charlando, veo que mi hermano mira hacia la puerta. Me acerco a él y paramos los cronómetros de nuestros relojes.

—¿Estás mejor? —me pregunta.

Asiento y sonrío. Sin duda estoy muchísimo mejor y, tomando aire, declaro:

—Ni te imaginas lo bien que estoy.

—Si hasta tienes más colorcito —comenta mi tía.

Max sonríe. Yo también. ¡Aisss, si ellos supieran a qué se debe mi colorcito!

Todavía con el sabor de la boca de Nacho en la mía, me dedico a hablar con unos técnicos de sonido, que están encantados de saber que soy la hermana de Max. Pobres..., no tienen nada que hacer.

Estoy hablando con ellos cuando veo que Nacho entra en el salón. Uf..., cómo me impone su presencia y más aún tras lo ocurrido entre nosotros. Con el rabillo del ojo veo que mira a su alrededor y, cuando me encuentra, el tío viene directo.

¡Joder..., joder..., qué miedoooooo!

Mi hermano, que está a mi lado, le sonríe al verlo, y en ese momento uno de los técnicos me pregunta:

—¿Ya tienes trazada la ruta que tomarás hasta Venecia?

Vuelvo a asentir gustosa, y, sin mirar a Nacho, que se ha situado a mi lado, afirmo sin mencionar mi visita a la base de Aviano para ver a mi escuadrón:

—Sí. Pararé en Zaragoza, Barcelona, Perpiñán, Marsella, Génova, Brescia y Venecia. Tardaré unos cuatro días en llegar a Venecia en moto y, una vez allí, visitaré Verona.

Ellos se miran sorprendidos, y Max añade:

—En Venecia se alojará en el hotel H10 Palazzo Canova, y luego irá a visitar la casa de Julieta en Verona, ¿verdad, Andy?

Afirmo con la cabeza. Llevo planeando este viaje tanto tiempo que hasta Max se conoce al dedillo todos los detalles.

—Joder, ir hasta allí y no visitar la casa donde Shakespeare ambientó la historia más romántica del mundo ¡sería un sacrilegio! —digo omitiendo mi verdadera razón para ir a Verona.

—Esa casa está situada en el casco antiguo de Verona. En la via Cappello número 23, muy cerca de la piazza delle Erbe.

Al oír eso que dice Nacho, lo miro extrañada.

—Fuimos a rodar allí para mi película *A la luz de las velas* —aclara—. Por eso sé muy bien dónde está la famosa casa de Julieta. Te encantará, te lo aseguro.

Sonrío. Él también. Si no estuviera toda esta gente delante le volvería a arrancar la ropa, pero, por suerte o por desgracia, comienzan a preguntarme por los pormenores de mi viaje. Respondo con sinceridad, no tengo por qué mentir, mientras Nacho observa a nuestro lado, escucha y me mira. Cada vez que mis ojos y los suyos se encuentran mi cuerpo reacciona; mi cuerpo lo desea más y más. De pronto mi tía me da un golpecito en el brazo y cuchichea:

—Cariño…, son las once y media de la noche. ¿No crees que deberíamos irnos ya?

Asiento, es lo mejor. Y acto seguido me dirijo a mi hermano.

—Max, nosotros nos vamos a ir ya. La tía está cansada.

Según digo eso veo que Nacho se mueve algo inquieto.

—Vamos a mi habitación a recoger vuestras cosas —propone Max.

Cuando me dispongo a acompañarlos mi tía dice:

—Quédate aquí y ve despidiéndote. Tus primos y yo subiremos con él a recoger las cosas.

Con una sonrisa en los labios me despido de todos los nuevos amigos que Max me ha presentado; cuando llego frente a Nacho lo miro y, parapetándome en mi frialdad, y consciente de que nadie puede oírnos, digo:

—Espero que los días de rodaje que te quedan en España vayan genial.

Él asiente muy serio y luego susurra:

—Oye, en lo referente a lo que dije en mi despacho…

—Uf, ¡qué pereza, chico! Paso de hablar de eso, que es pasado.

Nacho me mira. Sé que mi frialdad lo desconcierta.

—¿Cuándo vas a parar de vacilarme? —suelta entonces.

Oír eso me hace sonreír y, guiñándole el ojo, respondo:

—Dentro de cinco minutos.

—¡¿Cómo?!

—En cuanto te pierda de vista para no volver a verte nunca más —añado.

Su cara es todo un poema; intuyo que pocas mujeres le han dicho algo así. Toma aire y pregunta:

—¿A qué ha venido lo de antes en mi habitación?

Recordarlo me hace respirar hondo. Uf…, lo que daría yo por repetirlo, pero respondo:

—Un impulso.

—¡¿Un impulso?!

Afirmo con la cabeza. Mis respuestas lo sorprenden.

—Los misiles Tomahawk de mi estómago no me dejaban vivir y le he puesto remedio —cuchicheo.

Nacho me mira, no entiende nada, y, divertida, le aclaro:

—Para mí misiles, que soy la bruta. Para ti mariposistas, que eres el finolis edulcorado.

Nacho me coge la mano, tira de mí y, arrastrándome detrás de un biombo de madera que hay en el salón, me acerca a su cuerpo y me besa.

Uff… ¡Mamacitalindaaaaaaa!

¿Quién puede rechazar esto?

Me besa. Lo beso. Lo disfruto. Los misiles en mi estómago se rearman. Ay, Dios…, ay, Dios…, definitivamente creo que me he enamorado.

Y, consciente de que al otro lado del biombo está todo su equipo y de que no deseo que nadie nos vea, cuando nos separamos lo miro para hablar y él suelta:

—Yo también soy impulsivo.

Eso me hace sonreír.

—Acompaña a tu tía a su casa y después regresa —dice sonriendo también.

Uf..., planazo..., planazo. Nada me gustaría más.

Pero sé que lo que tengo que hacer es todo lo contrario para olvidarme de él.

—No —contesto.

—¿Por qué?

Sin apartar mis ojos de sus preciosos ojos negros, respondo:

—Primero, porque mañana me voy para Italia. Y segundo —y aquí miento como una bellaca—, porque he quedado.

Según digo eso su gesto cambia, y pregunta:

—¿Con quién has quedado?

Gustosa al ver su interés, suelto para hacerme la interesante:

—Con quien me ha dado la gana.

Nacho cierra los ojos y niega con la cabeza; no sé qué estará pensando. Cuando los abre de nuevo y va a hablar, oímos la voz de Dawson, que canturrea tras el biombo:

—Si no salís ya, os pillannn...

Lo hacemos sin dudarlo, y Dawson pregunta mirándonos con una sonrisita:

—¿A qué estamos jugando, chicos?

Nacho y yo nos estamos mirando cuando mi hermano llega hasta nosotros; ajeno a todo lo que ocurre, me entrega mi mochila.

—Os acompañaré a la puerta para que cojáis un taxi —dice.

Asiento, pero entonces Nacho interviene y dice mientras teclea en su móvil:

—Hay un chófer contratado por la productora las veinticuatro horas.

Rápidamente niego con la cabeza, pero Nacho insiste:

—Dentro de dos minutos está en la puerta.

Max sonríe, Dawson también, y yo al final digo:

—Muchas gracias por el detalle, señor Duarte.

Él asiente entonces muy serio.

—Espero que tu viaje a Italia sea todo lo que deseas —declara.

—Yo también —afirmo convencida.

Una vez que me doy la vuelta y se nos unen mi tía y mis primos, comienzo a caminar con mi hermano hacia la puerta, consciente de que Nacho me mira. Por ello cojo mi teléfono y tecleo:

Deja de mirarme el culo.

Le doy a «Enviar», me vuelvo por última vez y veo a Nacho sonriendo mientras mira su móvil. Me gusta verlo sonreír.

Capítulo 35

Nacho

Los siguientes días de rodaje en Madrid con Noelia y Tom van bien, aunque en mi mente yo solo tengo a una persona.

No puedo dejar de pensar en Andy, y reconozco que sonrío al ser consciente de que los misiles Tomahawk me están destrozando el estómago a mí también.

Pero ¿cómo se le pueden ocurrir cosas así?

Por suerte, tanto los actores como el resto del equipo son unos profesionales, y aunque mi humor no es el mejor, todo sale como deseo.

—¡Corten! —grito.

Acto seguido, y como siempre, visualizamos lo que hemos grabado en los monitores y, una vez que damos el visto bueno, digo:

—Toma perfecta, ¡se acabó por hoy!

Como cada día cuando termina el rodaje, todo el equipo aplaude, están motivados, y más aún porque mañana por la noche algunos regresamos a Los Ángeles.

Tan pronto como me quito los cascos y saco mi teléfono para comprobar si Andy ha contestado al mensaje que le envié hace un par de días, me desespero al ver que no lo ha hecho.

¿Por qué? ¿Por qué ignora mis mensajes tras lo que ocurrió entre nosotros?

Estoy pensando en ello cuando Noelia se me acerca con Tomi y suelta:

—Nosotros nos vamos ya, ¡pesado!

Según dice eso la miro. Entre nosotros hay confianza para eso y más.

—No sé qué te pasa —musita a continuación—, pero espero que cuando regreses de Los Ángeles lo hayas solucionado, porque vaya mala leche gastas últimamente. Y hoy, querido amigo, se puede decir que has rozado ya lo insoportable. ¡Joder, Nacho! Que hemos empezado a las ocho de la mañana y son las seis de la tarde...

—*I'm sorry*, pero le doy la razón, *my love* apolíneo —afirma Tomi.

No contesto. Y Noelia indica:

—Me has hecho repetir la última escena doce veces, y, si te soy sincera, creo que la segunda era la buena. Pero, en fin..., ¡tú eres el director!

La miro. Sé que hoy no es mi mejor día.

—*My love*, ¡a ti te pasa algo! —exclama Tomi.

Al oírlo levanto las cejas. Está visto que la ausencia de Andy hace estragos en mi estado de ánimo.

—Siento si el día de hoy ha sido pesado —me disculpo—, pero creedme, el resultado merecerá la pena.

Noelia y Tomi se miran. Me parece que esperaban otra contestación por mi parte.

—Sin duda el resultado será insuperable, pero tú, *my* adonis, no estás bien —agrega Tomi.

Suspiro. Resoplo. No me gusta hablar de mi vida privada.

—Por el amor de *Diorrrrr* —insiste él—, ¿por qué no te quedas con nosotros en Sigüenza con las heteropetardas? Viajar a L. A. para volver dentro de unos días es de *crazies*.

Noelia me mira y asiente. Me ha dicho veinte veces que puedo quedarme en su casa, pero yo niego con la cabeza.

—Prefiero regresar a Los Ángeles. Tengo mil cosas que hacer.

Ellos de nuevo intercambian una mirada y luego mi amiga cuchichea:

—Oye, mira lo que te digo: en esta vida no todo es trabajar. Así que soluciona eso que te está carcomiendo por dentro o te aseguro que te pondrás enfermo.

Oír eso me hace sonreír y, besándolos a modo de despedida, añado:

—Nos vemos en Sigüenza dentro de unos días.

Finalmente ellos se marchan y Dawson se me acerca.

—Hoy estoy tan cansado que cenaré en la habitación —dice.

—¡Harás bien! —respondo.

Dawson asiente.

—¡Menudo día el de hoy! —exclama—. Estás intensito y gruñón, ¿ehhhh?

Lo miro. Él me mira. Es el único que sabe lo que hay entre Andy y yo y guarda muy bien el secreto.

—¿Qué tal si la llamas? —dice bajando la voz.

—Dawson, no empieces.

—Nacho, maldita sea —insiste—. Te conozco y nunca te he visto así. Me preocupas.

Niego con la cabeza y siseo:

—Pues no te preocupes, porque estoy bien.

Durante unos segundos permanecemos en silencio, hasta que susurra:

—Hoy llega a Venecia.

Saber eso era lo que necesitaba y, sorprendido porque él esté al corriente, lo estoy mirando cuando dice:

—Llamé a Max para preguntarle unas cosas, y de paso, como el que no quiere la cosa, le pregunté por su hermana y me contó que hoy llegaba a Venecia.

Sonrío; simplemente saber eso cambia mi gesto por una sonrisa, y mirando a mi amigo, murmuro:

—Gracias.

Dawson afirma con la cabeza, pero luego se toca el cuello y pregunta:

—A riesgo de que me fusiles…, ¿te has enamorado?

En cuanto dice eso niego con la cabeza. Pero ¿qué tontería es esa? Cuando voy a soltarle algo que no va a sonar muy agradable agrega para que me calle:

—La insoportable de tu prima está en maquillaje.

Oír eso me hace cambiar el gesto de nuevo. No tengo yo hoy el día para muchas tonterías con Miranda.

—Según me ha dicho Maika, de maquillaje, ha venido a despedirse —aclara Dawson.

Asiento. Vale, eso me gusta más. Deseo despedirme de aquella cuanto antes, así que me encamino hacia el set de maquillaje y, al verla junto a Emilio, pregunto:

—¿Qué os trae por aquí?

Mi prima rápidamente se acerca a mí.

—Vengo a pedirte un favor.

—Tú dirás...

—Necesito tu avión privado esta noche para que nos lleve a Málaga. Al parecer, mañana a primera hora tengo que comenzar a rodar unas escenas que supuestamente no teníamos que grabar hasta la semana que viene.

Sé que esas cosas pasan. Entonces ella, dirigiéndose a Emilio, añade:

—Amor, espérame en el coche.

El hombre me estrecha la mano, se despide de mí y, cuando se marcha, mi prima me mira y cuchichea:

—Cuando llegue a Málaga lo voy a dejar. ¡Es tan aburrido...!

Oír eso no me sorprende en absoluto.

—¿No está Max por aquí? —me pregunta a continuación—. Quería despedirme de él.

Al oírla algo se remueve dentro de mí. Nunca me ha gustado meterme en problemas ajenos, pero Max no solo es el hermano de Andy, sino que además es un buen tipo. Y, mirando a mi prima, digo:

—No, no está. Pero si estuviera, no te dejaría despedirte de él.

Ella me mira y parpadea, y yo, dirigiéndome a Maika, pido:

—¿Me dejas un segundo a solas con ella?

La maquilladora asiente. Sale del set y, en cuanto nos quedamos a solas, me encaro con Miranda.

—Nunca he estado de acuerdo en cómo te mueves por la vida —le suelto—, pero creo que he llegado a un punto en el que ya no me voy a callar.

—¿Qué pasa, Nachitoooo?

—Me refiero a que si quieres dejar a Emilio cuando llegues a Málaga porque ya lo has exprimido, es tu problema. Pero eso me demuestra una vez más que eres una egoísta y que solo te mueves por el interés. Al igual que muchos otros, Emilio es una persona, tiene sentimientos y corazón, y solo espero que no le hagas daño, porque seguro que no se lo merece.

—Güeyyyy, pero ¿por qué me dices eso?

—A ver, Miranda…

—Nachito, a tu padre no le gustaría saber que me hablas así.

—A mi padre lo dejas a un lado, ¿entendido?

—Nachitoooooo…

Me caliento. Llevo toda la vida oyendo y viendo cómo mi prima utiliza a los demás en su propio beneficio, incluido a mi padre, e incapaz de callar pregunto:

—¿Recuerdas a Manuel Torres?

Según digo ese nombre a ella se le corta la respiración.

—Manuel terminó como terminó por tu culpa, y lo sabes tan bien como yo.

Miranda no dice nada, solo se toca el pelo.

Manuel era un joven camarero de diecinueve años que ella conoció hace dos y que se quitó la vida cuando mi prima jugó con él. Lo utilizó para darle celos a un hombre mayor, rico y poderoso, y cuando Manuel vio que lo dejaba por aquel, se lo tomó tan mal a causa de su inmadurez que se suicidó. Dejó escrita una nota, que, por suerte, nunca llegó a la prensa, pero yo sí me enteré de ello y se lo dije a mi prima, porque un amigo mío llevó el caso de Manuel y me lo contó.

—Miranda, a Manuel no lo conocí y no pude ayudarlo ni hacer nada por él. Pero a Max lo conozco, lo aprecio, y no voy a permitir que juegues con él de nuevo.

—Nachitoooo, no mamessss…

Rabia. Siento rabia de ver que solo se preocupa por ella, y siseo intentando no reproducir ninguno de los improperios que le he oído soltar a Andy:

—¡Maldita sea, Miranda! Tus actos, tu egoísmo y tu manera de ser ya han matado a una persona y casi matan a Max… ¿Por qué crees que su hermana reaccionó así el día que te vio?

—Porque es una mujer ordinaria y sin clase.

Oír eso me molesta mucho. Andy no es ninguna ordinaria. No es una mujer sin clase, y, sobre todo, ¿en qué puñetero mundo vive mi prima?

—Haz el favor de seguir con tu vida y olvidarte de Max —mascullo tras tomar aire—. A ese hombre ya le has costado demasiadas cosas.

—Pero, Nachitoooo…

—Miranda, te lo digo en serio.

—Ay, güeyyy…, pero si Max solo es un simple especialista. ¿A qué tanto problema?

Eso de «simple especialista» dicho con tanta soberbia me toca la moral. Pero ¿quién se cree esta mujer que es? Como dijo Andy, mi prima es muchas cosas feas.

—¿Acaso tú eres más que él? —le suelto.

—Soy Miranda Veracruz. ¿Te parece poco?

Suspiro al oír eso. Lo de mi prima es de locos. Y, seguro de lo que digo, replico:

—¿Acaso ser Miranda Veracruz es más que ser Max Madoc?

Mi prima sonríe con falsedad, pestañea y, con su habitual soberbia, pregunta:

—Pero ¿tú quién eres para hablarme así? Tú, que precisamente solo buscas utilizar a las mujeres para el sexo.

Lo que acaba de decir me molesta. Aunque yo no soy como ella, visto desde fuera puede parecer que hago lo mismo.

—Tú y yo, querido Nachito, ¡somos iguales! —añade—. Somos fríos, crudos. Nosotros no amamos. No queremos. ¿Acaso no lo ves?

Niego con la cabeza. No, no lo veo.

Sus palabras me hacen reaccionar. Me sublevo, y respondo con tal fiereza que hasta yo me sorprendo.

—Me llamo Ignacio o Nacho, no «Nachito», por tanto, haz el favor de llamarme de una santa vez por mi nombre, ¿entendido? —Miranda asiente—. Yo no soy como tú —prosigo—. Jamás en la vida he jugado con una mujer porque voy de frente y las mujeres que han estado conmigo sabían perfectamente a qué atenerse. Y amo, claro que amo, quiero y tengo sentimientos. Amo a mi familia, amé a mi mujer y te aseguro que vuelvo a amar. ¡Vuelvo a amar! —repito—. Por tanto, no digas que soy como tú, porque ser como tú sería el mayor fracaso de mi vida.

Según digo eso siento que mi corazón bombea muy muy deprisa. ¿Qué es lo que acabo de reconocer en voz alta? ¿En serio he perdido el miedo a amar? Tremendamente confundido por mis propias palabras, siseo:

—Dicho esto, si me entero de que te acercas a Max, te juro que lo vas a lamentar, porque yo mismo me encargaré de que todos sepan a ciencia cierta lo que ocurrió con Manuel Torres, incluido mi padre, y eso, querida prima, te hundirá. ¿Lo has entendido?

Molesta al oír mis palabras, Miranda toma aire. Sabe que soy pacífico hasta que me sacan de mis casillas. Al final, retirándose el pelo del rostro, musita:

—Para mí Max no existe.

Asiento.

—Es lo que deseo —digo—, y te aseguro que las personas que lo quieren también.

Acto seguido, y con una tremenda frialdad que no me importa lo más mínimo, se acerca a mí, me da un inexistente beso en la mejilla derecha y pregunta:

—¿Puedo disponer de tu avión privado esta noche?

Niego con la cabeza.

—No. No puedes —respondo.

Ella me mira con rabia durante unos segundos.

—Muy bien, Ignacio —suelta al cabo—. Ten buen viaje de regreso a Los Ángeles.

—Tú también a Málaga.

Una vez que se va me siento bien. Necesitaba decirle eso. Quiero proteger a Max de una mala persona como es mi prima. Aun así, me retiro el pelo del rostro asombrado. Acabo de perderle el miedo a reconocer que amo, y sé que lo digo por Andy. ¡Amo a Andy!

—¡Joder! —murmuro.

«Espera… ¿He dicho "joder"? ¡¿Yo?!»

Pensar eso me hace sonreír, y, motivado como llevaba tiempo sin estarlo, me encamino hacia el lugar donde se encuentra Dawson y anuncio:

—Voy al hotel y luego parto hacia Italia.

Mi amigo parpadea sorprendido.

—Aunque sé por qué… —dice—, ¿por qué?

Me río.

—Porque los jodidos misiles Tomahawk me están matando —suelto.

Dawson parpadea sin entender.

—Ni una palabra a nadie —añado entonces—. Nos vemos dentro de unos días en Sigüenza.

Cuando digo esto, él sonríe. Yo le devuelvo la sonrisa y luego, caminando hacia Jackson y Paul, les indico que me voy de viaje y que deben regresar a Los Ángeles. En un principio se sorprenden, pero acatan mi orden.

Instantes después subo al coche de producción; tengo muy claro adónde quiero ir y a quién quiero ver.

Capítulo 36

Andy

Cuando llego a destino y pongo un pie en suelo veneciano casi no me lo puedo creer. ¡Estoy en Venecia! Por fin puedo decir que estoy aquí.

Me da un poco de pena tener que dejar mi moto en un garaje a las afueras de la ciudad, pero no tengo elección, ya que no está permitido circular con ningún vehículo con ruedas por el centro de Venecia.

Me dirijo al parking que tengo reservado y, una vez aparco y aseguro mi moto, cojo mi equipaje y me dirijo al punto de encuentro en el que me espera el taxi acuático privado del hotel H10 Palazzo Canova. Mientras el taxista conduce por el Gran Canal, miro a mi alrededor y disfruto de ese sueño que se ha hecho realidad.

¡Joder, qué pasada!

El taxi me deja en el muelle que está justo enfrente del hotel. Tras hacer el *check in*, subo a la habitación, dejo mi equipaje y, sin dudarlo, me voy a comer algo a la *trattoria* que me recomienda el chico de la recepción, donde me pongo morada.

¡Mira que me gusta la cocina italiana!

Cuando regreso a mi precioso hotel, me paro en la puerta antes de entrar y miro hacia el Gran Canal. Madre mía..., madre mía, ¡que estoy en Venecia! Frente a mí hay varias góndolas sujetas en los amarres. ¡Qué curioso es todo esto!

Tras saludar de nuevo al chico de la recepción, que es encantador, y contarle que he cenado estupendamente en el sitio que me ha recomendado, subo a mi habitación, que está en el segundo piso; me dejo caer en la cama individual, miro al techo y sonrío.

Mi viaje hasta aquí desde España con mi *Bicho* ha ido genial. No he tenido el más mínimo problema. Y ahora estoy en Venecia. Me siento feliz… ¿Qué más puedo pedir?

Pero sí, podría pedir algo más, y ese algo se llama Nacho Duarte.

Por Dios, ¡que no consigo olvidarme de él!

He de hacerlo, primero, por mi salud y, segundo, por mi padre. Si se enterara de que he caído en la marmita del amor con una persona relacionada con el mundo del cine, creo que me lo cargaría del disgusto. Y no, eso sí que no lo voy a permitir.

Me levanto de la cama, me quito las botas, la ropa, y tras coger el teléfono móvil busco en mi Spotify y sonrío al oír a Miley Cyrus cantando *Malibu*. ¡Qué versátil es esta mujer y qué voz tiene!

Canturreándola, me meto en la ducha. No es muy grande, pero, joder, qué placerrrrr. Mientras me ducho vuelvo a pensar en Nacho…, en su boca, en sus ojos, en sus manos…, hasta que finalmente me reprendo a mí misma.

¿Por qué sigo martirizándome con él, si él pasa de mí?

¿Por qué he tenido que enamorarme de él?

Cuando salgo y me seco con la cálida toalla del hotel, sigo pensando en Nacho. En mi bombóncito. No puedo quitármelo de la cabeza, y no lo entiendo. Lo que me pasa con él no me ha pasado nunca con nadie.

Pienso que lo que hay entre nosotros es una química sexual brutal. Es vernos y, ¡joder, nos venimos arriba! Pero también somos muy opuestos. Ambos procedemos de mundos totalmente distintos. Él, del mundo del cine, y yo, del mundo militar, que más diferente no puede ser, y, claro, tanto él como yo somos un fiel reflejo de nuestras vidas y vivencias.

Sigo pensando en él cuando recibo un mensaje. Cojo mi móvil, que está sobre la cama, y al mirar veo que se trata de Nacho. Sonrío y me pongo tonta. Él también está pensando en mí. ¿Y si le gusto más de lo que creo?

Pero no…, pensar eso es absurdo. Aunque me jorobe sé que él es un tío claro, y si me dijo que no quiere nada conmigo, sin duda es porque no piensa en mí. No me voy a engañar.

Observo la pantalla sin abrir el mensaje. No le contesté al último que me envió hace dos días. Creo que seguir con este juego no me hace ningún bien, pero, deseosa de saber de él, tras cambiar de opinión dos mil veces en treinta segundos, al final mando a hacer puñetas lo que pienso y abro el mensaje.

Veo una fotografía con un cóctel amarillento sobre una mesa de granito blanca, y debajo de ella pone:

¿Te invito?

Sonrío divertida. Sé que aún está en Madrid y que debe volar a Los Ángeles mañana. Ya me las he ingeniado para sacarle la información a mi hermano cada vez que lo he llamado para decirle que estaba bien, sin que se percatara de nada.

Gustosa por recibir esa foto, enrollada en la toalla blanca, me siento en la cama y escribo:

¿Qué es?

Una vez que se lo envío, sin dejar de mirar la pantalla veo que Nacho está escribiendo, hasta que recibo:

Un cóctel bellini, ¿lo has probado?

Sonriendo de nuevo, niego con la cabeza.

No, no lo conocía.

Le doy a «Enviar» y veo que él escribe de nuevo:

Pues el cóctel tiene su historia
en Venecia.

No dejo de sonreír, y en ese momento recibo otro mensaje que dice:

¿Quieres conocerla?

Claro que quiero; con ganas de seguir mensajeándome con él tecleo:

Cuéntamela.

Estoy mirando el móvil cuando recibo:

Sube a la terraza del hotel.
Allí te la contaré.

Suspiro. Resoplo. No me apetece vestirme, la verdad, y pregunto curiosa:

¿Cómo sabes que mi hotel tiene terraza?

Segundos después leo:

Pocos hoteles en Venecia, y además
frente al Gran Canal, no la tienen.

Tiene razón, además él ya ha estado aquí; sin darle más importancia respondo:

Estoy vaga y recién duchada… ¿No me
lo puedes contar mientras estoy
tumbada en mi cama?

Le doy a «Enviar» y a los pocos segundos recibo:

Resulta muy tentador eso de «recién
duchada»… Y… en tu cama te contaría
otras cosas.

Suelto una carcajada y, cuando voy a contestar, insiste:

Vamos. Sube a la terraza del hotel.
Cualquier cosa contada bajo las estrellas
es más bonita.

Sonrío. ¡Qué cabezón está con eso!

Es tarde. Estará cerrada.

Según envío mi respuesta veo que Nacho comienza a escribir y, al cabo, leo:

¿Acaso la teniente Madoc no sabe
colarse en una terraza cerrada?

¡Qué capullo, cómo me pica!

Vale. Dame unos minutos, que me visto.

Segundos después recibo:

Pero sube. No me engañes.

Sonrío, entiendo su desconfianza, y afirmo:

Si digo que subo, subo.

Y de inmediato contesta:

Me gusta que tengas palabra.

Una vez que me quito la toalla, cojo unas mallas negras, una camiseta y mis zapatillas de deporte, justo lo que he dejado preparado para salir a correr por la mañana. Después rápidamente me peino el pelo aún húmedo y, tras coger mi móvil, el tabaco y el mechero y la tarjeta de la habitación, salgo de ella y escribo:

Subiendo a la terraza.

El hotel está en silencio, imagino que la mayoría de los huéspedes duermen, y me encamino hacia una escalera en la que hay un letrero con una flecha que dice TERRAZZA.

Subo diecisiete escalones y, al ver una puerta cerrada, suspiro. Seguro que tendrá la llave echada; pero, al posar la mano en el pomo, me sorprendo al ver que este gira. ¡Genial!

Capítulo 37

Andy

Con cautela, abro la puerta y me quedo boquiabierta al ver a Nacho frente a mí, sentado ante una mesa de granito blanco con dos cócteles de color amarillento y varias velas encendidas a su alrededor.

«¡¿Cómo?! ¿Qué está haciendo aquí?»

Mi estómago se rearma y dentro de mí se disparan todas las alarmas. ¡Madre míaaaaa!

Lo miro. Me sonríe. Está guapo, no…, lo siguiente, vestido todo de blanco, mientras yo voy hecha un purito desastre, ya que me he puesto lo primero que he pillado.

Sonrío apurada. Él sonríe a su vez y parece complacido. Y cuando cierro la puerta se levanta con galantería, se acerca a mí y, entregándome una de las copas, dice:

—Este cóctel fue creado hacia el final de la Segunda Guerra Mundial en el legendario Harry's Bar de aquí, de Venecia, por Giuseppe Cipriani. Un lugar al que, por cierto, te llevaré si me lo permites. El cóctel debe su nombre al fanatismo de Cipriani por las obras del pintor veneciano del siglo XV Giovanni Bellini…

Estoy en shock. No me estoy enterando de nada de lo que cuenta. ¿Quién es Cipriani? ¿Quién es Bellini? ¿Adónde me va a llevar? ¿Me está vacilando?

Pero, sobre todo, ¿qué hace Nacho aquí?

—El bellini está hecho con dos partes de prosecco —prosigue

él—, vino espumoso, cava o champán muy frío y una parte de puré de melocotón blanco o, en su defecto, zumo de melocotón.

—Vaya... —murmuro totalmente desconcertada.

Nacho sonríe, creo que se ríe de mi cara de confusión, y añade:

—Como curiosidad también has de saber que personajes célebres como Hemingway, Orson Welles, F. Scott Fitzgerald o Dorothy Parker fueron grandes clientes del Harry's Bar y consumidores de este original y estupendo cóctel.

Vuelvo a asentir. ¡Joder, parezco medio tonta!

Él hace chocar entonces su copa contra la mía y dice:

—Pruébalo.

Sin dudarlo me llevo el cóctel a los labios y lo pruebo sin dejar de mirarlo. El sabor dulce del melocotón y el vino me recorre el paladar, y cuando trago y siento que se me van a salir por la boca los misiles del estómago, oigo que Nacho susurra:

—Ahora, por favor, si deseas que te bese, deja el cóctel sobre la mesa, porque no puedo esperar un segundo más para hacerlo..., pero solo si tú quieres.

«Sí..., sí..., sí... ¡Quiero! ¡Quiero!»

Estoy como él. La impaciencia y el deseo me pueden. Dejamos nuestras copas sobre la mesa y nos besamos sin dudarlo.

Joder..., joder..., joder, cómo nos besamos, cómo nos devoramos, cómo nos abrazamos. Y cuando nuestro caliente y ardoroso beso acaba porque si no respiramos, moriremos, murmura:

—No sabes las ganas que tenía de verte.

Uf..., que me da. ¡En serio que me da! Sin poder evitarlo musito:

—Dios, miedito me das...

Según digo eso él sonríe y cuchichea:

—¿Tú no sabes que si hay que perderle el miedo a algo, que sea al miedo?

Oír esa frase..., esa frase que es tan importante para mí, me hace parpadear.

—Tu hermano Max me dijo que repetías esa frase a menudo —aclara Nacho—, y luego recordé que la llevas tatuada. Por tanto, teniente, piérdele el miedo al miedo.

Sonrío al oírlo; parece que estoy viviendo una película. Intentando no parecer una puñetera paviflor pregunto:

—¿Y tus guardaespaldas?

—En España. Mañana viajan con todo el equipo de vuelta a Los Ángeles.

Asiento, aunque no entiendo nada.

—Quiero estar a solas contigo —dice entonces en voz baja.

¡Qué fuerte! ¡Qué fuerteeeeee!

—Pero ¿qué estás haciendo aquí? —insisto.

Nacho se encoge de hombros.

—Los misiles Tomahawk de mi estómago me estaban matando —afirma.

«¡¿Cómo?! ¿Ha dicho lo que creo que ha dicho?»

—Estoy aquí por ti —añade—. Y para decirte que soy un idiota, además de un finolis edulcorado, y que no puedo dejar de pensar en ti ni un segundo del día.

—Joderrr… —susurro al oírlo.

Según digo eso me río al ver su cara. Ya he soltado uno de mis improperios. Seguro que tiene algo que decir al respecto.

—Sé tú misma, mi preciosa Andy Madoc —oigo que dice entonces—. Nunca dejes de ser tú…, aunque las palabras como *joder* o *capullo* no sean santo de mi devoción, ¿entendido?

Sonrío. Me gustan su positividad y su receptividad.

Tocando con cariño mi mejilla Nacho agrega:

—Lo que voy a hacer es algo raro en mí, pero por ti merece la pena.

Lo miro sorprendida. No tengo ni idea de qué va a hacer, la verdad. Saca entonces su teléfono móvil, lo veo trastear en él y, cuando comienza a sonar la canción *Por el resto de tu vida*, me mira y dice:

—¿La conoces?

Sin dudarlo asiento, y él vuelve a preguntar:

—¿Qué es para ti esta canción?

Al oírlo sé que tengo dos opciones: mentir o decir la verdad. Necesito ser sincera con él, así que respondo:

—Nuestra canción.

Nacho asiente, creo que esperaba oír eso. Tras tomar aire, a continuación, mientras la canción nos envuelve, pregunta:

—Sabes que estuve casado y ella murió, ¿verdad?

Asiento.

—Odalys, mi mujer —continúa—, siempre decía que el amor era magia, y cuando ella murió pensé que nunca volvería a sentir esa magia. Durante años me cerré en banda a conocer a nadie por miedo. Me dije a mí mismo que el amor ya no era algo que yo necesitara para vivir, pero, señorita Andy Madoc, ha sido conocerte y resurgir esa magia. Y aunque aquel día en mi despacho te dije aquello, lo cierto es que mentí. Simplemente tenía miedo. Pero debes saber que desde el día que oí tu voz, sin verte siquiera, fuiste pura magia para mí.

El corazón me va a mil. Los Tomahawk se descontrolan.

¡Madre mía, lo que me está diciendo!

—Pensé que esa magia solo ocurría una vez en la vida, pero estaba equivocado y necesitaba decírtelo, aunque ahora seas tú la que me rechace a mí.

Joder... Joder... Joder...

¡Qué fuerteeeeee!

Jamás en la vida imaginé que nadie me diría algo así, y menos aún él.

El hombre inaccesible que me aseguró que no quería nada conmigo está ahora ante mí, declarándoseme de una manera increíble.

—¿Qué hora es? —pregunto yo entonces en un susurro.

Él me mira sorprendido. No entiende a qué viene mi pregunta.

—¿Qué hora es? —insisto.

Nacho parpadea, finalmente mira su reloj y murmura:

—Las 23.55.

Yo sonrío y asiento como una autómata.

—¿Para qué quieres saber la hora? —inquiere.

Tomo aire. Decir lo que voy a decir es perder el miedo. Es una auténtica locura. Creo que es la mayor locura he hecho en lo que al amor se refiere. Y suelto:

—Porque quiero saber la hora exacta en la que he terminado de enamorarme de ti.

Según digo eso veo que Nacho sonríe.

¡Madre mía, lo que he dichoooooo!

Asiente.

¡Joder, qué paviflor estoyyyyyyy! Es probable que lo que acabo de soltar sea una cagada que luego lamentaré…

—No sabes cuánto me alegra saberlo —musita Nacho—, porque estoy totalmente enamorado de ti y, como dice la canción, necesito saber qué vas a hacer el resto de tu vida.

Madre míaaaaaa…

Joder…

Sonrío. El corazón me va a mil y el bombardeo en mi estómago es tremendo.

¡Nos acabamos de declarar nuestro amor!

—Nunca he creído en los flechazos —susurro a continuación.

Nacho sonríe de nuevo y, mirándome de esa manera que me hace sentirme como una puñetera paviflor, musita acercando su boca a la mía:

—Yo tampoco, pero estaba claro que el destino esperaba a que tú y yo nos conociéramos para que creyéramos en él.

Sonrío como una boba y luego oigo que dice:

—Este es un momento muy de película en el que yo, como director, no diría nunca «¡corten!»… —Ambos reímos y, escuchando la música que suena, añade—: Hasta tenemos banda sonora propia.

Estoy temblando de la emoción. No sé qué decir.

Nunca nadie me ha dicho ni ha hecho nada tan tremendamente romántico ni bajo las estrellas, ni bajo una mesa, ni en ninguna parte. Estoy emocionada, mi cara de tonta debe de ser increíble, y Nacho cuchichea mirándome:

—Andy Madoc, eres pura magia.

Oír eso me hace sonreír.

—Yo no soy muy romántica —musito.

—No me importa, mientras me quieras.

Joder…, joder…, joder…

¿En serio me está pasando esto a mí?

Pienso en mi padre. En el Almirante. Ay, pobre…, ay, pobre…, cuando se entere de que me he enamorado de un director de cine, la que me va a montar va a ser pequeña. Pero, joder, adoro a Nacho. Amo a Nacho y quiero ver qué puede salir de todo esto.

El hombre que tengo frente a mí y yo somos personas opuestas, provenimos de mundos muy diferentes, pero hemos tenido un flechazo y nos hemos enamorado.

—Esto será una locura —digo con un hilo de voz.

Él asiente, lo sabe tan bien como yo, y afirma:

—Será nuestra locura…, cariño.

Uf…, que me ha llamado «cariño»…

—Y ahora, teniente —agrega—, conociéndote, imagino que para iniciar esta locura alguna condición tendrás, ¿verdad?

—Mi padre te va a odiar…

Nacho parpadea sorprendido.

—¿Por qué?

—Porque perteneces a ese mundo que tanto odia y tantos disgustos ha dado a la familia Madoc —explico.

Él asiente, en su momento le conté el problema que hubo en el pasado, pero replica decidido:

—Cuando tu padre vea cuánto te quiero y lo feliz que eres conmigo, te aseguro que cambiará de opinión.

Oír eso me hace sonreír. Este no conoce al Almirante. No sabe lo que está diciendo.

—Mi padre tampoco te lo va a poner fácil a ti —suelta entonces.

Oír eso me sorprende. ¿Por qué?

—Odia todo lo que tenga que ver con el ejército —cuchichea— y…, bueno, es muy estricto y protocolario a la hora de hablar. Es lingüista, y te aseguro que los tacos lo horrorizan.

—No jodas…

—Esa expresión lo mataría —afirma riendo.

Me entra la risa. Él se ríe también. Y luego digo:

—Bueno, quizá cuando vea cómo te quiero y lo feliz que eres conmigo, cambie también.

Nacho mueve la cabeza.

—Lo importante somos tú y yo —asegura.

Besos, abrazos, miradas intensas…, el amor está en el aire y los Tomahawk me están consumiendo. Entonces lo miro e indico:

—En cuanto a las condiciones de las que has hablado, las únicas que tengo es que esto de momento solo sea nuestro, que respetes mis decisiones a nivel profesional y, por supuesto, nada de prensa.

Nacho se ríe y niega con la cabeza.

—¿De verdad crees que a mí me interesa que la prensa sepa mi vida?

Sonrío. Por lo poco que sé de él, estoy segura de que no. Es una locura. Apenas nos conocemos él y yo, ¿y ya estamos hablando de conocer a los padres? Pero ¿por qué esto va tan deprisa?

Nos miramos en silencio. Como en otras ocasiones, nos hablamos sin palabras, y al cabo pregunto:

—¿Y tú qué condición me pones a mí?

De nuevo sonríe. Por Dios, qué bonita sonrisa tiene. Y simplemente dice:

—Que me quieras.

—¿Solo eso? —respondo sonriendo yo también.

Él se encoge de hombros.

—Cariño, con eso me vale.

Pero no. Yo sé que no. Nacho no es un hombre fácil, no está pensando con claridad.

—Tú, por si acaso..., piénsalo —cuchicheo.

—De acuerdo. Lo pensaré —afirma.

Dicho eso, nos miramos a los ojos y él susurra:

—No sabes cuánto he temido que me echaras de aquí a puñetazos. —Ambos reímos por eso y después añade—: Te he echado mucho de menos, cariño.

Uf... Uf... Me gusta que me llame «cariño». Nunca nadie me había llamado así.

—Yo también te he echado de menos a ti, capullito —respondo.

Nacho sonríe sin decir nada más. Y entonces soy yo quien lo besa con ganas, deseo y locura.

«Por Dios, ¡cómo me pone este hombre...!»

Cuando nos separamos, sorprendida por todo, murmuro:

—Todavía no me creo que estés aquí.

—He venido a darte la turra.

Eso me hace reír a carcajadas. Cuando quiere, este hombre es tremendamente ingenioso.

—¿Alguien sabe que estás aquí conmigo? —pregunto.

Nacho asiente.

—Dawson. Pero, tranquila, no se lo contará a nadie.

—¿Y la prensa?

Él me mira y responde:

—No te preocupes. Olvídate de la prensa.

Suspiro. Resoplo. Si mi padre se entera de que estoy con él sé que pondrá el grito en el cielo. Me recordará lo de su tío Elvis y lo de mi hermano Max y me dirá aquello de «no hay dos sin tres». Pero, ¡joder!, me he enamorado y quiero disfrutar esto con Nacho. Siento que nos lo merecemos. Así que, obviando lo que dirá mi padre si llega a enterarse de esto, lo abrazo y pregunto:

—¿Cuándo has llegado?

—Hace una hora, en mi avión privado...

—Ohhh, avión privado..., qué elitista —me mofo.

Nacho se ríe.

—No pienso sentirme culpable por disponer de un avión privado —repone—. Trabajo mucho, pago religiosamente mis impuestos y me lo puedo permitir.

Asiento, me hace gracia su aclaración, y oigo que añade:

—Me haces ser impulsivo..., señorita.

—¡Viva la impulsividad! —me burlo.

Ambos reímos.

—Pero, tranquila, intentaré no darte la turra..., tengo habitación propia y me pago mi viaje.

Cuando dice eso no lo entiendo. Yo estaba dispuesta a darle asilo en la mía.

—Eso dijiste el día que nos conocimos... Que, para acompañarte en este viaje, era indispensable que me lo pagara y no te diera la turra —añade con guasa.

Oír eso me hace reír a carcajadas. Qué buena memoria tiene.

Pero verlo ante mí y saber lo que ha hecho para encontrarme y sorprenderme me gusta, me gusta mucho. Ningún hombre había hecho nunca algo parecido, y menos aún sabiendo a lo que me dedico; por ello, deseosa de hacerle ver que mis ganas de estar con él son tan fuertes como las suyas, pregunto:

—Entonces ¿le perdemos el miedo al miedo en lo que a nosotros se refiere?

—Totalmente —declara con convicción.

Asiento, él también.

—¿Qué tal es tu habitación? —pregunto a continuación.

—Suite con jacuzzi y preciosas vistas al Gran Canal.

Sonrío. Tratándose de él, ¡no podía ser menos!

Mi habitación es una chulada, pero sin duda la suya, que es una suite, ha de ser una auténtica pasada. Por tanto cojo el cóctel, le guiño un ojo y pregunto con picardía:

—¿Me das asilo político en tu habitación?

Nacho afirma con la cabeza, sonríe y, tras coger su copa y mi mano, me besa en los labios y musita:

—Por el resto de mi vida.

Capítulo 38

Nacho

Llevo con Andy tres días en los que no nos hemos separado ni un segundo, y creo que puedo catalogarlos como los mejores de mi existencia.

En Los Ángeles conocí a una Andy ingeniosa, vacilona, familiar y muy cabezota, pero lo que estoy conociendo aquí es sin duda mucho más, y eso me gusta. Me encanta, sobre todo porque es ella en estado puro y no teme mostrarme su amor.

Andy no solo es todo lo que imaginaba, sino que además es tremendamente cariñosa, divertida, locuaz, culta, apasionada y empática. Vale. Sí. Para mi gusto emplea en exceso ciertas palabras que no van conmigo, pero así es ella. Así la conocí. Y así quiero que sea.

Cada mañana, tras levantarnos y salir a correr juntos por las calles de Venecia, al final terminamos desayunando el triple de las calorías que quemamos corriendo. Pero ¿qué importa? Solo con disfrutar de lo que hacemos nos vale. ¿Por qué pensar en nada más?

A causa de mi trabajo he viajado otras veces a Venecia y aquí me conocen bastante los paparazzi, por lo que me camuflo tras unas gafas de sol y una gorra. No deseo que nadie me reconozca y que Andy se sienta incómoda.

Tras hablar personalmente con el director, me registré en el hotel con otro nombre y aquí estoy, haciendo vida de turista. Me gusta llevar a Andy a sitios bonitos, pero como una persona normal.

No aprovecho que soy alguien popular para ir a los sitios y, la verdad, agradezco el anonimato.

Para sorprenderla decido alquilar una avioneta en el aeropuerto Marco Polo y animarla a que la pilote y nos demos una vuelta sobrevolando Venecia y sus alrededores. La sorpresa le encanta. Le emociona. Pero, después de media hora montado con ella soportando lo que para mí son locuras en el aire, yo solo deseo volver a poner los pies en la tierra antes de que la muy loca nos mate. Si hace eso con una simple avioneta, ¡¿qué no hará con un caza?!

Durante esos días y sus encantadoras noches Andy y yo hablamos mucho. Nos contamos cosas de nuestras vidas, pero, pese a que yo le explico todo lo que desea sobre la mía y mi trabajo, ella es muy hermética en lo que a su trabajo se refiere. Siempre pasa por encima del tema sin profundizar nunca en él.

Me gustaría preguntarle por las cicatrices que tiene en la pierna, en la barbilla, por qué está en Europa y no de misión con su escuadrón. Pero siento que no quiere hablar de ello, por lo que no digo nada. Todo llegará si tiene que llegar. Y, sorprendentemente, llega cuando vamos caminando por Venecia y Andy comenta:

—Mañana tengo pensado ir a la base aérea de Aviano.

Según oigo eso la miro.

—Mis compañeros de escuadrón están allí y quiero visitarlos —dice.

Sorprendido, continúo mirándola sin saber qué responder.

—Si quieres venir conmigo he de saberlo —añade entonces—, pues tengo que pedirle a Ramírez que solicite un pase especial para ti.

Sin dudarlo, asiento. Me gusta que me hable de eso y me incluya en su visita, del mismo modo que me hace ilusión conocer a Ramírez y al resto de su escuadrón.

—Claro que quiero ir —afirmo—. ¿Dónde está esa base que dices?

Andy sonríe.

—La base de Aviano es una instalación aérea militar de la OTAN que está en el noreste de Italia, en la región de Friuli Venecia-Julia, a una hora de aquí más o menos. Es un buen sitio. He estado allí varias veces.

Me parece genial. Quiero conocer a su gente, su mundo.

Andy coge entonces su móvil y me pide mis datos para mandárselos a Ramírez. Una vez que lo anota todo y le da a «Enviar», me da un beso en los labios y yo, pensando en algo, pregunto de pronto:

—¿Crees que alguien me reconocerá?

Ella me mira.

—¡Espero que no! —dice—. Aun así, no te quites la gorra. Además, le he pedido a Ramírez que evite mencionar quién eres. Creo que es lo mejor.

—Me parece bien —afirmo complacido.

Diez minutos después, mientras caminamos cogidos de la mano, pasamos frente al Palazzo del Cinema, me paro y, señalándolo, digo:

—El Festival Internacional de Cine de Venecia se celebra aquí.

Andy observa el edificio con curiosidad y cuchichea:

—Menuda pintaza tiene este sitio. Parece muy grande.

—Es enorme, aunque me consta que lo van a volver a ampliar.

Ella asiente, le gusta que le cuente cosas de mi mundo.

—La primera edición del festival, en el año 1932, se celebró en la terraza del hotel Excelsior, pero, por lo visto, fue tal el éxito que decidieron crear una sede propia.

Andy asiente y yo prosigo señalando:

—Allí, cariño, se suele poner una alfombra roja enorme, y allí se coloca la prensa. —Me muevo y, señalando hacia un lateral, añado—: Los coches acostumbran a dejarnos en esa punta, y tenemos que caminar de allí hasta allí para posar frente a las cámaras.

Ella sonríe. La tía es rápida buscando noticias en Google y, enseñándome su móvil, se mofa:

—¿Quién es esta preciosidad que te acompaña aquí?

Tras mirar la foto y ver de quién se trata, indico:

—Katherina Baumbach —y al ver que no la conoce, aclaro—: Una modelo noruega.

—Imagino que sería tu rollito en ese momento, ¿no? —bromea sonriendo.

Me mira esperando una respuesta, y yo afirmo:

—Sí.

Ella vuelve a asentir y, segundos después, enseñándome otras fotografías donde se me ve siempre acompañado de preciosas mujeres, pregunta:

—¿Todas estas han sido rollitos?

Según miro las fotos resoplo. Decir que sí es ir de sobrado, pero decir que no sería mentir, por lo que respondo:

—Algunas son amigas y otras fueron rollitos.

Andy silba. Su gesto me hace sonreír. Y luego añade:

—Estas fotos son de hace menos de un mes. Olimpia Bermer..., ¿sales con ella?

Al ver las fotos que la prensa nos hizo a Olimpia y a mí cuando salimos a cenar, niego con la cabeza.

—No. No salgo con ella. No hagas caso de lo que la prensa dice.

Andy se muestra conforme y no vuelve a preguntar, hasta que, sonriendo, comenta:

—Y yo que pensaba que mi vida sexual era amplia... Está claro que, en comparación con la tuya, ¡es aburridísima!

Ambos reímos mientras seguimos caminando.

—Soy un hombre soltero que tiene amigas, como tú eres una mujer soltera que tendrá sus amigos, ¿no? —indico.

Ella afirma con la cabeza, lo que hace que la mire, y, con cierto resquemor, pregunto:

—¿Tienes amigos para sexo?

Sin dudarlo, ella afirma con la cabeza. Eso me molesta. Y, encogiéndose de hombros, señala:

—Algunos hay en mi entorno.

—Cuando hablas de tu «entorno», ¿te refieres al ámbito militar?

—Sí, perooooo... la diferencia entre tú y yo es que yo lo llevo con discreción y, en tu caso, se entera media humanidad. Esa es una de las mayores diferencias entre tu mundo y el mío: ¡la discreción!

Asiento. No se lo voy a negar. Entonces ella señala un edificio que hay más adelante y dice:

—Creo que aquello es una heladería, ¡vamos!

Sonrío. No conozco a nadie a quien le gusten más los helados que a Andy.

Tras pasear durante toda la mañana por Venecia terminamos en la plaza de San Marcos, donde hay numerosas tiendas de diseñadores italianos como Versace, Gucci o Prada, además de los coloridos establecimientos de otros diseñadores internacionales.

Durante un rato miramos los escaparates. Andy se escandaliza por el precio de las prendas, pero yo no. Estoy acostumbrado a ellos. Ese es mi mundo. Dinero y glamour.

—¿Qué te parece si hacemos una ruta turística? —propone ella.

Me parece perfecto, nunca he hecho algo así. Vamos a informarnos a la plaza de San Marcos, y tras hablar con un guía turístico llamado Antonello, este nos entrega una radio y un par de auriculares y, al cogerlos, Andy cuchichea divertida:

—Material de guiri… ¡Somos guiris!

Eso me hace reír. Me gusta hacer el guiri con ella.

Comenzamos nuestra visita y Antonello nos cuenta la historia de la plaza de San Marcos. Nos explica que esta ya existía en el siglo VIII, pero que la mayor parte se construyó durante los siglos XIV y XV.

Con curiosidad, observamos que la plaza está compuesta por el campanario, el Palacio Ducal y la basílica. Tanto Andy como yo estamos alucinados. Esto es precioso.

Antonello nos cuenta curiosidades sobre la basílica. También nos habla de que el campanario que vemos no es el original, puesto que fue terminado en el año 1912, ya que el anterior se derrumbó en 1902 tras casi siete siglos soportando las inclemencias del tiempo y varios terremotos.

Después de esta visita seguimos a Antonello y a otros turistas hasta una preciosa y pequeña iglesia llamada San Giuliano, y de allí continuamos la ruta hacia el puente de Rialto, una maravilla de mármol que yo ya conocía y que es uno de los principales símbolos de Venecia, puesto que durante mucho tiempo fue el único que conectaba ambas orillas del Gran Canal.

Estamos disfrutando de la visita cuando de pronto oigo:

—¡Nacho!

Me vuelvo y noto que Andy me suelta la mano. Me quedo boquiabierto al encontrarme con Rodrigo, un prestigioso cámara de cine mexicano con el que he trabajado en varias ocasiones y que, al verme, me abraza y pregunta:

—Pero ¿cómo tú aquí?

Andy me mira, rápidamente se aleja de mí, y yo, sin perder la sonrisa, respondo:

—Estoy pasando unos días en esta maravillosa ciudad.

Rodrigo sonríe. Me cuenta que está rodando un documental sobre Venecia y, cuando veo que mira a unos hombres que están a su derecha, lo cojo del brazo y le digo en voz baja:

—No quiero que nadie sepa que estoy aquí.

Él lo entiende y asiente de inmediato. Inquieto, miro a mi izquierda. No veo a Andy. No sé dónde se habrá metido. Entonces Rodrigo agrega con una sonrisa:

—Pásalo bien. Tu acompañante se ha ido por aquel callejón…

Miro hacia el lugar donde indica, y a continuación oigo que añade:

—Ve. Y por mí, tranquilo. Tú y yo no nos hemos visto.

Asiento agradecido.

Acto seguido voy corriendo hacia el callejón. Por suerte, veo enseguida a Andy; me acerco a ella, la cojo de la mano para detenerla y, cuando se vuelve, le digo:

—Todo está bien, cariño, ¿de acuerdo?

Su expresión es de angustia; soy consciente de sus recelos con respecto a la prensa. Entonces sonrío y pregunto señalando los cascos y la radio:

—Teniente, ¿acaso pretende robarlos para que la detengan los *carabinieri*?

Andy se ríe, yo también. Tras darle un beso para hacerle saber que puede confiar en mí, cuando encontramos a Antonello nos acercamos a él, le entregamos el «material de guiri», como dice Andy, y nos marchamos al hotel. Se nos ha ocurrido algo mejor que hacer.

Capítulo 39

Andy

Cuando me despierto estoy feliz. Hoy voy a ver por fin a mi escuadrón.

Una vez que Nacho y yo desayunamos leyendo los periódicos y comentando las noticias, damos un paseo por Venecia y decidimos coger un barco e ir a la isla de Murano para visitar la fábrica de cristal. No iremos a la base hasta después de comer, por lo que pasamos el tiempo disfrutando al ver cómo se hace aquel delicado cristal.

En cuanto regresamos de la isla, vamos al Harry's Bar. Nacho está como loco por llevarme, y allí comemos mientras me lo paso en grande escuchando las historias que me cuenta sobre actores que han estado allí y han degustado la comida y los cócteles que se sirven en el local.

Cuando acabamos, cogemos un *vaporetto* que nos lleva hasta el muelle más cercano al garaje donde tengo guardada mi moto. Tras echar a «Piedra, papel o me besas» quién la conduce, nuestra particular versión del popular juego, gano yo. Y, tan pronto como montamos y nos ponemos los cascos, llevando a Nacho de paquete tras de mí, sigo las indicaciones del navegador hasta que llegamos a la base de Aviano.

Al llegar frente a la entrada, paro la moto y, enseñando mi carnet militar y el pase que Ramírez me ha hecho llegar al móvil para Nacho, nos dejan pasar.

Minutos después, cuando aparco, miro a mi alrededor y sonrío.

Todo lo que me rodea, el ruido, el olor a aceite, el viento, los aviones…, es mi vida. Miro a Nacho y le digo:

—Ven conmigo.

Comenzamos a caminar hasta que noto que él me coge de la mano.

—Aquí no —pido soltándosela.

—¿Por qué?

—Porque no.

Nacho parpadea y pregunta:

—¿Acaso ni yendo de civil puedes darle la mano a tu pareja?

Sonrío, me gusta oír eso de «tu pareja», pero niego con la cabeza y respondo:

—Claro que puedo, pero para mí es importante no hacerlo.

Él asiente y no dice nada. Imagino que lo entiende y, si no es así, lo tiene que entender.

Al ir a abrir la puerta para entrar en el edificio principal sale un hombre por ella. Lo conozco. Sé que voy de civil, que ahora no ejerzo de militar, pero, sin poder remediarlo, con todo el protocolo del mundo hago mi saludo militar y digo:

—Buenas tardes, coronel Remington.

Él me mira, de inmediato me reconoce, y tras devolverme el saludo dice:

—Teniente Madoc, ¿qué hace usted por aquí?

Con el rabillo del ojo veo que Nacho nos mira atentamente.

—Señor, mi escuadrón ha llegado hace unas horas a la base y, estando de permiso en Italia, he venido a visitarlos —explico.

Él asiente con una sonrisa, está al corriente de mi situación en el ejército. Cuando veo que mira a Nacho lo presento:

—Señor, él es un amigo, Ignacio Duarte. —Después miro a Nacho y añado—: El coronel Conrad Remington.

Ambos se saludan y, después, el coronel pregunta mirándome:

—¿Cómo se encuentra su padre, el almirante Madoc?

Sonrío.

—Bien, señor. Tan gruñón como siempre.

Ambos reímos. Todo el mundo sabe que el Almirante es algo gruñón.

—Lo veré dentro de tres semanas en una reunión en San Diego

—señala. Yo afirmo con la cabeza y luego él añade mirándome directamente a los ojos—: Espero que esté valorando usted lo que comentamos en nuestra última conversación.

—Sí, señor, en ello estoy.

El coronel y yo nos miramos, nos entendemos sin necesidad de hablar, y luego él dice:

—Se la echa de menos, teniente Madoc.

Sonrío. Saber eso me gusta. Me encanta. Ese hombre es de los que siempre me han dado su apoyo, de los que se conocen al dedillo mi historial.

—Y me consta que algunos controladores aéreos la echan de menos también... —bromea.

Oír eso me hace reír. Tras regresar de algunas de mis misiones soy de las que hacen pasaditas cerca de la torre de control para saludar, lo que provoca que muchos de ellos se caguen en mi padre...

—La teniente es algo rebelde —aclara entonces el coronel dirigiéndose a Nacho—, y le gusta hacer pasaditas junto a las torres de control..., demasiado cerca.

Los tres reímos y, al cabo, el coronel sigue hablando:

—Cuide a esta mujer. Hay muy pocas como ella.

Tras una última mirada él se va y, cuando nos quedamos solos, Nacho pregunta:

—¿Qué es eso que tienes que valorar?

Suspiro al oírlo, pero sin querer entrar en el tema porque considero que es exclusivamente mío, digo:

—Un asunto de trabajo.

—¿Y lo de las «pasaditas»?

Me río y le abro la puerta.

—Anda, pasa. Luego te lo cuento.

Una vez dentro sé hacia dónde quiero dirigirme en primer lugar; deseo enseñarle los cazas de cerca a Nacho. Tras saludar a unos militares que conozco y que se alegran de verme, nos permiten pasar a los hangares, mi segunda casa.

Durante un buen rato paseamos por ellos y saludo a mecánicos y oficiales con efusividad y a otros con cierto protocolo, mientras le voy explicando a Nacho lo que hay en los hangares.

Le hablo de los cazas F-35, esos me los conozco muy bien, pues llevo pilotándolos toda mi vida, y de su amplia gama de sistemas armamentísticos, como el Storm Shadow, el Sidewinder y las municiones de ataque directo.

Además de los F-35 veo que en otros hangares hay algunos F-22 Raptor, Falcon de combate F-16, varios Eurofighter y un Sukhoi Su-35. También hay un F/A-18E/F Super Hornet, un cazabombardero que veo que impresiona a Nacho por sus dimensiones. Y no es para menos. ¡Menudo pepinorro!

Le muestro y le hablo a Nacho de todo eso, que para mí es pura magia y adrenalina. Disfruto viendo, tocando, oliendo cuanto nos rodea, hablando de todo ello, que es mi vida, y aunque lo veo interesado, algo en mi interior me dice que para él se trata únicamente de imponentes aviones de guerra y poco más.

He de respetarlo. Es mi mundo y no el suyo. Aquí glamour poquito, pero, eso sí, menuda chapa le estoy dando...

Cuando le propongo dar una vuelta en una avioneta con motor de cuatro tiempos que hay allí Nacho se niega. Ver su gesto de horror por tener que montar conmigo en aquello me hace reír. Está claro que lo asusté el otro día al hacer piruetas con la avioneta que alquiló en el aeropuerto de Venecia.

Con el permiso de un colega nos subimos a un F-35. Quiero mostrarle cómo es por dentro y, como es monoplaza, hago que él se instale en el asiento. Lo hace asombrado, y yo, subida en el ala, le explico lo que tiene ante sí, hasta que oigo que murmura:

—Esto es increíble...

Lo es. Desde luego que lo es. Sé que soy una privilegiada por poder pilotar un bicharraco de estos.

En ese momento mi móvil suena. Es Ramírez, que me dice que están todos en la cantina.

—Vamos —le digo a Nacho a continuación—. Baja del caza, que nos esperan en la cantina.

Nacho sale del caza con cierta torpeza y yo sonrío para mí. Se nota que lo hace con prudencia y miedo, y cuando por fin baja al suelo afirma:

—Estoy sorprendido.

—¿Por qué?

Él mira a su alrededor y musita:

—Todavía no me creo que pilotes un bicho de estos. ¡Son sobrecogedores!

Eso me hace sonreír. ¡Qué finolis es hablando! Y, divertida, indico:

—El adjetivo «sobrecogedor» no les hace justicia.

Nacho me mira. Yo sonrío y cuchicheo:

—Lo que realmente les hace justicia es decir ¡que son la hostia!

Parpadea. Sé que mi rudeza en ocasiones lo deja sin palabras, pero al final él sonríe también.

Hablamos de mi trabajo, pues sé que no es algo normal. Solo somos unos pocos los privilegiados que podemos pilotar estos pepinorros impresionantes.

—Quizá ahora entiendas por qué me apasiona tanto todo esto —digo.

Sin dudarlo, él asiente y, cuando va a acercarse para darme un beso, lo detengo e indico:

—Por favor, caballero, respete la distancia social de una teniente.

Nacho sonríe, yo también, y dice:

—Espero que cuando salgamos de aquí me...

—Cuando salgamos de aquí —lo corto—, ¡prepárate!

Divertidos, sin tocarnos, sin rozarnos siquiera, llegamos frente a una enorme puerta de madera.

—Bienvenido a la cantina —digo señalándola.

Nada más abrirla empiezan a oírse unos gritos.

Al mirar veo a mi escuadrón, acompañados de varios militares más, y sonrío al oír que corean el nombre de «¡Hollywood!».

Nacho me mira, pues cree que lo dicen por él. No entiende nada.

—Hollywood soy yo —aclaro.

—¿Tú?

—Sí..., yo. Es mi nombre en clave —afirmo.

Él sonríe boquiabierto, y mis compañeros y amigos no tardan ni dos segundos en rodearme, en abrazarme, en achucharme. Estar con ellos es como estar con mi familia, y cuando acaban Ramírez me mira y susurra:

—No sabes cuánto te he echado de menos, capulla.

Conmovida porque sé que es así, aseguro:

—Y yo a ti, capullo.

Sonreímos. En clave, nos comunicamos.

—¿Te has aclarado ya la cabeza? —pregunta luego.

Sé que se refiere a si seguiré en el escuadrón o seré instructora. Y, para no continuar hablando del tema, simplemente replico:

—No.

—Andy, ¡acéptalo!

Nos miramos. Me está hablando del puesto de instructor.

—Podrás seguir pilotando y tener una vida —cuchichea. Ambos sonreímos, e indica—: El día que me lo ofrezcan a mí no lo dudaré ni un segundo. Seguiría volando y podría estar todos o casi todos los días con Carla y el peque.

Asiento, lo entiendo perfectamente. Entonces, sin mirar a Nacho, que está a nuestro lado hablando con Thomson, Ramírez musita:

—¿Qué hay del guaperas?

Sonrío, levanto las cejas y murmuro:

—No me digas que no está buenísimo…

Él se ríe y niega con la cabeza.

—Como el Almirante se entere a qué se dedica, la liará parda.

Lo sé. Sé lo que dirá mi padre.

—Su padre también se la liará a él —digo con un hilo de voz.

—¿Por qué? —quiere saber Ramírez.

Divertida por lo que voy a decir, me río.

—Porque, al parecer, no nos tiene simpatía a los militares, y mi manera de hablar es demasiado ruda para él.

—No jodas —se mofa Ramírez.

Ambos reímos y luego, mirando a Nacho, señala:

—Ha de ser importante para que lo traigas aquí.

Sin poder evitarlo lo miro yo también. Me gusta verlo hablando con algunos miembros de mi escuadrón. Es la primera vez que llevo a un civil a una base, y sin dudarlo afirmo:

—Lo es.

Ramírez asiente. Me conoce. Con esa simple respuesta sabe que siento mucho por Nacho. Tras un abrazo que a ambos nos indica lo mucho que significamos el uno para el otro, miro a Nacho y, omitiendo su apellido, los presento:

—Ramírez, él es Nacho.

Ellos se miran y por sus sonrisas rápidamente sé que conectan.

—Es complicadita, malhablada y cabezota —le dice Ramírez mientras le estrecha la mano—. Cuando se enfada hay que dejarla un rato para que piense y baje su nivel de mala leche, pero sin duda es la mejor. Debes saberlo.

—¡Capulloooo! —Lo empujo al oírlo.

Ramírez se ríe, Nacho también; entonces llega hasta nosotros Omar y dice mirándome:

—Vaya..., vaya..., Hollywood, qué buen culito te hacen esos jodidos pantalones.

Me vuelvo hacia él. Con Omar, al que llamamos *Montana*, he tenido un par de acercamientos sexuales.

—Me alegra saberlo —respondo sonriendo.

—¿Cuándo vas a dejar de jugar a las casitas y regresar? —insiste.

Sonrío. De reojo miro a Nacho, que lo observa con gesto serio, y replico:

—Cuando me dé la real gana, Montana.

Después de Omar llegan otros militares, que, al igual que él, me dicen cosas para picarme: «¡Hollywood, qué buena estas!», «¡Hollywood, el próximo día te subo en mi caza!», «¡Hollywood, estás para hacerte una pasada!»... Y yo, al igual que oigo, suelto por mi boca todo lo que puedo y más, mientras veo que a Nacho cada vez le hacen menos gracia los comentarios de mis compañeros.

Ahora que lo pienso, ¡mira que decimos palabrotas cuando estamos en plan de vacile!

Pero eso para nosotros es un juego. Nos encanta picarnos, decirnos cosas que nos hagan reír; nos gusta hacernos sentir que estamos vivos.

En un momento dado Nacho, que está a mi lado, pregunta mirándome:

—¿Por qué «Hollywood»?

Me río. Ramírez nos entrega entonces dos cervezas que yo abro con el mechero y acto seguido respondo:

—Cuando mis compañeros se enteraron de que provenía de Los Ángeles, la meca del cine, comenzaron a llamarme «Hollywood». Y, para horror de mi padre, me quedé con ese nombre.

—Nacho sonríe divertido y luego sigo contando mientras señalo a mis compañeros—: Él es Badboy; aquel, Boomer; ella, Madonna; aquella otra, Louisiana... Todos tenemos un nombre en clave.

—Yo soy Sky-Red —tercia Ramírez.

Los tres sonreímos, y alguien grita más allá:

—¡Sky-Red, mamonazo, invítate a unas birritas!

Ramírez les hace una peineta con el dedo y, riendo, nos dice:

—Voy a llamar por teléfono a mi chica. ¡Es la hora!

—Dale recuerdos de mi parte a ella y al bollito —pido.

Una vez que él se va, Nacho y yo nos quedamos con el resto de mis compañeros, que no paran de reír y bromear.

—¿Esto es siempre así? —me pregunta al cabo de un rato.

Doy un trago a mi cerveza.

—Sí. ¿Y sabes por qué? Porque hoy estamos aquí y necesitamos reír y bromear, porque mañana estaremos sobrevolando Kosovo, Afganistán o cualquier otro sitio conflictivo, y ahí no puedes bromear.

Él asiente. Creo que comprende lo que digo, a pesar de que veo preocupación en sus ojos. Y, analizando su gesto, indico:

—No te tomes nada en serio. Todo esto son inocentes bromas entre nosotros que nos permiten desfogarnos. —Nacho no dice nada y yo añado—: Créeme que, cuando algo de esto deja de ser inocente y divertido, lo paramos de inmediato.

Él vuelve a asentir y sonríe. Creo que está captando el sentido de mi mundo, y eso me gusta. Durante un rato seguimos charlando hasta que vuelve Ramírez. Me da recuerdos de Carla y me cuenta que está bien. Y al cabo Omar se acerca un poco más a mí y cuchichea:

—¿Qué te parece si volvemos a encontrarnos en el almacén? La última vez que lo visitamos juntos fue divertido...

Según dice eso lo miro con reproche. Por el modo en que lo ha dicho sé que ya se está pasando con las cervezas.

—Montana, si los tontos fueran flores, tú, desde luego, serías la puta primavera... —le suelto.

Como era de esperar, mis compañeros se ríen. Yo me río. El Primavera también. Pero con el rabillo del ojo veo que Nacho está muy serio, así que miro mi reloj y viendo la hora que es, digo:

—Siento deciros que nosotros tenemos que irnos.

Mis amigos protestan y yo, mirándolos, explico:

—A ver, que vosotros tenéis el catre a cinco minutos, pero nosotros tenemos una horita de camino.

Todos lo comprenden perfectamente. Tras despedirme y sentir que vuelvo a dejarme un cachito de corazón entre ellos, Ramírez y yo nos miramos y le pido prudencia sin decir nada.

Acto seguido Nacho y yo nos marchamos en silencio, cogemos la moto y, una vez que nos montamos y salimos de la base, por el modo en que él me sujeta por la cintura lo noto tenso.

Son las once y veinte de la noche. La autopista por la que vamos está rodeada de enormes árboles, va vacía, y cuando veo una salida la tomo y paro en cuanto puedo.

Al hacerlo Nacho se quita el casco y pregunta:

—¿Qué pasa? ¿Por qué paras?

Me apeo y me quito el casco yo también. Él baja y, cogiéndolo de la mano, digo:

—Ven.

Me sigue. Por su expresión veo que no entiende lo que hacemos, hasta que llegamos a un sitio en el que nadie puede vernos; lo abrazo y lo beso. Llevamos horas sin besarnos, sin tocarnos, sin hacernos mimos, y cuando acabo nos separamos y murmuro:

—Te deseo…

—Andy…

—Dios…, te deseo tanto —insisto.

Nacho asiente y acto seguido pregunta mirando a nuestro alrededor:

—¡¿Aquí?!

—Te he dicho que, una vez que saliéramos de la base, ¡te prepararas!

Él parpadea desconcertado y yo, divertida por su gesto, sonrío. Lo que estoy proponiendo es una locura, pero estamos en un frondoso bosque en Italia, al lado de una autopista vacía, totalmente a oscuras. ¿Quién nos va a ver? Me desabrocho la camisa, me acerco a él y pregunto provocándolo:

—¿Qué te pasa? Te noto muy tenso.

Nacho no se mueve. Solo me mira.

—Bomboncito, vamos, dime qué te ocurre —insisto.

Paseo los labios por encima de los suyos. Sé que eso le encanta.

—Ver tu trabajo tan de cerca y conocerlo me ha preocupado —dice de pronto.

Lo miro.

—Andy, cada vez que sales de misión, cada vez que montas en un bicho de esos, te estás jugando la vida, y creo que al verlo tan de cerca por primera vez he sido consciente de ello —indica.

Afirmo con la cabeza, sé que lo ha impresionado.

—Vamos a ver… —empiezo a decir.

—Andy —me corta—, nunca te daré a elegir entre tu oficio o yo, pero ¿crees que en algún momento podrías dejar las misiones?

Parpadeo. No… No quiero que comience a pensar en eso. Si lo hace se volverá loco y me volverá loca a mí, por lo que con seguridad respondo:

—Te voy a decir una cosa, Nacho. Muchos hombres, durante mucho tiempo, intentaron truncar mi sueño de ser piloto de combate por el simple hecho de ser mujer y tener tetas. Jamás he permitido que nadie me pisoteara ni decidiera por mí nada en absoluto. Y el día que decida dejar de liderar un escuadrón y pasar a un segundo plano, será porque hay algo en mi vida mucho más importante que volar y, sobre todo, porque única y exclusivamente lo he decidido yo.

Él asiente. Hasta ahora no habíamos hablado de mi oficio de esa manera, pero creo que he sido clara y contundente.

—Me conociste sabiendo a qué me dedicaba… —prosigo.

—Yo nunca te haría elegir —me interrumpe—. Solo te he preguntado.

Sé que lo que dice es cierto.

—Tienes razón. Solo has preguntado. Y yo te he contestado.

Nacho afirma con la cabeza. Permanecemos unos segundos en silencio y luego añade:

—¿Qué ocurrió con él?

Me mira. Sé a quién se refiere con lo de «él», pero quiero que sea más claro. Al ver que lo miro y no contesto, hace un gesto típicamente italiano con la mano y yo replico:

—Si no me dices quién es «él», no puedo responder a tu pregunta.

Nacho da un paso atrás, se retira el pelo del rostro y por último dice mirándome:

—¿Tuviste algo con Montana?

Según oigo eso, respondo:

—Sí. ¿Por...?

Sus ojos se oscurecen.

—Pero ¿qué te pasa? —inquiero.

Celos. Sé que son celos. Y, antes de que responda, digo con seriedad:

—Mira, Nacho. Tanto tú como yo somos dos personas adultas con un pasado y una vida sexual. Ni tú eres el primer hombre con el que he tenido sexo, ni yo soy la primera mujer con quien lo has tenido tú. Por tanto, déjate de gilipolleces y de celos porque son innecesarios en este momento, básicamente ¡porque hoy es hoy!

Él me mira, sé que sopesa mis palabras, y yo, recordando lo que he visto en la prensa del corazón, añado:

—¿Acaso tú no has tenido algo con Claudia Rossberg, Linda Grass, Rebecca Bridget, Lorna Lee, Francesca, Laura Lost, Desirée Rodríguez, Verónica Piers... ¿Sigo enumerando?

Niega con la cabeza.

—¡Joder! —exclamo—. Te lo dije una vez. La diferencia entre tú y yo es que tu vida sexual puedo verla reflejada en la prensa del corazón, pero la mía nunca la verás a no ser que pase algo como lo de hoy porque Montana llevaba unas cervezas de más.

Veo que Nacho asiente. Mira al suelo y, tras unos segundos, susurra:

—Tienes razón. Te pido disculpas.

Afirmo con la cabeza, claro que acepto sus disculpas, y tomando aire digo:

—Andy y Nacho. Esos somos tú y yo. Ahora estamos juntos, y créeme que...

No puedo decir más pues se aproxima a mí y me besa. Me besa con tanta ansia y tanto deseo que yo me olvido de todo, y cuando nos separamos para coger aire, afirma:

—Te deseo, cariño...

Sonrío. Él también. Sin esperar un segundo más nos quitamos

la ropa y, cuando estamos totalmente desnudos, miro al suelo y pregunto:

—¿Crees que habrá alguna araña?

Él me mira y, arrugando la cara, cuchicheo:

—Tengo pánico a las arañas.

Nacho sonríe. Me besa, me coge en sus brazos y, sin dejar que roce el suelo ni los árboles que nos rodean para evitar las arañas, con una maestría que me vuelve loca, me hace apasionadamente el amor.

¡Madre mía, qué poderío tiene mi Semental!

Minutos después, una vez que hemos vuelto a vestirnos y nos disponemos a montar en la moto de nuevo, oigo que pregunta:

—¿Tienes pánico a las arañas?

—Si veo una, me muero de miedo —digo sin dudarlo.

Nacho se ríe con ganas. Parece ser que ya se ha disipado la tensión.

—¿Me estás diciendo que pilotas un caza de guerra, que te juegas la vida metida en ese pepinorro, pero te dan miedo las arañas? —repite sin dar crédito.

Oírlo decir «pepinorro» me hace mucha gracia, y, sin poder evitarlo, asiento. Sé que es ridículo, pero es que es la verdad. Tengo pánico a las arañas.

Entre risas nos montamos en la moto y regresamos a Venecia, donde, al llegar al hotel, nos duchamos y volvemos a hacernos el amor con pasión y deseo.

Capítulo 40

Nacho

En nuestro quinto día en Venecia nos movemos por la ciudad como si viviéramos aquí. Ya no necesitamos un mapa ni el GPS del móvil, sino que Andy y yo caminamos con tranquilidad por sus calles descubriendo sitios juntos, y me encanta. Reconozco que adoro la sensación de libertad que tengo en este instante.

Tras visitar la base aérea con Andy y conocer a sus compañeros, ahora la entiendo mejor. Haberla visto en su ambiente y cómo se desenvolvía entre los aviones y con su gente me ha hecho conocer a otra Andy que cada día me gusta más, pero que al mismo tiempo me preocupa.

Dentro de mí se ha generado una corriente rara que me hace querer que ella renuncie a salir de misión, a jugarse la vida. Sin embargo, sé que pedírselo es un error. Andy ya me ha dejado claro que su oficio es algo que ella y solo ella maneja, y lo acepto y lo respeto. Cada persona es un ser independiente, pero, ¡joder!, me preocupa que le pueda pasar algo. Eso no deja de darme vueltas en la cabeza.

Hoy hace un sol maravilloso y estamos en la terraza del hotel, la misma en la que me declaré. Estamos sentados a una mesa, tomándonos la bebida veneciana por excelencia, cuando Andy me mira y comenta dejando el periódico sobre la mesa:

—Está muy rico el spritz, ¿verdad?

—Sí —digo.

—¿Sabes qué lleva?

Asiento, claro que lo sé.

—Hielo, soda, vino blanco seco y Aperol o Campari —recito.

Ella cabecea y murmura poniéndose las gafas de sol:

—Espero no olvidarlo para cuando llegue a Los Ángeles.

—Siempre puedes preguntarme a mí.

Andy sonríe y afirma mientras levanta la cara para que le dé el sol:

—También es verdad.

Sonrío.

—¿Sigues pensando en regresar a España en moto? —pregunto yo a continuación.

Ella asiente sin mirarme.

—¿Por qué no te vienes conmigo en mi jet? —insisto.

—Porque quiero conducir hasta allí.

Resoplo. Que regrese sola en su moto me angustia. Yo debo volver a España e ir a Sigüenza para comenzar el rodaje.

—Tu moto viajaría con nosotros en el jet… —añado—. Piénsalo.

—Ya está pensado. No insistas —repone con convicción—. Volveré en mi moto. Y, una vez allí, tomaré mi vuelo a Los Ángeles.

Me callo. ¡Qué cabezota es!

No hemos vuelto a hablar sobre lo que vamos a hacer. ¿Cómo vamos a encarar la relación que estamos comenzando? Es como si ella quisiera evitar esa conversación.

—Cuando regreses a Los Ángeles, ya hablaremos —agrega.

Según la oigo, la miro. ¿Es que acaso me lee el pensamiento?

Andy sonríe. Dios, cómo sonríe.

—¿Qué te apetece hacer hoy? —pregunta para dejar de hablar del tema.

—Lo que tú quieras —respondo.

Ella se quita de nuevo las gafas de sol y murmura sin dejar de sonreír:

—Pues que sepas que hoy tengo el día consumista.

—¿Ah, sí?

—Sí —dice.

Vale, entiendo que quiere salir de compras. Es raro que una mujer no quiera eso, y deseoso de darle el gusto pregunto:

—¿Y qué te apetece hacer en tu día consumista?

Ella suspira.

—Lo primero de todo, consumirme al sol bebiendo litros de spritz en esta preciosa terraza. Después, en la habitación, consumir lentamente una pizza de pepperoni sobre tu cuerpo. A continuación consumirme contigo echándonos una maravillosa siesta. Cuando despertemos, consumir litros de agua y gel en el jacuzzi, y cuando estemos como auténticos garbanzos en remojo, llamar al servicio de habitaciones y volver a consumir pidiendo que nos suban cosas ricas para cenar. Y, como colofón, cuando no haya nadie en esta terraza, subir, tomarnos unos bellinis y consumirnos con lujuria y desenfreno haciéndonos el amor.

Al oír eso me río a carcajadas. Pero ¿cómo se le pueden ocurrir esas cosas?

¿Cómo puede seguir sorprendiéndome de esa manera?

Andy me alegra la vida, me lanza una magia que creo que nunca he sentido.

—Creo que me apetece mucho tu día consumista —afirmo encantado.

Ambos reímos y nos besamos con deseo, hasta que me suena el teléfono. Al ver quién me llama, indico:

—Mi madre.

Al decirlo Andy cabecea y, haciendo un gesto que me hace reír, me da a entender que no la mencione.

—Hola, mamá —saludo poniendo el manos libres.

—*Baby*, pero ¿dónde estás?

Mentir no es algo que me guste, y menos aún a mi madre, por lo que digo:

—¿Pasa algo?

—No, hijo, pero llamé a tu casa y Cecilia me dijo que tendrías que haber regresado de España y no lo habías hecho.

Vale. Es verdad. Yo mismo llamé a Cecilia para decirle cuándo llegaba y olvidé llamarla de nuevo para decirle que no iba a ser así. Por ello, mirando a Andy, que toma de nuevo el sol, respondo:

—Estoy en Venecia.

Según digo eso Andy se quita las gafas y me mira fijamente.

—Oh, Venecia —exclama mi madre—, ¡qué lugar tan maravilloso! ¿Has ido al Harry's Bar?

—Sí, mamá.

—¿Y puedo saber con quién estás en Venecia?

Oír eso me hace gracia.

—Con una preciosa mujer llena de magia —respondo mirando a Andy—. Pero, mamá, nadie puede saberlo, porque me he dado cuenta de que es el amor de mi vida.

Andy abre mucho los ojos y hace un gesto con la mano como si se cortara el cuello para decirme que me va a matar, lo que me hace gracia.

—Ignacio Rodrigo Mel Duarte McDough —añade mi madre—, ¡serás mentiroso!

—Mamá. —Río viendo el gesto de Andy al oír eso.

—Ya me gustaría a mí que estuvieras con el amor de tu vida y con esa mujer que te llene de magia... ¡Pero tú no estás en Venecia! ¿Dónde estás?

Divertido al ver que mi madre no me cree, miro a Andy e indico:

—Vale, mamá, me has pillado. Estoy en España, mirando unas localizaciones.

—Eso me cuadra más —oigo que afirma, mientras Andy se ríe sin dar crédito y vuelve a ponerse las gafas de sol—. Por cierto, ¿has llamado a Olimpia?

—No.

—Tienes que llamarla, *baby*. Si tu relación con ella es...

—Mamá..., ¿qué relación?

Cuando digo eso Andy me mira por encima de sus gafas de aviador. Malo. Malo. Y añado:

—Mamá, ¿qué tal si papá y tú dejáis de meteros en lo que no debéis?

—Ay, *baby*, lo digo porque ayer vi a Olimpia y me dijo que quería sorprenderte yendo a España a verte. ¿No te parece un bonito detalle por su parte?

Parpadeo asombrado. ¿En serio?

Andy no se mueve. Solo escucha. En su gesto noto cierta incomodidad. Deseando cambiar de tema, hablo con mi madre unos minutos más y, una vez que cuelgo, Andy pregunta:

—¿Ignacio Rodrigo Mel Duarte McDough?

Asiento y respondo divertido:

—Cuando nací mis padres decidieron ponerme todos esos nombres. Y cuando cualquiera de ellos me regaña me los recuerdan todos seguidos. Ignacio por mi abuelo paterno, Rodrigo por el materno y Mel, por Mel Gibson, que fue mi padrino.

—No jodasss que Mel Gibson es tu padrino.

Afirmo con la cabeza.

—¡Qué fuerteeeee! —exclama ella riendo.

Ahora el que se ríe soy yo.

—¿Y lo de «*baby*»? —insiste.

—Mi madre me llama así de manera cariñosa, para horror de mi padre.

—Y tu padre ¿cómo te llama?

—Ignacio.

Veo que está asimilando lo que le cuento y luego pregunta:

—¿Me has mentido en lo tocante a la tal Olimpia?

Niego con la cabeza.

—Entre ella y yo no hay nada. Es solo que su familia la presiona a ella como a mí la mía, y pactamos que nos dejaríamos ver juntos para que nuestras familias nos dejaran un tiempo en paz.

Andy cabecea.

—Cariño, no te miento. Es así. Créeme —le aseguro.

Finalmente su gesto cambia. Por su sonrisa sé que me cree y que se ha olvidado de Olimpia, porque pregunta:

—¿Tu madre ha pensado en serio que le mentías al decir que estabas en Venecia?

Doy un trago a mi bebida.

—Totalmente en serio —declaro.

Ambos reímos y luego añado:

—Cuando pasó lo de Odalys me cerré en banda a conocer a nadie. Tanto mamá como papá creen que me he vuelto un hombre frío y sin sentimientos.

Ella se ríe, se levanta y tras darme un beso dice:

—Bueno, un poco capullito y gruñón sí que eres...

La miro sorprendido, y ella se inclina hacia mí y afirma:

—Pero eres mi capullo y mi gruñón, ¡y me encantassssss!

Sonrío divertido y luego oigo que pregunta:

—¿Dónde está mi teléfono móvil?

Ambos miramos a nuestro alrededor. No está en la mesa ni tampoco en la silla.

—Llámame —dice entonces Andy.

Sin dudarlo lo hago. Instantes después oímos el sonido del móvil. Está en el suelo, bajo la mesa, y cuando voy a cogerlo pregunto sin dar crédito al ver la pantalla:

—¡¿Me tienes grabado como «Semental»?!

Andy se apresura a quitarme el teléfono de las manos.

—Fue Hattie —indica sonriendo.

Me quedo boquiabierto. ¿Por qué Hattie me grabó con semejante nombre? Pero cuando me dispongo a preguntar ella se aleja riendo mientras dice:

—Voy a la habitación un momento a por la crema solar. ¡Pídeme otro spritz!

Una vez que se va, la contemplo entre risas. No hay día que no me sorprenda con algo. Adoro mirarla. Y ella, volviéndose, con una pícara mirada me indica que no le mire el culo. Me río otra vez, no lo puedo remediar.

Tras pedir un par de spritz más al camarero vuelve a sonarme el teléfono. Es Dawson.

—¿Qué pasa, amigo? —saludo.

—¿Cómo va todo por Venecia?

—Bien —respondo calándome la gorra—. La verdad es que muy bien.

Dawson sonríe y luego cuchichea:

—¿Esta vez es mejor de lo que esperabas?

—Mucho mejor —afirmo feliz—. Solo te diré que hoy tendremos el día consumista.

Dawson ríe.

—Pues agárrate bien la cartera, amigo —replica—, porque como Andy sea igual que Vanessa, te la dejará temblando.

Sonrío divertido. Si mi amigo supiera lo que significa el «día consumista» se sorprendería. Aun así, no se lo cuento, pues es algo entre Andy y yo.

Durante un rato hablamos de trabajo, de proyectos que tenemos en marcha. Me hace llegar varios documentos a mi teléfono para que les eche un vistazo y, después de haber tomado algunas decisiones importantes para los dos, pregunta:

—¿Estarás en España pasado mañana?

—Por supuesto. Saldré en mi avión privado y llegaré por la noche. Del aeropuerto iré directo al Parador de Sigüenza.

—¿Y vendrás solo o acompañado?

Suelto un suspiro y respondo:

—Solo.

—¿Y eso?

—Andy quiere regresar en su moto, y es tan cabezota que soy incapaz de hacerla cambiar de opinión.

Oigo que Dawson se ríe.

—Aun así, adoro a esa mujer… —murmuro—. Te aseguro que estoy pasando por un precioso momento en mi vida.

—Me gusta oír eso, Nacho, especialmente porque te quiero, y verte motivado y feliz es una bendición. Cuando regreséis como parejita vamos a montar un fiestorro que…

—Dawson, cuando regresemos nadie puede saber ni que hemos estado juntos ni que yo he estado en Venecia. Es más, Andy vuelve a Los Ángeles y…

—Pero, tío, ¿qué me estás contando? ¿Tengo que seguir callado?

Resoplo. Entiendo su pregunta. Lo que en un principio a mí me pareció algo fácil de mantener en secreto, según pasan los días me molesta cada vez más. Quisiera regresar con Andy a España, que todos supieran lo que hay entre nosotros, pero no puede ser.

—Tienes que seguir guardándome el secreto —indico.

—Vanessa, Tony y Ruth me van a matar —gruñe.

Al oír eso sonrío y cuchicheo:

—Llámame egoísta, pero prefiero que ellos te maten a ti antes de que Andy me mate a mí.

—Serás mal amigo…

Ambos soltamos unas carcajadas y luego Dawson dice:

—De acuerdo, seguiré comiéndome las uñas. Pero que conste que el psicólogo me lo vas a pagar tú.

Me río, él también, y tras despedirnos colgamos el teléfono.

Instantes después regresa Andy. Como siempre, su sonrisa es pletórica. Me da un beso. Me echa crema para el sol en el rostro y, cuando se sienta frente a mí, le sonrío y pregunto guiñándole un ojo:

—¿Preparada para el día consumista con tu Semental?

Capítulo 41

Andy

Salto de la cama y me lanzo al suelo mientras me cubro la cabeza con las manos. De mi boca salen las palabras «No…, no…, no…», cuando oigo la terrible explosión de una bomba y cómo todo lo que hay a mi alrededor se desmorona sobre mí.

Me agobio, no puedo respirar, pero entonces oigo:

—Andy… Andy, ¿qué pasa?

Noto unas manos que me cogen, me sujetan. Pero no. No quiero que me inmovilicen.

—No. No me toques…, ¡suéltame! ¡Suéltame! —grito dando manotazos.

Según digo eso abro los ojos alterada y noto que estoy sudando.

Nacho me mira. Su expresión denota lo desconcertado que está. Me siento en el suelo y, consciente de lo que ha ocurrido, mientras tiemblo descontroladamente me tapo el rostro con las manos y exclamo:

—¡Mierda…, mierda…, mierda…!

Estoy rabiosa, furiosa. Odio soñar con el maldito atentado del mercado. ¿Cuándo lo voy a olvidar? ¿Cuándo va a desaparecer de mi cabeza?

—Andy, por favor, dime algo —musita Nacho sin tocarme.

Tomo aire. No puedo hablar, necesito reponerme. Qué fatalidad que me haya pasado esto estando con él. Aparto las manos de mi rostro, lo miro y consigo susurrar:

—Lo…, lo siento…

Nacho no entiende nada. Me ayuda a levantarme del suelo y me sienta en la cama.

—¿Puedes traerme un poco de agua? —murmuro mirándolo.

Sin dudarlo, él asiente y se dirige raudo a la neverita del hotel. De allí saca una botella de agua, coge un vaso, y cuando se acerca de nuevo a mí y llena el vaso, dice:

—Aquí tienes.

Voy a cogerlo, pero me tiemblan las manos. Es tal el temblor que Nacho me mira y yo, para tranquilizarlo, consigo decir:

—Estoy bien. Dame unos minutos.

Él afirma con la cabeza. No se separa de mi lado, pero no me toca; soy consciente de cómo me observa y no sé qué piensa.

Veo que su mirada pasa de mis manos a mi rostro y viceversa. Tengo la respiración acelerada por lo que he soñado. Siempre es igual, nunca varía. El miedo. El horror de lo vivido se apodera de mí de tal manera que necesito unos minutos para recomponerme, y cuando siento que comienzo a ser la dueña de mis acciones pido:

—Dame el vaso de agua, por favor.

Nacho lo hace. Esta vez puedo cogerlo. Mi pulso empieza a ser normal, y tras beber agua y devolverle el vaso a Nacho para que lo deje en la mesilla, lo miro y él pregunta:

—¿Qué ha pasado?

Tomo aire. Nadie a excepción de mis padres, Hattie y Max han vivido conmigo momentos como este. No hay nada que lo provoque. Simplemente la pesadilla aparece cuando quiere. Y, mirando a Nacho, digo:

—A causa de mi oficio, en la vida a veces he pasado por situaciones no muy agradables. Pero estoy bien. Te juro que estoy bien.

Nacho asiente. Intenta entenderme.

—Hace años estuve en la base aérea de Al-Asad, en Anbar, Irak, cubriendo una misión con mi escuadrón, una de tantas —explico—. Tras cuatro meses destinados allí, el día antes de regresar a casa decidimos visitar el mercado de Wahailat de Sadr City con la intención de comprar algunos recuerdos, pero cuando estábamos allí hubo un atentado con bomba.

—Andy...

Su gesto, su voz, todo en él me hace saber cuánto lamenta lo que está oyendo.

—Mi escuadrón eran Ramírez, Steven, Mery, Isabel y Ross —continúo—, y todos murieron a excepción de Ramírez y yo, mientras esperaban a que nosotros regresáramos de comprar unas especias en un puesto callejero. —Tomo aire y, señalando el tatuaje de los aviones de mi hombro, indico—: Una vez me lo preguntaste… y ahora te digo que este tatuaje significa vida. Mientras yo vuele y viva, ellos volarán y vivirán conmigo. —Nacho vuelve a asentir y yo añado—: Este otro tatuaje fue por mi primo Oliver, que murió en un fuego cruzado en Somalia. —E intentando sonreír afirmo—: Él siempre me decía lo que pone aquí: «Si hay que perderle el miedo a algo…».

No puedo seguir. Mi voz se quiebra.

Tomo aire. El mismo aire que veo que Nacho necesita para escucharme.

—Ramírez y yo resultamos heridos y fuimos evacuados en helicóptero de Bagdad y, ¡joder!, en mi pesadilla todavía recuerdo el olor, el sonido de la muerte y el sabor de la sangre en mi boca.

Hablar de ello siempre duele, pero prosigo:

—Ramírez y yo necesitamos multitud de cuidados y operaciones en las piernas. Él en las dos y yo en esta. —Señalo la horrible cicatriz que tengo—. Tuvieron que coserme las distintas heridas que tuve por todo el cuerpo, y esta —digo tocándome la que tengo en la barbilla— es una de ellas. Es la que veo todos los días cuando me miro en el espejo y me hace saber que estoy viva. Pero la enorme herida que ha quedado en mi corazón por la pérdida de mi escuadrón, de mi familia de vida, creo que nunca se va a curar.

Nacho me mira. Por su expresión sé que no sabe qué decirme.

—Por suerte, Ramírez y yo salimos adelante. Nuestras heridas sanaron y pudimos continuar con nuestras carreras militares, pero…

De nuevo tengo que interrumpirme para coger aire, y Nacho susurra tocando la cicatriz de mi pierna con suavidad:

—¡Dios, Andy!

—Desde entonces, cada cierto tiempo, la pesadilla regresa, haciéndome revivir una y otra vez la explosión y el desconcierto que vino después. He ido al psicólogo. He ido a todos los médicos que te puedas imaginar, pero lo que me ocurre es algo que está dentro de mí y que aparece en mis sueños cuando menos lo espero, y aunque me aseguran que desaparecerá algún día de mi mente, yo no sé si creerlo.

Nacho cabecea y, tras unos segundos, dice con un hilo de voz:

—Siento lo que me cuentas, cariño. Siento que tuvieras que vivir algo así.

Sé que lo dice de verdad, veo el horror en sus ojos.

—¿Puedo abrazarte ahora? —pregunta pasados unos segundos.

Al oírlo por fin sonrío y murmuro:

—Claro que sí, cielo..., claro que puedes.

Según digo eso, él me mira.

—¿Me has llamado «cielo» en vez de «capullo»? —bromea.

Sonrío. Es la primera vez que me sale llamarlo así.

—Llámame como quieras —añade él entonces—. «Capullo», «cielo»... La cuestión es que me llames.

Me río por sus palabras. Este hombre es una auténtica monada.

Acto seguido me abraza y permanecemos unos instantes así, en silencio, hasta que musita:

—Nunca he querido preguntarte por tus cicatrices. Pensé que si tú querías me hablarías de ello.

Miro la enorme cicatriz de mi pierna, que se ve a la legua, y sonriendo replico:

—Si yo hubiera visto que tú tenías una cicatriz como esta, no tengas dudas de que te habría preguntado.

Nacho se ríe, sabe que es cierto. No soy en absoluto tan discreta como él.

—Ganas siempre he tenido —asegura—. Como de preguntarte por la que tienes en la barbilla, o las más pequeñas que tienes en otras partes de tu cuerpo. Pero soy prudente, ya lo sabes.

Asiento.

—Mi cuerpo no es como el de otras mujeres... —empiezo a decir.

—Tu cuerpo es perfecto —me corta—. Toda tú lo eres.

Oír eso me gusta. Nacho no solo acepta mis cicatrices, sino que, a diferencia de a otros hombres, mi trabajo no lo ha espantado.

—¿Sabes que cuando digo que soy militar los hombres se alejan de mí? —susurro.

Él levanta las cejas y suelta:

—¡Capullos!

Según dice eso, enarco las cejas y murmuro:

—Por favor…, ¡¿tú diciendo eso?! Tu padre me va a matar.

Ambos soltamos una carcajada y acto seguido Nacho añade:

—¿Sabes? Reconozco que me alegra que los hombres se alejaran de ti al saber que eras militar, porque eso ha hecho que estuvieras libre para mí.

—Capullo —me mofo.

Nos besamos. Adoro a este hombre por el modo en que me hace sentir.

—Hace unos meses fui suspendida por un incidente que tuvo lugar mientras pilotaba mi caza —digo a continuación—, aunque finalmente el asunto quedó resuelto.

Él me mira, pues no entiende de qué hablo, y yo se lo cuento.

—Me encontraba en el océano Índico con mi escuadrón, apoyando el rescate de uno de nuestros barcos, y cuando nos retiramos un caza ruso interceptó a Ramírez y rearmó los misiles en su punto de mira. Teníamos orden de regresar al portaaviones, pero supe que si yo no actuaba mi compañero podía morir. Así que, desobedeciendo las órdenes, me interpuse entre su caza y el ruso y eso provocó que los chorros de propulsión de mi avión y el de este último se cruzaran. Ambos perdimos el control y la trayectoria y entramos en barrena.

No sé cómo describir el gesto de Nacho. Me mira totalmente descompuesto y luego musita:

—Pero, Andy, eso podría haberte costado la…

—Era Ramírez, no podía permitirlo —lo corto con contundencia—. E igual que te digo esto sé que, si hubiera sido al revés, él nunca habría permitido que nada me ocurriera a mí. Y…, bueno, cuando vi que le había quitado al ruso de encima, intenté hacerme con los mandos de mi caza, pero fue imposible, por lo que tuve que eyectar.

—Andy, por Dios… —murmura horrorizado.

Sonrío, él no.

—Mi caza, al que yo llamaba *Lobo*, se estrelló y yo caí al mar hasta que el helicóptero de rescate me localizó y me rescató —añado—. Luego mis mandos me amonestaron por desobediencia y por haber perdido un caza de incalculable valor económico.

—A la mierda el caza. Primero estás tú —gruñe.

Sonrío, entiendo su reacción, es la que tendría cualquier civil.

—Esto es el ejército —matizo—. La vida real. Lo que yo vivo, no una película con dobles de riesgo.

Nacho me mira. Intuyo que no lo ve igual que yo.

—Y, bueno —continúo—, después de dos meses en los que intenté no volverme loca por las continuas broncas con mi padre por mi amonestación y mi rebeldía, mis mandos se reunieron conmigo y, tras mucho hablar, pusieron de nuevo un caza a mi disposición. Saben que soy una buena piloto.

Él asiente sin decir nada. Solo me mira. Y yo no sigo contándole que me dieron la opción de ser instructora en la base de Los Ángeles. Sé que eso lo alegraría. Sé que es lo que él desearía, pero guardo silencio al respecto. Creo que es algo que debo decidir yo y solo yo para no echárselo algún día en cara.

—Una vez resuelto el problema —prosigo—, decidí tomarme dos meses por asuntos propios. Quería hacer este viaje y...

—¿Y cuándo debes regresar con tu escuadrón? —me pregunta entonces.

—Dentro de un mes —contesto.

Veo que él cierra los ojos; creo que en este instante está siendo consciente de a quién le ha declarado su amor. Cuando voy a hablar abre de nuevo los ojos, me mira y dice:

—He de confesarte que saber eso me da miedo.

Lo entiendo. Comprendo sus palabras porque es civil. Intento aportar un poco de humor a algo que no lo tiene, así que cuchicheo:

—Pues ya sabes, cielo: al miedo hay que perderle el miedo.

Nacho coge aire. Sin necesidad de que me lo diga sé que intenta procesar todo lo que le he contado.

—Creo que ya sé qué condiciones quiero ponerte yo a ti —dice al cabo.

—¿Ah, sí? —me mofo.

Él afirma con la cabeza y, mirándome a los ojos, indica:

—Te dije que mi condición era que me quisieras. Pero ahora añado que no deseo que te expongas a peligros innecesarios y que pienses en nosotros, en la vida que podemos llevar juntos y en lo felices que podemos llegar a ser.

Oír eso me hace sonreír. Salir de misión supone ponerse en peligro inevitablemente. Él lo sabe, como lo sé yo, y sonriendo susurro:

—Mi trabajo es arriesgado.

Nacho asiente, en su mirada veo el desconcierto.

—Lo sé —dice—. Pero quiero que evites los peligros innecesarios. Por Dios, Andy, no es mi intención agobiarte, pues te he conocido siendo militar, pero no puedo evitar preocuparme…

Sonrío. Lo que me está pidiendo es complicado prometerlo. Mi trabajo es el que es, pero, consciente de que necesita que lo tranquilice, indico:

—Vale. Acepto tus condiciones.

Sin embargo, Nacho se ha quedado serio; noto que lo que ha oído lo ha removido por dentro. Deseo hacer que sonría, por ello me tiro sobre él en la cama y, sin darle opción, lo beso, lo beso y lo beso, hasta que inevitablemente él rompe a reír y nos hacemos el amor como dos salvajes.

Capítulo 42

Nacho

Es nuestro último día juntos en Italia. Mañana yo regreso a España, y Andy al día siguiente. Hemos madrugado y vamos a pasar el día en Verona. Ella quiere ir allí sí o sí.

Al llegar al lugar donde tenemos la moto aparcada, como cada vez que vamos a cogerla, lo echamos a «Piedra, papel o me besas» para saber quién la conduce, y en esta ocasión he ganado yo. La beso, ¡me toca conducir!

Una vez que montamos en ella y arrancamos, nos dirigimos hacia la autopista E70 y vamos disfrutando de las bonitas vistas que el camino nos ofrece y también de este momento que es solo nuestro.

Tras parar a tomar algo en Vicenza, una ciudad de la región del Véneto, y quedar en que pararemos también en Padua a nuestro regreso, en cuanto llegamos a Verona buscamos aparcamiento para la moto y, de la mano, comenzamos a caminar por esa bonita ciudad.

Como yo ya he estado aquí y cuando vine disfruté de Verona durante varios días, tengo muy claro qué quiero enseñarle a Andy, además de la casa de Julieta, a la que sé que ella quiere ir.

De entrada la llevo a la Arena de Verona, un anfiteatro romano del siglo I donde se celebraban combates de gladiadores. El lugar es increíble, noto que a Andy la sorprende, y lo que más llama su atención es su perfecto estado de conservación.

De allí nos desplazamos hasta la piazza Bra, una preciosa plaza que es la más grande de Verona, en cuyos soportales hay infinidad de restaurantes, y decidimos parar allí a comer algo.

Mientas disfrutamos de una excelente lasaña le señalo desde donde estamos el palacio Barbieri, que hoy hace las veces de ayuntamiento de la localidad, y cuando terminamos de comer vamos al Museo Lapidario Maffeiano, donde disfrutamos de sus dos plantas de arte griego y romano. Por supuesto, también vemos el monumento a Vittorio Emanuele II, que fue el primer rey de Italia.

Tras esa visita que le he organizado yo nos dirigimos a la casa de Julieta. Durante el trayecto noto a Andy nerviosa. Y al llegar frente al edificio y verla como bloqueada pregunto:

—¿Qué te ocurre, cariño?

Ella toma aire, sonríe y al cabo murmura:

—Ni te imaginas lo que significa para mí estar aquí.

Veo sus ojos llenos de lágrimas. No entiendo qué le ocurre. Y luego, reponiéndose, dice:

—Visitemos la casa. Más tarde te cuento.

Cuando nos disponemos a hacerlo me horrorizo al ver la cola que hay.

—¿Tenemos que entrar con toda esa gente? —musito.

El lugar está a rebosar de turistas. Soy una persona famosa, así que cuando quiero visitar un sitio como ese solo tengo que hacer una llamada para poder disfrutar de la experiencia en exclusiva. No obstante, hoy es diferente. La experiencia debemos disfrutarla con cientos de turistas.

—¡Bienvenido al mundo mortal, capullito! —exclama Andy.

Una vez que recorremos el pasillo lleno de cartas de amor o desamor de los turistas, salimos a un patio a cielo abierto donde rápidamente uno repara en el famoso balcón al que Julieta se asoma para jurarle amor eterno a Romeo y, casi debajo del mismo, una preciosa estatua de bronce de esta.

Estoy mirando a mi alrededor cuando Andy susurra:

—Esto es flipante.

Ver su gesto de sorpresa me hace sonreír y, mirándola, pregunto:

—¿Quieres entrar en la casa y ver el museo?

—Por supuesto que sí.

Tras hacer la cola para comprar las entradas accedemos a la casa de Julieta, donde disfrutamos viendo muebles, ropajes de la época, cerámica renacentista veronesa y distintos cuadros que plasman la historia de amor de Romeo y Julieta. En un momento dado, cuando veo algo que sabía de antemano que estaría ahí, miro a Andy y le pregunto señalando:

—¿Ves esa cama?

—Sí.

—Pues fue la que utilizó el director Franco Zeffirelli en 1968 para su película *Romeo y Julieta.*

Andy la mira.

—¡Qué fuerteeeee! —exclama—. Y..., por cierto, qué cutre es, ¿no?

Yo la miro boquiabierto. ¿Acaba de decir que la cama que utilizó el maestro Zeffirelli para su película es cutre? Desde luego esta de historia del cine sabe poco, pienso, pero sonrío.

Recorremos la casa de la mano y, antes de dar la visita por finalizada, Andy quiere hacerse una foto en el balcón de Julieta. El problema es que hay una larguísima cola esperando...

—Bájate de tu pedestal de los dioses del Olimpo —me suelta—. Ahora estás entre mortales y toca esperar y hacer cola.

Asiento. Resoplo. Suspiro. La paciencia en estas cosas no es lo mío, pero por ella espero y hago la cola. Al final nos toca el turno y por último nos hacemos la foto, que sé que será un bonito recuerdo.

En cuanto salimos de la casa y volvemos a estar en el patio rodeados de turistas que contemplan la estatua de bronce y también se hacen fotos frente a ella, oigo que Andy cuchichea:

—¿En serio hay que tocarle una teta a Julieta?

—Se dice «seno» —rectifico, como seguro que habría hecho mi padre.

Ella me mira. Por su expresión intuyo que en su mente me está llamando «finolis edulcorado», y pregunta divertida:

—¿No te parece un poco morboso e incluso guarrete que la leyenda diga que hay que tocarle un *seno* a Julieta para volver a Verona o encontrar el verdadero amor?

Sonrío. La forma en la que Andy dice las cosas me hace reír.

—Guarrete o no…, lo dice la leyenda —contesto.

Ella asiente, y acto seguido suelta:

—Pues venga, toquémosela, así nos aseguramos de que volveremos.

—O encontraremos el amor verdadero —apostillo.

Según digo eso ella se acerca a mí, y, sin importarle los cientos de personas que nos rodean, me da un beso con tal pasión que, cuando la gente comienza a aplaudir, murmuro:

—Andy Madoc…, ¿qué estás haciendo?

Ella me mira, sonríe y cuchichea:

—Besar a mi Semental.

Me río, y ahora soy yo quien la besa.

Debo reconocer que estoy tonto, pero tonto, tonto por esta mujer.

Tras tocarle la susodicha a Julieta y hacernos la foto, veo que Andy se hace a un lado para que nadie nos moleste.

—¿Recuerdas lo que te conté sobre mi escuadrón? —dice mirándome.

Asiento. Como para olvidarlo…

—Hay algo que no te conté —añade.

Parpadeo sin entender.

—Dos de los compañeros que murieron, Ross e Isabel, se enamoraron una noche viendo la película *Cartas a Julieta* —explica—. Recuerdo que estábamos en Bagdad…

Sonríe. No me lo dice, pero intuyo que miles de imágenes pasan por su cabeza.

—Por prudencia —continúa—, y para evitarse problemas con los mandos, que nunca ven con buenos ojos que dos compañeros mantengan una relación, jamás dijeron nada, y solo yo estaba al corriente de ello.

Me parece algo entrañable lo que me cuenta.

—Delante de la gente, cuando Ross hablaba de su amor —prosigue—, se refería a ella como «Julieta», e Isabel lo llamaba a él «Romeo». Nadie sospechó nunca. Nadie imaginó jamás que el uno hablaba del otro y…, bueno, entre nosotros siempre bromeamos con que algún día se casarían en Verona y yo haría de madrina, pero…

Andy calla, no puede continuar. Por el modo en que respira sé cuánto le duele lo que me cuenta. Luego toma aire y dice sacándose del bolsillo un sobre de papel amarillento:

—Ellos escribieron esta carta a Julieta y me la dieron a mí con la promesa de que, si algo les ocurría, debía traerla aquí acompañada de mi amor.

Le cojo la mano y se la aprieto. Ella sonríe y añade:

—Cuando acepté, nunca pensé que pasaría lo que pasó. Y aunque me ha costado mucho venir, por fin estoy aquí, voy a cumplir la promesa que les hice y, lo mejor, como ellos querían, vengo acompañada de mi amor.

Oír eso me emociona. Saber que soy el amor de Andy, que lo reconoce abiertamente ante mí, es lo único que deseo. Tras darle un beso en los labios murmuro:

—Tu amor se alegra mucho de estar aquí contigo.

En cuanto digo eso ella sonríe y, devolviéndome el beso, cuchichea:

—No sabes lo especial que estás siendo para mí.

Volvemos a besarnos. Besar a Andy en una ciudad como Verona, que está impregnada de la historia de amor de los Montesco y los Capuleto por los cuatro costados, se convierte para mí en algo tremendamente increíble. Cuando nos separamos ella levanta la mano y dice enseñándome el sobre cerrado:

—He de abrirla, leerla y colgarla..., pero te juro que me da miedo.

Sonrío, la entiendo, pero la animo tras tomar aire:

—Vamos, hazlo... Debes hacerlo por ellos.

Andy asiente con la cabeza, sabe que tengo razón. Tras apoyarnos en la fachada del mítico edificio veo que ella abre el sobre y, al hacerlo, cae purpurina del mismo.

—Típico de Isabel —exclama—, ¡le encantaba la purpurina! De hecho, su nombre en clave era *Purpurin*.

Ambos reímos y Andy, tragándose el nudo de emociones que intuyo que tiene en la garganta, saca entonces un papel, lo desdobla, lo mira unos segundos y veo que sonríe. Se lleva las manos a la boca emocionada, me entrega el papel a mí y yo leo:

Querida y adorada Julieta:

¡Gracias, gracias y mil veces gracias!

No sabíamos lo que era el amor hasta que gracias a ti nos conocimos, y te estaremos eternamente agradecidos por ello.

Con amor desde el cielo,

Ross e Isabel

P. D. Cuídanos a Andy y haz que el amor sea la magia que guíe su vida.

Según leo eso, la miro. En sus ojos veo la emoción del momento, y me aclaro la garganta.

—Que sepas que si lloras tú, yo también voy a llorar —afirmo—. Soy algo sensiblero con estas cosas…

Ambos nos echamos a reír; nuestros ojos reflejan la emoción que hemos sentido al leer eso. Entonces ella, cogiendo la carta de mis manos, dice:

—Vamos. Pongámosla donde tiene que estar.

Acto seguido nos dirigimos al soportal, donde hay infinidad de turistas. ¡Menudo horror! Las paredes del pasillo están totalmente cubiertas de cartas de amor y tarjetas escritas por los visitantes, y Andy y yo no podemos evitar leer algunos de aquellos mensajes. Cogidos de la mano disfrutamos de ese instante, hasta que ella se para y señalando un sitio dice:

—Quiero que la carta de Isabel y Ross esté colgada ahí.

Sin dudarlo, asiento. Es un sitio alto donde nadie la tocará.

—Agáchate —indica entonces mirándome—. Me subiré en tus hombros y la pegaré con esto que he traído.

La observo sorprendido. Lo tiene todo más que pensado.

—Si no hubiera venido yo, ¿encima de quién habrías subido? —pregunto.

Eso hace que suelte una carcajada. Creo que no hay nada en el mundo que me guste más que verla sonreír… Bueno, sí, ¡sus besos! Cuando finalmente me agacho ella se sube en mis hombros y, al levantarme, entre risas consigue colgar esa carta que para ella es tan importante.

Al hacer eso no sé por qué pienso en la prensa del corazón y sonrío al imaginar el dineral que ofrecerían por una foto mía así.

Minutos después, cuando los dos la miramos desde el suelo, agarro a Andy por la cintura. Veo la emoción en su rostro y le pregunto:

—¿Todo bien?

Ella asiente, sonríe y, tras darme un beso que me llena de felicidad, afirma:

—Ahora todo mucho mejor. Misión cumplida.

Capítulo 43

Andy

Hoy es nuestro último día juntos en Venecia y, la verdad, estoy rara.

Rara porque me he enamorado de él.

Rara porque lo voy a echar de menos.

Rara porque sí.

Su avión privado sale a las siete de la tarde. Lo acompañaré al aeropuerto, después regresaré al hotel, y mañana a primera hora iniciaré mi viaje en moto a España.

Mientras duerme lo observo y…, joder, ¡lo que siento cuando lo miro!

Estos días Nacho me ha enamorado como no creo haberlo estado en la vida. No solo es encantador, tierno, salvaje y caballeroso, sino miles de cosas más, y todas ellas buenas. No sé qué pasará una vez que lleguemos a Los Ángeles, pero desde luego lo que hemos vivido estos días en Venecia ya nadie nos lo quitará.

Lo observo en silencio. Me gusta verlo dormido con el pelo revuelto sobre el rostro, así que cojo mi móvil y le hago una foto. Quiero tener ese recuerdo de él, dormidito, tranquilo, feliz.

Cuando voy a dejar el teléfono, que tengo sin sonido, este comienza a vibrar. Compruebo que es una videollamada de Hattie, por lo que, tras levantarme con sigilo, me encamino hacia el baño y, cerrando la puerta, saludo:

—*Buongiorno* desde Venecia.

—Buenas noches desde Los Ángeles —se mofa Hattie saludándome a su vez.

Sonrío divertida. Italia va nueve horas por delante del horario de Los Ángeles. Aquí son las nueve de la mañana y allí es medianoche.

—¿Dónde estás? —pregunta Hattie.

Apoyándome en el precioso ventanal del baño que da al Gran Canal, doy la vuelta a mi teléfono para enseñarle las vistas.

—Ahora mismo en el baño —respondo—, mirando el Gran Canal. Hace quince segundos mirando a mi gran Semental.

—Las vistas, perfectas… ¿Me enseñas al Semental?

Al oír eso sonrío y murmuro mirando la pantalla:

—De eso nada, reina. Mi Semental es solo para mí.

—Pues sí que te he ha dado fuerte…

—Fuertísimo —afirmo.

Las dos reímos. Durante estos días he mantenido informada a Hattie de mis avances con él, y cuando voy a contarle lo rara que me siento hoy dice:

—Ayer llamé a tu madre.

Oír eso me interesa, pues la última vez que hablé con ella estaba extraña.

—Creo que anda un poco depresiva —añade Hattie—. Os echa mucho de menos.

Asiento, lo entiendo. En este instante todos sus hijos estamos fuera. Max, en España. Leo, en Memphis. Daniel, en Nueva York y yo, en Venecia. Conociéndola, debe de estar como un alma en pena.

—Tranquila —digo—. En cuanto Max y yo regresemos a Los Ángeles se le pasará.

Ambas reímos, y luego Hattie suelta:

—Tengo que contarte una cosa terrible.

Malo, malo. Cuando mi amiga pone ese tono y ese gesto de victimismo es para echarse a temblar.

—No me digas que Masako ha hecho algo, porque…

—Noooooo, por Dios…, Masako es un amor. Es más, creo que la voy a contratar de por vida; ¡no veas la tía, lo bien que vende la ropa!

Suspiro, pues saber eso en cierto modo me tranquiliza, y acto seguido pregunto:

—Lo que me tienes que contar, ¿es bueno o malo?

Resopla. Intuyo que es malo por su gesto. Mirando a la cámara suelta:

—Mira, te lo digo sin anestesia. Me he depilado eso…, y ahora ¡no me gusta!

Al oírlo parpadeo. Parece que estoy un poco espesita.

—¡¿Qué?! —murmuro.

Hattie asiente y repite:

—Pues que me he depilado eso y…

—¿«Eso» es el potorro? —pregunto sabedora de que sí.

Mi amiga afirma con la cabeza.

—No me gusta cómo ha quedado —añade—. Por Dios, ¡es terrible…! ¿Qué hago?

Me río. Desde luego, qué absurdos son los problemas que nos agobian en ocasiones. Y tomando aire indico:

—¡Joder, Hattie…! Pues tendrás que esperar a que te crezca.

Mi amiga se mueve por su cocina.

—¿Cuánto tarda en crecerte a ti? —pregunta.

Vuelvo a reírme. Yo soy de las que se lo depilan por comodidad.

—Pues mira, cielo, no tengo ni idea —respondo—, porque cuando me ducho me lo repaso y…

—Por Dios, Andy…, ¡parece el potorro de una muñeca de plástico! ¿Cómo te puede gustar llevarlo así?

Me río otra vez, no lo puedo remediar, y contesto:

—Reina, sobre gustos no hay nada escrito… Pero, tranquila, el pelo crece. Date un mesecito o así y…

—¿Voy a tener que estar un mes sin sexo?

¡La madre que la parió!

—¡Hattie Whitaker! ¿Y a mí qué narices me cuentas? —exclamo.

Finalmente las dos terminamos riendo, y en ese instante oigo que comienza a sonar el teléfono de Nacho. Entreabro la puerta del baño, me asomo para mirar y digo:

—Te dejo. Ya hablaremos, ¿vale?

Una vez que cuelgo me dispongo a salir del baño cuando mi móvil vuelve a sonar. Es mi hermano Max. Y, por supuesto, tras cogerlo rápidamente saludo:

—Hola, capullín…

—Andy, ¿dónde estás?

Sorprendida por su pregunta, respondo mientras veo a través de la puerta entreabierta que Nacho se levanta de la cama para hablar por teléfono:

—En Venecia… ¿Dónde iba a estar? ¿Qué pasa?

Sin quitarle ojo a Nacho, veo que sonríe. Por el modo en que lo hace y por lo que lo oigo decir, sé que habla con Dawson.

—Andy… —dice entonces Max—, tengo un problemón, te necesito.

Eso hace que deje de mirar a Nacho. Ahora toda mi atención la tiene mi hermano.

—¿Qué pasa? ¿Dónde estás tú? —pregunto.

Lo oigo resoplar, y contesta.

—Estoy en Madrid. En la casa de Boadilla. Hace tres horas ha llamado Dawson para decirnos que él y el equipo ya están aquí y que iban en un autocar en dirección al Parador de Sigüenza.

Asiento, esos eran los planes. Pero entonces mi hermano añade:

—La gente del equipo que estaban aquí alojados se han marchado en otro autocar que ha venido a recogerlos y…

—¡¿Y…?!

Oigo a mi hermano resoplar. Eso me intranquiliza.

—¡¿Por qué no te has ido con ellos?! —exijo.

—Joder, Andy…

—Joder, ¿qué? —pregunto alterada, y luego, tomando aire, cuchicheo—: Ay, Dios, Max, ¿no habrás vuelto a…?

—No, joder, ¡sigo limpio! ¿Por qué siempre piensas en lo mismo?

Me obligo a tranquilizarme, está en lo cierto. E, intentando entender algo, digo con toda la calma que puedo:

—Tienes razón, Max. Lo siento. Ahora, por favor, dime qué ocurre.

Oigo un lamento, alguien que grita.

—¿Qué pasa? ¿Quién chilla? —insisto, de nuevo alarmada.

—Es Forrest…

—¿Forrest? —pregunto sorprendida.

—Roberta se ha casado.

—¡¿Qué?!

—Lo que oyes…

Boquiabierta, intento procesar la información, y acto seguido pregunto:

—¿Con quién se ha casado?

—Al parecer, ella y un tipo español hablaban por una aplicación de móvil desde hace tiempo. Y…, bueno, cuando viajamos a España ese tipo vino a Madrid a conocerla, puesto que es gallego. Total, que Roberta se marchó ayer. Hoy le ha escrito a Forrest para decirle que se han enamorado, que se casaron ayer en Galicia, y que lo siente, pero que no va a participar en la película porque ha decidido cambiar de vida.

Según oigo eso me siento en el borde del jacuzzi para procesar la información. Ahora que lo pienso, el día que la vi en la plaza Mayor de Madrid estaba hablando con un tipo. Seguro que era él.

En otro momento de mi vida no habría creído que dos personas pudieran enamorarse en tan pocos días. Pero, tras lo que estoy viviendo, hoy por hoy incluso soy capaz de creer que el Pato Donald existe.

—Andy, necesito tu ayuda —pide Max a continuación.

—Claro. Dime… —afirmo convencida.

Mi hermano toma aire y luego dice:

—Necesito que te vengas de Venecia ya y seas tú la que participe con nosotros en las escenas de acción que ha de rodar Estela Noelia Rice Ponce.

—Espera…, espera…, espera… —lo corto.

—Lo sé, Andy, lo sé… Sé todo lo que me vas a decir.

—Max, vosotros habéis practicado esas escenas cientos de veces… Pero ¿qué me estás contando?

—¡Tienes razón! Por suerte, las escenas que rodamos en Madrid eran las que ensayamos antes de viajar. Ahora solo quedan tres por rodar y, de ellas, solo hemos practicado una, que es una caída libre desde un puente. Y, joder, Andy, ¡tú eso lo bordas! Te gusta hacer puénting. Disfrutas esas caídas, no te dan miedo. La otra es una persecución con una moto por un campo y…

—A ver, Max…

—La otra escena está pendiente de ensayo —me interrumpe—.

Se trata de una pelea y el director les encargó a los geos que crearan una coreografía, por lo que se ensayará en España con ellos.

Resoplo, suspiro y, viendo a Nacho sonreír en la habitación de al lado, pregunto:

—¿Qué han dicho Dawson y Nacho?

—No saben nada. Todavía no los he llamado.

—¡Max!

—Andy, escúchame. Antes de llamarlos quiero darles una solución al problema. A ellos les dará igual si es Roberta o eres tú —y, tras suspirar, Max añade—: En el contrato que firmé había una cláusula que decía que, si lo incumplía, les tenía que devolver el triple de lo que ellos me pagaban.

—¡La madre que te parió, Max!

—¡Lo sé! —grita mi hermano desesperado—. Es una puta locura, pero para esta película pagaban muy bien, sabes que lo necesitaba, y acepté. Firmé sin pensar que nadie del equipo podía fallar.

—¿Y el contrato que le hiciste a Roberta? ¿Qué pasa con él?

Max no contesta, se queda callado, y de pronto lo entiendo. Por confianza, el contrato que se debería haber firmado no existe.

—Te juro, Max, que, porque eres mi hermano —murmuro cerrando los ojos—, porque si no lo fueras te...

—Dime que me ayudarás. Por favor... Por favor... No conozco a nadie en España que en un espacio de tiempo tan corto pueda hacer lo que puedes hacer tú...

—Pero yo tengo un vuelo de regreso y...

—Por eso no te preocupes. Aunque pierdas el tuyo, la productora se encargará de proporcionaros un billete a ti y a tu moto.

Suspiro. Por mi familia, por la gente que quiero, soy de las que se dejan la vida. Mientras observo a Nacho, que ha colgado ya el teléfono y se despereza mirándose en el espejo, digo:

—De acuerdo, capullo. Miraré billetes de avión y mañana como muy tarde me tendrás allí.

—Gracias, Andy...

Resoplo. Estoy convencida de que este asunto me va a traer problemas con Nacho, pero aun así digo:

—Dile a Forrest que se relaje. Su hermana no ha matado a nadie, solo se ha enamorado y se ha dejado guiar por el corazón.

Y ahora, en cuanto terminemos esta conversación, llama a Dawson y a Nacho y cuéntales el cambio de planes, ¿entendido?

—Ahora mismo —asegura.

—Un beso, capullo. Nos vemos en Sigüenza.

Dicho esto, cuelgo y suspiro; en ese momento Nacho entra en el baño y, mirándome, musita mientras se acerca a mí:

—Buenos días, preciosa...

Gustosa, acepto su beso. Su abrazo. Su cariño. No sé cuánto tiempo tardará en cambiarle el humor, por lo que lo saludo con mofa:

—Buenos días, Semental.

Nacho ríe a carcajadas.

—¿Ahora ese es mi nombre en clave?

Asiento divertida, y luego él vuelve a preguntar:

—¿Con quién hablabas?

—Con mi hermano Max —respondo—. ¿Y tú?

—Con Dawson. Ya está de vuelta en España, iba con el equipo a Sigüenza.

—¿Y dónde les ha dicho él que estabas tú? —señalo con interés.

Nacho sonríe.

—Dawson les ha dicho que llegaría esta noche en mi avión privado, nada más. Por cierto, ¿Max bien?

Sonrío y, mintiendo como una bellaca, murmuro:

—Genial.

Acto seguido, tras salir del baño antes de que siga preguntando, digo vistiéndome a toda prisa:

—Voy a por la prensa a recepción, que no la han traído.

Y, sin más, con la camiseta del revés, salgo al pasillo ante el gesto de sorpresa de Nacho. No quiero estar presente cuando lo llame Dawson.

Capítulo 44

Nacho

Mientras me ducho pienso en Andy.

¿Cómo me voy a marchar de Venecia dentro de unas horas y la voy a dejar aquí? No quiero..., no me apetece separarme de ella.

Una vez que salgo del baño, veo que ella aún no ha regresado.

Pero ¿adónde ha ido a recoger la prensa?

Estoy sonriendo al pensar en ella cuando me suena el teléfono. Es Dawson de nuevo.

—A ver, ¿qué se te ha olvidado decirme? —pregunto después de cogerlo.

Según comienza a hablar, mi rostro se descompone.

Lo que Dawson me cuenta no me hace ninguna gracia y, cuando veo que la puerta de la habitación se abre y entra Andy, indico dirigiéndome a mi amigo:

—Luego te llamo.

En cuanto cuelgo veo que ella me mira. Yo espero que diga algo, pero entonces suelta dejando los periódicos sobre la cama:

—¡Hoy hace un día espectacular para sonreír!

Asiento. ¿En serio es eso lo que piensa decir?

—¿Ya me estás vacilado? —inquiero molesto.

Ella niega con la cabeza.

—No. Pero cuando lo desees puedo hacerlo.

La miro, ella a mí, y le hago saber lo enfadado que estoy.

—¿Por qué no me has dicho lo que ocurría con tu hermano Max? —pregunto.

Veo que suspira, luego toma aire y responde:

—Te lo dije una vez: lo que tú tengas con mi hermano y su empresa es una cosa, y esto nuestro es otra. Y si no te he dicho nada ha sido porqu…

—Por todos los santos, Andy… —la corto—. Pero ¿de qué estás hablando? Sabes que a tu hermano le falla una de su equipo y tú pretendes reemplazarla.

Ella asiente con una calma que me enferma y luego afirma:

—Así es. Y antes de que digas nada, recuerda: ¡yo también soy especialista!

Me doy la vuelta y cojo mi ropa. Comienzo a vestirme mientras recuerdo las escenas que aún faltan por rodar.

—No vas a participar en las escenas de riesgo —siseo—. ¡Me niego!

Oír eso no le gusta. Lo veo en su gesto.

—Me da igual lo que tú digas —suelta acercándose—. Mi hermano necesita que lo ayude y lo haré.

—Pero, Andy…

—Nacho —me corta—. Si lo que Max me pide me pareciera una locura, créeme que sería la primera en verlo así. Pero tanto él como tú me necesitáis. Él, como parte de su equipo, y tú como parte del equipo que contrataste con mi hermano.

Me muevo de un lado a otro mientras niego con la cabeza y, de pronto, al recordar algo, protesto:

—Una condición que te puse era que no quería que te pusieras en peligro innecesariamente.

—Venga, no me jodas. Hablabas de mi trabajo.

—Hablaba de la vida en general —apostillo enfadado.

Andy hace una mueca.

—A ver, Nacho…, tirarse por un puente, fingir una pelea con los geos o llevar a cabo una persecución en moto por un campo no es ponerse en peligro.

«¡¿Qué?! ¿He oído que eso no es ponerse en peligro? Pero ¿esta mujer en qué mundo vive?»

Y, mirándola, pregunto:

—Si eso no es ponerse en peligro innecesariamente para ti, ¿qué lo es?

Andy me mira y no contesta. Sé que piensa en lo que le he dicho.

—Quizá si no hubierais incluido en su contrato esa puñetera cláusula de tener que devolveros el tripe del dinero cobrado, mi hermano no habría recurrido a mí... —contesta al cabo—. Pero ¿cómo se os ocurre hacerle firmar eso?

—Esto es trabajo, Andy —respondo muy serio—. Y si le ofrecimos a tu hermano un contrato especial por un importe mucho mayor de lo que suelen cobrar los especialistas fue porque lo necesitábamos... Si él lo aceptó, no es problema mío.

Veo que ella asiente y luego suelta:

—Pues como no es problema tuyo y mi hermano no va a incumplir esa cláusula, mantén tu puta boca cerrada y deja que haga el trabajo por el que lo contrataste.

Los dos tenemos la vista clavada en el otro. Por su tono sé que ahora está en plan «Hollywood».

—No me hables así —murmuro.

—Te hablo como tú me estás hablando a mí —replica.

La lucha de miradas continúa.

—Vaya... —musito al cabo—, ya está aquí Hollywood.

Según digo eso, Andy se da la vuelta y sisea:

—Eres un capullo.

Cuando entra en el baño voy tras ella. Esta conversación no se termina aquí. Y, volviéndose de nuevo, dice:

—Te guste o no, voy a ayudar a mi hermano.

—No lo harás.

—Lo haré. Claro que lo haré. Tú no eres nadie para decidir por mí, ¿te queda claro? —sentencia.

Nos miramos. Sé que a partir de este instante tengo todas las de perder. Ella hará lo que quiera. En el contrato solo figura el nombre de Max, no los del resto del equipo.

—Si te parece bien —añade Andy—, mi *Bicho* y yo volaremos contigo a España en tu avión privado. Si te parece mal, dímelo para que pueda llamar al aeropuerto y buscarme un billete para mí y un hueco para mi moto.

Me enferma el modo en que me reta. Tengo ante mí a la Andy que sabe sacarme de mis casillas. A la Andy que no sabe parar cuando se enfada.

—Claro que puedes volar conmigo —afirmo.

Ella asiente, luego abre el grifo de la ducha e indica:

—Volaremos juntos, pero una vez que lleguemos a Madrid tú te irás por tu lado y yo por el mío. Ya hablaremos cuando estemos más tranquilos.

Sigue calentándome, sigue poniendo piedras en nuestro camino. Y sentencia:

—Y ahora voy a ducharme y quiero intimidad. ¿Puede ser?

Tomo aire, es lo mejor que puedo hacer, y sin responder doy media vuelta y cierro la puerta.

Capítulo 45

Andy

El viaje entre Nacho y yo es terriblemente tenso. Eso sí, el avioncito privado del director es la leche. Desde luego, se ve donde hay dinero.

Tras salir del aeropuerto de Venecia nos sentamos cada uno en un sillón bien separados uno del otro y ninguno ha abierto la boca en todo el rato que ha pasado. Él está muy enfadado y yo también, aunque en mi caso reconozco que ya me voy relajando.

Lo miro de reojo. Nacho está consultando algo en su iPad y, por cómo tiene fruncido el entrecejo, intuyo que él no se está relajando en absoluto.

Pero, vamos a ver..., con lo bonito que ha sido para nosotros Venecia, ¿cómo podemos estar así?

No, me niego. Me niego a que sigamos de mal rollo. Así pues, levantándome de mi asiento me acomodo frente a él y pregunto:

—¿Podemos hablar?

—No.

—Venga, hombree...

—Andy, ahora no.

—Me da igual lo que digas, tenemos que hablar —insisto.

Él levanta la cabeza para mirarme y replica sin soltar su iPad:

—Cuando me enfado necesito mi espacio y mi tiempo. Así que, por favor, respeta lo que te estoy diciendo y no lo empeoremos más.

Lo miro, y él me mira a mí. Yo también necesito mi tiempo cuando me enfado.

—Oído —indico tomando aire.

Dicho esto, me espachurro en el sillón. No voy a hablarle, no voy a presionarlo, pero tampoco pienso levantarme de ahí. Me niego.

Pasa una hora. Hemos estado en completo silencio todo este rato, pero entonces veo que Nacho deja su iPad sobre la mesita y, mirándome con ese gesto serio que me pone como una moto, dice:

—Tú dirás.

¡Bien! ¡Parece ser que ya podemos hablar!

Sonrío. No sonríe. Me muevo. No se mueve. Me rasco el brazo. No se rasca, y finalmente, sin saber cómo afrontar el tema, digo:

—No quiero que sigamos enfadados. Lo que hemos vivido en Venecia ha sido tan real y bonito que, ¡joder, Nacho!, no me gustaría que mis primeras vacaciones en diez años acabaran así, y menos aún estando contigo.

Él no se mueve. Solo me mira. No sé si el tío respira siquiera, pero insisto:

—Sé lo que te prometí. Sé que te dije que no pondría mi vida en peligro innecesariamente y, ¡vale!; aunque entiendo que tú puedas verlo de ese modo, créeme cuando te digo que para mí no es eso.

No contesta. Sigue mirándome. Y continúo nerviosa:

—Poner mi vida en peligro será decirle a mi padre que me he enamorado de un hombre que es director, guionista y productor de cine, que es hijo de la famosísima actriz Susan McDough y de un hombre que odia el ejército… ¡Eso sí que será poner mi vida en peligro!

Según digo eso, noto un cambio en sus ojos. Su mirada se suaviza. Creo que voy por buen camino, por lo que añado:

—Y aunque sigas enfadado conmigo y no me hables, e incluso te estés planteando dejar lo que empezamos porque nos dio un ramalazo de locura en Venecia, quiero que sepas que, si pudiera repetir este viaje contigo, lo repetiría paso por paso, sin saltarme ni uno solo, aunque siempre llegáramos a este final.

Nacho sigue sin decir nada. El tío es duro de roer.

Me levanto para cambiarme de asiento, pero entonces me coge la mano, tira de ella, me sienta sobre sus piernas y murmura:

—¿Sabes que estoy total y completamente enamorado de ti?

¡Oh, sí! ¡Oh, sí! ¡Ya ha vuelto el Nacho romántico!

—Tú y yo nos vamos a ir de vacaciones mil veces —añade a continuación—. Tú y yo, cariño, siempre que nuestros trabajos nos lo permitan, vamos a hacer cientos de cosas en esta vida. Y en lo referente a tu padre o al mío, déjamelos a mí. Nadie es tan malo como aparenta, ni tan bueno como se comenta. Generalizar no suele ser algo muy acertado, y quizá haya llegado el momento de que el almirante Madoc pierda su aprensión a la gente del cine y mi padre acepte que en la vida se puede decir «joder» y se puede ser militar. Y si no lo aceptan, ¡allá ellos! Pero tú y yo no vamos a dejar de vivir lo que estamos viviendo por lo que ellos piensen, ¿entendido?

Sonrío divertida. Nacho me da entonces un dulce beso en los labios que me sabe a pura vida y prosigue:

—No me vas a perder de vista así como así. Te quiero, sé que me quieres, y valoro nuestra magia. Y en cuanto a Venecia, yo también repetiría paso por paso lo vivido, porque te aseguro, cariño, que han sido los mejores días de los últimos años de mi vida.

Oír eso me emociona; lo que tengo con Nacho es real, tremendamente real. Tras darnos un maravilloso y ansiado beso, cuando nos separamos susurra:

—Recuerda, cariño, yo también te hago el amor con garantía: polvo que no te guste te lo repito.

Eso me hace reír a carcajadas. Cuando se suelta, ¡Nacho es un cachondo! Y acto seguido agrega:

—Piedra, papel… o me besas.

Ese juego nuestro hace que nos besemos muchas veces a lo largo del día, y por supuesto que nos besamos, ¡faltaría más!

—Lo que no sé es cómo voy a afrontar el día a día una vez que lleguemos a destino, sin poder tocarte ni besarte… —comenta después—. Me inquieta saber que te voy a tener cerca, pero que hemos de disimular porque tú lo quieres así y…

Lo beso, acallándolo. Eso que lo inquieta a él me inquieta también a mí.

—Sé que mi hermano y su equipo también se alojan en el Parador —digo al cabo. Nacho asiente y, sonriendo, cuchicheo—: Entonces, tranquilo, porque alguna noche buscaré la forma de visitarte.

Él cabecea complacido.

—Pero hoy tú llegarás por tu lado y yo por el mío —continúo—. Le he mandado un mensaje a Max antes de salir de Venecia. Le he dicho que había encontrado un vuelo y que esta noche nos veríamos allí.

Le vuelve a cambiar la cara. Eso de que vayamos por separado al Parador no le hace mucha gracia.

—Y recuerda —insisto—, esto es entre Andy y Nacho. Solo nos concierne a nosotros dos.

Él finalmente afirma con la cabeza, vuelve a estar de acuerdo conmigo. Y ya no nos separamos ni un segundo hasta llegar al aeropuerto de Madrid, donde nos reciben Jackson y Paul.

Capítulo 46

Andy

Tras una noche en la que no he podido dormir al añorar a Nacho y que me he pasado buscando información de los geos y del Parador de Sigüenza, donde estoy alojada, para suplir su ausencia, reconozco que estoy cansada.

Pero todo el agotamiento se esfuma cuando mi hermano viene a buscarme a mi habitación y lo veo estupendamente. Yo solo quiero que Max sea feliz.

De inmediato se interesa por mi viaje. A grandes rasgos le cuento lo bien que lo he pasado, y prometo contarle detalles en otro momento. Después bajamos juntos a desayunar al comedor, mientras disfruto del lugar donde estoy, que es precioso, y para mí está lleno de historia y de magia.

Cotilleando en internet, la noche anterior me enteré de que el Parador es un castillo medieval del siglo XII que fue construido sobre una alcazaba árabe, y en él vivieron reyes, obispos y cardenales.

Emocionada, le estoy contando todo eso a mi hermano cuando me suenan las tripas. ¡Qué hambre tengo!

Al entrar en el comedor al primero al que veo es a Nacho, que está sentado a una mesa situada al fondo. Está con Dawson y varias personas más, hablando, y cuando ponen unos biombos para separar esa mesa del resto, mi hermano dice:

—Nunca te sientes ahí a desayunar. Esa es la mesa de los jefazos.

Asiento. Veo que aquí también hay categorías, como en el ejército, y sonrío.

Mientras cojo algo del bufet, cotilleo mirando entre los biombos. Nacho está concentrado en lo que habla y, madre mía, qué sexy está en modo trabajo. Desde luego, tan serio y concentrado, ¡la palabra *sexy* se le queda corta! Veo cerca de él a Jackson y a Paul, los hombres del pinganillo.

¡Qué coñazo tener que vivir así!

Mi hermano, ajeno a lo que pienso, comenta de pronto:

—Me he reunido con Nacho Duarte a las siete de la mañana.

Oír eso hace que lo mire sorprendida.

Sé que Nacho llegó al Parador una hora antes que yo. Cuando nos despedimos en el aeropuerto eran las doce y media, por lo que llegaría al hotel sobre la una y cuarto de la madrugada. Yo llegué a las dos. Me tomé algo tranquilamente en el aeropuerto. No tenía prisa, pero me alegré al llegar al Parador y verlo en la recepción hablando con Dawson, puesto que me había dicho que no se iría a la cama hasta que yo llegara.

Así pues, si a las siete estaba hablando con mi hermano, ¿cuánto ha dormido?

Estoy pensando en mis cosas cuando se nos unen Jack y Forrest. En el rostro de este último veo todavía el enfado que lleva por lo sucedido con su hermana, y susurro:

—Se ha enamorado, perdónaselo…

—Nos ha fallado. Eso no se lo perdono —replica.

Vale, también tiene razón. Consciente de que no lo voy a hacer cambiar de opinión, decido callarme. Son hermanos y, tarde o temprano, lo solucionarán.

De pronto observo que Max está mandando un mensaje en su teléfono y, tras echar un vistazo, cuchicheo:

—Woooo, Masakoooo…

Él me mira, levanta una ceja y, cuando va a decir algo, indico:

—Me cae genial. Tienes mi bendición.

Mi hermano se ríe, yo también. Y no hablamos más de ello.

Tras el desayuno el equipo al completo nos reunimos en una de las salas del Parador. Nos acomodamos en unas sillas, mientras que Dawson, Nacho y dos mujeres se sientan a la mesa que está en alto frente a todos nosotros y comienzan a hablar sobre los días que vamos a estar alojados allí y la metodología del rodaje.

A mí todo esto me suena a chino. Es la primera vez que estoy en una reunión de estas y me mantengo calladita y atenta. Eso sí, no puedo dejar de mirar a Nacho, ¡qué guapo está!

Poco después se unen a la reunión otros trabajadores de la película. Muchos, al verme, me saludan con cariño. Se acuerdan de mí, y ahora que saben que soy una más del equipo, hasta se alegran.

Estoy hablando con ellos cuando veo que llega Estela Noelia Rice Ponce, junto a un hombre del que va de la mano e intuyo que es su marido. ¡Qué buen gusto tiene Noelia! ¡Pedazo de morenazo!

Mi hermano, que también los ve, señala:

—Es el marido de Noelia. Es geo, y él y su equipo nos darán directrices para que las escenas sean más realistas.

—Señorita Madoc…

Al oír eso me vuelvo. Es Nacho, que, mirándome, dice micrófono en mano:

—Quería darle la bienvenida al equipo.

Sonrío. Muchos de los presentes aplauden para darme la bienvenida, y Nacho, en un tono muy profesional, añade:

—Cualquier duda o problema que tenga, por favor, háganoslo saber.

Dicho esto, sigue hablando. Continúa dando directrices a su equipo y, cuando la reunión acaba, acalorada por lo que ese hombre me hace sentir, salgo a fumarme un cigarrillo a la puerta del Parador.

¿Cómo voy a ser capaz de estar cerca de Nacho sin querer besarlo?

Pero ¿qué me pasa? ¿Acaso me estoy volviendo una puñetera acosadora?

Estoy riendo por ello cuando entro de nuevo en el vestíbulo del hotel y veo que Estela Noelia Rice Ponce viene hacia mí.

—Andy, me acabo de enterar de que vas a ser yo en mis escenas de acción —me dice en español.

—¡Eso parece! —afirmo sonriendo, sorprendida de que recuerde mi nombre.

Ambas nos miramos, y en ese momento un chico se acerca a nosotras y cuchichea:

—Por el amor de *Diorrrr*… Vistas desde atrás sois idénticas. La diferencia es que ella es *blondie* y tú morena. ¡Increíble!

Según lo oigo, lo miro. No sé quién será… Va vestido con un pantalón rosa y una camiseta amarillo pollo. Entonces Noelia dice:

—Andy, te presento a mi primo Tomi. Tomi, ella es Andy, mi doble en la película.

Gustosa, le sonrío y él, bajando la voz, afirma:

—Por tu tono de piel la peluca rubia te quedará increíblemente mejor que a la otra. Y, *pleaseee*, ¡no te dejes avasallar por las heteropetardas! Van de machitas, pero luego se quedan en nada.

Parpadeo sorprendida. Voy a preguntar quiénes son esas «heteropetardas» de las que habla cuando él, tras dar un gritito, suelta:

—Llamadme *«crazy»*, ¡pero aquello que veo allí es choricito!

Una vez que se va a toda leche, Noelia y yo nos miramos y ella indica con una sonrisa:

—Es un loco del chorizo español.

Estamos riéndonos las dos cuando Nacho se acerca a nosotras junto a una mujer.

—Señorita Madoc —me saluda.

Al oírlo, lo miro. Uiss, ¡qué seriote mi chicarrón!

—Vaya con Tessa. Ella es de vestuario. Tendrá que arreglarle la ropa.

Asiento y, tras mirar a Noelia, esta dice guiñándome un ojo:

—Suerte, y que no te claven muchas agujas.

En cuanto paso junto a Nacho, él ni me mira. Ya está hablando con otra persona y, oye, siento una punzada de rabia. Ni una sonrisa. Ni un beso. Ni un «buenos días». Pero, claro, él solo hace lo que yo le he pedido: ignorarme.

Después de estar durante toda la mañana en vestuario, donde las costureras arreglan la ropa que debo llevar en las escenas, pues soy más alta que Roberta, salgo y veo de nuevo a Nacho, que está hablando con dos mujeres mientras los tres miran un iPad. Quisiera acercarme a él, quisiera hablar con él, pero no debo, y, dándome la vuelta, me voy a alejar cuando mi hermano se me acerca.

—Andy, he quedado con los geos en sus instalaciones dentro de una hora para que nos muestren la coreografía de la pelea.

—¡Genial! —afirmo dejando de mirar a Nacho.

—¿Nos sigues con tu moto y así no cogemos otro coche, que vamos al completo?

Sin dudarlo, asiento. Tengo pocos días para aprender y practicar lo que supuestamente ya debería saber.

—Subo a por las llaves y dentro de cinco minutos estoy en el aparcamiento —indico.

—Que sea media hora, y llévate ropa cómoda —dice mi hermano.

Con tranquilidad, subo a mi habitación. Una vez allí, me cambio y me pongo ropa cómoda que me deje libertad de movimiento. Luego cojo mi bolsa de deporte, meto unos vaqueros y una camiseta, pillo mi cazadora negra y las llaves de mi moto y bajo de nuevo al vestíbulo, pero entonces oigo:

—Andy.

Al volverme me encuentro otra vez con Noelia, la actriz. Su cercanía y su naturalidad me sorprenden, pues no sé por qué había imaginado que era distante y algo creída.

—¿Todo bien en vestuario? —me pregunta mientras veo a uno de los guardaespaldas de Nacho cruzando el vestíbulo.

Sonriendo, afirmo con la cabeza.

—Todo genial. Por cierto, me flipa el mono de cuero negro que tengo que llevar para las escenas. Nunca me había puesto algo así de provocativo.

—Es una pasada. Cuando mi marido Juan me lo vea puesto, ¡se escandalizará!

Ambas reímos y luego yo añado:

—Ahora vamos a las instalaciones de los geos. ¿Estará allí tu marido?

—Sí.

Me llama la atención saber cómo debieron de conocerse ella y el policía. Y como no soy de leer prensa del corazón y no me entero de nada de aquello, pregunto:

—¿Y cómo una actriz de Hollywood termina casada con un geo español?

Noelia sonríe feliz.

—El destino, que es muy sabio —dice.

—Y muy cabrito a veces —apostillo.

Ambas reímos y ella añade:

—Cuando te lo cuente, ¡no te lo vas a creer!

—Me muero por saberlo —le aseguro.

Viendo que mi hermano todavía no ha llegado, me siento junto a Noelia en un cómodo sofá del vestíbulo y comienza a contarme cómo se conocieron Juan y ella.

¡Increíble! Parece que me esté contando una película.

—Tenerlo en mi vida y haber tenido a nuestra hija es lo mejor que me ha pasado —termina—, aunque para él la prensa esté de más.

Oír eso llama mi atención y la miro sorprendida.

—Juan no puede con la prensa del corazón, pero ha aprendido a sobrellevarlo —me aclara—. Sabe que tiene que tomárselo como parte de mi trabajo, del mismo modo que yo debo sobrellevar la peligrosidad del suyo.

Asiento. En cierto modo, al oír eso me siento identificada.

—¿Puedo acompañaros? —pregunta entonces Noelia levantándose—. Ya he terminado las reuniones que tenía por aquí.

Sorprendida por lo que me ha contado, y sobre todo por sentir que una estrella de Hollywood está conmigo charlando tan tranquilamente y quiere seguir haciéndolo, al recordar algo digo:

—Tendrás que venir en mi moto conmigo. Mi hermano ha dicho que el coche estaba completo y...

—¡Genial! —afirma ella.

Cinco minutos después Max y cuatro personas más se nos acercan. Al saber que Noelia nos acompaña, intentan hacerle un sitio en el coche, pero ella se niega. Quiere venir conmigo.

Cuando salimos del Parador veo más allá a varios fotógrafos y resoplo. Noelia sigue la dirección de mi mirada y señala:

—Tranquila, no nos seguirán. Los conozco y ya he permitido que me hagan un par de fotos hoy, a cambio de que me dejen el resto del día en paz. Ahora van a por Tom Blake y Nacho Duarte; son los solteritos de oro y les interesan mucho sus vidas y sus novietas.

Oír eso me hace gracia.

—Como se decía en cierta película, ¡la fama cuesta! —añade ella.

Ambas reímos, y en ese instante nos cruzamos con Dawson. Mi hermano le dice adónde vamos y este asiente. Sé que él está al corriente de lo que tengo con Nacho, y el tío es discreto.

Una vez que salimos del Parador y veo que, como ha dicho Noelia, la prensa no nos sigue, suspiro aliviada. Está claro que ella sabe manejarla, como no dudo que sepa manejarla Nacho, pero, mira, cuanto menos me relacionen con él, mejor.

En cuanto llegamos a las instalaciones de los geos, enseñamos la documentación pertinente para que nos dejen pasar. Al entrar veo al fondo a un grupito de seis hombres. Bajamos de la moto y nos quitamos los cascos, y rápidamente reconozco al marido de Noelia.

—Te lo advierto —me dice ella de pronto—, las heteropetardas son un poquito vacilonas, pero son buenos chicos.

Vaya, ¡ahora ya sé quiénes son las «heteropetardas» de las que hablaba su primo!

Y oye, mira, que sean vacilones me gusta. Si algo me pone a mí es vacilar.

—No te tomes a mal las cosas que digan —me pide Noelia—, pero son de los que, cuando ven a una mujer que no conocen, se ponen algo tontitos.

—¡Qué interesante!

Noelia suspira.

—Me consta que Juan les ha advertido, pero están tan emocionados con participar como extras en la película que ya se ven recibiendo un Oscar en el teatro Dolby de Los Ángeles.

Me río, no lo puedo remediar. En el poco tiempo libre que he tenido me he informado de quiénes son los geos. Me gusta saber con quién trabajo para optimizar al máximo mi rendimiento.

—Y luego —agrega Noelia— está esa parte ruda y machirula que tanto les gusta y que a veces los hace parecer recién salidos de las cavernas.

—¡Muy típico! —me mofo pensando en mis propios compañeros.

Ver la mirada de la actriz, en cierto modo preocupada por mí, me hace sonreír. Está claro que ella no me conoce.

—¿Quién es el que acaba de soltar la risotada? —pregunto con interés.

Ella se vuelve y luego dice:

—Roberto. Soltero y bastante creído.

Asiento divertida por la información. El tal Roberto es un tiarrón alto, de buen cuerpo y bonito rostro.

—Muy mono —musito.

—Lo es —afirma Noelia—. Deberías ver cómo reaccionan muchas cuando salimos de copas.

Sonrío, me hace gracia. Si mi amiga Hattie lo viera, sé cómo reaccionaría.

—De derecha a izquierda —dice a continuación Noelia—: Lucas y Carlos, casados. Los sigue Damián, que es el novio de mi cuñada. Juan, mi guapísimo marido, y los dos últimos son Emilio y Roberto, los solteritos de oro del equipo.

—Animalillos… —me burlo.

—Son buenos chicos —murmura ella—, pero no te dejes avasallar.

—Sabré hacerme con ellos —le aseguro.

Noelia sonríe, aunque por su gesto no la veo muy convencida.

Según nos vamos acercando a ellos Juan se adelanta y, tras dar un cariñoso beso en los labios a su mujer, esta dice en español:

—Juan, ella es Andy. Mi doble en la película.

Él me saluda con dos besos y acto seguido el resto del grupo se nos acerca.

—¿Habla español? —le pregunta el tal Lucas a Noelia refiriéndose a mí.

—Perfectamente —aclaro.

Él sonríe y luego dice tendiéndome la mano:

—Encantado, yo soy Lucas. Juan y yo hemos creado la coreografía de la pelea.

—Andy —digo estrechándosela con firmeza—. Un gusto conocerte.

Al soltarme comenta sorprendido:

—Tienes fuerza para dar la mano.

Sonrío. Si este supiera de mí, seguro que se quedaría sin palabras.

—Para dar la mano y para todo lo que me proponga... —aseguro.

Los hombres se miran unos a otros y sonríen por mi comentario.

—¿Eres doble de riesgo? —me pregunta a continuación el que Noelia ha dicho que se llama Emilio.

Sin dudarlo, asiento. Está claro que esperaban otro tipo de mujer, quizá una más corpulenta.

—Sí —replico—, ¿algo que objetar?

Se vuelven a mirar, oigo sus comentarios, y señalo:

—¿Es a vosotros a quienes tengo que machacar en la pelea?

Ellos se ríen sacando pecho. Su orgullo de machitos les impide creer que una mujer pueda presentarles batalla.

De pronto observo que el tal Roberto me mira el trasero con descaro y, volviéndome hacia él, suelto:

—Oye, capullo, estoy aquí para trabajar, no para alegrarte el cuerpo.

Él se ríe, y el tal Emilio murmura:

—Te ha llamado «capullo»...

Yo lo miro divertida.

—Y podría decirle cosas peores, como «mamonazo» o «cabronazo», pero nos acabamos de conocer y soy comedida.

Emilio se ríe. A su risa la siguen las del resto, y al cabo Juan tercia:

—Bueno, vayamos hacia la nave.

En ese instante se nos une mi hermano, con Forrest y los demás. Mientras nos encaminamos hacia la nave Max escucha en silencio las mismas tonterías que yo, y, tras mirarme y ver mi gesto de guasa, les suelta:

—Cuidadito con mi hermana, que os puede sorprender...

Las heteropetardas se miran con incredulidad.

—Andy, a Lucas ya lo conoces —me dice Juan entonces—, pero el resto son: Emilio, Damián, Roberto y Carlos. Mi equipo.

Asiento. Me recuerdan a mi escuadrón y, aunque no lo digan, sé que son una familia.

—¿No hay ninguna mujer en el equipo? —pregunto con ganas de crear controversia.

—No —responde simplemente Juan.

Oír eso no me sorprende. Ya me he informado al respecto. Y, mientras veo que el tal Roberto sigue mirándome con descaro, digo:

—¿Y eso por qué?

Los hombres se miran sin decir nada, y Noelia me aclara:

—Porque las pruebas físicas que se requieren para pertenecer a los geos en España deberían adecuarse para exigir exactamente lo mismo a las mujeres que a los hombres, pero de momento no es así.

Afirmo con la cabeza. Juan mira a su mujer y murmura:

—Estrellita, te he dicho que...

—Mira, X-Man, no me entra en la cabeza que de donde yo vengo haya mujeres en los SWAT y en los SEAL, y aquí en los geos todavía no.

Acto seguido se hace un silencio extraño. Vaya..., vaya..., veo que Noelia es de las mías.

—Nosotros provenimos de familia militar —comenta entonces mi hermano.

Todos lo miran interesados y él añade:

—Mi padre es almirante de la marina. Mi tío, coronel. Mi primo, Navy SEAL, y Andy es teniente.

Según dice eso, todos me miran. Les sorprende lo que oyen.

—¿Teniente de qué? —me pregunta Juan.

Divertida al ver cómo me miran, me cuadro como llevo haciendo toda mi vida y, para impresionarlos, digo:

—Teniente de combate táctico. Piloto un F-35 desde hace más de diez años y lidero mi escuadrón.

Boquiabiertos. Se han quedado del todo boquiabiertos.

—¡No me jodasss! —musita Emilio.

Al oírlo, sonrío y replico:

—Ya quisieras tú.

—¡Andy! —Mi hermano ríe.

Noelia, que está tan asombrada como el resto, quiere saber:

—¿Pilotas un caza de guerra?

Asiento orgullosa de mi trabajo.

—Sí, Noelia. Así es. Por suerte, los tiempos van cambiando y desde hace años las mujeres hemos demostrado que somos tan válidas como los hombres. Eso sí, siempre y cuando nos permitan hacerlo, que parece que les demos miedo.

Noelia sonríe, y yo también. Nos entendemos con la mirada.

—Espero que mi hija Abril sea lo que le dé la gana en la vida —afirma luego.

—Yo también lo espero —conviene Juan.

La actriz, que está a mi lado, sonríe, mientras aquellos, todavía bloqueados por lo que acaban de saber de mí, me hacen preguntas que yo rápidamente respondo. Son curiosos, quieren saber, hasta que, pasados unos minutos, y ante las insistentes miraditas que Roberto sigue echándole a mi trasero, le suelto:

—¿Acaso te gusta mi culo?

Él parpadea asombrado. Lo he cortado.

—Andy… —murmura mi hermano sonriendo.

Pero yo, sin apartar la mirada de aquel, que me estaba comiendo descaradamente con la mirada, insisto:

—No vas a responder.

Roberto se pone rojo como un tomate. Está visto que no está acostumbrado a que una mujer se le encare así y, como deseo decirle cuatro verdades, prosigo:

—Oye…, Roberto, cuando mires así a una mujer ten claras tres cosas. La primera, le puedes gustar y podéis terminar follando como locos. La segunda, te puedes llevar un buen puñetazo que te salte los dientes. Y la tercera, puedes llevarte un estupendo toque de atención. Y, para tu suerte, hoy estoy tranquila y solo te llevas mi toque de atención.

Según digo eso los hombres se miran. Están sorprendidos con mi actitud.

—Soy militar —añado—. Llevo toda mi vida rodeada de machirulos que se han creído más que yo, por tanto, no me busquéis, porque no soy de las que se quedan calladitas, y de vacile sé bastante, ¿entendido?

Los hombres me miran y asienten. Y entonces yo, dando una palmada, pregunto:

—¿Empezamos a practicar ya o seguimos de cháchara?

Ellos se apresuran a seguir caminando. Y mi hermano cuchichea acercándose a mi oído:

—Hollywood…, ¡relájate!

Eso me hace gracia.

—Tú y yo nos vamos a llevar muy bien —oigo que me dice entonces Noelia.

Asiento, sonrío y no digo más.

Capítulo 47

Nacho

Son las siete de la tarde y, tras haber tenido un día de locos coordinando las próximas jornadas de rodaje, estoy con Dawson en la puerta del Parador tomando el aire. No sé qué pensar. Andy no me coge el teléfono y tampoco sé dónde está.

Estoy preocupado. No puedo preguntarle abiertamente a nadie del equipo si la ha visto.

—¿Qué te ocurre? —me dice Dawson.

—Nada —respondo.

Permanecemos unos segundos en silencio y al final digo:

—No sé dónde está. Llevo sin verla desde esta mañana y…

—Yo sé dónde está —me corta.

Según lo oigo, lo miro.

—¿Qué me das si te lo digo? —bromea él—. Y a todo esto…, ¿cómo he de llamarla: «tu cosita», «tu chica», «tu novia», «tu rollete»…?

—Dawson, no me toques las narices —replico.

Mi amigo se ríe. Yo no. Y suelta:

—Se ha ido con Noelia y su equipo a las instalaciones de los geos. Querían comenzar a practicar la coreografía de la pelea.

Me parece bien. Es lo que tienen que hacer.

—¿Tienes las llaves de algún coche? —pregunto a continuación.

Él asiente, y digo: ¡Vamos!

—¿Para qué?

—¡Vamos! —insisto.

Nos dirigimos en silencio a uno de los coches de alquiler y, cuando subimos a él, Dawson murmura:

—No creo que…

—Arranca y cállate.

Mi amigo se ríe negando con la cabeza.

—Usted manda, señor director.

Noto el cuerpo en tensión mientras Dawson conduce y nos acercamos a las instalaciones seguidos por mis guardaespaldas. Tras enseñar nuestros pases especiales entramos y diviso la moto de Andy. Aunque aún no la he visto a ella, saber que está aquí en cierto modo me relaja.

Una vez que nos apeamos y nos indican el edificio en el que están, al entrar en él veo algo que no me gusta un pelo. Andy está en medio de tres hombres, defendiéndose con contundencia. Tiene la respiración acelerada, sus jadeos me hacen saber que está cansada, pero la conozco y no parará hasta saberse bien la coreografía.

Dawson y yo nos quedamos en la puerta sin hacer ruido, y entonces veo que Andy cae de golpe al suelo. Ha fallado en un movimiento y uno de los hombres la ha golpeado en la mejilla sin querer. Mi instinto es ir a ayudarla, pero Dawson me detiene.

—Yo que tú no me movería.

—Joder…

—Oye, ¿desde cuándo empleas tú esos improperios? —se mofa él sorprendido.

No me muevo de donde estoy. Veo que Andy se levanta sonriendo y, tras soltar una carcajada por lo ocurrido y chocar la mano con el tipo que la ha hecho caer, comienzan a ensayar de nuevo la coreografía.

Desde mi posición veo que Lucas le canta los movimientos que tiene que hacer, mientras ella los repite sin parar, hasta que vuelve a caer otra vez.

Cada vez que cae al suelo juro por Dios que me duele el alma. Sé que sabe caer, que está preparada para eso y que los golpes son fingidos y no duelen. Pero verla hacer eso que sé que lleva un sobreesfuerzo no es lo que más me gusta.

De pronto Noelia me ve y se me acerca.

—Madre mía, Nacho, ¡Andy es buenísima! —exclama.

Juan viene hacia nosotros y, tras chocar la mano con Dawson y conmigo, comenta:

—La teniente es rápida en movimientos y ejecución.

Me sorprendo. ¿Cómo sabe él que Andy es teniente?

—Creo que dentro de un par de días podréis rodar esta secuencia —añade.

Asiento sin poder dejar de observar a Andy.

Dawson se pone a mirar su iPad y habla con Juan del tiempo que debería durar la pelea que estamos presenciando, y entonces oigo que Noelia me pregunta:

—¿Qué hacéis aquí?

La miro y respondo intentando quitarle importancia:

—Al ser el primer día de la señorita Madoc, queríamos saber cómo le iba.

Según digo eso ella me mira extrañada, y Dawson, para echarme una mano, explica:

—Nos interesaba mucho ver si la señorita Madoc cumplía con lo establecido. Cambiar de especialista casi al final de la producción nos tenía algo preocupados...

Noelia asiente.

—Por cierto —cuchichea a continuación—, ¿sabes que es piloto de combate?

Niego con la cabeza. Me hago el sorprendido. He de hacerme el nuevo en todo. Y Juan, que nos escucha, comienza a hablar con Dawson sobre los movimientos que Andy hace.

Así estamos un rato mientras yo, en tensión, observo la pelea. Al cabo, Dawson se me acerca y murmura en mi oído:

—Enhorabuena. Andy vende los golpes muy bien.

Asiento. Sus movimientos son perfectos. Parece que lleva toda la vida haciendo eso, con una limpieza, una contundencia y una maestría que ya quisieran muchos otros. Cuando por fin paran y dan el ensayo por finalizado, mientras Andy le consulta a Lucas unos movimientos que este le corrige, Max me ve y se acerca.

—Creo que la escena de la pelea podremos rodarla dentro de un par de días.

—Eso mismo le he dicho yo —apostilla Juan.

Asiento. Intento no mirar a Andy, pero con el rabillo del ojo veo que se aproxima a nosotros y saluda:

—¡Hola!

La miro. Que sus ojos y los míos conecten es lo que necesito. Y, una vez que ocurre, reprimiendo las ganas que tengo de abrazarla pregunto:

—¿Todo bien?

Ella asiente y sonríe. Y yo, incapaz de callar, al ver su mejilla roja, digo conteniendo mis instintos de acariciarla:

—¿Se ha hecho daño?

Andy se toca la mejilla y, dándose cuenta de que todos nos miran, responde:

—Un poquito de hielo ¡y solucionado!

El resto de los compañeros de Juan y Lucas se nos unen, y viendo a Andy sudorosa voy a hablar cuando Noelia pregunta mirándome:

—¿Mañana a qué hora comienzas a grabar?

—A las siete y media con Tom y a partir de las once contigo.

Ella asiente y luego añade:

—Dawson y tú podéis iros a descansar si queréis. Andy y los chicos van a ducharse ahora y luego iremos a cenar algo.

Al oírlo siento ganas de gritar. ¿Qué es eso de que me vaya al Parador y de que Andy se va con ellos? No. No. No. Ni hablar. Yo no vuelvo al Parador sin ella.

Durante unos minutos todos hablamos. Estoy esperando que Andy me mire, pero ella parece estar muy entretenida, y, dirigiéndome a Max, pregunto:

—¿A qué hora comenzáis mañana los ensayos?

—A las nueve he quedado con Rachel y Gael en la puerta del Parador para ir al puente desde el que ha de saltar Andy. Al parecer, ya lo tienen todo preparado y debe ir para practicar el salto y terminar de colocar las cámaras.

Asiento mientras trato de mantener la calma. Reconozco que saber que tiene que tirarse por un puente me revuelve las tripas.

Entonces oigo que los demás están proponiendo ir a alguna parte.

—¿Adónde van? —quiero saber.

Noelia, que no se ha movido de mi lado, responde:

—A las duchas. Están sudados.

Bueno..., bueno..., bueno. ¿Cómo que a las duchas? ¡¿Qué duchas?!

No sé cómo tomarme eso y, mientras veo que Andy cierra la cremallera de su bolsa de deporte, pregunto:

—¿Aquí hay duchas para mujeres?

Todos me miran. ¿Acaso he dicho algo inconveniente?

Andy, colgándose su bolsa a la espalda, suelta de pronto:

—Tranquilo, señor Duarte. Estoy acostumbrada a las duchas mixtas. Con mi escuadrón me he duchado en sitios peores.

Dicho esto, se aleja sin mirarme y yo me quedo sin saber qué decir.

¿Acaso se va a desnudar delante de aquellos?

Dawson me mira. Con sutileza me da un empujoncito para que cierre la boca, y entonces le comenta a Noelia:

—Nacho y yo nos apuntamos a esa cenita. Nos vendrá muy bien.

—¡Genial! —dice ella sin percatarse de que soy un gran actor, pues nadie se está dando cuenta de que se me llevan los demonios.

Capítulo 48

Andy

Para cenar se nos une Tomi, el primo de Noelia, con el que reconozco que me parto de risa por las cosas tan increíblemente graciosas que dice. También Eva, la novia de Damián y hermana de Juan, que me parece una chica divertida y chispeante.

Tengo un apetito atroz. Tras horas de ensayo reconozco que me comería un buey.

Mientras ceno y me divierto hablando con Emilio, que es todo un conquistador, con el rabillo del ojo veo a Nacho charlando con Lucas y Juan. El tema del que hablan debe de ser muy interesante, pues a los tres se los ve enfrascados en la conversación.

—Después de lo que te he visto hacer hoy, mi *Queen* —oigo que me dice de pronto Tomi—, ¡en adelante te llamaré «teniente Marvel»! *Oh, my God*, ¡qué poderío!

Me río. Tomi es graciosísimo.

—Ver que les has sobado los morros a las heteropetardas ¡ha sido *crazy*! —añade, y, haciendo un corazón con las manos en mi dirección, insiste—: ¡*I love you*, teniente Marvel!

Me vuelvo a reír. Está claro que el hecho de que sea militar y haya peleado como sé hacerlo los ha impresionado.

Acto seguido Damián le pide a su novia Eva:

—A ver, cielo…, no me vengas otra vez con esas.

—Venga, cucaracho…, ¡casémonos en Las Vegas! —dice ella.

«¿“Cucaracho”? ¿Por qué lo llamará de esa forma?»

Observo divertida que Damián y Eva hacen reír al grupo, pero entonces Tomi indica:

—*I'm sorry, Eva María*, pero estoy de acuerdo con la mariliendre. ¿Cómo os vais a casar en Las Vegas pudiendo hacerlo en la *beautiful* catedral de Santa María de Sigüenza?

Todos sonríen, y yo pienso: «¿"Mariliendre"?».

—Pero, Tomi —insiste Eva—, aquí tendremos que ir vestidos como los típicos novios, mientras que en Las Vegas podríamos ir ¡de Elvis y Marilyn! ¡Tú incluso podrías ir de Cher!

—*I love Cher!* —exclama aquel encantado.

Sonrío. La propuesta de Eva me parece increíblemente divertida.

—¡Voto por la boda de Elvis y Marilyn! —declaro.

Eva sonríe al oírme y, poniendo la mano frente a mí, afirma mientras se la choco:

—Tía, tú eres de las mías.

Me río y asiento, pero Max indica:

—No. No es de las tuyas porque Andy no es de las que se casan.

Todos me miran y, al sentirme observada, mientras termino de comerme una riquísima alita de pollo, musito:

—Tiene razón mi hermano. El amor es como el papel higiénico: se va acabando con cada cagada.

—*Oh, my God!* ¿Cómo puedes decir eso? —exclama Tomi.

De inmediato siento que he abierto un melón. Todos opinan sobre el amor. Todos dicen algo de las relaciones, hasta que Nacho dice mirándome:

—Quizá tenga que escribir una carta a Julieta para encontrar el amor.

Al ver que se ha dirigido a mí, lo miro. Sé que para nosotros es algo muy especial recordar a nuestra querida Julieta.

—¿Ha visto esa película, señor Duarte? —pregunto.

Nacho asiente. Sé que mirarme lo provoca tanto como me provoca a mí mirarlo a él.

—¡Es *divine*! —cuchichea Tomi—. Lo que lloré yo cuando esa mujer encuentra a su Lorenzo.

Noto la mirada de Nacho aun sin mirarlo, e, intentando no levantarme y darle un besaco de tornillo delante de todos, finalmente alzo mi cerveza y, llevándolo a mi terreno, respondo:

—A falta de amor, ¡otra cervecita, por favor!

El grupo ríe, aplaude. Y Nacho y yo nos miramos y en silencio nos entendemos.

Después de cenar decidimos dar por finalizada la noche, pues al día siguiente hay que trabajar. Salimos del restaurante y Noelia se me acerca.

—¿Habéis tenido algún problema Nacho y tú? —me pregunta en un susurro.

Enseguida niego con la cabeza, y respondo:

—No. ¿Por qué lo dices?

Noelia se encoge de hombros.

—No sé. Lo veo raro, frío. No os tuteáis. Y como veo que tú tampoco hablas con él, he pensado que quizá el cambio de especialista le molestó y…

—Oh…, para nada —la corto—. El señor Duarte siempre es muy amable conmigo, y me consta que con mi hermano también. Yo particularmente estoy muy agradecida por la oportunidad de trabajar en la película.

Noelia asiente y, al ver a Jackson y a Paul más allá, comento con curiosidad:

—Veo que el señor Duarte tiene escolta. ¿Tú no la tienes?

Ella se ríe y, señalando a su marido Juan y a sus compañeros, pregunta:

—¿Te parece poca la que tengo?

Ambas reímos y de pronto oímos que Lucas dice:

—Me piro con urgencia.

—¿Le pasa algo a María? —quiere saber Nacho.

Eso llama mi atención. ¿Conoce a la mujer de Lucas?

—Al parecer Iván tiene el día llorón y mi princesa necesita que la rescate —contesta el susodicho.

Veo que todos sonríen y luego Lucas dice mirándome con guasa:

—Teniente Marvel, mañana nos vemos a las tres en punto en el mismo sitio que hoy.

—Allí estaré —aseguro.

Una vez que él se va, al ver que Nacho me mira desvío la vista y le pregunto a Noelia:

—¿El señor Duarte conoce a Lucas y a su mujer?

Entonces Noelia me cuenta una historia con la que, como diría Tomi, *flipoalucino*. Si la forma en que se conocieron y se enamoraron Juan y Noelia me pareció espectacular, la historia que me cuenta de la que aquellos liaron en Los Ángeles para que Lucas y Menchu —María, como la llama Nacho— se enamoraran me parece ¡ideal! Y, bueno, de paso me entero de que las «heteropetardas» son las mismas que las «mariliendres», los «cucarachos» y los «X-Men».

En cuanto nos despedimos del grupo y nos dirigimos hacia los coches, mi hermano se me acerca y me ofrece:

—¿Quieres ir en el coche y yo llevo tu moto hasta el Parador?

—Ni hablar.

Max no insiste. Sabe que no voy a cambiar de opinión, por lo que se encoge de hombros y se aleja. Nacho y Dawson se acercan y el primero dice:

—¿Quiere venir con nosotros en nuestro coche?

—No, gracias —respondo con una sonrisa.

Veo que Nacho observa a mi hermano meterse en el coche con los compañeros y, volviendo a mirarme, murmura:

—Andy, estás cansada. Si quieres, yo llevo tu moto hasta...

—Que no. No seas cabezón.

—Lo dice la más cabezona del universo —replica él.

Lo miro, él me mira. Con los ojos nos decimos cuánto nos deseamos. Entonces Dawson se mete en un coche, sus guardaespaldas en otro y Nacho añade:

—Nosotros iremos detrás de ti.

Oír eso me hace gracia.

—Hay que ver lo que haces para mirarme el culo —musito.

Él sonríe. Esa broma entre nosotros ya está institucionalizada. Veo en sus ojos el deseo de besarme, e indica bajando la voz:

—Teniente Marvel..., o te vas, o te besaré sin importarme quién pueda vernos.

—¡Me voy! —afirmo con convicción.

Nacho asiente y, sin moverse, dice:

—Arranca y ve delante con cuidado.

Sonrío, me hace mucha gracia su necesidad de protegerme. Me pongo el casco y, consciente de que nadie puede oírnos, musito:

—Te mando besos decentes, porque los indecentes te los daré cuando pueda.

Dicho esto arranco mi moto, meto primera y, como me ha pedido Nacho, voy tranquilamente por la carretera con ellos detrás hasta llegar al Parador.

Capítulo 49

Andy

Tras despedirnos de los compañeros que han regresado en el coche con mi hermano, Max y yo nos encaminamos hacia el ascensor y con el rabillo del ojo veo que Dawson y Nacho entran en el Parador y se dirigen hacia nosotros.

Nos juntamos los cuatro y Max comenta:

—La cena ha sido excelente.

—Riquísima —afirma Dawson, y luego, mirando a Nacho, pregunta—: ¿Tu habitación era la 325?

—Sí —dice él.

Dawson me mira, y yo a él. Sé que ha dicho eso para que me entere del número de habitación de Nacho, y maldigo para mis adentros. ¿Por qué he tenido que oírlo cuando ambos evitamos facilitárnoslos?

Nacho y yo permanecemos en silencio, cada uno mirando hacia un lado, hasta que oímos que el ascensor se abre. Los primeros en entrar somos él y yo. Delante de nosotros se ponen mi hermano y Dawson y, mientras estos hablan, Nacho y yo, con todo el disimulo del mundo, nos rozamos sutilmente los dedos.

Joder…, joder…, joder…, ¡lo que me entra por el cuerpo!

Con Nacho estoy conociendo sensaciones que desconocía. Nunca habría imaginado que un simple roce de nudillos haría que todo mi cuerpo temblara de esa manera.

Una vez que llegamos a nuestro piso, les deseamos una buena noche y Max y yo bajamos del ascensor; al llegar frente a nuestras habitaciones, mi hermano mira mi mejilla algo hinchada por el golpe recibido y dice:

—He pedido que dejen hielo en la mininevera. Póntelo en la mejilla.

Asiento; imagino que en la profesión de mi hermano esto es de lo más normal. Tras darle un beso en la mejilla le deseo buenas noches.

Cuando cierro la puerta de mi habitación suspiro. ¿Qué hago aquí sola?

Suelto mi bolsa de deporte sobre la cama, y tras abrirla saco la ropa empapada de sudor. Necesito hacer algo, por lo que me dirijo al baño, allí la lavo y, después, la cuelgo como puedo en los mandos de la ducha y en la mampara.

En cuanto salgo me cambio de ropa. Me pongo una camiseta y un pantalón corto para dormir y me dirijo a la neverita, de donde saco un poco de hielo, lo envuelvo con un paño y lo coloco sobre mi mejilla. Eso bajará la hinchazón.

Cuando regreso a la cama y me tiro en ella, estoy inquieta. Tremendamente inquieta.

Ahora que sé que la habitación de Nacho es la 325, ¿cómo me voy a contener?

Pero no. No puedo hacer lo que estoy pensando. El Parador está lleno de gente del equipo y alguien podría verme.

Pongo la tele, cambio de canal; de repente mi móvil suena y leo:

Descansa, cariño.

Eso me hace sonreír. Es tan tan tan mono y especial que…, uf…

Estoy pensando en él cuando, levantándome de la cama, me olvido de la prudencia: meto el hielo de nuevo en la nevera y me pongo unos calcetines, abro con sigilo la puerta de la habitación para que mi hermano no me oiga y salgo al pasillo. De puntillas corro hacia la escalera. Ni el ascensor voy a coger.

Con el corazón latiéndome a mil porque de pronto soy consciente de que voy en pijama, llego al pasillo donde está la habitación de Nacho. Por suerte, no veo ni a Jackson ni a Paul. El corazón me bombea a mil y, caminando hacia la puerta, maldigo al darme cuenta de que me he dejado el móvil. Si lo hubiera cogido podría mandarle un mensaje para que me abriera, pero, al no tenerlo, he de hacerlo a la antigua usanza. Llamando.

Cierro los ojos y llamo con cuidado. Espero. Nada…, no abre. Vuelvo a llamar. Esta vez lo hago con más contundencia. Oigo ruido. Alguien se acerca a la puerta, y cuando abre y veo su gesto de sorpresa, explico con un hilo de voz:

—Vengo a darte los besos indecentes.

Nacho sonríe. Agarra mi mano, tira de mí y, una vez que cierra la puerta, como nos suele ocurrir en la mayoría de los casos, nos vamos dando golpes con todo mientras nos besamos hasta que llegamos junto a la cama, donde nos desnudamos a toda prisa.

En cuanto estamos desnudos caemos sobre el colchón, y cuando él, que está sobre mí, me mira con una sensualidad que me seca hasta el lagrimal, murmuro:

—Cielo, si ser sexy fuera un delito, te pasarías la vida en la cárcel.

Nacho sonríe con gusto, con ganas, de verdad. Y, al notar su boca en mi mejilla, doy un respingo y él, mirándome, susurra:

—Lo siento, cariño…, lo siento.

Sonrío, y Nacho, tocando mi magullada mejilla, pregunta:

—¿Te duele?

La verdad es que no, no me duele, solo molesta. Pero estoy deseosa de mimos, así que cuchicheo:

—Si me das un besito detrás de otro seguro que deja de molestarme.

Nacho sonríe, sabe lo que deseo. Reparte dulces y tiernos besitos por mi mejilla, labios, barbilla, nariz, ceja, ojos, por todo mi rostro, y al acabar musita:

—¿Mejor así, teniente…?

Sin dudarlo asiento, y haciéndole una llave con las piernas con la que consigo ponerlo debajo de mí, apoyo mis manos sobre las suyas y afirmo:

—Muchísimo mejor.

Un beso…

Dos…

Cinco…

Y al sexto el deseo nos puede e, izándome sobre él, introduzco su duro y caliente pene en mi interior y, mirándolo al sentir cómo me llena, murmuro:

—Oh, sí…

Nacho se estremece.

—Sí… —jadea—, me gusta.

Comienzo a moverme con urgencia clavada en él.

Disfruto. Disfruta. Jadeo. Jadea. Y yo digo en voz baja:

—Mi Semental…

Nacho sonríe. Su sonrisa picarona y caliente me hace venirme más arriba todavía y, como una buena amazona, monto a mi Semental y le hago el amor de tal manera que, cuando el clímax se apodera de nosotros, terminamos agotados de lujuria.

Tras ese primer asalto llegan varios más. Estamos calientes y deseosos el uno del otro. Vernos durante el día y no poder tocarnos nos está consumiendo, y, cuando terminamos de nuevo agotados sobre la cama y él me sonríe de esa manera que me llega al alma, suelto:

—Mis ojos están enamorados de tu sonrisa.

A Nacho le sorprende lo que he dicho, y yo, consciente de lo que he soltado, musito:

—Joder…, qué cursilada acabo de decir.

Él me abraza, me da un beso en la cabeza y susurra:

—Me encanta que me digas cursiladas.

Sonrío divertida. No me reconozco. ¿Desde cuándo digo yo esas cosas?

Estamos descansando en la cama cuando me acurruco contra él y cuchicheo:

—Me encantaría quedarme dormida contigo.

—Hazlo.

Nos miramos. Él levanta las cejas, pero yo digo:

—Sabes que no podemos.

—No podrás tú, yo sí puedo —afirma.

Suspiro. Recuerdo lo que Noelia me dijo de la prensa que estaba apostada fuera, que buscaban noticias de amoríos de Nacho y Tom.

—He de marcharme —explico levantándome de la cama.

Nacho se levanta a su vez y me agarra de la mano.

—Quédate… —pide.

Sonrío, lo beso y, viendo que son casi las dos de la madrugada, digo:

—Será mejor que me vaya.

Esta vez él no dice nada. Nos vestimos en silencio, después me acerco a él, lo beso de nuevo y murmuro:

—Ha sido todo un placer, señor Duarte. Y, por favor, ahora, cuando me vaya, ¡míreme el culo!

Nacho sonríe y, tras un último beso, me acompaña hasta la puerta, por la que yo me marcho tal como he llegado: sin que nadie me vea y sin hacer ruido.

Capítulo 50

Nacho

Han pasado dos días y estamos preparándonos para rodar la escena de lucha entre Andy y sus supuestos atacantes, que no son otros sino Lucas, Juan y compañía, y que van vestidos con sus uniformes de geos.

El set en el que estamos grabando es bastante espacioso. Es una nave en Guadalajara lo suficientemente amplia como para adaptarla a nuestras necesidades y en la que los diseñadores de atrezo han recreado una especie de pasillo oscuro para darle más realismo a la acción, y reconozco que estoy más que contento.

Desde la mesa de control veo que retocan a Andy y le colocan la peluca rubia que ha de llevar para la escena y, con disimulo, recorro su cuerpo con la mirada. Ese mono de cuero negro que lleva le queda muy bien. Es más, tengo que decirle que se lo ponga otro día solo para mí.

Estoy sonriendo para mis adentros cuando oigo:

—Hola, guapo.

Levanto la cabeza y sonrío al ver a María, la mujer de Lucas.

—Que sepas que Lucas lleva una semana sin dormir —dice después de darme dos besos—. Y no a causa de Iván, sino porque está histérico por salir en la película.

Me río divertido.

—Pero si ni se los va a reconocer. Con los pasamontañas van tapados hasta las orejas.

Ella asiente y suspira.

—Lo sé. Pero creo que él no.

Ambos soltamos una carcajada, y ella pregunta entonces señalando a Andy:

—¿Esa es la teniente Marvel?

Oír ese apodo me hace gracia.

—Sí —respondo.

María vuelve a asentir y acto seguido cuchichea:

—Según me ha dicho Lucas, la tía es muy buena luchando.

Afirmo con la cabeza. Me encantaría decirle que Andy es muy buena en muchas cosas más, pero María pregunta mirándome:

—¿Es cierto que es piloto de combate?

—Sí.

—¡Qué fuerteeeee! —exclama haciéndome reír.

Ambos nos miramos divertidos y ella insiste:

—¿Algún atisbo de magia en el horizonte que merezca ser contado?

Niego con la cabeza sonriendo.

—Nada. Solo sigue habiendo oscuridad.

—Nachoooooo —protesta—. Por el amor de Dios, ¿quieres hacer el favor de abrirte un poquito e intentar conocer a alguna mujer que te aporte esa magia?

Resoplo. ¡Si ella supiera…!

—Vale. Ya me callo —dice entonces—. Soy una plasta. Lo sé.

—Lo eres…

María me mira, toma aire y cuchichea:

—Nachoooooo.

También la miro. Sin necesidad de decirlo, quiero que entienda que no me apetece hablar de eso por enésima vez con ella. Finalmente, comprendiendo mi mirada, claudica.

—Vale, hablemos de otra cosa. Cuéntame lo que vas a grabar, porque, con lo nervioso que está Lucas, ha sido incapaz de decírmelo.

Asiento.

—La protagonista de la película es Susan, una policía del SWAT, papel que interpreta Noelia. Su marido es Tom Blake, que en el filme se llama Óscar. Ella cree que él le roba unos papeles que ella ha de proteger, y cuando este desaparece junto con los documentos, ella es acusada. Pero Noelia debe huir para buscar a su marido y los documentos, por lo que pasa a estar en busca y captura, y cuando llega a España es detenida por el Grupo de Operaciones Especiales. Y..., bueno, en la escena que vamos a rodar, la señorita Madoc, que es la doble de riesgo de Noelia, tiene que luchar contra los geos y, para escapar, termina tirándose por una ventana...

—Madre mía...

—Cuando se lance por la ventana cortaremos, y cuando grabemos la siguiente escena se la verá en caída libre por un puente. Uniremos la toma uno y dos y la magia del cine te hará creer que a través de esa ventana cae por un precipicio que va directo a un río.

María me mira angustiada.

—Le habréis pagado un pastizal a esa chica, ¿no? —suelta.

Sonrío divertido, y ella añade:

—Madre mía, Nacho... ¡Esa mujer es una adicta al riesgo!

Asiento, no puedo negarlo, y acto seguido pregunto:

—¿Cómo está Iván?

Sin dudarlo, ella me enseña su móvil, donde guarda cientos de fotos de su pequeño, que tiene ocho meses.

—Es precioso —afirma—. Igualito que su padre en todos los sentidos. ¿En serio que no quieres tener uno o una como mi gordunflas?

«No, ¡otra vez no!», pienso.

Ambos sonreímos, y luego ella dice tras darme un beso en la mejilla:

—Te dejo para que rodéis. Por cierto, ¿sigue adelante lo de la celebración de tu cumple en Los Ángeles?

—Por supuesto que sí —declaro—. Os enviaré mi avión privado para que os recoja.

—Sin duda a Lucas le encantará eso.

Se ríe, yo también, y luego se va. Tengo un recuerdo precioso de María. Todo lo que pueda hacer por ella siempre será poco.

De repente noto que alguien me besa en el cuello y, al volverme, exclamo sorprendido:

—Olimpia..., ¿qué haces tú aquí?

A mi lado está Olimpia Bermer.

—Hemos venido a darte una sorpresa.

—¡¿Papá?! —murmuro pasmado.

Estoy boquiabierto porque no me han avisado de su llegada. No sé qué pensar, no soy nuevo en esto. Lo que tengo con Olimpia no es para que haya venido hasta aquí acompañada por mi padre para verme.

—Tu madre no quiso venir y nos vinimos Olimpia y yo —dice él—. ¿Qué te parece la sorpresa?

No sé qué decir. ¿Qué hacen mi padre y Olimpia aquí?

—Ay, cielo, qué emocionante ver todo este montaje —comenta ella entonces mirando a su alrededor.

¡¿«Cielo»?!

Sorprendido, voy a hablar cuando Olimpia, agarrándose a mi cuello, me da un beso en los labios y pregunta:

—¿Cenamos esta noche los tres juntos?

Inevitablemente miro a Andy y compruebo que nos observa; en sus ojos veo mil preguntas que intento responder con la mirada.

—Cenaremos, pero ahora tengo que trabajar —respondo dispuesto a aclarar la situación con Olimpia.

Ella y mi padre asienten y, tras darme un nuevo beso en los labios que presencia todo mi equipo, dice:

—Te veo esta noche en el Parador, cielo.

—Hasta luego, Ignacio —se despide mi padre.

Una vez que se marchan, la incomodidad se apodera de mí. Olimpia y yo no tenemos nada. No entiendo que haya venido con mi padre hasta España y menos aún que se comporte así entre mi gente.

—¿Qué tienes con Olimpia? —me pregunta entonces Dawson.

—Que yo sepa, nada.

Él se encoge de hombros.

—Pues tu padre me ha dicho que es tu prometida —suelta.

—¡¿Qué?!

—Lo que oyes —afirma Dawson.

Me quedo noqueado y sin saber qué responder.

—Ya he dado orden de que no los dejen volver a entrar sin avisarnos antes —dice mi amigo.

—Gracias —musito incómodo.

Dawson asiente.

—Todo está preparado, cuando tú digas —indica a continuación.

Alterado, afirmo con la cabeza.

Estoy nervioso por Andy, por el modo en que me mira, por la presencia aquí de Olimpia y mi padre. No quiero que nada pueda afectar a Andy y solo deseo gritar «¡Corten!» para que esto acabe y poder explicarle lo que quiera preguntarme.

Finalmente me levanto. Siempre que vamos a rodar una escena me gusta acercarme a los actores. Me da igual si son principales o secundarios. Quiero que les quede claro lo que vamos a hacer, lo que necesito que hagan y lo que pretendo que la escena le cuente al espectador.

Después de hablar con Lucas, Juan y compañía, miro a Max y a sus dos compañeros y, tras cruzar unas palabras con ellos que entienden rápidamente, me vuelvo hacia Andy, que me mira.

—¿Todo bien? —pregunto.

Ella asiente. Por su expresión sé que está concentrada y, tras darle varias indicaciones que creo que son las pertinentes y necesarias, la miro y ella afirma:

—Todo saldrá bien.

Sin dudarlo, afirmo con la cabeza. Me gusta su positividad. Es más, en este momento, y siendo ella el centro de atención, la necesito.

Una vez que regreso a la mesa donde está Dawson, indico en voz alta para que todos me oigan:

—Recordad: no quiero planos cortos porque eso reduce el campo visual del espectador. Hagámoslo según lo planeado.

Todos asienten. Hemos hablado muchas veces acerca de cómo encarar las escenas y sé que lo tenemos claro.

Como siempre ocurre en todos los rodajes, esto parece un caos, con gente caminando por aquí y por allá, pero solo nosotros, los que lo hemos organizado, sabemos que todo está perfectamente orquestado.

—¡Prevenidos! —oigo que canta Michael.

Desde donde estoy veo que todo el equipo se coloca en sus puestos y el set queda en silencio absoluto; en ese momento Michael vuelve a cantar alto y claro:

—Sonido… ¡Grabando!

En cuanto el jefe de sonido, Mario, confirma que está grabando, Michael vuelve a cantar:

—Cámara… ¡Grabando!

Rosanna, la operadora de cámara, comienza a grabar, y Rebeca, la encargada de la claqueta, dice en alto «¡secuencia, plano y toma!», y tras accionar la claqueta yo miro a Dawson, que es mi ayudante de dirección, y él dice:

—¡Cinco y acción!

Él aguarda esos cinco segundos en silencio y acto seguido comenzamos a rodar. Como era de esperar, debemos cortar en varias ocasiones. Las escenas de lucha son complicadas, pero a la decimoquinta vez, cuando digo «¡Corten!» y revisamos el material grabado y los recursos con los que podemos jugar, Dawson y yo nos miramos y, sonriendo, digo para que todos me oigan:

—¡Lo tenemos!

El equipo aplaude. Juan, Lucas y compañía se quitan sus pasamontañas y los veo felices. Está claro que han cumplido el sueño de participar en una película. Y cuando miro a Andy veo que ríe a carcajadas y se abraza a su hermano Max.

¡Qué bonita es, y cuánto me gustaría que ese abrazo me lo diera a mí!

Diez minutos después estoy mirando la pantalla y noto una presencia a mi lado; al volverme me sorprendo al comprobar que es Andy. Nunca se acerca tanto a mí en presencia de los demás.

—¿A qué ha venido eso que he visto? —me suelta.

Consciente de a qué se refiere, digo:

—No lo sé. Quien iba con Olimpia era mi padre.

—¡¿Tu padre?!

Asiento. Yo estoy tan sorprendido como ella.

—Me esperan en el Parador para cenar —añado—. Confío en que me aclaren a qué se debe esta visita.

Veo que Andy afirma con la cabeza, pero de inmediato pregunta:

—¿Dormirás con ella?

La miro boquiabierto, eso sí que me descuadra. Cuando voy a contestar Max se acerca a nosotros y dice dirigiéndose a ella:

—Hollywood, ¡eres la puta ama!

Andy sonríe. Yo también.

Max habla. Me hace saber lo orgulloso que está de lo que ha hecho su hermana. Entonces Noelia se nos acerca también y exclama abrazando a Andy:

—¡Has estado genial!

—¡Gracias! —Ella sonríe.

La miro. Está muy sexy con esa peluca rubia.

Juan se aproxima entonces a mí y pregunta:

—¿Por qué le haces ponerse ese mono de cuero tan ajustado a mi mujer?

Vale, lo entiendo. Sé que en el set todos han mirado tanto a Noelia como a Andy por llevar ese provocativo mono de cuero. Cuando voy a contestar Noelia dice:

—¿Acaso me queda mal, cucaracho?

Veo que Juan mira a su mujer. En sus ojos distingo el mismo deseo que disimulo yo cuando miro a Andy.

—Estrellita, sabes de sobra que te queda muy bien. Igual que a Andy —dice.

Noelia y ella se miran. Divertidas, hacen una pose sexy y Tomi exclama acercándose a nosotros:

—*Oh, my God!* Así vestidas parecéis dos putones verbeneros.

—¡Tomi! —Noelia ríe.

—Vamos a hacernos un selfi para subirlo a Instagram —apremia el que las ha llamado «putones».

Todos nos reímos y en ese instante Dawson se acerca a nosotros y anuncia:

—A las cuatro rodamos la escena del puente y mañana, a las diez, la de la persecución de moto.

Es oír eso y la risa se me corta. Los días que Andy ha estado practicando para esas escenas he preferido no verlo. Entonces la oigo decir dirigiéndose a Noelia:

—Vienen mis escenas favoritas. Me encanta derrapar con la moto y tirarme al vacío por el puente. ¡Es una pasada!

—Joder… —murmuro con disimulo y preocupación.

Juan me mira, y yo a él. Veo cómo me observa, y voy a preguntar cuando Max indica:

—Vamos, Andy. Tenemos que ultimar detalles.

Una vez que ellos se van cojo aire y Dawson cuchichea mirándome:

—La teniente Marvel es buena, ¿ehhh?

Asiento y sonrío sin decir nada. Los misiles Tomahawk me están matando porque Andy y yo no hemos podido acabar nuestra conversación.

Capítulo 51

Andy

La escena del puente sale, pero no a la primera.

Me he tirado varias veces por el puente y, ¡joder, cómo lo he disfrutado!

Desde mi sitio he estado observando a Nacho. Estaba tremendamente serio y, conociéndolo, imagino que estaba preocupado por mí.

Para él la segunda toma ya era la buena; para Dawson, no. En definitiva, tras nueve veces, ¡prueba superada!

Desde esta mañana estoy algo inquieta. Saber que la tal Olimpia Bermer espera a Nacho en el Parador, no sé por qué, me inquieta. Y cuando finalmente acabamos de rodar y Nacho grita «¡Corten!», la desazón se apodera por completo de mí.

¿Qué me pasa?

Aunque, en realidad, yo sé lo que me pasa. No puedo dejar de pensar en la mujer que espera a Nacho en el Parador y en el padre de aquel, que parecía tan encantado con ella.

Me acerco con disimulo a Nacho y lo miro con la intención de que sepa que quiero hablar con él. Durante unos minutos no me ve. Está concentrado hablando con Dawson y otro hombre sobre la grabación, y cuando sus ojos y los míos se encuentran, veo que mira en dirección a la mesa donde están las botellas de agua y me dirijo hacia allí.

Al llegar junto a la mesa saludo a un cámara y, cuando este se va, cojo una botella de agua; en ese momento siento a mi lado una presencia que sé que es Nacho, rápidamente lo miro y, al comprobar que no hay nadie a nuestro alrededor, pregunto:

—¿Sirve lo que hemos grabado?

Él coge una botella de agua, desenrosca el tapón y, después de beber y mirar a su alrededor, exclama:

—Te juro que no sé qué hacen aquí…

—Tu madre te advirtió de que ella vendría —indico con sequedad.

Nacho asiente, sabe que tengo razón. Entre los dos se ha generado una extraña corriente que nos separa.

—¿Confías en mí? —pregunta a continuación.

Según lo oigo decir eso un escalofrío me recorre el cuerpo. Confiar en él, claro que confío, pero los celos absurdos que se han despertado en mí me están martirizando.

—¿Confías o no en mí? —insiste él.

Sigo sin responder en voz alta, aunque esta vez asiento con la cabeza.

—Gracias, cariño —dice—. Una vez que vaya al Parador solucionaré el tema con Olimpia y mi padre.

Oír ese «cariño» hace que lo mire directamente a los ojos y, sonriendo por primera vez, comento:

—Te diría eso de «Piedra, papel o me besas», pero creo que no es el lugar idóneo.

—Para mí, sí —afirma—. Yo no tengo ningún problema en que nos vean juntos.

Vale, lo entiendo. Soy yo la que no quiere que se sepa lo nuestro.

Un miembro del equipo se nos acerca entonces y se dirige a él:

—Nacho, tenemos que consultarte algo.

Él asiente y, mirándome, dice:

—Señorita Madoc, de las tres opciones que me ha comentado, sin duda me quedo con la tercera.

Sonrío. Sé que se refería a la de «me besas».

—Buena elección, señor Duarte —aseguro.

En cuanto nos separamos un escalofriante regocijo me recorre el cuerpo. Haber hablado con Nacho me tranquiliza un poco y, como el que no quiere la cosa, con mi botella de agua regreso hacia donde está el equipo. Al hacerlo me cruzo con Jackson y Paul, que, sorprendentemente, me sonríen.

Un buen rato después veo que Nacho sube a uno de los coches de producción y se marcha seguido por sus guardaespaldas. Sé adónde va.

—Hoy el jefe tiene prisa —oigo que dice riendo uno de los cámaras.

Todos asienten y acto seguido otro comenta:

—Al parecer, hay un bombón esperándolo en el Parador…

—¿La de esta mañana? —pregunta otro.

Todos empiezan a hablar entre ellos y luego una de las chicas señala:

—Es Olimpia Bermer, la hija de un conocido galerista, que al parecer es su novia.

Estoy por gritar «¡Y una mierda!», pero me callo. Entonces mi hermano comenta:

—Pues es preciosa… ¿Habéis visto qué piernas tan kilométricas y perfectas tenía?

Oír esos comentarios me enferma. Vuelvo a ponerme tensa, con lo tranquilita que estaba yo.

No soy celosa, nunca lo he sido. Pero, por primera vez en mi vida, oír a todos aquellos hablar de la preciosa mujer que espera a Nacho en el Parador me pone enferma. Malísima.

Disimulo todo lo que puedo, hasta que mi hermano se acerca y pregunta:

—¿Qué te ocurre?

«¡Joderrrrr!»

No respondo, y Max insiste:

—¿Te ha pasado algo para que tengas esa cara?

«Mierda… Mierda… Mierda…»

Lo último que quiero es que nadie, y menos aún mi hermano, se percate de mi enfado por lo que está ocurriendo.

—Creo que me va a bajar la regla y me duele la tripa —miento bajando la voz.

Mi hermano asiente.

—¿Quieres irte ya al Parador?

Una parte de mí quiere gritar «¡sí!».

Otra parte de mí quiere gritar «¡no!».

Pero, la verdad, no me apetece ver a la escultural mujer de piernas kilométricas de nuevo con Nacho, y respondo:

—Prefiero quedarme al fresquito un rato, mientras el equipo recoge.

—Pero, Andy, ¿no estarías mejor en el Parador?

Niego con la cabeza. Si voy allí y me encuentro con ellos no sé cómo voy a reaccionar, por lo que cuchicheo con una sonrisa:

—Anda, tráete una cervecita fresca y tomémonosla a medias.

Mi hermano sonríe y va a por ella. Qué bien mandado es.

* * *

Un par de horas más tarde, cuando está anocheciendo, llego con el resto del equipo al Parador y me cago en todo lo cagable.

Los flashes de la prensa destellan y rápidamente sé que la noticia está allí. Una vez que paramos los coches observo que Nacho y la tal Olimpia, junto con el señor Duarte, son fotografiados por la prensa mientras se acercan a uno de los coches, y Jackson y Paul se los quitan de encima.

¿Adónde van tan peripuestos? Pero ¿Nacho no me ha dicho que en cuanto llegara al Parador solucionaría el tema con ellos?

Desde donde estoy veo como la guapa mujer posa encantada de la vida. Mis ojos y los de Nacho se encuentran entonces por una fracción de segundo, y yo, incapaz de seguir mirando, me doy la vuelta y me alejo mientras en mis auriculares escucho la canción *Midnight Sky*, de mi adorada Miley Cyrus. Ya he visto suficiente.

Capítulo 52

Nacho

Estoy muy cabreado.

No sé qué hago en este restaurante de Sigüenza cenando con mi padre y con Olimpia, cuando lo que quiero es estar con Andy en el Parador. Sin embargo, aquí estoy, aguantando la tontería que tienen estos dos y que me está descolocando.

En un momento dado en el que ella se excusa para ir al baño, interrogo a mi padre al quedarme a solas con él.

—¿Y este viaje sorpresa?

Papá, al que le veo en la cara que está encantado, responde:

—Olimpia me dijo que vendría a verte, y como tu madre no quiso, me vine yo con ella. Me gusta mucho España.

Asiento y, bajando la voz, añado:

—Papá, no sé qué te ha dicho Olimpia, pero…

—No me ha dicho nada, hijo. Ella es una mujer discreta, pero, tranquilo, obviaré que esta noche dormiréis los dos juntos en tu habitación.

Lo miro sorprendido.

—A ver, papá… No voy a dormir con Olimpia en el Parador —replico.

—¿Por qué?

Yo lo observo boquiabierto por su pregunta, pero él insiste:

—Ignacio, sois adultos…, imagino que ya habréis intimado alguna vez.

Parpadeo. Ya solo me falta que mi padre me diga si me puedo acostar o no con quien me venga en gana.

—Hablé con el padre de Olimpia —cuchichea acto seguido— y quedé con él en que, en cuanto regreses del rodaje, volarás a Nueva York para disfrutar de una comida todos juntos. ¿Qué te parece?

Cierro los ojos. No me parece nada bien.

—No, papá. No va a ser así —afirmo tomando aire.

—Ignacio, pero ¿qué dices?

—Digo que ¡basta ya! Digo que no tengo nada con Olimpia. Y digo que ¡no voy a ir a comer con los padres de ella ni cuando vuelva ni nunca!

Mi padre me mira. Le cambia el semblante.

—Y ahora mismo —añado— voy a llamar a un hotel en Madrid para que os reserven dos habitaciones, porque no vais a volver al Parador conmigo.

Papá parpadea, lo que estoy diciendo lo sorprende. Olimpia regresa y, una vez que se sienta, digo:

—Tú y mi padre os vais a Madrid en cuanto terminemos de cenar.

Ella abre mucho los ojos. Mira a mi padre, que me observa con gesto hosco, y murmura:

—¿Qué ocurre, cielo?

No. No voy a continuar con esa farsa. Sé que fue algo que ella y yo acordamos. Pero, llegados a este punto, indico:

—Olimpia, sabes que no quiero nada contigo, igual que tú no quieres nada conmigo y…

—¿Cómo que yo no quiero nada contigo?

La miro, y ella, dirigiéndose a mi padre, musita:

—No entiendo nada…

Parpadeo sorprendido. Pero ¿qué está haciendo? Cuando voy a hablar mi padre suelta:

—Ignacio, no sé a qué viene esto, pero tu comportamiento me está avergonzando.

Estoy flipando, como diría Andy. Incapaz de callar, pero sin levantar la voz para no montar un escándalo que salga luego en la prensa, susurro:

—Lo lamento si te estoy avergonzando, pero el que siente más vergüenza aquí soy yo. Papá, tengo casi cuarenta años… ¿Qué narices estás haciendo?

Él no responde. Sé que en realidad sabe que llevo razón.

—Tú y yo sabemos lo que hay —indico mirando a Olimpia—. Entiendo que tus padres te agobien, como a mí los míos, pero ¿en serio es necesaria esta pantomima con mi padre?

Ella me mira sin decir nada. No sé cuáles eran sus intenciones ni tampoco me interesa. Y, al cabo, pasándose la servilleta por la boca, dice sin mirarme:

—Alberto, esto es muy incómodo para mí. Te agradecería que nos fuéramos.

Asiento. Muy bien. Ahora resulta que el malo de la película soy yo. Miro a Olimpia. Ella me mira a mí. Sin hablar queda todo claro entre nosotros. No soy el pelele que ella creyó que sería. Y, tras hacer un par de llamadas, aviso al camarero, le pido la cuenta, pago la cena y, una vez que nos levantamos, digo:

—El coche de producción os llevará al hotel Ritz. Ya os he reservado dos habitaciones. Y no os preocupéis por vuestro equipaje. Otro coche os lo llevará al hotel.

Mi padre está que trina, el enfado que lleva es colosal. Pero me da igual. No voy a permitir esa intromisión tan aplastante en mi vida. Y, en cuanto salimos del restaurante, rodeados de flashes y periodistas, Olimpia se sube al coche sin mirarme y mi padre me dice al oído para que nadie lo oiga:

—Ignacio, estás haciendo el tonto… Olimpia te conviene.

Ni hablar. No se lo voy a permitir. Me cubro la boca con la mano para que no me lean los labios y señalo:

—No, papá, no me conviene. Te conviene a ti. Y ahora, por favor, déjalo aquí antes de que diga algo que no te vaya a gustar, porque estoy muy muy enfadado.

Dicho esto, mi padre posa una mano en mi brazo a modo de despedida, sube al coche y se va, mientras yo tomo aire para no dar un grito de frustración.

Dos minutos después me subo con mis guardaespaldas al coche. Voy sumido en mis pensamientos hasta llegar al Parador, y una vez allí, sin dudarlo, voy a donde quiero ir, aunque antes Jackson y Paul se aseguran de que nadie me vea.

Cuando llamo a la puerta y Andy me abre con gesto de sorpresa, digo:

—Piedra, papel o me besas.

Ella sonríe y tira de mí hacia el interior de su habitación, y vaya si me besa.

Capítulo 53

Andy

La noche ha sido mágica y especial.

Después de que Nacho me contara lo ocurrido con su padre y Olimpia y me sorprendiera diciendo que los había enviado sin más a Madrid, volvió a sorprenderme cuando, sacando su lado hipermegarromántico, puso en su teléfono móvil la canción *Spend My Life with You* de Eric Benét y me invitó a bailar.

Mientras bailábamos me miraba de una manera que creía que me iba a derretir. La palabra *romanticismo* con él se queda corta, y yo, ¡joder!, yo solo podía reírme y disfrutar.

¡Lo de «paviflor» ya empieza a no ser suficiente para describirme!

Ya conocía la canción. Siempre me ha parecido una canción romantiquísima e íntima. Una canción que solo puedes bailar, vivir y sentir con la persona adecuada y, joder, ¡yo la he bailado con él!

Y..., bueno, tras una noche repleta de besos morbosos y sexo del bueno y con fundamento, a las cinco de la madrugada, y a regañadientes por su parte, lo he obligado a marcharse. Sigo sin querer que nadie sepa lo que hay entre nosotros, aunque sé que Dawson, Jackson y Paul están al corriente.

Cuando se va de mi habitación me acurruco en mi cama con una sonrisa, y del agotamiento me quedo totalmente frita, hasta las nueve, que suena mi despertador y pienso en él y en lo ocurrido.

Sigo pensando en ello cuando me suena el teléfono y, al ver el nombre que pone en la pantalla, lo cojo, me siento en la cama y saludo:

—¡Hola, mamá!

—Hola, tesoro mío. ¿Cómo estás?

—Bien. Todo genial por aquí.

Durante unos minutos le cuento lo sucedido. Mis padres saben que sigo en España porque le estoy echando una mano a Max al haberle fallado la especialista.

—Tu padre está negro y yo algo disgustada —murmura al cabo.

—¿Es porque estoy participando en la película? —pregunto.

—No, hija. Aunque, bueno, por parte de tu padre también eso se le ha sumado. Sabes lo que piensa de ese mundillo y…

—¿Qué pasa, mamá? —la corto.

Entonces mi madre toma aire y finalmente dice:

—Tu hermano Leo y Desirée ¡se van a divorciar!

Según oigo eso, me sorprendo. Mi hermano y su mujer, la perfección hecha matrimonio, ¡¿van a divorciarse?!

Bueno…, bueno…, cuando se lo cuente a Max, ¡no se lo va a creer!

—¿Qué ha pasado? —pregunto curiosa.

—Pues, hija, que tu hermano no sabe tener la bragueta cerrada.

—¡¿Cómo?!

—Que se ha enamorado de una clienta del taller.

Joder…, joder…, joder…, ¡qué fuerte!

Desde luego, con la historia de mi familia, un director de cine como Nacho tendría para hacer una trilogía.

—¿Cómo está Desirée?

Mi madre suelta un gemidito, sé que adora a mi cuñada.

—Pues cómo va a estar…, ¡hundida! —cuchichea.

Asiento, aunque no pueda verme.

—Si tu padre me hubiera hecho algo así a mí, no sé cómo habría reaccionado —continúa—. Y precisamente por la vida que lleva Desirée la entiendo muy bien. Ella siempre ha cuidado de todo, de la casa, de los niños…, ¿y va tu hermano y se enamora de otra?

Buf…, me temo que a Leo el asunto se le presenta complicado.

—¿Y ahora qué pasará con los niños? —añade mi madre.

Pienso en mis sobrinos, Olivia y Kenneth.

—Mamá, los niños estarán bien. No son los primeros padres que se separan y, conociendo a Leo y Desirée, estoy segura de que harán lo mejor para ellos, ¡ya lo verás!

Mi madre gruñe, murmura; no le parece bien lo que está ocurriendo. Al final, aunque no quiero, tengo que ser algo dura con ella.

—Hija, pero si lo sé —dice cuando acabo—. Sé que es como tú dices, pero me duele que mi hijo se vaya a divorciar por no haber pensado en su mujer y no haber mantenido la bragueta cerrada.

—Mamáááááá…

De nuevo volvemos al tema. Ella dice. Yo digo. Hasta que, cansada, indico:

—Mira, mamá, Leo ya es mayorcito. Y si se ha enamorado de otra mujer, ¡él sabrá qué hace con su vida! En lo que a Desirée se refiere, si tú la quieres y ella te quiere a ti, no tenéis por qué dejar de hacerlo. Pero ambas, os duela o no, debéis aceptar que Leo ha tomado una decisión que tenéis que respetar sobre todo por el bien de los niños.

Mi madre refunfuña.

—Si yo lo entiendo y lo acepto. Pero dile a tu padre que haga lo mismo…

Resoplo. Mi padre es otro cantar.

—¿Has tomado una decisión sobre lo tuyo? —pregunta ella entonces.

Suspiro. La verdad es que ni siquiera lo he pensado. El viaje que supuestamente debía servirme para pensar está siendo tan movido, primero con lo de Nacho y ahora con lo del cine, que apenas si me he acordado de ello.

—Mamá, no lo sé. No sé qué voy a hacer.

—A ver, tesoro, sé juiciosa. Si aceptaras el puesto de instructor, tendrías la oportunidad de asentarte en Los Ángeles. Llevas más de diez años dando tumbos por el mundo, en cientos de misiones a cuál más peligrosa. Que sí, hija, que sí, ¡que sé que eso era lo que tú querías! Pero, mi vida, te quiero, y me encantaría verte más a menudo y, sobre todo, que tuvieras una vida más tranquila.

—Lo sé, mamá… Ya lo sé…

—Y en cuanto a tu padre, ¡ni caso! Tú haz lo que quieras, es tu vida, no la suya.

Sonrío. Esta vez no se ha referido al tema del amor. Supongo que ya habrá tirado la toalla conmigo.

—Si te quedaras como instructora tendrías la oportunidad de conocer a un hombre interesante, e incluso de plantearte tener niños… —añade entonces.

Buenoooooo, ¡ya me extrañaba a mí que no me soltara alguna así!

—Mamá… —replico—. No. No comiences con eso de nuevo.

—Pero, Andy…, ¡qué ya tienes treinta y siete años!

—¡¿Y…?!

—Que tu reloj biológico…

—Mamá, por favorrrrrr, no empieces otra vez con eso —la corto.

Ella toma aire y lo expulsa lentamente. Sigue sin entender que no quiera tener hijos.

—¿Max cómo está? —pregunta entonces.

Pienso si contarle o no lo ocurrido con la zorra de la prima de Nacho, pero al final decido no hacerlo. Si alguien lo tiene que contar, ese es mi hermano.

—Está muy bien, mamá —contesto—. Créeme cuando te digo que llevaba tiempo sin verlo tan centrado en algo y, sobre todo, sin verlo tan feliz.

Intuyo que ella niega con la cabeza, y a continuación oigo de fondo la voz de mi padre, que pregunta: «¿Es Andy?».

—Hija, tu padre quiere hablar contigo —dice ella—. Pongo el manos libres.

Después de unos segundos, durante los cuales mi madre pulsa todas las teclas del teléfono, al final oigo la voz ronca de mi padre:

—Andy, ¿cómo va todo?

—Bien, papá, bien.

—¿Te ha contado tu madre lo del soplagaitas de tu hermano Leo?

—Sí.

—Pues claro que se lo he contado, y no lo llames «soplagaitas» —replica mi madre.

—¿Y qué te parece?

Suspiro. Creo que me va a tocar ponerme otra vez en plan gruñona.

—Tu hermano es un capullo integral que no sabe apreciar lo que tiene en su casa —suelta—. Y, para que lo sepas, me he informado de quién es esa de la que se ha enamorado el muy gilipollas, y resulta que es una divorciada de Minnesota.

Oír eso me hace resoplar. El hecho de que esa mujer esté divorciada ya es un punto negativo para mi padre, que, al ver que no respondo, pregunta:

—¿No tienes nada que decir?

—No, papá. No me meto en la vida de Leo, del mismo modo que no me gustaría que él se metiera en la mía.

Lo oigo refunfuñar y luego dice cambiando de tema:

—¿Cómo está el desastre de Max?

—¡James! —vuelve a gruñir mi madre.

—Papá…

—Maldita sea, Andy, ¡te ha arrastrado otra vez a hacer algo con la puñetera industria del cine! Ese maldito muchacho y sus jodidas cosas…

—Papá…

—¡Oh, por Dios, James! Eres insufrible —protesta mi madre.

Tomo aire. Es complicado hablar con ellos por el manos libres.

Pienso en mi padre. Sé que le prometí que después de las escenas que rodé para la película *Maverick* no volvería a repetirlo.

—La otra vez me dijiste que solo sería por esa ocasión —me recuerda—, pero de nuevo lo estás haciendo por culpa del descerebrado de tu hermano. ¿En qué estás pensando, teniente? ¿Acaso no valoras tu profesión? ¿Qué haces rodeada de esa gentuza de mierda?

—Bendito sea Dios, James, pero ¿qué estás diciendo? —Mi madre se altera.

Suspiro. Resoplo. No me parece bien que descalifique de esa manera a personas que se dejan la piel en su trabajo. Que mi padre odie el mundo del cine no le da derecho a hablar de ellos así.

Mientras oigo como ellos discuten a través del teléfono, pienso en Nacho. Si mi padre se entera de lo que tengo con él, sé que el problema será tremendo. No lo va a entender. Culpará a Max de ello. Así pues, para intentar tranquilizarlo, voy a hablar cuando oigo que dice:

—Regresa de una santa vez, ponte al frente de tu escuadrón y déjate de tantas ridiculeces con el maldito mundo del cine, que ni te conviene a ti ni a nosotros.

Según dice eso, mi madre le responde y siguen discutiendo sin tener en cuenta que yo estoy al otro lado del teléfono. Hay cosas que mi madre no acepta. Cosas como que me presione para que siga liderando mi escuadrón, que hable despectivamente de Max y que también lo haga del mundo del cine en general. Los escucho en silencio. Por el modo en que se gritan sé que todo, a lo que se le ha añadido el divorcio de Leo, los está sacando de sus casillas.

—Papá... Mamá... ¡¿Me queréis escuchar?! —exclamo de repente.

De pronto se hace un silencio al otro lado del teléfono y yo trato de continuar:

—Vamos a ver, papá, creo que...

—Tu madre y sus tonterías...

—¡James!...

—Papá, ¿me dejas hablar?...

Pero no. El almirante James Madoc ya está en su papel de «ordeno y mando», y prosigue:

—Por todos los santos, mujer, ¿todavía no te has dado cuenta de que si alguien ha nacido para el ejército, esa es Andy? Ella no quiere marido, ni hijos, ni una vida de civil. La vida de Andy es servir a su país. Y aunque ser instructora es algo que sé que le gustaría, indiscutiblemente es mucho mejor para ella que siga liderando su escuadrón porque eso la hará ascender en su carrera.

Oigo eso y, la verdad, no sé por qué pero me molesto. Esas mismas palabras se las he oído decir en muchas ocasiones, pero nunca me habían fastidiado tanto como al oírlas hoy.

—¡Papá, basta ya! —grito.

De nuevo se hace el silencio en la línea, y entonces añado, consciente de que mi tono ya no es el de Andy, sino el de la teniente Madoc:

—Sí, papá, el ejército me gusta. Llevo toda mi vida en él y espero seguir estando allí mucho tiempo. Pero un ascenso no es algo que me motive, porque a mí lo que me apasiona realmente es volar. Y quiero que sepas que mi vida es mía, y solo yo tomaré la decisión que desee en lo referente a ella. ¿Te queda claro?

—Clarísimo, Hollywood...

Que me llame así me hace saber lo cabreado que está. Y, tras un incómodo silencio por parte de los tres, cuando voy a hablar de nuevo él añade:

—Un beso, Andy.

Oigo como se alejan sus pasos y luego mi madre murmura:

—Este hombre me agota. Con el paso de los años se está volviendo cada vez más cabezón.

Cinco minutos después, tras despedirme de ella, me visto, salgo de mi habitación y, dirigiéndome a la de Max, llamo a la puerta y, deseosa de contarle un cotilleo, suelto en cuanto me abre:

—No te vas a creer quiénes se van a divorciar…

Capítulo 54

Nacho

Han pasado tres días desde el episodio con mi padre y Olimpia. Mamá me llamó escandalizada. ¿Cómo se me había ocurrido tratarlos así?

Pero no, no quiero pensar en ello. Paso de seguir martirizándome por algo que, bajo mi punto de vista, no tiene ni pies ni cabeza.

¿En serio mis padres me ven tan idiota y manejable?

Estoy tumbado en la cama de mi habitación, mientras miro al techo e intento relajarme tras haber rodado las escenas de la moto con Max y su equipo. Cada vez que recuerdo cómo Andy derrapaba y saltaba por encima de los coches con aquella maldita moto de *motocross*, se me contrae el estómago.

Pero ¿es que esa mujer no es consciente del peligro?

Por suerte, las escenas de riesgo que tenía que rodar con ella han terminado ya. Me ha costado grabar lo que debía hacer. Repetir tomas cuando sentía que quería más, pero, por fin, esa tortura que apenas me dejaba descansar se ha acabado.

Andy me dijo que regresaría a Los Ángeles tras completar las tomas, y yo, para evitar que se marchara, le indiqué a Max que quería que su equipo al completo se quedara hasta el final del rodaje, por si ocurría alguna eventualidad. Luego todos volveríamos juntos a Estados Unidos. Max aceptó y, aunque un poco a regañadientes, Andy también.

Durante el día, cuando nos cruzamos en el Parador o en el rodaje, que continúo con Tom y Noelia, ella y yo seguimos sin mirarnos. Somos dos buenos actores y nadie, a excepción de Dawson y mis guardaespaldas, se da cuenta de lo que existe entre nosotros. Por las noches nos encontramos casi siempre en mi habitación, donde tenemos más intimidad.

Escondidos del resto del mundo, mi teniente Marvel y yo no solo nos hacemos el amor, sino que también hablamos, bailamos y reímos. Con ella todo me gusta. Con ella veo posibles montones de cosas que había olvidado, y cada vez que bailamos la canción *Spend My Life with You* de mi amigo Eric Benét es un momento muy especial para mí. ¿Por qué? Pues porque esa canción fue compuesta una noche en la que Eric, Tony Ferrasa y yo estábamos algo perjudicados por la vida, y nos prometimos no volver a sufrir por amor a no ser que mereciera la pena.

Desde que esa canción apareció en mi vida y me cautivó por la veracidad de su letra, nunca antes la había bailado con ninguna mujer. Jamás había deseado hacerlo. Hasta que llegó Andy.

El día que puse esa canción y la invité a bailar, me sorprendieron positivamente dos cosas. La primera, que Andy se la sabía, la tarareaba mirándome a los ojos. Y la segunda, que sentí en mi corazón lo que la letra decía y supe que mi vida sin ella ya no tendría sentido.

Suena mi teléfono. Es un mensaje de Andy, y leo:

Buenos días, Semental. Ya estoy deseando que llegue la hora de dormir.

Sonrío. ¡«Semental»! Desde luego, lo que no se le ocurre a ella no se le ocurre a nadie. Tras desearle un bonito día, me levanto y me ducho para espabilarme.

Me visto, bajo al vestíbulo del Parador y me encuentro con Tomi, Noelia, María y los maridos de estas dos últimas, Juan y Lucas. Han venido para rodar algunos planos que tenemos que repetir y decidimos desayunar juntos.

Pasamos al comedor y hago un barrido con la mirada, pero Andy no está aquí. Una vez que les indico a Juan y a Lucas que se sienten a la mesa que está apartada del resto y que en el Parador tienen montada para mí, las chicas, Tomi y yo nos acercamos al bufet. Como siempre, allí hay un amplio surtido de cosas para desayunar, y, tarareando, cojo un plato, donde me sirvo un poco de jamón cocido y fruta.

—¡Alguien se ha levantado de buen humor! —se mofa Noelia.

Sé que eso va por mí, por lo que indico mirándola:

—Hoy terminamos de rodar por fin y hace un bonito día..., ¿no crees que es para estarlo?

Noelia me mira.

—También tienes razón —dice.

Sonreímos con complicidad y prosigo tarareando mientras miro el beicon que hay en una bandeja, y de pronto oigo a Tomi preguntar:

—¿Dónde está el chorizo? ¡*I love* chorizo!

El camarero le dice entonces que sacarán una bandeja en breve, y Tomi, feliz al saberlo, se vuelve hacia mí y señala:

—¿Qué tararea mi adonis apolíneo?

—*Spend My Life with You*, de Eric Benét; ¿la conoces?

Según digo eso María me mira. Ella sabe la historia de la canción porque se la conté cuando estuvo en Los Ángeles.

—¿Qué haces tú tarareando esa canción? —pregunta.

Sonrío, niego con la cabeza e, intentando quitarle importancia, indico:

—¿Acaso tararear es delito?

Noelia y ella me miran divertidas, y en ese mismo momento veo entrar a Andy y a su hermano en el comedor. Disimulo volviendo la cabeza y oigo que Tomi asegura:

—Aisss, *my love*, ¡la letra de esa canción es tan romántica...!

Cuando voy a contestar Tom Blake me llama, requiere mi atención, por lo que me alejo con el plato en la mano y comienzo a hablar con él, colocándome de tal manera que puedo seguir los movimientos de Andy. Al menos ahora hay poca gente y puedo mirarla.

Desde donde estoy observo que habla con su hermano y sonríe. Está visto que se ha levantado de un humor excelente. Mientras escucho lo que me dice Tom, me acuerdo de algo que pedí por internet para Andy hace un par de días y estoy como loco por que llegue. ¿Le gustará?

Cuando termino de hablar con Tom voy hacia la mesa donde están Juan y Lucas, y, mientras me siento, oigo que este último comenta:

—La verdad es que el tío es un guaperas.

Me vuelvo y compruebo que Juan y Lucas están mirando a Tom Blake.

—Tampoco es para tanto —musita Juan.

Lo miro sonriendo e indico:

—Pues, según la revista *Brooks*, es uno de los tipos más guapos del planeta.

—¡Porque no me han visto a mí! —afirma Lucas.

—¡Capullo! —se mofa Juan.

Entre risas, bromeamos un rato los tres, hasta que de pronto Juan dice:

—Que sepas que no me hacen ni pizca de gracia los planos que tenéis que hacer hoy entre mi mujer y el tipo más guapo del planeta.

Sonrío. Los planos que tenemos que repetir, que hicimos en su momento y no nos gustan, son cortos e íntimos, algo necesario en toda historia de amor.

—Por favor, Juan…, ¿todavía piensas así? —respondo divertido.

Él me mira, coge aire por la nariz y musita:

—Llámame antiguo, pero sigue sin hacerme gracia que otro toque los labios de mi mujer, aunque no la bese realmente ni se revuelque con ella en una cama.

—Yo eso lo llevaría fatal —apostilla Lucas—. Si viera a Menchu besarse con…

—No se besan —lo corto—. Están interpretando.

Lucas asiente. Juan también, y el primero insiste:

—Vale, interpretan, pero no jodas, macho, ¡se besan! Y…

—Eso —lo corta Juan—, tú mete más el dedito en la llaga…

Niego con la cabeza. Vistas desde fuera, sé que en el cine ciertas escenas son complicadas de entender. Por ello los miro, hablo con ellos e intento que entiendan lo que es la interpretación.

Capítulo 55

Andy

Mientras hablo con mi hermano, que está emocionado por un nuevo proyecto que le ha salido en Canadá, yo sigo en mi nube particular y localizo con la mirada a Nacho, a mi Semental.

Menuda nochecita estupenda hemos pasado.

Como siempre, está sentado a la mesa que el Parador reserva para él y los jefazos, una apartada del resto y con bastante intimidad.

Dejo a Max charlando con unos empleados del rodaje y me dirijo al bufet tarareando. Estoy muerta de hambre. Como cada mañana, hago una batida para ver todo lo que hay: lácteos, fruta, bollería, embutido, huevos revueltos y beicon y algo que parece carne guisada.

¿Qué cojo?

Por cierto, ¿y la tortilla de patatas dónde está?

Busco, rebusco y, al no verla, le pregunto a uno de los camareros:

—¿Vais a sacar más tortilla de patatas?

—Enseguida sacaremos dos —me dice.

Asiento. ¡De aquí no me muevo!

—¡Buenos días!

Me vuelvo y, al ver que son Noelia y Tomi, les doy dos besos.

—¡*Good morning*, teniente Marvel! —me saluda él.

—Ella es Menchu, la mujer de Lucas —añade Noelia presentándome a la otra chica que los acompaña.

—¡Encantada! —digo saludándola también a ella con dos besos.

—Lo mismo digo. Por cierto, estuve en el rodaje de la pelea y, chica, ¡me encantó ver lo que sabes hacer!

Sonrío. Ella también lo hace. Sé que a ella Nacho la llama María, pero no digo nada al respecto puesto que yo no tendría por qué saberlo.

Acto seguido Noelia me pregunta:

—¿Qué esperas aquí parada?

Con gracia, señalo un hueco vacío en el bufet.

—De aquí no me voy sin mi trozo de tortilla de patatas.

De pronto Tomi da un grito.

—Ais, *ladiesssss*, ¡que acaban de sacar la bandeja del chorizo!

Según oigo eso me río mientras Tomi se abalanza sobre la bandeja y Noelia murmura:

—Ya verás la que va a liar cuando regrese a Los Ángeles y se suba a la báscula…

Sonrío, eso me hace gracia.

—Estamos sentados a la mesa del fondo —añade Noelia—. Vente y desayuna con nosotros.

Sin necesidad de mirar, sé que sus maridos están en la mesa con Nacho.

—Iré cuando traigan la tortilla de patatas —digo, y, al ver que no sacan nada de la cocina, indico moviéndome—: Mientras tanto, cogeré alguna cosilla más.

Ellos siguen llenando sus platos mientras yo pongo algo de embutido y queso en el mío y un par de croissants, y tarareo feliz la canción que horas antes he vuelto a bailar con mi chico.

—¡La tortilla, teniente Marvel! —exclama de pronto Tomi.

Según lo oigo, me doy la vuelta con un movimiento mecánico y de pronto choco con Menchu. Ella me está mirando, y yo digo divertida:

—Voy a por ella antes de que me la quiten.

Menchu sonríe y se aleja hacia la mesa donde está su marido, aunque en el trayecto se para a hablar con una chica. Yo me acerco al mostrador y, tras cortarme una porción de rica tortilla de patatas con cebollita, la pongo en mi plato y la olfateo. ¡Joder, qué bien huele!

Una vez que tengo en el plato todo lo que me apetece, llego tarareando hasta donde Noelia y Tomi están llenando sus tazas de café y ella me pregunta:

—¿Cómo estás tan contenta esta mañana?

La miro y, de pronto, dejo de tararear la canción. Decirle que estoy feliz porque con solo ver a Nacho se me ilumina el día es de lo más cursi, así que respondo:

—Porque hace un sol precioso.

Ella sonríe, yo también, y acto seguido vuelve a preguntar:

—¿Qué cantas?

—*Spend My Life with You*, de Eric Benét. ¿La conocéis? —digo contenta.

De inmediato veo que Tomi y ella se miran y el primero, levantando las cejas, canturrea:

—La gata quiere gatoooooo...

Noelia se ríe, yo también, aunque, la verdad, no sé de qué, y entonces mi hermano se me acerca.

—Andy, me dicen en la recepción que ha llegado algo para ti.

Parpadeo sorprendida.

—¿Para mí?

Max asiente y yo digo entregándole mi plato a Noelia:

—Te dejo custodiando mi tortilla. ¿Me llevas el plato a la mesa y ahora voy?

—Por supuesto.

Una vez que salgo del comedor me dirijo a la recepción, donde, tras identificarme, me entregan un sobre acolchado. ¿Qué será esto?

Sorprendida, lo abro y de él extraigo una cajita de terciopelo rojo y un sobre más pequeño en el que imagino que irá una nota. Rápidamente lo abro y leo:

> *Para que nunca olvides el momento exacto.*
> *Eres pura magia.*
> *T. Q.,*
>
> *Tu Semental*

Según leo eso, suelto una carcajada. No sé qué será, pero no me cabe duda de que es de Nacho.

Abro la cajita y, al ver lo que veo, el corazón se me desboca. Es una preciosa gargantilla de oro blanco con unos números grabados: «23.55».

Niego con la cabeza y sonrío emocionada. 23.55 es la hora exacta en la que le dije en aquella terraza del hotel de Venecia que me había enamorado de él. ¿De verdad me está pasando a mí algo tan bonito?

La estoy mirando emocionada cuando mi hermano se me acerca.

—¿Qué es lo que has recibido?

Según lo oigo, sé que solo tengo dos opciones: mentir o decir la verdad. Así que, consciente de lo que quiero, digo:

—Max, siéntate. Tengo que contarte algo.

Y, vale…, mi hermano flipa… Flipa en colores. Me abraza contento por verme feliz, aunque no puede evitar decir que ¡papá nos va a matar!

Sonrío. Nada ni nadie va a eclipsar mi felicidad.

Capítulo 56

Nacho

Estoy hablando en la mesa mientras desayunamos con Juan y Lucas cuando María se sienta a mi lado y cuchichea:

—¿*Spend My Life with You*?

Según dice eso, comprendo que habla de la canción que yo tarareaba hace un rato.

—Nacho Duarte…, ¿tienes algo que contarme? —inquiere.

Boquiabierto, la miro sin saber qué decir. Entonces veo que Andy sale del comedor, y Lucas y Juan preguntan:

—¿Qué pasa?

María me observa, no me quita ojo; luego llegan Noelia y Tomi y este último canturrea dirigiéndose a mí:

—El gato quiere gataaaaa…

¡Joder…, joder…, joder…!, como diría Andy.

Conozco esa expresión, intuyo por qué la dice Tomi y, la verdad, no sé cómo es posible que se hayan enterado. Acto seguido Noelia deja un plato a mi derecha, donde no hay nadie sentado, y dice con retintín:

—Esto es de la teniente Marvel… ¿Se lo puedes guardar hasta que venga?

Asiento sin decir nada, y Juan pregunta:

—¿Se puede saber qué os pasa?

María sonríe, Noelia también, Tomi gesticula, y yo respondo:

—Nada. No pasa nada.

—¡Woooo! Será mentiroso mi adonis apolíneo... —exclama Tomi.

Le ordeno callar con la mirada, pero entonces María suelta:

—Pues pasa que, al parecer, cierto director de cine y cierta teniente Marvel ¡ocultan algo!

—¡No me jodasss! —se mofa Lucas.

Resoplo. Y Juan, mirando a su mujer, afirma:

—Te lo dije, Estrellita, te lo dije... Te dije que había notado cierta tensión el día del rodaje de la pelea y luego por la noche, mientras cenábamos.

Yo lo miro sin dar crédito. Juan asiente, y luego oigo a Noelia comentar:

—Es cierto, me lo dijo, pero yo no lo creí.

Todos me observan esperando algún tipo de explicación. Tomo aire y finalmente admito:

—Vale... Entre Andy y yo hay algo, pero, por favor...

—Por el amor *of my life*, ¡me mueroooooooo de emociónnnnn! —exclama Tomi aplaudiendo.

—¡Joder, Tomi! —protesto.

—¿Desde cuándo dices tú «joder»? —inquiere Noelia.

—Desde que comparte intimidad con una que yo me sé —se mofa Lucas.

Todos comienzan a reír. Les entra una risa tonta que al principio no me hace gracia, pero al final tengo que terminar riéndome con ellos, hasta que indico:

—Ni siquiera su hermano lo sabe.

—Malo..., malo... —se burla Lucas—. Si lo sabe Tomi no tardará en enterarse todo el mundo.

—Por el amor de *Diorrrr*... ¡Será perra mala la mariliendre!

—Insisto —digo algo acalorado—, es importante para ella que nadie lo sepa, especialmente la prensa. Ahora no es el momento, pero ya os contaré por qué.

—Me muero por saberlo —oigo que murmura Juan con acidez.

María, que está a mi lado, me coge del brazo y susurra:

—Tranquilo, que nadie se enterará por nosotros.

En ese instante veo que Andy está entrando de nuevo en el comedor. Por su gesto sonriente sé que está feliz. Se despide de su hermano Max, que me mira, y después se acerca a nosotros.

—Viene hacia aquí, ¡disimulad! —les exijo a mis amigos—. O juro que os mato.

Capítulo 57

Andy

En cuanto le cuento a Max lo que tengo con Nacho, él se sorprende, me dice que estoy loca y que nuestro padre me va a matar, y luego ambos nos reímos. Mi hermano se alegra por mí. No soy de amoríos, sino más bien de líos pasajeros, y sabe que, para que se lo cuente, esto es algo importante para mí.

Según él, Nacho es un buen tipo que no pega conmigo ni con cola, venimos de dos mundos opuestos, pero si estar juntos nos hace felices, ¿por qué no intentarlo?

Tras nuestra conversación, una vez aclarado que solo él puede saberlo, intento aparentar normalidad y me acerco a la mesa donde está Nacho con Noelia y compañía. Al ver mi plato con la tortilla a la derecha de Nacho, rodeo la mesa y digo sentándome:

—¡Buenos días, gente!

Todos me miran y me saludan. En sus rostros veo que tienen un buen día y yo les sonrío; entonces me doy cuenta de que Nacho se fija en la gargantilla que luzco en el cuello. Ya me he encargado yo de que se vea bien.

—Joder, ¡qué buena pinta tiene! —comento mirando mi tortilla.

—La verdad es que sí, *queen*, ¡aquí todo tiene muy buena pinta! —apostilla Tomi.

Cuando dice eso, veo que todos lo miran y él se apresura a añadir:

—*Oh, my God!* ¿Qué he dicho?

Todos sonríen, ninguno dice nada, y acto seguido Noelia me pregunta:

—Andy, ¿regresas a Los Ángeles el sábado?

—Sí.

—¿En el avión privado del director? —quiere saber Lucas.

Según oigo eso, niego con la cabeza.

—No. Vuelvo con el resto del equipo —aclaro.

Noelia asiente y luego Menchu comenta:

—Tu hermano me contó ayer que le ha salido un rodaje en Canadá.

—Sí —digo.

—¿Irás con él?

—No. Dentro de tres semanas me reincorporo con mi escuadrón.

Todos se miran extrañados.

—¿Qué pasa? —digo.

Miran a Nacho, mientras este trastea en su teléfono móvil, y Tomi cuchichea:

—Aisss, *my love*, ¡qué trabajo tan peligroso tienes!

Sonrío, eso ya lo sé yo, y entonces oigo que Menchu me pregunta:

—¿No te apetecería cambiar de vida?

—No —respondo de inmediato.

—¿Y no quieres tener hijos? —vuelve a preguntar ella.

—Los hijos son incompatibles con mi trabajo.

Se hace un extraño silencio en la mesa y, al cabo, Juan señala:

—¿Nunca te has planteado pasar a un segundo plano en vez de estar en primera línea?

Lo miro divertida. Entiendo que en su empleo hay tanta adrenalina como en el mío.

—¿Tú te lo has planteado alguna vez? —indico.

Juan se apresura a negar con la cabeza y yo replico:

—Pues yo tampoco.

Durante un buen rato todos, excepto Nacho, me acribillan a preguntas referentes a mi trabajo, hasta que Nacho interviene:

—¿Queréis dejar desayunar tranquila a la señorita Madoc?

—Por el amor de Dios, Nacho —se queja Noelia—. Es Andy..., ¡¿quieres dejarte de tantos formalismos?!

Sonrío, pero él no. Y Lucas tercia:

—Quizá en la fiesta de esta noche, tras unas copas, termine tuteándola…

Según dice eso, da un brinco en la silla. Luego mira a su mujer y protesta:

—Joder, cielo, menuda patada me has dado…

«¿Patada? —me digo—. ¿Por qué le ha dado una patada?»

Menchu levanta las cejas y, mirándolo, se disculpa:

—Aisss, lo siento, gordunflas… Ha sido sin querer.

Doy un mordisco a un croissant mientras aquellos se miran y acto seguido digo dirigiéndome a Tomi:

—¿Puedo hacerte una pregunta?

—*Of course*, reina.

—¿Qué querías decir con eso que has dicho antes de que la gata quiere gato?

En ese momento todos sonríen. Me fijo en que miran a Nacho, que se toma su café en silencio, y Tomi indica tras gesticular con ímpetu:

—A ver, *my love*, cómo te lo explico sin meterme en ningún charquito…

Lucas tose. María se levanta. Noelia llama mi atención y Juan se ríe, mientras Nacho cierra los ojos y maldice.

De inmediato lo comprendo todo, los indicios son claros. Mi instinto me dice que saben lo que hay entre Nacho y yo. Por ello tomo aire, miro al hombre que tengo al lado y pregunto en voz alta:

—Lo saben, ¿verdad?

Nacho me mira, inspira hondo y asiente. Entonces Tomi, Noelia y Menchu comienzan a tararear *Spend My Life with You*, la canción que yo tarareaba, y esta última señala sonriendo:

—A ver, reina… Los dos de buen humor y ambos cantando esa canción tan increíblemente romántica… ¡Blanco y en botella!

—Joderrrrr —murmuro.

Nacho me mira y susurra:

—Eso digo yo, joder…

De pronto me río. Está visto que la felicidad raramente se puede ocultar. Y, tras oír la expresión de Nacho y ver cómo me mira, tomo aire y aclaro mirando a aquellos, que no nos quitan ojo:

—Vale..., no lo voy a negar. Pero, por favor, os pido discreción.

—*Oh, my Godddddddd! I love you, teniente Marvel!* —exclama Tomi.

Nacho y yo sonreímos, así como el resto de los presentes en la mesa. Entonces él me mira y yo, consciente de que donde estamos nadie nos puede ver, me acerco a él y lo beso. ¿Por qué no?

Sus amigos ríen, hacen amago de aplaudir, aunque se reprimen, y yo, tocándome la gargantilla, sin apartar los ojos de Nacho, al que veo feliz, cuchicheo:

—Tú sí que eres pura magia.

Nos volvemos a besar. Esta vez el beso es intensito. Sé que nos estamos pasando tres pueblos y que en la mesa uno no ha de besarse así.

—¿Estás segura? —pregunta cuando nos separamos.

Me encojo de hombros. Segura o no, ya he dado un paso más hacia él.

—No. Pero es lo que quiero, aunque mi padre me va a matar —afirmo.

Nacho sonríe nervioso.

—¿Y tu hermano? —añade.

—Mi hermano ya lo sabe y está encantado —digo.

Él me mira asombrado. Me encanta sorprenderlo. Y, segura de lo que voy a decir, miro a los demás, que siguen celebrando que estemos juntos, y advierto:

—Esto no puede salir de aquí, porque, como salga, os juro que la teniente Marvel os mata. ¿Entendido?

Todos sueltan una carcajada.

Estoy feliz. ¡Muy feliz! Aunque empiezo a ser consciente de que cada vez más gente sabe lo que hay entre nosotros dos y de que esto ya no es nuestro secreto.

Capítulo 58

Nacho

El rodaje de los planos que necesitamos se está complicando. Primero han fallado las luces, luego el sonido y ahora han llamado a Noelia del colegio de Abril porque la niña se ha caído, por lo que ha tenido que irse.

Durante un par de horas esperamos a que ella regrese, pero cuando llama para decirnos que tiene que suspender el rodaje hasta el día siguiente porque está con su hija, lo entiendo perfectamente.

¡Son cosas que pasan!

Hablo con Dawson y, mientras lo cuadramos todo para terminar los planos que nos quedan al día siguiente, Tom Blake se acerca a nosotros.

—Lo lamento, pero yo debo coger un vuelo esta noche. Tengo que ir a Chicago para comenzar mi siguiente película.

Oír eso descabala por completo la idea que Dawson y yo teníamos, y María, que está sentada al lado, sugiere mientras de fondo suena *Golden*, de Harry Styles:

—Andy podría sustituir a Noelia.

Cuando dice eso nosotros la miramos, y añade:

—A ver, yo no entiendo de cine. Pero si lo que decís que necesitáis son planos a media luz en los que ella no ha de hablar ni tiene que verse su rostro, sino que solo hay besos y revolcones en la cama, ¿dónde está el problema?

Lo pienso sin decir nada.

—Vamos —agrega María—, que yo me pondría una peluca rubia y lo haría, pero creo que Andy puede hacerlo mejor.

Lucas, que también está aquí, interviene:

—Gafitas, pero ¿qué estás diciendo?

—Es para ayudarlos —insiste ella sonriendo.

La picardía de María me hace reír, y Dawson dice mirándome:

—Nacho, Tom tiene que marcharse. Y..., oye, lo que ella dice no es descabellado.

—Me parece una muy buena solución —afirma Tom con una sonrisa.

Según dice eso disimulo, aunque debo reconocer que su sonrisita me toca la moral.

—Si Andy aceptara —interviene Dawson—, hoy terminaríamos con esto.

Lo pienso, lo valoro, mientras Lucas se acerca a mí y cuchichea:

—Tranquilo, colega. Recuerda que solo están interpretando un papel...

Según oigo eso, lo miro, ¡y veo que me guiña un ojo! Recuerdo nuestra conversación en el desayuno, y, dispuesto a demostrarle que estoy convencido de ello, digo:

—Decidle a la señorita Madoc que venga.

Veinte minutos después Andy llega y, como nadie, a excepción de mis amigos, sabe lo que hay entre nosotros, disimulamos y seguimos siendo los profesionales de siempre.

De inmediato le contamos entre todos lo que ocurre mientras ella nos escucha. Valora la situación y, sin hablar en ningún momento de dinero, acepta el reto sin más.

—Pero no tengo que hablar, ¿verdad? —pregunta simplemente.

Eso me hace gracia. Veo desconcierto en sus ojos y siento unos irrefrenables deseos de besarla, pero me contengo.

—No tienes que decir ni una palabra —le asegura María—. Solo tienes que besar a Tom y revolcarte en la cama con él.

—¡Qué planazo! —oigo que exclama Andy.

—Ya te digo —afirma María ante el gesto de su marido Lucas.

Que Andy diga eso me toca la moral, la verdad... ¿Cómo puede soltar eso delante de mí? ¡Tendrá poca vergüenza!

Sin mirarme, cruza una sonrisita con Tom que me toca las narices y señala:

—Hagámoslo.

Dawson aplaude. Todo el equipo aplaude y yo aplaudo también, aunque por dentro se me revuelve todo. No me hace ni pizca de gracia que Andy tenga que besar a Tom. Ella no es actriz, no va a saber encarar lo que tiene que hacer, por lo que digo:

—Señorita Madoc, si usted cree que no...

—Tranquilo, señor Duarte. No me parece difícil besar y revolcarse con alguien en una cama, y menos si ese alguien es el guapísimo Tom Blake.

El aludido sonríe. ¡Me cago en su padre!

—Ve a maquillaje y peluquería —indica entonces Dawson dirigiéndose a ella—. En cuanto estés lista, grabamos.

María se levanta y, agarrándose al brazo de Andy, dice:

—Vamos. Te acompañaré para darte apoyo moral.

Encantadas, Andy y María se ríen. ¡Serán brujas! Y cuando se marchan y me quedo a solas con Lucas, pregunto mirándolo:

—¿Te estás divirtiendo?

Él asiente y, con la tranquilidad que le da saber que somos buenos amigos, indica:

—Un poco sí, la verdad.

* * *

Dos horas después, una vez que caracterizan a Andy como si fuera Noelia y ella aparece en el set con la peluca rubia y el vestido negro, reconozco que está preciosa.

—No me jodas... —cuchichea Lucas—, si la viera por la calle creería que es Noelia.

Rápidamente le explicamos a Andy lo que queremos. Le hablamos de los planos que debemos rodar y de los límites de movimientos que tiene para no salirse del encuadre. La veo tranquila, lo que me sorprende, y cuando comenzamos a grabar reconozco que, cada vez que Tom posa la mano en su nuca o en su cintura para besarla, se me revuelve algo por dentro.

Con objetividad, pues no puedo obviar que soy el director y esa producción no es barata, hacemos todas las tomas necesarias de besos y revolcones en la cama, y cuando por fin digo «¡Corten!», estoy terriblemente tenso. Mi equipo comienza a aplaudir y por último yo aplaudo también. El rodaje ha finalizado.

Todos nos abrazamos. Sabemos que hemos hecho un excelente trabajo. Miro a Andy y le hago saber cómo me siento, y ella se acerca a mí cuando ve que me quedo solo en la mesa de control.

—Espero que esté usted contento de haber terminado —comenta con retintín, picándome.

La miro, y ella me mira a mí.

—Ha sido genial participar en su película, señor Duarte —dice sonriendo.

Me muero por besarla, pero, conteniendo mis deseos, indico:

—El placer ha sido nuestro, señorita Madoc.

En ese instante entra Noelia en el set y viene corriendo hacia nosotros.

—Lo siento…, lo siento…, lo siento…

—¿Qué le ha pasado a Abril? —pregunto con interés al verla tan acelerada.

Noelia suspira y luego sonríe.

—Se cayó y tuvimos que llevarla al hospital. Creíamos que podía haberse roto una mano, pero, por suerte, todo ha quedado en un fuerte golpe y su mano está bien. Juan está ahora con ella.

Asiento, sonrío y luego Noelia añade dirigiéndose a Andy:

—Ya me han dicho que me has suplido en los planos que faltaban y lo has hecho genial. ¡Gracias!

Andy y ella se miran, y la muy sinvergüenza de la mujer que me tiene tonto cuchichea:

—Qué morbazo haber tenido a Tom Blake solito para mí… ¡Qué fuerteeeee!

Ambas se ríen. Yo no.

—Si ya está todo solucionado, me marcho —dice Noelia—. Esta noche nos vemos en la fiesta.

Una vez que se va con la misma energía con la que ha llegado, Andy y yo nos miramos y nos lo decimos todo con los ojos. Entonces Dawson se acerca a nosotros y, consciente de que nadie nos oye, dice:

—Ya lo he organizado todo para que volváis juntos en el avión privado. Max sabe la verdad y el equipo cree que Andy se queda un día más en España con su familia.

Según oye eso, Andy parpadea y yo, seguro de lo que deseo, afirmo:

—Te vienes conmigo sí o sí.

Andy mira entonces a mi amigo.

—¿Y mi moto? —pregunta.

—Va con vosotros —explica Dawson.

Veo que ella asiente. No sé lo que piensa, pero, encogiéndose de hombros, declara:

—Pues no se hable más.

Dawson y yo nos miramos sonriendo y luego mi amigo dice:

—Venga, regresemos al Parador. Esta noche hemos organizado un fiestorro en un local de Guadalajara que será colosal.

Andy sonríe, yo también, y no decimos más porque sabemos que juntos tendremos un magnífico fin de fiesta.

Capítulo 59

Nacho

La fiesta que se ha montado en el local de Guadalajara como fin de rodaje para el equipo y los amigos, como siempre, está siendo divertida.

Terminar un rodaje es acabar una etapa, por lo que el fin está cada vez más cerca y eso, por lo menos a mí como director, me anima mucho, aunque sé que la posproducción es muy laboriosa.

Desde donde estoy observo a Andy, que está riendo junto a Noelia, María y las hermanas de Juan. Está claro que lo pasan bien y, por el modo en que algunos hombres las miran, sé que sin duda les están vacilando. Menuda es Andy.

Suena una canción y todo el mundo empieza a bailar. Todos se vienen arriba y la primera, ella. ¿Qué canción es? No la conozco. Lo pregunto y me dicen que se titula *Nochentera* y la canta una muchacha llamada Vicco.

En mi sitio veo que Andy ríe, canta, baila y salta mientras lo pasa bien con el resto de las personas que están en la pista. Desde luego, me encanta verla así.

Durante la noche soy testigo de que Juan disfruta de la compañía de Noelia, Lucas de la de María y Damián de la de Eva. Yo quiero lo que ellos tienen. Deseo poder estar junto a Andy para besarla y poder cogerla de la cintura con total normalidad. Pero no tengo nada de eso. Ella no quiere que nadie más sepa lo que hay entre nosotros, por lo que me he de reprimir y, la verdad, eso me fastidia mucho.

Mientras la veo bailar con todos los hombres que se acercan a ella, desde donde estoy, lo único que puedo hacer es tomar aire y aguantar: aguantar que Andy baile con ellos, que Andy les vacile y que vayan detrás de ella, y, cuando mi nivel de aguante comienza a saturarme, Juan dice mirándome:

—No me gustaría estar en tu sitio.

Lo miro, y Lucas, que está con nosotros en la barra, bufa:

—A mí tampoco, la verdad…

Nos miramos, reímos divertidos, y en ese instante veo que Andy sale de nuevo a bailar con un tipo que me está poniendo enfermo. No sé quién es. No es del equipo de rodaje, pues nunca lo había visto.

—¿Quién narices es ese? —pregunto.

Mis amigos lo miran.

—¡Un *pringao*! —dice Lucas.

Durante unos segundos los tres observamos a aquel tontear con Andy, hasta que Juan indica:

—Enseguida sabremos quién es ese tontito.

Instantes después, tras llamar a Tomi, este se acerca y dice mirándonos:

—¿Qué quieren mis X-Men y mi adonis apolíneo?

Según oigo eso, me río, y Juan pregunta:

—¿Quién es el tipo que baila con Andy?

Tomi se vuelve enseguida y, llevándose la mano a la barbilla, cuchichea:

—*Mmmm, I love it!* ¡Es Richard!

Vale, ahora ya sé su nombre. Viendo que coge a Andy por la cintura e intuyendo lo que desea de ella, pues yo también soy hombre, insisto mientras noto que mi voz se ensombrece:

—¿Y quién narices es Richard?

Tomi me mira.

—*Oh, my God*, ¿estás celoso? —susurra.

—No. Solo pregunto —aclaro intentando parecer normal.

Tomi me mira y sonríe, haciéndome saber que no me cree, y luego murmura:

—Pues ese del que no estás celoso, y por el que solo preguntas, tiene treinta y dos años, es arquitecto y tiene un *body* perfecto…, perfecto… para pecar. ¿A que es ideal?

No respondo. Sin saber su edad ya intuía que era más joven que yo.

—Tampoco es para tanto —comenta entonces Juan.

—No. No lo es —apostilla Lucas.

Tomi nos mira. Hace uno de sus aspavientos con las manos y se mofa:

—Wooooo, ¡los abuelitos se encelannnnn!

¿Me acaba de llamar «abuelo»? ¿A mí?

Lo miro boquiabierto y Lucas pregunta:

—Perdona, Tomi, ¿nos acabas de llamar «abuelos»?

Él asiente y, con su naturalidad de siempre, afirma:

—*My lovessss*, estáis muy bien para vuestra edad, pero ¡por el amor de *Diorrrr*! ¿Vosotros habéis visto cómo está ese muchacho? ¡Qué culo!, ¡qué piernas!, ¡qué brazos! Y ya no digamos ¡qué labios! y ¡qué ojos!

Vale. Cada vez que Tomi dice eso de «¡Qué...!» me caliento, y luego va y suelta:

—Abuelitos, asumidlo. A vuestra edad ¡ya estáis en otra liga!

—Serás bicha mala —se mofa Lucas.

Una vez que Tomi se aleja riendo, nosotros tres nos miramos y Juan comenta:

—Lo quiero con locura, pero a veces lo mataría.

Lucas asiente, yo también, y, dándome la vuelta, le pido al camarero tres chupitos más. Los necesitamos.

El tiempo pasa y yo me voy calentando cada vez más al ver que Andy y el guapito no paran de hablar y de bailar. En un momento dado, veo que Noelia y Menchu se acercan a ellos y, tras decirle algo a Andy, entre risas, se encaminan hacia nosotros.

Instantes después, cuando llegan a nuestro lado, yo estoy muy serio. Juan agarra a Noelia, Lucas a María y yo, sin poder moverme, miro a Andy y pregunto:

—¿Lo estás pasando bien?

Sin dudarlo, ella afirma con la cabeza y dice retirándose el pelo del rostro:

—La verdad es que sí.

Juan me mira, Lucas también. Y luego oigo que el primero pregunta dirigiéndose a Andy:

—¿No crees que estás bailando demasiado con el tontito del polo blanco?

Según oigo eso, veo que Andy lo mira y oigo a Noelia decir:

—¿Y a ti qué te importa?

Juan mira a su mujer y va a contestarle cuando Lucas interviene:

—Ese tipo es un niñato.

—Lo es —afirmo convencido.

Andy me mira. En sus ojos veo la sorpresa.

—Pensaba que tenías mejor gusto, Andy —señala Lucas.

Según dice eso, María se suelta de su marido.

—¿Y a ti qué te pasa? —inquiere.

Se miran. No hablan. Está visto que les he transmitido mi malestar a ellos, e, incapaz de callar, suelto:

—¿Acaso no ves que ese gilipollas solo quiere lo que quiere?

Woooo, ¡acabo de decir la palabra *gilipollas*! ¡¿Yo?!

—No soy celoso, pero me está molestando con tanto bailecito y tanta tontería —insisto sin poder reprimirme—. Si no te saco a bailar, si no bromeo contigo, si no me dirijo a ti es porque no quieres que nadie se entere de lo nuestro. Pero quiero que sepas que estoy molesto y mucho porque te diviertes con otro que no soy yo.

Andy me mira y parpadea. Creo que está procesando lo que he dicho, y justo después suelta con chulería:

—¿Y a ti qué te pica?

Bueno…, bueno…, bueno… ¿Me ha dicho «¿Y a ti qué te pica?»?

La miro sin dar crédito. Ya vuelve a estar en modo «Hollywood». Y, cuando voy a responder, con esa seguridad que siempre me descoloca, ella nos mira y suelta:

—Abuelitos, ¡qué vejez tan mala vais a tener!

Según dice eso las tres se echan a reír. ¡Serán brujas! Es evidente que Tomi ya ha hablado con ellas.

Entonces Andy, tomando aire, se acerca a Noelia y a María y las besa en las mejillas. Después hace lo mismo con Juan y Lucas y finalmente, mirándome, dice:

—Dentro de media hora, en tu habitación…, Semental.

Acto seguido, con una picardía que me deja noqueado, me guiña el ojo y se va. Yo la sigo con la mirada, veo que sale del local y, observando a mis amigos, que sonríen, voy a hablar cuando Juan repite:

—¡¿«Semental»?!

¡Joderrrrr!

Esperan que se lo explique, pero no pienso hacerlo.

—Nos vemos en Los Ángeles —digo despidiéndome.

Ellos asienten y luego Lucas añade:

—Recuerda enviarnos tu jet…, Semental.

Todos se ríen. Voy a matar a Andy cuando la vea. Y, tras soltar yo también una carcajada, doy media vuelta, salgo a la calle, donde los flashes y los periodistas comienzan a atosigarme, y me subo al coche con mis guardaespaldas.

Una vez que llego al Parador, camino directamente hacia mi habitación mientras los misiles Tomahawk se apoderan de mi estómago a causa de la impaciencia, y al abrir la puerta me encuentro con Andy esperándome en la cama.

Nos miramos, sonreímos y, en cuanto me acerco a ella y la beso, ¡joderrr!, perdemos el control.

Capítulo 60

Andy

Después de una fantástica noche de sexo con Nacho durante la cual nos reímos mucho por lo ocurrido en el local de Guadalajara y hablamos de la fiesta que él suele celebrar todos los años con motivo de su cumpleaños en su mansión de Los Ángeles, me levanto y me despido de él, y me voy en busca de mi hermano Max.

Nacho se ha quedado un poco serio, pues le acabo de decir que pocos días después de su cumpleaños yo he de regresar con mi escuadrón a Irak. Por su expresión sé que no lo esperaba, y quedo en hablarlo con él en otro momento.

Antes de volver a Los Ángeles Max y yo vamos a Madrid en mi moto para despedirnos de mi tía y mis primos. Como siempre, Elena llora, se emociona, y nosotros, que somos de lagrimilla fácil como ella, también nos emocionamos. En fin…, cosas de familia.

Como era de esperar, mi tía se empeña en que nos llevemos rosquillas, magdalenas, bizcochos. Y, por supuesto, también jamoncito del rico, choricito del mejor y tocino salado. ¡A mi madre la vuelve loca el tocino salado!

El regreso a Los Ángeles en el avión privado de Nacho es una prolongación de lo que vivimos en Venecia. Ocultos del resto del mundo, él y yo, puesto que Dawson ha vuelto con el equipo, disfrutamos besándonos, mimándonos e incluso teniendo sexo.

Con las horas de mi vida que me paso en el aire volando nunca había hecho el amor ahí. Y, la verdad, ¡es una pasada!

Nacho intenta sacar el tema de mi reincorporación al ejército. Sé que es algo que tenemos que hablar, que a él lo martiriza, pero yo no quiero hablar de eso ahora.

Max, Dawson y todo el equipo despegaron en el vuelo regular seis horas antes que nosotros, por lo que llegarán antes a Los Ángeles. Mi hermano y yo hemos quedado en que él no llamará a mis padres hasta que yo llegue y así evitaremos tener que responder preguntas incómodas.

Cuando llegamos al aeropuerto de Los Ángeles y Jackson y Paul vuelven a ser como nuestra sombra, sé que todo va a cambiar entre nosotros. Esto no es Venecia. Aquí los periodistas conocen a Nacho y, si no quiero ser noticia, no deben verme.

Media hora después, mientras esperamos en el hangar privado a que desembarquen mi moto, Nacho dice mirándome:

—Odio tener que separarme de ti.

Asiento, a mí me pasa exactamente lo mismo. Tras besarnos con toda la tranquilidad del mundo, nos separamos y entonces él propone:

—¿Qué te parece si esta noche nos comemos una hamburguesa en Flanders?

Según dice eso, asiento. Me muero por regresar a ese maravilloso sitio.

—Dime una hora, y allí estaré.

Complacido, Nacho propone que nos veamos a las ocho. Me indica que, una vez que llegue allí, vaya por la puerta trasera. Luego nos damos un último beso y, tras montar en mi moto, me despido de los guardaespaldas y salgo del aeropuerto con el corazón acelerado.

* * *

Un buen rato después llego a mi apartamento y me llevo una sorpresa al encontrármelo todo muy ordenado. Está claro que Masako es más maniática del orden que yo. Y sonrío al ver sobre la mesa una notita suya que pone «¡Bienvenida!».

Dejo mi mochila sobre la cama y a continuación le envío un mensaje a Max para que sepa que ya he llegado. Enseguida recibo su respuesta:

> OK. Llámalos y diles
> que ya estamos aquí.

Feliz al ver la normalidad que mi hermano le da al hecho de que yo esté con Nacho, procedo a llamar a mis padres.

Un timbrazo, dos… Hasta que oigo la voz de mi padre.

—¿Dígame?

—Hola, papá.

—¡Andy! ¿Qué tal, hija? ¿Ya estáis de vuelta en Los Ángeles?

Sentándome en la cama, asiento y digo mintiendo como una bellaca:

—Sí. Max y yo hemos llegado hace unas horas.

Entonces oigo también la voz de mi madre. Ella y mi padre hablan. Está claro que quiere arrebatarle el teléfono.

—Andy, cariño, ¿cómo estáis? —me pregunta.

—Bien, mamá. Bien.

—El sábado vendréis Max y tú a comer, ¿verdad?

Sin consultarlo con mi hermano, accedo. Aún quedan cuatro días para el sábado.

—Sí, mamá —digo—. El sábado iremos a veros.

Mi madre ríe feliz.

—De acuerdo —dice—. Te paso con tu padre, que estoy liada en la cocina.

Segundos después oigo de nuevo a mi padre.

—¿Cuándo tienes la reunión con los mandos?

Suspiro. ¡Como si él no lo supiera! Pero aun así respondo:

—Dentro de apenas dos semanas.

Imagino que asiente, porque no lo veo, e insiste:

—¿Has tomado ya una decisión?

Resoplo y niego con la cabeza. Por primera vez en mi vida el ejército no ha sido mi prioridad.

—No, papá —respondo—. Aún no lo he decidido.

—Andy, piensa en tu futuro. Sé lista y…

—Papá…, lo pensaré —lo corto.

Una vez que entiende que no quiero hablar de ello, nos emplazamos para vernos dentro de unos días y, tan pronto como cuelgo el teléfono, me dirijo al baño. ¡Necesito una ducha!

Capítulo 61

Nacho

Llego a Flanders cuando Jackson me avisa de que no hay ningún fotógrafo. Una vez que aparco mi moto, al ver que Andy aún no está aquí me encamino hacia la parte trasera del local sin quitarme el casco.

En cuanto entro, como siempre, José y Guadalupe me reciben con cariño.

—He quedado con alguien aquí —anuncio mirándolos.

Ellos me miran y luego Guadalupe pregunta:

—¿Ese alguien es del trabajo o de otra cosa?

Me río porque mi madre me habría preguntado lo mismo.

—Ese alguien es muy especial —cuchicheo.

Según digo eso, veo que a ella se le ilumina el rostro, y me apresuro a decir:

—Pero… ni una palabra a mi madre de momento, ¡por favor!

Guadalupe sonríe y, tras darme un abrazo, exclama:

—Ay, mi rey, ¡te prometo que no diré nada!

Asiento, sé que así será; entonces veo que la puerta trasera se abre y, al ver a Andy, con una sonrisa, le indico con la mano que entre.

—José, Guadalupe, quiero presentaros a Andy como es debido —digo cuando se reúne con nosotros—. Andy, ellos son José y Guadalupe, amigos de mi madre de toda la vida.

Ella les sonríe y los saluda con cariño:

—Encantada de volver a veros.

—Conozco a Susan, la madre de mi rey, desde antes de que él naciera —aclara Guadalupe.

—¡Joder!..., pues ya son años entonces —suelta Andy.

Cuando dice eso, José me mira y, mientras las dos hablan, cuchichea:

—Es una jovencita preciosa, aunque a tu padre le puede dar un ictus si dice eso de «¡joder!» delante de él, con lo finolis que es...

Asiento. Sé cómo es mi padre para esas cosas.

Acto seguido cojo a Andy de la mano e indico:

—Nos sentaremos en la mesa antiprensa.

Eso nos hace sonreír a todos, y luego Guadalupe tercia:

—Tú, mi rey, ya sé cómo quieres la hamburguesa, pero ¿y tú, Andy?

Ella se apresura a responder:

—Quiero una hamburguesa completa con extra de mayonesa y muchas patatas.

José y Guadalupe asienten y yo, de la mano de Andy, me dirijo hacia la mesa. Una vez que nos sentamos, esta pregunta:

—¿«Mesa antiprensa», «mi rey»?

Me río divertido y le cuento:

—La primera persona que utilizó esta mesa fue mi madre, cuando comenzó a hacerse famosa. Y, bueno, aquí se quedó y sigo utilizándola yo. Y lo de «rey» es porque, como mamá y Guadalupe son amigas de toda la vida, «comadres», como ellas dicen, bueno, pues Guadalupe siempre me ha llamado de esa forma.

Andy sonríe, le gusta lo que le cuento. Le cojo las manos por encima de la mesa y digo:

—Solo he estado sin ti unas horas y ni te imaginas cómo te he echado de menos.

—Tú y tu romanticismo —se mofa ella.

Ambos sonreímos y luego yo añado:

—Tenemos que hablar.

Según oye eso, su sonrisa se esfuma.

—Joder..., qué miedo me da esa frase —murmura.

Sonrío, la entiendo, y a continuación la oigo decir:

—Tú dirás.

Asiento y, sabiendo que voy a exponer unos temas complicados, indico:

—Sé que, con respecto a las condiciones que pusimos para lo nuestro, una de las tuyas era que respetara tu trabajo.

—Así es —afirma.

—Quiero que sepas que lo respeto. Imagino todo lo que has tenido que luchar para llegar a donde has llegado, pero…

—Joder…, ¡un «pero»!

Malo. Ya comenzamos a interrumpir la conversación.

—Los «peros» nunca traen nada bueno —añade—. Se puede decir que es una palabra que no me gusta mucho.

La entiendo, pero prosigo:

—Si lo dices porque crees que yo te voy a pedir que dejes tu empleo, estás equivocada. Como te he dicho al principio, respeto tu trabajo y te respeto a ti. Pero…, si estamos comenzando algo, quiero que ese algo sea de verdad.

—¿A qué te refieres?

—Me refiero a que quiero avanzar contigo y para ello necesitamos claridad y sinceridad, porque hay tres cosas que nos frenan: nuestros padres, la prensa y tu trabajo.

Asiente, sabe que lo que digo es cierto.

—En cuanto a mi padre, primero quiero que te conozca —añado—. Quiero que sepa quién es Andy Madoc y después hablaré con él. A tu padre le diré que yo ni soy esa espía rusa que denigró a Elvis ni soy mi prima, que jorobó a tu hermano Max. Tu padre ha de conocerme para juzgarme y…

—Nacho —me corta—. Sin saber que existes, mi padre ya te ha juzgado.

—Lo sé. Por eso creo que es importante que hablemos con él antes de que pueda enterarse por otros de lo que hay entre tú y yo.

—¡Joder! No es tan fácil. Ni te imaginas cómo es el Almirante —murmura.

Vale, sé que muchas cosas no van a ser fáciles, pero insisto:

—Si el Almirante es un buen padre, querrá la felicidad de su hija y quizá su punto de vista cambie.

Ella niega con la cabeza.

—En cuanto al tema de la prensa —agrego—, haré todo lo posible para controlarla, pero debes entender que hay una parte que nadie puede controlar, y más hoy en día con las redes sociales y que todo el mundo tiene un teléfono móvil con cámara de fotos.

Afirma con la cabeza. Sabe que tengo razón.

—A Juan, el marido de Noelia —continúo—, por su trabajo tampoco le conviene mucho salir en prensa, pero estar con ella le ha hecho ver que hay cosas que no puede evitar, y aunque no le gusta la prensa, ha aprendido a aceptarla, como ella ha hecho con él.

Suspira, resopla.

—Tema trabajo —prosigo—. No voy a obviar el pánico que me da tu oficio, aunque lo respeto. Pero, cariño, imaginarte pilotando un caza y metiéndote en lugares de donde la gente huye no es algo fácil de asimilar para mí.

—Lo entiendo, ¡joder! —afirma con seguridad.

Vale. Al menos entiende de lo que hablo, y, con cuidado para que no malinterprete mis palabras, prosigo:

—Dices que cuando te marchas de misión a veces estás fuera de tres a seis meses, ¿verdad? —Asiente—. Te pregunto esto porque me gustaría saber si eso será así toda tu vida o crees que en algún momento te podrías plantear un trabajo en el que no tuvieras que pasar tanto tiempo fuera. O incluso asentarte en Los Ángeles.

No responde. Me mira. Malo..., malo. Entonces Guadalupe se acerca con las hamburguesas y, dejándolas sobre la mesa, dice:

—Mi rey, la tuya es esta. Sin pepinillos y con mucho kétchup.

Después mira a Andy y dice:

—La tuya es completa, con extra de mayonesa.

—Gracias, Guadalupe. ¡Qué pintaza! —Le sonríe.

Sé que a la mujer le gusta esa sonrisa tan sincera y bonita, como sé que le gustará a mi madre, y cuando ella se marcha nos miramos. Andy me observa con gesto extraño. No sé qué piensa. Creo que le ha molestado lo último que he dicho.

—¿Por qué dices eso de que me plantee pasar más tiempo en Los Ángeles? —pregunta.

Vale. Ahora ya sé qué le ronda por la cabeza.

—Andy, no tengo veinte años —digo—, tengo treinta y nueve, y me gustaría...

—Dijiste que no querías hijos —me corta.

Asiento. Recuerdo haber hablado sobre el tema. Ella también me dijo que no creía que fuera a tener nunca hijos.

—Andy, los niños son algo en lo que no pienso, pero sí pienso en vivir una vida normal contigo —indico—. Una vida en la que pueda verte todos los días, y no quince días cada tres meses. Y sobre todo una vida donde pueda vivir sin pensar que mi mujer está metida en cualquier problema bélico en el que yo no la pueda proteger.

No dice nada. Solo me observa.

—En mis condiciones te dije que, además de que no quería que te pusieras en peligro, deseaba que pensaras en nosotros —murmuro—. De lo que te hablo es de esto último, de que pienses en nosotros. En una vida juntos y sin sobresaltos que nos permita poder vivir y disfrutar el uno del otro.

Asiente, creo que entiende lo que digo, y luego susurra:

—Tienes los miedos lógicos de un civil por lo que me pueda pasar estando de misión.

Afirmo con la cabeza. No voy a negar que es así.

—Los tengo —declaro—. Y los tengo porque te quiero y no deseo que te pase nada. Por ello, hablo contigo con sinceridad. Necesito que todo entre tú y yo sea siempre cristalino para que podamos avanzar. Tenemos tantas cosas en contra que, si no somos claros el uno con el otro, me…

Andy me coge la mano por encima de la mesa. La aprieta. Me mira a los ojos y musita:

—Tranquilo, capullito. Todo irá bien.

Sonrío. Como siempre, ella me hace sonreír y, tras levantarme y darle un beso en los labios que me sabe a verdadera magia, señalo las hamburguesas y sugiero:

—Y ahora, ¿qué tal si nos comemos esto?

Y, sí, dicho y hecho. ¡Devoramos las hamburguesas!

Capítulo 62

Andy

Han pasado tres días durante los cuales Nacho y yo apenas si nos hemos separado y, la verdad, estamos fenomenal. Intentamos aprovechar al máximo el tiempo que pasamos juntos, pero tenemos que escondernos siempre, por lo que parecemos fugitivos.

¡Qué incomodidad!

Al día siguiente de ir a la hamburguesería Nacho vino a recogerme a casa y, para que no me vieran entrar en la suya, tuve que tumbarme en la parte trasera del coche y cubrirme con una manta al ver que había prensa en la puerta.

Si me llegan a decir a mí que haría eso, habría dicho que ni hablar. ¿Esconderme, yo? Pero ya ves…, ¡eso es lo que tengo que hacer para que no me fotografíe la prensa!

Esta vez me ha enseñado el sitio en el que vive con detenimiento y, ¡madre mía, qué pedazo de casa tiene! Si ya me pareció grande la noche que estuve aquí, ahora que la veo durante el día y la disfruto puedo decir que es un casoplón casoplón. Y su habitación, ¡impresionante!

Hay fotos de Odalys por toda la casa. Sin embargo, lo entiendo; la verdad, no seré yo la que diga nada. Es su casa y puede tener lo que quiera en ella.

Nacho me presenta a Cecilia y Anselmo, el matrimonio de confianza que se ocupa de su casa. Noto que en un principio me observan con curiosidad. Está claro que soy una sorpresa para ellos, pero sus sonrisas y, sobre todo, el modo en que me tratan me indican que les gusto y les caigo bien.

Cooper y *Audrey*, los perros de Nacho, corretean libres por la casa. Ver eso me gusta porque me hace saber que no es un tiquismiquis de esos que ponen limitaciones a sus mascotas. Y, bueno, me vuelvo loca con los cachorritos. Me sorprendo de lo mucho que han crecido desde el día que los vi y, con cariño, cojo a la perrita que no tenía dueño y que es una preciosidad.

Nacho me observa, me ve besuquear a la pequeña, pero no vuelve a proponerme que la adopte, y oye, casi que se lo agradezco. Aunque la perra me tiene enamorada, no puedo cargar a mis padres con ella. No sería justo para ellos.

Por la noche, cuando oscurece, Nacho y yo subimos a uno de sus preciosos coches y salimos a dar un paseo. Vamos a una playa desierta. No queremos que nadie nos vea. Durante horas estamos allí charlando, riendo y comiéndonos a besos, y ni que decir tiene que, cuando regresamos, nos hacemos apasionadamente el amor en su preciosa habitación.

Al segundo día de estar en la casa acuden Tomi y su marido a ver a la perrita que se van a quedar, a la que llamarán *Judy*. Cuando Tomi me ve me besuquea y me abraza como si fuéramos íntimos amigos y me presenta a su marido Peter, que es un encanto, como él.

Mientras estamos con ellos y los perros Nacho nos cuenta quiénes serán los dueños de los cachorros y me quedo sin palabras. ¡Todos son actorazos de Hollywood! Y es entonces cuando me entero de que la perrita, mi perrita, ya tiene dueña. Eso me apena mucho. Pero al mismo tiempo me siento aliviada. Estoy segura de que la perrita tendrá una buena vida con esa actriz.

Cuando Tomi y Peter se van y dejamos a los perritos tranquilos con sus padres, *Cooper* y *Audrey*, Nacho y yo paseamos por su bonito jardín entre arrumacos y besos.

Una hora después llega una mujer que es organizadora de eventos y por lo visto viene a organizar la fiesta de cumpleaños de Nacho.

Oír eso me sorprende. ¿Por qué no organiza la fiesta él mismo?

Observo y escucho en silencio, y es entonces cuando me entero de que habrá doscientos invitados. ¡Madre mía, menudo fiestorro! Ahora entiendo que la fiesta no la monte él.

La organizadora le ofrece distintas opciones a Nacho: la tarta, la comida, la bebida, la decoración…, y cuando él me pregunta mi opinión, yo intervengo. Al final la mujer se va con todo lo que él ha elegido para ese día, y mi chico y yo nos metemos en su piscina cubierta.

¡Joder, qué pasada!

A la mañana siguiente, al despertarme, Nacho ya no está en la cama y, cuando me levanto, me lo encuentro en la cocina haciendo café. Lo beso gustosa y, tras desayunar juntos, sé que tengo que marcharme. Hoy como con mis padres.

Me despido de él, salgo por la puerta trasera de la casa acompañada de Anselmo y cojo un taxi.

En mi casa me ducho, cojo la moto y me voy a buscar a Max. ¡Nos vamos a San Diego a ver a los papis!

Tras una hora y cuarto conduciendo mi moto con mi hermano detrás, llegamos a la casa de nuestra niñez, donde siguen viviendo mis padres.

—¡Aiss, qué alegría, mis niños…! —exclama mi madre al abrir la puerta.

Mi hermano y yo sonreímos. Por muy mayores que seamos, siempre seremos los niños de mi madre.

Entramos en la casa y, tras abrazarla, ella me mira y dice:

—Andy, pero qué brillo más bonito veo en tus ojos.

Sorprendida, me río. ¿Acaso mi madre es bruja?

—¿Tienes algo que contarme? —pregunta a continuación.

Max me mira, y yo lo miro a él. No pienso contar nada de Nacho.

—Pues no, mamá, nada —respondo.

Ella refunfuña y, segundos después, cuando saco de la mochila las cositas ricas que mi tía Elena nos dio para ella, murmura al coger el tocinito:

—¡Ole, mi España!

Max y yo reímos, y en ese instante mi padre entra en el salón.

—Hombre… ¡Almiranteeeee! —saludo dirigiéndome a él.

Nos damos un fuerte abrazo y, cuando nos separamos, oigo que me pregunta señalándome el cuello:

—¿Eso qué significa?

Sé que se refiere al colgante que Nacho me regaló, en el que pone «23.55».

—Unas coordenadas —digo sonriendo.

Mi padre me mira, se encoge de hombros y luego saluda a mi hermano.

—Hola, Máximo.

—Hola, papá —contesta él.

Tras una opípara comida en la que mi madre ha cocinado como para un regimiento, mientras Max y yo le contamos nuestras andaduras por España e Italia y mi padre duerme la siesta en su cama, me suena el teléfono. Es un mensaje de Nacho, que dice:

Llámame.

Al leerlo pienso en llamarlo, pero mi madre pide levantándose:

—Ah..., no, ¡estamos hablando! Dadme los teléfonos, capullitos míos, y olvidaos de ellos un ratito.

Sonrío divertida, entiendo que mi madre nos exija eso. Tras coger mi móvil y el de Max los deja en una estantería. Cuando regresa se sienta junto a nosotros de nuevo y seguimos charlando. Tenemos mil cosas que contarle, pero yo a Nacho ni lo menciono.

Desde donde estamos oigo que tanto en mi teléfono como en el de Max entran diversos mensajes.

—Por el amor de Dios, hijos míos —exclama mi madre—, ¡qué solicitados estáis!

Nos estamos riendo por aquello cuando mi padre entra en el salón en calzoncillos y despeluchado, me enseña su móvil y, dirigiéndose a mí, exige:

—Andrea Madoc... ¿Qué demonios es esto?

No veo a qué se refiere, hasta que se acerca y distingo una foto mía y de Nacho en la playa, dándonos un beso. Rápidamente le arrebato el teléfono y leo el titular que hay sobre la imagen, que dice: «El director de cine Nacho Duarte y su nueva amiga. Pasión en la playa». Y bajo esa foto hay tres más en las que se nos ve a Nacho y a mí riendo entre besos.

¡Joderrrrrrr! ¡Joderrrr!

Miro a Max, que levanta las cejas, y mi padre grita:

—¡Maldita sea! ¿Qué haces tú con un gilipollas del cine?

Estoy bloqueada, totalmente bloqueada.

Mi madre me quita entonces el teléfono de las manos, lee la noticia, mira las fotos.

—Andy… ¿Quién es este hombre? —murmura.

Ver su expresión y la forma en que me mira me hace sonreír, y ya que el bombazo se ha destapado decido que no es momento de evitar la explosión y, cuando voy a contarle la verdad, musita:

—De ahí ese brillo que he visto en tus ojos…

Sonrío, mi madre es una bruja en potencia, y suelto del tirón:

—Se llama Nacho y nos hemos enamorado.

—Andy… ¡Bendito sea Dios! —dice emocionada.

—Pero ¿qué tontería es esa de que te has enamorado de ese payaso? —inquiere mi padre.

De pronto me espabilo. Oír que mi padre llama «payaso» a Nacho sin conocerlo me enferma y, levantándome, exclamo:

—¡Basta, papá! ¡Te estás pasando!

Él niega con la cabeza y acto seguido sisea dirigiéndose a mi hermano:

—Has sido tú, ¿verdad? ¿Por tu culpa tu hermana ha conocido a ese payaso?

—¡Papá, pero ¿qué dices?! —grito.

Max me mira y pone la mano sobre mi brazo.

—Tranquila —dice—. Ya sabíamos que el culpable sería yo.

Lo sé, los dos imaginábamos aquello. Entonces mi padre suelta:

—Pero ¿tú crees que un finolis del cine va a estar con una mujer tan ruda como tú? ¿En qué mundo vives, teniente? ¿Acaso no ves que simplemente eres una más en su colección?

—James, pero ¿qué estás diciendo? —gruñe mi madre.

—¡La verdad! Digo la verdad —insiste él.

Lo miro. No me hace ninguna gracia lo que está diciendo.

—Te creía más lista, Hollywood… —prosigue—. Pero está visto que…

—Ten cuidado con lo que vas a decir, papá —lo corto—. Cuidadito porque me estás cabreando y sabes que, cuando me cabreo, soy tan fiera y brusca como tú.

—Andy… —recrimina mi madre.

Se hace un silencio tenso en el salón. Desde siempre, desde pequeños, cuando mi padre, el Almirante, se enfada, todos tenemos que agachar la cabeza. Pero no, eso se acabó. Ya no soy una niña, ahora no tiene razón.

—Mira, papá —digo—. Que pienses que soy algo ruda te lo respeto, porque es así. Pero, ¡joder!, que creas que un hombre como Nacho no puede fijarse en mí me molesta, ¡y mucho! Y más si encima añades la grosería de que seré una más de muchas para él.

Mi padre me mira sin decir nada y yo añado:

—Nacho es una excelente persona que me acepta tal y como soy. Y, ¿sabes? Me gusta estar con él porque es la primera vez que siento que un hombre me respeta por lo que hago y por quien soy, y no estoy dispuesta a que tú me digas si…

—Otra vez no, maldita sea, ¡otra vez no! —sisea.

Tomo aire. Sabía que tarde o temprano pasaría esto.

—¡Él y la prensa hundirán tu carrera! —insiste—. ¡Nos hundirán de nuevo a todos!

—Papá…, escúchame —protesto comprendiendo su desazón.

—¡Director de cine e hijo de una actriz! —grita él—. Por el amor de Dios, pero ¿en qué estabas pensando, hija?

Suspiro. La verdad es que si lo busco aposta no sale como ha salido.

Y mi padre, el Almirante, que está en calzoncillos, insiste:

—Hazme caso y aléjate de él… Mi tío se suicidó por culpa de la prensa y una actriz. Tu hermano mira cómo lo pasó por lo mismo y mira cómo está. ¿Y tú vas y te lías con un jodido director de cine creyendo que te respeta?

—James, ¡cierra el pico! —murmura mi madre.

Pero mi padre ya no escucha. Sé que antes de venir al salón ha investigado quién es Nacho. Que la información es poder es su lema, y es algo que a mí me ha inculcado.

—¡Ese payaso no solo trabaja en el cine —grita—, sino que encima su padre es un maldito pacifista! Un jodido cabrón de esos que no entienden que yo, siendo militar, doy mi vida por él y…

Lo sabía, sabía que ya lo habría buscado en Google y que ahora ya da igual lo que le digamos. Conozco a mi padre y no conseguiremos que razone.

—Yo estoy bien. No sé de qué hablas —apostilla mi hermano.

Mi padre lo mira, creo que lo va a degollar. Entonces Max, sorprendiéndonos a todos, dice con voz calmada y sin levantarse de la silla:

—Lo que le ocurrió al tío Elvis fue una fatalidad. Enamorarse de una espía rusa y suicidarse no es lo normal. Es más bien la trama de una película. Lo que me sucedió a mí con esa actriz fue fruto de mi inmadurez, y siento mucho el dolor que ocasionó a todos los militares de la familia Madoc. —Miro a mi hermano para infundirle fuerza con la mirada y él prosigue—: Me ha costado reponerme. Me ha costado volver a confiar en mí. Pero, ¿sabes, papá?, gracias a Nacho Duarte, ese al que tú llamas «payaso», me he dado cuenta de la realidad de mi vida, y te aseguro que el Max que está ante ti ya no es el que era.

Wooooo…, me gusta la serenidad con la que habla mi hermano. Una vez más me demuestra que está perfectamente.

—Máximo —replica mi padre—, esa cancioncita ya la he oído antes.

—Lo sé, papá. Lo sé… Pero ¿sabes qué? El tiempo dará la razón a uno de los dos.

Mi padre se mueve por el salón como un león enjaulado, y mi madre dice entonces poniéndose en pie:

—Necesito que me dé el aire.

—Mamá, ¿estás bien? —pregunto preocupada.

Ella asiente y, sin más, desaparece por la puerta.

Mi padre, mi hermano y yo nos quedamos en el salón, y el primero asegura señalándonos:

—¡No paráis de darme disgustos!

Al oír eso miro a Max, que dice:

—Que te los hayamos dado Leo, Daniel o yo puedo entenderlo, pero ¿Andy?

Mi padre me mira.

—¿Y cómo he de tomarme su desobediencia en el ejército y lo que está haciendo con su carrera? ¿Acaso no es para estar disgustado ver que mi hija está tirando su futuro por la borda al salir con un jodido director de cine, hijo a su vez de una actriz y de un pacifista?

Según dice eso, me levanto.

—Leo y Daniel. Max y Andy. Todos sois una vergüenza para mí. ¡Todos! —apostilla mi padre.

Mi hermano y yo intercambiamos una mirada, y en ese momento mi madre entra de nuevo en el salón.

—Almirante James Madoc —suelta—, te quiero como nunca voy a querer a nadie, pero si vuelves a decir que mis hijos son una vergüenza para ti, te juro, maldito capullo, que te mando a la mierda y pido el divorcio.

¡Joderrrrrr…, eso sí que no lo esperábamos ninguno!

Mi padre la mira y parpadea. Creo que está tan alucinado como yo por las palabras y el tono de mi madre.

—Si Leo y Daniel se han divorciado —añade ella—, ni son los primeros ni serán los últimos en hacerlo. Que nos habría gustado que no hubiera ocurrido, ¡por supuesto! Pero la vida es así, James. En cuanto a Max, que viva una vida que tú no aceptas porque se dedica a algo que tú odias como es el cine a mí particularmente me importa una mierda, mientras él sea feliz… Y si no te gusta, ¡que te den!

—Mamá… —murmuramos Max y yo.

Ella nos mira, sonríe y añade:

—A mí, que soy su orgullosa madre, solo me importa verlo contento —prosigue—. Y esta vez veo a Max centrado y muy bien, aunque tú no quieras reconocerlo. En cuanto a Andy, sé que ella es tu orgullo por seguir la carrera militar de tu puñetera familia, pero si mañana quiere dejar el ejército y ser bailarina de la danza del vientre, ¡se lo respetas! Lleva media vida demostrándote que es tan valiente como tú, y tú llevas media vida vanagloriándote de sus heroicidades. Conociendo a mi hija, en la vida dejará de volar porque necesita la adrenalina que el maldito ejército le proporciona. Pero si Andy se enamora de un director de cine, de un policía o de un barrendero y decide dar otro rumbo a su vida, tú te callas y lo respetas. Y, por último, te diré que mi hija puede ser algo brusca y ruda en ocasiones, pero como ella no hay dos, y tú lo sabes tan bien como yo; ¿te queda claro, maldito Almirante de las narices?

Woooooo, ¡ole mi madre!

Es la primera vez en la vida que la oigo dirigirse así a mi padre. Nunca imaginé que tuviera esa garra frente al Almirante. Y mi padre, que está tan sorprendido como yo, empieza a decir en tono de desconcierto:

—A ver, creo que…

—James, vuelve a insultar a mis hijos y lo que hay entre nosotros ¡se acabó! —le advierte mi madre—. Y en cuanto a Andy, hazte a un lado y respeta lo que ella quiera hacer en la vida.

De nuevo se hace un profundo silencio en el salón. Max me mira, no cabe duda de que está tan sorprendido como yo.

Acto seguido mi padre se marcha; cuando desaparece, mi madre se sienta de nuevo en una silla y murmura:

—Bendito sea Dios…, ¡creo que me voy a desmayar!

De inmediato Max y yo nos preocupamos por ella y la atendemos. Y tras beber un vaso de agua musita:

—Nunca imaginé que le hablaría a tu padre de ese modo.

—Ni tú ni nadie, mamá —afirmo.

—Lo de bailarina de la danza del vientre ha estado muy bien —se mofa Max.

Yo le estoy dando aire con un papel cuando ella me mira y susurra:

—Y ahora cuéntame de quién te has enamorado, porque no puedo esperar más.

Capítulo 63

Nacho

Estoy agobiado.

Mucho.

Cuando Dawson me ha enviado las fotos que se han publicado hoy en los distintos medios digitales, en las que salimos Andy y yo en la playa, he sentido que la tierra se sacudía bajo mis pies.

¿Cómo no me di cuenta de que nos seguían?

Durante horas llamo a diversos amigos que trabajan en noticieros y en la prensa del corazón. Todos están al tanto de las fotos. Y cuando Lionel, el director de la mayor red de cotilleo digital, me indica que sabe quién es Andy y me habla del pasado de los Madoc, siento que se me abren las carnes.

De inmediato me pongo en contacto con Cinthia y Lorraine Thomson, dos abogadas que se dedican única y exclusivamente a temas de prensa, y tras hablar con ellas y pedirles que hagan lo imposible para impedir que se publique el pasado de la familia de Andy, me tiro en el sofá agotado.

¿Qué más puedo hacer?

Tomi me escribe. Noelia, María y sus maridos me llaman. Saben la opinión de la prensa que tiene Andy y están tan preocupados como yo.

Telefoneo a Andy doscientas mil veces, pero, ¡joder!, no me lo coge. Estoy muy nervioso.

En un momento dado me llama también mi madre.

—*Baby*, ¿quién es esa morena tan linda? —pregunta.

A pesar del agobio que llevo, oírla me hace sonreír. Y, consciente de que ya es absurdo seguir ocultándolo, respondo:

—Andy, mamá. La chica con la que salgo.

—¿Sales con una chica?

Asiento. Espero que esto no termine con lo que tenemos.

—Sí, mamá —murmuro.

—Woooo, hijo…, ¡qué contento se va a poner tu padre cuando se lo diga!

Suspiro, resoplo. No sé yo si se va a poner muy contento, la verdad.

—¿Recuerdas cuando te dije que estaba en Venecia? —pregunto a continuación.

—Sí.

—Pues estaba con ella.

Oigo que mi madre toma aire y susurra:

—¡Pero si me dijiste que estabas en España buscando localizaciones!

—No, mamá. Te dije que estaba en Venecia, y cuando no me creíste, te…

—Bueno, ¡eso ya da igual! —me corta—. ¿Quién es? ¿Es actriz? ¿Cantante? ¿Modelo?

Sonrío. Me encantaría ver su cara cuando oiga lo que tengo que decir.

—Es militar —suelto.

—Nooooo…

—Sí.

—¡¿Militar?!

—Concretamente, piloto de cazas de guerra.

Mi madre se queda callada, no dice nada, hasta que oigo:

—Ay, *baby*…, ¡hoy estás muy bromista!

Me río, no lo puedo remediar.

—No, mamá. No estoy bromista. Andy es militar, de verdad —le aseguro.

De nuevo ella guarda silencio, hasta que dice:

—A tu padre le va a dar algo.

Asiento, sé que le va a costar aceptarlo.

—Papá puede decir lo que quiera —repongo—. Es mi vida, no

hay más que hablar. Además, desde que murió Odalys, tanto tú como él no habéis parado de pedirme que volviera a...

—Pero, hijo, es militar —me corta.

Resoplo y, cuando voy a contestar, mi madre dice:

—Sabes que por mí no hay problema. Si tú la amas y ella te ama a ti, ¡yo soy feliz! Pero tu padre es otro cantar. Ay, *baby*..., ¡se avecinan complicaciones!

Vuelvo a asentir. Lo sé.

—Cuando vengáis para mi cumpleaños, si la noticia de la prensa no la ha asustado, podréis conocerla —digo a continuación.

—¿Y por qué iba a asustarse?

Sin poder contenerme le cuento lo que Andy me refirió en lo tocante a la prensa, el cine y su familia, y ella murmura:

—Pues sí que lo vais a tener complicado con su padre y con el tuyo...

Eso me hace sonreír. Con Andy nunca nada es fácil.

—¿Cómo se ha tomado ella haber salido ya en la prensa? —quiere saber mi madre.

—No la localizo. Ha ido a comer con sus padres y...

—Ay, *baby*, ahora me dejas preocupada.

Sonrío, mi madre es muy mamá pata, e indico con la necesidad de sincerarme con ella:

—Mamá, me he enamorado de Andy, y yo sí que estoy preocupado. No quiero que nada ni nadie pueda alejarme de ella. He tardado mucho en encontrarla, en ver la magia y, ¡joder!, no quiero que nada me lo estropee.

—Ignacio Rodrigo Mel Duarte McDough, ¿qué es esa grosería que has dicho?

Según la oigo, sonrío y señalo:

—Mamá, te acabo de decir que estoy enamorado de Andy y tú solo te fijas en que he dicho la palabra *joder*.

Mi madre se ríe, yo también. Y replica:

—Ay, *baby*, ¡cómo me alegro de oír lo que me dices! El amor es primordial en la vida para ser feliz, y yo solo quiero que tú lo seas, mi vida.

Asiento. Eso era lo que necesitaba oír.

—En cuanto a esa grosería —añade—, evita repetirla cuando

esté tu padre presente, porque sabes que a él lo horrorizan esas palabras tan vulgares.

Cabeceo. Lo sé. Lo que no sé es cómo lo va a gestionar Andy.

Suena el timbre de la puerta y *Cooper* y *Audrey* comienzan a ladrar.

—Mamá, te dejo —digo—, llaman a la puerta.

—Escríbeme y dime si Andy está bien. ¿Entendido?

—Te lo prometo.

Una vez que dejo el teléfono sobre la mesa de mi despacho, voy a levantarme cuando la puerta se abre y veo que Andy está al otro lado. Cecilia o Anselmo deben de haberle abierto.

Veo el cabreo que lleva por haber tenido que enfrentarse a la prensa que está en la entrada de casa. Sin duda viene en modo «Hollywood», e, intentando justificar lo ocurrido, digo:

—No los vi, cariño. Te juro que no los vi, porque si los hubiera visto los habría detenido y les habría comprado las fotos.

Andy me mira. Woooo, su expresión no dice nada bueno.

Entra en el despacho y, soltando sobre el sofá su mochila, suspira y yo pregunto ante su mutismo:

—¿No vas a decir nada?

Según digo eso, tuerce el cuello. Malo, malo. La conozco. Sé que va a soltar por su boca sapos y culebras.

—Me cago en la madre que parió a la prensa —dice.

Asiento. Conociéndola, se ha contenido, ha sido suave.

—He hablado con unas abogadas que llevan este tipo de problemas con la prensa —informo—. Van a buscar leyes o lo que sea que impida que mencionen el pasado de tu familia. Pero, cariño, la noticia somos tú y yo, y no podremos evitar que hablen de nosotros si estamos juntos.

—¡Joder! —murmura.

Vale. Entiendo su frustración. Su exabrupto está justificado.

—Cariño, la prensa se relajará dentro de unos días —insisto—, pero...

—Vaya mierda... ¡Esto es una puñetera mierda! —exclama furiosa.

Lo entiendo perfectamente.

—Ni te imaginas el día que he tenido —agrega.

—Creo que puedo imaginármelo —afirmo.

Andy me mira. Malo, malo... Cuando me mira de ese modo no puedo esperar nada bueno. Se sienta en el sofá, cierra los ojos y yo, con miedo a acercarme a ella porque noto su rechazo, pregunto:

—¿Qué tal con tus padres?

Tan pronto como pregunto eso abre los ojos de nuevo y me mira.

—Vale. Lo retiro —musito—. No tendría que haberlo preguntado.

Ella asiente, resopla y luego dice:

—Mi padre te odia...

Lo imaginaba. Mejor no digo lo que pienso yo.

—Mi madre te manda millones de besos —continúa.

Oír eso me hace parpadear, y acto seguido susurra sonriendo:

—Está como loca por conocerte.

Al verla sonreír comprendo que me ha estado tomando el pelo, y, tras coger un cojín del sofá, se lo lanzo. Andy ríe a carcajadas, me acerco a ella, la agarro de la mano, tiro de ella para levantarla y, cuando la tengo junto a mí, la oigo decir:

—Capullín, qué fácil es desconcertarte.

No entiendo nada. Salir en la prensa era lo último que ella quería, lo que más miedo le daba. Me dispongo a hablar, pero dice:

—No voy a permitir que la prensa, ni mi padre, ni el tuyo acaben con lo que tenemos. Si algún día se tiene que acabar porque lo jodemos, los culpables seremos nosotros, no ellos. ¿Entendido?

—A sus órdenes, mi teniente —afirmo.

Ambos reímos. Me gusta oír eso. Acto seguido Andy cuchichea arrugando el entrecejo:

—El Almirante..., ¡joder!, se lo ha tomado fatal.

—Lo siento.

—Me ha dejado claro que no entiende cómo un finolis como tú ha podido fijarse en una militar brusca y tosca como yo. Es más, cree que soy una más para ti y que después de un tiempo te cansarás de mí y me dejarás porque no estoy a tu nivel.

Oír eso me cabrea. ¿Cómo puede pensar eso de mí su padre sin conocerme? Pero ¿es que ese hombre no sabe la hija tan excepcional que tiene?

—Creo que debo tener una seria conversación con el Almirante —respondo molesto.

—No te lo aconsejo.

—¿Por qué?

—Porque no vais a llegar a ningún entendimiento. Mi padre es mi padre. Lo quiero, pero es para echarle de comer aparte.

Pero sí. Quiero tenerla.

—Insisto. Necesito tener esa conversación.

Andy me mira, sonríe y musita:

—Si crees que yo digo muchos improperios, ¡ni te cuento mi padre! Con él te sangrarían los oídos…

—Cariño, a mí no me hará falta decirle improperios para hablar con él —afirmo—. Pero también te digo que, si su actitud me lo exige, conozco varios muy buenos que me has enseñado tú…

Ambos nos reímos y luego ella añade:

—Saber que tu madre es una estrella de Hollywood y tu padre antimilitar lo ha calentado más todavía. Aunque, bueno, lo mejor ha sido cuando mi padre ha sacado a mi madre de sus casillas con sus comentarios. Por primera vez en mi vida he visto a mi madre no solo mandarlo a la mierda, sino además decirle cosas que en la vida pensé que le diría.

Oír eso me preocupa. No quiero causar problemas a su familia.

—Yo no odio a la prensa del corazón, pero no quiero salir en ella —agrega Andy entonces—. Lo sabes. Te lo dije antes de que tú y yo tuviéramos algo. Pero ¿cómo evitarla si salgo con Nacho Duarte, el famosísimo director de cine y solterito de oro de Hollywood?

No respondo. No puedo.

—Sabía que algún día la prensa se enteraría de lo que hay entre nosotros, aunque, la verdad, pensé que tendríamos más tiempo —dice.

La entiendo perfectamente.

—Pues, como ves, no ha sido así, cariño, y lo siento —musito.

Andy cabecea y se encoge de hombros.

—El tiempo que estemos juntos quiero disfrutarlo y, la verdad, cielo, evitar lo inevitable en este caso es imposible. Por tanto, si mi careto tiene que salir en la prensa hasta que se cansen y tienen que hablar del pasado de mi familia, ¡que hablen! Yo no soy Max y podré sobrellevarlo, pero…

La beso. No la dejo acabar.

Lo que Andy me está diciendo para mí es el mayor «te quiero» que puede decirme sabiendo lo que sé.

Capítulo 64

Andy

Han pasado varios días desde que salió mi foto con Nacho en la prensa y el acoso al que estoy siendo sometida es brutal.

Los periodistas me persiguen vaya a donde vaya. ¡Ya no puedo salir a correr por las mañanas! Y, aunque intento tomármelo con tranquilidad, me enervo, y más cuando sacan a relucir lo ocurrido con Elvis y la espía rusa y lo de mi hermano con la imbécil de Miranda.

¡Es que vaya tela marinera!

La prensa no frena. Rebuscan en mi pasado. Salen fotos mías del instituto, con mis amigos, con mi familia, haciendo puénting, corriendo en *motocross*… Pero lo que realmente me enferma es cuando me sacan vestida de militar.

¿Por qué no dejan a un lado mi trabajo?

Se cuenta de mí que soy aviadora naval. Piloto de cazas de guerra. Que lidero un escuadrón que lleva a cabo misiones por todo el mundo. E incluso algunos compañeros que ya no son militares salen hablando de mí, diciendo cosas buenas y otras no tan buenas. ¡En fin…!

La prensa menciona a Olimpia, la última mujer con la que se relacionó a Nacho, y se filtra la noticia de que yo estaba en España, en el rodaje, y que por eso Olimpia y el padre de Nacho huyeron despavoridos. Vamos, que la prensa dice que yo me he entrometido en la relación entre la estupenda Olimpia y Nacho, por lo que la Maléfica de la película soy yo. ¡La madre que los parió!

Nacho intenta protegerme, pero es imposible. Somos noticia y la noticia es actualidad. De pronto, de tener una vida privada he pasado a tener una vida en la que no puedo salir a la calle porque me meten una alcachofa en la boca, me hacen fotos vaya a donde vaya, y Nacho se ha empeñado en que me acompañen Jackson y Paul. ¡Pobrecitos!

Mi padre está que trina. No he podido volver a hablar con él. Me evita por todo lo que está ocurriendo. Nacho los ha invitado a su fiesta de cumpleaños, pero él se niega en redondo a asistir y, bueno, yo tengo que comprenderlo y respetarlo. En cambio, mi madre está como en una nube. No solo su hija se ha enamorado, sino que, encima, lo ha hecho de Nacho Duarte, el guapísimo y requerido solterito de oro.

Aun así él y yo intentamos seguir con nuestras vidas, pero eso de tener prensa las veinticuatro horas del día en su puerta o en la mía es realmente agotador.

¿Cómo pueden vivir así los famosos?

Estos días hemos asistido juntos a varios compromisos de Nacho y, asesorada por Hattie y Masako, he aprovechado para ponerme mona monísima y llevar modelitos de su tienda. Como es de esperar, los fotógrafos me ciegan con tanto flash cada vez que entramos y salimos. En esas cenas he conocido a actores y actrices que en la vida pensé que conocería y, ¡joder!, qué majos son algunos. Aunque hay otros a los que la palabra *divina* o *divino* no les hace justicia.

Durante las cenas Nacho interpreta el papel que le toca y yo intento interpretar el mío, aunque a veces es complicado. Ciertas actrices y modelos me miran con cara de pocos amigos. Veo la inquina que me tienen por ser la acompañante oficial del solterito de oro, y reconozco que yo me río. ¿En serio me odian por eso?

Para el cenorrio de esta noche, que se celebra en un hotelazo impresionante, me he puesto un modelito que me ha prestado Hattie. Es un vestido negro, con una tremenda abertura lateral que muestra mi pierna y que, oye, ¡Nacho me ha dicho que le parece muy sexy!

Estoy apoyada en la barra del bar del hotel, disfrutando al ver cómo Nacho se mueve entre la gente de su mundo y la seguridad con la que habla con ellos, cuando oigo la voz de una mujer que dice:

—Aquí está el hombre más sexy del planeta.

Desde donde estoy veo que la dueña de la voz es una tía monísima, guapísima y todo lo que termina en «ísima». Acto seguido se acerca a Nacho, que está a mi lado, me empuja a mí sin importarle nada y, levantando los brazos, los enreda alrededor de su cuello y suelta:

—Amor… ¿Cuándo me vas a llamar?

Nacho la mira, veo que ni siquiera parpadea, y dice con gesto hosco:

—Blanche, ¿podrías soltarme?

Cuando ella lo hace Nacho me agarra a mí por la cintura, me acerca a él y, mirándome, declara:

—Cariño, ella es Blanche Thomson. Blanche, ella es mi pareja, Andrea Madoc.

Según dice eso la mujer me mira de arriba abajo y murmura:

—Entonces ¿es cierto, amor? ¿Sales con ella?

Nacho asiente y yo, sin darle tiempo a contestar, replico:

—Así es, amor… Sale conmigo.

Al decir eso noto que Nacho me aprieta la cintura con la mano. Sé que no debería haberla llamado «amor», pero, ¡joder!, no he podido evitarlo.

En ese momento dos hombres se acercan y se dirigen a Nacho. Él me suelta para hablar con ellos y me pide con la mirada que esté tranquila. Entonces la tipa, que no se ha apartado de mi lado, pregunta:

—¿Eres la militar?

—Sí.

—¿Piloto de aviones?

—Piloto de cazas de combate, para ser más exactos. ¿Algo que objetar?

Nos miramos, veo en su expresión el desagrado que siente hacia mí, y luego suelta:

—Ah, no, querida. Yo no tengo nada que objetar. Él sabrá lo que hace…

Segundos después aquella, que tengo que añadir que es tontísima y gilipollísima, por eso de que todo en ella termina en «ísima», se marcha y yo, al ver que Nacho sigue hablando con los hombres, me dirijo hacia otra de las barras.

Pido una cerveza y el camarero la deja sobre la barra junto a un vaso. ¡Joder!, con lo que me gusta beberla a morro, ¿tengo que usar el vaso?

—Ni se te ocurra tomártela a morro o mañana serás la comidilla de la fiesta —oigo que me dice alguien de pronto.

Me vuelvo y me encuentro con Tom Blake. En Sigüenza nos caímos muy bien y, tras abrazarnos musita mirándome:

—Pero qué calladito os lo teníais Nacho y tú.

Eso me hace sonreír.

—Me alegro —añade—. Él es un buen tipo y tú me pareces una mujer increíble.

—Gracias, Tom —digo.

Con cuidado vierto la cerveza en el vaso y, tras darle un trago, voy a hablar cuando Nacho se nos acerca y él y Tom se saludan con otro abrazo.

—¿Cómo tú por aquí? —pregunta.

Tom, que ha pedido un cóctel, responde tras darle un trago:

—Gerard me llamó para hablar de su próximo proyecto.

Nacho asiente, imagino que sabe de qué le habla, y Tom señala:

—Luego nos vemos. Me llama Gerard.

Una vez que se va, él y yo nos miramos y, al cabo, suelto:

—Esa Blanche y tú tuvisteis algo, ¿verdad?

Él afirma sin dudar con la cabeza y yo suspiro.

—Tienes muy buen gusto —digo—. Es preciosa, pero ¡tontísima!

Nacho sonríe, se acerca más a mí y, tras besarme en los labios, cuchichea mientras noto como su mano recorre la abertura de mi vestido:

—Si aquí hay alguien que es preciosa, esa eres tú.

Ambos sonreímos. Por suerte, los celos no son algo que nos martirice a ninguno de los dos.

—Nacho, ¿puedes venir un instante? —pregunta entonces un hombre que se ha acercado a nosotros.

Él me mira y yo le guiño un ojo.

—Prometo no tardar más de cinco minutos —dice.

Asiento. No pasa nada. Antes de salir de su casa me ha dicho que era una cena en la que tenía que entablar ciertos contactos, por lo que indico:

—Tranquilo. Ve.

En cuanto se marcha me bebo tranquilamente mi cerveza mientras observo a todas las personas que están a mi alrededor y suena por los altavoces la canción *Smoking Out the Window* de Bruno Mars.

El ambiente de ese mundillo, el del cine, no tiene nada que ver con el militar, que es el mío. Y cuando veo cómo me miran un grupito de mujeres intuyo que me están poniendo fina. Al principio no me importa, pero pasados diez minutos comienza a importarme y, acercándome a ellas, les suelto:

—¿Algún problema por aquí?

Todas se apresuran a negar con la cabeza y se marchan pasando de mí.

¡Qué majas!

Estoy mirándolas cuando oigo a mi espalda:

—Como diría mi padre, a palabras necias, oídos sordos.

Al volverme me encuentro con Jackson, uno de los guardaespaldas de Nacho. Es la primera vez que me habla desde que lo conozco y, tomando aire, respondo:

—Tranquilo. Lo que digan esas cacatúas no me afecta.

Jackson asiente y, antes de marcharse, añade:

—Cualquier cosa que necesite, Paul y yo estamos por aquí.

Afirmo con la cabeza complacida y, cuando él se va, consciente de que los zapatos que llevo me están matando, decido ir al baño. Mis pies necesitan una tregua.

Tan pronto como entro en el baño y me encierro en uno de los aseos, me siento en la taza del váter, me quito uno de los zapatos y me masajeo el pie. ¡Qué dolor!

Estoy mirándolo cuando oigo que entran unas mujeres en el baño.

—Militar…, ¡qué vulgaridad! —exclama una de ellas.

Vale. ¡Están hablando de mí!

Durante varios minutos tres mujeres hablan de lo que la prensa ha publicado. De mi familia, de mis hermanos, de mi vida profesional, y luego una dice:

—Será una más. Ya sabéis que Nacho no es de repetir con las mujeres.

—Perdona, bonita, pero conmigo ha repetido.

Esa voz la identifico con la de Blanche, que explica:

—Al parecer Nacho estaba saliendo con Olimpia Bermer y, cuando fue a visitarlo a España, ¡los pilló en la cama!

—Noooooooo —murmuran las otras.

Yo flipo. ¿En serio se rumorea eso?

—Yo he leído que el padre de Nacho regresó con Olimpia para consolarla. El disgusto que tuvo que llevarse la pobre al encontrar a Nacho y a la militar liados debió de ser colosal.

—Pobrecita —afirma otra.

—¿Os habéis fijado en la cicatriz de su barbilla y en la de su pierna? ¡Qué horror! No sé cómo puede vivir con eso, y menos mostrarlo con tanta tranquilidad.

Según lo dice, bajo la mirada a mi pierna. El vestido que llevo tiene una abertura muy sexy, y ¡es justo en mi pierna herida! A mí particularmente es algo que nunca me ha importado, pero ahora que lo comenta esa..., ¿a Nacho le habrá molestado que enseñe la cicatriz?

Eso me incomoda, me hace dudar. ¿Y si no me ha dicho nada por prudencia?

Vale. La de la barbilla es imposible esconderla, pero quizá la de la pierna no tendría que mostrarla con tanta naturalidad y...

Espera..., espera..., espera... ¿Qué estoy pensando?

¿Desde cuándo me importa lo que opinen otros u otras de mi cicatriz?

Me enfado conmigo misma, y entonces oigo que la tal Blanche dice:

—Les doy dos días. Ella no tiene clase para él.

Las muy desgraciadas se ríen. ¿De qué se reirán, si no me conocen?

Voy a levantarme. Mi intención es abrir la puerta y decirles cuatro lindezas de las mías, pero no. No puedo hacerlo. Sé que lo que haga aquí puede perjudicar a Nacho, por lo que tomo aire y permanezco sentada. Simplemente escucho cómo aquellas me juzgan y, cuando por fin se van, me pongo el zapato, me levanto y salgo del aseo.

Wooooo, noto los misiles Tomahawk en la garganta. ¡De qué mala leche me han puesto!

Una vez fuera me miro en el espejo. La Andy que veo reflejada en él es una muy diferente de la que suelo ser en mi día a día. Si estoy aquí y así vestida es por Nacho, y por nada del mundo lo que he oído me lo va a jorobar.

Así pues, esbozando una de mis sonrisas, salgo del baño y, ¡joder!, me doy de bruces con las tres tipas. Están todas en el pasillo. Una es Blanche, y las otras dos son las parejas de dos hombres que Nacho me ha presentado antes y a quienes yo creía que les había caído bien. ¡Serán falsas! Jackson está a su lado, y a ellas ver que salgo del baño las descuadra, pues saben que he oído todo lo que han dicho. Entonces yo, mirándolas, e incapaz de mantener la boquita cerrada, digo al más puro estilo «Hollywood»:

—El día que se ponga de moda ser imbécil, algunas no vais a saber qué hacer con tanta fama.

Según digo eso, ellas parpadean asombradas y se miran las unas a las otras. Y viendo a Jackson sonreír, le guiño un ojo y, sin más, prosigo mi camino y me dirijo hacia donde está Nacho, que al verme me coge de la mano.

Durante un rato nos divertimos charlando con Dawson y su mujer, que es encantadora, y en un momento dado en el que Nacho me saca a bailar la canción *Soy yo* del romántico Luis Miguel, cuando estamos abrazados en la pista de baile, digo mirándolo:

—Si te pregunto algo, ¿me responderás con sinceridad?

Él me mira y acto seguido suelto:

—¿Te molesta que la abertura de mi vestido muestre la cicatriz de mi pierna?

La cara de Nacho es todo un poema. No entiende nada.

—¿Quién ha osado decirte nada de tu cicatriz? —responde frunciendo el ceño.

No soy una chivata, no se lo voy a contar. Al ver que no respondo añade:

—Cariño, te quiero tal y como eres. No cambiaría de ti absolutamente nada, y que sea la última vez que me preguntas una gilipollez así. ¿Te queda claro, teniente?

Sonrío gustosa. Su respuesta es la que necesitaba oír y, como dice la canción, este hombre me baja las estrellas del cielo.

—Tremendamente claro, mi amor —afirmo.

Capítulo 65

Nacho

Los días con Andy son maravillosos, aunque me agobia que la prensa la persiga y me carcome ver que el tiempo pasa y ella tiene que regresar con su escuadrón.

Estoy en mi despacho solucionando unos asuntos profesionales mientras ella ha ido a ver a una señora llamada Mamá Rose. Me ha contado lo que esa mujer y la asociación con la que colabora hacen por los menos favorecidos, y le he dejado bien claro que yo también quiero colaborar con ellos.

Reconozco que pensar en ella me hace sonreír como un tonto. Después de tantos años sin ilusión alguna, Andy, con su manera de ser, me ha devuelto la magia y las ganas de amar y ser amado.

Miro la foto que tengo sobre la mesa de Odalys. Eso que ahora mismo está haciendo Andy por los necesitados es algo que Odalys también habría hecho. Con cariño, cojo la foto y la observo. Me emociona ver su bonita sonrisa, pero ahora sé que esa fase de mi vida acabó.

Odalys es mi pasado y Andy es mi futuro. Dos mujeres muy diferentes, pero ambas, a su manera, han sabido llegar a mi corazón.

Durante los días en que ha estado en casa, en ningún momento Andy ha dicho nada de las fotos que hay de Odalys. Sin necesidad de que lo diga, sé que respeta quién fue y quién será para siempre en mi vida, pero dentro de mí siento que hay cosas que han de cambiar.

Egoístamente, y aunque no soy celoso, si yo fuera a casa de Andy y encontrara fotos de su ex, no sé cómo me lo tomaría. Por ello, tras abrir el cajón de mi escritorio, meto en ella la foto y, cuando lo cierro, sé que he hecho lo correcto. Ahora estoy con Andy, la amo y debo darle el sitio que le corresponde.

El teléfono me suena, veo que es mi padre. Todavía no he hablado con él de lo que pasó en España.

—Hola, papá. ¿Cómo va todo? —saludo.

—Terrible.

Su respuesta es cortante. Ya sé para lo que ha llamado. Miro mi mesa, que está llena de papeles, e indico:

—Yo liado como siempre. ¿Y mamá?

—Tu madre, preparando la maleta. Está como loca por asistir a tu cumpleaños.

Sonrío. Si algo le gusta a mi madre son las fiestas.

—Ignacio —añade él entonces—. Tengo que hablar contigo.

Me conozco su tono y, consciente de lo que va a decir, respondo mirando una figurita de un gato que Odalys me regaló hace mucho tiempo:

—Pues tú dirás, papá.

Oigo que coge aire. Sé que lo que me va a decir no le gusta.

—¿Militar? —suelta—. Pero ¿acaso no hay mujeres en el mundo como para que tenga que ser una militar?

Vale. Este momento tenía que llegar.

—Por Dios, hijo, ¿cómo se te ocurre salir con una mujer así? —añade.

—A ver, papá...

—No, Ignacio, no. Sabes lo que opino sobre los militares. Sabes que llevo toda la vida en contra de lo que representan y...

—Papá —lo corto—. Entiendo y respeto tu opinión sobre los militares, pero eso no quiere decir que yo opine como tú, y lo sabes.

Mi padre protesta. Nunca hemos estado de acuerdo en ese tema.

—No sé cómo has podido cambiar a Olimpia por una mujer como esa —insiste.

—Papá, yo no he cambiado a Olimpia por nadie. Que te quede claro que...

—¿Una mujer militar? ¿Que pilota aviones de combate? Pero, hijo, ¿qué clase de vida vais a llevar?

Tomo aire. El primero que no sabe qué clase de vida voy a llevar soy yo, pero respondo:

—Mira, papá. Andy y yo nos estamos conociendo. Y, la verdad, me gusta mucho, como sé que yo le gusto a ella. Y por eso...

—¡Locura! ¡Es una locura!

—Papá...

—Ignacio, esa militar representa todo lo que nunca quise para ti.

Oír eso me incomoda. No me gusta que mi padre se sienta mal, pero contesto:

—Lamento decirte esto, papá..., pero en mi vida elijo y mando yo. No tú. Y siento si ella no es lo que...

—Por Dios, hijo, ¡entra en razón! —me corta.

Suspiro. Como imaginaba, el temita con mi padre tampoco va a ser fácil.

—Escucha, papá, quiero que la conozcas...

—¡Me niego!

—Papá..., Andy es maravillosa. Es divertida, ingeniosa, cariñosa, y un sinfín de cosas más que han hecho que me enamorara de ella locamente.

—Ignacio, por Dios...

—Papá, escúchame, por favor. Sé que habrá cosas de ella que no te gustarán, como habrá cosas tuyas que a ella tampoco, pero creo que si todos ponemos un poquito de nuestra parte...

—Hijo, ¡viene de una familia militar, todo lo que siempre he odiado!

Suspiro. Mi padre odia a los militares... El padre de Andy odia a la gente del cine...

—Te lo repito, papá —insisto—. Conócela.

Mi padre refunfuña, pero finalmente musita:

—¿Estará en tu cumpleaños?

—Por supuesto que sí, papá.

Vuelve a refunfuñar y luego cuchichea:

—Pues ya no me apetece ir.

—¡Papá!

—Olimpia tenía el perfil de Odalys, una mujer que...

—¡Joder!

—¿Qué has dicho? —grita enfurecido—. Ignacio Rodrigo…

—¡Basta, papá! —lo corto—. Y, sí, he dicho «joder», pero…

—Tú nunca has hablado así, ¡seguro que es culpa de esa militar!

—Esa militar se llama Andrea, o Andy —gruño.

—Me da igual cómo se llame.

—Papá…

—No es buena mujer para ti. Olimpia y Odalys lo eran y…

—Odalys era Odalys y Andy es Andy —lo vuelvo a cortar—. Nada tienen que ver la una con la otra. A una la quise y a la otra la quiero, ¿te queda claro? Y no vuelvas a mencionarme a Olimpia, porque ni he tenido nada con ella ni lo voy a tener.

Mi padre no responde. Sé que está enfadado. Sé que lo que se nos viene a Andy y a mí encima no va a ser nada fácil, pero intento no perder la tranquilidad.

—Por favor, trata de entender que me he enamorado de Andy —insisto—. La quiero tal y como es y no cambiaría nada de ella, porque si lo hiciera ¡ya no sería ella! ¿Tan difícil te resulta comprenderlo?

Lo oigo resoplar a través del teléfono y luego dice:

—Ya hablaremos cuando vayamos para tu cumpleaños. Que tengas un buen día, Ignacio.

Y, sin más, me cuelga.

Niego con la cabeza y maldigo; entonces la puerta se abre. Es Dawson, que al oírme pregunta:

—¿Qué ocurre?

Dejo mi teléfono sobre la mesa y respondo:

—Como teníamos poco con el padre de Andy y con lo que inventa la prensa, ahora tenemos que sumarle lo que mi padre opina sobre el ejército.

Dawson me mira. Conoce a mi padre y entiende mi agobio.

—Tranquilo. Todo irá bien —musita.

Asiento. Eso quiero yo, que todo vaya bien.

Capítulo 66

Andy

El cumpleaños de Nacho es mañana y estoy nerviosa.

Esta tarde llegan desde España Noelia y Juan, y Lucas y María. Sé que Nacho les ha enviado su avión privado, y estoy feliz aunque algo nerviosa, porque sus padres llegan mañana.

Para matar la ansiedad hago ejercicio en el gimnasio que Nacho tiene en su casa. Es increíble. ¡Aquí hay de todo! Y como no puedo salir a hacer footing sin que me persigan los periodistas, pues nada, ¡me desfogo aquí!

Mientras estoy corriendo en la cinta y sudo como una cerda oigo que suena el timbre. Con curiosidad, me bajo de la cinta para mirar por la ventana y veo que la cancela se abre y entra un bonito coche de color oscuro.

¿Quién será?

Me dirijo al salón, desde cuya ventana hay un ángulo de visión mejor, y sigo el vehículo con la mirada hasta que se detiene. Luego veo salir de la casa a Cecilia y del coche bajan dos personas que… ¡Joderrrrr, joder…! Son los padres de Nacho.

No… No puede ser. Los esperábamos mañana, ¡no ahora!

¡Madre mía…, madre mía, y yo con estas pintas!

Cecilia los saluda. A la madre la abraza y al padre le da la mano.

¡Qué mona parece ella! Me gusta su gesto sonriente, y sus movimientos fluidos me indican que es una mujer abierta y dicharachera. Pero, ufff, el padre…, ¡menudo semblante agrio que se gasta el amigo!

Los observo sin quitarles ojo y veo que, con todo lo pizpireta que es la madre, el padre es un hueso duro de roer. No me hace falta conocerlo para entender que es como el mío, protestón y exigente.

Sigo observándolos cuando la puerta del salón se abre y aparece Nacho. Nos miramos. En sus ojos veo lo mismo que él puede ver en los míos.

—Pero ¿no dijiste que llegaban mañana por la mañana? —pregunto.

Él asiente, está tan sorprendido como yo.

—Eso me dijo mi madre —contesta.

Me entran los siete males. Estoy sudando, y voy en pantalón corto, zapatillas de deporte y camiseta de tirantes. Mi aspecto no es el más apropiado para conocer a sus padres. Y él, que se da cuenta de lo que pienso, se apresura a decir:

—Cariño, estás perfecta.

—Perfectísima —me mofo.

Nacho se acerca a mí y mira por la ventana. Sus padres siguen fuera, hablando con Cecilia.

—Todo irá bien —asegura—. Solo recuerda lo que te comenté sobre mi padre.

Afirmo con la cabeza. ¡Joder! Sé que debo contener mi lenguaje delante de ese hombre que odia el ejército.

—Vale. No te preocupes —afirmo, porque quiero causarles una buena impresión.

Él sonríe, me coge las manos y me da un beso en los labios.

—Te quiero —murmura al cabo.

Sonrío a mi vez. Adoro que me diga eso.

Instantes después la puerta del salón se abre y frente a nosotros aparece la madre de Nacho.

—*Baby*, ¡ya estamos aquí! —saluda con una sonrisa.

Él me suelta entonces las manos, va hacia su madre y, mientras la abraza, veo que entra su padre. Woooooo, cómo me mira el pacifistaaaaaaaa… Durante unos segundos aquel desconocido y yo nos miramos, y de inmediato sé que esto no va a ser nada fácil.

¡Mal empezamos!

—Tú eres Andy, ¿verdad? —pregunta entonces su madre dirigiéndose a mí.

Asiento con una sonrisa y me acerco a ella.

—Sí. Y tú eres Susan.

Ambas sonreímos y enseguida noto que todo está bien entre nosotras, que tengo una aliada en ella. Sin dudarlo, la saludo con un abrazo. Ufff, ¡qué bien huele!

Una vez que nos separamos comento con cierto apuro:

—Lo siento. Seguro que apesto… Estaba haciendo deporte.

Ella sonríe, hace un movimiento con la mano para quitarle importancia e indica:

—Ni te imaginas las ganas que tenía de conocerte.

—Tanto que hemos llegado un día antes y sin avisar —oigo que dice el padre.

Susan asiente y me sonríe. Después sonríe en dirección a su hijo y cuchichea:

—No podía esperar un segundo más para conocerla.

Los tres sonreímos y Nacho tercia:

—Mi madre ya se ha presentado sola, pero, Andy, él es mi padre. Alberto Duarte. Papá, ella es Andrea Madoc.

El presentado y yo volvemos a mirarnos ante los ojos atentos de Nacho y su madre, y luego este, dando un paso adelante, tiende la mano hacia mí y dice con seriedad:

—Señorita Madoc.

Ni «un placer conocerla», ni nada. Vale…, este es como mi padre. Le estrecho la mano con seguridad y respondo con esa educación que mis padres me dieron:

—Un placer conocerlo, señor Duarte.

—Oh, por Dios, dejémonos de tanto formalismo —cuchichea Susan.

Una vez hechas las presentaciones, al ver que aquel hombre no me quita ojo indico sin bajar la guardia frente a su mirada:

—Disculpe mis pintas, pero…

—No se preocupe —me corta con sequedad.

Asiento, qué tensa me noto.

—Creo que voy a ir a ducharme —indico.

—¡Estupendo, cariño! —afirma Nacho.

En cuanto salgo de la estancia siento que el corazón me va a mil. ¡Menudo marrón tengo encima!

Sin detenerme, llego hasta la habitación de Nacho y cierro la puerta. Me quito la ropa, la dejo en el suelo y entro en el baño con mi teléfono móvil en la mano. Luego busco en mi lista de Spotify y pongo la canción *Prisoner* de Miley Cyrus y Dua Lipa. Necesito desestresarme.

Cantando, me meto en la amplia y preciosa ducha y abro el grifo. Agüita fresca comienza a caer sobre mi cuerpo. ¡Qué gustazo!

Pienso en los padres de Nacho. Está claro que ella, como mi madre, solo quiere ver feliz a su hijo, pero el padre... ¡Wooooo, el padre! ¡Es como el Almirante!

Me enjabono el pelo cerrando los ojos y de pronto oigo que la canción se interrumpe y comienza a sonar *Spend My Life with You*. Acto seguido noto que la puerta de la ducha se abre y, al abrir un ojo para mirar, me entra champú.

—¡Joderrrrrr! —protesto.

—Eso evítalo delante de mi padre, cariño —dice Nacho.

Me entra la risa; me quito el jabón del rostro con agua, abro los ojos y pregunto al verlo desnudo en la ducha conmigo:

—Pero ¿qué haces tú aquí?

Nacho sonríe. Mmmmmm..., esa sonrisaaaaa...

Sin responder, me da un dulce beso. Después otro. Y cuando acaba el tercero y sus brazos ya rodean mi cuerpo desnudo, cuchichea:

—He venido a ducharme con mi chica.

¡Qué monooooo! Me encanta cuando dice que soy «su chica». Paso los brazos por su cuello, lo beso y murmuro:

—Tu chica está encantada de que estés aquí. Pero ¿y tus padres?

—Están deshaciendo el equipaje.

Asiento y sonrío cuando noto que su mano recorre mi trasero. Doy un saltito, me cuelgo de él como un mono y, bajo el chorro del agua, nos besamos mientras suena la romántica canción.

¿Por qué con Nacho todooooo es tan romántico?

Un beso lleva a otro. Una caricia a la siguiente. Y cuando mi deseo por él me está matando, bajo una mano, agarro su duro y erecto pene y, colocándolo en la entrada de mi más que húmeda y deseosa vagina, siento como poco a poco lo clavo en mí y..., ¡joder!, susurro mirándolo a los ojos:

—Ni te imaginas cuánto te deseo.

Nacho asiente, sonríe. Uf..., cómo me pone cuando sonríe así.

—Sí, cariño —dice—, creo que lo imagino.

Clavados el uno en el otro, disfrutamos de ese húmedo y ardiente momento en el que siento que ambos somos dos llamas que arden en un mismo infierno.

¡Viva el infierno!

Sin hablar, solo mirándonos a los ojos, nos poseemos con fuerza y deseo mientras suena la romántica canción; nos olvidamos de que vivimos en un mundo que a veces es complicado, nos sumergimos en nuestra propia burbujita de lujuria y felicidad, y todo lo demás se desvanece.

Somos Andy y Nacho, Nacho y Andy; dos personas que, sin esperarlo, se han encontrado, se han enamorado. Y ahora nos entregamos sin temor al deseo de la carne y la lujuria hasta que un increíble y maravilloso orgasmo nos lleva a la cima del placer, tras el cual nos quedamos abrazados.

Cierro los ojos. Lo que acaba de ocurrir ha sido maravilloso. Él y yo. Solos. Desnudos. En la ducha. Haciendo el amor con una maravillosa canción de fondo. ¿Qué más puedo pedir?

Nacho me muerde el cuello, me río, y al mirarlo oigo que dice:

—Escucha, cariño. En cuanto a mi padre...

Enseguida le tapo la boca con la mano.

—¿Te recuerdo cómo es el mío? —digo.

Sonríe. Yo también. Y para tranquilizarlo añado:

—Tu padre, al igual que el mío, estratégicamente son objetivos difíciles y, tácticamente, maniobras complicadas, pero...

No puedo seguir, pues me besa de tal manera que prefiero el beso a seguir hablando.

Capítulo 67

Nacho

Por expreso deseo de mi padre hemos salido los cuatro a comer a un restaurante que a él le gusta mucho, y los periodistas nos han acribillado a preguntas y fotografías.

Aún no he hablado con mis padres de Andy, pero, con solo ver cómo se comportan con ella, sé que a mamá le encanta, pero a mi padre no. Algo que, la verdad, no me quita el sueño, pero me incomoda por Andy. ¿Por qué mi padre es incapaz de entender que me he enamorado de ella?

Durante la comida soy testigo de cómo Andy, tras habérsele escapado un par de «¡joder!», piensa las palabras dos veces antes de decirlas. No. No quiero eso. Yo quiero que sea ella. Quiero que esté cómoda con mis padres. Quiero que sea feliz. Pero entiendo que se esté conteniendo, con la matraca que le he dado con respecto a lo pulcro que es mi padre con el lenguaje.

Mamá me mira y sin necesidad de decir nada me hace saber que está con Andy y conmigo, y yo se lo agradezco.

Al terminar la comida, cuando ellas dos van al baño y las veo alejarse charlando divertidas, miro a mi padre, que bebe vino con gesto serio, y pregunto:

—¿Qué te pasa?

Él me mira, deja la copa de vino sobre la mesa y responde:

—Como si no lo supieras ya.

Según oigo eso, sonrío.

—¿Dónde le ves la gracia, Ignacio? —añade—. Esa muchacha

no solo es militar, sino que encima de eso usa un vocabulario pésimo.

—Papá…

—Y, sin conocerla, sé que se está conteniendo. Solo con ver cómo ha reaccionado las dos veces que ha dicho esa ordinariez y que ha llamado «pepinorro» a mi coche, ¡sé que se está reprimiendo!

Yo asiento y cojo aire.

—A ver, papá…

—Escucha, Ignacio —me corta—. Desde que murió Odalys te he dicho siempre que debías pasar página para comenzar una nueva lectura en tu vida.

—Así es —afirmo.

—Pero ¿con esa mujer?

Lo escucho sin decir nada, y él prosigue:

—Apenas conozco a la señorita Madoc. No dudo de que sea una buena persona, pero, hijo, créeme cuando te digo que no es buena para ti. ¡Tú necesitas otra cosa! Tú necesitas a alguien como Olimpia.

Mal. Comenzamos muy mal. No pienso hablar ahora de Olimpia. Tomo aire y pregunto:

—¿Otra cosa? ¿A qué te refieres?

Mi padre asiente.

—Ignacio, si algo te gustaba de Odalys es que era una mujer de su casa, a pesar de que tuviera sus inquietudes y sus aficiones. ¿Acaso puedes decir lo mismo de la militar?

—«La militar» tiene nombre, papá. Ya te lo he dicho.

Él me mira y rectifica, pero insiste:

—¿Acaso Andrea es lo que necesitas?

—Sí.

—¿Puedes comparar a Andrea con Olimpia?

—No. Ni quiero. Son mujeres diferentes. Y yo, particularmente, elijo a Andy.

—Ignacio, ¡por favor!

Vale. Soy el primero que sé que ellas no tienen nada que ver. Pero si hay algo que me ha enamorado de Andy es toda ella, absolutamente toda ella.

—A ver, hijo —continúa mi padre—. Disculpa mi sinceridad,

pero no creo que esa mujer pueda darte lo que tú necesitas. ¿Acaso va a dejar el ejército? —Niego con la cabeza. Nunca le pediría eso a Andy—. ¿Y pretendes tener algo con una mujer entregada a su oficio que ni siquiera te dará hijos? —añade él entonces.

Según oigo eso mi expresión cambia. Lo noto hasta yo. Me molesta mucho lo que mi padre está diciendo.

—Ni ella ni yo queremos hijos… —replico.

—¿Y esa insensatez?

Tomo aire. Ese tema es algo muy personal.

—Papá, no quiero volver a pasar por lo que pasé —contesto—. Y entiendo que, por su profesión, Andy no quiera tener…

—¡Pero ¿tú te estás oyendo?! —me corta—. Quien dice semejante insensatez no es mi hijo Ignacio…

—Papá…

—Mi hijo siempre quiso tener hijos y yo quiero ser abuelo. ¡Adoras a los niños! Olimpia estaba dispuesta a darte hijos. Y, escúchame bien, que ocurriera lo que ocurrió con Odalys no significa que eso tenga que…

—Papá —lo interrumpo—, ¿podrías respetar lo que estoy diciendo?

Mi padre y yo nos miramos en silencio. Tengo más que claro que este tema nos va a separar siempre.

—Mira, papá —indico—. Entiendo y respeto que la carrera militar de Andy no te guste. Entiendo y respeto que te incomoden ciertas palabras malsonantes que ella o yo podamos decir. Pero lo que no comprendo es que yo, tu hijo, te esté diciendo que amo a esa mujer y que tú ni me entiendas ni me respetes. Y con respecto al tema de los hijos, ¿de verdad crees que tú en eso tienes voz y voto?

Mi padre no contesta, me mira ceñudo.

—Sí. Me gustan los niños —añado entonces—. Sí. Siempre quise tener hijos. Pero, por desgracia, la vida me hizo pasar por un trance que no estoy dispuesto a repetir, y menos con la mujer que amo. Por tanto, si esa mujer y yo decidimos no tenerlos, ni tú ni nadie podéis decir ni media palabra.

Mi padre resopla. Madre mía, lo furioso que está…

—Y antes de que digas algo que posiblemente me hará enfadar

más —continúo—, quiero que sepas que el padre de Andy también está en contra de nuestra relación porque soy hijo de una actriz y me dedico al cine. Al igual que tú tienes fobia al ejército, él la tiene a todo lo que esté relacionado con la industria del cine. Pero Andy y yo vamos a luchar por nuestra relación os guste a vosotros o no. Tú eres mi padre, como el padre de Andy es el suyo, pero ella y yo nos hemos enamorado y ya tenemos la suficiente edad como para saber lo que queremos o no. Por tanto, da igual lo que digas, porque no pienso cambiar de opinión. ¿Te queda claro?

Mi padre me mira. ¡Joder, cómo me mira!

Creo que es la primera vez en mi vida que le he levantado la voz. Siempre he sido muy respetuoso con él. Con gesto descompuesto se levanta de la silla y, dejando la servilleta sobre la mesa, musita:

—Me queda muy claro.

Una vez que se aleja en dirección a la salida, mi madre y Andy regresan a la mesa y se me quedan mirando boquiabiertas.

—Maldito cabezón intransigente. —Mi madre suspira.

Asiento, no puedo decir que no, y Andy murmura mirando a mi madre:

—Pues espérate a conocer a mi padre…

Poco después los tres salimos a la calle, donde nos está esperando la prensa. Ayudados por Jackson y Paul conseguimos llegar hasta mi coche y volvemos a casa envueltos en un incómodo silencio.

Capítulo 68

Andy

Amanece y, cuando abro un ojo, veo que estoy sola en la cama. Rápidamente miro el reloj: las 10.04. Me levanto a toda prisa y me ducho. Hoy es el cumpleaños de Nacho y estoy como loca por darle mi regalo y, sobre todo, por darle un beso.

Sonriendo, saco de mi mochila los regalos que tengo para él. Es poca cosa, nada de valor como a lo que estará acostumbrado. Tan solo es un álbum con fotos nuestras y una camiseta que encargué y que dice: PIEDRA, PAPEL O ME BESAS.

Sonrío. Imagino que le hará gracia leer la inscripción de la camiseta. Y, de pronto, sin saber por qué, decido mi futuro. En ese instante, al leer ese mensaje soy consciente de que estoy con el amor de mi vida y que no quiero separarme de él. Aceptaré el trabajo de instructora en Los Ángeles. Quiero una vida junto a Nacho, ¡ya está decidido!

Cojo un papel y escribo: «Vale por un regalo inesperadamente sorprendente». Luego lo meto en un sobre que saco de mi mochila y, tras coger mi teléfono móvil, mando un mensaje solicitando una reunión para dentro de dos días en la base de San Diego. Acabo de tomar mi decisión.

Una vez que dejo el teléfono en la mesilla, sonrío. Creo que a Nacho le va a encantar este último regalo. Yo diría que es el que más le va a emocionar, aunque antes me reuniré con mis mandos y lo dejaré todo solucionado. No quiero dar un regalo que no pueda cumplir.

Estoy encantada con los regalos en la mano cuando suena mi teléfono.

—Hola, mamá.

—Aisss, hija, ¡qué nerviosa estoy!

Divertida por ello, sonrío, aunque estoy atacada. Nacho ha invitado a mis padres al cumpleaños. Papá dijo que no vendría, pero mamá sí.

—Tu padre me acompaña —oigo que dice de pronto.

Eso redobla mis nervios.

¿En serio? ¡¿Cómo?!

¿Mi padre va a venir al cumpleaños de Nacho?

Bueno…, bueno…, bueno…, que vaya viniendo una UVI móvil, que le va a dar un parraque.

No lo esperaba en absoluto.

—Estaba preparando la maleta para pasar la noche con vosotros cuando ha entrado y me ha dicho: «Rosario, ¡voy contigo!» —aclara mi madre—. Y…, bueno, tras hablar con él y dejarle las cosas bien claritas, aquí estoy, llamándote para avisarte.

Joder… Joder… Joder…

¡Qué fuerte!

Que mi padre venga a la casa de Nacho, a su cumpleaños, es muy importante para mí.

—Estoy encantada de que vengáis los dos —digo.

Ambas reímos nerviosas y acto seguido cuchicheo:

—Mamá, siento decirte que el padre de Nacho tampoco me acepta a mí…

—¿Qué me dices?

—Lo que oyes.

—Pero ¿qué le pasa a ese capullo?

—Mamááááá…

Suelto una carcajada. Mi madre, a pesar de haber luchado durante años para que mi padre, mis hermanos y yo excluyéramos semejantes lindezas de nuestro vocabulario, al final ha caído como todos.

—Mamá, por favor, que no se te ocurra decir nada parecido delante del padre de Nacho —murmuro—. Odia las palabras malsonantes.

—Pues vamos apañados —se mofa ella.
—Eso sí, Susan, la madre, es encantadora. ¡Te caerá genial!
—Voy a conocer a la actriz Susan McDough. ¡Ni te imaginas la ilusión que me hace, con lo que me gusta! ¿Podré hacerme una foto con ella?
—Claro que sí.
—Y quien dice una dice dos o tres… —insiste.
Sonrío y, sin darle tregua, le cuento cómo son los padres de Nacho. Sobre todo el padre. Cuando acabo susurra:
—Hija de mi vida, ¿crees que es buena idea juntar bajo el mismo techo a tu padre y al de Nacho?
No, definitivamente no creo que lo sea. Pero, consciente de que algún día tiene que ocurrir, respondo:
—Pues no lo sé, mamá. Pero digo yo que, habiendo gente alrededor, ambos sabrán comportarse.
—Eso espero —oigo que dice mi madre.
Ambas volvemos a reír nerviosas.
—¿A qué hora llegáis papá y tú? —pregunto a continuación.
—Sobre las siete, imagino.
Hablamos un rato más y, una vez que me despido de ella y cuelgo el teléfono, me miro al espejo.
¡Va a venir el Almirante!
Esto es una locura. Juntar a mi padre y al padre de Nacho es una insensatez, pero, consciente de que así lo hemos decidido, tomo aire y, tras coger los regalos de Nacho, salgo de la habitación.
Corro escaleras abajo, no sin antes comprobar que el estirado del padre de aquel no esté cerca, y cuando llego al vestíbulo veo entrar a Nacho acompañado de sus perros *Cooper* y *Audrey*. Voy corriendo hacia él, lo abrazo y murmuro:
—Mi padre viene con mi madre a tu cumpleaños.
Nacho asiente con una sonrisa, es evidente que se alegra de oírlo, y yo añado:
—¡Felicidades, capullito!
Él ríe divertido y me besa.
—Oficialmente ya eres un cuarentón —cuchicheo—. Pero, madre mía, ¡qué cuarentón!
La carcajada que Nacho suelta, como siempre, me hace reír a mí

también. En ese instante *Cooper* me da con su cabezota en la pierna y, agachándome, le doy un besito en la cabeza y susurro:

—Hola, precioso.

Acto seguido saludo también a *Audrey* y, cuando los dos perros salen por la puerta que da al jardín, digo tendiéndole mis regalos a Nacho:

—Son para ti.

Él me mira sorprendido.

—¿Para mí?

Asiento divertida.

—No son diamantes ni yates —digo—, sino unos detallitos míos para ti. ¡Espero que te gusten!

Encantado, y con la mirada de un niño pequeño, coge uno de los paquetes. Rápidamente rasga el envoltorio y, al ver el álbum con fotos nuestras en Venecia, Verona, Aviano, Sigüenza y Los Ángeles, sonríe y musita:

—Esto es mucho mejor que un diamante o un yate.

—Joder, cielo, ¡pues sí que te tengo engañado! —me mofo.

Ambos reímos mientras él abre el segundo regalo y, al ver la camiseta, suelta otra carcajada. Enseguida se quita la que lleva, se pone la nueva y yo, mirándolo, afirmo:

—Madre mía, no veo el momento de quitártela.

Nos volvemos a besar y luego abre el sobrecito y lee:

—«Vale por un regalo inesperadamente sorprendente».

Me mira sin comprender, y yo miento:

—Dame unos días para entregártelo.

Nos besamos más y, al cabo, Nacho murmura:

—Gracias, cariño. No te imaginas lo especiales que son tus regalos para mí.

Asiento complacida. Soy consciente de que le han gustado, y sé que le va a encantar el que aún no le he entregado.

—Esta noche, cuando termine la fiesta, te daré otro…, Semental —cuchicheo guiñándole el ojo.

De nuevo reímos y luego Nacho, cogiéndome de la mano, me lleva hasta su despacho. Entramos y cierra la puerta. Mientras deja los regalos en una estantería, digo mirando una estatuilla de porcelana que tiene forma de gato:

—Mira que es fea esta figurita.

Al oírme, él me mira desconcertado, y yo, cogiendo la estatuilla, que está sobre una mesita baja, insisto:

—¿Cómo te puede gustar semejante horterada?

De inmediato sé que he dicho algo inapropiado, pues su gesto lo delata. Viene deprisa hacia mí y, quitándomela de las manos, dice:

—Fue el primer regalo que me hizo Odalys y eso lo hace especial.

Joder… Joder… Joder… ¡Qué bocazas soy! Menuda metedura de pata.

—Bueno… —musito entonces—, tan feo no es.

Él no dice nada, sino que simplemente deposita con cuidado la horrorosa figura sobre la mesita y yo me apresuro a cambiar de tema.

—He hablado con mi madre y me ha dicho que el Almirante y ella estarán aquí sobre las siete.

—Estupendo —dice él mirando la figurita.

—¿Y tus padres dónde están? —pregunto a continuación.

Al decir eso veo que me mira e indica:

—De consenso.

—¿Cómo?

Nacho asiente y se encoge de hombros.

—Desde que yo era pequeño nunca les ha gustado discutir delante de mí, pues, según ellos, es una falta de respeto. Así que cada vez que tienen que discutir por algo y yo estoy cerca, dicen que se van de consenso a cualquier parte para que no los oiga.

Oír eso me hace gracia. En el caso de mis padres pocas veces los he visto discutir. Es más, si alguien discute es mi padre; ella solo lo mira y escucha, aunque tras la última vez algo me dice que eso por fin ha cambiado.

—Oye, Nacho, ¿crees que será buena idea juntar a tu padre y al mío? —pregunto.

Veo en su expresión que él lo tiene tan poco claro como yo, por lo que me apresuro a añadir:

—En fin, sea buena idea o no, es lo que va a pasar…

Siempre que entro en el despacho de Nacho me siento algo intimidada. Sin necesidad de que me lo cuente sé que los documentos que hay sobre su mesa son proyectos importantes para él. Y, mientras observo que se encamina hacia su silla voy a seguir hablando cuando le suena el teléfono.

Rápidamente me hace un gesto con la mano y, afirmando con la cabeza, le indico que tranquilo, que atienda la llamada.

Nacho toma asiento y, tras contestar, veo que rebusca sobre su mesa hasta encontrar unos papeles.

Mientras habla por teléfono, vuelvo a mirar la fea figurita con forma de gato. Si fue el primer regalo de Odalys entiendo que la guarde como oro en paño. Me alejo unos pasos en dirección a la enorme chimenea que está situada a un lado del despacho. Sobre ella hay varias fotos en las que se lo ve a él con sus padres, con amigos, actores y, por supuesto, con Odalys.

Siempre que veo alguna foto de ella la observo y, sin saber por qué, sonrío. No la conocí, pero intuyo que me habría caído bien. Al mirar uno de los marcos veo que tras él hay otro. Sin dudarlo lo desplazo para mirar, y entonces me quedo sin aliento al ver que se trata de la imagen de una ecografía.

Durante unos segundos creo que no respiro. Está claro que se trata del bebé que murió.

—En esa ecografía Odalys y yo supimos que era un niño —oigo que dice Nacho a mi espalda—. Iba a llamarse Robert.

Cierro los ojos. Pobre... Pobre...

No me muevo, me siento una cotilla, pero Nacho me agarra por la cintura y pregunta:

—¿Qué piensas?

Abro los ojos de nuevo y, todavía conmovida, respondo:

—Si te soy sincera, pensaba que Odalys me habría caído muy bien.

Nacho me da la vuelta para que lo mire y puntualiza:

—Os habríais caído muy bien.

Nos miramos en silencio unos instantes. Sin querer, tras saber el nombre de su hijo surgen en mi mente montones de preguntas.

—¿Te gustaría saber algo de mi pasado con ella? —dice Nacho a continuación.

Él nunca habla de ese tema, y sin dudarlo asiento.

—Me gustaría, sí.

Acto seguido me coge la mano y me lleva hasta un bonito sofá. Luego se sienta, me acomoda sobre sus piernas y empieza a contar:

—Odalys y yo nos conocimos en el instituto, con dieciséis años, y fue un auténtico flechazo. Recuerdo que fue verla y sentir eso que la gente llama «mariposistas en el estómago», por lo que le pedí que me acompañara al baile de fin de curso, y ahí comenzó entre nosotros la «magia», que era como ella llamaba al amor.

Nacho sonríe. Me gusta que tenga la suficiente confianza conmigo como para contarme eso.

—La figurita del gato me la regaló el día de nuestro primer aniversario —continúa—. Ella decía que yo era como un gato: independiente y cariñoso solo cuando me apetecía.

—Con respecto a lo primero le doy la razón —tercio con una sonrisa—. En cuanto a lo segundo, tú eres muy cariñoso siempre.

Nacho sonríe también, se encoge de hombros y prosigue:

—Odalys era una preciosa cubana, una loca divertida y una excelente bailarina de salsa. Es más, fue ella quien me enseñó.

—Pues te enseñó muy bien —afirmo.

—Tras diez años de noviazgo decidimos dar el paso y casarnos —continúa—. Luego, con los meses, se quedó embarazada. Todo fue bien hasta que, por desgracia, el día del parto una complicación llevó a otra y Robert y ella murieron.

El dolor que veo en los ojos de Nacho al recordarlo hace que todo el vello de mi cuerpo se erice.

—Lo siento mucho, cielo —murmuro.

—Lo sé, cariño. Lo sé —dice él mirando la figurita del gato.

Nos quedamos en silencio durante unos segundos y luego Nacho añade:

—Fue un palo muy grande. Yo no era capaz de entender cómo una mujer como Odalys, tan llena de vida, podía morir al dar a luz, y menos cómo un bebé tan precioso, mi hijo, podía morir con ella. Siempre soñé con formar mi propia familia. Ser padre. Criar a mis hijos, pero me quedé solo. Mi mujer murió, mi hijo también, y el mundo se me cayó encima.

Le aprieto la mano dándole todo mi cariño.

—La muerte de Robert y Odalys cambió mis prioridades en la

vida —prosigue—. Hoy por hoy ser padre es algo que no deseo. No querría volver a pasar por lo que pasé y…

—Nacho, no tiene por qué volver a suceder.

—Robert murió. No quiero más hijos —asegura.

Cabeceo. Está claro que así lo desea. Toma aire y dice:

—Durante doce años cerré mi corazón. No quise volver a pensar en la magia ni volver a creer en los flechazos. Pensé que eso solo ocurría una vez en la vida, pero estaba equivocado. Porque de la forma más inesperada llegó a mi vida cierta teniente vacilona, dulce, loca, divertida y malhablada que hizo que estallaran en mi estómago misiles Tomahawk.

Me río, él también, y luego afirma:

—Estoy completamente seguro de que Odalys está feliz por nosotros. Que tú y yo nos conociéramos como nos conocimos…, que, sin vernos, solo con oír la voz del otro, existiera esa conexión no es algo que suela pasar. Y aunque en un principio me resistí a creer que el flechazo había surgido entre nosotros, tengo que decirte que eres lo mejor que me ha pasado en la vida. Y si con dieciséis años me enamoré de una muchacha encantadora, ahora, con cuarenta, me he enamorado de una mujer increíble que está llena de magia y que me alegra la vida.

¡Joder, oír eso es la leche! Decir que me enamoro cada día más de Nacho es quedarse corto, y en la vida imaginé que algo tan increíblemente bonito, arrebatador y romántico me pudiera pasar a mí.

—Sé que no lo hemos vuelto a hablar —agrega—, pero cada vez que pienso que dentro de unos días tienes que reincorporarte a tu escuadrón, yo…

Le tapo la boca con la mano. Eso no ocurrirá porque pienso sorprenderlo.

—Quiero tener una vida contigo —dice después de apartar mi mano—. Deseo que hagamos planes, que viajemos, que disfrutemos el uno del otro. No quiero que reniegues de tu profesión porque puedo imaginar lo mucho que te ha costado llegar a donde estás. Pero, por favor, si hubiera la más mínima posibilidad de que pudiésemos pasar más tiempo juntos, yo…

—Nacho —lo corto y, sonriendo por lo que he decidido hacer, pido—: Dame tiempo, ¿de acuerdo?

Él asiente. No me hace elegir. No se impacienta. Simplemente acepta mi petición.

—He decidido guardar las fotos de Odalys... —empieza a explicar a continuación.

—Nooo —lo corto.

De inmediato él me mira.

—A ver, cielo —digo—, sé lo importante que fue ella para ti y creo que...

No puedo continuar. Nacho me pone la mano sobre la boca e indica:

—Eres increíble, Andy Madoc. Eres buena, comprensiva, desinteresada, y todo eso hace que cada día que pasa me enamore más y más de ti. Pero ha llegado el momento de dejar de recordar el pasado, mirar hacia el futuro y disfrutarlo. Y mi futuro eres tú.

Afirmo con la cabeza. A mí las fotos de Odalys no me molestan, son parte de un pasado bonito, pero entiendo sus palabras y sus ganas de vivir el futuro.

—De acuerdo, capullito —murmuro—. Pero hazlo solo si quieres hacerlo, ¿entendido?

Él asiente. Está claro que ambos respetamos las decisiones del otro.

Me da un beso en los labios y al cabo musita:

—Escúchame lo que te voy a decir. Creo que lo que tu padre o el mío digan al respecto hemos de dejarlo en un segundo plano. Ellos tienen sus propias vidas. Ahora solo tienen que respetar las nuestras y vivir. Que la vida es para vivirla.

No ha podido explicarlo mejor: la vida es para vivirla. Estoy sonriendo por eso cuando acerca su boca a la mía y me besa.

En ese momento suena el timbre de la puerta y Nacho y yo nos miramos.

—Será la organizadora del evento con su equipo —dice.

Rápidamente nos levantamos. Al salir del despacho vemos que Anselmo ya les ha abierto la puerta y, de inmediato, comienza la locura. La casa se llena de gente que va de aquí para allá y yo, viendo que Nacho y la mujer miran unos papeles y lo organizan todo, opto por quedarme en un segundo plano.

Capítulo 69

Nacho

Las medidas de seguridad que habitualmente hay en mi casa son fuertes, pero aun así, para la fiesta de esta noche, a la que asistirá gente influyente del cine y algunos políticos amigos míos, las duplico. Como dice Andy, ¡esto parece el Pentágono!

Mis padres han vuelto ya de su «consenso» y los veo bien, aunque distantes. La realidad es la que es, y mi madre me abraza y me dice por enésima vez en mi vida que mi padre es un gruñón.

Noelia, Juan, María y Lucas han llegado desde España en mi avión privado hace una hora, y están en el jardín con Andy y su hermano Max, Hattie y Masako. Que ella esté en su compañía me da tranquilidad. Sé que Andy está protegida con ellos, y eso es lo único que necesito: saber que está bien.

Está intranquila por la llegada de sus padres, al igual que yo. El Almirante no nos lo va a poner fácil, pero he de proporcionarle seguridad a Andy. No puede saber que estoy tan nervioso como ella, así que disimulo todo lo que puedo.

Estoy terminando de ponerme la camisa en mi habitación cuando Andy entra. Está muy bonita con ese vestido de fiesta color champán.

—Estás preciosa —musito mirándola.

Ella cabecea y, acercándose a mí, suelta:

—Oye, ¡¿puedes parar de ser tan guapo?!

Oír eso me hace reír a carcajadas y luego ella baja la voz y añade:

—No creo que mis padres tarden en llegar.

Asiento. Se la ve nerviosa, su sonrisa es tensa; y abrazándola, la acerco a mi cuerpo y murmuro:

—Ehhhh, teniente..., tranquila. Como tú dices, estratégicamente los objetivos son complicados, pero nosotros podemos con ellos.

Andy suspira y luego susurra sonriendo:

—Por supuesto que podemos.

Una vez que salimos de mi habitación nos encontramos con mi madre. Como siempre, su sonrisa es su mejor carta de presentación, y mirando a la mujer que llevo cogida de la mano exclama:

—¡Estás preciosa, Andy!

—¡Tú estás espectacular! —afirma mi chica.

Sonrío. Entre ellas se ha creado una corriente que me agrada. Y, cuando suena el timbre de la puerta e intuyo que los invitados comienzan a llegar, agarro también a mi madre de la mano y digo:

—¡Empieza la fiesta, chicas!

Capítulo 70

Andy

La casa de Nacho está a rebosar de gente tremendamente popular. Actrices, actores, directores, productores, políticos y mucha gente del equipo de rodaje que conocí en España y que me saludan con verdadero cariño mientras la voz de Frank Sinatra ameniza la elegante velada.

En la puerta la prensa está enloquecida. Flashes por aquí, flashes por allá, y yo solo puedo pensar en cómo reaccionará mi padre cuando llegue y vea todo esto. Estoy tan nerviosa que incluso tengo el estómago revuelto.

—Madre mía, Andy —oigo que me dice de pronto Hattie—, ¿has visto quién acaba de llegar?

De inmediato me vuelvo y sonrío al ver a mi Dominic Toretto.

Por favor…, por favor…, ¡lo que me gusta este hombre!

Vin Diesel está a pocos pasos de mí, felicitando a Nacho con una grata sonrisa, y sonriendo murmuro:

—El hombre que me ha perdido está saludando al hombre que me ha encontrado.

Hattie y yo reímos, y, tras señalar a mi hermano Max, que no se ha separado de Masako, pregunto:

—¿Qué sabes tú de eso?

Hattie los mira.

—Desde que volvisteis de España viene a buscarla todos los días —dice—. Hacen una parejita monísima, ¿verdad?

Asiento y sonrío. Me parece genial que se hayan conocido.

—Cariño, quiero presentarte a alguien.

Al oír la voz de Nacho me doy la vuelta y, cuando veo que está junto a mi Dominic Toretto, ¡joderrrrr, lo que me entra por el cuerpo…!

—Vin, ella es mi chica, una gran admiradora tuya —dice Nacho—. Andy, él es quien tú ya sabes, ¿verdad?

Woooo, mi estómago.

Woooo, ¡que vomito de la impresión!

Como una auténtica paviflor vuelvo a asentir mientras mi Toretto me mira a mí, ¡solo a mí!, y dice con una sonrisa:

—Encantadísimo de conocerte, Andy.

Tonta. Me quedo del todo tonta hasta que noto que Hattie me empuja y, reaccionando, suelto:

—El placer es completamente mío.

Durante unos minutos charlamos mientras yo noto que mi estómago está como una centrifugadora. Vin, al que yo conozco por Toretto, es un encanto y enseguida veo la estupenda sintonía que hay entre Nacho y él. Luego Masako y mi hermano se aproximan también a nosotros y él lo saluda. Max ha participado en las películas de *Fast & Furious* y Vin y él se conocen.

Estoy obnubilada por tenerlo a mi lado cuando Nacho se acerca a mi oído y cuchichea:

—Espero que a mí me mires igual que a él.

Yo sonrío y, contemplando a ese actor, al que más no puedo adorar, le doy un beso en los labios a Nacho y murmuro:

—A ti te miro mucho mejor…, capullito.

Nacho y yo reímos, y en ese momento otro actor se acerca a nosotros y Vin, Nacho y aquel se ponen a hablar. Masako, que está más perdida que yo en esta fiesta, me comenta:

—Todavía no me puedo creer que esté aquí.

La comprendo muy bien.

—A las tres en punto —oigo que dice entonces Max.

Al instante miro en la dirección que estratégicamente me ha marcado y, woooooo, veo que allí están mis padres.

Uffff, ¡qué nervios!

De inmediato camino hacia ellos, seguida de Hattie, Max y Masako, y cuando los alcanzo saludo con una sonrisa.

—Hola, mamá. Hola, papá.

Mi madre me mira y se apresura a preguntar:

—Andy, ¿estás bien?

—Sí.

—Pues te veo yo un poquito pálida.

Sin dudarlo afirmo con la cabeza. Sé que lo que me pasa es de los nervios que tengo por mi padre y el padre de Nacho; pero le quito importancia y exclamo:

—Pero ¡qué guapa estás, mamá!

—Tú sí que estás preciosa. Qué glamurosa vas con ese vestido, Andy.

—Papá, tú también estás muy guapo —añado, pero él simplemente asiente.

Me río. Creo que es la primera vez que mi madre me ve con un vestido de estas características. Está acostumbrada a que lleve ropa militar, vaqueros, botas, camisetas, y, claro, de pronto, verme vestida de princesita es un sueño hecho realidad para ella.

—Gracias, mamá. Es un vestido de la tienda de Hattie.

Al oírme ella hace un gesto pícaro y luego cuchichea:

—Pues deberías comprarte más cosas allí.

—Estás guapísima, mamá —apostilla Max después de que Hattie le dé dos besos.

Mi padre mira a su alrededor. Como no ve películas, no conoce a los actores que nos rodean.

—Hola, papá —lo saluda mi hermano.

—Máximo —responde él.

Un incómodo silencio se hace a continuación entre nosotros y, al cabo, Max dice dirigiéndose a mi madre:

—Mamá, ella es Masako. Masako, ellos son mi madre, Rosario, y mi padre, James.

Sorprendida, mi madre me mira y, al ver que sonrío, murmura gustosa tras besar a Masako en la mejilla:

—Un placer conocerte, bonita.

Masako sonríe y de pronto oigo que mi padre suelta:

—Como a los soplagaitas que estaban en la entrada con sus jodidos flashes se les ocurra publicar una fotografía mía, la vamos a tener.

—Papá… —murmuro.

Pero mi padre es mi padre, y se pasa un buen rato refunfuñando, hasta que mi madre cuchichea mirándome:

—El Almirante no está muy fino…, me ha dado el viajecito.

Ya lo imaginaba.

Busco a Nacho con la mirada y entonces veo que él asiente con la cabeza en mi dirección. Acaba de ver a mis padres. Se encamina hacia nosotros con seguridad y, cuando llega, lo cojo de la mano y digo:

—Nacho, ellos son mis padres, Rosario y James. Mamá, papá…, él es Nacho Duarte.

Según digo eso mi madre da un paso al frente con su bonita sonrisa y lo abraza.

—Un placer conocerte, Nacho —afirma—. ¡Qué alto eres!

—Gracias, Rosario, y tú muy bella —responde él. Mi madre sonríe. Lo que le gusta que la halaguen—. Es un placer enorme para mí que estéis aquí —añade Nacho.

Mamá y él se sonríen, y luego mi chico tiende la mano hacia mi querido padre.

—Un placer conocerte, James —dice.

El Almirante me mira, después mira a mi madre, y por último, mirando a Nacho, le estrecha la mano, pero no dice ni mu. ¡Joder, otro como su padre!

Me acaloro. Me entran los siete males. Esto es peor que cualquier consejo de guerra. Y Nacho, al ver pasar a un camarero con una bandeja con bebidas, pregunta:

—¿Qué os apetece tomar?

—Un vinito blanco estaría bien —contesta mi madre.

Con galantería Nacho coge una copa y se la entrega a mi madre. Luego se dirige a mi padre y pregunta:

—¿Y tú qué deseas, James?

—Un vino tinto, por favor.

Boquiabierta, mi padre me deja totalmente boquiabierta por su forma de responderle. Nacho coge la copa y se la tiende. Y yo, para alejarlo de nosotros, digo entonces:

—Tom te estaba mirando… Creo que quería decirte algo.

Nacho me entiende, sabe que deseo que se aparte, así que le dirige una última sonrisa a mi madre, da media vuelta y se va. Instantes después se alejan Max, Hattie y Masako, y cuando quedamos solo mis padres y yo pregunto:

—¿Habéis venido desde casa así vestidos?

Mi madre asiente. Intuyo que mi padre lo quiso así.

—¿Tenéis la maleta en el coche todavía? —insisto.

Ella afirma de nuevo con la cabeza. Harán noche en la casa de Nacho.

—Sí, cielo —dice—. La puerta estaba llena de periodistas y no era cuestión de entrar con la maletita en la casa. Luego, cuando acabe la fiesta, saldremos a por ella.

Asiento y, de pronto, me encuentro con la mirada del padre de Nacho, que está al otro lado del salón. Veo reproche en sus ojos y, dándome la vuelta, voy a hablar cuando veo que Tomi, el primo de Noelia, viene hacia mí vestido de amarillo pollo de pies a cabeza.

—¡Yujuuuuuuuuu, teniente Marvel! —canturrea.

Encantada, saludo a Tomi y a su marido y luego hago las presentaciones pertinentes.

—Tomi, Peter, ellos son mis padres, James y Rosario.

—¡Por el amor *of my life*! —exclama Tomi llevándose las manos a la boca—. Qué orgullosos debéis de estar de la teniente Marvel. Fue conocerla y convertirse en mi *best heroine in the world.*

Mi madre sonríe. Mi padre no. Y viendo que este puede soltar alguna ordinariez de un momento a otro, me apresuro a explicar:

—Chicos, os dejo. Voy a salir con mis padres al jardín. Luego nos vemos.

Una vez fuera, donde mi padre sigue callado y ceñudo, se nos acerca Susan, la madre de Nacho. Como había imaginado, ella y mi madre rápidamente hacen camarilla. Se entienden. Hablan de cine, de actores, de películas. Mi madre es una apasionada del celuloide.

—James —dice al rato Susan dirigiéndose a mi padre—, ¿te ocurre algo?

La miro. ¿Acaso no sabe lo que le ocurre? Él no contesta, se está comportando como un maleducado, y luego oigo que ella cuchichea:

—No me digas que eres como mi marido, que, por sus manías y sus fobias, no sabe disfrutar de una bonita fiesta...

«¡Toma yaaaaaa! ¡Esta tira a matar!»

Mi padre la mira sin decir nada y Susan añade:

—Es el cumpleaños de mi único hijo y quiero que todo el mundo sea feliz.

Sonrío y, tras mirar a mi madre, dice acto seguido:

—Ven, Rosario. Te presentaré a Gregory Woman, el actor que me has dicho que te gusta tanto.

Mi madre se dispone a moverse cuando mi padre suelta:

—¿Piensas dejarme solo, Rosario?

Ella lo mira, niega con la cabeza y replica:

—Solo no estás. Andy está contigo.

Y, sin más, tras guiñarme el ojo, se marcha con la madre de Nacho, y mi padre y yo nos quedamos en silencio.

Joder…, ¡mi madre va cuesta abajo y sin frenos!

—¿Por qué eres incapaz de disfrutar de verme feliz? —le pregunto de pronto al Almirante al verlo tan serio.

—Tú siempre has sido feliz pilotando.

Vale. Eso se lo compro, siempre ha sido así.

—Tienes razón, papá. Pero ahora lo soy también tras haber conocido a un hombre al que quiero —insisto—, que me quiere y me acepta como soy.

—Un puñetero payaso…

Cierro los ojos.

No… No… No…

No le voy a consentir que llame «payaso» a Nacho y, mirándolo, le advierto:

—Si vuelves a faltarle al respeto al hombre del que me he enamorado, te aseguro que tú y yo vamos a tener más que palabras, ¿me has oído, papá?

Él me observa. Sigo viendo incomodidad en su gesto, pero de pronto veo también algo más en su mirada, algo que no logro entender qué es.

—¿Te pasa algo más, aparte del fastidio por estar aquí?

—No.

—¿Seguro?

—Sí.

Nos quedamos en silencio unos instantes y, al cabo, dice:

—Sé que has pedido una reunión en San Diego para dentro de dos días.

—Así es…

Guarda de nuevo silencio y luego pregunta:

—¿Qué has decidido?

Lo miro. Sé que le voy a dar el disgusto de su vida. Quizá no sea el mejor momento para decírselo porque me la puede montar, pero respondo:

—Voy a aceptar el puesto de instructor. Podré seguir volando y tener una vida con Nacho… Y, antes de que digas nada, lo he decidido solo yo, ¡que te quede claro!

Mi padre cierra los ojos.

Wooooo, la que me va a liar.

Cuando creo que va a soltar por su boca sapos y culebras porque eso no es lo que quiere para mí, se calla y yo pregunto sorprendida:

—¿Has oído lo que he dicho?

El Almirante asiente.

—Alto y claro. Sordo no soy… Y me parece bien.

¿Que le parece bien, ha dicho? ¿En serio?

Lo miro boquiabierta. ¿De verdad no va a protestar?

No. A mi padre le pasa algo. Y, cuando voy a preguntárselo, veo que Nacho se acerca con su padre y yo me quiero morir.

No… No… Noooooo…

¿Acaso se ha vuelto loco?

Llegan hasta nosotros, Nacho mira a su padre y dice:

—Papá, él es el almirante James Madoc, padre de Andy. James, él es mi padre, Alberto Duarte.

Los dos hombres se miran. Hasta el más tonto podría leer en sus ojos la incomodidad que sienten al conocerse. Nacho y yo nos miramos también. ¿En serio no se van a saludar?

Joder… Joder… Joder…

Miro a mi padre, se lo exijo con la mirada, pero de pronto el padre de Nacho tiende la mano hacia él y dice:

—Señor Madoc…

Uf…, menos mal que su padre tiene algo más de sensatez que el mío. El Almirante finalmente le da la mano, se la estrechan, y luego el padre de Nacho suelta:

—No diré que es un placer conocer ni estrechar la mano a un almirante del ejército, pero la educación siempre va por delante.

Vale. Lo de la sensatez lo retiro.

—Señor Duarte, ¿qué tiene usted en contra del ejército? —pregunta mi padre mirándolo.

No. No. Nooooo…, ¡ahora eso no!

Nacho y yo nos miramos. A menudo una retirada a tiempo es lo mejor, por lo que agarro a mi padre del brazo y, tirando de él, digo:

—Acompáñame. Quiero enseñarte algo.

Con gesto ceñudo él y yo nos alejamos, y de pronto lo oigo decir:

—¡¿De qué va ese soplagaitas estirado?!

Resoplo, suspiro y no contesto.

¡A trincheras!

Capítulo 71

Nacho

La fiesta está siendo un éxito porque la gente lo está pasando bien, pero yo veo que Andy no está disfrutando.

En varias ocasiones bailo con ella para alejarla de su padre. Desde que este ha llegado intenta no separarse de él porque creo que tiene pánico a que diga algo inapropiado, y solo cuando este se va a descansar a su habitación veo que ella respira aliviada.

Poco después de marcharse James, mi padre decide retirarse también. Está más que claro que los dos odian estar donde están, pero a mí me da igual. Es mi fiesta. Estoy con Andy, y lo que ellos puedan pensar no me quita el sueño.

Hablo con Dawson, Roy, Tony Ferrasa y Eric Bénet. Como siempre, mis amigos no han faltado a mi fiesta de cumpleaños, del mismo modo que yo procuro no faltar a las de ellos. Todos están sorprendidos por la presencia de Andy. Desde que murió Odalys es la primera vez que me ven enamorado de una mujer, y se alegran mucho por mí. Saben lo mal que lo he pasado y les encanta verme tan feliz. Y, bueno, cuando bailo con Ruth, la mujer de Tony, no puedo evitar reírme cuando dice eso de que se pide ser la madrina de la boda. Pero ¿quién ha hablado aquí de boda?

Mi madre y la madre de Andy disfrutan como locas de la fiesta. Verlas bailar y bromear con mis amigos me llena de felicidad, y sé que a Andy también. En ellas tenemos a unas excelentes aliadas y, sin necesidad de decirlo, ambos lo sabemos.

En un momento dado, cuando veo a Andy hablar con Ruth y

Vanessa, la mujer de Dawson, sonrío. Me encanta verla entre mi gente. Me gusta verla sonreír con ellos. Me acerco al DJ, le pido una canción y, cuando esta comienza a sonar, me aproximo a ella y pregunto:

—¿Baila conmigo, señorita?

Ella sonríe divertida y yo le guiño un ojo.

—Vamos..., ven aquí —insisto.

Y viene. Vaya si viene.

Mientras bailamos nos miramos a los ojos, y al oír la letra de la canción digo:

—Esto va en serio, preciosa.

Andy asiente, sonríe, y acto seguido yo pregunto:

—¿Qué vas a hacer el resto de tu vida?

—¿Te parece bien quererte? —repone ella.

Afirmo con la cabeza. Me parece muy muy bien y, sin dudarlo, la beso.

Ella. El momento. La canción. Nosotros. Todo es perfecto.

Nunca imaginé que la vida volvería a darme una segunda oportunidad en el amor, y cuando nuestro beso acaba Andy me mira y susurra:

—Soy una paviflor al decirte esto, pero ni te imaginas cuánto te quiero.

Me río, ella también se ríe, y respondo:

—Me tienes un poco loco, como dice la canción.

Ambos sonreímos y luego yo murmuro:

—Cariño, no sé qué voy a hacer sin ti cuando te vayas.

—No pienses ahora en eso —dice ella acercando sus labios a los míos.

Cabeceo. Lo intento, pero no puedo. Imaginar que dentro de unos días tengo que despedirme de ella y no verla en un par de meses no es fácil. Ahora que he encontrado el amor, ¿por qué tengo que decirle adiós?

Bailamos la canción en silencio. Nuestra canción. Y cuando esta acaba Andy me mira y dice:

—Estoy sedienta. Vayamos a beber algo.

Sin dudarlo, cogidos de la mano, nos dirigimos a una de las barras que hay en el jardín.

—¿Te encuentras bien? —le pregunto luego al verla engullir su cerveza.

Esta asiente y, tras tomar aire, musita:

—Sí.

—¿En qué piensas?

—En que a mi padre le pasa algo —contesta mirándome muy seria.

Según dice eso, sonrío.

—¿Y acaso no sabes lo que es?

Andy afirma con la cabeza, pero insiste:

—Claro que sí. Pero mi sexto sentido me dice que hay algo más. Me mira de una manera que no sé..., y, aunque no lo creas, lo encuentro muy mansito.

—¿Le has preguntado a tu madre?

Ella vuelve a asentir. Mira hacia el lugar donde aquella baila con mi amigo Tony.

—Sí. Pero dice que no sabe nada, y la creo —indica—. Mamá no sabe guardarse nada para sí. Su cara es el fiel reflejo de lo que siente.

—Desde luego, tu madre y la mía se lo pasan muy bien —comento al verlas bailar a ambas.

Andy afirma con la cabeza y, mirándome, pregunta:

—¿Qué vamos a hacer?

Sé por qué me pregunta eso. Intuyo que su cabeza no deja de pensar en el problema que tenemos con nuestros padres.

—De momento, disfrutar de la fiesta porque tú estás aquí —declaro—. El resto, mañana se verá.

Me estremezco al ver cómo me mira.

Aunque no se lo diga, no puedo parar de pensar en su marcha, y tengo miedo. Tengo mucho miedo de que pueda ocurrirle algo.

—Tienes razón —oigo que dice entonces—. Es tu cumpleaños y debemos disfrutarlo a tope.

A partir de ese instante lo hacemos. La actitud de Andy cambia por completo y, ¡joder!, ¡qué bien lo pasamos!

Capítulo 72

Andy

¡Joder, qué resaca tengo!

La fiesta duró hasta las cinco de la madrugada y, la verdad, ¡fue genial, y lo que bebí!

Ver a muchos de aquellos actores o políticos bailar, participar de las bromas y comportarse como la gente de a pie me sorprendió mucho. Pero, oye, ¡ellos también son personas, aunque yo misma los haya catalogado por salir en la tele y en la pantalla grande!

Como siempre, cuando me despierto Nacho ya no está en la cama. Hay que ver lo que madruga este hombre aun habiéndose acostado supertarde.

Una vez que me ducho y me visto, abro el cajón de la mesilla, saco mi móvil y, cuando voy a mirarlo, oigo la voz de mi madre, que grita:

—James, ¡cállate!

Me apresuro a guardar el teléfono en el bolsillo trasero de mi pantalón vaquero, salgo de la habitación, corro escaleras abajo y me dirijo hacia el despacho de Nacho, del que salen voces airadas.

Al abrir la puerta me encuentro a Nacho con sus padres y los míos. ¡Qué valiente!

Cuando me ven, todos se callan y me miran. Y, viendo que Susan abraza a mi madre, que parece tremendamente disgustada, inquiero:

—Pero ¿qué pasa, mamá?

—Lo de siempre, hija —susurra ella—, que tu padre es un obtuso.

—Rosario, no me calientes más —protesta él.

Lo miro. Puedo imaginar por dónde va el tema; entonces oigo que Alberto dice:

—Ignacio, opino como el padre de Andrea. Es un error que estéis juntos.

¡Joder! Pero ¿qué me he perdido? ¿Qué está pasando aquí?

—Alberto —lo corta su mujer—. ¡Basta ya!

—Susan, Ignacio se está equivocando y callar es un error.

—Papá, pero ¿qué absurdez estás diciendo? —replica él.

Bueno…, bueno…, bueno…, y todo esto sin haberme tomado un café.

—Ignacio —insiste aquel—, Andrea y tú tenéis diferentes objetivos en la vida.

«¿Objetivos? ¿Qué objetivos?»

—Mi hija Andy —tercia mi padre— lleva toda una vida dedicada al ejército, como para ponerse ahora a jugar a las casitas y…

—Joder, papá… —lo corto—. Pero ¿qué narices estás diciendo?

Mi padre me mira. El padre de Nacho también.

—Lo sé, he dicho «joder» —añado segura—, pero, ¡joder!, ¿qué está pasando aquí?

En décimas de segundo todos comienzan a hablar. Mis padres hablan. Los padres de Nacho hablan, mientras Nacho y yo nos miramos en silencio e intuyo que ambos intentamos tranquilizarnos.

—¡Pero vamos a verrrrr! —levanto la voz.

Todos se callan y me miran.

—¿Me podéis explicar qué problema hay en que Nacho y yo queramos estar juntos?

Como era de esperar, mi padre suelta:

—El problema es que truncará tu carrera en el ejército.

—El problema es que tú no eres lo que él necesita en la vida —afirma Alberto.

Nacho y yo nos miramos. Noto que el móvil me vibra en el bolsillo, y Nacho interviene dirigiéndose a mi padre:

—¿Por qué voy a truncar su carrera en el ejército si respeto su oficio?

Mi padre me mira y no responde. En sus ojos vuelvo a ver ese algo que vi ayer.

—Por tu oficio —suelta Alberto—, no le darás hijos y…
—Papá —lo corta Nacho—. ¡Basta!
—Por supuesto que no le dará hijos —replica mi padre—. Andy es piloto de cazas de combate y su prioridad en la vida es otra.
«¡¿Qué?! ¿Cómo?»
¿En serio esos dos están diciendo lo que están diciendo?
¿De verdad están decidiendo si yo quiero tener hijos o no?
Estoy boquiabierta, y siento que los Tomahawk me van a salir por la garganta.
—Me cago en la leche, papá, pero ¿quién eres tú para decidir si tendré o no hijos? Pero, ¡joder!, ¿qué mamonada estás diciendo?
El padre de Nacho se lleva las manos a la cabeza. Está claro que lo que digo lo está horrorizando, y entonces mi padre grita mirándome:
—Tu vida era perfecta hasta que conociste a este finolis y…
—Oiga…, a mi hijo, un respeto —lo corta Susan.
—¡Serás capullo, James! —grita mi madre.
Nacho me mira. Mi padre acaba de insultarlo en toda su cara, veo la tensión en su rostro; y en ese momento su padre dice:
—Ignacio, la ordinariez de esta gente es inconcebible.
—Papá, cállate, ¡joder! —sisea Nacho.
—*Baby*, por favor, tranquilízate —musita Susan.
Miro a Alberto. Ese tipo, al igual que mi padre a Nacho, nunca me dará una oportunidad.
—Sí, cállate, por favor —indico olvidándome del decoro—. Porque, si no lo haces, te aseguro que la palabra *ordinaria* se quedará pequeña como te diga lo que yo pienso de ti.
—Vulgar…, eso eres —gruñe aquel.
—Papá…
—¡Oiga! —protesta mi madre.
—Alberto Duarte —lo corta Susan—. Pero ¿quién narices te crees que eres para descalificar así a Andy?
Veo que los padres de Nacho se miran con rabia, y su madre prosigue:
—Tengo un único hijo porque la vida no quiso darme más, y lo que quiero es que sea feliz. Y si Andy lo hace feliz, ¿quiénes somos nosotros para meternos en su relación?

—¡Soy su padre! El que lo ha educado y el que ha hecho de él un hombre de provecho. ¿Te parece poco? —contesta Alberto.

Desde donde estoy veo que Susan parpadea y, sorprendiéndome, suelta:

—¡Váyase a la mierda, señor Duarte!

—¡Susan! —exclama su marido.

—¡Muy bien dicho! —apostilla mi madre.

—¡Rosario, cierra el pico! —protesta mi padre.

Según oigo eso, y al ver el gesto de mi madre, sé que la cosa no va a quedar ahí; de inmediato la Rosario de España suelta con la boca bien llena:

—¿Sabes lo que te digo, jodido Almirante? Al igual que Susan lo quiere para su hijo, yo lo que deseo es que mi hija sea feliz. Y si tú no estás de acuerdo conmigo, ¡que te den por donde amargan los pepinos!

—Mamá…

—Y he sido fina al decirlo, ¡que conste! —añade con mofa.

De nuevo mis padres y los de Nacho comienzan a discutir entre ellos, mientras él y yo nos entendemos con la mirada. Sabíamos que eso podía pasar y, visto lo visto, está claro que entendimiento entre nuestros padres no va a haber.

De pronto la madre de Nacho suelta mirando a su marido:

—Si sigues con esa actitud con respecto a Andy y Nacho, ¡quiero el divorcio!

Según oigo eso, miro a mi chico. ¡Joder, qué fuerte! Pero este parece impasible hasta que su padre responde:

—Como siempre hemos dicho, ¡no hay dos sin tres!

—Papá… —protesta Nacho.

Pero ¿qué está pasando aquí? No sé qué pensar, y mientras tanto noto que mi teléfono vibra y vibra y vibra en mi bolsillo. De pronto Susan sale de la habitación, tras ella van mi madre, mi padre y, cuando me dispongo a seguirlos, Nacho me dice:

—Tranquila, cariño. Ya iré yo.

Una vez que salen del despacho me apoyo contra la pared. No me lo puedo creer. No puedo entender que por lo que tenemos Nacho y yo se esté liando todo esto.

—Ya me dijo Miranda que eras una soberbia malhablada —oigo de pronto.

Levanto las cejas. ¿En serio? Solo me faltaba que mencionara a esa perra en este momento para calentarme más.

—Si para tu sobrina yo soy una soberbia malhablada, creo que lo justo es que sepas que para mí ella es una grandísima zorra —respondo.

Los ojos se le van a salir de sus órbitas. Creo que he dicho eso de «grandísima zorra» de tal manera que ha sonado todavía más grande de lo que es.

—Haré lo que tenga que hacer para que mi hijo no esté contigo —sisea él entonces.

—Uiss…, qué miedo.

—Olimpia es la mujer que debe estar junto a él. Ella es fina y delicada, no como tú, que eres todo lo contrario.

—¡Qué encantador! —me mofo.

Si este se cree que me va a acallar con lo que dice, lo lleva claro.

—Me reitero. Tú no eres lo que Ignacio necesita —insiste.

—¿Y qué necesita tu hijo, si se puede saber?

Alberto, el padre de Nacho, ese que desde el minuto uno no me ha aceptado, se acerca hasta donde estoy yo, coge la figurita del gato que hay a mi lado y, regresando al lugar en que se encontraba antes, responde:

—Una mujer como Dios manda, con la que pueda tener una vida y una familia. Y Olimpia puede darle todo eso que tú, por tu maldito egoísmo, le vas a negar.

Asiento. No es la primera vez que oigo eso. Está visto que para muchos no soy una mujer como Dios manda. Y cuando voy a soltarle una de mis perlas, porque ya me tiene hasta el moño, por no decir algo peor, veo que me enseña la figurita y dice:

—Esto no te lo perdonará Nacho. —Acto seguido la tira contra el suelo. La figurita del gato se hace mil pedazos, y él grita—: ¡Esto es inconcebible! ¿Es que pretendes matarme?

Joder… ¿Se acaba de cargar el regalo de Odalys que Nacho guardaba con tanto cariño?

Sin entender sus palabras lo miro; en ese momento los demás vuelven a entrar en el despacho y Alberto, señalado los trozos de figurita que están rotos en el suelo a su lado, exclama dirigiéndose a su hijo:

—¡Esa mujer me lo ha tirado a la cabeza! ¡Ha intentado agredirme!

Según lo dice, flipo, y luego insiste con gesto lastimero:

—Ha destrozado la figurita que Odalys te regaló…

¡Será mentirosooooooo! ¿Que yo he intentado agredirle? ¿Que yo he roto la puñetera figurita?

Todos me miran. Siento que me juzgan, y replico perdiendo los papeles:

—Eso es mentira, maldito mamonazo.

—Andy, por favor —protesta mi madre.

Nacho me mira boquiabierto, mira la figurita rota del suelo y sisea:

—¿Le has tirado eso a mi padre?

Niego con la cabeza. Joder, que no. Que ni loca lo habría hecho. Pero Nacho repite levantando la voz:

—¡¿Has destrozado algo que sabías que era importante para mí?!

Buenooooooo…, buenooo…, bueno… ¡Que noooooooo!

Niego una y otra vez lo que mi chico pregunta y lo que su padre asegura, mientras veo la rabia y el dolor en los ojos de Nacho. Aquella maldita figurita era especial para él. Su jodido padre lo sabía y ha jugado sucio.

—¡¿Has osado llamar «mamonazo» a mi padre?!

A eso sí que asiento porque lo he dicho.

—Dice que he hecho algo que no he hecho. ¿Cómo quieres que lo llame? —replico.

Nacho y yo discutimos. Cree a su padre y me siento humillada. Esto comienza a salirse de madre.

—Yo no se lo he lanzado —respondo después de tomar aire—, pero, viendo que lo crees a él y no a mí, me arrepiento de no haberlo hecho y me reitero en lo de «mamonazo».

A partir de ese instante la gresca se redobla y todos gritan, incluidos Nacho y yo.

¡Quién da más!

Todos tienen algo que decir. Pero a mí lo que me cabrea a unos niveles increíbles es que Nacho me reproche una y otra vez que haya intentado agredir a su jodido padre. Pero ¿tan poca educación cree que tengo? Vale, lo he llamado «mamonazo», ¡pero, joder!, ¿en serio cree que yo rompería ese regalo especial de Odalys?

—¡James! —grita entonces mi madre—. Tú no eres quién para decidir si Andy ha de seguir liderando su escuadrón o aceptar la propuesta de quedarse en Los Ángeles para ser instructora de vuelo en la base… Eso es solo decisión suya, ¡no tuya!

Según dice eso, Nacho me mira.

¡Joderrrr!

Como tengo pocos frentes abiertos, ahora uno más.

—Ella y solo ella ha de decidir lo que quiere —continúa mi madre—. Ni tú, ni Nacho, ni Perico el de los Palotes, ¡solo ella! Y si Andy decide bajarse de un caza para ser instructora en Los Ángeles, ¡que lo sea! ¡Respétaselo, joder!

Todos se quedan en silencio y entonces Nacho, torciendo el cuello, me pregunta:

—¿Qué está diciendo tu madre?

Bueno…, bueno…

—Puedo explicártelo… —respondo.

Nacho asiente. Su gesto de enfado es tal que no sé qué puedo esperar.

—¿Tienes libertad para decidir entre quedarte en Los Ángeles como instructora de vuelo o marcharte a liderar tu escuadrón? —inquiere.

Joder…, joder…, ¡esto va de mal en peor! Pero afirmo con la cabeza. No voy a mentir.

Nacho se lleva las manos a la cabeza. Malo, malo…

Mi bolsillo vuelve a vibrar. Saco mi teléfono. Lo voy a mirar cuando él se acerca a mí y con cara de pocos amigos sisea:

—¿Me estás diciendo que todo este tiempo has tenido esas dos opciones y no me lo dijiste en ningún momento a pesar de mis miedos?

Vale. Soy consciente de que lo he hecho mal.

La cagada ahora es monumental, y cuando voy a hablar el padre de aquel suelta:

—Te lo dije, hijo. ¡Te lo dije! Ella no es mujer para ti. Si ya te oculta cosas, ¿qué no te ocultará en un futuro?

Oír eso me enerva. ¿Por qué ese hombre no puede dejar de echar leña al fuego? Sin controlar mis palabras señalo:

—Mira, Alberto…, el respeto se gana y el «vete a la mierda» también. Y ahora mismo tú te acabas de ganar un «¡vete a la mierda!» como una catedral de grande.

—Andy —protestan papá y mamá.

Según digo eso Nacho se acerca más a mí y sisea tremendamente contrariado:

—Lo agredes, lo insultas, rompes el regalo de Odalys… ¿Dónde está tu límite? ¿Dónde está tu educación?

—¿Dónde está la suya? —replico sin dar crédito.

Bueno…, bueno…, mi nivel de tolerancia ya ha rebasado todos los límites, y mascullo:

—Tu padre es un puñetero mentiroso y…

—Te estás pasando, Andy —me corta él.

—Tú también —afirmo yo.

Nos retamos con la mirada y entonces mi padre, sorprendiéndome, ordena:

—Dejadlo los dos.

Nacho se vuelve para mirarlo. Imagino que va a hacer lo mismo que yo acabo de hacer con su padre, pero no abre la boca. Se separa de mí y camina hacia la mesa de su despacho. Se apoya en ella, me mira y escupe:

—Todo este tiempo has sabido que podías quedarte en Los Ángeles y, aun habiéndote pedido que pensaras en nosotros, en nuestro futuro, aun sabiendo lo preocupado que estoy porque tienes que marcharte con tu escuadrón, ¡no me has contado que existía esa posibilidad!

—Nacho…

—¿Dónde está la mujer clara y transparente que dices ser? ¿Dónde? —insiste.

Me callo. Sé que él lo ve así. Pero, joder, es mi decisión. Mía. Si no lo hablé con él fue porque así lo decidí, y porque no quería que interfiriera en una decisión importante para mí y que en un futuro pudiera echárselo en cara.

—¡Joder, Andy! Dijimos que seríamos claros y sinceros el uno con el otro porque lo nuestro solo podría funcionar así. Pero ¡vaya mierda de claridad la que hay entre tú y yo!

—¡Ignacio! —grita su padre—. ¿Ves el lenguaje malsonante que empleas por culpa de ella? ¡Esto es inconcebible!

Acalorada, lo miro. ¿A que lo mando otra vez a la mierda?

¡Este tío es tonto!

Y, como yo soy yo, al ver que el asunto va de mal en peor suelto:

—Alberto, que te quede claro que el calentamiento global lo causé yo, que la futura extinción del leopardo de las nieves es culpa mía y que la pandemia del coronavirus que acabamos de pasar la provoqué yo también… ¿Contento?

El hombre me mira. Sabe que me estoy burlando de él, igual que lo saben todos los demás.

—Sigues pasándote, Andy —sisea Nacho.

—Y más que me pasaré —apostillo con seguridad.

Nos miramos. En nuestros rostros no hay una pizca de ese amor que nos profesamos el uno al otro.

—Intuyo, y más ahora conociendo a tu padre, que te has pasado la vida haciendo cosas para demostrarle tu valía —añade señalándolo—. Has querido demostrarle que tenías tantos huevos como él. Que meabas más lejos que él… ¿Acaso tu padre te domina, Andrea Madoc?

Boquiabierta, niego con la cabeza.

Ha dicho eso para molestarnos a mi padre y a mí. La chulería con la que Nacho me está hablando es algo nuevo. Nunca me había hablado así, y respondo con sorna:

—¿Sabes, Nacho? A mí el único que me domina es el sueño.

Él resopla, yo también. En este instante solo existimos él y yo. Acto seguido oigo que murmura con acritud:

—Hollywood ya estaba tardando en aparecer…

Oírlo decir eso con tanto desprecio me enerva, y replico:

—Y tú ya estás en modo capullo.

A partir de ese instante Nacho y yo perdemos los papeles mientras nuestros padres nos observan y nosotros nos gritamos como verdaderos animales. Yo le digo, él me dice. Solo nos reprochamos sin escucharnos.

Susan y mi madre intentan poner paz, tratan de hacernos razonar, en tanto que mi padre, sorprendentemente, guarda silencio y su puñetero padre sigue echando leña al fuego.

Esto es una puta locura, y en mi fuero interno soy consciente de que nuestros jodidos padres están consiguiendo lo que querían. Nos están separando.

Nacho está descontrolado. Nunca lo había visto así. Sus ojos van una y otra vez a los pedazos de la puñetera figurita que están en el suelo. Y, en un momento dado, digo mirándolo muy seria:

—Quiero hablar a solas contigo.

Pero él ya no me escucha, solo escucha a la mosca cojonera de su padre, que no calla, y suelta:

—No quiero hablar contigo.

Resoplo. Tomo aire e, intentando bajar mi nivel de chulería porque si sigo así la cosa va a terminar mucho peor, voy a hablar cuando el puñetero padre de aquel se pone delante de mí y dice:

—No quiere hablar contigo.

—¡Alberto, por Dios, deja de meterte y permíteles que hablen! —gruñe Susan.

Me da igual lo que diga ese jodido hombre. No pienso escucharlo. Acto seguido mi padre, sorprendiéndome de nuevo, dice:

—Llegados a este punto, opino que los muchachos deben hablar.

Afirmo con la cabeza. Por primera vez en mucho tiempo siento que mi padre rema en el mismo sentido que yo y se lo agradezco.

Mi madre agarra entonces de la mano a mi padre e insiste:

—Opino como mi hija, Susan y mi marido. Nacho y Andy deben hablar.

Miro a Nacho. Quiero que sepa que yo no he roto la figurita. Necesito que le quede claro que yo no he intentado agredir a su pare. Deseo explicarle por qué no le conté eso que tanto le ha molestado, como quiero explicarle que su regalo supermegaespecial era precisamente que iba a aceptar el puesto de instructor; pero oigo que dice:

—Ahora no quiero hablar con ella.

—¡Joder, Nacho! —protesto.

Él no me mira, solo mira hacia la puerta. Entonces mi padre indica:

—Creo que lo que mi hija quiere explicarte es...

—James, disculpa —lo corta Nacho—. No quiero ser grosero

contigo, aunque tú sí lo has sido conmigo, pero, sinceramente, en este instante no me interesa nada de lo que tu hija quiera explicarme.

—Muy bien, Ignacio. Ahora solo falta que se marchen de la casa —apostilla su padre.

—¡Alberto! —protesta Susan.

Mi padre me mira. Sé que se está conteniendo. Conociendo su poco aguante, por el modo en que aquel hombre insufrible se está comportando, sé que ya le habría dicho varias lindezas, a cuál más ordinaria.

Pero mi padre está raro. Vuelvo a ver en su mirada ese desconcierto que llevo viendo desde que ha llegado. Tras coger aire, veo que se muerde la lengua y dice con voz de mando:

—¿Vas a dejar que te sigan pisoteando, teniente Madoc?

—¡Ni hablar! —afirma mi madre con convicción.

Oír eso me hace reaccionar. Jamás me he dejado pisotear. Nunca se lo he permitido a nadie. Ni a mis hermanos. Ni a mis primos. Ni a mi padre. Ni a la vida. Por eso soy así. Por eso soy quien soy. Pero, por el amor que siento por Nacho, acercándome un poco más a él digo:

—Piensa en nuestra magia.

Al decir eso él me mira. Sonríe con desgana y pregunta:

—¿Qué tienen de mágico tus actos y tu comportamiento?

Oír eso me vuelve a sublevar. ¡Joderrrr!

—¿Quieres decir que yo tengo la culpa de lo ocurrido? —inquiero.

Nacho mira los trozos de la figurita que están en el suelo con mala leche, después me mira a mí y sentencia:

—Por supuesto que sí.

Vale. Se acabó. Hasta aquí hemos llegado. Ya no me dejo pisotear más. Y musito:

—Ahora sí que tú y yo no tenemos nada que hablar —digo con un hilo de voz.

—Por fin estamos de acuerdo —replica él con la misma rabia que yo.

Y, cuando voy a soltar por mi boca sapos y culebras, Nacho sale del despacho sin más.

Su madre va tras él con gesto horrorizado y su padre los sigue.

Apenas puedo respirar. Apenas puedo razonar. No sé qué ha pasado. Solo sé que la magia que había entre nosotros se ha ido a la mierda.

—Lo siento, cariño —murmura entonces mi padre.

Devastada, miro los trocitos de la figura del gato en el suelo y musito:

—Os juro que yo no he hecho lo que ese imbécil dice, aunque ganas no me han faltado.

—Tranquila, hija —susurra mi madre.

—Te creo, Andy. Tu madre y yo te creemos.

Asiento y miro a mi padre. Sé que lo siente de verdad.

En ese instante oigo el motor del coche de Nacho. Me vuelvo hacia la ventana y veo que sale de la casa y que Paul lo sigue en otro vehículo, mientras noto que mi teléfono, que tengo en la mano, vuelve a vibrar.

Sin poder dejar de mirar por la ventana, veo que Susan y su marido discuten en el jardín. Su hijo se ha marchado. Nos ha dejado a todos aquí. Y, sintiendo la vibración del móvil en mi mano, lo miro y veo que quien me llama es Carla, la mujer de Ramírez.

Si el corazón me latía a mil por hora, al ver eso se me acelera a diez mil. Desbloqueo la pantalla, contesto, escucho lo que tiene que decirme y de pronto noto que mi vida se ralentiza. Miro a mi padre y por fin comprendo qué era ese algo extraño que había notado en sus ojos desde que ha llegado aquí.

Una vez que cuelgo él se acerca a mí.

—Sabía que tarde o temprano te enterarías y quería estar contigo —dice—. Por eso he venido. Por eso estoy aquí. Pero, a pesar de las heridas, está bien.

Mi cabeza va a doscientos mil por hora. Si no tenía bastante con lo que está ocurriendo en mi vida personal, ahora se le suma eso.

—¿Por qué no me lo has dicho? —murmuro mirando a mi padre.

En ese instante Susan y Alberto entran en el despacho, pero mi padre, ignorándolos, responde:

—Porque quería que siguieras siendo feliz, Andy. Por eso no te lo he dicho.

Asiento. Respiro con dificultad. Sabía que algo le pasaba, lo que no sabía era qué.

—Hora estimada de llegada a la base de San Diego: 14.36 —oigo que dice a continuación.

Mi madre nos mira, no entiende nada, y pregunta:

—Pero ¿qué pasa?

Noto un intenso calor que me sube a la cabeza. Carla me acaba de decir que Ramírez, su marido y mi compañero en el ejército y mejor amigo, regresa herido a la base de San Diego tras tener un accidente con su caza. Y yo, acelerada como estoy, digo sin pensarlo:

—Tengo que irme.

—Andy, ¿adónde vas? —quiere saber mi madre.

—Tengo que irme —repito en bucle.

—Hija, pero Nacho…

Al oírla, la miro y, como puedo, digo:

—Nacho y yo ya hemos tomado nuestra decisión. Papá te explicará lo que pasa.

Y cuando voy a darme la vuelta, mi padre me coge la mano y pregunta:

—¿Te llevo?

—No. Con la moto iré más rápido.

—Conduce con cabeza —me pide.

Asiento, luego miro a Susan y le sonrío con tristeza. Ella y yo nos entendemos con la mirada, sin necesidad de hablarnos, y sin acercarnos nos despedimos con cariño. Al padre ni lo miro, o esta vez sí que le tiraré lo primero que pille.

—Andy —insiste mi madre.

—Déjala —oigo que dice mi padre.

Sin más, corro a la habitación, donde cojo mi mochila y las llaves de mi moto y, tras bajar e ir a donde está aparcada, Jackson se acerca a mí y dice con gesto apurado:

—Toma aire antes de montar.

Me llevo la mano al pecho. Creo que debo de tener setecientas mil pulsaciones por minuto.

—¿Estás bien? —pregunta Jackson.

—No. Pero necesito marcharme de aquí.

Él y yo nos miramos. Intuyo que ha oído los gritos.

—Si no quieres que te siga la prensa —indica—, sal por la puerta de atrás, pero no la de la casa, sino la del jardín. Yo te la abriré.

—Gracias —musito.

En silencio, Jackson y yo nos dirigimos con mi moto hasta allí, y cuando la abre, tras comprobar que no hay prensa, murmura:

—Por favor, conduce con cuidado y relájate.

Con una triste sonrisa, y sin poder evitarlo, le doy un abrazo. Necesito ese abrazo. Durante unos segundos ese hombre y yo permanecemos abrazados, y cuando me separo de él susurro:

—Gracias, Jackson.

Él asiente. Me pongo el casco, monto en la moto, arranco y, centrándome en la carretera, me dirijo a la base de San Diego, adonde Ramírez llegará dentro de dos horas.

Capítulo 73

Nacho

La cabeza me va a mil y el enfado que tengo apenas si me deja respirar mientras me tomo un café a solas en una cafetería en la playa de Venice y de fondo oigo que suena la canción de Shania Twain *Man! I Feel Like a Woman!*

Necesito tranquilidad, necesito mi espacio. Necesito pensar o juro que la cabeza me va a estallar.

Mi padre y el de Andy me han sacado de mis casillas con sus comentarios. Han sido implacables, crueles. Pero quien ha terminado de descolocarme por completo ha sido ella.

¿Cómo ha podido agredir a mi padre?

¿Cómo ha podido romper la figurita?

¿Por qué me ha ocultado eso tan importante para mí, para nosotros?

¿Por qué no me ha dicho que tenía la posibilidad de ser instructora en Los Ángeles?

Pienso. Pienso. Pienso y, cuanto más pienso, menos lo entiendo, pero percibo que el enfado poco a poco se va suavizando.

Lo sucedido en casa con Andy y mi padre ha sido sumamente desagradable. ¿Cómo ha tenido la poca vergüenza de hacer lo que ha hecho? Pero, igual que digo esto, pienso: ¿cómo mi padre ha podido ser tan desconsiderado y desagradable con ella?

Pienso en el Almirante. En comparación con mi padre, aunque me ha faltado al respeto en alguna ocasión, se ha comportado. No es el hombre implacable que yo esperaba. Solo había que ver cómo miraba a Andy para saber que haría lo que fuera por ella. Por ejemplo, venir a mi casa a pesar del horror que le causaba.

Andy ocupa mis pensamientos. Estoy muy enfadado con ella. Su comportamiento ha sido deleznable, pero también sé cuáles son las circunstancias que la han llevado a ello, y yo no me he comportado bien. Me he dejado llevar por la rabia y el desconcierto y no he procedido como debía.

Debo regresar y hablar con ella. Tenemos mucho que aclarar, pero algo me dice que estará tan enfadada por el modo en que he reaccionado que no va a ser fácil. Me he ido de mi casa. La he rechazado. La he dejado a solas con mis padres y los suyos y me lo va a hacer pagar.

Salgo de la cafetería sumido en un sinfín de preguntas sin respuesta y vuelvo a subir a mi coche. He de regresar a casa cuanto antes. Debo intentar solucionar este asunto.

Veinte minutos después, cuando llego y le doy al mando para que la puerta de entrada se abra, rápidamente veo a *Cooper* y a *Audrey* con los padres de Andy, que están metiendo las maletas en su coche. Se marchan. He sido un pésimo anfitrión, pero he de hablar con ellos. He de disculparme por el modo en que me he ido.

Busco a Andy con la mirada, pero no la veo. ¿Dónde estará?

Meto el coche en el garaje y, al bajar, veo a Jackson más allá, caminando hacia mí.

—¿Podemos hablar? —me pregunta entonces el Almirante, acercándose.

Al ver que me lo dice con voz tranquila, asiento. Le indico a Jackson que lo atenderé una vez que termine y, apoyándome en el coche, miro a la madre de Andy, a la que se ve nerviosa.

—¿Estás bien, Rosario? —quiero saber.

La mujer me mira, después mira a su marido, y acto seguido él le pide:

—Déjame primero que hable con él, por favor, cielo.

Su voz es relajada y, al ver que ella está conforme, miro al Almirante y, consciente de que me la va a montar, digo:

—James, hablaré contigo todo lo que quieras, pero creo que primero tengo que hablar con Andy. Sin embargo, aprovechando que estás aquí, quiero decirte que nada de lo que tú o mi padre digáis me hará cambiar de opinión. Quiero a Andy, ella me quiere a mí, y sé que juntos podremos solucionar cualquier problema que se nos presente.

Rosario se emociona, cabecea y se seca las lágrimas con un pañuelo, pero aquel hombre imponente dice mirándome:

—Tengo cuatro hijos y ellos, junto a mi mujer, son para mí mi mayor tesoro, aunque a veces no esté de acuerdo con las decisiones que toman en la vida. Al ser la única niña, Andy siempre fue especial. Ya desde pequeña nunca se ha dejado pisotear por sus hermanos, nunca se ha dejado doblegar por ellos ni por nadie... Y, ¿sabes, Nacho? Hoy, por el amor que siente por ti, ha permitido que la pisoteen, y eso te va a pasar factura.

—James... —murmuro.

El Almirante levanta una mano para indicarme que guarde silencio.

—En algo de lo que has dicho antes te doy la razón —añade—. En su afán de demostrarnos su valía a todos, y especialmente a mí, Andy se propuso mear más lejos que ninguno de nosotros, y lo consiguió.

—Menuda es mi niña —afirma Rosario con una media sonrisa.

Eso me hace sonreír.

—Cuando Andy consiguió su propósito de liderar un escuadrón —prosigue James—, reconozco que fue un orgullo para mí, pero el atentado que casi le cuesta la vida fue el mayor mazazo de mi vida. Nunca olvidaré lo vulnerable y pequeña que la vi aquel día en el hospital, tan malherida y llena de tubos por todas partes...

No puede seguir. Se emociona. Es evidente que adora a Andy, como la adoro yo, por lo que me acerco a él y le toco el brazo con la mano. Todo lo que hemos dicho antes se ha esfumado. Soy de los que piensan que hablando la gente se entiende cuando quiere entenderse.

—Tranquilo, James... —susurro.

Él asiente, y Rosario musita con dulzura dirigiéndose a él:

—Respira, cariño. Eso ya es pasado y, como diría tu niña, hoy es hoy, ¿de acuerdo?

Él vuelve a asentir y, tras tomar aire, agrega:

—Ese accidente fue terrible para Andy. Perder a sus compañeros y, posteriormente, también a su primo Oliver hizo que hubiera un antes y un después en su vida. Y fue entonces cuando creí que lo mejor para ella era volar. Cada vez que regresaba a casa estaba apática, insatisfecha, y yo, queriendo ver a mi hija motivada y feliz, olvidé mi faceta de padre y me centré solo en su vida militar. Te prometo, Nacho, que jamás en la vida pensé que Andy se enamoraría, y menos de un hombre como tú. Siempre tuve claro que ella era feliz volando, liderando su escuadrón. Yo solo quería verla feliz, y cuando me enteré de que encima pertenecías al mundo del cine, yo...

—Montaste en cólera y, como siempre, la armaste —apostilla Rosario.

El Almirante afirma con la cabeza. La verdad, este hombre me tiene completamente desconcertado. La imagen que me había hecho de él se me está cayendo a pedazos.

—Quiero pedirte disculpas por haberte prejuzgado —oigo que dice entonces—. No estuvo bien, y menos aún faltaros al respeto como creo que hoy he hecho con mi hija y contigo. Y una cosa más: si ella dice que no ha intentado agredir a tu padre, yo la creo.

Claro que acepto sus disculpas. Ante mí tengo a un padre preocupado por su hija, e, intentando demostrar la misma comprensión que él demuestra conmigo, digo:

—James, acepto tus disculpas y espero que tú aceptes las mías por las cosas incómodas que haya podido decir. —El hombre se muestra conforme, y yo añado—: Lamento mucho lo que le ocurrió a tu familia con determinadas personas del mundo del cine. Andy me contó lo de Elvis y lo de Max. Pero yo no soy la espía rusa que destruyó la vida de Elvis ni tampoco Miranda, que casi hunde a Max.

Él asiente. Rosario también, y yo prosigo:

—Yo soy Nacho Duarte, alguien que no tiene nada que ver con ellos. Sí, me dedico al cine, mi madre es una actriz mundialmente conocida y mi padre... es mi padre. Pero, dicho esto, quiero que sepas que adoro a tu hija. La amo. La quiero. Solo deseo verla feliz, porque ella es la mejor persona que he conocido y porque, desde que entró en mi vida, el mundo para mí es mucho mejor.

—Esa es mi Andy —afirma Rosario.

Yo me envalentono y continúo, dirigiéndome a James:

—Comprendo tu aversión por el mundo en el que me muevo, como puedo comprender la aversión de mi padre a todo lo que tenga que ver con lo militar. Pero, del mismo modo que yo os comprendo a vosotros, ¿por qué no nos comprendéis vosotros a Andy y a mí? Tanto ella como yo somos dos personas adultas, con la cabeza bien amueblada y seguras de sí mismas que se han enamorado. ¡Que se quieren! Y, ¡joder!, en mi caso, desde el minuto uno en que supe que Andy era militar, lo acepté, lo respeté. Es su oficio. Es lo que la apasiona. ¿Quién soy yo para interponerme en eso?

Veo que James asiente, le gusta lo que oye, y añado:

—Yo solo quiero que tanto Rosario como tú sepáis que, si tengo que esperar seis meses para verla porque ella está de misión, esperaré. Y si tengo que ir a verla a Afganistán, Rusia o Ucrania, iré. Iré y esperaré, porque la quiero. Porque fue conocerla y sentir tal flechazo por vuestra hija que mi vida ya no tiene sentido si Andy no está en ella.

—Ay, Dios mío… —murmura Rosario emocionada.

—Y si estar con ella significa merecer tu antipatía, lo aceptaré —afirmo—. Yo no voy a obligarte a que me soportes, pero que te quede claro que tú, por muy almirante que seas, y mi padre, por muy pacifista que sea, no me vais a obligar a que deje de quererla. Como diría Andy, estratégicamente eres un objetivo difícil y tácticamente una maniobra complicada. Pero créeme, James, tanto tú como yo queremos lo mismo para ella, y lo que queremos es su felicidad.

El Almirante sonríe. ¡Joder, sonríe! Y dice tendiéndome la mano:

—Por increíble que parezca, muchacho, comienzas a caerme bien. Creo que al final mi hija ha sabido elegir, aunque siento decirte que ahora el objetivo difícil para ti es ella. Está muy enfadada, y cuando Andy se enfada de esa manera la cabezonería puede con ella y se convierte en un hueso duro de roer.

Sin dudarlo, le estrecho la mano y murmuro:

—Hablaré con ella. Haré que me escuche y lo solucionaré.

Rosario y él se miran un instante y luego James añade:

—Hay algo que tiene que ver con eso y que Andy te ocultó. Sin embargo, no me corresponde a mí decírtelo. Habla con ella y lo entenderás.

Afirmo con la cabeza. La siguiente persona con la que hablaré es Andy.

A continuación Rosario, que está emocionada, susurra:

—Tus padres están dentro de la casa.

Según oigo eso, asiento. Tanto Rosario como James están siendo comedidos con respecto a mi padre.

—Vosotros no os preocupéis por eso —indico—. De mi padre me encargo yo. Lo único que os puedo decir es que, si no cambia de actitud, no se acercará a Andy porque el primero que no lo va a permitir voy a ser yo.

Veo que Rosario y el Almirante sonríen complacidos.

—Y ahora, decidme, ¿dónde está Andy? —pregunto acto seguido.

En cuanto digo eso, Rosario se echa a llorar. Sé que algo no va bien. Y cuando me entero de que Andy se ha marchado y del porqué, ¡me quiero morir!

Capítulo 74

Andy

Cuando llego a la base de San Diego, enseño mi acreditación y accedo al interior con mi moto. Aparco y, mientras me dirijo hacia una sala de espera para civiles, veo que mi teléfono suena. Es Nacho. Pero no, no se lo voy a coger. Ahora mismo ni quiero ni puedo hablar con él.

Según entro en la sala me encuentro con Carla, la mujer de Ramírez. Ella y yo nos miramos y rápidamente nos acercamos la una a la otra para abrazarnos. Durante unos minutos permanecemos así en silencio. Con ese abrazo nos lo decimos todo. No necesitamos hablar para saber lo que sentimos. Pero, cuando nos soltamos, ella sonríe y murmura:

—Me han dicho que está vivo, y eso es lo único que me importa.

Asiento. La entiendo perfectamente.

Al poco se acerca a mí un chico vestido de militar y me pregunta:

—¿Es usted la teniente Madoc?

—Sí.

—Por favor, acompáñeme. El comandante Schmidt quiere hablar con usted.

Después de mirar a Carla y hacerle entender que, en cuanto termine, regresaré, sigo a aquel muchacho y, tras cruzar la sala, nos dirigimos hacia un despacho.

Al entrar en él saludo como corresponde al comandante que está detrás de su mesa y él me responde. Me siento donde me indica y luego oigo que pregunta:

—¿Cómo está, teniente Madoc?

Schmidt me conoce. Ser hija de quien soy hace que casi todo el mundo aquí me conozca.

—Inquieta por saber cómo está Ramírez —respondo sinceramente.

El comandante cabecea; intuyo que sabe cómo me siento. Tras abrir una carpeta dice:

—Sé que ha solicitado una reunión inminente con sus superiores con referencia a la propuesta que se le hizo en su momento.

—Así es, señor —afirmo.

Él me mira y, tomando aire, indica:

—Lo que le ha ocurrido a Ramírez ha sido una fatalidad. Fue durante el reabastecimiento en vuelo, en Omán... No se sabe muy bien cómo, su caza y el avión cisterna colisionaron y Ramírez pudo eyectar. El teniente Wilson, piloto del avión cisterna KC-130, falleció.

Oír eso me parte el corazón. El sufrimiento por el que debe de estar pasando la familia del teniente en estos momentos ha de ser terrible. Y, como aún desconozco el estado de Ramírez, pregunto:

—¿Qué le ha sucedido al teniente Ramírez?

Schmidt coge los papeles que ha sacado de la carpeta y detalla mirándolos:

—Rotura de cadera y pérdida del ojo derecho, entre otras cosas.

Cierro los ojos. Lo que le ha ocurrido es grave, lo sé, pero está vivo, y eso es lo único que mi mente procesa.

—Teniente Madoc —prosigue el comandante—, no sé qué decisión habrá tomado usted con respecto a seguir liderando su escuadrón o ser instructora de vuelo en la base de Los Ángeles. Sin embargo, tras este fatal incidente, la necesitaré durante dos meses con su escuadrón. Por su experiencia, la baja de Ramírez, que era quien la reemplazaba, y la suya nos son difíciles de suplir. Así que, si no tiene inconveniente, nos gustaría que esta misma tarde volara hacia la base semipermanente que tenemos en Trípoli, Libia, donde la espera su escuadrón en misión de vigilancia y disuasión. Pasados esos dos meses regresará a San Diego y podrá informar a sus superiores de la decisión que haya tomado.

Según oigo eso asiento despacio con la cabeza.

El desplazamiento a Libia debe ser inminente, no podré despedirme de nadie. Y pienso en Nacho, solo puedo pensar en él, pero entonces, recordando cómo han quedado las cosas entre nosotros soy consciente de que tal vez sea lo mejor. Tengo ganas de desaparecer tras lo ocurrido. No deseo oír a nadie ni hablar con nadie. Estoy tan enfadada con Nacho y con todo lo que ha sucedido que digo sin pensar:

—Cuente conmigo, comandante.

Él asiente y, levantándose, indica tendiéndome la mano:

—Gracias, teniente Madoc. Sabía que podíamos contar con usted.

Una vez que me despido de él y salgo del despacho, suspiro. Tal y como me encuentro, solo deseo dos cosas. La primera, ver a Ramírez; la segunda, subirme en un caza y poner rumbo a Libia.

Cuando estoy regresando por el pasillo a la sala de espera, veo que un avión del ejército ha aterrizado y sé que es el aparato en el que traen a Ramírez. Así pues, salgo por una de las puertas y corro por la pista hasta llegar al avión. Instantes después sacan a mi amigo en una camilla. Tiene muy mal aspecto. Lleva parte del rostro vendado, pero está vivo y consciente, por lo que me acerco a él, toco con cuidado su mano y murmuro:

—Hay que ver lo que eres capaz de hacer para volver a casa...

Al oírme él me mira con el único ojo que tiene destapado y, con gesto de dolor, musita:

—Capulla...

—¿Cómo estás? —pregunto negando con la cabeza.

Ramírez resopla con dificultad.

—Jodido de dolor..., cabreado por estar en esta situación..., pero vivo.

Asiento. No lo ha podido explicar mejor.

—Parto dentro de unas horas hacia Libia —digo.

—Joder, Andy...

—El escuadrón me necesita.

Ramírez me mira.

—¿No has aceptado ser instructora? —pregunta.

Le cojo la mano izquierda, él me la aprieta y protesta:

—Maldita sea, Andy.

—No me des la turra, Ramírez…

—Pero ¿qué necesitas que te ocurra para aceptar una vida mejor?

No respondo. No sé qué decir, la verdad. Mi decisión ya estaba tomada.

—Joder, Andy —insiste—, ya has demostrado todo lo que tenías que demostrar liderando un escuadrón. Eres buena, la mejor piloto. Por eso te han ofrecido la oportunidad de tener una vida, de seguir volando y enseñar qué es lo que te apasiona. ¿Por qué lo has rechazado?

Sigo callada. No quiero pensar.

—Capulla. Me esperan meses de operaciones y dolor —gruñe él—. Meses infernales en los que seguro que me volveré un ser irascible para Carla y para todo el que me rodee, porque estaré tan enfadado por todo esto que…

—Ramírez —murmuro al sentir su abatimiento.

Por su mejilla se desliza una lágrima.

—Nunca recuperaré el ojo perdido —se lamenta—. ¡Joder, Andy, nunca…! Y como recompensa por mis años de servicio, con suerte el ejército me meterá en un despacho y jamás me permitirán volver a volar. ¿Acaso quieres terminar como yo?

Los dos nos miramos en silencio. Hemos tenido esta clase de conversación montones de veces.

—Andy, sé lista… Antes de que te cueste lo que a mí o algo peor, y ten una vida.

No sé qué decir. Sus palabras me llegan al corazón. E, inclinándome sobre él, lo abrazo.

Durante unos segundos abrazo al mejor amigo que tendré nunca. Al que nunca me ha mentido. Al que daría su vida por mí. Y, cuando me retiro y ambos nos secamos las lágrimas de nuestras mejillas, él pregunta:

—¿Qué ha dicho el guaperas de tu inminente salida?

Oír eso me hace sonreír. Lo que he tenido con Nacho ha sido lo más bonito que me ha ocurrido en la vida, pero, consciente de que lo nuestro es tremendamente complicado, y más aún después de mi marcha, contesto:

—Nada.

—¿Cómo que nada?

No respondo. Me encojo de hombros, y Ramírez musita:

—No me jodas que no se lo has dicho, Andy…

Suspiro, resoplo y finalmente respondo:

—Es complicado. Las cosas…

—¿Por qué no le has dicho nada?

Vuelvo a encogerme de hombros y, sin ganas de hablar de ello, digo:

—Porque soy una buena piloto, pero una pésima compañera de vida.

—¿Y esa gilipollez?

Me río. Se ríe. Entonces veo que Carla se aproxima corriendo hacia nosotros.

—Viene Carla —digo.

Ramírez se recompone; lo último que desea es que su mujer lo vea sufrir. Cuando esta llega junto a nosotros hecha un manojo de nervios, él se apresura a decir:

—Tranquila, cariño. Todo está bien, te lo prometo.

Carla me mira. Yo le sonrío y, siguiéndole el juego a mi compañero, afirmo:

—El capullito este estará dando saltos dentro de dos días.

Ramírez sonríe y, tras besar a su mujer, dice dirigiéndose a mí:

—Hollywood, ojos abiertos y ten cuidado.

Asiento y me quedo parada en medio de la pista mientras observo que se lo llevan hasta una ambulancia. Carla sube también y se marchan hacia el hospital.

Capítulo 75

Andy

Estoy cambiándome de ropa en los vestuarios cuando miro el traje que debo ponerme y que me he puesto, como aquel que dice, toda mi vida.

La vestimenta de un piloto consta de varias capas adaptadas para distintos retos, que van desde un incendio o un arco eléctrico en el avión hasta una aceleración vertical.

Una vez que me pongo el mono y me calzo mis botas de cuero con punteras metálicas, me miro en el espejo y me recojo el pelo en un protocolario moño bajo. Esta soy yo. No la Andy ataviada con glamurosos vestidos de la tienda de Hattie.

Con una triste sonrisa, agarro mi casco. Compruebo las distintas viseras para protegerme los ojos. La pantalla de gafas de visión nocturna, el sistema de amortiguación de ruido y el micrófono. No me dejo nada sin revisar. Todo parece estar bien y, tras mirarme de nuevo en el espejo que hay en el vestuario, mis ojos reparan en el colgante que llevo en el cuello.

—Joder… —murmuro.

«23.55.» Es la inscripción del colgante que Nacho me regaló. Es el momento exacto en el que me enamoré del todo de él. Pienso en quitármelo, pero no puedo. Mis dedos no obedecen y finalmente, y consciente de que aún no estoy preparada para eliminarlo de mi vida, tomo aire y digo con decisión:

—¡Allá vamos, Hollywood!

Instantes después, caminando con paso seguro, voy hacia el hangar donde me han dicho que tienen preparado el F-35. Cuando llego frente a él sonrío. Se parece a mi *Lobo*, al avión que perdí, pero no es él.

Aun así, olvidándome de mis recuerdos, me acerco al caza y hago mi rutina junto al grupo de mantenimiento, mientras me informan de las condiciones meteorológicas con las que me voy a encontrar.

Estoy concentrada en todo aquello, que ha formado parte de mi vida durante tanto tiempo, cuando oigo:

—Teniente Madoc…

Me vuelvo y veo que es mi padre.

Lo saludo como manda el protocolo, llevando la mano a la frente, y digo:

—Almirante.

El equipo de mantenimiento se retira entonces para proporcionarnos intimidad, y de pronto veo a Nacho, que nos observa a través del cristal de una de las salas para civiles que hay en el hangar.

Verlo allí me descuadra.

—¿Qué narices hace él aquí? —pregunto mirando a mi padre.

—O lo traía o lo mataba —explica.

Oír eso me hace sonreír y, mirando a Nacho, veo el desconcierto en sus ojos, pues imagino que no entiende qué hago vestida así.

—¿Cómo has visto a Ramírez? —quiere saber mi padre.

—Como él ha dicho, jodido pero vivo.

Él asiente. Por su mirada intuyo que no lo está pasando bien.

—Andy —dice entonces—, cuando me enteré de lo que había ocurrido, pensé que podrías haber sido tú, y si hubiera sido así no me lo habría perdonado, hija. Sé que te exijo mucho, que por seguir mi carrera soy más duro contigo que con tus hermanos, pero…

—Papá…

Él vuelve a asentir emocionado y, como nadie puede oírnos, musita:

—Que seas instructora de vuelo, tras todas las cosas que has hecho para que me sienta orgulloso de ti, es lo mejor que podría pasarte. Te quiero y deseo que tengas una vida. Y esto que le ha sucedido a Ramírez me ha hecho ver que…, que…

—Papá…

—Eres la mejor, Andy. La mejor militar que ha tenido la maldita familia Madoc. Y la mejor que ha tenido el puñetero ejército americano, y yo nunca te lo había dicho, pero tienes que saberlo, hija… Debes saberlo.

Parpadeo. Mi padre no es de los que suelen regalar los oídos, sino más bien al revés, por lo que pregunto:

—Joder, Almirante… ¿Qué te has tomado para desayunar?

Él sonríe y niega con la cabeza.

—Estoy bien, hija…, aunque afectado al comprender lo egoísta que he sido. Siempre he pensado en mí, en lo orgulloso que estaba de tus medallas, y…

No puede seguir. Pero a mí con lo que ha dicho me vale. Jamás en la vida habría esperado que mi padre me dijera lo que acabo de oír, y tomando aire afirmo:

—Yo sí que estoy orgullosa de ti. Eres el mejor…, jodido Almirante.

Eso nos hace reír aliviados a los dos.

—¿Adónde vas? —pregunta él al cabo.

—A Libia. Allí me espera mi escuadrón.

Mi padre asiente. Y tras mirar a Nacho, que golpea el cristal para llamar nuestra atención, insiste:

—¿Estás segura de lo que vas a hacer?

—Sí.

—Anoche me dijiste que ibas a aceptar el puesto de instructor.

Resoplo, sé lo que le dije no hace ni veinticuatro horas, y respondo:

—Lo sé, papá. Pero mi escuadrón me necesita.

—Andy…

—Papá, en este instante ellos son mi prioridad. Da igual lo que decidiera ayer. Hoy es hoy. Estoy aquí porque quiero estar y porque es lo mejor para mí y también para él, aunque no lo vea así.

Mi padre me entiende, sabe por qué digo eso. Y, sorprendiéndome, de pronto comenta:

—Nacho es una buena persona. Me gusta ese muchacho.

Eso me deja sin palabras.

—Ahí donde lo ves —añade—, el director ha sabido callarme la boca al decirme cuánto te quiere y cuánto desea cuidarte y protegerte. Y, sí, sé que estás muy enfadada con él, pero…

—Su padre y tú teníais raz…

—A ese soplagaitas ni me lo menciones, que todavía no sé cómo no le he arrancado la cabeza —me corta.

Oír eso me hace sonreír, pero insisto:

—Papá, yo no soy lo que Nacho necesita en su vida.

Según digo eso él frunce el entrecejo.

—No me jodas, teniente. Tú eres más de lo que necesita —repone.

—No, papá, no es así.

—Maldita sea, Andy, ¿a qué viene eso ahora?

Suspiro. Desde que he llegado a la base no paro de pensar en ello.

—Él y yo provenimos de dos mundos demasiado diferentes y, mira, papá, me he dado cuenta de que tienes razón. Lo mío es volar, no enamorarme…

—Si tu madre te oye decir eso, me va a matar.

—Tranquilo, que yo te defenderé.

Mi padre ahora está serio. Ya no se ríe. Y yo, tratando de interpretar bien mi papel, prosigo señalando hacia Nacho:

—Mira…, la decisión está tomada. Por tanto, ayúdame a quitármelo de encima. No quiero nada con él.

—Andy, pero ¿qué dices?

—Papá, digo lo que siento. Y lo que siento es que no quiero que el día de mañana me diga que su vida fue una mierda por tenerme a mí en ella.

—Andy…

—Papá, ¡joder!, ayúdame. No quiero tener nada que ver con Nacho ni con su jodido mundo de flashes y glamour.

—Ese muchacho te quiere, Andy.

—Pues peor para él.

—Te respeta —afirma.

—He dicho que no. No insistas.

Mi padre se subleva, se lo veo en el rostro.

—¡Hollywood —gruñe—, déjate de tonterías y piensa con la cabeza!

—Déjate de tonterías tú —replico con una sonrisa chulesca, y, levantando un dedo, protesto—: Que no, papá, que no quiero nada con alguien que a la primera de cambio duda de mí y cree que soy capaz de abrirle la cabeza a su puñetero padre.

—Andy, la situación lo…

—Que no —repito—. Que no quiero nada ni con él ni con nadie, papá.

De pronto veo que la puerta de la sala de espera se abre y Nacho viene corriendo hacia mí. ¿A que lo detienen?

Me quedo mirándolo boquiabierta, y mi padre dice:

—Habla con él.

No. No quiero. Además, Nacho, como civil, no tiene permiso para estar en el hangar, y cuando llega frente a mí, pregunta nervioso:

—¿Qué haces así vestida?

—Ni que a ti te importara —replico enfadada.

—Andy, cariño…

No…, no…, no… No quiero que me llame así. Clavo la mirada en él y siseo:

—Todo quedó dicho en su casa, señor Duarte. Así que ¡váyase de aquí!

Pero Nacho no se mueve. Solo me mira, y murmura:

—Te quiero.

No… No… No… ¡Me niego!

No quiero oír nada de eso, pero él insiste:

—En casa lo hice mal. Lo sé. No debería haberme negado a hablar contigo. Tendría que haber escuchado tus explicaciones acerca de por qué no me lo habías contado…

El corazón me va a mil. Lo miro, y entonces veo que mi padre detiene a dos militares que iban a por Nacho.

—Si no te lo conté fue porque era algo que yo y solo yo debía decidir, y cuando lo decidí ese iba a ser tu superregalazo de cumpleaños, pero antes tenía que hablarlo con mis superiores.

Según digo eso veo que él parpadea sorprendido. Traga saliva y, cuando va a agarrarme, le doy un manotazo para que no me toque.

—Ni se te ocurra tocarme —gruño.

—Andy, por favor…

No. No voy a permitir una escenita. Ya nos están mirando los mecánicos.

—Como se te ocurra besarme o ponerme una mano encima, te juro que te pateo los huevos —escupo.

Nacho parpadea. Creo que lo he vuelto a sorprender con mi brutalidad. Acto seguido giro sobre mis talones y rodeo el avión.

Nacho viene detrás.

—¿Cómo está Ramírez? —pregunta.

—Jodido, pero vivo —suelto.

Con el rabillo del ojo veo que él asiente con la cabeza y luego indica:

—Prometo no tocarte ni besarte, pero, por favor, dime adónde vas.

—A Libia. ¿Algo que objetar?

—Claro que tengo que objetar... —replica.

Al oírlo resoplo.

—No me jodas —murmuro—. Serás capullo...

Nacho me mira asombrado, no me entiende.

—Y ahora, por favor, si eres tan amable, sal del hangar, que aquí no puedes estar —añado.

Dicho esto, cojo un cuaderno que los operarios han dejado sobre una mesita y, dándome la vuelta, continúo revisando mi avión.

—Pero ¿qué te pasa? —pregunta Nacho acercándose a mí.

—A mí, nada. Entre tú y yo las cosas han quedado claras. Y, ¿sabes?, ahora soy yo la que no tiene nada que hablar contigo.

Mientras camino Nacho viene tras de mí.

—Joder, Andy..., ¿quieres pararte para hablar conmigo?

Al oír eso me detengo y, mirándolo, siseo:

—Que quede claro que si has dicho «joder» no es porque yo te he obligado..., porque según tu padre...

—¡Olvídate de mi padre! —me corta.

—Oh, sí..., ni que fuera fácil olvidarse de semejante encanto de persona —me mofo—. Por cierto, si lo mandé a la mierda y lo llamé «mamonazo» fue porque se lo merecía, ¡que te quede claro! Y, aunque no me creas, cosa que ya me da igual, yo no le tiré la figura que Odalys te regaló..., y te lo juro por mi escuadrón. Él vino hacia mí, la cogió, regresó a su sitio, sonrió, me dijo que eso no me lo perdonarías y después la tiró antes de ponerse a gritar y a decir que yo lo había agredido.

Nacho no dice nada. Por su expresión veo que sigue sin creerme.

—¿En serio me ves capaz de hacer eso? —pregunto acelerada.

No responde, solo me mira; entonces indico con desazón:

—¿Tan mala educación crees que me han dado mis padres? ¿Tan mala persona me ves como para destrozar algo que para ti era importante porque era un regalo de Odalys?

—Andy, eso ya lo hablaremos…

—No. No lo hablaremos. Yo no lo hice. ¿Por qué no me crees?

Me mira. Sigue sin hablar. Se mueve en el sitio. Sé que está nervioso. Y yo, cansada de esto, indico alejándome de él:

—Mira, lo último que te voy a decir al respecto es que tengo muy buena puntería y, si yo le hubiera tirado esa figura a tu santo padre, ¡no habría fallado!

Vuelvo a moverme. Nacho me persigue.

—¿Te vas a marchar así? —dice al cabo.

Oír eso me hace gracia, y respondo con toda mi chulería:

—Oh, perdón, papaíto, por no haberte dejado firmar la autorización para marcharme…

Lo estoy calentando, lo sé. Lo lleva escrito en la cara. Y cuando veo que me va a coger del brazo siseo:

—Señor Duarte, respete mi espacio personal o juro que llamaré a los vigilantes para que lo saquen a rastras del puto hangar.

Nacho se contiene. No me toca.

—Siento haber reaccionado así —murmura—. Siento si mi respuesta con respecto a la magia no fue la más acertada, pero yo creí que…

—Yo creí…, yo creí… —lo corto con rabia. Tomo aire y respondo—: Mira, Nacho, lo que vivimos fue divertido mientras duró, pero ya se ha acabado. Ni yo soy para ti, ni tú eres para mí. Tú y yo somos demasiado diferentes, y esto nunca habría funcionado. Solo me ha bastado estar un ratito en consenso familiar para saber que no quiero eso en mi vida. Me niego a estar entre personas que creen que miento y que yo soy menos que ellos. Así que, adiós, que te vaya muy bien con tu padre, con Olimpia o con quien te salga de ahí mismo. Y ahora, ¡vete!, he de revisar mi avión antes de salir para Libia y me está jodiendo tu presencia.

Nacho me mira. Lo que veo en sus ojos me rompe el corazón. Me estoy comportando como una auténtica cabrona y, aunque me duela, sé que tiene que ser así para que se vaya.

—¿Lo tienes claro? —dice entonces tras dar un paso atrás.

—Clarísimo.

Nacho no se mueve e insiste:

—Si me voy, será para siempre.

Oír eso me destroza. Pero, sacando a la teniente dura e implacable que hay en mí, replico con chulería:

—¡Ya estás tardando!

Nacho asiente. Me mira con un gesto que me parte en dos y, sacándose del bolsillo un papel, lo tira delante de mí y dice:

—Recibido.

Sin más, da media vuelta y se aleja. Llega hasta la puerta de cristal de la sala, que abre de tal manera que creo que ha desencajado las bisagras, y cuando desaparece miro al suelo y veo el papelito que le escribí, donde pone «Vale por un regalo inesperadamente sorprendente».

Joder..., joder..., qué mal me siento. ¡Qué regalo tan sorprendente, inesperado y pésimo le he hecho!

Bloqueada, me agacho, cojo el vale y me lo guardo en el bolsillo; entonces mi padre se me acerca de nuevo.

—¿Contenta? —pregunta.

—Contentísima —digo intentando sonreír.

Durante unos segundos mi padre y yo nos miramos. En sus ojos veo que no me cree, y, tras dar un paso al frente, me da un abrazo y un beso.

—Llama a tu madre para despedirte de ella —dice cuando se separa de mí—, y, por favor, hija, ten cuidado.

Sin moverme de mi sitio, asiento. Fabrico una sonrisa y le digo adiós mientras siento como mi corazón se detiene en mi pecho y contengo las ganas que tengo de llorar.

Una hora después, tras rellenar la documentación pertinente, me acomodo en mi nuevo F-35 y me dirijo hacia la pista. Con el permiso en activo, despego y, una vez en el aire, hago un repaso de los sistemas de navegación, grabación, armamento y oxígeno, entre otras cosas. Después pongo rumbo a Libia, mientras las lágrimas corren en silencio por mis mejillas porque sé que acabo de echar de mi lado al mejor hombre que nunca encontraré.

Capítulo 76

Nacho

Han pasado treinta y dos días desde que Andy se marchó y mi vida es un infierno.

Ese «¡Ya estás tardando!» que me soltó para que me fuera me martiriza día y noche y no me deja vivir.

Pero ¿es que ella nunca me quiso?

No duermo. No como. No puedo trabajar. No me concentro. Y mis padres, encima, siguen en mi casa. Mi madre se niega a dejarme tal y como me ve de desesperado y mi padre, como ella, se preocupa.

Me paso el día viendo noticias en internet sobre Libia, pues lo último que supe era que Andy viajaba allí. En mi afán por no molestar, por quitarme de en medio, no he contactado ni con ella ni con ninguno de sus familiares. Mi orgullo me impide hacerlo. Si ella me dijo que no quería saber nada más de mí, si me rechazó, no hay más que hablar.

Para despejarme salgo con mis amigos una noche sí y otra también. Si me quedo en casa me volveré loco. Aun así, la prensa me desquicia, les ha llegado la noticia de mi ruptura con Andy y vuelven a emparejarme con otras mujeres. Lo mismo de siempre.

Mis amigos intentan distraerme, pero para mí es imposible quitarme a Andy de la cabeza. Veo una y otra vez el álbum de fotos que me regaló e, inevitablemente, sonrío al recordar esos bonitos momentos.

¡Qué bien lo pasamos en Venecia!

Y…, bueno, como soy así, me martirizo escuchando nuestras canciones una y otra y otra vez. Andy hizo una lista de canciones de Spotify en mi teléfono que a ambos nos gustan. Ella la tiene en el suyo también. Y cuando llega *¿Por qué te conocí?* de Luis Miguel, me siento totalmente identificado con la canción.

Y, sí, mi fantasma del recuerdo no me deja vivir, me duele el corazón, me duele el alma, mientras me pregunto una y otra vez: «Andy Madoc, ¿por qué te conocí si tengo que vivir sin ti?».

Espero que ella se acuerde de mí, como yo me acuerdo de ella. Le escribiría cartas todos los días, pero no soy un acosador. Ella me dijo que no quería nada conmigo y lo respeto.

Los cachorros de *Cooper* y *Audrey* se van marchando. Sus nuevos dueños vienen a recogerlos. Tomi y Peter se llevan entre algodones a su querida *Judy*, y yo soy feliz porque sé que les he encontrado unos buenos hogares a todos.

Sin embargo, hay una que no se la llevan. Me niego. He decidido quedarme con la perrita que le ofrecí a Andy y a la que tanto cariño le cogió. Como ella dijo, tengo un casoplón con un gran jardín, y al final esta se quedará conmigo.

Decido llamarla *Turra*, por lo que Andy me dijo el primer día que nos vimos de «¡No me des la turra!», y aunque no estoy pasando por mi mejor momento, reconozco que, con lo intrépida y graciosa que es la perrita, me hace sonreír. Andy también se reiría mucho con ella. Lo sé.

Mientras veo a *Turra* correr detrás de *Cooper*, miro la hora en mi reloj. Dentro de un rato debo ir a la función en el colegio de Jenny, mi reina de los culebrones. Ruth y Tony me avisaron para que fuera, y lo haré porque lo prometí.

Estoy mirando a *Turra* cuando suena mi teléfono. Al ver el nombre que aparece en la pantalla respondo:

—Mi preciosa Maléfica…, ¿cómo estás?

—Ay, tío Nachito, ¡estoy realmente de los nervios!

Sonrío. Jenny siempre me hace sonreír.

—Vienes al estreno, ¿verdad? —pregunta.

Aunque no me apetece tanto como ella desearía, aseguro:

—No me lo perdería por nada del mundo, tesoro.

Jenny cuchichea:

—Ay, Diosito… Cuando te vea la seño, ¡va a flipar!

Vuelvo a sonreír. Lo prometido es deuda. Y, tras hablar un poco con ella y decirle que lo va a hacer muy bien y que nos vemos dentro de un rato, corto la comunicación.

Con gusto, acaricio a *Turra*, que ha venido junto a *Cooper* y *Audrey* a por su ración de mimos, y entonces oigo:

—¿Adónde vais tu madre y tú?

Es mi padre.

—A ver una obra de teatro, de la hija de un amigo —respondo.

Él asiente. Estos días que está en casa, solo me mira. No me dirige apenas la palabra, puesto que sabe que yo no quiero hablar con él.

—Ignacio —dice a continuación—, tenemos que hablar.

Suspiro y miro el reloj. Mi madre se está retrasando.

—En lo referente a esa militar… —añade mi padre.

Mal. Empieza mal, y rectifico:

—Te he dicho mil veces que «esa militar» se llama Andrea Madoc. Por tanto, cuando te refieras a ella, habla con propiedad, querido padre.

Él vuelve a asentir. No le gusta nada que le hable así y, como era de esperar, una vez más comienza su retahíla. Menciona a Odalys, menciona a Olimpia, menciona que Andy no puede darme lo que deseo…, y cuando ya no puedo más lo corto:

—Esto se acaba aquí y ahora.

Mi padre me mira e indico guardándome para mí el amor que siento por ella:

—Papá, te quiero y espero seguir queriéndote el resto de mi vida, pero no vuelvas a hablar de Andy en esos términos, porque no te lo voy a consentir. Sé que ella no era la nuera que esperabas, pero tú tampoco eras el suegro que ella podía esperar, ni el padre que esperaba yo. No voy a hacerte cambiar de ideas. Eres mayorcito, eres adulto, y lo que tú pienses sobre la vida ¡es tu problema! Pero, papá, tú tampoco me vas a hacer cambiar a mí, porque también soy adulto y mayorcito. Por tanto, deja ya ese tema, porque si vuelves a mencionarlo te aseguro que el que te va a dejar de hablar para el resto de tu vida seré yo. Respétame, como yo te respeto a ti, y todo irá mucho mejor; ¿te queda claro, papá?

Él suspira y niega con la cabeza. Sé que lo que oye le molesta.

—Siempre he querido lo mejor para ti —dice.

—No lo dudo. Pero en ese tema no estuviste acertado.

—¡Intentó agredirme!

—Papá…

—Esa mujer estuvo a punto de abrirme la cabeza y rompió la figurita de Odalys, que era tan especial para ti —insiste.

Resoplo. No quiero hablar de eso. No quiero hablar de Andy con él. Pero algo en mi interior me dice que ella no lo hizo. Sé que es impulsiva, pero me juró por su escuadrón que no lo hizo.

—Papá, sé que fuiste tú —suelto jugándomela.

Él me mira, parpadea, y yo añado recordando lo que Andy me contó en su día:

—Desde la puerta, vi como ibas hacia ella, cogías el gato, se lo enseñabas y le decías con una sonrisa que yo no se lo perdonaría. Luego lo tiraste contra el suelo y comenzaste a gritar que había sido ella.

Papá me mira. En su rostro veo que estoy en lo cierto, y, sobrecogido por haber dudado de Andy, pregunto:

—¿Cómo pudiste hacer eso?

Él se mesa el cabello, se lo toca con nerviosismo, y al cabo responde:

—Porque estaba desesperado. No quiero a esa mujer en…

—¡Basta! —grito, y en ese momento *Turra*, *Cooper* y *Audrey* se van corriendo.

Cierro los ojos. Que me confirme eso me hace sentir todavía más culpable. Más ridículo. Más idiota. Si no hubiera reaccionado así, si hubiera creído a Andy en lugar de dudar de su palabra, quizá ella estaría a mi lado y no donde está. Me acerco a mi padre furioso y siseo:

—Te acabo de mentir… No te vi. Ella me lo dijo, pero en un principio no la creí.

Mi padre parpadea. Y, consciente de que lo he engañado y ha caído, musita:

—Ignacio, creo que…

—Esto me va a costar perdonártelo, papá.

—Ignacio…

Niego con la cabeza. Quiero a mi padre, como sé que él me quiere a mí, pero murmuro:

—Sabías lo importante que era para mí la figurita de Odalys y, aun así, la rompiste y al mismo tiempo rompiste también lo que tenía con Andy.

—Lo hice por ti…

—Papá, por Dios —gruño—. Me has jodido la vida.

Según digo eso, él va a hablar cuando afirmo:

—Sí, papá, he dicho la palabra *jodido*, pero es que es la que necesito decir para que entiendas que ¡me has jodido la vida!

Mi padre no dice nada.

—Quiero que te vayas de mi casa —añado furioso.

—Ignacio, pero ¿qué dices? —murmura.

Afirmo con la cabeza. Lo que digo es terrible, pero es lo que siento. Enseguida aparece mi madre y dice:

—¡Ya estoy preparada!

Mi padre y yo la miramos.

—¿Qué ocurre ahora? —pregunta ella.

Me muerdo la lengua. Sé que si le cuento a mi madre la verdad de lo sucedido la van a tener. Entonces oigo que mi padre dice:

—Ocurre que tu querido hijo me acaba de echar de su casa.

Mamá me mira, no entiende nada, y musita:

—Pero, *baby*, ¿cómo puedes echar a tu padre?

Ver la mirada de mi madre y la de mi padre me subleva. Y, cuando *Turra* se acerca a mí en busca de una caricia, la toco con cariño e indico intentando relajarme:

—Mamá, estoy muy enfadado.

—Pero, *baby*, por muy enfadado que estés, ¡es tu padre!

Sé que mamá tiene razón. Él siempre será mi padre, esté yo enfadado o feliz, pero en este momento lo que ha hecho para mí es imperdonable. Su egoísmo, sus deseos de separarme de Andy lo hicieron mentir, actuar mal. Y, una vez que *Turra* se aleja corriendo detrás de *Audrey*, digo:

—Mamá… Vamos a dejarlo.

Pero ella quiere saber y nos hace un tercer grado a los dos. Miro a mi padre para ver si es capaz de confesar su error. Necesito comprobar si puede aceptar y cargar con la vergüenza de su terrible acto y, al ver que no lo hace, finalmente explico:

—Papá mintió al decir que Andy le tiró la figurita del gato. Fue él mismo quien lo hizo y…

No puedo decir más.

En ese instante se desencadena la Tercera Guerra Mundial en mi casa. Mi madre chilla, mi padre grita, yo voceo. Todos tenemos algo que decir. Todos tenemos algo que reprochar. Y cuando soy consciente de que no voy a llegar a tiempo al teatro para ver a mi pequeña, siseo:

—Mamá, tengo que irme, ¿te vienes conmigo o te vas con papá?

Ella asiente y asegura sin dudarlo:

—Contigo, por supuesto.

Afirmo con la cabeza y, mirando a mi padre, digo con todo el dolor de mi corazón:

—Cuando regrese, no quiero verte aquí.

Instantes después subo al coche con mi madre y arranco con el corazón paralizado de rabia y frustración.

Capítulo 77

Andy

Estoy cansada, agotada. Escucho la canción *Wrecking Ball* de Miley Cyrus y me siento tal como dice la letra.

Aquí hace un calor que creo que nos va a dar un parraque a cualquiera de un momento a otro. Estoy tumbada en mi camastro, tocando el colgante que Nacho me regaló y que no me he quitado, cuando oigo que desde fuera de la tienda preguntan protocolariamente:

—¿Da usted su permiso, mi teniente?

Asiento y me incorporo.

—Adelante —digo.

Instantes después la tela de mi tienda que hace las veces de puerta se abre y entra un joven militar.

—Mi teniente, le traigo esto que ha llegado a mensajería para usted.

Sonrío y, agarrando el paquete que Hattie me ha enviado, respondo:

—Gracias.

Cuando él se va vuelvo a sentarme en el camastro y miro el paquete. Sé lo que es, y tengo tanto miedo de abrirlo que, uf…, no puedo casi ni respirar.

Llevo en esta desastrosa base semipermanente de Libia cincuenta y siete días, y dentro de tres debo regresar a San Diego.

Una parte de mí está feliz, pero otra está desconcertada. Feliz porque veré a mi familia y a Ramírez, que, por suerte, evoluciona favorablemente. Y desconcertada porque tengo pánico a regresar a Los Ángeles.

Durante todo este tiempo Nacho no se ha puesto en contacto conmigo. Como dijo, si se marchaba era para siempre y, desde luego, así ha sido.

Por las noticias que puedo leer cuando cotilleo en internet en mi ratito con wifi, veo que ha seguido con su vida. El solterito de oro ha vuelto al ruedo. Está claro que él ya se ha olvidado de mí.

Intento no pensar en él, pero es imposible. Como dice la canción de Luis Miguel que tengo en mi Spotify, ¿por qué lo conocí?... Escucharla me parte el corazón. Lloro como una paviflor cuando nadie me ve, y hasta yo misma me sorprendo de lo sensible que estoy. Me siento terriblemente mal.

El día que llegué aquí mis compañeros de escuadrón me recibieron con cariño y me contaron con gran pesar lo que le sucedió a Ramírez. Escuchar lo que vieron a bordo de sus cazas me puso la carne de gallina. Tanto ellos como yo sabemos que el accidente podría haber afectado a alguno más, aunque por suerte no fue así.

Durante los cincuenta y siete días que llevo en la base, mi mundo vuelve a ser el que siempre fue: pilotar y servir a mi país. Aunque en esta ocasión debo añadir: sufrir de amor por Nacho.

Algo ha cambiado en mi interior. Nacho está las veinticuatro horas del día en mi cabeza. Según me despierto, pienso en él, y cuando tengo tiempo para descansar, su recuerdo me acompaña hasta que me duermo.

¿Por qué lo conocí, si ahora tengo que vivir sin él?

La tensión que siento ha hecho que despierte algunas noches con mi maldita pesadilla. Y cuando consigo calmarme en lo único que pienso es en que necesito los abrazos de Nacho y su cariño. Solo necesito eso.

Las veces que he podido contactar con mi familia por videollamada he hablado con mis padres, con mi hermano Max y con Hattie. Charlar con ellos me reconforta. Ninguno menciona a Nacho, todos se andan con pies de plomo, y yo se lo agradezco, aunque me entristece pensar que si no lo nombran es porque Nacho tampoco les pregunta a ellos por mí.

En mis ratos libres me dedico a mirar las fotografías que atesoro en mi móvil y a sonreír recordando el momento en que nos las hicimos. Fotos besándonos. Fotos en la cama. Fotos en Venecia, Sigüenza, Los Ángeles. Nacho y yo nos hemos hecho cientos de fotos que sé que tengo que borrar, pero soy incapaz de hacerlo, como lo soy de quitarme el colgante con la inscripción «23.55».

Cojo aire unas diez veces seguidas y finalmente abro el paquete de Hattie. En nuestra última videollamada le pedí algo en clave y creo que ella lo entendió y, si así fue, estará ahí dentro.

Al abrirlo veo dos dibujos. Son de mis niños Fabiola y Lionel, y sonrío. ¡Qué bonitos son mis renacuajos!

También hay un par de paquetes de tabaco, un sobrecito, dos libros y tres pruebas de embarazo.

Al verlas jadeo. Le pedí tres para tenerlo seguro al cien por cien. Por aquello del margen de error…

Hace diez días me di cuenta de que llevaba mucho sin que me viniera la regla y, bueno, eso no es normal en mí, que soy puntual como un reloj.

Madre mía…, madre míaaaaa… ¿Y si estoy embarazada?

De los nervios, abro el sobrecito. Es una simple nota de mi amiga, que dice:

Te quiero, y si es positivo, decidas lo que decidas, estaré contigo.

Sonrío. Sé que Hattie está conmigo siempre.

Como si se tratara de un estudio de la NASA, abro la primera prueba y leo el prospecto como cincuenta veces. Al final lo tengo claro. Pis sobre la zona de la prueba. Taparlo. Esperar tres minutos. Dos rayitas, positivo. Una, negativo.

Joder… Joder… Joder… ¡Qué nerviosa estoy!

Guardándome las tres pruebas en el bolsillo de mi camisa de camuflaje, me dirijo a las letrinas. Una vez allí, me encierro en uno de los aseos y, como una autómata, hago pis en los tres *sticks* y los tapo. Miro el reloj. Después salgo de las letrinas y me dirijo de nuevo hacia mi tienda.

En cuanto llego y vuelvo a tener intimidad, saco los tres test y los dejo sobre la cama. En mi lista de Spotify busco música tranquila. En este momento necesito paz y sosiego, además de machacarme el corazón con románticas cancioncitas de amor, y mi lado masoquista pone *Understand*, de Keshi. ¡Es que es para matarme! En fin…

Con el corazón a mil, los miro mientras mis manos acarician el colgante que Nacho me regaló. Nunca me imaginé haciéndome una prueba de embarazo. Jamás en la vida pensé que yo fuera a vivir este momento porque nunca lo busqué, pero está claro que el destino, una vez más, me vuelve a sorprender.

Miro el reloj. Ya han pasado los tres minutos, por lo que me siento en la cama y, tragando saliva, musito:

—Muy bien, ¡vamos a ello!

Cojo el primero…

Aissss, ¡que me da! ¡La madre que me parió! POSITIVO.

Cojo el segundo…

Joder…, joder…, joder… POSITIVO.

Las manos me tiemblan, dos de tres…, ya es más del cincuenta por ciento.

Cojo el tercero…

¡Tres de tres!… POSITIVO.

¡Qué plenazo!

Parpadeo. Me llevo la mano al pecho mientras siento que el corazón se me va a salir por la boca.

Dios… Dios… Dios…

Joder… Joder… Joder…

¡Estoy embarazada! ¡¿Yo?!

Camino de un lado a otro de la tienda. Me toco la cara. Me suelto el pelo. Me lo recojo. Me pica todo. Toco el colgante de mi cuello. No sé si reír, gritar, llorar o maldecir, pero entonces me paro y, cerrando los ojos, pienso en Nacho. No quiere hijos. Eso me dijo cuando me habló de Robert, el bebé que murió. ¿He de contarle lo que me ocurre?

Uf…, ¡qué agobio!

Me entran los calores y me doy aire con la mano.

¿Qué hago? ¿Cómo voy a tener un bebé?

Pienso en mi madre. Si se lo digo, se muere de la emoción.

Pienso en mi padre. Si se lo digo…, ¿cómo reaccionará?

Pienso en Nacho. Me quedo en blanco.

Pienso en mí… y me cago de miedo.

¡Joder, que voy a ser mamáááá!

Y, sí, aunque nunca me lo planteé por mi estilo de vida, de pronto ser madre me parece el mejor de los regalos de la vida, y el miedo que sentía hace unos instantes se va a hacer puñetas. Sonrío, sonrío y sonrío. ¡Quiero tener a mi bebé! ¡Quiero vivir la experiencia de ser mamá! ¡Quiero aprovechar esta ocasión que la vida me brinda!

Dentro de tres días regreso a San Diego. Dentro de cuatro tengo la reunión con mis superiores. De pronto pienso en Ramírez. Él me preguntó sin saber que ya había elegido ser instructora de vuelo qué necesitaba para desear una vida mejor. Y, sí, aquí vuelvo a tener mi respuesta. La primera vez decidí ser instructora de vuelo por amor a Nacho y ahora vuelvo a decidirlo por amor.

Con un hijo en camino no quiero seguir pilotando aviones de guerra. No me veo con un bombo metiéndome en un caza, más que nada porque no entraré y, por supuesto, porque el ejército no me lo va a permitir.

Madre mía…, madre mía… ¡Que voy a ser madre y mi cabeza va a mil!

Pienso en mi oficio. Adoro mi profesión. Tendré a mi bebé y seguiré volando, siendo instructora. Ser madre no me hace tonta ni torpe, aunque algunos machirulos así lo crean. Puedo quedarme en Los Ángeles. Aunque, bueno, allí quizá sea complicado por Nacho y la prensa. ¿Qué hago? ¿Se lo digo o no?

Lo pienso, lo pienso y lo pienso, y finalmente opto por decírselo. Le guste o no, va a tener un hijo y…, bueno, aunque no quiera saber nada de él ni desee reconocerlo, creo que por respeto a la vida que he decidido traer al mundo se lo tengo que decir. Solo espero que la prensa no se entere.

Me agobio al pensar en verlo y contárselo. Va a ser complicado. Se lo diré y después pediré un destino lejos de Los Ángeles y lejos de él, donde veré a mi bebé crecer. Eso lo tengo más que claro.

—Mi teniente, aquí el sargento Johnson, ¿da su permiso? —oigo de nuevo fuera de mi tienda.

Rápidamente cojo las pruebas de embarazo y las guardo.

—Adelante, sargento Johnson —respondo.

Instantes después él entra en mi tienda y dice tendiéndome una carpeta:

—Aquí tiene la orden de hoy, mi teniente.

Asiento, la profesionalidad va ante todo, y tras abrirla y leerla indico:

—Avise a mi escuadrón. Dentro de media hora los quiero a todos en el hangar tres.

Él asiente a su vez y, tras saludar, se marcha y yo suspiro. Me siento en el camastro y luego me tumbo. Durante unos minutos permanezco quieta, callada, sumida en mis pensamientos, y luego miro mi reloj y sé que tengo que seguir. La vida no para y hay personas que dependen de mí.

Me levanto de la cama y me estiro. Hasta que regrese a San Diego nadie puede saber de mi estado. Este es el primer secreto entre mi bebé y yo. Me miro en el espejito, me recoloco el moño bajo, miro el colgante con la inscripción «23.55» que llevo al cuello y, tras tomar aire, salgo de mi tienda con paso firme. Cuando llego al hangar tres me reúno con mi escuadrón y, juntos, repasamos el plan de vigilancia y disuasión.

Capítulo 78

Nacho

Han pasado varios días desde que mi padre se fue y un sentimiento extraño se ha apoderado de mí.

Quiero a mi padre, mucho, pero lo que ha hecho me ha enfurecido tanto que noto que necesito estar alejado de él durante un tiempo, hasta que vuelva a controlar cómo me siento.

Mamá también se ha marchado. Ha regresado a Nueva York. En un principio se negaba a hacerlo, su enfado con mi padre era también enorme, pero al final la he convencido para que vuelva a su casa y hable con él. Yo necesito mi espacio y ellos necesitan hablar.

Estoy en el despacho de mi productora cuando entra Greta, mi secretaria.

—El señor James Madoc está aquí —anuncia.

Según oigo eso me sorprendo.

Desde que Andy se marchó no he vuelto a tener ningún tipo de contacto con él ni con nadie de la familia. Creo que ambas partes hemos intentado evitarnos.

—Dile que pase, por favor —contesto.

El estómago se me encoge. ¿Y si le ha ocurrido algo a Andy en Libia?

Me levanto de la silla. Me entra calor, pero me abrocho mecánicamente el botón de la chaqueta de mi traje, salgo nervioso de detrás de la mesa y, de inmediato, pregunto:

—¿Ha pasado algo?

James me mira. Creo que lo sorprende mi pregunta.

—No. Andy está bien —responde.

Oír eso es como música para mis oídos y, tomando aire aliviado, consigo sonreír y acto seguido le tiendo la mano.

—James, qué gusto verte.

Él me estrecha la mano con decisión y murmura:

—Todavía no me creo que esté aquí.

Sorprendido por su respuesta, lo miro y él añade:

—Mira, no me voy a andar con mamonadas, seré claro y conciso... ¿Sigues sintiendo algo por mi hija?

Parpadeo asombrado al oír esa pregunta tan directa.

—¿Por qué quieres saberlo?

El Almirante niega con la cabeza.

—Eso no es una respuesta —dice.

Asiento. Tiene razón.

—Como me enseñó alguien que ambos conocemos —indico—, la información es poder. Así pues, para que obtengas mi respuesta antes necesito saber el motivo de la pregunta.

James sonríe, cuando lo hace me percato de que Andy sonríe como él, y cuchichea:

—Qué bien te ha enseñado la puñetera de mi hija.

Ambos nos reímos y luego él añade:

—Andy regresa a la base de San Diego dentro de unas horas.

Según oigo eso mi estómago se revoluciona. Como me ocurre siempre que pienso en ella, los misiles Tomahawk se apoderan de mi cuerpo. Trago el nudo de emociones que se concentra en mi garganta y digo intentando aparentar normalidad:

—Me alegro. Eso os hará muy felices a Rosario y a ti.

James asiente y luego me mira con ojo avizor.

—¿A ti no te hace feliz? —inquiere.

No respondo. No quiero hacerlo.

Por supuesto que me hace feliz. Saber que ella regresa sana y salva de su misión es la mejor noticia que he oído desde que se marchó, pero, consciente de la realidad, digo:

—James, entre ella y yo quedó todo dicho.

Él levanta una ceja y acto seguido me mira de arriba abajo.

—Entonces es cierto lo que dice la prensa de tus nuevos amoríos —señala.

Lo miro boquiabierto y, tras toser, él agrega con cierto pudor:

—Lo siento, muchacho. Es Rosario quien me comenta lo que ve en la prensa.

Afirmo con la cabeza. Sé lo que dice la prensa.

—James —indico a continuación—, ella no se ha puesto en contacto conmigo en todo este tiempo.

—Muchacho, mi Andy se marchó muy enfadada y...

—James —lo corto—, me dijo que me marchara.

—Te lo dijo porque estaba resentida por todo lo que ocurrió aquel día en tu casa. Ni tu padre ni yo nos comportamos bien. Luego él dijo que ella había intentado agredirlo con esa jodida figurita, tú lo creíste y...

—Ella no agredió a mi padre. Él se inventó toda esa historia.

—Será mamonazo... —oigo que dice.

No le contesto. Lo que James opine de mi padre después de que inventara esa horrible mentira es más que merecido. Acto seguido afirma mirándome:

—Para que tomes nota de que mi Andy no miente.

Le hago un gesto dándole la razón.

—¿Qué es «23.55»? —me pregunta entonces.

No respondo, pero él insiste:

—Si mal no recuerdo, ella me contó que los números que hay en ese colgante son unas coordenadas. ¿Es cierto?

Oír hablar de eso me duele. Y, sin saber por qué, respondo:

—Sí.

—¿Qué significan?

Lo miro. Él me mira a mí.

—Hoy por hoy ya no significan nada —digo—, pero en su momento sí.

James asiente.

—¿Puedo saber qué significaban?

Niego con la cabeza. No quiero pensar en ello, me duele demasiado.

—Si quieres saberlo, pregúntaselo a ella —replico.

Él vuelve a asentir y luego resopla.

—Aún lo lleva colgado al cuello.

Oír eso me sorprende.

—Y, conociendo a mi hija —añade—, si ese colgante con esas coordenadas no fuera muy importante para ella, se lo habría quitado. Por tanto, aunque no me digas qué significado tiene «23.55», piensa en lo que te he dicho, porque tú sí lo sabes.

Desconcertado, empiezo a decir:

—A ver, James, ella...

—¡¿«Ella»?! ¿Por qué no mencionas su nombre? ¿Por qué en todo el rato que llevo aquí solo la has llamado «ella»?

No respondo. No puedo. Evito pronunciar su nombre porque me duele.

—Desde mi punto de vista Andy y tú debéis hablar —continúa James—. Algo me dice que lo vuestro no ha acabado. Y..., bueno, mi cometido termina aquí. No sé si he acertado o no, pero por mi hija y su felicidad, lo que haga falta.

Asiento. Él sonríe y, tendiéndome la mano, dice:

—Ha sido un placer volver a verte, muchacho.

Se la estrecho, él se vuelve para marcharse y, cuando sale del despacho, murmuro sin poder evitarlo:

—Joder...

Capítulo 79

Andy

El regreso a San Diego me llena de felicidad por primera vez en mucho tiempo. Son las once y diez de la mañana y hace un sol reluciente.

Siempre que vuelvo a casa tras estar de misión un extraño sentimiento me embarga. Siento que mi vida es volar, y regresar a la vida civil en cierto modo me corta las alas, pero en este caso no lo percibo así.

En el pasado Ramírez se emocionaba siempre que regresábamos. Yo no. Pero esta vez lo entiendo. Carla y su hijo son su vida y, ¡joder!, de pronto también ¡yo tengo una vida!

Mientras nos aproximamos a la base de San Diego, tengo claro lo que voy a hacer, pero entonces oigo a mi compañero decir por radio:

—¿Crees que es buena idea, Hollywood?

Sonrío.

Sé lo que voy a hacer, sé por qué voy a hacerlo y sé que constará en mi hoja de servicio y mi padre se cabreará, pero respondo:

—Solo quiero que sepan que hemos vuelto.

Oigo las risas de mis compañeros de escuadrón por la radio y veo que se disponen a hacer lo mismo que yo. ¡Qué cabritos! Y, tras colocarnos en formación, hacemos una pasada junto a la torre de control de la base que sin duda hace que los operarios se acuerden de nuestros padres. ¡Pobres!

Tomamos tierra, llevamos los aviones a los hangares y luego

mi equipo y yo nos reunimos. Sabemos que estaremos sin vernos un tiempo, pues cada uno regresará a su casa después de la misión. Nos reímos un rato comentando el rapapolvo que nos han echado desde la torre de control, charlando sobre los litros de cerveza que vamos a beber y de los platos caseros de nuestras madres que vamos a comer, y soy consciente de que he de hablar con ellos de mis planes, aunque evite mencionar mi maternidad.

Todos me escuchan con seriedad. Entienden que ser instructora de vuelo en la base de Los Ángeles es una gran oportunidad para mí, y, como esperaba, aunque por un lado se apenan porque eso implica que ya no estaré con ellos, por otro se alegran por mí. Saben que a partir de ahora podré tener una vida.

Durante un rato mi escuadrón y yo seguimos conversando en el hangar siete, donde he estacionado mi caza. Hemos llegado a suelo estadounidense, ya estamos en casa, pero, como siempre, da la impresión de que no nos queremos separar. Hemos creado un vínculo que resulta difícil de comprender para los civiles, pero para nosotros es muy fácil de explicar. Somos familia de vida, porque cuando estamos de misión confiamos nuestras vidas los unos a los otros, y eso nos unirá siempre.

A las cinco de la tarde, tras despedirnos con besos y abrazos, los demás se van. Estoy rellenando unos informes, sentada en un taburete del hangar, cuando oigo:

—Teniente Madoc…

Sonrío. Es la voz de mi padre.

—Ya me han dicho que los de la torre de control se han acordado de mí —añade.

—Me encanta que se acuerden de ti —digo sonriendo divertida.

Acto seguido me levanto del taburete, voy hacia él y nos fundimos en un abrazo que es puro cariño y amor.

—Ya he llamado a tu madre para decirle que estás aquí y que esta noche duermes en casa —dice él al cabo.

Asiento, me gusta que lo haya hecho, e indico bajando la voz.

—Gracias, Almirante.

Ambos sonreímos y luego mi padre pregunta:

—Has llegado esta mañana, ¿qué haces aquí todavía?

Sonrío y, mirando al frente, respondo:

—Viendo el maravilloso atardecer de San Diego.

Mi padre sigue la dirección de mi mirada. El atardecer que se ve desde aquí es precioso. Entonces me pregunta por mi misión y durante un rato le hablo de lo que he hecho en Libia con mi escuadrón.

—¿Sabes que Max estuvo comiendo en casa el otro día con Masako y ha dado la entrada para un apartamento? —comenta él al rato.

Sonrío, no lo sabía, pero me alegro un montón.

—Creo que ese capullito se ha enamorado y está empezando a centrarse en la vida —agrega—. Ya verás con qué ojitos de cordero degollado mira a esa muchacha.

Ambos reímos.

—Eso está genial, papá. Sin duda le está haciendo mucho bien.

Sorprendentemente mi padre asiente.

—No te voy a quitar la razón, y, ¿sabes, hija?, eso me gusta.

Cabeceo complacida y luego oigo que pregunta:

—¿Y tú tienes algo interesante que contarme?

Sonrío. Creo que lo que tengo que contarle lo va a dejar de piedra, aunque sé que esa pregunta va por Nacho, por lo que respondo:

—Negativo. Perooo… esta noche, cuando estemos con mamá, os contaré una cosa a los dos.

—¿Y tengo que esperar hasta esta noche? —insiste.

—Pues sí, papá —digo—. Tienes que esperar.

—Ya me imagino lo que es —murmura.

—¿Ah, sí?

Él asiente.

—Sé que tienes una reunión con tus superiores mañana y, por tu sonrisita, algo me dice que vas a aceptar el puesto de instructor.

Sonrío divertida, me encojo de hombros y cuchicheo:

—Hasta esta noche no pienso contarte nada.

Veo entonces que mi padre me mira el cuello.

—¿Qué son las coordenadas «23.55»?

Al decir eso mis manos van hasta el colgante y, encogiéndome de hombros otra vez, respondo:

—Nada en especial.

Él cabecea, no insiste, pero pregunta:

—¿Vas a llamar a Nacho?

Según lo oigo parpadeo. ¿Por qué me ha soltado eso?

—No.

Nos miramos en silencio y luego empieza a decir:

—A ver, hija…

Sin embargo, yo no estoy por la labor de que me den la turra, y lo interrumpo.

—A ti no hay quien te entienda, papá. Dices una cosa, luego piensas otra. Pero ¿qué te está pasando?

Él sonríe.

—Que soy tu padre, te quiero y deseo que seas feliz.

Oír eso me conmueve. Él nunca me había dicho cosas así.

—Papá, ya soy feliz —indico.

—Desgraciada no eres —replica él negando con la cabeza—, pero feliz tampoco. En tu vida falta una parte importante, que intuyo que tiene algo que ver con las coordenadas «23.55». Y no me digas que no, Andy, porque tonto no soy… Vale, no quieres hablar de Nacho, pero he de decirte que ese hombre aún te quiere y que no hagas caso de la prensa, porque ya sabes lo sensacionalistas que son.

—Papá… —me mofo divertida.

Ambos reímos y, tras coger una botella de agua, me dispongo a beber cuando él dice:

—Anda, termina lo que estés haciendo. Te espero en mi despacho para ir a casa.

—OK —digo, y luego veo como se marcha.

Me acabo la botella de agua y cojo otra.

¡Qué sed tengo!

Me vuelvo a sentar en el taburete en el que estaba cuando ha llegado mi padre y prosigo rellenando informes sola en el hangar. La verdad es que si aún no me he ido de aquí no es porque no quiera ver a mi madre, sino porque no sé si estoy lista para soltarles el misil que les tengo preparado.

¿Cómo van a reaccionar?

Estoy abstraída rellenando aquellos papeles cuando de pronto, con el rabillo del ojo, veo que algo se mueve a mi izquierda. Me vuelvo y, sorprendida, veo a un precioso perro negro que olisquea las ruedas de mi caza. ¿Qué hace un perro aquí?

—*Turra*…, ¡ven aquí!

Según oigo eso me quedo paralizada.

Ay… Ay… Ay…

Joder… Joder… Joder…

¿En serio? ¿De verdad? Pero ¿qué está haciendo aquí? ¿Cómo ha podido entrar con el perro en el hangar militar?

Es Nacho. Mi Nacho. Aún no lo he visto, pero esa era su voz. Está aquí, en el hangar. Me vuelvo y lo veo. Como siempre, es todo un espectáculo para la vista, con su impoluto traje oscuro y su camisa blanca. Decir que está guapo es quedarse corto, y los Tomahawk empiezan a estallar en mi estómago de un modo que hasta temo por mi bebé.

Sin poder quedarme quieta, me bajo del taburete. Al hacerlo el perro viene hacia mí, y entonces me doy cuenta de que es la cachorra de *Audrey* y *Cooper*. La perrita que me enamoró, pero que me negué tanto a quedármela como a ponerle nombre. Cuando se acerca a mí para saludarme, la toco con cariño y murmuro:

—¡Pero cuánto has crecido en dos meses…, estás preciosa!

El animal parece reconocerme, porque las fiestas que me hace me hacen reír.

—Disculpe…, ¿por casualidad no tendremos un amigo en común que pueda presentarnos? —oigo que dicen a mi lado.

Eso me hace sonreír.

Joder… Joder… Joder…

Esas fueron las primeras palabras que intercambié con Nacho cuando me propuse conocerlo. Que él las diga ahora, en este momento, me encanta.

—*Turra* parece estar feliz de volver a verte —comenta a continuación.

A mil…, las pulsaciones me van a mil; entonces lo miro y pregunto:

—¡¿Se llama *Turra*?!

Nacho asiente.

—Es un buen nombre, ¿no te parece?

Impresionada, afirmo con la cabeza, y luego él indica:

—Como tú dijiste, tengo un casoplón con un amplio jardín y decidí quedármela. Y, la verdad, es una de las mejores decisiones que he podido tomar.

Asiento, pero lo cierto es que estoy noqueada. No esperaba encontrarme con Nacho aquí. Lo poco que tenía pensado con respecto a él, sobre qué decirle y tal, se me acaba de caer como un castillo de naipes.

—¿Cómo has podido entrar con *Turra* aquí? —pregunto entonces.

—El Almirante me ha ayudado —cuchichea con una sonrisa.

Estoy boquiabierta. ¿Que mi padre lo ha ayudado?

—¿Qué haces aquí? —insisto.

Nacho, que no ha parado de mirarme, dice entonces en voz baja sin tocarme:

—¿Dónde quieres que esté, sabiendo que tú estás aquí?

Oír eso me eriza el vello de todo el cuerpo.

Madre míaaaa, ¡él y sus frasecitas…! Y, sin darme tiempo a respirar siquiera, veo que me mira el cuello y susurra:

—23.55.

Vale. Ha visto que aún llevo su colgante.

—Siento haber dudado de ti con respecto a lo que pasó con mi padre —añade—. Fue él, lo sé. Cariño…, quizá tú ya no me quieras ni me necesites como yo te quiero y te necesito a ti, pero deseo decirte que siento que las cosas acabaran de esa forma aquel día. Durante estos dos meses no he parado de pensar en todo lo que hice mal y en todas las cosas que podría haber hecho bien. Y, ¡joder!, si tengo que volver a Verona y escribir a la mismísima Julieta, lo haré…, porque solo puedo pensar en qué hacer para conquistarte de nuevo porque no puedo vivir sin ti y…

No dice más. Lo beso. Lo beso con deseo. Lo beso con ganas. Lo beso con necesidad.

Una vez más el destino me ha sorprendido. ¡A la mierda todo lo que tenía pensado!

¡A la mierda mi enfado y mis dudas!

¡A la mierda lo de irme a vivir fuera de Los Ángeles!

El hombre que quiero y adoro está delante de mí, declarándome su amor nuevamente, y cuando termino el beso él sonríe y, negándose a soltarme, murmura:

—Vamos..., ven aquí.

Sí..., sí..., sí... ¡Ha vuelto a decirlo!

Y yo voy, ¡vaya si voy! Cuando finalizamos el beso que me sabe a pura vida, tras ver que *Turra* corretea libre por el hangar, susurro mirándolo:

—Tengo antojo de algo rico..., así como tú.

Uis, *antojo*, qué palabra tan apropiada en este momento...

Nacho me mira. Veo que lo que he dicho lo desconcierta. Levanta las cejas y cuchichea:

—La última vez que me dijiste esa frase fue en Madrid. En el ascensor de aquel hotel, ¿lo recuerdas?

Asiento, claro que lo recuerdo.

—Aquella vez, tras subir a mi habitación, te dejé marchar —añade—, pero hoy no va a ser así.

Sonrío.

—Mientras me quieras como yo te quiero a ti, me parecerá genial —digo con un hilo de voz—. Pero antes de nada tenemos que hablar, porque hay cosas que debo contarte que quizá te hagan cambiar de opinión.

Sé que oír que lo quiero era lo que deseaba.

—Nada de lo que digas podrá hacerme cambiar de opinión —musita—. Y si quieres seguir con tu escuadrón y que nos veamos un mes de cada tres, así será. Y será así porque te quiero, cariño, porque te respeto, y porque ese mes contigo me vale más que toda la vida sin ti.

Madre mía..., madre míaaaaa...

Lo beso. De nuevo lo beso. Me da igual si me amonestan por nuestras muestras de cariño en el hangar. Me da igual todo. Habrá merecido la pena la amonestación.

Acto seguido me saco un papel del bolsillo de mi mono de aviador y le pregunto:

—¿Lo recuerdas?

Nacho asiente y lo coge. Sabe que es el vale que le di por su cumpleaños y que aquel día, cuando nos despedimos, él tiró al suelo.

—La sorpresa que tenía pensado darte con este vale era que iba a aceptar ser instructora de vuelo en Los Ángeles.

Él cabecea y sonríe.

—Si no te hablé sobre ello —continúo— fue porque era un tema que me correspondía decidir a mí y solo a mí. No quería consultarlo contigo, decidir ser instructora y el día de mañana poder recriminártelo. Por eso no te lo comenté, cielo, no por otra cosa.

Nacho vuelve a asentir, lo entiende, y yo añado:

—Pero luego pasó lo que pasó, todo se lio, ocurrió lo de Ramírez y..., bueno, mi escuadrón me necesitaba y yo, que estaba enfadada con todo y especialmente contigo, decidí aceptar esta misión de dos meses para alejarme de ti.

Nacho me mira muy serio. Intuyo que este tiempo ha sido tan duro para él como para mí.

—Pero he regresado —digo a continuación—. Estoy aquí, y mañana tengo una reunión con mis superiores para decirles que voy a aceptar ese puesto de instructor en Los Ángeles.

De repente él vuelve a sonreír, me abraza, me besa. La noticia lo vuelve literalmente loco, y cuando se separa de mí murmura:

—¿Estás totalmente segura?

—Totalmente —afirmo con una sonrisa.

De nuevo me besa, me abraza y, cuando termina, me entrega el vale y dice:

—Gracias por este regalo tan inesperado y sorprendente.

Me río. Este pobre todavía no se imagina lo que le tengo que decir. Y..., bueno, creo que ya ha llegado el momento.

—Cielo —explico entonces—, tengo otro regalo inesperado y sorprendente para ti.

Según digo eso Nacho me mira y toma aire.

—No me digas que tienes que volver a marcharte —repone.

Niego con la cabeza y, metiendo una mano en un bolsillo de la pernera de mi mono, saco las tres pruebas de embarazo y se las muestro.

—Sé que no querías hijos —señalo—, y yo por mi trabajo nunca pensé que los tendría..., pero ahora mismo soy como un huevo Kinder: ¡llevo una sorpresa dentro!

Nacho me mira. Después mira lo que le enseño. Vuelve a mirarme. Sus ojos de nuevo van a las pruebas. Comienza a sudar, palidece. Creo que intenta procesar lo que acabo de decirle, pero de pronto una puerta se abre a mi espalda y oigo:

—Me cago en la leche, Andrea Madoc..., ¿voy a ser abuelo y se lo dices a él antes que a mí?

Esa es la voz de mi padre, que, saliendo al hangar, me mira.

—Tú eres mi padre, pero ¡el padre del bebé es él! —respondo.

Ver cómo el Almirante me mira y sonríe me indica que la noticia lo hace feliz.

—Pero ¿se puede saber qué narices haces escuchando como un jodido cotilla? —pregunto divertida.

Oigo un golpe y, al volverme, veo a Nacho en el suelo. Se ha desmayado. Me entra el pánico.

—La madre que lo parióóó... —exclama mi padre al tiempo que viene corriendo hacia nosotros—. ¡Pues no va y se desmaya!

—Papá —gruño atemorizada.

—Agárrale las piernas y pónselas en alto —indica él.

Asustada, hago lo que me pide. Imagino que Nacho se ha desmayado por la impresión que le ha causado la noticia. Mi padre le da toquecitos en las mejillas. Un toque. Dos. Y al tercero, al ver que ya se está viniendo arriba, protesto:

—Papáááááá...

Mi padre me mira, en sus ojos veo lagrimitas, y musita mientras *Turra* se acerca a olisquear el rostro de Nacho:

—Ay, jodida, ¡que me vas a hacer abuelo!

Oír eso me hace sonreír. En ese momento veo que Nacho abre los ojos, me mira desde el suelo y murmura muy pálido:

—¿Qué..., qué ha pasado?

Le apoyo las piernas en el suelo y me apresuro a ir a coger una botella de agua. Me agacho y, cuando voy a darle de beber, él me mira y susurra:

—¿Vamos a tener un hijo?

Sin dudarlo, asiento.

—Sí, cielo, vamos a tener un hijo.

Nacho coge la botella de un tirón, se la bebe entera ante mi cara de sorpresa y la de mi padre, y cuando se levanta ayudado por nosotros, murmura al tiempo que *Turra* se aleja corriendo de nuevo:

—Creo..., creo que me estoy mareando otra vez.

De inmediato lo sentamos en el taburete. Está blanco, pálido. Lo miro divertida y cuchicheo:

—Te recuerdo que la embarazada y a la que hay que cuidar soy yo..., no tú.

—Menudo blandengue, el jodido director de cine... —se mofa mi padre.

Sin poder remediarlo, me río y, tras hacerle una seña a papá para que nos deje de nuevo a solas, una vez que se va, con la emoción por todo lo alto, miro a Nacho y oigo que él pregunta preocupado:

—Cariño..., ¿cómo estás?

—En estos momentos mejor que tú —afirmo viendo que poco a poco el color vuelve a su rostro.

Me abraza, yo me abrazo a él y murmuro:

—Tenía pensado quedar para decírtelo, aunque no quisieras nada conmigo. Mi intención era pedir el traslado a otra ciudad para no incomodarte. Allí tendría al bebé y trabajaría como instructora de vuelo lejos de ti y de la prensa.

Según digo eso musita:

—Pero ¿cómo has podido pensar eso?

—Nacho..., dijiste que no querías ningún hijo después de lo de Robert.

Él asiente y me coge las manos.

—Sé lo que dije. Pero era por miedo a... ¡Joder, Andy! Me cago en la leche... ¿Voy a ser padre?

—Pero, capullito, ¡qué malhablado te has vuelto! —me mofo divertida.

Veo por su expresión que está completamente desconcertado. La noticia que acabo de darle era la última que esperaba oír, y, consciente de sus miedos, indico con seguridad:

—Escucha, cielo... Lo que ocurrió no tiene por qué volver a ocurrir. Es más, no va a ocurrir. Tú y yo vamos a tener un precioso bizcochito y todo va a salir bien; ¿me has entendido?

Nacho asiente. El color regresa por fin a su rostro. Sonríe, me abraza, me besa, me declara su amor de mil maneras distintas, y cuando se separa de mí pregunta:

—Andy Madoc, ¿cuándo vas a dejar de sorprenderme?

Oír eso me hace sonreír, porque, sinceramente, ¡espero que nunca!

Epílogo

Andy

La llegada de Ayesha a nuestras vidas es lo mejor que nos ha pasado.

¿Quién nos lo iba a decir, con lo reticentes que éramos a ser padres?

Tras un embarazo sin complicaciones y un parto perfecto, Nacho y yo estamos felices con nuestro bizcochito y, de momento, la boda puede esperar. No es algo que nos quite el sueño. Aunque el Almirante, que a veces es más pesado que una vaca en brazos, esté erre que erre con el temita.

¡Joder con mi padre, qué cansino es!

Ayesha es el precioso e inesperado regalo que el destino tenía para nosotros, y ni Nacho ni yo podemos estar más bobos con ella, puesto que la niña no es que sea bonita…, ¡es lo siguiente! Pero, claro, soy su madre, ¿qué voy a decir yo?

Desde que supe que estaba embarazada solo me he despertado una noche con pesadillas. Tener a Nacho a mi lado, y ahora también al bizcochito, ha devuelto el equilibrio a mi vida y siento que ese recuerdo de mi pasado se está difuminando, aunque nunca olvidaré a mis compañeros. Eso jamás. Pero al menos ya no me despierto aterrada, sudando y sufriendo pesadillas por aquello que ocurrió y, uf…, ¡cómo lo agradezco!

Ahora mi hermano Max, Masako, Nacho y yo colaboramos con la asociación para la que trabaja Mamá Rose. Incluso Nacho, con la ayuda de su amigo Tony Ferrasa, ha organizado algunas galas benéficas para recaudar fondos y ayudar a personas que viven en Skid Row. Intentamos echarles una mano como podemos, y saber que algunos de ellos han dejado la calle y ahora llevan una vida como es debido nos colma de felicidad y nos motiva para seguir haciéndolo.

Hoy es un bonito día. Estamos celebrando una barbacoa en casa con motivo del bautizo de Ayesha con amigos y familiares. De España han venido mi tía y mis primos, y también María con Lucas y Juan con Noelia. Y luego, pues está mi familia al completo, Masako, la madre de Nacho, alguna tía suya de México, los dueños de la hamburguesería, Hattie con los niños, Tony y Ruth, Dawson y Vanessa, y todos sus hijos. También otros amigos de ambos, civiles y militares. Y, por supuesto, Ramírez con Carla y su renacuajo.

Me alegro un montón de ver que mi compañero está casi repuesto de sus heridas, y más cuando sé por mi padre, que ha movido algunos hilos, que le van a proponer un puesto que le va a gustar. Ramírez se lo merece. Pero hasta que lo llamen y se lo digan oficialmente, yo calladita. Quiero que se lleve una sorpresa y disfrute del momento.

A diferencia de otras fiestas que Nacho suele organizar, esta la he montado yo. Por tanto, nada de tacones, nada de vestidos glamurosos ni kilos de maquillaje. En la invitación para la fiesta puse que había que traer ropa cómoda, bañador y crema para el sol. Y, en efecto, todos los invitados han acudido así y estamos teniendo un excelente día de piscinita y barbacoa.

Disfruto comiéndome una rica hamburguesa mientras veo como mi niña pasa de mano en mano, hasta que llega a Susan. Para ella es su primera y única nieta. Dudo que Nacho y yo tengamos más. ¿Que por qué? Pues porque quiero reincorporarme a mi puesto de instructor y, a no ser que el destino nos la juegue de nuevo, dudo que vuelva a interrumpir mi trabajo.

Mis padres están como tontos con Ayesha, pero lo de Susan es tremendo. Lo último que le ha comprado es una bici rosa, pero es que la niña solo tiene cuatro meses. Cuando vi el colorcito de la bicicleta suspiré. El rosa nunca ha sido lo mío. Pero bueno, Ayesha crecerá y ella misma decidirá si le gusta el rosa, el verde o el morado. Si yo no tuve límites en mi vida porque mis padres me dieron esa libertad, mi hija tampoco los tendrá. Solo espero que el mundo siga evolucionando y que ella elija lo que desea ser en un futuro. No lo que nadie quiera imponerle.

Del padre de Nacho sé poco. La verdad, no es algo que me preocupe. Sé que ellos hablan a veces, pero nada más. Susan tampoco habla de él. Es como si, cuando está conmigo, su marido no existiera. Y, la verdad, aquel hombre no me interesa, como yo no le intereso a él, y aunque cuando nació Ayesha pensé que Nacho se la querría presentar, eso aún no ha ocurrido. Por lo que yo sigo calladita. Si Nacho así lo ha decidido, sus razones tendrá.

Desde donde estoy observo como mi chico ríe y bromea en compañía de sus amigos. Con las bermudas que lleva y la camiseta de PIEDRA, PAPEL O ME BESAS está la mar de sexy y provocador. Lo adoro. Lo quiero. Es lo mejor que me ha pasado en la vida, junto al bizcochito, y bueno, aunque yo creía que mi Cupido se drogaba…, no, no, ¡mi Cupido es el mejor!

—Opino como tú, teniente Marvel… ¡Está para comérselo!

Según oigo a Tomi, me río. Para que me diga eso, debía de estar mirándolo con unos ojos que para qué, y replico:

—Ni te imaginas cómo me lo voy a comer esta noche.

—Uisss, ¡qué zorrón! —Tomi ríe también.

De pronto Nacho me mira y sonríe. Parece como si me hubiera oído. Como siempre, nos entendemos tan solo con la mirada. Nuestras conversaciones silenciosas son de lo más interesantes. Comprendiéndolo, me levanto y digo:

—Ahora vuelvo.

Una vez que entro en la casa, sin dudarlo subo los escalones de dos en dos hasta llegar al rellano donde está nuestra preciosa habitación. Si no lo he entendido mal, Nacho no tardará en llegar y… así es. La puerta se abre y aparece mi chico. Joder, qué bueno está.

Cierra la puerta con una pícara sonrisa, me muestra su teléfono móvil y de inmediato comienza a sonar *Por el resto de tu vida*, nuestra canción. Divertidos, nos miramos, nos sonreímos, y esta vez soy yo la que dice:

—Vamos…, ven aquí.

Y viene…, joder, ¡vaya si viene!

Y lo mejor es que ambos sabemos que será… para el resto de nuestras vidas.

Banda sonora

Por el resto de tu vida, ℗ 2023 Christian Nodal, bajo distribución en exclusiva por Sony Music Entertainment México, S. A. de C. V., interpretada por Christian Nodal y Tini.

Hopelessly Devoted to You, ℗© 1998 Universal International Music B. V., interpretada por Olivia Newton-John.

Nos quisimos, ℗© 2021 Expo Compositores Music, interpretada por Carlos Macías.

Liz, ℗ 2021 Remi Wolf, bajo distribución en exclusiva por Island Records, una división de UMG Recordings, Inc., interpretada por Remi Wolf.

La bachata, ℗ 2022 La Industria, Inc., bajo distribución en exclusiva por Sony Music Entertainment US Latin LLC, interpretada por Manuel Turizo.

Wings, ℗ 2023 Jonas Brothers Recording, Limited Liability Company © 2023 Jonas Brothers Recording, Limited Liability Company, bajo distribución en exclusiva por Republic Records, una división de UMG Recordings, Inc., interpretada por Jonas Brothers.

Never Gonna Not Dance Again, ℗ 2022 RCA Records, una división de Sony Music Entertainment, interpretada por Pink.

Feel the Same, ℗ The Millennial Club, interpretada por The Millennial Club.

Higher, ℗© 2022 Reprise Records, interpretada por Michael Bublé.

Party in the U.S.A., ℗© 2009 Hollywood Records, Inc., interpretada por Miley Cyrus.

Jaded, ℗ 2023 Smiley Miley, Inc., bajo distribución en exclusiva por Columbia Records, una división de Sony Music Entertainment, interpretada por Miley Cyrus.

Ride, ℗© JUICEY, interpretada por HYBS.

Heaven Must Be Missing an Angel, ℗© 2023 Cleopatra Records, interpretada por Tavares.

Until I Found You, ℗© 2021 Stephen Sanchez, interpretada por Stephen Sanchez.

River, ℗ 2023 Smiley Miley, Inc., bajo distribución en exclusiva por Columbia Records, una división de Sony Music Entertainment, interpretada por Miley Cyrus.

Yo me quedo contigo, ℗© 2016 Macimusic Entretenimiento, interpretada por Carlos Macías.

Heaven, ℗© 2023 Neon Haze Music Ltd. y Niall Horan, bajo distribución en exclusiva por UMG Recordings, Inc., interpretada por Niall Horan.

Forget About You, ℗© 2022 Wonderiff Music, interpretada por Devin Kennedy.

It's You, ℗© 2022 Colour Vision Records, bajo distribución en exclusiva por Warner Records, Inc., interpretada por MAX & keshi.

Last Dance, ℗© 2015 Lucy Grau, interpretada por Lucy Grau.

Sabor a mí, ℗© 1997 Warner Music Benelux, B. V., de Warner Music Group Company, bajo acuerdo exclusivo con Jason Recording System, Ltd., interpretada por Luis Miguel.

Shouldn't Be, ℗© 2022 Luke Chiang, interpretada por Luke Chiang.

Malibu, ℗ 2017 RCA Records, una división de Sony Music Entertainment, interpretada por Miley Cyrus.

Midnight Sky, ℗© Miley Cyrus, interpretada por Miley Cyrus.

Spend My Life with You, ℗© 2020 Warner Music Group - X5 Music Group, interpretada por Eric Benét.

Golden, ℗ 2019 Erskine Records Limited, bajo distribución en exclusiva por Columbia Records, una división de Sony Music Entertainment, interpretada por Harry Styles.

Nochentera, ℗ 2022 Sony Music Entertainment España, S. L., interpretada por Vicco.

Smoking Out the Window, ℗© 2021 Aftermath Entertainment y Atlantic Recording Corporation, interpretada por Bruno Mars.

Soy yo, ℗© 1999 WEA International Inc., interpretada por Luis Miguel.

Prisoner, ℗ 2020 RCA Records, una división de Sony Music Entertainment, interpretada por Miley Cyrus y Dua Lipa.

Man! I Feel Like a Woman!, ℗ 1999 UMG Recordings, Inc. © 2022 UMG Recordings Inc., interpretada por Shania Twain.

¿Por qué te conocí?, ℗© 2017 Warner Music México, S. A. de C. V., interpretada por Luis Miguel.

Wrecking Ball, ℗ 2013 RCA Records, una división de Sony Music Entertainment, interpretada por Miley Cyrus.

Understand, ℗© 2022 Island Records, una división de UMG Recordings, Inc., interpretada por Keshi.

Una historia de amor tan mágica como la Navidad.

esencia

Otros títulos de la autora en Booket:

booket